Orbis

Buch

In Leutnant Kit Ralstons Herz ist die Begeisterung für das Britische Empire schon längst erloschen. Verbannt an einen öden Ort im innersten Afghanistan, verbirgt er seine Bitterkeit und Verzweiflung hinter einer zynischen Fassade. Doch eines Tages, bei einem Besuch am Hof des mächtigen Akbar Khan, begegnet ihm seine Rettung – Ayesha. Und mit ihren faszinierenden Jade-Augen blickt sie ihm mitten ins Herz. Ehemals bekannt als Annabel Spencer, wurde sie als junges Mädchen an den Harem Akbar Khans verkauft. Der listige Khan bietet seinem Gast eine Liebesnacht mit Ayesha an, doch hinter diesem großzügigen Geschenk lauert ein niederträchtiges Ansinnen: Khan will Ayeshas Loyalität auf die Probe stellen.

Und während zwischen Ralston und Ayesha ein Feuerwerk der Gefühle entbrennt, bereitet Khan den beiden Liebenden hinterrücks ein qualvolles Fegefeuer...

Autorin

Jane Feather, geboren in Kairo und aufgewachsen in Südengland, siedelte 1978 mit ihrer Familie nach New Jersey um. Sie war als Psychologin in der Sozialarbeit tätig, bevor sie 1981 ihren ersten Roman veröffentlichte. Mit mehr als zehn Büchern hat sie sich zwischenzeitlich in die Spitzenränge der Bestsellerautorinnen emporgeschrieben.

Jane Feather

Jade-Augen

Roman

Aus dem Amerikanischen von
Diane von Weltzien

Orbis Verlag

Originaltitel: Bold Destiny
Originalverlag: Avon Books, New York

Umwelthinweis:
Alle bedruckten Materialien dieses Taschenbuches
sind chlorfrei und umweltschonend.
Das Papier enthält Recycling-Anteile.

Genehmigte Sonderausgabe 1998
Orbis Verlag für Publizistik, München

Satz: Uhl + Massopust, Aalen
Druck: Elsnerdruck, Berlin
Lektorat: Silvia Kuttny
Redaktion: Barbara Gernet
Made in Germany
ISBN 3-572-00936-7

Prolog

August 1833

Es war diese unbehagliche Tageszeit, zu der die zerklüfteten Berge, die dunkel und massiv den Schlängelpfad des Passes zwischen den Felsen säumten, lange Schatten warfen.

George Spencer blickte über seine Schulter auf die Karawane zurück, die sich langsam hinter ihm vorwärts bewegte. Die Kamele, deren Körbe mit Handelsgütern gefüllt waren, schleppten sich dahin, die Köpfe hoch oben auf ihren langen Hälsen schaukelnd, und sahen auf absurde Weise würdevoll aus, als wollten sie von der lächerlichen Tatsache Abstand nehmen, daß sie Lasttiere waren. Ihre Treiber schnalzten mit den Zungen und stießen ihre fremdartigen Rufe aus, welche die Kamele angeblich verstanden: Rufe, die zu diesem Zeitpunkt die Tiere antreiben sollten, da die Schatten länger wurden und ihr Weg durch den engen Hals des Khyber-Passes noch immer keinen Ausblick auf die beruhigende Vertrautheit Britisch-Indiens zeigte.

Wenn Annabel es sich diesen Morgen nicht in den Kopf gesetzt hätte, das Lager zu verlassen – um einem Steinbock zu folgen, wie sie behauptete –, dann wären sie zwei Stunden früher aufgebrochen und bis zur Abenddämmerung weit in Britisches Territorium vorgedrungen. Statt dessen steckten sie nun, während der Tag zur Neige ging, in diesem grauen und bedrohlichen Hohlweg. Der Abendstern funkelte bereits, doch nicht Beruhigung, sondern Unruhe brachte er. Die Reiter, welche die Eskorte bildeten, ließen ihre Hände besorgt über die Schäfte ihrer Gewehre gleiten und rutschten in ihren Sätteln hin und her, während sie sich umblickten und mit den Augen dem schmalen gewundenen Pfad folgten, der sich in der Düsterkeit und zwischen den finster lauernden Bergspitzen verlor.

»Du siehst besorgt aus, George«, sagte Rosalind Spencer, die an der Seite ihres Mannes ritt, mit gewohnter Sanftmut. »Es kann nicht mehr sehr weit sein.«

George lächelte zu ihr hinab. Wie immer beruhigte ihn allein schon der Klang ihrer Stimme; der Blick aus den stillen braunen Augen umfing ihn wohltuend. »Es muß etwas mit Annabel geschehen«, gab er zurück, jedoch ohne rechte Überzeugung. Sie sprachen schon seit den letzten zehn Jahren davon, aber das Problem bestand darin, daß die Kleine sich weigerte, etwas mit sich geschehen zu lassen. Sie blieb unbeirrt auf ihren eigensinnigen Mädchenpfaden, und kein Einwand der Welt konnte sie von dem einmal gewählten Weg abbringen.

Rosalind erwiderte sein Lächeln und war sich der Gedanken ihres Mannes wohl bewußt. Ihre Tochter war ihnen eine ununterbrochene Freude, die nur von dem Vergnügen überflügelt wurde, welches die beiden Eheleute aneinander fanden. Natürlich war es absolut richtig, wenn man Annabel als ungebärdig und eigensinnig bezeichnete – ein hoffnungslos verwöhntes Kind ohne Geschwister!

»Sie wird sich wieder fügen, sobald wir Peshawar erreicht haben«, versicherte sie ihrem Mann tröstend. »Die gewohnte Routine der Unterrichtsstunden, des Reitens zusammen mit ihren Freunden wird sie bald wieder voll in Anspruch nehmen, und sie wird nicht mehr daran denken, Steinböcken zu folgen und Basare heimzusuchen.«

Annabel Spencer zog ihr wohlgeformtes Näschen in Falten. Sie sprachen wieder über sie. Sie erkannte es immer an ihrer verschwörerischen Kopfhaltung. Vermutlich ging es um heute morgen. Papa war ziemlich verdrießlich, ja, geradezu böse geworden, und nur, weil sie die Karawane ein paar Stunden aufgehalten hatte! Wirklich, sie konnte den Gedanken fast nicht ertragen, in die steife Ordnung des großen weißen Hauses in Peshawar zurückzukehren mit seinen üppigen Gärten, Armeen von Dienern und seinen unumgänglichen gesellschaftlichen Verpflichtungen; wo das geistlose Geplapper kleiner Mädchen ertönte, die ihre Eltern als angemessene Gefährtinnen für ihre Tochter erachteten und deren Mütter müßig auf der Veranda saßen, während kleine, mißachtete Kinderdiener die heiße Luft mittels *Punkahs* (= Fächer) kraftvoll in Bewegung brachten.

Sie blickte sich um und konnte in der afghanischen Landschaft nichts entdecken, was sie beunruhigte. Vielmehr erregte sie Annabel mit ihrer ungezähmten Großartigkeit. Sie hatte sich jeden einzelnen Moment der vergangenen sechs Monate daran ergötzt, während derer George Spencer sein Versprechen wahr gemacht und sie nach ihrem zwölften Geburtstag auf eine Reise über die Berge nach Afghanistan und Persien mitgenommen hatte. Teppiche, reiche Seide, Silber und gehämmertes Gold stellten seine Waren dar, die er auf die gierigen Märkte nach England transportierte und die ihn zu einem reichen Mann gemacht hatten.

Aber Annabel interessierte sich nur wenig für den Handel und Wandel, der ihrem Vater ein Vermögen beschert hatte. Für sie lag die ganze Spannung in den Menschen, mit denen er Handel trieb: die Khane, Herren über Leben und Tod in ihren eigenen Stämmen; die Händler, mit ihren weichen Stimmen und zugleich harten Forderungen; die Frauen, die sich von Kopf bis Fuß eingehüllt wie Schatten bewegten; die Männer aus den Bergen, schlanke, mit Turbanen versehene Krieger, die spitze Dolche an ihren Seiten trugen oder persische Krummsäbel, die so scharf waren, daß ihre Klingen im Sonnenlicht aufblitzten. Sie hatte sich selbst in der exotischen Wunderwelt der Basare verloren; in der Fruchtbarkeit der *Aylags*, jener wunderbaren Sommerweiden hoch oben in den Bergen, wohin die Nomaden im Frühling ihre Fettschwanzschafe, Ziegen, Rinder und Pferde zum Grasen führten, bis im September der erste Schnee fiel. Sie erbebte freudig beim Heulen der Wölfe, dem Anblick von Bärenspuren und den riesigen, plumpen Körpern der Lämmergeier, die auf der Suche nach verwesendem Fleisch über der Landschaft hingen.

So sehr war sie in ihre Erinnerungen versponnen, daß sie den Warnruf eines der führenden Reiter nicht gleich wahrnahm. Sie schreckte aus ihren Gedanken auf und blickte über die geflochtene Mähne ihres Pferdes hinweg… hinein in einen Abgrund des Schreckens.

Ghazi-Stammesangehörige waren überall, schwärmten die steilen Hänge der Hügel hinunter, sprangen von Felsen und jene auf Pferden stürmten den Pfad herunter auf George Spencers entsetzte Karawane zu. Schuß auf Schuß löste sich aus ihren *Jezails*, während sie ihre langen afghanischen Musketen auf die vor Angst gelähmte Gruppe richteten und Männer von ihren Pferden und Kamelen auf den Weg fielen, wo die Verwundeten von den Messern der fanatischen Angreifer gänzlich niedergemacht wurden.

Rosalind starb durch eine Kugel, die sich zwischen ihre Schulterblätter grub, und erlebte nur einen kurzen Augenblick des Schmerzes, bevor die Unendlichkeit sie verschlang. George warf sich mit einem Schrei der Wut und Verzweiflung vom Pferd, doch ein Krummsäbel durchbohrte sein Herz, noch bevor er sie erreichen konnte, und mit seinem letzten Atemzug flüsterte er ihren Namen.

Die schreckensvollen, unglaublichen Bilder wirbelten vor Annabels starrem Blick umher. Sie saß wie eine Salzsäule auf ihrem braunen Pony, und der rasende Triumph der Bergbewohner über die dahingemetzelten Ungläubigen, die getöteten europäischen Hunde, die *Feringhees*, bestürmte ihre Ohren derart, daß sie meinte, der Lärm entspringe ihrem eigenen Kopf. Um sie herum wirbelten, strömten die höllischen Szenen. Gesichter – braune, bärtige, blitzende weiße Zähne – verschmolzen miteinander und trennten sich wieder. Pferde wieherten, Pulverdampf versperrte die Sicht, und aus dem Nebel trat plötzlich ein Gesicht hervor, in dem sie instinktiv ihr Schicksal las. Ein kleiner, spitzer Bart; lange

Locken drängten sich unter einer Kappe hervor; die brennenden Augen des Fanatikers. Ein Arm erhob sich hoch in die Luft, das Khyber-Messer hielt im Zenit des Bogens inne, hielt inne, um die Kraft zu sammeln, die nötig war, um ihr den Kopf von den Schultern zu trennen.

Ihr Mund öffnete sich weit zu einem tonlosen Angstschrei. Ihre Kapuze glitt zurück. Das Mädchen erstarrte vor Grauen.

Der Ghazi sah Augen, die die Farbe von Jade hatten, ein Gesicht von feinster Reinheit, Haare, die wie poliertes Kupfer in der Abenddämmerung glänzten. Ein grüblerischer Blick vertrieb die Blutlust aus seinen Augen, und der Dolch kehrte an seinen Platz im Gürtel zurück.

»Akbar Khan«, hörte sie ihn murmeln, obwohl die Todesangst sie fast betäubt hatte. Dann wurde sie durch die Luft gewirbelt, ein paar riesige Hände hatten sich um ihre Taille gelegt und sie von ihrem Pony gehoben. Ihre Furcht fand Ausdruck in einem wilden Kreischen, worüber der Ghazi lachte, sie vor sich auf den Sattel warf und ihren Mantel so um sie schlang, daß ihre Arme an ihre Seiten geschnürt waren. Er brüllte etwas Unverständliches über seine Schulter zurück in Richtung des Blutbads hinter ihm, aber die Antwort, die er vielleicht erhielt, konnte Annabel nicht von den übrigen Schreien, die durch die Luft gellten, unterscheiden. Dann galoppierten sie den Pfad entlang, ein winterkündender, beißender Wind pfiff ihr um die Ohren, stob durch ihr Haar und trieb ihr Tränen in die Augen, so daß sie während des langen Ritts nicht mehr ausmachen konnte, wann genau die Tränen der Trauer schließlich die Oberhand über die der Angst erlangten.

1. Kapitel

September 1841

Als der Katzenjammer langsam abklang, entschied Christopher Ralston schmerzlich, daß dieser diesmal in eine höhere Kategorie einzuordnen sei, und wenn irgend jemand in solchen Dingen Bescheid wußte, dann war er es. Die Sonne erschien unnötig grell vor diesem strahlend blauen Berghimmel, und zusammen mit den weißen, schneebedeckten Gipfeln blendete ihn alles unbarmherzig.

Normalerweise bewegte ihn die Würde der afghanischen Landschaft trotz seines gewöhnlichen Katers, aber heute war ein besonders schlimmer Tag. Lächelnde Ebenen, starre Berge, plätschernde Bäche, wagemutig gewundene Pfade, die ihren Weg zwischen den Felsen hindurch verfolgten trotz aller Widrigkeiten, welche das Terrain mit sich brachte – all dies vermochte weder den pochenden Schmerz in seinen Schläfen, die Lähmung durch die Schwere der Depression zu lindern, noch seinem ausgetrockneten Mund, seinen brennenden Augen und seinem beleidigten Magen Erleichterung zu verschaffen.

Wie immer fragte er sich, warum er das auf sich nahm. Warum noch ein Spiel, ein letztes Spiel, ein allerletztes Spiel spielen? Warum noch einen Brandy, einen letzten Brandy, einen allerletzten Brandy hinunterkippen? Warum fiel er Nacht um Nacht auf sein Lager, seinen Burschen verfluchend, der sich mit den Haken und Knöpfen und Stiefeln abmühte, um seinen fast bewußtlosen Offizier ins Bett zu verfrachten?

Dumme Frage. Wer würde nicht Vergessen suchen, wenn er an einen derart gottverlassenen Außenposten der zivilisierten Welt verbannt war? Gezwungen, sich mit der Mittelmäßigkeit eines Leutnantspostens in der Kavallerie der Ostindischen Kompanie abzufinden?

Gott, welche Ironie! Seine Lippen verzogen sich in bitterer Selbstbelustigung. Der ehrenwerte Kit Ralston, Liebling der Gesellschaft trotz – oder wegen – seines ausschweifenden Lebenswandels, der schneidige Hauptmann der Siebten Leichten Dragoner, verstoßen in die Dunkelheit wegen eines durch Trunkenheit verursachten Mißgeschicks.

»Bitte um Entschuldigung, Sir, aber die Männer sind nun seit vier Stunden im Sattel. Es ist Zeit fürs Mittagessen.«

Die weiche Stimme des Havildar Abdul Ali, des Eingeborenen-Sergeants, tropfte wie Regen, aber die Mahnung war trotz aller Sanftheit dennoch ein Befehl. Kit nickte dem Sergeant brüsk zu und versuchte so zu wirken, als habe er längst dasselbe geplant. »Ich habe mich dazu entschlossen, bei den Bäumen dort drüben Rast zu machen. Wir werden dort weniger sichtbar sein.« Mit seiner Gerte wies er zur windgeschützten Seite des Berges, an dessen Fuß ein kleines Dickicht am Rande einer grünen Wiese in der sandigen, weiten Ebene lag.

»Natürlich, Sir«, murmelte der immer taktvolle Havildar. »Eine ausgezeichnete Wahl.«

Kit fragte sich, ob er nicht einen Hauch von Ironie in der Stimme des Mannes entdecken konnte, und entschied dann, daß es ihm gleichgültig war. Leutnant Ralstons Abneigung gegen seine augenblickliche Stellung war weder den Männern noch den Offizieren verborgen geblieben; aber dann, keiner von ihnen war besonders glücklich darüber, den Teil einer Okkupationsarmee zu bilden, die keinerlei Legitimation besaß, britische Bajonette gegen unwillige Afghanen einzusetzen – um sie unter eine Herrschaft zu zwingen, die sie verabscheuten, und das mit gutem Grund. Shah Soojah gehörte zu der Art von Unterdrückern, deren Tyrannei in ihrem eigenen Mangel an Geist und in ihrem Übermaß an Angst begründet war. Er war kein Herrscher für die ungestümen, freiheitsliebenden afghanischen Stammesfürsten.

Leutnant Ralston blickte müde in die Landschaft, die ihn umgab, und dachte träge darüber nach, was er und seine Patrouille tun würden, wenn sie tatsächlich auf eine Gruppe kriegerischer Ghilzai-Bergbewohner stoßen sollten. Wahrscheinlich auf den Fersen kehrtmachen und Reißaus nehmen! Die Ghilzai waren kaum als zivilisierte Gegner zu betrachten, obwohl sie es noch eher waren als die fanatischen Ghazi. Sie alle waren jedoch gleichermaßen Eiferer, wenn es um ihre Entschlossenheit ging, einen Freischärlerkrieg gegen die europäischen Eindringlinge und ihre Marionettenherrscher anzusetzen, die sie besteuern und ihnen befehlen wollten; die den Bergstämmen ihr angestammtes Recht verweigerten, Wegegelder für die sichere Benutzung der Bergpässe zu erheben; deren Überheblichkeit sie blind machte gegenüber dem Selbstbestimmungsdrang der afghanischen Stämme und ihrer Khane.

Er gab seinem Pferd die Sporen. »Laß uns aufhören zu trödeln, Havildar.«

Abdul Ali gestattete es sich, eine Augenbraue ein klein wenig anzuheben, bevor er den fünf Sepoys hinter sich einen Befehl zurief und mit ihnen ihrem kommandierenden Offizier im Galopp über die Ebene folgte.

Das kühle grüne Dickicht war eine der erfreulichen Überraschungen, die in der im allgemeinen unwirtlichen Landschaft verstreut lagen. Es war weit größer, als man aus der Ferne hatte erkennen können, und sie stießen in seiner Mitte auf eine Lichtung, deren Boden aus einer dicken, mit Butterblumen übersäten Moosschicht bestand.

Die Vorstellung, Nahrung zu sich nehmen zu müssen, stieß Leutnant Ralston ab. Er überließ es seinen Männern, sich fröhlich ihr Mittagessen zuzubereiten, und ging zu Fuß ein wenig tiefer in das Dickicht hinein. Der Pfad, dem er folgte, führte in leichtem Schwung den Hügel hinunter, er ging ihn entlang, ohne sich groß Gedanken zu machen, und drang tiefer in das Wäldchen ein. Der See, auf den er vollkommen unerwartet stieß, raubte ihm den Atem. Es war ein vollkommener, von Bäumen eingeschlossener Kreis mit großen, flachen Steinen auf seinem Grund, die durch das Wasser hindurchschimmerten. Er machte einen Schritt zwischen den Bäumen hindurch auf ihn zu in der Absicht, seinen schmerzenden Kopf in dem einladenden Naß zu kühlen, als etwas seine Aufmerksamkeit erregte und ihn innehalten ließ. Instinktiv zog er sich zwischen die Bäume zurück und verharrte ohne Bewegung.

In dem See schwamm jemand. Ein nackter weißer Arm hob sich, durchbrach die Wasseroberfläche. Aus dieser Entfernung konnte er keine Unterscheidungsmerkmale ausmachen, aber seine Augen fielen auf einen Haufen Kleidungsstücke, die einige Fuß vom Ufer entfernt lagen, gar nicht weit von der Stelle, wo er stand. Er nahm an, daß sie dem Schwimmer gehörten. Dem Anblick des kleinen Bündels war nicht zu entnehmen, ob es sich um europäische Kleidung handelte. Neugierig trat er zwischen den Bäumen hervor, bewegte sich auf das Bündel zu und bückte sich, um es zu untersuchen.

Er hörte nichts, bis ihn ein winziger Stich an der verletzlichen Stelle hinter seinem rechten Ohr in der Bewegung innehalten und vor Schreck steif werden ließ. Hinter ihm stand jemand, der die Spitze eines sehr scharfen Gegenstands gegen seine Haut drückte. Eine Stimme, eine weibliche Stimme, sprach barsch in Paschtu zu ihm. Er schluckte und versuchte seinen Kopf ruhig zu halten, damit er nicht unbeabsichtigt die Spitze in seinen Schädel trieb.

»Ich spreche ein wenig Persisch«, sagte er in dieser Sprache, »aber kein Paschtu. Ich führe nichts Böses im Schilde.«

Zu seiner Erleichterung wurde der stechende Druck von seinem rechten Ohr genommen, aber er verhielt sich weiterhin still und wagte es nicht, sich umzuwenden. Es schien unglaublich, daß er auf eine afghanische Frau gestoßen war, die unbeaufsichtigt ein

Bad in dem See nahm. Diese Menschen hüteten ihre Frauen mit all der Sorgfalt, die ihnen von den Gesetzen des Koran auferlegt waren. Die Behauptung, daß sie ihnen im Alltag keine besondere Beachtung schenkten, war gerechtfertigt, aber ganz gewiß gingen ihre Frauen nicht herum und nahmen Bäder in der Öffentlichkeit zugänglichen Seen, wie abgelegen auch immer ein solcher See zu sein schien.

»Wir werden uns in der Sprache der *Feringhee*, der europäischen Eindringlinge, unterhalten, wenn du das vorziehst«, sagte die Stimme zu seinem Erstaunen. »Dreh dich langsam um.«

Christopher gehorchte mit äußerster Vorsicht. Er pflegte Überraschung und Erschrecken als wunderbar stimulierend zu empfinden. Sein Kopf war nun klar, obwohl sein Herz zur Antwort auf die Bedrohung durch die Klinge raste. Sobald er sich jedoch umgedreht hatte, hatte das Rasen seines Herzens eine ganz andere Ursache.

Er war sich nie ganz sicher, was er zuerst bemerkt hatte. Waren es die jadegrünen, leicht mandelförmigen und an den äußeren Enden ein wenig schiefen Augen? War es die unglaubliche Helligkeit ihrer Haut? War es das tiefglänzende Kupfer ihres Haars, welches noch naß ihre Schultern umfloß? Oder war es, daß sie ganz und gar nackt war – schlank, geschmeidig, mit zarten Kurven... und vollkommen nackt?

Eine nackte weiße Frau, auf deren Körper die Wassertropfen glänzten, stand vor ihm, hielt einen bösartigen Dolch auf eine Weise in den Händen, die deutlich machte, daß sie ihn zu gebrauchen wußte und im Bedarfsfalle nicht zögern würde.

»Wer, zum Teufel, bist du?« hörte er sich selbst ein wenig heiser fragen.

»Und wer, zum Teufel, bist du?« kam die prompte Antwort. Die grünen Augen suchten den See und die ihn umgebenden Bäume ab. »Die Soldaten der *Feringhee* reisen normalerweise nicht allein. Es ist ein wenig gefährlich dieser Tage, nicht wahr?«

Der Spott in ihrer Stimme war unüberhörbar und er spürte, wie sich seine Nackenhaare verdrießlich sträubten. Wie sehr auch immer er im verborgenen mit der Ablehnung der britischen Militärpräsenz seitens der Afghanen sympathisierte, so war er doch ein Offizier dieser Armee und durfte eine Unterstellung von Feigheit, ob unausgesprochen oder unverblümt, nicht ohne Widerspruch hinnehmen.

Aber wie hatte ein Gentleman seinen Ärger einer splitternackten, mit einem Dolch bewaffneten Frau gegenüber zum Ausdruck zu bringen?

Er rang noch immer mit diesem Zwiespalt, voller Unbehagen angesichts des Spotts in ihren grünen Augen, als sie erneut das Wort ergriff. »Du solltest hier lieber verschwinden. Sie werden dich töten, wenn sie dich entdecken.«

»Wer?« Er war noch immer ein Opfer seiner eigenen Verwirrung und sah undeutlich, daß er sich auf erschreckende Weise im Nachteil befand, was eigentlich nicht der Fall sein sollte – ein Leutnant aus Königin Victorias Armee derart in Verlegenheit. Sicherlich gäbe es eine Möglichkeit, ihr den Dolch zu entwinden. Aber um das zu tun, würde er sie berühren müssen und er glaubte nicht, daß ihm das unter den gegebenen Umständen in schicklicher Weise gelingen würde.

»Das geht dich nichts an«, antwortete sie. »Aber ich gebe dir mein Wort, wenn sie dich hier so mit mir finden, werden sie dich töten. Und es wird ein einzigartig unangenehmer Tod sein – etwas, worin sie große Erfahrung haben.« Ihr Ton klang sachlich, aber er bemerkte eine plötzliche Anspannung in dem geschmeidigen Körper. »Geh«, befahl sie.

»Einen Augenblick!« Er entdeckte ein zwingendes, wenn auch verspätetes Verlangen, sich Gewißheit zu verschaffen. »Ich weiß nicht, wer du bist oder welches Recht du hast, dich hier aufzuhalten, wenn ich keines habe. Vor allem aber sehe ich keinen Grund, warum *ich* fortlaufen sollte. Mir scheint es eher, daß augenblicklich *du* die Gefährdete bist.« Er gestattete es seinem Blick, ihren Körper hinunterzuwandern, und fühlte einen Stich der Genugtuung, als sich eine zarte Röte auf ihren Wangen zeigte. »Mach keinen Fehler – ich will deine Reize nicht verunglimpfen, aber englische Damen enthüllen sich gewöhnlich nicht vor fremden Männern. Und wenn du keine englische Dame sein solltest, was bist du dann?«

Sie bewegte sich so schnell, daß er nicht wußte, wie es geschehen war, aber die Spitze ihres Dolches stach in seinen Hals und brachte sein Blut zum Fließen. Die grünen Jade-Augen waren dabei so kalt wie Stein. »Wer ich bin und was ich bin, hat nichts mit dir zu tun, europäischer Hund!« murmelte sie. »Ich lebe nicht nach deinen Gesetzen und ordne mich nicht deinen Etiketten unter.«

»Gott verdammt! Aber du bist genauso wie ich ein *Feringhee*«, rief er und griff abrupt nach dem Gelenk der Hand, welche die Klinge an seinen Hals hielt. Er war zu wütend, um sich vorher Gedanken über das Risiko zu machen, das er einging, und es zahlte sich aus. Sie trieb die Spitze nicht tiefer in sein Fleisch, wie sie es leicht hätte tun können. Statt dessen weiteten sich ihre Augen vor Überraschung vermischt mit einer Spur von Ärger. So standen sie eine Weile still, seine Finger umklammerten ein schmales, zerbrechliches Handgelenk und ihr nackter Körper war seinem so nah, daß ihre Brüste gegen seinen Uniformrock rieben, als sie scharf die Luft einsog.

»Du bist keine Afghanin, keine Perserin, keine Inderin«, fuhr er fort und suchte bedachtsam seinen Vorteil auszunutzen. »Und das, Miss, macht dich zu einem ebensolchen europäischen Ungläubigen wie mich. Und ich sage dir, daß die jungen Damen dort, wo ich herkomme, nicht mit bloßer Haut herumlaufen und Messer auf unschuldige Fremde richten.« Er gab ihr Handgelenk so plötzlich frei, wie er es ergriffen hatte, trat zurück und strich den grob behandelten Kragen seines Rocks glatt, wobei er sie wachsam im Auge behielt.

Ein Ausdruck von Unsicherheit hatte sich in den jadegrünen Blick geschlichen, der sogleich wieder verschwand und durch eine Mischung aus Entschlossenheit und Schrecken ersetzt wurde. »Sie kommen. Du mußt gehen. Es ist keine Zeit zu verlieren.«

Kit konnte nichts hören außer den normalen Hintergrundgeräuschen, die aus dem Wäldchen an seine Ohren drangen, doch die Dringlichkeit ihrer Stimme war nicht zu überhören, und er bemerkte, wie er sich unwillkürlich in den Schutz der Bäume zurückzog. Außer Sichtweite, hielt er an, wobei ihm eine dichte Brombeerhecke Deckung bot, von der aus er – selber verborgen – das Seeufer überschauen konnte.

Zwischen den Bäumen am hinteren Ende des Sees wogte eine Herde zwitschernder, schwarzgekleideter Gestalten heran. Ihre Stimmen, die besorgte und scheltende Worte auf Paschtu ausstießen, erfüllten die Lichtung, als sie auf die Frau mit den kupferfarbenen Haaren zueilten, die neben dem Haufen abgelegter Kleidungsstücke stand und in offensichtlicher Unbekümmertheit das Wasser aus ihren Haaren drückte.

Der Beobachter zwischen den Bäumen starrte zu ihnen hinüber, zugleich verzaubert und gedankenverloren. Was war das? Wer zum Teufel war sie? Ein englisches Mädchen ... eine Frau ... Wie alt war sie? Neunzehn, vielleicht zwanzig Jahre ... ganz gewiß nicht älter ... Ein englisches Mädchen, das von einer Gruppe afghanischer Frauen mit äußerster Vertrautheit behandelt wurde. Vertrautheit, ja, aber er konnte auch noch etwas anderes entdecken, als die Frauen unvermindert mit ihrem Gezwitscher fortfuhren, während sie das Mädchen, welches das unmißverständliche Schimpfen wie auch die übrigen Aufmerksamkeiten scheinbar gleichgültig hinnahm, abtrockneten und ankleideten. Sie benahmen sich ihr gegenüber, als ob sie ihr ganz besonderer Schützling sei, ja, ihr ganz besonders wertvoller Schützling. Da er von dem wilden Ruf der Stammesfrauen wußte, hatte Kit Ralston nicht das geringste Bedürfnis, sich zu zeigen, und erkannte nun dankbar den Grund für den schroffen Platzverweis.

Er beobachtete, wie sie sich die lose *Chalvar* überstreifen ließ, welche ihre langen schlanken Beine verhüllte, deren Bild noch immer sein Inneres erfüllte. Ihre Dienerinnen warfen ihr eine bestickte Jacke über den Kopf, steckten ihre Füße in Pantoffeln und bückten sich, um die Spitzen der Schuhe mit der Hose zusammenzuknöpfen. Dann hüllten die Frauen sie in einen weiten *Chadri* und verschleierten sie auf diese Weise vom Kopf bis zu den Füßen. Nur ihre Augen waren durch das *Ru*-Band, ein weitmaschiges Netz, welches in die weiße Seide hineingestickt war, hindurch sichtbar. Abgesehen von der Tatsache, daß ihre Kleidung aus einem weichen, weißen, seidigen Material bestand und jene ihrer Dienerinnen aus einem dunklen, rauhen Stoff, unterschied sie sich nun in keiner Weise von den übrigen Frauen; ihre weiße Haut und ihre glänzenden Haare waren vor jeder Versuchung verborgen.

Kit überfiel ein Schaudern, als er sich ausmalte, was mit ihm geschehen wäre, wenn sie ihn zusammen mit ihr in ihrer Nacktheit erblickt hätten. Wer auch immer sie war, sie schien genauso wie alle Frauen des Islam den Regeln des Koran unterworfen zu sein – und solche Frauen waren nicht für die Augen von Ungläubigen bestimmt. Aber in diesem Fall mußte sie irgendeinem Mann gehören. Die Vorstellung, daß ein englisches Mädchen an einen dieser Bergbewohner gebunden war, war keine, die er lange würde ertragen können. Er wußte, daß die Khane in ihren eigenen Territorien die Herren über Leben und Tod waren. Persönlich erachtete er dies als ihre Angelegenheit, solange es ihre eigenen Leute betraf. Aber hier handelte es sich um eine Engländerin... um eine Bürgerin des britischen Weltreichs.

Guter Gott! Es war unfaßlich. Welche Umstände auch immer zu dieser Situation geführt hatten, sie konnten nicht zugelassen werden – jedenfalls nicht von einem englischen Gentleman, der diesen Namen verdiente! Erfüllt von einer ungestümen neuen Energie, die seine vorangegangene Depression verscheuchte, eilte er zwischen den Bäumen hindurch zu seiner Patrouille zurück.

Der Havildar erhob sich hastig, als er seinen Offizier in die

Lichtung treten sah. »Dachte schon, die Ghilzai hätten Sie erwischt, Sir«, setzte der Eingeborenen-Sergeant in derbem Humor an, vermochte jedoch das in dem Scherz enthaltene Element der Furcht nicht ganz zu verbergen. Nach Abdul Alis erfahrener Meinung konnte man bei Männern, die wie Leutnant Ralston derart zu Gleichgültigkeit und Melancholie neigten, nicht davon ausgehen, daß sie in Feindesland die notwenigen Vorsichtsmaßnahmen trafen. Das machte sie zu unbeliebten Offizieren, es sei denn, sie hatten einen Sergeant wie Abdul Ali, der ihre Gedankenlosigkeit überlistete.

Kit warf ihm einen scharfen Blick zu, und dann, zum Erstaunen des Havildar, glitt der Anflug eines Grinsens über sein Gesicht, das dem zuvor so schlaffen Mund einen neuen Schwung gab und den etwas schiefen Humor in seinen schwerlidrigen grauen Augen aufblitzen ließ. Er nahm den Tschako mit dem Federbusch vom Kopf und fuhr mit den Händen durch sein dickes, leicht gelocktes, blondes Haar. »Das haben sie auch beinahe, Havildar. Aber nicht so, wie du es dir vorstellst... Ist das Tee, was die Männer zusammenbrauen?«

»Ja, Sir. Wird Ihnen guttun, ganz bestimmt.« Der Sergeant rief einem der Sepoys auf Hindi etwas zu, der eine Blechtasse mit der dampfenden Flüssigkeit, deren rotbraune Färbung ihre Stärke anzeigte, herübertrug.

Kit nahm einen Schluck, schauderte, einen weiteren Schluck und begann, sich wieder als Mensch zu fühlen. »Wir sind etwa vier Stunden von Kabul entfernt«, sagte er und griff nach der Karte in der Satteltasche. »Im Herzen des Ghilzai-Territoriums.» Er schüttelte die Karte mit einer Hand heraus und führte mit der anderen die Tasse an die Lippen. »Unser Auftrag lautet, Uktar Khan und seine Bergbewohner aufzuspüren.«

»Oder Akbar Khan«, fügte Abdul hinzu und verzog dabei den Mund. »Mir scheint eher, Sir, daß Akbar die eigentliche Bedrohung ist.«

»Ich bin sicher, du hast recht. Aber sieben Männer werden in diesen Bergen den Anführer nicht finden, es sei denn, er will gefunden werden. Er lebt wie ein Nomade und hat sich seit Monaten nicht gezeigt.«

»Ja, nur durch seinen Einfluß«, stimmte Abdul zu. »Er steckt hinter jedem Überfall, jedem Komplott, jedem Scharmützel, jedem Mord.«

»Daran habe ich keinen Zweifel.« Ralston blickte in seine leere Tasse und fragte sich, ob eine zweite Füllung mit diesem belebenden Gebräu wohl die Wirkung der ersten aufheben oder einfach den Nutzen verdoppeln würde. Es fiel ihm ein, daß etwas zu essen keine schlechte Idee wäre. »Was gab es zum Mittagessen, Havildar?«

»Nur Brot und Käse, Sir. Wir reisen mit leichtem Gepäck.«

»Natürlich.« Er hätte es wissen müssen. Es lag in seinem Verantwortungsbereich, die entsprechenden Befehle für die Versorgung einer Patrouille mit Lebensmitteln zu geben – eiserne Rationen in Übereinstimmung mit ihrer vermutlich geheimen Mission. Wenn es ihm gelungen war, die entsprechenden Befehle im schmerzenden Nebel seines nächtlichen Exzesses zu geben, dann konnte er sich daran zumindest nicht mehr erinnern. Aber Abdul Ali würde sich sowieso darum gekümmert haben. Er wäre ein viel besserer Anführer dieser kleinen Sepoy-Patrouille als Leutnant Christopher Ralston, der nie mehr als einen Hyde-Park-Soldaten dargestellt hatte, schmuck in seiner Uniform, beliebt in der Offiziersmesse und ein Teufelskerl bei den Frauen, die alle in Uniformen verliebt waren. Sauer stieß ihm eine Welle des Abscheus vor sich selbst auf und bedrohte seine neugefundene Berufung.

»Bitte, Sir.« Der Havildar streckte ihm ein Stück Ziegenkäse und einen Kanten Brot entgegen.

Kit nahm es, grunzte ein Dankeschön und wandte sich wieder der Karte zu. Die Frauen mußten aus irgendeinem Dorf in der Nähe stammen. Aber es konnte sich nicht um ein normales Bauerndorf handeln. Die Kleidung des englischen Mädchens war zu reich für eine normale Dorfbewohnerin, und auch die Aufmerksamkeit, die ihr von einer so großen Frauengruppe zuteil geworden war, wies auf einen bedeutenderen Haushalt hin – auf den Haushalt eines Khans.

Er kaute auf dem trockenen Brot herum und trank noch etwas Tee; sein Kopf arbeitete jetzt freier, sein Verstand war nicht mehr verwirrt und träge. Es stand bestimmt in Einklang mit seinem momentanen Auftrag, das Khanat zu identifizieren. Was sollte dagegen sprechen, daß die Frauen womöglich aus der Festung von Uktar Khan stammten? Auf jeden Fall wäre es Pflichtvergessenheit, wenn er diese Möglichkeit nicht überprüfte, nun, da sie ihm eingefallen war.

Die Frauen waren von der gegenüberliegenden Seite auf den See zugekommen. Er und seine Patrouille würden dort ihren Ausgang nehmen. Er faltete die Karte wieder zusammen und hörte erfreut das Rascheln des Papiers, das ihm so vorkam, als stimme es mit seiner eigenen Entscheidungsbereitschaft überein. »Sag den Männern, daß sie zusammenpacken sollen, Havildar. Ich habe einen Verdacht, dem ich folgen möchte.«

Abdul Ali verbarg höflich seine Skepsis und sein Erstaunen über diesen frischen Befehlston von einem Menschen, der sein Desinteresse an und Spott für das gesamte Unterfangen bis dahin kaum verhehlt hatte. Er gab die notwendigen Befehle, und binnen kurzem bahnte sich die kleine Gruppe ihren Weg durch die Bäume hin zum See.

Dieser lag friedlich und verlassen da, ohne einen Nachklang seiner vor kurzem noch anwesenden Besucher. Die Mittagssonne schien zwischen den Bäumen hindurch und tanzte auf der Wasseroberfläche wie ein mutwilliger Kobold. Ausnahmsweise hatte Kit diesmal nichts am Licht und an den phantastischen Bildern, die es schuf, auszusetzen. Er führte seine Gruppe um den See herum, wo das Gras von Fußabdrücken zu etwas wie einem Weg niedergetreten worden war. Sie folgten dem Pfad zwischen die Bäume und fanden sich dann in steil ansteigendem Gelände wieder.

»Scheint nach oben in die Berge zu führen, Sir.« Abdul schloß zu Kit auf. »Von unten aus der Ebene sah es so aus, als ob der Wald nur den Fuß des Berges bedecke.«

Kit nickte. »Das Licht spielt einem merkwürdige Streiche an diesem Ort.« Sie ritten weiter in eine sich noch vertiefende Stille hinein, bis sie nicht einmal mehr den Ruf eines Vogels vernahmen, sondern nur noch die Hufe ihrer Pferde, unter denen kleinen Äste knackten.

Die Frauen konnten nicht mehr als eine Stunde Vorsprung haben, wo zum Teufel waren sie also? Kit blickte sich um, und seine Unruhe nahm zu. Abdul saß auf seinem drahtigen Pony, die Nase in den Wind gehalten und die Augen ruhelos umherschweifend, um einen möglichen Hinweis auf die Gefahr zu erhaschen, die sie alle lauern spürten. Und dann war sie plötzlich da.

Der Wald hörte abrupt vor einer Ebene auf und die kleine Patrouille fiel beinahe über ein Nomadenlager. Die schwarzen Zelte drängten sich auf einer sandigen, flachen Anhöhe zusammen, die sich hoch über einer tiefen Schlucht im Schatten der zerklüfteten Felsen ausbreitete.

»Großer Gott!« murmelte Kit und verfluchte sich zugleich, weil er nicht daran gedacht hatte, einen der Sepoys als Späher vorauszuschicken. Die Nomaden waren normalerweise nicht besonders kriegerisch, aber zu dieser Zeit konnte man sich auf nichts mehr verlassen, und von Räubern wimmelte es nur so in dieser Gegend.

Männer traten aus den Zelten, mit schwarzen Kopfbedeckungen und langen *Chapans* aus weißer, selbstgesponnener Baumwolle, die lose um ihre Körper flatterten.

»Wartet!« befahl Kit in scharfem Ton, als seine Soldaten ihre Musketen hoben. »Wir wollen erst sehen, wie sie reagieren.«

Die Nomaden schienen auf die Gruppe zuzugleiten. Sie hielten Stöcke in ihren Händen und Messer in den Falten ihrer *Chapans* verborgen, aber Schußwaffen konnte Kit nirgends ausmachen. Daher gestattete er sich zu warten, welche Absichten sie zeigten.

Als sie näher kamen, wurde die nackte Feindseligkeit in ihren Augen und in ihrer Haltung offensichtlich. Er war im Begriff den Befehl zum Feuern und anschließendem Rückzug zu geben, als eine Stimme – eine bereits vertraute Stimme – scharf etwas auf Paschtu in die bedrohliche Stille rief, die sich über das Lager gesenkt hatte.

Die Gestalt in dem seidigen weißen *Chadri* kam schnell auf sie zu, und die Männer zögerten, obwohl ihre feindseligen Augen weiterhin auf die Eindringlinge geheftet blieben. Die Patrouille ignorierend, wandte sie sich an die Nomaden, und ihre Worte flossen leise und schnell. Es gab Stirnrunzeln, Murmeln, aber erst einmal machte niemand eine Bewegung auf die Gruppe von Soldaten zu.

Schließlich wandte sie sich an Kit und fragte ihn auf persisch: »Was hast du hier zu suchen?«

Er blickte die verhüllte Gestalt an, und seine Augen suchten nach dem grünen Blick hinter dem gestickten Einsatz ihres Schleiers ... suchten und fanden. »Ich habe dich gesucht«, antwortete er bestimmt und hoffte, daß niemand außer ihnen Persisch verstand. Bildete er sich das Flackern hinter dem *Ru*-Band nur ein?

»Das ist eine dumme Suche«, erwiderte sie in einem Ton kühler Gleichgültigkeit, bevor sie sich zu den in Mäntel gehüllten bärtigen Männern umdrehte. Wieder sprach sie zu ihnen, und der Name Akbar Khan war deutlich unter den übrigen Worten herauszuhören. Kit spürte, wie Abdul sich versteifte, und aus einer plötzlichen Eingebung heraus sprach er plötzlich englisch.

»Ich habe etwas mit Akbar Khan zu besprechen«, sagte er klar. »Ich würde gerne mit ihm reden. Ich glaube, daß der Sohn von Dost Mohammed zu dieser Zeit die Gelegenheit zu Gesprächen begrüßen würde.«

Sie stand sehr ruhig und blickte ihn prüfend an. »Du hast eine Botschaft aus Kabul? Von General Elphinstone ... oder Shah Soojah?« Der Spott, den er schon früher wahrgenommen hatte, schwang in ihrer Stimme mit, als sie die Namen aussprach, und er konnte es ihr nicht einmal verübeln. Elphinstone, der General, der für die britische Armee in Kabul zuständig war, war eine schwache, unentschlossene Marionette, die darauf wartete, sich zu entfalten. Und der nominelle Herrscher von Afghanistan war nicht besser. Aber es war entmutigend, wenn schon nicht beängstigend, daß die Afghanen selbst keinerlei Zweifel über die Schwäche ihrer Gegner hegten.

»Ich möchte mit Akbar Khan sprechen«, wiederholte er kurz.

»Es ist möglich, daß auch er mit dir sprechen möchte«, antwortete sie. »Aber wenn du in Frieden kommst, dann mußt du deine Waffen niederlegen und das Salz dieser Menschen essen. Nur so werden sie dir vertrauen. Und du wirst ihr Geleit benötigen.«

»Das ist eine Falle«, zischte Abdul. »Ausgefuchste Teufel sind sie, Sir. Man kann ihnen nicht weiter vertrauen, als man die Hand ausstrecken kann, selbst denen nicht, die der Königin Englisch sprechen wie diese hier.«

Ein verächtliches Lachen kam hinter dem *Chadri* hervor, aber sie machte keinen Versuch, Widerspruch einzulegen, und Kit wußte nicht, was er davon halten sollte. Sie schien einige Autorität über diese Nomaden zu besitzen, aber welche afghanische Frau hatte schon Autorität über Männer? Natürlich, er wußte ja, daß sie keine Afghanin war, jedenfalls nicht von Geburt an. Aber ihr Geist…? Und Abdul hatte recht mit ihrer Tücke. Diese Menschen sahen die Dinge anders, machten andere Unterscheidungen. Jedoch ihr Salz zu essen würde die Sicherheit des Gastes garantieren… wenn er lange genug überleben würde, es zu tun.

»Weißt du, wo ich Akbar Khan finden kann?« fragte er sie.

Sie lachte wieder. »Keiner weiß das besser als ich, *Feringhee.*«

Das Rätsel war nicht zu lösen, jedenfalls nicht unter den augenblicklichen Umständen. Das Mädchen hatte alle Karten in der Hand, und wenn sie wirklich entschlossen war, sich an eines oder zwei seiner Asse heranzumachen, dann hatte er keine Wahl und würde mithalten müssen. Nur, sich dem Bann dieser geheimnisvollen Kreatur zu entziehen, würde ihm keinesfalls mehr gelingen.

»Wir werden unsere Waffen nicht ablegen«, sagte er vorsichtig auf Persisch, direkt an den Kreis der Männer gewandt. Vielleicht verstanden sie ihn nicht genau, aber sie würden die Höflichkeit in seinem Versuch erkennen, sich direkt mit ihnen zu verständigen. »Es ist nicht unsere Art als Soldaten, unbewaffnet aufzutreten, aber wir werden absteigen und mit euch gehen.«

Die Männer wandten sich dem Mädchen zu, das schnell übersetzte. Es kam zu einigen gemurmelten Gesprächen, dann trat einer der Männer hervor und ergriff die Zügel von Kits Pferd.

»Sie werden euch in das Lager führen«, erklärte die junge Frau. »Du mußt ohne Übersetzer auskommen, bis wir morgen aufbrechen. Es ist mir nicht gestattet, mit den Männern zu beraten.«

»Nach wessen Befehl?« hörte er sich selbst fragen, weil es ihn unangenehm berührte, in seiner eigenen Sprache von einem Mitglied seiner eigenen Rasse eine derartig rituelle Vorschrift beschrieben zu hören, die nicht für jemanden wie sie gelten durfte.

Eine kleine Welle des Lachens färbte ihre Stimme, als ob sie seinen starren Chauvinismus erkenne und sich darüber lustig machte. »Nach Akbar Khans Befehl. Ohne seine Erlaubnis darf ich keinen sozialen Umgang mit Männern pflegen, und er ist nicht anwesend, um sie mir zu erteilen.« Der *Chadri* erbebte um ihre Schultern, aber er konnte das Schulterzucken nicht wirklich sehen, sondern es nur erraten. »Auf der Reise morgen werde ich wieder für dich übersetzen können, wenn es für dich notwendig ist.« Sie kehrte sich ab.

»Warte!«

Über die Schulter blickte sie zu ihm zurück: »Ja?«

»Wer, zum Teufel, bist du?«

»Ayesha«, antwortete sie. »Und wer, zum Teufel, bist du, Feringhee?«

»Christopher Ralston«, er verbeugte sich knapp.

»Ich fühle mich geehrt, Ihre Bekanntschaft zu machen, Christopher Ralston.«

»Das Vergnügen ist ganz auf meiner Seite, Miss.«

Diesmal war kein Spott in ihrem Lachen. Es war ein klares, ansteckendes Lachen, das ihm ein Grinsen in die Mundwinkel zauberte, als er beobachtete, wie sie auf eine Gruppe von Zelten auf einer Seite des Hauptlagers zuging.

»Etwas sehr Merkwürdiges geht hier vor, Sir«, murmelte Abdul und übergab mit grimmigem Gesichtsausdruck die Zügel seines Pferdes einem Nomaden, der keine Miene verzog.

»Sehr merkwürdig, Sergeant«, stimmte Kit zu. »Aber Rätsel habe ich nie gemocht, und ich bin entschlossen, auch dieses zu lösen.«

2. Kapitel

Leutnant Ralston verbrachte eine unruhige Nacht. Er und seine Männer hatten ein eigenes Lager um ihr Lagerfeuer errichtet, und er hatte für die ganze Nacht Wachtposten eingeteilt. Aber das Gefühl, zwischen den geöffneten Kinnladen des Feindes zu liegen und darauf zu warten, daß sie sich schlossen, war erholsamem Schlaf nicht förderlich. Er wußte, daß Abdul Ali und die Männer nicht begriffen, warum er diese unnötige und gefährliche Richtung eingeschlagen hatte, indem er dem berüchtigten Akbar Khan in seinen Bau folgte. Aber der Leutnant konnte ihnen schlecht erklären, daß er mit diesem Impuls mehr als nur die Interessen der britischen Armee in Kabul vertrat.

Wo befand sie sich jetzt? Wahrscheinlich tief schlafend in einem der schwarzen Zelte, bewacht von den schwarzgekleideten Frauen. Wer war sie? Woher war sie gekommen? Und wie, im Namen aller guten Geister, war sie hier gelandet? Die lange Nacht schenkte ihm keine Antworten auf seine Fragen.

Der Tagesanbruch weckte ihn aus einem unerquicklichen Schlummer. Im Nomadenlager herrschte bereits geschäftiges Treiben. Die Zelte wurden abgebaut, Ponys beladen… und nicht nur Ponys. Frauen setzten sich zu Fuß den schmalen gewundenen Pfad hinauf in Bewegung, niedergedrückt von Traglasten und ihren Babys. Den sich abmühenden Frauen keinerlei Beachtung schenkend, schritten die Männer unbeladen und miteinander redend voran, dabei ihre schweren Knüppel für einen sichereren

Tritt einsetzend. Kinder rannten pfeifend zwischen den Schaf- und Ziegenherden umher, damit die Tiere schneller liefen.

Die drei Stammesältesten, die er am vorangegangenen Abend ausgemacht hatte, ritten auf die kleine Soldatentruppe zu. Gesten reichten aus, um ihnen anzudeuten, daß sie aufsitzen und den Ältesten an die Spitze des Zuges folgen sollten.

Und Ayesha? Er konnte natürlich nicht nach ihr fragen, aber seine Augen suchten die Umgebung ab. Sicherlich würde sie nicht mit den anderen Frauen wie irgendein Lasttier zu Fuß gehen?

Dann erblickte er sie, wie sie auf einem zierlichen grauen Pferd, eindeutig arabischer Abstammung, ritt. Sie war noch immer in den weißen *Chadri* gehüllt, aber das voluminöse Gewand schien sie auf dem Rücken ihres trabenden Reittiers nicht in ihrer Beweglichkeit zu beeinträchtigen.

»Salaamat bashi«, grüßte sie, als sie zu ihnen stieß. »Das heißt, Gesundheit sei mit dir«, übersetzte sie in sich hineinlachend, als sie Kits verständnisloses Gesicht sah. »Darauf muß man antworten mit: *Mandeh nabashi. Zendeh bashi.* Das heißt, niemals soll Müdigkeit dich übermannen. Dein Leben dauere ewig.«

»Danke«, sagte er schwach, »ich werde mich bemühen, es in Erinnerung zu behalten.«

»Das ist ein Ausdruck grundlegender Höflichkeit«, erwiderte sie tadelnd. »Wenn du schon zu den Bergstämmen gehst, dann könntest du wenigstens ein oder zwei Worte ihrer Sprache erlernen.«

»Spricht Akbar Khan denn kein Persisch?« wollte Kit wissen und drehte sich auf seinem Pferd zu ihr um. »Sein Vater ist dieser Sprache mächtig.«

»Ja, natürlich kann er Persisch. Er beherrscht auch Englisch. Aber er könnte sich entscheiden, keines von beiden zu sprechen«, erklärte sie ihm. »Vielleicht wird er sich auch entscheiden, dich überhaupt nicht zu empfangen.«

»Aber ich gehe davon aus, daß er, da du dich für mich verbürgen wirst, nur zu gerne anhören wird, was ich zu sagen habe«, entgegnete Kit sanft. »Du hast ohne Zweifel einen gewissen Einfluß hier.«

»Ich bin nur eine Frau«, gab sie zu bedenken. »Du mußt wissen, was das in diesem Land bedeutet. Ich hoffe für uns beide, daß du nicht so dumm bist, wie du dich bisher erwiesen hast. Akbar Khan kann Dummköpfe nicht ausstehen, und wenn er dein Eintreffen nicht gutheißt, dann, das versichere ich dir, werde *ich* die Konsequenzen dafür tragen müssen.«

»Warum bringst du mich dann zu ihm?«

Sie gab ihm nicht sofort eine Antwort, und er ertappte sich dabei, wie begierig er darauf wartete. Schließlich ergriff sie das Wort. »Es wird ein entsetzliches Gemetzel geben, wenn niemand etwas tut, um es zu verhindern. Mit jedem Tag, der vorbeigeht, wird es immer unabwendbarer. Nur Akbar Khan kann das verhindern, aber man muß ihn davon überzeugen, daß dies in seinem und in seines Vaters Interesse ist.«

»Aber sein Vater befindet sich in freiwilligem Exil in Indien«, gab Kit zu bedenken.

»Sein Vater hat entschieden, daß er seinem Volk am besten dienen konnte, indem er den Kampf einstellte. Aber urteile nicht falsch, Christopher Ralston, Dost Mohammed wußte sehr wohl, daß er seinen Sohn zurückließ, damit dieser den Kampf für ihn fortführt. Akbar Khan ist nicht so wählerisch in seinen Methoden wie sein Vater; das ist dem Dost sehr wohl bewußt. Außerdem ist dies kein Kampf, der mit wählerischen Methoden ausgetragen werden kann. Nachdem er gewonnen und Dost Mohammed wieder Shah von Afghanistan ist, wird er gerne auf gutem Fuß mit seinen britischen Nachbarn in Indien stehen wollen, aber wenn er selbst in das Blutbad, das der Besatzungsarmee bevorsteht, hineingezogen wird, dann wird ihm das kaum gelingen«.

Kit staunte. Das war die erste vernünftige Bestandsaufnahme der Situation, die er seit seiner Ankunft vor zwei Monaten aus Indien in Kabul vernommen hatte. »Dann ist es also wahr, daß Akbar Khan unter den Stämmen Unruhe stiftet?«

»Du erwartest doch nicht, daß ich diese Frage beantworte, oder?« Sie blickte zu ihm herüber und ihre jadegrünen Augen leuchteten durch ihren Schleier hindurch.

»Dann erzähl mir etwas von dir selbst. Du kannst mir nicht das Recht verwehren, neugierig zu sein.«

»In der afghanischen Gesellschaft werden Frauen in den Worten der Männer, denen sie gehören, beschrieben«, antwortete sie. »Ich gehöre Akbar Khan. Das ist alles, was du wissen mußt... und alles, was du erfahren *wirst*.«

»Du bist eine Engländerin! Engländerinnen sind kein *Besitz* wie in diesen barbarischen Sitten. Gib nicht derartige Torheiten von dir!« brach es aus ihm hervor, und sofort wurde ihm sein Fehler klar. Die mit Umhängen gekleideten Männer um sie her brachten ihre Pferde wie auf Kommando zum Stehen. Ein wilder Ausruf begleitete das plötzliche Erscheinen der Khyber-Messer. Grimmige schwarze Augen blickten ihn bedrohlich an.

Ayesha richtete schnell ein paar Worte an sie, und Kit vernahm einen versöhnlichen Unterton in ihrer Stimme. Der anführende Älteste antwortete ihr, und eine geflüsterte Auseinandersetzung folgte. Schließlich zuckte sie die Schultern und sagte leise zu Kit: »Ich darf nicht neben dir reiten. Sie wollen keine Unterhaltung zwischen uns, die sie nicht verstehen können, insbesondere keine, die zu erhobenen Stimmen führt. Sie wittern eine Bedrohung, aber können sie nicht erkennen, und es ist ihre Aufgabe, über mich zu wachen.«

Alle Argumente, die er hätte vorbringen können, erstarrten ihm auf den Lippen, als weiterhin grimmige Blicke in seine Richtung geschickt wurden und die Hände noch immer über den Messern lagen. Er war sich der Nähe Abdul Alis und der Sepoys, die hinter ihm ritten, bewußt, auch ihrer Gewehre in Bereitschaft – er spürte ihre Nervosität, und ein einziger Schuß konnte ihrer aller Tod bedeuten. Er senkte seinen Kopf friedfertig und verhielt ein wenig, um neben Abdul zu reiten. Die Ältesten entspannten sich, nahmen jedoch Ayesha in ihre Mitte.

»Ausgefuchste Teufel!« flüsterte Abdul wieder. »Dachte schon, die würden Sie anspucken, Sir.«

»Das glaubte ich auch«, sagte er säuerlich. »Es scheint so, daß man sehr vorsichtig in der Umgebung von Akbar Khans Frau auftreten muß.«

»Wie kommt es, daß sie wie eine gebürtige Engländerin spricht?« fragte Abdul sich laut. Er hatte natürlich nicht die unschätzbare Freude gehabt, die Dame ohne ihre Kleidung zu sehen. Kit beschloß, ihn vorderhand nicht einzuweihen, und beantwortete die Frage lediglich mit einem Schulterzucken.

Sie ritten den ganzen Morgen. Trotz der Septembersonne war die Luft von einer Schärfe, die auf den nahenden Gebirgswinter hinwies. Der Pfad wurde holpriger, und sie waren gezwungen, sich ihren Weg über Felsen und Findlinge zu suchen. Ein- oder zweimal schaute Kit über seine Schulter zurück, um zu sehen, wie es den schleppenden Frauen wohl ergehen mochte, doch die Reiter waren den Fußgängern, mit Ausnahme einiger weniger Männer, die leicht mit den im Schritt gehenden Pferden mithalten konnten, ein oder zwei Stunden voraus. Sie konnten die Rufe der jugendlichen Schäfer hören, die von den Felswänden abprallten und in den felsigen Schluchten widerhallten.

Es war eine so öde und feindselige Landschaft, daß Kit dachte, sie könne leicht den Hintergrund der Hölle in seiner eigenen Vorstellung abgeben. Er hatte seinen Befehl, die Gegend zwei Tage lang auszukundschaften und am dritten Tag im Brigadehauptquartier in Kabul Meldung zu machen, inzwischen weit überschritten. Er hatte keine Möglichkeit mehr, diesem Befehl zu folgen, selbst wenn sie nicht eines grausamen Todes in Akbar Khans Händen sterben würden. Aber andererseits wäre es, wenn es ihm gelänge, den Aufenthaltsort des Rebellenführers und ein Gespräch mit ihm zu melden, dennoch eine ansehnliche Leistung. Und wenn er es schaffte, eine gefangene Engländerin zu ihren Landsleuten zurückzubringen, dann würde eine solche Heldentat seinem Ruf äußerst förderlich sein. Letzteres war ein verlockender Gedanke, der durch sein Gefühl, daß er richtig handelte, nur noch verstärkt wurde. Wer immer sie und was immer ihre Geschichte war, sie gehörte nicht zu diesem Volk, und Leutnant Christopher Ralston hatte den festen Vorsatz, sie zu ihrem eigenen zurückzubringen.

»Sehen Sie dort, der Wachtposten, Sir.« Abdul Ali deutete auf ein kleines Lager vor ihnen zwischen den Felsen und lenkte Kit von seinen Träumereien ab. Eine einzelne Figur, mit der *Jezail* über der Schulter, stand dort und blickte auf den Pfad hinunter. »Es kann nicht mehr weit sein«, sagte der Havildar. »Sie scheinen eine Eskorte vorzubereiten.«

Tatsächlich tauchten Reiter auf, leise und schattenhaft kamen sie zwischen den Felsen hindurch auf sie zu. Die Nomaden zeigten kein Interesse an der Eskorte, obwohl sie, ein wenig entfernt, das Tempo mit ihrer kleinen Prozession hielten. Kit hätte Ayesha gerne gefragt, ob es sich bei der Eskorte um eine normale Maßnahme handelte oder ob es zu Ehren der britische Armee geschah. Wußte Akbar Khan bereits von den unerwarteten Besuchern? Er trieb sein Pferd voran, bis es das Reittier ihres Begleiters berührte. Der Mann drohte mit seiner Gerte und knurrte etwas.

»Ich möchte nur mit der Dame sprechen«, sagte Kit in verhaltenem Persisch, lächelte und nickte in lebendiger, unschuldiger Freundlichkeit, während er auf die verhüllten Umrisse Ayeshas wies, die direkt vor ihm ritt.

»Eine Frage an Akbar Khan«, riskierte er einen neuen Versuch. Mit dem Namen schien eine gewisse Magie verbunden zu sein. Der Mann lenkte sein Pferd zur Seite und gestattete es Kit auf diese Weise, neben den grauen Araber zu gelangen.

Ayesha blickte ihn nicht an. »Wir werden von jenen beobachtet, die bedeutend mehr Macht besitzen als diese Nomaden«, bemerkte sie ruhig. »Du solltest nicht mit mir sprechen.«

»Wird Akbar Khan uns erwarten?« fragte er, dabei kaum seine Lippen bewegend und die Augen nicht von dem Pfad vor ihnen hebend. »Diese Wachtposten werden uns ankündigen?«

»Ja, er wird es schon wissen. Er wird nicht wissen, wie oder warum du zu uns gestoßen bist, und ich glaube, er wird sein Urteil zurückhalten, bis er es weiß.«

»Und wenn er sein Urteil nicht aufschiebt?«

»Dann werdet ihr alle tote Männer sein.«

Ihre Fähigkeit, eine so außerordentlich unangenehme Tatsache so trocken auszudrücken, empfand er sowohl als unweiblich wie auch als unfreundlich. Das traf natürlich nur zu, wenn er sie als Engländerin beurteilte. Für eine afghanische Frau war an einer solchen Einstellung nichts Herzloses, sondern einfach die nüchterne Beurteilung einer unter solchen Umständen normalen Lebensweise. Er ließ sich wieder zurückfallen und spürte das erste unangenehme Prickeln böser Vorahnungen auf seinen großartigen Rettungsplan.

Das steinerne Fort tauchte mit einem Mal vor ihnen auf, als ob es über dem Engpaß, den sie gerade überquerten, in der Luft hinge, stolz auf einem Felsvorsprung am anderen Ende der engen Schlucht thronend.

Die schattenhafte Eskorte schloß sich um Kit und seine Männer, still, bärtig, mit Turbanen gekleidet, und deutete keine Geste eines Grußes an. Sie ritten durch eine Ansammlung von Lehmhütten, die sich vor dem großen Eisentor der Festung zusammendrängten. Menschen traten vor die Türen und starrten die Fremden mit fast der gleichen lüsternen Neugier an, wie sie die Leute daheim den ungewöhnlicheren Darstellern auf dem Rummelplatz entgegenbrachten. Kit spürte, wie sich ihm die Nackenhaare sträubten und wie ein unangenehmes Prickeln seine Wirbelsäule hinunterjagte. Was für eine Verrücktheit war das? Er, der bis zu dieser erbärmlichen Angelegenheit in London niemals etwas getan hatte, was seine angenehme, vertraute und vergnügungsreiche Lebensführung hätte gefährden können, folgte irgendeiner verrückt-tollkühnen Laune... motiviert durch Ritterlichkeit, geblendet von kolonialem Patriotismus und ausgelöst von der Unwiderstehlichkeit einer Frau. Man sollte meinen, daß er aus seinen letzten Schwierigkeiten, die durch die Begegnung mit einer Frau ausgelöst worden waren, gelernt hatte, und diesmal konnte er nicht einmal den Teufel Alkohol verantwortlich machen. Großer Gott, er würde zum Gespött der berittenen Garde werden, wenn die jemals davon erfuhr. Der fröhliche Kit Ralston als Opfer einer Frauenlist! Nur, daß es hier keine Listen gab, von denen man erzählen konnte.

Sie passierten das Tor im Inneren der Befestigungsanlage. Es war ein befestigtes Dorf mit Baracken und Ställen und einem großen Wehrturm; er bemerkte eine Reihe Männer in Feldkleidung, von denen manche Eisenhelme mit einer vertikalen Verlängerung zum Schutz der Nase trugen und eindeutig militärischen Angelegenheiten nachgingen. Das Tor schloß sich hinter ihnen, und Kit spürte, wie die Anspannung seine Männer durchdrang. Er hatte kein Recht, sie in eine persönliche Angelegenheit mit hineinzuziehen, die sich schnell zu einer Besessenheit auswuchs, oder doch? Aber sie waren Soldaten, und dies war ein Krieg. Vergiß das Mädchen, sagte er sich, und konzentrier dich auf den Kriegsvorteil, der vielleicht aus dieser Expedition gewonnen werden kann.

»Laß uns ihnen zeigen, Havildar, was für ein Rückgrat die britische Kavallerie hat«, sagte er lebhaft.

Abdul Ali grinste. »Mit dem größten Vergnügen, Sir.« Er rief den Sepoys hinter sich einen Befehl zu. Das Rasseln und Klirren der Harnische war zu hören. Die Hufe der Pferde griffen weit aus, die Soldaten in militärischer Habachthaltung, und das britische Empire, repräsentiert von dieser kleinen Schar, war bereit, Akbar Khan Auge in Auge gegenüberzutreten.

Ihre Eskorte paßte sich einfach ihrer größeren Geschwindigkeit an, bis sie ein quadratisches Haus erreichten, welches hinter einer Steinmauer und inmitten eines ungereimt liebreizenden Gartens stand. Sie ritten in einen Hinterhof, wo Kit seiner Gruppe das Kommando gab anzuhalten, und sie blieben in Habachthaltung beobachtend stehen.

Zwei Frauen mit Schleiern, aber ohne den auf der Straße zu tragenden *Chadri*, traten aus dem Torbogen an einer Seite des Hauses ins Freie. Die Männer um Ayesha gaben den Weg frei, und die Frauen gingen zu ihr, um ihr absteigen zu helfen. Die angebotene Hilfe verschmähend, glitt sie behende aus dem Sattel. Sie warf einen Blick zurück über die Schulter dorthin, wo der Leutnant und seine Männer auf ihren Pferden verharrten, schien zu zögern und machte dann, nachdem sie eine Entscheidung getroffen hatte, einen Schritt auf Kit zu.

»Wenn du mit Akbar Khan verhandeln willst, Christopher Ralston, dann sei kühn und wahrhaftig.«

Eine der Frauen warf die Hände nach oben und ließ einem Wortschwall des Protests freien Lauf, als Ayesha mit dem Ungläubigen sprach. Sie ergriff das Mädchen am Arm und zog sie eilends durch den geschwungenen Torbogen.

Christopher sah zu, wie die weißgekleidete Frau verschwand. Erst dann wurde er sich der Augen bewußt, die auf ihm ruhten. Er wandte sich zu einem anderen Eingang um, der viereckig in der Rückwand des Hauses angelegt war. Dort stand ein Mann, untersetzt und breitschultrig, bekleidet mit einem einfachen braunen Rock und mit einem Säbel, der in der Schärpe um seine Taille steckte. Er trug weder einen Turban noch einen Kappe, und seine Hände hatte er tief in den Taschen seines Rocks vergraben. Ein strahlender Blick aus blauen Augen lag leicht fragend auf Leutnant Christopher Ralston und seinen Männern. Dann drehte er sich um und ging zurück ins Haus.

Akbar Khan steuerte auf den Eingang des Frauengemachs, des *Zenana,* zu, sein Gesichtsausdruck war nachdenklich. Die beiden Wachen grüßten ehrfürchtig, als er durch den reich mit Perlen bestickten Vorhang in die Räume der Frauen trat. Er mochte die Geräusche, die Frauen machten, ihr weiches Trillern, das gelegentliche Aufklingen ihres Lachens, das warme, anrührende Geheimnis ihres Lebens in ihrer verborgenen, duftenden Abgeschiedenheit. Sie hatten sich um Ayesha geschart, die nun ohne den *Chadri* und ohne Schleier auf einem niedrigen Diwan saß. Sie blickte auf, als er eintrat, erhob sich langsam und begrüßte ihn mit einem *Salaam* gemeinsam mit den übrigen Frauen, die sich auf sein Zeichen in einer zwitschernden Wolke zurückzogen.

»Was also hast du mir mitgebracht, Ayesha?« Er legte die Fingerspitzen zusammen und blickte sie nachdenklich an.

Ayesha ließ sich von der ruhigen Frage und der scheinbaren Gefaßtheit des kräftigen Körpers nicht beirren. Nach beinahe acht Jahren in Akbar Khans *Zenana* kannte sie jede Facette dieses leidenschaftlichen, widersprüchlichen Mannes. Wenn er ihre Antworten nicht mochte oder auch nur geringste Falschheit in ihnen witterte, dann würden die Männer sterben, und sie würde die Konsequenzen für ihre eigene falsche Beurteilung der Situation zu tragen haben.

Das Zusammentreffen bei dem See mußte tiefer verborgen werden als das Zentrum der Erde. Und auch das fremde prickelnde Gefühl von Erregung, das sie in der Gesellschaft von Christopher Ralston überfiel, mußte mit ihm begraben und selbst aus ihrem eigenen Bewußtsein ausradiert werden.

»Ich hoffe zuversichtlich auf deine Großmut«, sagte sie und drehte sich zu einem Beistelltisch, auf dem eine Schale mit Sorbet stand. »Wirst du eine Erfrischung nehmen?«

»Meine Zufriedenheit oder Unzufriedenheit hängt von deiner Erklärung ab«, antwortete er und wies mit einer Handbewegung die Schale zurück, die sie ihm entgegenhielt. Er ließ sich auf dem Diwan nieder und deutete auf den Polsterschemel zu seinen Füßen. »Was könnte dich dazu veranlaßt haben, diesen Feringhee in meine Burg zu bringen?«

Sie nahm auf der Ottomane Platz und wählte ihre Worte sorgfältig, indem sie mit dem plötzlichen Eintreffen des Leutnant Ralston und seiner Männer in dem Nomadenlager begann. Wie immer achtete sie aufmerksam auf jedes Anzeichen für Akbar Khans Laune oder Einstellung, eine Gewichstverlagerung, das Flackern eines Auges, das Zucken eines Lids oder eines Gesichtsmuskels. Sie meinte zu wissen, welche Reaktion sie auf ihren Vorschlag erhalten würde, die Botschaft aus Kabul zu diesem heiklen Zeitpunkt im Fortschreiten der Feindseligkeiten doch wenigstens anzuhören, auch wenn die Rebellen derzeit die Oberhand zu haben schienen, aber bei Akbar Khan konnte man nie sicher sein. Es war seine Unberechenbarkeit, die ihn zu einem so gefährlichen Gegner und überspannten Herrscher machte.

Als sie mit ihrem Bericht zu Ende war und sich einem erwartungsvollen, aber unangenehmen Schweigen überließ, stand er auf. »Ich werde mir diesen Christopher Ralston selbst ansehen. Laß uns hoffen, daß seine Botschaft eine ehrliche ist und daß dein Instinkt dich nicht fehlgeleitet hat.« Er schritt auf den Vorhang zu, drehte sich noch mal um und musterte sie, sich dabei über den kleinen spitzen Bart streichend, wie sie ruhig dastand und wartete, daß er sich entfernen und sie entlassen würde. Etwas blitzte in den hellen blauen Augen auf, ein Glimmen, das ihr ein Zittern der Besorgnis die Wirbelsäule hinuntertrieb. »Du wirst dich nach dem Essen zu unserer Unterhaltung zu uns gesellen, Ayesha. Es interessiert mich zu sehen, wie sich der Engländer in der Gesellschaft einer Frau benimmt, die von seinem Volk ist und doch nicht dazugehört.«

Der Vorhang raschelte weich nach seinem Fortgehen, und sie stand da und kaute auf der Unterlippe. Die Gefahr war alles andere als vorüber. Ja, man könnte eher sagen, daß sie soeben erst begann. Er hatte etwas in ihren Erklärungen entdeckt, das ihn nicht zufriedenstellte, aber es war nicht verdächtig genug, um ihn zu einem Vorgehen gegen sie oder die Männer zu veranlassen. Also würde er sein Urteil zurückhalten und warten, bis er fand was er suchte oder die Überzeugung gewann, daß der Auftrag aufrichtig war. Was aber hatte dieser letzte Befehl zu bedeuten? Dieses unangenehme Glimmen in seinen Augen? Was sollte er prüfen – oder wen? Sie... oder Christopher Ralston?

Die Frauen kehrten schnatternd in den Raum zurück, aber sie wandte sich von ihren Fragen ab, warf sich einen Schleier über den Kopf und trat in einen kleinen Innenhof. Ein Sittich kreischte laut von der Stange herab, an der er festgemacht war. Sie nahm eine Handvoll Sonnenblumenkerne und fütterte den Vogel, der aufgeregt schrie und auf und ab hüpfte, von ihrer Handfläche aus. Als die Körner in ihrer Hand jedoch verzehrt waren und sie in ihrer Gedankenverlorenheit vergaß, sie zurückzuziehen, da hackte der Vogel bösartig in die weiche Erhebung unter ihrem Daumen, daß sie blutete.

Sie zog rasch ihre Hand zurück, und ihr Aufschrei des Schmerzes bewirkte, daß einer der Männer, die den Garten bewachten, mit gezogenem Messer über das Gras auf sie zugelaufen kam, um den Vogel zu töten.

»Nein!« rief sie entsetzt. »Das war meine Schuld.«

Der Mann schaute sie erstaunt an und kehrte unverrichteter Dinge auf seinen Posten zurück.

Ayesha hob den Schleier leicht, damit sie die Wunde aussaugen konnte. Ein treuloser Vogel hackt in die Hand, die ihn füttert. Wenn Christopher Ralston Akbar Khans Ayesha auch nur mit Interesse in den Augen ansah, dann könnte man ihn des gleichen Verrats bezichtigen wie den Vogel. Ruhelos ging sie in dem kleinen Hof umher. Was hatte er gesagt, als sie ihn nach seinem Auftrag gefragt hatte? Sie hörte noch immer seine ruhige und sichere Stimme. *Ich habe nach dir gesucht.*

Sie zitterte. Wußte er irgend etwas über diese Menschen? Wußte er nichts über sie oder war nicht bereit, die natürliche Macht des Khans über seine Untertanen, insbesondere über seine Frauen, zu akzeptieren, dann waren sie beide in größter Gefahr. War es nur ein mutwilliges Spiel, das Akbar Khan mit Christopher Ralston zu spielen gedachte? Oder lag dahinter eine finstere, bedrohlichere Absicht verborgen? Was auch immer es war, wie sollte sie Christopher Ralston auf die gebotene Vorsicht hinweisen?

Akbar Khan, der Sohn des entmachteten Shahs, war vielleicht ein auf der Flucht befindlicher Rebell, aber er kannte ohne Zweifel den Luxus, dachte Kit und schaute sich in dem behaglichen Raum um, in den ihn ein schwerbewaffneter Mann mit ausdrucksloser Miene geführt hatte. Der Afghane hatte auf den Porzellankrug mit heißem Wasser, die Handtücher, die Karaffe mit Fruchtsaft, die Platte mit Konfekt und den Obstkorb gewiesen und Leutnant Ralston sich selbst überlassen.

Abdul Ali und die Sepoys waren in eine andere Richtung eskortiert worden, aber weder Drohungen noch Unhöflichkeiten waren irgendeinem von ihnen bisher zuteil geworden, also ging Kit davon aus, daß sie in den Genuß der Gastfreundschaft kamen, die ihrer Position angemessen war. Wenn er tatsächlich zu einer Audienz bei Akbar Khan vorgelassen würde, dann sollte er sich jetzt lieber eine überzeugende Botschaft einfallen lassen. Könnte sie vielleicht von Elphinstone stammen? Oder vielleicht von Macnaghten? Der Kronbevollmächtigte, wie letzterer genannt wurde, war in Afghanistan der höchstrangige Politiker im Beamtenstab der Ostindischen Kompanie. Ja, sie sollte auf jeden Fall von Macnaghten stammen. Jeder in Kabul wußte, daß die Entscheidungen des Bevollmächtigten mehr zählten als die General Elphinstones oder Shah Soojahs. Aber was würde der prunkvolle, aufgeblasene, selbstgefällige Brite diesem Rebellkrieger mitzuteilen wünschen? Drohungen? Versprechen? Versöhnung?

Wenn du mit Akbar Khan verhandeln willst, dann sei kühn und wahrhaftig. Ayesha war ein Risiko eingegangen, um ihm diesen Rat vor dem ganzen Stamm zu geben. Warum also nicht die Wahrheit sagen, soweit es ging: Er war von Kabul geschickt worden, um zu kundschaften. Wo könnte er mehr herausfinden, als in der Höhle des Löwen? Er wollte Akbar Khans Meinung zur augenblicklichen Lage kennenlernen und würde bereitwillig alle Fragen beantworten: Man konnte kaum kühner oder wahrhaftiger sein! Aber wie würde dieses Verhalten sich auf das Hauptziel seiner Entführungsexpedition auswirken? Wie sollte er Ayesha aus dieser Festung, zwei Tagesritte von Kabul entfernt, herauslotsen?

Eine passende Gelegenheit würde die Antwort auf diese Frage

geben müssen. Er konnte kaum Pläne schmieden, wenn er nicht wußte, womit er als nächstes zu rechnen hatte. Vielleicht würde er sie nicht wiedersehen, solange er hier war. Nein, diese Hirngespinste waren wenig hilfreich und einer schlaflosen Nacht entsprungen. Er warf sich auf den mit Kissen bedeckten Diwan, der unter einem niedrigen Fenster stand, und fiel augenblicklich in einen traumlosen Schlaf.

Akbar Khan stand vor dem Fenster und untersuchte das anständige Gesicht des Schlafenden. In diesem Gesicht spiegelten sich alle Insignien seiner Klasse und Rasse wider, und die Lippen des Afghanen kräuselten sich verachtungsvoll. In ein paar Jahren würden ausschweifendes Leben und Bequemlichkeit die klaren Linien dieser Züge tilgen, die schmale Nase verdicken, die Festigkeit des Mundes in Schlaffheit verwandeln, die jetzt weiche Haut, die sich straff über die hohen Wangenknochen spannte, würde runzlig werden. Die Muskeln würden auf der Jagd durch Spielzimmer und Boudoirs, durch den Einfluß von Flasche und Völlerei erschlaffen und ihre jugendliche Kraft verlieren. Es war durchaus kein unintelligentes Gesicht. Vielleicht begriff er, anders als die Mehrheit dieser Ungläubigen, die blind war vor Arroganz und sich in ihrem schlecht befestigten Kantonnement außerhalb von Kabul zusammendrängte im Vertrauen auf die Unbezwingbarkeit der *Rai*, der britischen Herrschaft, ein wenig mehr von den Gegebenheiten.

Aber welcher Art war der Umgang dieses Ralston mit Ayesha gewesen? Akbar Khan strich sich über seinen kurzen schwarzen Bart, und eine Falte bildete sich zwischen seinen ungewöhnlichen blauen Augen. Sie hatten... das war schließlich natürlich... miteinander englisch gesprochen, aber ihre Eskorte hatte ihm versichert, daß die Frau die ganze Zeit über, wie es sich gehörte, von Kopf bis Fuß verschleiert gewesen war. War es möglich, daß sie ihm in dieser kurzen Zeit, die sie miteinander geredet hatten, ihre Geschichte erzählt hatte? Wenn der Bericht, den man ihm gemacht hatte, zutraf, und es bestand kein Grund, daran zu zweifeln, dann konnte sie nicht die Zeit, Einzelheiten zu erzählen, gehabt haben. Aber die Neugier des Engländers war sicher erregt. Und was war mit Ayesha? Hatte auch sie die erste Begegnung mit einem Landsmann nach acht Jahren neugierig gemacht? Natürlich hatte sie versucht, dieses Interesse vor ihm zu verbergen, wie er ihrem ausweichenden Bericht entnehmen konnte.

Akbar Khan drehte sich von dem Fenster fort. Er konnte ihr eine derart natürliche Reaktion kaum vorwerfen, aber sie mußte lernen, daß sie ihm nichts verbergen durfte. Vielleicht würde er ein kleines Spiel mit ihnen beiden spielen, eines, das ihre jeweilige Verfassung klar zutage treten lassen würde. Ein Lächeln zog seine Mundwinkel nach oben – kein boshaftes Lächeln, eher kapriziös.

Er blickte zur Sonne empor. Es war noch immer früher Nachmittag, und er konnte sich eine Stunde des Vergnügens leisten, bevor er seine Aufmerksamkeit dem Leutnant und dessen Angelegenheiten zuwenden würde. Es war vier Wochen her, seit er Ayesha in der Festung bei Madella zurückgelassen hatte – vier Wochen harter Kampagnen – und ein wenig von ihrer Weichheit wäre an diesem Nachmittag nicht unwillkommen. Es war schon merkwürdig, daß keine andere Frau ihm genug war, wenn er dieses Bedürfnis verspürte. Nach drei oder vier Wochen Trennung pflegte er sie zu sich zu holen, wenn er sie bei seinem derzeitigen Nomadenleben hatte zurücklassen müssen. Seit fünf Jahren besaß sie diese magische Gewalt über ihn.

Akbar Khan schlenderte auf den *Zenana* zu.

»Ralston, *Huzoor.*«

Die leise Stimme drang schließlich bis in Kits schlafendes Gehirn vor. Er öffnete seine Augen und blickte in einen verwirrend unvertrauten Raum und konnte sich ein paar Sekunden lang nicht zurechtfinden. Ein braunes Gesicht, eine Kappe über schwarzen Locken, dunkle Augen, der leise gesprochene Ehrentitel, all dies war ihm fremd. Dann wurde sein Verstand klar. Er setzte sich auf, erkannte, daß er zum ersten Mal seit Monaten ohne einen Kater erwachte. Diesen Morgen mochte er gar nicht zählen, weil er in der Nacht nur kaum geschlafen hatte. Er fühlte sich erstaunlich fit.

»Der *Sirdar* erwartet dich, Ralston, *Huzoor*«, sagte der Mann auf Persisch in dem gleichen ruhigen und höflichen Tonfall.

Kit fühlte sich gut, aber er kam sich auch dreckig vor. Er hatte einen zweitägigen Bartwuchs, und der Staub der Ebene bedeckte seine Haut und Uniform. Einen ungünstigen Eindruck auf Akbar Khan konnte er sich jedoch nicht leisten.

»Ich muß mich waschen und rasieren«, erklärte er. »Und meine Kleidung muß ausgebürstet werden.« Er ergänzte die Worte mit den entsprechenden Gesten, aber der ihm zugewiesene Diener schien sie nicht zu benötigen. Er nickte und bedeutete dem Leutnant, ihm zu folgen.

Sie schritten durch einen gewölbten Gang, der sich auf einer Seite in einen Hof, dessen Boden mit Mosaiken geschmückt war, öffnete, und traten durch einen Bogen in einen Dampfraum.

»Bitte...« Sein Führer wies auf ein viereckiges, gefliestes Becken, das in den Boden eingelassen war, bevor er einen der Eisenkessel aufnahm, die am hinteren Ende des Raumes bereitstanden. Das heiße Wasser ergoß sich zischend über den gekachelten Boden des Beckens, gefolgt von dem kalten Wasser des zweiten Kessels.

Ayesha badete in kalten Bergseen. Die Erinnerung, die ihn auf beunruhigende Weise erregte, was jedoch vollkommen angemessen war, brachte Kit in einige Verlegenheit. Er schleuderte seine Stiefel und Strümpfe fort, wand sich mit demRücken zu seinem Diener aus dem Rock, pellte sich aus Hose und Unterwäsche und ließ sich rasch in das heiße Wasser gleiten. Die einfache Annehmlichkeit heißen Wassers vertrieb die peinliche Manifestation seiner durch die Erinnerung hervorgerufenen Erregung, und er legte sich mit einem erleichterten Seufzer zurück.

Sein Diener sammelte die abgelegten Kleidungsstücke ein, verließ den Raum geräuschlos und kehrte nach kurzer Zeit mit Rasierzeug, einem Kamm und einem Handspiegel zurück. Er stand gleichmütig beim Fenster, während Kit badete, sich rasierte und die Haare kämmte. Als er sich aus dem Bad erhob, hörte Kit draußen Lachen. Es war das Lachen von Frauen, und er bemerkte, wie er sich anstrengte, den fröhlichen, ansteckenden Klang herauszuhören, den er schon zuvor einmal vernommen hatte. Aber eine Stille, die ihn verdroß, breitete sich wieder aus.

Vielleicht war sie mit Akbar Khan zusammen.

Er trocknete sich mit lebhafter, ja fast schmerzender Energie ab. Wenn er sich selbst und seine Truppe aus dieser Festung des höchstrangigen Befehlshabers der afghanischen Rebellen heil herausbringen wollte, ganz zu schweigen von der Errettung der Frau, dann mußte er sich auf wichtigere Fragen konzentrieren. Ayeshas Zusammensein mit dem Rebellenanführer durfte ihn im Augenblick nicht ablenken.

»Wenn Ralston, *Huzoor*, geruhen würde…«

Der Diener sprach in dem gewohnten leisen, fast schon unterwürfigen Ton und hielt ihm einen weißen *Chapan* entgegen.

Kit nahm das mantelähnliche Kleidungsstück mit einem dankbaren Nicken entgegen und fragte sich, warum ihn der Ton des Mannes mißtrauisch machte. Aber natürlich gab es auf Gottes Erdboden keinen Grund für den Mann, eines hündischen *Feringhees* Diener zu sein, der in Wahrheit ein Gefangener war. Seine Unruhe nahm mit seinem Gefühl zu, die Maus für eine unsichtbare Katze zu spielen.

Er wurde in den Raum gebracht, wo seine Kleidungsstücke bereitlagen. Sie waren ausgebürstet und gebügelt worden, man hatte die Knöpfe seiner Jacke und seine Stiefel auf Hochglanz poliert. Sie würden selbst vor Harleys Augen bestehen, kam es ihm in den Sinn, und er dachte an seinen gewissenhaften und anspruchsvollen Burschen, der jetzt wahrscheinlich seine Freizeit in Sicherheit und Gesundheit in Ralstons Kantonnementsbungalow genoß.

Sauberkeit und in Ordnung gebrachte Kleidung verliehen einem Mann ein willkommenes Maß an Selbstvertrauen, fand Kit, als er dem noch immer eisigen Diener weitere Korridore entlang folgte. Das Gefühl, daß man sich in einer hochgerüsteten Festung befand, wurde immer deutlicher. Große, schwerbewaffnete Männer standen überall an Türen, unter Fenstern und marschierten durch kleine Innenhöfe. Doch die großzügige Ausstattung mit Gobelins, Mosaiken und *Bokhara*-Teppichen straften die eigentliche Funktion des Palastes Lügen. War Akbar Khan ein ebensolches Rätsel wie diese Palastfestung?

Ein schwerer Wandteppich wurde zurückgezogen, und Leutnant Christopher Ralston, Kavallerieoffizier der Ostindischen Kompanie, betrat das Audienzzimmer von Akbar Khan, dem Sohn des entmachteten Dost Mohammed, dem eingeschworenen Feind Ihrer Königlichen Hoheit, Königin Victoria, samt all ihrer Vertreter.

Akbar Khan erhob sich von seinem mit Kissen ausgepolsterten Podium, als der Soldat den Raum betrat. »Ralston, *Huzoor*«, lächelte er und trat mit zum Gruß ausgestreckter Hand vor. »Es ist mir eine Ehre – in der Tat.«

Kit nahm die Hand, spürte die Festigkeit des Griffs und wünschte sich insgeheim, eine Million Meilen von dieser Bergfestung entfernt zu sein, während er zugleich den ritterlichen Impuls, der ihn hergeführt hatte, als wahnsinnig erkannte.

»Ich habe gehört, daß du mir etwas zu sagen hast«, begann der *Sirdar* und zog seinen Gast zu dem Podium. »Laß uns jetzt darüber sprechen, wenn es dir recht ist, und uns dann ein wenig an Essen und bescheidenen Darbietungen erfreuen.«

Kit vertrieb alle Grillen aus seinem Kopf, der sonst dem Verstand seines gedrungenen, kraftvollen und offenbar heiteren Gastgebers nicht gewachsen wäre. Sie ließen sich auf den Kissen nieder, und Kit wurde leicht alkoholisches Getränk angeboten, von dem Akbar Khan hoffte, daß es seinem Gast schmecken würde. Er selbst trank natürlich keinen Alkohol, würde aber die

Regeln des Islam niemals einem geehrten Gast aufdrängen wollen.

Kit probierte einen Schluck von dem schmackhaften Getränk, entschied jedoch, sich der Abstinenz seines Gastgebers anzuschließen, da er jegliche Ablenkung meiden müßte. »Ich bin sehr dankbar, *Sirdar,* daß du mir die unschätzbare Ehre erweist, mich zu empfangen«, begann er förmlich. »Sir William Macnaghten ist sehr daran gelegen, seine Ansichten mit den deinen auszutauschen. Deshalb bin ich gesandt worden.«

»Ich verstehe.« Akbar Khan nickte nachdenklich, strich sich über seinen spitzen Bart und nippte an seinem Sorbet. »Und was meinst du, würde Macnaghten, *Huzoor,* gerne von mir erfahren?«

Kit blickte ihn an und lächelte. »Ich bin sicher, Akbar Khan, daß Sir William gerne hören würde, daß du deinen Widerstand gegen Shah Soojah aufgegeben hast. Er würde sich auch darüber freuen, wenn du die Pässe zwischen Kabul und Jalalabad freigäbest und du und die übrigen Befehlshaber davon absehen würden, die Nachrichten und Versorgungslinien mit Indien zu stören.«

Akbar Khan brach in ein herzliches Lachen aus, das überzeugend klang. »Ralston, *Huzoor,* ich mag dich«, stellte er fest. »Du wirst begreifen, daß ich nur für jene Zeit habe, die kühn und wahrhaftig sind. Diese Botschaft kannst du deinem Sir William bringen.«

Ayesha hatte sich als seine Freundin erwiesen, dachte Kit dankbar. Er entspannte sich ein wenig und lehnte sich in die Kissen zurück. »Wenn wir den Stammesfürsten die bereits erhobenen Steuern zurückerstatten, Akbar Khan, wärst du dann im Gegenzug zu Konzessionen bereit?«

»Es wird keine Konzessionen geben, Ralston, *Huzoor*, nicht solange ein fremdes Joch auf unserem Land liegt; nicht solange noch ein Tropfen Blut in unseren Adern fließt.« Die Ruhe, mit der diese Worte gesagt wurden, unterstrich noch ihren Inhalt.

Kit hörte in sich Macnaghtens leicht verächtliche Stimme, die die unbequemen Aufständischen wegwischte. Was hatte er gesagt? *Dieses Volk besteht aus lauter Kindern, und als solche sollten sie auch behandelt werden. Wenn wir einen von ihnen als ungezogenen Jungen in die Ecke stellen, dann werden die übrigen sich unterwerfen.* Großer Gott! Der Mann war Akbar Khan zweifellos niemals begegnet.

Die Augen des Khans glitzerten amüsiert, als er den Gesichtsausdruck des jungen Leutnants beobachtete. »Worüber müssen wir noch reden, Ralston, *Huzoor*? Willst du mir erzählen, daß Macnaghten und General Elphinstone vorhaben, Sir Robert Sale bei der Rückkehr seiner Brigade nach Indien zu begleiten? Willst du mir sagen, daß sie die Ghilzai auf diesem Marsch ein für allemal unterwerfen wollen?«

Christopher schüttelte den Kopf. »Nein, *Sirdar*, solche Dinge kann ich dir nicht berichten. Wenn deine Erkundigungen richtig sind, weißt du das selbst. Sind sie aber falsch, dann ist es nicht die Aufgabe eines Gesandten, sie zu berichtigen.«

»Aber ich habe dir jetzt etwas gegeben, was du nach Kabul mitnehmen kannst, nicht wahr, mein Freund?«

Den Umfang dessen, was die Rebellen über die britischen Pläne wußten? Ja, das war ihm dargelegt worden, genauso wie man ihm einen Blick auf die militärische Stärke der Aufständischen gewährt hatte und auf den Zusammenhalt ihres Kommandos. Christopher lächelte wieder.

»Das ist richtig, Akbar Khan. Aber wirst du mir wirklich gestatten, diese Informationen nach Kabul zurückzubringen?«

Der militärische Anführer setzte einen verletzten Gesichtsausdruck auf. »Du hast mein Salz gegessen, Ralston, *Huzoor.* Zweifelst du an meiner Redlichkeit?«

»Ich will deine Ehre nicht beschmutzen, *Sirdar.* Deine Gastfreundschaft ist überaus gütig«, entgegnete Kit glatt. »Ich vermute, daß es in deinem Interesse ist, daß ich das, was ich erfahren habe, in Kabul berichte.«

»Ich stelle deine Vermutungen nicht in Frage. Laß uns zu Abend speisen.« Akbar Khan klatschte in die Hände, und die Diener, die sich im Raum befanden, traten in Aktion. Große Schüsseln mit wohlschmeckenden, pikanten Schmorgerichten und Reis wurden auf niedrige Tische gestellt, die man an das Podium herangezogen hatte, und andere Männer betraten den Raum, um sich zu ihnen zu gesellen. Mit ihren eleganten und schmal geschnittenen Röcken, ihren polierten Säbeln und gepflegten Spitzbärten waren sie eindeutig Krieger von Rang in Akbar Khans Militärhierarchie. Sie grüßten sowohl ihren *Sirdar* wie seinen Gast höflich und setzten sich auf die Kissen, die um die Tische verteilt waren.

Man sprach aus Rücksicht auf Kit persisch, und Akbar Khan übersetzte höflich, wann immer er bemerkte, daß es seinem Gast schwerfiel zu folgen.

»Du sprichst Englisch mit großer Gewandtheit«, lobte Kit und tat es seinem Gastgeber gleich, indem er seine Finger in das Schmorgericht tauchte und einen Mundvoll heraushob.

Akbar Khan lächelte schelmisch. Er zog seine Finger durch eine Schale, in der getrocknete Rosenblätter schwammen, und trocknete die Hand sorgfältig ab. »Ich hatte einen recht ungewöhnlichen Lehrmeister.«

Kit versteifte sich, zeigte sein Interesse jedoch nicht offen. »Tatsächlich?« fragte er höflich.

»Ja, ich glaube, du hast ihre Bekanntschaft schon gemacht.« Die unter schweren Lidern verborgenen Augen musterten das Gesicht des Leutnants lässig. »Ich habe von Ayesha erfahren, daß ihr beide euch unterhalten habt.«

Welcher Instinkt ließ ihn bloß ahnen, daß er sich einem äußerst gefährlichen Grat näherte? Was hatte Ayesha von ihrem Zusammentreffen erzählt? Die Begegnung am See würde sie verschwiegen haben. Er nahm einen winzigen Schluck von dem Getränk in seinem Kelch und zuckte leichthin mit den Schultern. »Sie hat sich für uns bei den Nomaden verwendet. Ich glaube, ohne ihr Dazwischentreten hätten sie uns wahrscheinlich angegriffen.«

Akbar schüttelte seinen Kopf. »Sie heißen Fremde nicht immer willkommen, Ralston, *Huzoor*, vor allem, wenn es sich um solche in den Uniformen der *Feringhee* handelt. Das ist sehr bedauerlich, aber sie sind ungebildete Männer.« Er lächelte sanft. »Ich bin sicher, du verstehst das.«

Kit nickte und gab mit gleicher Milde zurück: »Natürlich. Aber ich war trotzdem dankbar für das Eintreten der Dame. Es hat das abgewendet, was für alle Beteiligten eine äußerst unangenehme Erfahrung hätte werden können. Ich erklärte, daß ich dich sprechen wollte, und sie schien zu glauben, daß du vielleicht nicht abgeneigt seist.« Seine Augenbrauen hoben sich fragend.

»Nein, ich war nicht abgeneigt«, stimmte Akbar Khan zu und reichte seinem Gast eine Schale mit Maulbeeren. »Sie sind eine große Delikatesse, Ralston, *Huzoor*. Wir nennen sie *Tut*. Die Nomaden bringen sie aus den Ebenen hier herauf.«

Kit nahm eine Handvoll und schob sie sich in den Mund. Sie schmeckten einzigartig, klein und süß, und er gab die richtigen anerkennenden Laute von sich, während er sich zugleich fragte, ob das Thema Ayesha nun beendet sei. Er selbst konnte keinesfalls darauf zurückkommen.

Akbar Khan sagte etwas in Paschtu zu einem vorbeikommenden Diener, und die Speiseschüsseln wurden entfernt, während die Körbe mit Maulbeeren und Aprikosen zurückblieben. Ein Tablett süßer Kuchen wurde hereingebracht und Sorbets, die für Kit wie Honig schmeckten. Die Männer drückten ihre Zufriedenheit durch unverhohlenes Rülpsen aus und lehnten sich in die Kissen zurück. Akbar Khan lächelte seinem Gast zu.

»Wir wollen uns jetzt ein wenig an Musik erfreuen, wenn dir das Freude macht, Ralston, *Huzoor*. Und an Tanz natürlich. Unter unseren Frauen befinden sich ein oder zwei besondere Talente.«

Kit willigte mit der gebotenen Begeisterung ein, um sogleich zu erstarren. Eine anmutige Gestalt, gekleidet in eine cremefarbene Satin-*Chalvar*, die tief auf ihren Hüften saß, eine reich bestickte, ärmellose, türkisfarbene Jacke und mit einem ebenfalls cremefarbenen Schleier bedeckt, der, mit einem glitzernde Smaragd an ihrem Ohr befestigt, die untere Hälfte ihres Gesichts verbarg glitt durch den Türbogen. Er konnte ihre Haare nicht sehen, aber diese jadefarbenen Augen waren einzigartig... Sie würden überall auffallen, nicht nur in dieser Gebirgsfestung.

Sie kam herüber zum Podium, grüßte Akbar Khan und sagte leise zu Kit: »*Jur hasti, Huzoor.*«

Akbar Khan lachte in sich hinein. »Sie fragt dich, ob du in Harmonie bist, Ralston, *Huzoor*. Das ist eine Begrüßung unseres Volkes.«

»*Zendeh bashi*«, antwortete Kit unverzüglich.

Sein Gastgeber applaudierte bewundernd. »Ich fühle mich geehrt, weil du dir die Mühe gemacht hast, ein paar Worte in unserer Sprache zu erlernen. Im allgemeinen halten die *Feringhee* das für überflüssig.«

Die *Feringhee* erhalten im allgemeinen keinen Rat von einer Person wie Ayesha, überlegte Kit und bemühte sich, sie nicht mit Blicken zu verschlingen. Man ging davon aus, daß er sie niemals in etwas anderem als in einem alles verhüllenden *Chadri* gesehen hatte. Jetzt hatte sie nur auf Paschtu zu ihm gesprochen, vielleicht sollte er also auch nicht erkennen, wer sie war. Er befleißigte sich daher eines höflichen Gesichtsausdrucks und wartete.

Wenn Akbar Khan über diesen Mangel an Reaktion enttäuscht war, so zeigte er es jedenfalls nicht. »Du mußt dich doch gefragt haben, wie Ayesha derart bewandert in deiner Sprache werden konnte«, sagte er und lachte wieder in sich hinein.

Kit sah ihm in die Augen. »Sie sprach wie eine Engländerin, Akbar Khan, nicht wie jemand, der die Sprache als Fremder erlernt hat.«

Die schwerlidrigen Augen verengten sich, um ihren Ausdruck zu verbergen. »Wie scharfsinnig von dir, mein Freund. Ayesha, nimm deinen Schleier ab.«

Sie öffneten den smaragdgeschmückten Haken, und der Schleier glitt von ihrem Gesicht. Es war Akbar Khan, der sich von den Kissen erhob, den durchsichtigen Stoff von ihrem Kopf entfernte und die glatte Masse kupferfarbenen Haars freilegte, das in einem dicken Zopf geflochten bis unter ihre Hüften reichte.

Er durfte nicht zeigen, daß er sie schon früher gesehen hatte, erinnerte Kit sich grimmig, als er auf das sinneraubende Antlitz, dessen unglaublich weiße Haut sowie die geschwungene Kurve ihres Mundes blickte und in die grüne Tiefe ihrer mandelförmigen Augen.

Akbar Khan betrachtete sie beide... dann lächelte er. »Es ist Sitte bei meinem Volk, Ralston, *Huzoor*, unseren kostbarsten Besitz mit einem geehrten Gast zu teilen... und uns damit seiner fortwährenden Zufriedenheit und Freude zu versichern.« Das Lächeln wurde breiter. Er legte dem Mädchen leicht eine Hand auf den nackten Arm. »Und heute nacht, mein geehrter Freund, ist Ayesha dein.«

Durch seine eigene Verblüffung hindurch nahm Kit den Schock, der rasch von Zorn gefolgt war, in den jadegrünen Augen wahr. Sie wirbelte zu Akbar Khan herum und zischte einige Worte auf Paschtu. Seine Antwort durchbrach die Stille im Raum wie der Peitschenknall eines Löwenbändigers, und sie trat von ihm zurück, als habe er sie geschlagen. Der *Sirdar* wandte sich wieder Kit zu, und in seinen blauen Augen lag nun die Kälte und Schärfe eines Habichts.

»Du wirst doch nicht das Gastgeschenk zurückweisen, oder, mein Freund?«

Kit blickte sich in dem Raum um und sah in den Gesichtern nichts als Feindseligkeit und Gefahr. Keiner bewegte auch nur einen Muskel. Es war eine Falle, und er hatte keine Wahl, als sich ihr zu stellen. Er mußte jetzt wie ein Afghane denken und verbeugte sich vor Akbar Khan.

»Ich fühle mich tief geehrt, *Sirdar*, und nehme das Gastgeschenk bereitwillig an.« Seine Augen richteten sich auf die bewegungslose Ayesha, die durch ihn hindurchblickte.

Akbar Khan rieb sich die Hände wie einer, der eine glückliche

Lösung herbeigeführt hatte. »Gut. Dann laßt uns jetzt der Musik lauschen.«

Ohne ein Wort, undurchdringlich, stand Ayesha auf, um sich auf ein Kissen neben Christopher zu setzen. Mit gesenkten Augen bot sie ihm die Schale mit den Maulbeeren an und füllte seinen Becher auf.

3. Kapitel

Kit blickte auf die Fläche vor dem Podium, wo eine Gruppe von Musikern fremde und mitunter erregende Musik auf Rohrpfeifen und rhythmisch dumpf klingenden Trommeln spielte. Die Mädchen, die für sie tanzten, waren eine verschwommene Vielfalt aus goldfarbenen Gliedern und fliegenden Schleiern. Ihre Augen waren mit Kohle dunkel nachgezeichnet, ihre Haut glitzerte vor Schweiß, und sie drehten sich und bebten zu der unaufhörlich fordernden Musik. Seine Wahrnehmung aber war einzig auf Ayesha an seiner Seite gerichtet. Sie sagte nichts, saß da wie aus Stein gegossen, es sei denn, sie hatte seine Wünsche zu erfüllen, ihm Obst, Sorbet und klebrigen Kuchen, die Fingerschale anzubieten oder das Handtuch zu reichen. Das alles tat sie mit gesenkten Augen. Dennoch vermochte er den sich aufbäumenden Zorn, der sie durchraste, die Tiefe des Widerstands, zu spüren. Und er konnte Akbar Khans Augen auf ihnen beiden fühlen, Augen, die auf eine vollkommen humorlose Weise Grübeln und Schadenfreude ausdrückten.

Schließlich setzte der *Sirdar* der Musik ein abruptes Ende. Das Mädchen, das gerade tanzte, hielt schweratmend und bebend in der Bewegung inne, grüßte ehrerbietig und verschwand, gefolgt von den Musikern, aus dem Raum. Akbar Khan wandte sich an seinen Gast. »Ich hoffe, du hast es nicht allzu eilig, uns wieder zu verlassen, Ralston, *Huzoor.* Ich würde dir gerne morgen früh eine andere unserer Sitten zeigen, die du vielleicht als unterhaltsam empfinden wirst. Wir werden ein Spiel namens *Buzkashi* spielen. Hast du vielleicht schon davon gehört?«

Christopher schüttelte den Kopf. »Nein, das habe ich nicht.«

»Dann, mein Freund, hast du noch viel zu lernen. Es ist unser Spiel des Lebens und vermag dir viel über den afghanischen Charakter zu erzählen.« Er klopfte Kit onkelhaft auf den Arm. »Ich bin sicher, es wird dir gefallen. Und du darfst nicht zögern, mir morgen zu berichten, wenn dir Ayeshas Dienste auf irgendeine Weise mißfallen haben.«

Ein Zittern rann durch den schlanken Körper an Kits Seite, doch sie blieb still, berührte lediglich ihre Stirn mit den Händen, bevor sie ihm bedeutete, ihr zu folgen. Sie bewegte sich sicher durch die Korridore, Innenhöfe, und hielt erst vor der Tür des Zimmers an, welches ihm zugewiesen worden war. Hier trat sie beiseite und ließ ihn vorangehen.

Hinter ihnen schloß sich die Tür. »Auf welche Weise kann ich dir zu Diensten sein, Ralston, *Huzoor*?« fragte sie hölzern.

»Rede keinen Unsinn!« flüsterte er wild. »Was hätte ich denn tun sollen? Hätte ich abgelehnt, dann wäre mir gleich dort die Kehle aufgeschlitzt worden.«

Statt zu antworten, ging sie rasch zum Fenster und zog die Fensterläden fest. Dann kehrte sie zur Tür zurück und schob vorsichtig und geräuschlos den Riegel vor. »Es sind überall Wachen, und sie haben große Ohren.«

Er stand da und blickte sie an. Das weiche gelbe Licht einer Öllampe verlieh ihren Wangen einen goldenen Glanz und ließ ihr glattes Haar matt strahlen. Die Unwirklichkeit des Augenblicks stieg ihm zu Kopf. Sie war ihm gegeben worden… und er mußte beschämt feststellen, daß ihn dieses erschreckend barbarische Geschenk erregte. Er rang sein Drängen nieder: »Was steht hinter all dem? Weißt du es?«

»Akbar Khan wird von mächtigen Leidenschaften geleitet«, antwortete sie zögernd. »Und von ungewöhlichen Launen. Er verabscheut die Briten so sehr, daß es jedem von euch in diesem

Land das blanke Entsetzen ins Herz treiben sollte.« Ruhelos ging sie in dem Zimmer auf und ab, schüttelte hier ein Kissen auf, überprüfte den Inhalt eines Kruges, rückte die Kuchen und Früchte auf dem Tisch zurecht. »Laß dich niemals von seiner Freundlichkeit in die Irre leiten, Christopher Ralston.«

»Ich heiße Kit«, hörte er sich selbst sagen. »Kannst du nicht einen Augenblick stillstehen?«

Sie hielt inne. »Was immer du befiehlst, Ralston, *Huzoor*.«

Vor Ungeduld spannte sich sein Rücken. »Öffne deine Haare.«

Überraschung glomm in ihren Augen auf. Dann tat sie, absichtsvoll langsam, was er verlangte, öffnete die Flechten ihres vollen Haares und lockerte es mit den Fingern. Es war lang genug, daß sie darauf sitzen konnte, bemerkte er gedankenverloren.

»Ich möchte noch immer wissen, was das alles zu bedeuten hat«, forschte er um Sachlichkeit ringend. »Warum gibt mir Akbar Khan dich? Du, die du so gut behütet und mit solcher Sorgfalt umhegt wirst. Warum könnte er so etwas tun?«

»Um dich zu demütigen«, erwiderte sie ohne Umschweife. »Er meint, dich an der Basis deines Stolzes zu treffen, indem er dich zwingt, die Macht anzuerkennen, die ein Afghane über ein Mitglied deiner Rasse und über dich hat. Du hattest keine andere Wahl, als die Karten aufzunehmen, die er ausgeteilt hat.« Sie zuckte die Schultern. »Wie ich bereits sagte, ist er ein Mann der Widersprüche. Aber der Haß für deine Rasse und alles wofür du stehst, ist die größte Antriebskraft in seinem Leben.«

»Auch du gehörst zu dieser Rasse«, erinnerte er sie.

Sie schüttelte den Kopf und sagte mit einem Unterton von Spott in der Stimme: »Nicht mehr, Ralston, *Huzoor*.«

»Doch, du gehörst zu ihr!« Er packte sie bei den Schultern und spürte die Zartheit ihrer Schlüsselbeine und den weichen Schwung ihrer Oberarme unter seinen Händen. Sie blickte zu ihm auf und schenkte ihm ihr höhnisches kleines Lächeln.

»Ich lebe nicht nach deinen Gesetzen und ordne mich nicht deinen Etiketten unter, *Feringhee*«, tat sie ihm wie vorher Bescheid.

Es machte ihn wütend, aber es war so, als ob sie dabei sich selbst genauso wie ihn und alles, was er repräsentierte, beleidigte. Und tief in seinem Inneren wußte er, daß seine Wut von der bösen Vorahnung, von der entsetzlichen Vorstellung herrührte, daß sie vielleicht gar nicht gerettet werden wollte. Seine Finger gruben sich in ihr Fleisch; die grauen Augen wurden hart. »Und warum tut Akbar Khan dir das an, Ayesha? Er will *mich* demütigen, indem er mir eine Engländerin als Bettsklavin anbietet. Demütigt er nicht auch die Engländerin in *dir*?«

»Ich werde daran erinnert, daß ich es mir nicht zur Angewohnheit machen darf, eigenmächtige Entscheidungen zu treffen«, erklärte sie mit einem weiteren Schulterzucken. »Ich habe mir zuviel herausgenommen, indem ich dich hierhergebracht habe. Er ist sich nicht im klaren darüber, warum ich das getan habe, sollte es jedoch etwas mit meinen Gefühlen oder mit einem Interesse an dir ... als Mann ... als Engländer zu tun haben, dann hat er mir vielleicht damit zeigen wollen, daß ich fühlen kann, was ich will, aber daß ich mir dessen bewußt sein muß, wohin und zu wem ich gehöre.«

»Und spürst du irgendein Interesse?« fragte er ohne es zu wollen, lediglich ein Flüstern in der stillen, nur durch die Lampe erhellten Nacht. Er hob eine Hand, um damit ihre Wange zu umfassen, um mit dem Finger den Schwung ihres Wangenknochens und die Linie ihres festen Kinns nachzuziehen. Er spürte ihr Zittern. »Ich sollte mich schämen«, flüsterte er, »aber ich kann es nicht. Und ich fühle mich nicht von Akbar Khans Geschenk gedemütigt. Ich möchte das nehmen, was mir gegeben wurde. Ich will es mehr als alles, was ich bisher in meinem Leben gewollt habe. Du hast jeden meiner Gedanken bei Tag und Nacht ausgefüllt, seit ich dich in dem See gesehen habe.«

»Das Geschenk ist deins, also nimm es«, forderte sie ihn auf, doch ihre Stimme wollte ihr nicht recht gehorchen. »Es ist ein afghanisches Geschenk in Form einer afghanischen Frau. Du mußt dich nicht schämen, wenn du es annimmst.«

»Du bist es, die ich will«, brach es aus ihm heraus. »Weder Afghanin noch Engländerin... *dich*.«

»Aber *mich* kann man nicht geben oder nehmen«, erwiderte sie mit festem Blick, obwohl er die Hitze ihrer Haut unter dem Stoff spüren konnte, das Beben und Zittern, das durch ihren Körper lief. »Nicht, wenn ich es nicht will. Das hier« – ihre Hand wies ihren Körper hinunter – »kann man geben und nehmen, aber *mich* nicht.«

Langsam senkte er seinen Mund über den ihren.

In welchen erhabenen Vorstellungen hatte sie Lippenbekenntnisse abgelegt? Ayesha konnte keinen Widerstand gegen den Druck seines Kusses aufbringen. Ihr Kopf sank zurück und gab die weiche Verletzlichkeit ihres Halses frei, und als ob er diese Einladung annähme, glitt sein Mund hinunter, um sich in erhitztem Einverständnis gegen den wild schlagenden Puls zu drücken.

Sie *wollte* es... hatte es in einem verborgenen Winkel ihres tiefsten Inneren gewollt, seit er ihr, umgeben von bedrohlich-wilden Nomaden, gesagt hatte, daß er *sie* suchte. Eine tollkühne Suche... die ihr Schauder der Erregung und ein keineswegs unangenehmes Gefühl der Ergriffenheit geschickt, die ihr Blut zum Kochen und ihre Nerven zum Erbeben gebracht hatte. Sie lebte schon so lange in bewachter und verhüllter Abgeschiedenheit, in ihren Erfahrungen mit einem einzigen Mann. Jetzt sog sie gierig den sauberen Geruch dieses Eindringlings ein, spürte seine glattrasierte Wange an der ihren, die deutliche, harte Beweglichkeit seiner Lippen, die er jetzt wieder auf ihren Mund legte. Seine Hände umspannten ihren Rücken, ertasteten die Form ihrer Hüften, fuhren über ihr Gesäß, zogen sie zu sich heran, so daß sie das Pochen des harten Begehrens seiner Männlichkeit an ihrem Oberschenkel fühlte.

Seine heisere Stimme flüsterte die Worte der Leidenschaft, Worte, die sie niemals zuvor in dieser Sprache gehört hatte. Sie preßte sich an ihn, ergab sich dem Feuer der Begierde, das sie gut kannte und so geschickt herbeizulocken vermochte, hörte auf, sich nach den Gründen zu fragen oder nach der Ursache für dieses bebende, berauschende Verlangen, das sie beide ergriffen hatte. Es genügte sich selbst.

Er trat zurück, die Augen glänzend vor Leidenschaft. »Ich muß dich wieder so sehen ... so wie ich dich bei dem See gesehen habe.«

Sie zog sich ihre Jacke über den Kopf und warf sie auf den Boden. Die strahlende Matte ihres lohfarbenen Haars fiel ihr über die Brüste, glühte auf der Weißheit ihrer Haut. Ihre Hände fuhren zu ihren Hüften und öffneten das Band ihrer weitfließenden Hose, die zu Boden fiel, und sie stieg aus dem dahingegossenen cremefarbenen Satin, um sich im Licht der Öllampe seinem hungrigen Blick in nackter Schönheit darzubieten.

Er durchwanderte ein verwunschenes Land, sich nur schwach daran erinnernd, daß das Verbotene in dieser Begegnung seine Begierde in ungekannte Höhen jenseits all dessen, was er jemals erfahren hatte, entführte. Nach allen ihm bekannten Regeln war es unerlaubt, ihre Lage so schamlos barbarisch auszunutzen – und doch, nach irgendwelchen anderen Geboten, die für ihn normalerweise nicht galten, war dies durchaus gestattet. Er wußte nicht, ob Ayesha jenen ihm fremden Geboten Folge leistete oder ob auch sie dieses wunderbare, schreckliche Gefühl hatte, alle vergangenen Erfahrungen hinter sich zu lassen. War sie eine Afghanin oder eine Engländerin? War sie *sie selbst*? Die letzte Frage war die einzige, die zählte, und er erkannte die absolute Notwendigkeit, die Antwort herauszufinden, zu erforschen, ob die Frau, die er liebte, in ihrem tiefsten Inneren mit ihm übereinstimmte.

Er hob eine Hand und lud sie, indem er die Finger bewegte, dazu ein, näher an ihn heranzutreten. Langsam berührte er ihre Stirn, fuhr mit den Fingerspitzen über ihr Gesicht, verfolgte zärtlich die Kurve ihres Mundes, strich sacht ihren Nacken entlang bis hin zu den Ohren. In atemlosem Erstaunen gestattete er seinen Händen über ihre Schultern zu dem großzügig verteilten Haar zu gleiten, es zu teilen und ihre festen Brüste mit den zartrosafarbenen Knospen freizulegen. Er hörte, wie sie einatmete, und er lächelte mit weicher Befriedigung, als sich die Knospen hart unter seinen neckenden Fingerspitzen aufrichteten. Er umspannte die großzügigen, warmen Rundungen ihrer Brüste mit seinen Händen, fühlte das wilde Klopfen ihres Herzens, ließ sich langsam auf die Knie nieder, um die Wölbungen in seinen Händen mit dem feuchten, heißen Spiel seiner Zunge zu beglücken, indem er die aufgerichteten Knospen zwischen seine Lippen nahm, und hörte ihr leises lustvolles Stöhnen.

Die Weichheit ihres Bauches rief nach seinen Küssen, und seine Zunge tauchte in den engen Wirbel ihres Nabels ein. Ihre Haut kräuselte sich gegen seinen Mund, und ihre Bauchmuskeln zogen sich unfreiwillig zusammen, als er mit seinen Daumen hart auf ihre sich abzeichnenden Hüftknochen drückte. Seine Hände fuhren herum, um ihr Gesäß zu umspannen, und sie lehnte sich zurück gegen seine Hände, als ein tiefes Erbeben der Vorfreude durch ihren Körper strömte.

Er machte sich daran, ihre Schenkel zu teilen, sie mit langen Strichen zu liebkosen, ihre unnachahmliche Essenz zu schmecken und ihr Schaudern der Lust auf dem Höhepunkt und ihr Zurücksinken gegen ihn danach zu spüren, matt und formlos nach der Freude, die er ihr bereitet hatte.

Erst dann flüsterte sie seinen Namen, stammelte »Christopher«, und die Silben schwangen über ihnen, als sie vor ihm auf die Knie ging. Ihre Finger waren damit beschäftigt, die glänzenden Knöpfe seines Rocks zu öffnen, ihr Mund tanzte auf seinem, sich selbst schmeckend und ihn zu neuen Gipfeln der Begierde anstachelnd. Sie zog ihm den Rock aus, küßte seine Brustwarzen, legte mit ihren Lippen eine heiße Spur zu seinem Hosenbund, öffnete ihn, nur um sofort von dem freigelegten Fleisch Besitz zu ergreifen. Das Maß seines Verlangens bereitete ihm körperliche Schmerzen, und er wähnte sich jenseits des Punktes, wo noch weitere Erregung möglich ist, aber sie drückte ihn auf den weichen Teppich nieder, streckte sich neben ihm aus, erforschend, neckend und Freude bereitend, wie er es zuvor für sie getan hatte, und er entdeckte, daß es noch weitere Grenzen zu überschreiten gab.

Sie entfernte sich einen sehnsuchtsvollen Augenblick von ihm und kniete sich hin, um ein Kästchen mit Einlegearbeiten zu öffnen, das auf einem niedrigen Tisch stand. Sein Gesichtsausdruck verriet sein Erstaunen, als er den kleinen Überzug aus Lammhaut in ihrer Hand sah, und sie lächelte leicht und berührte seine Lippen mit den ihren. »Akbar Khans Gästezimmer sind für alle Ereignisse gerüstet. Wenn ich nicht wäre, dann hätte man dir eine andere Frau angeboten und ihr wäre genausowenig daran gelegen zu empfangen wie mir; die Schwangerschaft ist für Ehefrauen.«

Einen Augenblick lang wußte er nicht, wie er mit dieser schockierend sachlichen Aussage umgehen sollte. Ein kleiner Funke der Unsicherheit glomm in ihren Augen auf. »Es macht dir doch nichts aus?«

Diese einfache Vorsichtsmaßnahme war ihm nicht unvertraut, aber gemeinhin wurde sie nicht von einer Frau angeboten. Dies jedoch war keine gewöhnliche Frau, und auch Ort und Zeit waren nicht alltäglich. Die Tatsache einfach als eine weitere Offenbarung dieser verbotenen Landschaft hinnehmend, über die er mit so ungehemmter Freude wanderte, schüttelte Kit den Kopf und streckte die Hand aus, um die Finger über ihre Lippen gleiten zu lassen. »Wie könnte es?«

Vorsichtig, aus jeder Berührung eine Liebkosung machend, zog sie ihm die Hülle über und gestaltete den Akt zu einer weiteren aufreizenden Erregung, so daß er die Augen vor Glückseligkeit schloß.

Er zog sie unter sich, hielt sich über ihr, damit er in ihr Gesicht hinunterblicken konnte. Ihre Augen lächelten ihn an. Eine rosige Farbe legte sich auf ihre Wangen, ihr Mund wölbte sich mit der Freude, zu schenken und beschenkt zu werden.

»Wer bist du?« flüsterte er.

»Annabel«, sagte sie.

Er beugte sich vor, um ihre Lider zu küssen, drang tief in sie ein, fühlte, wie sich ihr Körper auf dem Glanzpunkt unter ihm aufbäumte und verlor sich selbst.

Lange Augenblicke lagen sie, noch immer ineinander verwoben, in der vollkommenen Stille des matt erleuchteten Raumes da, dann, langsam, stützte Kit sich auf die Ellbogen hoch, um sie mit einem kläglichen Lächeln anzusehen. »Ach, Liebste«, sagte er leise. »Ich war so hastig wie ein unerfahrener Schuljunge. Aber ich war noch nie so erregt, jenseits aller Kontrolle.«

Ihr Kopf bewegte sich in matter Verneigung auf dem Teppich. »Mir ist es ebenso ergangen.« Sie hob die Hand, um sein Gesicht zu berühren. »Vor uns liegt die ganze Nacht, Kit. Sie ist lang genug, daß wir uns Zeit lassen können.«

Er drehte seinen Mund in ihre Handfläche und schmeckte den salzig-feuchten Schweiß ihrer Haut. »Annabel«, murmelte er, bei dem Klang des Worte verweilend. »Annabel.« Sachte machte er sich von ihr frei, rollte sich zur Seite und setzte sich auf. »Nun, willst du mir jetzt etwas von dir erzählen, Annabel?«

»Seit acht Jahren habe ich diesen Namen nicht mehr ausgesprochen gehört«, sagte sie und kam anmutig auf die Füße. Sie ging hinüber zu dem Tisch, wo ein Krug und eine Schüssel bereitstanden, schüttete Wasser auf ein Handtuch und kehrte zu ihm zurück. Neben ihm kniend, fuhr sie mit dem kühlen Tuch über seinen Körper und forderte ihn auf, sich wieder hinzulegen und seine Haut von ihr reinigen und erfrischen zu lassen.

Er lehnte sich zurück und genoß die ungewohnten Aufmerksamkeiten. Die Frauen, denen er bisher begegnet war, neigten dazu, eher zu nehmen als zu geben. Aber Ayesha war ja auch durch eine andere Schule gegangen. Er war nicht mehr länger in den wilden und gedankenlosen Gefilden der Leidenschaft, und mit einem Mal berührte ihn wieder die Gegenwart. Abrupt setzte er sich auf. »Das ist genug.«

Sie blickte ihn erstaunt an. »Gefällt dir das nicht?«

»Es erinnert mich an eine Tatsache, die ich am liebsten vergessen würde«, sagte er kurzangebunden. »Gib mir das Handtuch.« Sie reichte es ihm wortlos, und er ging selbst zu der Schüssel, machte das Tuch feucht und kehrte dorthin zurück, wo sie noch auf dem Boden kniete. »Steh auf.« Er streckte ihr die Hand entgegen, um ihr beim Aufstehen behilflich zu sein. Die weiche Rundung einer Brust umfassend, trocknete er zärtlich die durchscheinende, glänzende Haut. »Laß mich es für dich tun, jetzt, Annabel, während du mir erzählst, wie du an diesen Ort zu diesen Menschen gekommen bist.«

Annabel schüttelte den Kopf und zitterte plötzlich, in einer Geste der Abwehr die Arme um den Körper schlingend. »Das ist nur eine Geschichte… nicht wichtig.«

»Nicht wichtig! Wie kannst du nur so etwas sagen?« Er nahm ihre Hände und zog sie von ihrem Körper fort, dann sagte er erstaunt: »Du fürchtest dich.«

Sie erkannte, daß er recht hatte. Die Vorstellung, diese frühen Erinnerungen des verängstigten Kindes heraufholen zu müssen, Erinnerungen, die sie so tief vergraben hatte, daß sie sie nicht mehr quälen konnten, jagten ihr einen Schauder des Entsetzens über den Rücken. Sie versuchte, sich aus seinem Griff zu winden und drehte den Kopf von ihm fort, um seinen suchenden Augen zu entgehen. »Ich wünsche nicht, darüber zu sprechen.«

Ein ihm bis dahin selber unbekannter Kit trat in Erscheinung. Er wollte diese Frau in ihrem Schmerz umsorgen, wollte sie trösten und beruhigen. Er konnte sich nicht entsinnen, jemals zuvor auf diese Weise ergriffen worden zu sein oder sich überhaupt in einer solchen Situation befunden zu haben. Er ließ sie los, nahm eine Decke von dem Diwan und hüllte sie darin ein. »Es gibt keinen Grund, sich zu ängstigen«, tröstete er sie sanft, nahm sie wieder fest in die Arme und setzte sie auf seine Knie. »Erzähl mir davon, Annabel.«

»Mein Name ist Ayesha«, sagte sie, doch es klang wenig überzeugend.

»Erzähl es mir«, drängte er und streichelte beschwichtigend ihr Haar.

Lange saß sie so da, ihm gestattend, sie zu halten, und all das Selbstvertrauen und die Sicherheit, mit denen sie ihm vortags ge-

genübergetreten war, hatten sich vollkommen in Luft aufgelöst. »Wir waren auf dem Rückweg nach Peshawar, durch den Khyber-Paß«, setzte sie mit fremder Stimme an.

Er hörte zu, sah durch ihre Worte den gewaltsamen Tod ihrer Eltern, hörte die schauerlichen Schreie, das wilde Kreischen der Stammeskrieger, fühlte das hilflose Entsetzen des entführten Kindes. »Was ist dann geschehen?« hakte er nach, als es den Anschein hatte, sie würde nicht weitersprechen. »War es Akbar Khan, der dich mitgenommen hat?«

»Nein.« Sie schüttelte den Kopf. »Es verging eine endlose Schreckenszeit, bis ich zu Akbar Khan kam.« Sie starrte in den Abgrund ihrer Erinnerungen und setzte sich auf. »Laß mich aufstehen.«

»Darf ich dich nicht halten?« fragte er, überrascht von der Woge von Zärtlichkeit, die über ihn kam.

»Ich bin es nicht gewohnt, auf diese Weise gehalten zu werden«, sagte sie wahrheitsgemäß. »Solche Zärtlichkeiten sind nicht von afghanischer Art.«

»Um ehrlich zu sein, wußte ich auch nicht, daß sie meine Art sind«, gab Kit zu.

Sie lächelte plötzlich und kehrte in seine Arme zurück. »Der Ghazi, der mich mitgenommen hatte, behielt mich viele Wochen lang. Ich wußte damals nicht, daß er Akbar Khans Rückkehr in seine Burg in Madella abwartete. Ich sollte dem *Sirdar* als Tribut übergeben werden, den die Ghazi ihrem Anführer schuldeten. Er hatte entschieden, daß ich einen guten Zehnten abgeben würde, interessanter als Güter und Rinder… und außerdem billiger«, fügte sie hinzu und hatte das Gefühl, daß mit dem Erzählen die Geschichte leichter wurde. »Ich wußte davon natürlich nichts und ging davon aus, daß ich für den Rest meines Lebens mit diesem Mann und seiner Familie in einer Lehmhütte würde leben müssen.«

»Wie hat man dich behandelt?« wollte Kit wissen und fühlte das Zittern in dem schlanken Körper, den er umarmte.

»Grausam«, sagte sie trocken, »von den Frauen, nicht von den Männern. Ich nehme an, sie wußten nicht, was sie mit mir anfangen sollten. Ich beherrschte ihre Sprache nicht, verstand nichts. Ich glaube, sie haben mich mißhandelt, weil sie selbst so daran gewöhnt waren, schlecht behandelt zu werden. Die Opfer wurden zu Rächern … das ist eine verführerische Rolle.«

Kit dachte an die Frauen, die er am Morgen beobachtet hatte, wie sie sich mit den Tieren und Lasten abmühten, den Berg hinaufquälten. Er versuchte sich ein zwölfjähriges englisches Mädchen vorzustellen, wohlgepflegt, in Liebe erzogen und dann den Quälereien eines solchen Schicksals ausgeliefert – Zorn kochte in ihm hoch.

Annabel spürte seine Gefühlsaufwallung, fühlte, wie sich seine Haltung versteifte und seine Arme sie fester an sich drückten. »Du darfst sie nicht nach deinen Maßstäben beurteilen, *Feringhee*«, sagte sie mit einem Anflug von Spott, den er schon kannte. »Sie müssen viel ertragen.«

»Nenn mich nie wieder so!« verlangte er, und der warnende Ton war nicht zu überhören.

Sie wandte sich ihm in seiner Umarmung zu, um ihn mit grüblerischem Funkeln in den jadegrünen Augen anzusehen. Dann zuckte sie die Schultern. »Aber da bist du genauso wie jene, die keinen Versuch unternehmen, die Afghanen zu verstehen. Wenn jene, die in Kabul das Kommando haben, sich auch nur ein wenig bemüht hätten, dann würdest du dich nicht in diesem Schlamassel befinden.«

»Es sieht so aus, als ob wir den Faden verlieren«, brummte er steif.

»Wirklich? Ich glaube nicht.« Sie glitt von seinen Knien und begann, im Raum auf und ab zu gehen. »Wie auch immer, als Akbar Khan in Madella eintraf, wurde ich zu ihm gebracht … ein dreckiges, ausgemergeltes Stück in den zerfetzten Resten des Kleides, das ich bei meiner Entführung getragen hatte. Zu diesem Zeitpunkt verstand und sprach ich schon eine ganze Menge

Paschtu. Als also der Ghazi mich vor diesem Mann zu Boden warf, der mit einem Helm und Kettenhemd angetan war, und sagte, ich sei ein Geschenk für seinen *Sirdar*, da verstand ich –« Sie biß sich auf die Lippe. »Ich verstand, daß ich in der Hölle war und daß es außer dem Tod kein Entkommen gab. Ich beschimpfte den Ghazi als ›Sohn einer Sau‹ und mit mehreren anderen der schlimmsten Schimpfworte, die man gegen einen Moslem einsetzen kann. Er schlug mich zu Boden, doch bevor er sich weiter an mir vergreifen konnte, scheuchte Akbar Khan ihn aus dem Raum.«

Sie nahm eine Aprikose aus dem Korb auf dem Tisch und grub ihre Zähne tief in das goldfarbene Fleisch. »Auf diese Weise kam ich in Akbar Khans *Zenana.* Ich brachte ihm Englisch bei und er mir Persisch. Ich bat um Bücher, und er beschaffte sie, sowohl in Englisch als auch in Persisch.«

»Und er hat dich andere Dinge gelehrt«, sagte Kit so trocken wie der Sommerwind, der unter einen *Chapan* bläst, wie er ihn heute nachmittag getragen hatte.

Sie gab nicht vor, ihn mißzuverstehen. »Ja, das hat er. Aber nicht bevor ich fünfzehn war. Er ist durch Heirat mit mehreren Stammesführern unter den Ghilzai verbunden, aber er hält mich getrennt von seinen Frauen, wofür ich ihm dankbar bin. Und für eine afghanische Frau habe ich ungewöhnlich viele Freiheiten.«

»Großer Gott! Du bist keine afghanische Frau!« entrüstete sich Kit über diese ruhige Aussage. »Du bist Annabel Spencer.«

»Ich bin Ayesha«, stellte sie gelassen fest. »Und zufrieden damit.«

»Wenn ich von hier fortgehe, dann wirst du mit mir kommen«, erklärte er. »Ich weiß noch nicht, wie es gelingen kann, aber ich werde dich zu deinen eigenen Landsleuten zurückbringen.«

Ihr Lachen schallte durch den Raum. »Wenn du dich nur selbst hören könntest«, sagte sie. »Was für tönende Worte! Der Engländer wird die Gefangene zu ihrem Volk zurückbringen ... Du würdest nur zu gerne den Ritter der Tafelrunde spielen, nicht wahr?

Nimm die Scheuklappen von deinen Augen, *Feringhee,* und betrachtete die Lage so, wie sie ist.«

»Verdammt noch mal! Ich habe dir gesagt, dieses Wort nicht zu gebrauchen!« Er sprang durch den Raum auf sie zu. Woher war seine Wut gekommen, die die nur eine halbe Stunde zurückliegende Leidenschaft auslöschte, die Woge von Zärtlichkeit fortscheuchte, die ihn noch eben überwältigt hatte, sein Bedürfnis, sie zu halten und zu beschützen? Jetzt wollte er sie schütteln, bis sie die Wahrheit anerkannte, wer und was sie war, und das aufgab, was auch immer sie mit dem Afghanen verband.

Sie behauptete sich, indem sie einfach die Decke noch enger um sich zog. »Es gibt keine Möglichkeit, diesen Ort zu verlassen, selbst wenn ich es wollte«, sagte sie langsam und bedächtig. »*Du* wirst diese Festung nicht verlassen, wenn Akbar Khan es so entscheidet. Und ich glaube nicht, daß auch nur einer von euch Afghanistan lebend verläßt.«

Wie angewurzelt blieb er in der Stille, die ihre Worte und deren Festigkeit geschaffen hatten, stehen. »Was soll das heißen, du willst diesen Ort nicht verlassen?« fragte er. »Du kannst doch nicht allen Ernstes als Gefangene in irgendeinem *Zenana* bleiben wollen.«

»Warum nicht?« Sie zuckte die Schultern. »Ich glaube nicht, daß es sich hier so weitgehend von den Zwängen unterscheidet, die einem durch die sozialen und moralischen Gesetze einer Armeesiedlung in Indien auferlegt werden. Ich bin in einer solchen Gesellschaft aufgewachsen, erinnerst du dich? Wenigstens habe ich hier Pferde und Falken, die Berge und die Gesellschaft jener, die keine Heuchler sind, wie streng auch immer ihre Gesetze sein mögen. Mein Leben ist alles andere als langweilig, Christopher Ralston. Ich reise mit Akbar Khan kreuz und quer durch das Land, und er versagt mir nur, was der Koran verbietet.«

Kit hatte das Gefühl, daß die Welt, die er kannte, ins Wanken geriet. Wie konnte sie diese sinnlosen, ketzerischen Dinge sagen? Und sie nicht einfach nur sagen... sie meinte jedes Wort davon. Die Wahrheit stand in ihren jadegrünen Augen. Für sie war er einfach ein blinder, eingebildeter *Feringhee,* und die Welt, die er ihr anbot, war ein schaler und öder Platz voller verstaubter Etikette und heuchlerischer Gesetze. Und bei ehrlicher Betrachtung sah er es genauso wie sie. Er spielte mit dieser Welt, fand sie verachtungswürdig, flach und unbefriedigend. Warum sonst betrank er sich Abend für Abend? Verlor regelmäßig kleine Vermögen an den Spieltischen? Warum sonst hatte er dieses lächerliche Duell provoziert, das ihm die Strafversetzung an den Rand der Welt zur Kavallerie der Ostindischen Kompanie eingebracht hatte?

»Du mußt doch Verwandtschaft in England haben«, sagte er matt.

Sie schüttelte den Kopf. »Und wenn ich sie habe? Sie bedeutet mir nichts. Ich war niemals dort. Mein Leben hier hat Sinn. Selbst wenn ich es wollte, wie sollte sich eine wie ich in diese Gesellschaft einpassen? Nein, Christopher Ralston, geh du zurück zu den Deinen und laß mich bei den Meinen.«

»Du hast mich zuvor Kit genannt«, sagte er noch immer mit dem Versuch ringend, in diese Wand von Überzeugungen einzudringen, von der seine halbherzigen Worte abprallten.

»Ein Irrtum«, stellte sie fest und ließ die Decke fallen. »Ein Ausrutscher im Augenblick der Leidenschaft. Ich bediene mich nicht länger der intimen Sprache der *Feringhee.*«

Er rang die Hände. Er wollte sie so gerne einsetzen, um die Barrieren einzureißen, die alles verleugneten, was man ihm beigebracht hatte zu glauben; um die Wand ihrer Anmaßung ins Wanken zu bringen. »War das alles für dich? Wie kannst du sagen, daß das alles war?«

Sie wandte sich von ihm ab, um ihre Kleider aufzuheben. »Hast du noch Bedarf an mir heute nacht, Ralston, *Huzoor*?«

Wenn sie dieses Spiel spielen wollte, dann würde er einfach mittun. »Ja, Ayesha«, antwortete er. »Das habe ich. Du bist Akbar Khans Besitz, den er überlassen kann, wem er will. Heute nacht hat er dich mir gegeben. Und die Nacht ist erst halb vorüber.«

Die Kleider fielen ihr aus der Hand, ein weicher seidener Haufen aus Cremefarben und Türkis. Langsam richtete sie sich auf, noch immer mit dem Rücken zu ihm. »Was wünschst du von mir?«

Er betrachtete sie, den langen, geraden, ebenmäßigen Schwung ihres Rückens, die scharf hervorstehenden Schulterblätter, ihre schmale Taille, die Rundungen ihres Gesäßes, die scheinbar unendliche Länge ihrer Beine. Und er verlor sich in einem Gewirr von einander widersprechenden Gefühlen. Er begehrte sie, wollte ihren Körper, wollte das Geschick, mit dem sie ihren Körper einsetzte, um den seinen zu erfreuen. Aber da war mehr ... viel mehr. Es hatte einen Augenblick gegeben, in dem sie ihm ihr tiefstes Inneres geöffnet hatte, jetzt aber hatte sie es vor ihm verschlossen, und er wollte es nochmals.

Er griff in die dicke Masse ihrer Haare und wand sie zu einem dicken Seil, das er zur Seite schob, um ihren Nacken küssen zu können. Ihre Haut tanzte höchst bereitwillig unter seinen Lippen. Seine Zungenspitze fuhr warm ihren Nacken hinauf bis zu der weichen Stelle hinterm Ohr... die Stelle, an die sie bei ihm ihren Dolch gedrückt hatte, erinnerte er sich, in sich hineinlachend, und kitzelte ihr Ohr mit seinem heißen Atem.

Ayesha zuckte zusammen. Er umfaßte ihre Schultern, und sie ergab sich.

»Habe ich dich nicht sagen hören, daß wir die ganze Nacht hätten für uns, meine Anna?«

Ihr Kopf senkte sich in stummer Zustimmung, und sie erhob keinen Einwand gegen die zärtliche Intimität des Namens. Er zog sie zurück auf den Diwan, drückte sie in die Kissen. Ihr Körper schimmerte hell, eingetaucht in das goldene Licht der Lampe. Es gab einen Augenblick, in dem sie das Strahlen ihrer Augen unter den schwachen rotgoldenen Wimpern zu verbergen suchte, aber er knabberte an ihren Ohrläppchen, und sie schlug die Lider auf, die den Blick freigaben auf Lachen und das dunkle Glühen erwachter Leidenschaft. Und einmal mehr schenkte sie ihm uneingeschränkt ihr tiefstes Inneres.

4. Kapitel

Ayesha schlüpfte von seiner Seite in dem durchscheinenden, mattrosafarbenen Licht der Morgendämmerung.

»Mußt du denn gehen?« Kit lächelte verschlafen und stützte sich auf einen Ellbogen, den Kopf in der Hand. »Es gibt so viele Dinge, die ich noch gerne mit dir tun möchte.«

Sie verdrehte scherzhaft und schelmisch die Augen. Dann schüttelte sie verneinend den Kopf. »Die Nacht ist vorüber, Christopher Ralston. Ich wurde dir nur für einen genau begrenzten Zeitraum gegeben.«

»Rede nicht auf diese Weise mit mir!« Er setzte sich auf und griff nach seinem *Chapan*. »Wie können wir von diesem Ort fliehen?«

Sie schwieg einen Augenblick und sah zu, wie er aufstand. Er hatte den schlanken, muskulösen Körper eines Reiters und Athleten, mit schmaler Taille und Hüften ... und all der Glut und Kraft der Jugend. Sie hatten sich mit dem lebhaften, ungehemmten Vergnügen von Geliebten aneinander erfreut, die in Körper, Vorstellungskraft und Geist vollkommen zueinander paßten. Aber Annabel Spencer war nicht weniger realistisch als Ayesha. Sie war in einer Umgebung erwachsen geworden, wo man den Stoff, aus dem Träume gemacht sind, nicht kannte, wo Hoffnungen streng auf dem Fundament des Möglichen gehalten wurden, wo Vergnügen dem Leiden ohne Vorwarnung Platz machen konnte.

»Du wirst nach dem *Buzkashi* aufbrechen«, sagte sie. »Ich

glaube nicht, daß es Akbar Khans Wunsch ist, dich nach dieser Demonstration länger zurückzuhalten. Damit wird er seinen Standpunkt klargemacht haben.«

»Aber du wirst mich begleiten.« Er bemühte sich, den Worten kühle Entschlossenheit zu verleihen, damit sie so klangen, als gäbe es keinen Zweifel, aber sie lachte, und es war dieses spöttische Lachen, das ihn so bestürzte.

»Nein, Ralston, *Huzoor*. Wie ich bereits gesagt habe, selbst wenn es möglich wäre, und es ist gänzlich *un*möglich, selbst dann würde ich nicht mit dir kommen.«

»Aber wie kannst du so etwas sagen, nach der Nacht, die wir gerade miteinander verbracht haben?« Er war sich unangenehm dessen bewußt, daß seine Stimme ungewollt wie die eines verwirrten Kindes klang.

Ayesha bemühte sich, Geduld zu bewahren. »Kit, ich würde das, was zwischen uns geschehen ist, nicht besudeln. Es hat mir Freude bereitet, weit über das Maß hinaus, das ich beschreiben kann... mehr als alles, was ich bisher erlebt habe. Aber du mußt die Dinge nüchtern betrachten und zwischen dem Zufall, glückliche und unerwartete Entdeckungen zu machen, und dem harten Alltag unterscheiden. Ich werde die vergangene Nacht niemals vergessen, und –« Sie machte eine Pause und strich ihm eine eigenwillige blonde Locke aus der Stirn. »Und ich werde in dem Glauben leben, daß auch du sie nicht vergessen wirst... auch dann nicht, wenn du verheiratet und der Vater einer ganzen Schar von Kindern bist. Du wirst dich an unsere Liebe erinnern. Selbst wenn sie nur mehr ein Traumbild ist, wird sie dich wärmen in den kalten Momenten, die wir alle von Zeit zu Zeit erleben.«

»Ich werde dich nicht hier zurücklassen.«

Sie berührte seinen harten Mund sanft mit ihren Lippen. »Ich darf dich nicht wiedersehen. Frauen sind beim *Buzkashi* nicht zugelassen. Küß mich zum Abschied, Christopher Ralston, und sei dankbar für das, was wir hatten. Laß mich nicht von dir gehen mit der Erinnerung an deinen Zorn im letzten Augenblick.«

In den vergangenen achtundvierzig Stunden hatte Kit gelernt, daß es mitunter weise war, Zustimmung vorzutäuschen. Er sagte nichts mehr, sondern drückte sie an sich, glitt mit der Hand die weiche, warme Haut ihres Rückens hinunter, genoß die Rundungen ihres Gesäßes und die Festigkeit ihrer Oberschenkel, nahm ihre Formen in seine Hand, bewahrte ihren Geruch in seiner Nase und saugte den Geschmack ihrer Lippen mit seinen eigenen ein.

Nachdem sie seinen Mund mit ihren Lippen ein letztes Mal gestreift hatte, entglitt sie seiner Umarmung, warf ihre Kleider über und ging zur Tür. Sie zog den Riegel zurück und war verschwunden.

Die Wachen davor betrachteten sie mit Augen ohne Neugier wie Männer, die keine Notwendigkeit verspürten, sich für die Handlungen von Frauen zu interessieren, da sie ohnehin von Männern bestimmt wurden. Sie ging in dem anmutigen Schreiten, das sie hier gelernt hatte. Akbar Khan mochte keinen ungestümen Gang, keine vorlauten Bemerkungen und keine gedankenlosen Gesten. Dieser leidenschaftlichste und unberechenbarste aller Männer beharrte auf dem friedfertigen und gemessenen Benehmen all jener, mit denen er sich in seiner freien Zeit umgab, die sich um seine Bedürfnisse kümmerten und nichts mit seiner Kriegführung zu schaffen hatten.

Ayesha erreichte die Frauengemächer und fühlte sich sofort in der vertrauten Abgeschiedenheit geborgen, eingehüllt in die altbekannten Rituale dieser Frauenfreistätte. Die geheimnisvolle Telegraphie des Palastes hatte in der Nacht ihren Dienst getan, und alle Frauen wußten, wo sie die Stunden der Dunkelheit verbracht hatte, und auf wessen Befehl. Das Wissen wurde nicht offen ausgesprochen, aber in diesem Palast des geheimen Verstehens wurde ohnehin nur wenig preisgegeben.

Sie hatte kein Bedürfnis zu reden, und keine der Frauen machte den Versuch, ihre Zurückhaltung zu durchbrechen, als sie sie entkleideten, in heißem, duftendem Wasser badeten und ihr grünen Tee in eine hauchdünne Porzellantasse einschenkten. Sie trank dankbar und zog sich auf ihren Diwan in dem privaten Zimmer des Hauptwohnbereichs zurück. Die Frauen blieben nur kurz, um Laken und Decken glattzustreichen und die Läden zu schließen, dann glitt der Wandbehang vor ihrer Tür zurück an seinen Platz, und sie war dem Schlaf überlassen.

Aber der Schlaf entzog sich ihr trotz der körperlichen Erschöpfung. Sie war angefüllt von einem merkwürdigen Verlangen vermischt mit der tiefen, freudigen Erregung, die von der Ekstase herrührte, von der erlebten Entrückung aus Geist und Körper. Der Appetit auf Liebe wuchs ohne Zweifel, wenn man ihn nährte, dachte sie und warf sich ruhelos umher, ihr Geist voll der Bilder aus der vergangenen Nacht und ihr Körper begierig nach mehr. Sie wußte natürlich, daß der Hunger vergehen würde, wenn man sicher sein konnte, mehr zu erhalten, und daß dann auch der Frieden der Sättigung einkehrte. Aber eine Wiederholung dieser köstlichen Stunden würde nicht stattfinden. Es wurde höchste Zeit, daß sie den Mantel der Hinnahme wieder anlegte, den sie ohne sichtbare Schwierigkeiten die vergangenen Jahre getragen hatte. Mit diesem stärkenden Entschluß sank sie in den Schlaf.

Mehrere Stunden später erwachte sie in dem unmittelbaren Bewußtsein, nicht allein zu sein. Sie öffnete ihre Augen und begegnete dem festen Blick Akbar Khans, der in meditativ-bewegungsloser Stille neben ihr auf dem Diwan saß. Er streckte die Hand aus, um einen ihrer Mundwinkel zu berühren.

»»Nun, Ayesha, du hast eine angenehme Nacht verbracht, nehme ich an.«

»War mir das denn bestimmt?« entgegnete sie kühn.

Einen Augenblick lang herrschte angespanntes Schweigen, dann lachte Akbar Khan. »Ich gebe zu, daß das nicht mein Hauptmotiv war. Aber ich habe nichts dagegen, wenn du auch Freude an deiner Lektion hattest. Die Lektion selbst allerdings bleibt bestehen.«

Sie rekelte sich träge und gähnte ausgiebig. »Ich hätte also Christopher Ralston nicht hierherbringen sollen?«

Die blauen Augen verengten sich. »Du hättest nicht versuchen dürfen, dein Interesse an dem *Feringhee* vor mir zu verbergen. Du mußt glauben, ich sei ein Dummkopf, wenn du meinst, ich hätte es nicht bemerkt. Es ist nur natürlich, daß du erregt bist.« Er stand auf. »Aber jetzt hattest du deine Begegnung, und damit ist der Neugier Genüge getan.« Er ging auf die Tür zu. »Das *Buzkashi* soll mittags beginnen. Deine Anwesenheit wird der Demonstration noch zusätzliche Würze verleihen.«

Ayesha setzte sich auf und starrte auf den Wandteppich, der sich nach Akbars Fortgehen noch leicht bewegte. Sie knabberte an ihrer Unterlippe. Seine Absicht war sogar noch komplizierter, als sie vermutet hatte. Hätte sie an der Nacht keinen Gefallen gefunden, dann hätte es ihn befriedigt, sie wirksam an die absolute Natur seiner Vorherrschaft erinnert zu haben. Da sie die Nacht jedoch genossen *hatte*, verschaffte ihm dies die Gelegenheit, ihr eindringlich seine weitere Macht, mit der einen Hand zu geben und mit der anderen zu nehmen, vor Augen zu halten. Nachdem er sie nun derart an der Nase herumgeführt und ihr Appetit gemacht hatte, würde er ihr jetzt jede Fortsetzung dieser Erfahrung versagen.

Sie zuckte ergeben mit den Schultern. Er war manchmal ein undurchschaubarer Mann, aber sie hatte sich schon vor langem damit abgefunden und es längst aufgegeben, sich gegen seine Launen aufzulehnen. Es gab in dieser Welt nichts Vollkommenes. Im allgemeinen gestattete er ihr das Leben, das sie sich wünschte, und wenn er dann und wann an ihrer Kette riß, dann würde sie damit leben können. Viel mehr war sie an der Aussicht interessiert, dem *Buzkashi* beizuwohnen. Die Gunst, an diesem Inbegriff männlichen Schauspiels teilnehmen zu dürfen, wurde selten gewährt. Erfolgte die Erlaubnis als Friedensangebot? Oder hatte Akbar Khan ein tiefer liegendes Motiv für ihre Anwesenheit, so wie es auch in der vergangenen Nacht gewesen war? Unmöglich vermochte sie diese Frage zu beantworten! Es spielte ohnehin keine Rolle. Sie würde sich noch für etwas länger der Gegenwart Christopher

Ralstons erfreuen, qualvoll zwar, aber ein halbes Brot war immer noch besser als keines.

Dieses Bild erinnerte sie daran, daß sie hungrig war. Sie schlug die kleine Silberglocke auf dem Tisch neben ihrem Diwan und schwang voller Energie die Beine auf den Boden.

»Wünschst du etwas, Ayesha?« Eine ältere Frau war auf ihr Klingeln hin erschienen.

»Nan-i-roughani«, sagte sie, und ihr lief das Wasser im Mund zusammen bei dem Gedanken an das dünne, flache Weizenbrot, das in frisch zerlassener Butter gebacken wurde. »Und Eier, bitte, Soraya.«

Die Dienerin nickte und verzog den Mund ein wenig. »Ich werde sie zubereiten lassen, während du dich anziehst. Du mußt während des *Buzkashi* den *Chadri* tragen, sonst erregst du Anstoß.« Sie unterdrückte die Bemerkung, daß allein schon Ayeshas Anwesenheit bei diesem Männerritus Anstoß erregen würde, aber ihre Mißbilligung kam durch den verzerrten Mund deutlich genug zum Ausdruck.

»Ich leiste lediglich unserem Herren Gehorsam«, sagte Ayesha ernst.

Soraya schnaubte. Sie war sich nur allzu bewußt, welch skandalöse Genehmigung Akbar Khan diesem ungewöhnlichen Mitglied seines *Zenana* gegeben hatte, aber nicht ein Wort der Kritik an dem *Sirdar* würde über ihre Lippen kommen.

Ayesha legte die *Chalvar* sowie den *Chadri* an und wurde auf einmal von einer merkwürdigen Empfindung überfallen. Sie erinnerte sich plötzlich lebhaft daran, wie es sich anfühlte, ein steifes Mieder, Unterröcke, Strümpfe und Strumpfbänder zu tragen, die ausladenden Röcke ihres eigenen Volkes. Es war so, als ob sie auf einmal das Drücken des Fischbeins im Mieder, das sie seit ihrem elften Geburtstag trug, und das sie nach unten ziehende Gewicht der Röcke in der Hitze des indischen Sommers spüren konnte. Wie hatte sie nur je diese Beeinträchtigung ertragen können? Schon der Gedanke an solche Kleider verwandelte den einhüllenden *Chardi* in ein äußerst freizügiges Gewand. Und er hatte einen weiteren Vorteil, da er nicht nur ihren Körper verbarg. Ihr Gesichtsausdruck war sicher vor allen Beobachtungen verborgen, und sie mußte nicht fürchten, ihre Gefühle zu verraten... etwas wofür sie an der Seite Christopher Ralstons unter den Augen Akbar Khans dankbar sein würde.

Eine breite Bergschulter oberhalb des Passes bildete den Übergang zu einer sandigen Hochebene. Leutnant Ralston und seine Patrouille wurden von der Festung aus von einer schweigenden Gruppe Turbane tragender Bergkrieger geleitet, die auf prachtvollen Badakshani-Streitrössern saßen, große, geschmeidige, anmaßend majestätische Tiere mit wilden Augen und geweiteten Nüstern. Kit, der sie mit unverhohlenem Neid anstarrte, erkannte, daß Abdul Alis Gesichtsausdruck den seinen widerspiegelte.

»Was könnte ein Mann nicht alles auf einem solchen Tier vollbringen?« murmelte der Havildar. »Die britische Kavallerie, mit solchen Pferden versorgt, wäre unschlagbar!«

»Ich glaubte, wir wären es trotzdem«, spottete Kit. »Jedenfalls hat man mir das immer nahegelegt. Sonst wären wir ja nicht hier, oder?«

Abdul Ali räusperte sich, tat jedoch keine weitere Äußerung, da er mit Anstand weder zustimmen noch widersprechen konnte.

»Was ist dieses *Buzkashi*, Sir?« fragte er nach einer Weile.

»Es heißt Ziegengreifen«, antwortete Kit, der Ayesha dieselbe Frage gestellt hatte, »und es ist eine Mut- und Geschicklichkeitsprobe, nehme ich an. Man muß den Körper einer toten Ziege oder eines Kalbs, während man sich im Sattel befindet, vom Boden aufheben und ihn frei und ungehindert von allen anderen, die dasselbe beabsichtigen, eine Weile umhertragen.« Er zog die Stirn in Falten. Ayesha hatte ihm erklärt, daß diese knappe Beschreibung den wirklichen Gehalt dieses Wettkampfs nicht im mindesten wiedergeben könne, und als er auf die prächtigen Pferde seiner Eskorte blickte, fiel es ihm leicht, ihr das zu glauben.

»*Salaamat bashi*, Ralston, *Huzoor*!« Akbar Khan, ebenfalls auf einem Badakshani-Streitroß, welches allerdings noch beeindruckender war als die, die Kit begleiteten, kam über die Ebene auf sie zugaloppiert und begrüßte sie heiter. Der *Sirdar* war in eine kostbare, an den Säumen mit Pelz bestickte Jacke, in weite, in die Stiefel gesteckte Hosen gekleidet mit einem runden Hut auf dem Kopf. Er zeigte strahlende Augen und eine freundliche Stimmung, doch Kit entdeckte auch eine Unterströmung der Erregung oder Erwartung in seiner Haltung und im Schwung seines Mundes. Der Engländer fand dies keineswegs vertrauenerweckend.

»*Mandeh nabashi*«, antwortete er korrekt und bot seinem Gastgeber damit einen höflichen Gruß, in den Abdul Ali und die Sepoys sofort einstimmten.

»Komm, du mußt dich auf dem Hügel dort drüben aufstellen.« Akbar Khan wies mit seiner Gerte in jene Richtung. »Von dort kannst du die Ereignisse am besten verfolgen.«

»Wirst du selbst also ebenfalls beteiligt sein?« erkundigte sich Kit.

»Ja, natürlich. Man hat mir von meinem zwölften Lebensjahr an die Geschicklichkeiten beigebracht, die man als *Buzkashi*-Spieler haben muß – zum Beispiel, wie man einen beliebigen Gegenstand mit hoher Geschwindigkeit reitend vom Boden aufheben kann. Außerdem pflegte mein Vater ein silbernes Zeichen in der Erde zu befestigen, auf das ich in vollem Galopp zuzureiten hatte, um dann mit Pfeil und Bogen darauf zu schießen.« Akbar Khan lachte fröhlich. »Man lernt bei solchen Übungen gut, sich in der Hand zu haben und genau zu beobachten, Ralston, *Huzoor*.«

»Das will ich dir gerne glauben«, stimmte Kit aufrichtig zu und blickte sich in der Ebene um, wo sich ungefähr dreißig berittene Männer gegenseitig anrempelten, alle in der gleichen ungeduldigen Erwartung und mit kaum gebremster Energie und Entschlossenheit. Dann sah er auf dem Hügel, auf den sie zuhielten, die Gestalt in dem weißen *Chadri*, die auf dem grauen Araber saß. Sein Herz verkrampfte sich.

Als ob er sich der Reaktion seines Gastes bewußt wäre, blickte Akbar Khan ihn hinterlistig an. »Ja, Ayesha ist auch unter den Zuschauern. Sie wird dir das Spiel erklären können. Wie alle Afghanen besitzt sie ein vollkommenes Verständnis für seine Bedeutung.«

Kit biß sich auf die Zunge. Nichts würde dadurch erreicht, wenn er auf diese Herausforderung einging, und er wußte nur zu gut, bis zu welchem Grad Annabel Spencer die Einstellung und das Verhalten der Afghanin Ayesha übernommen hatte.

Sie grüßte nicht, als die Gruppe den Hügel erreichte, blickte nicht einmal in Kits Richtung. Akbar Khan lächelte breit.

»Ayesha, ich lasse meinen Gast in deinen Händen zurück. Du wirst alle Fragen beantworten können, die Ralston, *Huzoor,* vielleicht zu den Vorgängen hat.«

Nachdem sie die Erlaubnis erhalten hatte, wandte sie sich Kit zu und sprach die rituelle Grußformel. Er antwortete sanft, obwohl sich seine Hände in den Handschuhen klamm anfühlten und sein Mund merkwürdig trocken war, als er die Worte formte. Er konnte lediglich ihren Jade-Blick durch das Gitter in dem *Chadri* sehen, und doch war der Raum vor seinem inneren Auge mit den Bildern angefüllt, wie er sie selbst hatte, sinnlich und weiß in ihrer Nacktheit.

»Es heißt, daß das Spiel seinen Ursprung bei den Reitern von Genghis Khan hat«, informierte sie ihn ruhig, als Akbar Khan zu den übrigen Reitern davonritt. »Einem Mann muß es gelingen, den Körper der Ziege zu ergreifen… siehst du sie dort drüben liegen?« Sie deutete mit ihrer Gerte auf etwas, das ungefähr in der Mitte des Feldes am Boden lag. »Sobald er sie ergriffen hat, muß er sie festhalten, sich von allen anderen Teilnehmern absetzen und frei und ungehindert galoppieren können.« Ein Lachen schwang in ihrer Stimme mit. »Die übrigen versuchen natürlich, ihm die Ziege wieder abzujagen.«

Kit nickte und nahm die Schilderung in sich auf. Ungefähr dreißig überaus gut berittene, exzellente Reiter alle hinter dem gleichen Preis her... und jeder von ihnen wild entschlossen, ihn zu gewinnen. »Frei und ungehindert?« vergewisserte er sich.

»Genau, Christopher Ralston«, bestätigte sie immer noch lachend. »Du hast die Hauptsache erfaßt. Wie frei ist frei und wie ungehindert ist ungehindert? Es gibt keine Feldgrenzen.«

Sie sprach zu ihm, als hätte sie in der vergangenen Nacht nicht in seinen Armen gelegen. Er wußte natürlich, warum. Sie waren nicht allein; das Feld war umgeben von begeisterten, jubelnden Männern aus der Festung, und unter den Anwesenden auf dem Hügel befanden sich drei bis zu den Zähnen bewaffnete Stammesälteste, deren Augen sich keinen Moment von Leutnant Ralstons Patrouille lösten und damit die Tatsache nur zu deutlich unterstrichen, daß sie sich noch immer dort befanden, wohin Akbar Khans langer Arm reichte. Wieder überfiel Kit das Gefühl, für eine unsichtbare Katze die Maus zu spielen. Mit dem Unterschied, daß er jetzt die Natur der Katze besser kannte, genauso wie er wußte, daß Akbar Khans überwältigender Haß auf alles Englische die Ursache für seine höhnischen kleinen Spiele war.

»Du *mußt* diesen Ort mit mir verlassen«, hörte er sich selbst in einem unfreiwilligen, wilden Flüstern sagen.

»Du solltest deine Aufmerksamkeit insbesondere dem *Jorchi* zuwenden«, fuhr sie in neutralem Ton fort, als hätte er nichts gesagt. »Sobald entschieden ist, welcher Spieler mit dem Preis die Freiheit gewonnen hat, singt der *Jorchi* zu seinen Ehren, wobei er die Verse spontan nach seinen Vorstellungen schmiedet. Er ist eine Art Troubadour, ein Balladensänger, der die Aufgabe hat, die Menge aus dem Stegreif zu unterhalten. Ich werde für dich übersetzen, wenn der Augenblick gekommen ist.«

»Vielen Dank«, sagte Kit trocken. »Deine Unterstützung wird unschätzbar für mich sein.«

»Es ist mir eine Ehre, Ralston, *Huzoor.*«

»Ich könnte dir den Hals umdrehen!« zischte er.

»Sie fangen an. Gib sorgfältig acht!«

Er biß grimmig die Zähne aufeinander und zwang seine Aufmerksamkeit auf das Feld. Dann ging alles andere unter in der Aufregung des Dramas, das sich vor seinen Augen abspielte.

Akbar Khan war wegen des Pelzbesatzes seiner Kleidung und seines aufgeputzten Pferdes leicht von den übrigen zu unterscheiden. Einen Augenblick lang schien alles ein einziges Durcheinander zu sein. Wild schrien die Männer, die sich wie rasend in das Gewühl stürzten, um nah genug an die Ziege heranzukommen und sie aufheben zu können. Mit einem Mal tauchte Akbar Khan aus der ungestümen Masse auf, setzte sich von seinen Verfolgern ab, hielt mit beiden Händen ein Bein des baumelnden Tierkadavers und die Zügel fest zwischen den Zähnen. Die starke Inanspruchnahme durch das Gewicht, das er mit sich führte, stand ihm ins Gesicht geschrieben. Als drei Männer mit vor Aufregung rasenden Schreien ihn zu überwältigen drohten, trieb er sein Pferd in halsbrecherischem Tempo von ihnen fort, die Ziege mit seinem Körper schützend, indem er sich tiefer über den Sattel beugte und über das Feld flog.

»Oh, verlier sie nicht!« keuchte Ayesha, und ihre Teilnahmslosigkeit verschwand, als sie aufgeregt im Sattel auf und ab hüpfte. »Ist er nicht der wundervollste Reiter?«

Kit wollte ihr die Inbrunst ihres Lobes übelnehmen, vermochte es jedoch nicht, sondern konnte ihrer Begeisterung nur zustimmen. Er selbst genoß einen recht guten Ruf als Reiter, gab sich jedoch keiner Täuschung darüber hin, daß er sich bei solch einer Gelegenheit mit Akbar Khan messen könnte. Die Aufregung der Fuchsjagd über bestes englisches Land wirkte wie ein Spaziergang im Vergleich zu dem wilden Galopp und der Ausdauer dieses *Buzkashi.* Und die Fähigkeiten eines Jägers wären hier von geringem praktischen Nutzen.

Ein Aufschrei ging durch die Menge, als Akbar Khan einen Augenblick lang von Gegnern umzingelt war, aber wieder gelang es ihm, sich zu befreien und dabei den Preis festzuhalten, während er sein großes schwarzes Pferd über die Ebene trieb und seine Verfolger abschüttelte.

»Er ist frei und galoppiert ungehindert«, rief Ayesha und ließ sich in ihren Sattel zurückfallen. »Die Menge hat es so bestimmt.«

Tatsächlich jubelten die Zuschauer und applaudierten, manche feuerten sogar Schüsse in den Himmel ab. Akbar Khan brachte sein Pferd zum Stehen und trabte zurück zur Mitte des Feldes. Seine Gegenspieler blieben zurück, als der *Jorchi* in den Ring geritten kam und seine Stimme zum Lob des Siegers erhob.

»Er sagt, daß Akbar Khan die Schnelligkeit einer Antilope, den Sprung des Leoparden und das Herz des Schwarzbären besitzt«, übersetzte Ayesha schnell. »Wirst du mir jetzt sagen, daß das Schmeicheleien sind?« Wieder war dieses spöttische Lachen in ihrer Stimme. »Im *Buzkashi,* Christopher Ralston, kannst du die wahre Stärke der Afghanen erfahren. Sie werden bis zum Tod kämpfen und kennen kein Erbarmen. Die britische Armee in Kabul muß sehr stark an sich glauben, wenn General Elphinstone annimmt, die Ghilzai unterwerfen zu können.«

Kit zog eine Grimasse. »Wie kannst du deine eigenen Landsleute nur so verachten?«

»Sie haben nichts getan, was meinen Respekt verdient«, antwortete sie knapp. »Das ...« Sie wies auf das Feld vor ihnen: »Das verdient Respekt. Es ist vielleicht unzivilisiert oder sogar barbarisch, aber es ist rechtschaffen und echt. Sie schätzen Stärke, Mut und Entschlossenheit. Hier wirst du keine Heuchelei finden.«

»Und was ist mit Verrat?« wollte er wissen. »Willst du den Verrat der Afghanen, die gebrochenen Zusagen, die Grausamkeiten, die wahllosen Morde an unschuldigen Frauen, Kindern und Händlern leugnen?«

Sie zuckte die Schultern. »Sie sehen es nicht als Verrat. Sie stehen ehrlich zu ihren Lügen.« Ein Lachen schlich sich in ihre Stimme. »Solche sind gestattet, wenn sie Leben retten, einen Streit schlichten, eine Ehefrau erfreuen und im Krieg dem Feind die Siegesgewißheit rauben. Ihr Umgehen mit den *Feringhee* fällt in die letzte Kategorie. Sie sind unberührt von deiner sogenannten Zivilisation, Ralston, *Huzoor*, und sie werden ihr Blut aufbieten gegen ein fremdes Joch. Ihr werdet dieses Volk niemals unterwerfen.«

»Verdammt noch mal, Frau, eines Tages werde ich dich unterwerfen!« drohte Kit, über das Maß des Erträglichen provoziert von dieser Treue zur Barbarei.

»Wie sehr du einem Afghanen ähnelst«, spottete sie. »Du siehst, wie leicht es geschieht, daß man ihre Sitten übernimmt.«

Sein Gesicht verdunkelte sich; seine Hände ballten sich hilflos um die Zügel zu Fäusten. Er wußte, daß er lächerlich geklungen hatte; er empfand wie Annabel, wenn es um die prahlerischen, aufgeblasenen Laffen in Kabul ging; aber sie waren noch immer seine Landsleute – genauso wie sie, wenn man sie nur zu dieser Einsicht bewegen könnte.

Akbar Khan hatte den Kadaver zurück in die Mitte des Feldes geworfen, und die Reiter sammelten sich für einen neuen Durchgang. Auf einmal erhob der *Sirdar* eine Hand und wandte sich zu dem Hügel um; seine Stimme brach sich in schallender Herausforderung an den umliegenden Felsen.

»Ralston, *Huzoor*! Bist du bereit, die Reitkunst und die Kraft der britischen Kavallerie mit der der Afghanen zu messen?«

»Nein!« flüsterte Ayesha, aller Spott war aus ihrer Stimme verschwunden und Entsetzen erfüllte das eine Wort. »Das darfst du nicht, Kit.«

Er drehte sich zu ihr und spürte die kalte Leere, die entsteht, wenn man die einzig mögliche Entscheidung trifft. »Zweifelst du an mir?«

»Sie werden dich demütigen, wenn sie dich nicht sogar verletzen«, warnte sie. »Du kannst gegen sie nicht gewinnen.«

»Es wird langsam Zeit, Annabel Spencer, daß dir jemand beweist, daß auch die Rasse, in die du hineingeboren wurdest, ein Rückgrat hat«, erklärte er eisig.

»Sir«, Abdul Ali kam nach vorn, »wir sind an Ihrer Seite.«

Kit betrachtete seine Männer. Kein Aufflackern von Gefühlen zeigte sich in den braunen Gesichtern, keine Anzeichen von Angst in den ruhigen Blicken. »Vorwärts, Havildar.« Er gab die Zügel frei, und sein Pferd fiel zunächst in Trab und galoppierte denn den Hügel hinunter auf das Knäuel der afghanischen Reiter und den triumphierenden Akbar Khan zu.

Annabel fühlte Übelkeit in sich aufsteigen. Wenn sie ihn nicht gereizt hätte, dann hätte er sicherlich Akbar Khans absurde Herausforderung nicht angenommen. Sie wußte, warum sie ihn so aufgestachelt hatte. Es war ein Versuch, die Selbstzufriedenheit, von der sie meinte, daß er sie mit allen anderen Briten in Afghanistan teilte, zu erschüttern. Sie hatte während des Heranwachsens unter diesen Menschen mit jedem Atemzug ihre ungestüme Verachtung und ihren Abscheu vor den *Feringhees* in sich aufgesogen. Aber es gelang ihr nicht auf die gleiche Weise, Massaker als die einzige Vorgehensweise gegen die Eindringlinge und als Rache für die Invasion gutzuheißen. Ihre Seele wehrte sich mit einer Entschiedenheit gegen diese Auffassung, die ihr klarmachte, daß sie sich darin grundlegend von den Menschen, die sie aufgenommen hatten, unterschied. Sie glaubte nicht, daß die Europäer alle so schlecht waren, wie Akbar Khan sie beschrieb und wie es die arrogante Laxheit der britischen Verwaltung in Kabul zu bestätigen schien. Sie hatte ihre Eltern geliebt und war davon überzeugt, daß sie nicht in das Schema gepaßt hätten, das Akbar Khan ihr aufnötigte. Dann jedoch spürte sie das Nagen des Zweifels, schließlich war sie damals ein Kind gewesen: verwöhnt, altklug, schwierig. Wie oft hatte sie diese Beschreibung in langen elterlichen Aussprachen gehört. Wie konnte sie den Erinnerungen und Einschätzungen eines solchen Kindes trauen, die noch dazu so weit zurücklagen?

Also hatte sie versucht, Christopher Ralston ein gewisses Verständnis für die wahre Natur seines Feindes abzuringen. Wegen des Konflikts zwischen ihrem erlernten Abscheu dessen, was er repräsentierte, und ihrer instinktiven Ablehnung des Schicksals, das ihm Akbar Kahn und die übrigen *Sirdars* vermutlich bestimmt hatten, war ihr Versuch leider unbeholfen gewesen. Statt ihn zu nötigen, die Gefahr anzuerkennen, hatte sie ihn mit ihrem Spott in deren Arme getrieben. In den Armen der Gefahr würde er sicherlich zu den Einsichten gelangen, die sie ihm hätte einflößen sollen. Aber es würde eine harte Schule sein.

Sie wollte nicht glauben, daß Akbar Khan Kit irgendwelche ernsthaften körperlichen Verletzungen zufügen würde. Aber er wollte ihn demütigen, so wie er es mit der vergangenen Nacht bezweckt hatte. Er würde ihn mit eingeklemmtem Schwanz von hier fortgehen lassen, damit er seinen Leuten von der Kraft, dem unzähmbaren Mut, der unbesiegbaren Entschlußkraft und der wilden Grausamkeit des Feindes berichtete. Und sie konnte sich nicht vorstellen, daß es ihr gelingen würde, diese Demütigung mit anzusehen. Aber selbst als ihr Herz sich in dem erwarteten Schmerz zusammenkrampfte, war es ihr unmöglich, ihre Augen von dem Feld abzuwenden.

Kit erwiderte Akbar Khans Geste der Begrüßung mit einem kühlen Lächeln, während er seine Rivalen einzuschätzen suchte. Ein wilder Haufen, dachte er, doch das hatte er erwartet. Der inzwischen etwas mitgenommene Ziegenkadaver lag ein Stück entfernt. Er mußte irgend etwas zwischen sechzig und achtzig Pfund wiegen, dachte er mit einer Gelassenheit, die ihn erstaunte. Es war ein Ding der Unmöglichkeit, frei und ungehindert mit dem Preis davonzugaloppieren. Sein Pferd hatte den Badakshani-Streitrössern nichts entgegenzusetzen, und er hatte nicht die besonderen reiterischen Begabungen und Erfahrungen dieser *Buzkashi*-Spieler. Aber er konnte dafür sorgen, daß er und seine Männer eine gute Show lieferten. Über seine Schulter hinweg blickte er auf Abdul Ali.

»Wir werden uns als Team beteiligen, Havildar. Ich meine, wir haben ein Anrecht auf diesen Vorteil.«

Der Sergeant nickte und die Sepoys schlossen sich dichter zusammen. Ein Schrei der Herausforderung zerriß die bewegungslose Bergluft, und mit einem Mal wurden sie verschlungen von dem allgemeinen Getümmel. Einen Augenblick lang geriet Kit aus dem Gleichgewicht, dann heftete er seinen Blick auf den Kadaver und vertrieb alles übrige aus seinem Gesichtsfeld und aus seinen Gedanken. Die brodelnde Ansammlung von Pferden und Männer wirbelte um ihn herum, doch er ritt voran, peitschte sein Pferd in dem Bewußtsein, daß Abdul und seine Männer hinter ihm waren, mitten hinein in das Gewirr. Jemand lehnte sich vor, um den Preis zu ergreifen; eine atemlose Sekunde lang hatte er ihn und richtete sich auf; dann stieß ein anderer Teilnehmer herab und versuchte, ihm die Ziege fortzunehmen; es kam zu einem kurzen Ringen, dann fiel der Kadaver wieder zu Boden. In diesem Augenblick war Kit über ihm, beugte sich nach unten und nahm aus den Augenwinkeln wahr, daß Abdul Ali seine Zügel ergriffen hatte, damit er beide Hände benutzen konnte. Sein Kopf hing unter dem Bauch seines Pferdes, und alles was er sah, waren stampfende Hufe und verkrusteter Felsenboden. Seine Hand schloß sich um den Schwanz der Ziege; seine Knie klammerten sich an den Sattel mit einer Kraft, von der er nicht gewußt hatte, daß er sie besaß. Wenn es ihm nur gelang, auch die andere Hand an die Ziege zu bringen... Da hatte er sie... umspannte einen Lauf, wuchtete das gewaltige Gewicht vom Boden hoch und saß wieder aufrecht im Sattel. Dann machten sie sich davon, Abdul noch immer seine Zügel haltend und sein Pferd führend, so daß er nur den Tierkörper festhalten mußte. Die Sepoys erkämpften sich eine Gasse durch die brodelnde, brüllende Menge, die alles tat, ihm den Preis zu entwinden. Dann kam der glückliche Moment, wo Kit freies Gelände vor sich sah und nichts mehr hörte als das Donnern der Hufe seines eigenen Pferdes auf dem Gestein.

Wie frei war frei? Wie ungehindert war ungehindert? Er hörte Ayeshas lachende Erklärung für den abschließenden Haken in diesem Spiel. Mit einer mächtigen Bewegung schleuderte er den Kadaver von sich fort, der mit dumpfem Aufprall und hochspritzender Erde vor ihm auf dem Boden landete. Er würde sich seine eigenen Regeln schaffen. Und sich anmutig und ehrenhaft aus der Affäre zurückziehen. Es folgte ein Moment der absoluten Stille, als ob die Beteiligten gemeinsam Atem schöpften. »*Juldi*, Havildar!« befahl er, sich der entstandenen Pause dienend.

Die Patrouille gehorchte dem Hindi-Befehl, und die sieben Männer galoppierten mit ihrer geretteten Ehre vom Kampfplatz fort zurück zu dem Hügel.

Kit spürte überschwengliches Frohlocken, das ihm entgegenströmte, als er auf Ayesha zuritt, die wie ein verschleierter Geist vollkommen unbeweglich auf ihrem Pferd saß. »Nun?« wollte er wissen. »Sind wir gedemütigt worden?«

Sie schüttelte den Kopf, und ihre Augen trafen sich. Es war schwer, ihren Ausdruck durch die Maschen des Schleiers hindurch zu deuten, aber sie hielten seinem herausfordernden Blick stand. »Du warst wunderbar, Kit. Ich muß mich bei dir entschuldigen.«

Ihre Worte verschafften ihm einen viel größeren Triumph als den, den er auf dem Feld errungen hatte. »Wir sind nicht ohne Fähigkeiten«, sagte er ruhig.

Sie senkte zustimmend ihren Kopf und ergänzte: »Ich fürchte, du wirst sie brauchen.«

»Nun, Ralston, *Huzoor*, man muß dir gratulieren.» Akbar Khan ritt auf den Hügel zu. »Es liegt Geschicklichkeit darin, die vorhandenen Fähigkeiten phantasievoll einzusetzen, und deutet auf große Weisheit, die Schlachten zu erkennen, die man nicht gewinnen kann.« Er lächelte gütig. »Als Anerkennung bittet der Gastgeber seinen Gast, von ihm alles zu verlangen, was er mit seinen bescheidenen Möglichkeiten erfüllen kann.« Er machte eine weitere Geste. »Ein Badakshani-Streitroß vielleicht? Du wärst ein würdiger Reiter für solch ein Tier.«

Kit blickte auf und ließ seinen Blick über das Hochland schweifen, zu den steilen Gipfeln hinauf, oberhalb des unter ihnen liegenden Passes, die sich stolz, schwarz und schneebedeckt in den klaren Himmel reckten. Er schaute zur Seite auf die stille, verschleierte Gestalt neben sich. »Ich hätte gerne eine weitere Nacht mit Ayesha, Akbar Khan«, sagte er.

In der tödlichen Stille zeichneten sich undeutlich grauweiß die Umrisse eines Lämmergeiers, häßlich und vorzeitlich, über einer engen Schlucht ab. Kit bemerkte, daß er ihn konzentriert beobachtete, als ob Akbar Khans Antwort von keiner besonderen Bedeutung sei. Die Gestalt neben ihm hatte sich nicht von der Stelle gerührt. Wo hatte sie diese absolute Unbeweglichkeit gelernt? fragte er sich abwesend.

»Christopher Ralston, du stellst meine Gastfreundschaft auf die Probe«, sagte Akbar Khan.

Gefahr lag in der Luft. Kit fühlte, wie sich seine Männer dichter um ihn schlossen, wie auch die Ghilzai auf dem Hügel sich bereit hielten für ein Angriffszeichen ihres *Sirdars.* Dieses Zeichen würde bedeuten, daß sie alle einen blutigen, schmutzigen und sinnlosen Tod sterben würden, nur weil Leutnant Ralston sich von seiner augenblicklichen Besessenheit hatte leiten lassen. Er beobachtete weiter den Lämmergeier.

»Wenn Ayesha dazu bereit ist, dann gebe ich deiner Bitte statt«, sagte Akbar Khan jetzt, und seine Stimme klang dabei so trocken und brüchig wie alte Knochen.

Kit wandte sich zu ihr um und verschlang sie mit hungrigen Blicken, sich der Antwort gewiß.

Ihre Worte klangen wie Glockenschläge in der Stille. »Ich glaube, Akbar Khan, daß Ralston, *Huzoor,* darum bitten wollte, daß du ihm sicheres Geleit und eine Eskorte zurück zur Straße nach Kabul gewährst.«

Es blieb ihm nichts anderes übrig, als seine Abweisung anzunehmen. Er hatte blind darauf gehofft, daß es ihm in einer weiteren glorreichen Nacht gelingen würde, sie dazu zu überreden, mit ihm zu kommen, einen narrensicheren Plan auszutüfteln und mit ihr davonzureiten...

»Ich muß mich den Wünschen der Dame beugen«, sagte er gelassen. »Wir werden keine Eskorte benötigen, Akbar Khan.«

»Einen Führer wenigstens«, rief der *Sirdar*, plötzlich wieder die Güte selbst. »Nein… Ralston, *Huzoor*, ich bestehe darauf, ihr kennt dieses Gebiet nicht, und es gibt viele Fallgruben.« Er winkte einem der Bergbewohner zu und redete schnell in Paschtu auf ihn ein. Der Mann grunzte etwas und reihte sich neben Kit und seinen Männern ein.

»Leb wohl, Annabel Spencer«, sagte Kit.

»Leb wohl, Christopher Ralston.« Sie sah ihn nicht an. »Möge dein Gott mit dir sein.«

Sie sah ihn noch immer nicht an, aber sie fühlte jeden Meter der wachsenden Entfernung, die sich wie ein drohender Abgrund zwischen ihnen auftat. Sie hatte sich so entscheiden müssen, um sie beide zu retten. Indem er ihr vermeintlich die Wahl gab, hatte Akbar Khan sie geprüft. Er hätte ihr einen Treuebruch niemals verziehen. Wenn Kit sie diesmal zu seinen eigenen Bedingungen besessen hätte, dann wäre dies für den *Sirdar* einer Übertretung des Gastrechts und somit einer Befreiung von den Verpflichtungen der Gastfreundschaft gleichgekommen.

Kit und seine Männer wären mit einem Messer im Rücken gestorben, und keiner hätte etwas dazugelernt. Wenn sie doch nur mehr Zeit gehabt hätte, ihm die Art dieser Menschen nahezubringen. Das Unbekannte stellte so viele unberechenbare Fallen.

»Kehre in das *Zenana* zurück, Ayesha.« Der kurze Befehl unterbrach ihre quälenden Überlegungen.

Vermutlich hatte sie damit ihrer Rolle in Akbar Khans Spiel mit dem Engländer entsprochen, ein Wettkampf, der nicht vollständig nach den Plänen des Afghanen abgelaufen war. »Wie du wünschst.« Sie lenkte ihr Pferd auf die Festung zu, während sich ihre eigene Eskorte um sie sammelte, und ritt zurück in ihre flüsternde, abgeschiedene Welt.

5. KAPITEL

»Sie haben ganz offenkundig Ihre Befehle überschritten, Leutnant«, sagte General Elphinstone mit zittriger Stimme aus der Tiefe seines Lehnstuhls, wo er, eingehüllt in Decken, todesbleich und so zerbrechlich saß, daß man meinte, der nächste Windhauch könnte ihn davonblasen.

»Ich hatte gehofft, Sir, dies würde entschuldigt, da ich wertvolle Informationen bringe«, sagte Kit in strammer Habachtstellung, da er bisher nicht aufgefordert worden war, es sich bequem zu machen.

»Kann mir nicht vorstellen, was Sie, Ralston, an einem Stück Miesmacherei wertvoll finden«, blaffte Sir William Macnaghten, Kronbevollmächtigter der Ostindischen Kompanie und politischer Ratgeber des Generals. Er kehrte sich von dem Fenster ab, aus dem er in mürrischer Nachdenklichkeit in den herbstlichen Garten vor Elphinstones Hauptquartierbungalow in der britischen Siedlung gestarrt hatte. »Sie haben zwei Tage mit dem Rebellen Akbar Khan verbracht, und alles was Sie dazu zu sagen haben, ist, daß er ein gut bewaffneter Wilder ist mit einer Armee von ebenso wilden Stammesangehörigen. Verdammt, Mann, er hat unseren Truppen nichts entgegenzusetzen. Oberst Monteath wird ihnen in Null Komma nichts auf den Fersen sein. Er ist schon auf dem Weg, um Pässe und Nachrichtenwege zu befreien, und man wird uns in den nächsten Tagen seinen Erfolg melden. Merken Sie sich meine Worte.«

Die Woge des Zorns, die ihn bei dieser offensichtlichen Blindheit überrollte, erstaunte Kit. Er hatte gedacht, er sei an diese Fehleinschätzung gewöhnt, und erkannte sie noch deutlicher, als Macnaghten jetzt so geringschätzig daherschwadronierte. »Mit allem gebührenden Respekt, Sir William, bin ich der Auffassung, daß Akbar Khan ein ernstzunehmender Gegner ist. Ich glaube nicht, daß wir ihn leicht schlagen werden. Wenn jemand von einem derart unbezähmbaren –«

»Ach, halten Sie den Mund, Mann!« unterbrach ihn Macnaghten gereizt. »Was für ein Schwarzseher sind Sie denn?«

Kit stieg die Zornesröte ins Gesicht. »Ich bin weder ein Feigling noch ein Bangemacher, Sir. Aber ich bin dazu in der Lage, meine Augen zu gebrauchen und meine Ohren und Schlußfolgerungen aus dem, was ich sehe und höre, zu ziehen. Akbar Khan weiß, daß Sir Robert Sales Brigade nach Indien zurückkehren wird und daß sie auf dem Weg dorthin unter den Ghilzai aufräumen soll. Er weiß, daß Sie und General Elphinstone ihn begleiten wollen.« Hier machte Kit eine Pause. Die Vorstellung, daß Elphinstone eine Armee in dieser Verfassung begleiten konnte, war vollkommen unhaltbar.

»Sale ist bereits unterwegs«, piepste Elphinstone schwach. »Er will seine Brigade einsetzen, um Monteath bei der Befreiung der Khyber-Route zu unterstützen.« Der General zupfte ruhelos an seiner Decke. »Es besteht Hoffnung, daß er die Pässe schnell säubert und daß ich so davonkomme; denn wenn tatsächlich etwas passieren sollte, so bin ich dem augenblicklich weder körperlich noch geistig gewachsen.«

Das war der Mann, der die britische Vorherrschaft in Afghanistan aufrechterhalten sollte! Kit rang mit sich um Selbstbeherrschung. Elphinstone war nicht immer so ein bemitleidenswertes Wrack gewesen; die Schuld lag sicherlich bei Lord Aukland, dem Gouverneur von Indien, der dieser gebrochenen, entkräfteten Kreatur den schwierigsten Posten, der ihm zur Verfügung stand, anvertraut hatte.

»Also Ihr allmächtiger Akbar Khan weiß alles«, tat Macnaghten mit zur Schau gestelltem Triumph kund, als ob er die eben pathetisch vorgebrachte Bemerkung des Generals schon vergessen hätte. »Ich nehme es Ihnen mächtig übel, Ralston, daß Sie, ein Offizier in der Kavallerie Ihrer Königlichen Hoheit, schreiend davonlaufen wegen der Prahlereien eines Briganten.«

Kit hörte Ayeshas spöttisches Lachen, spürte ihre felsenfeste Überzeugung, daß die Briten Afghanistan niemals lebend verlassen würden, nahm beides wahr und begriff es wie niemals zuvor. Und mit einer bis dahin unbekannten Leidenschaft wünschte er sich, ihre Warnungen noch einmal zu hören, ja, er war überzeugt, daß er dann kein Bedürfnis hegen würde, die Wahrheit zu verleugnen, und keiner Verpflichtung unterworfen sein würde, diesen Wahnsinn zu verteidigen.

Steif salutierte er und machte keinen Versuch, sich weiter gegen die Vorwürfe dieses aufgeblasenen Zivilisten zu verteidigen. »Bin ich entlassen, General?«

»Ja... ja«, sagte Elphinstone und winkte abwesend zur Tür. »Machen Sie, daß Sie fortkommen, Leutnant, und nehmen Sie Ihre regulären Verpflichtungen wieder auf. Ich habe gehört, daß Lady Sale heute abend eine Soiree geben wird. Überbringen Sie ihr meine Grüße und fragen Sie sie, ob es irgend etwas gibt, was die Messe beitragen kann. Wunderbare Frau... wunderbare Frau.«

»Oh, in der Tat, General Elphinstone«, stimmte Macnaghten zu. »Keine Frau, die man leicht erschrecken kann. Ihr Ehemann kämpft gegen die verdammten Ghilzais, und sie hält die Fahne hoch... sorgt für seinen Gemüsegarten, will nichts von Verzagtheit wissen.« Er richtete einen höhnischen Blick auf den abgehenden Leutnant.

Kit salutierte ein weiteres Mal, machte schneidig auf den Fersen kehrt und verließ den muffigen Raum, in dem sich der Gestank von Krankheit mit dem schalen Geruch selbstmörderischer Verblendung und unabwendbarer Katastrophe mischte.

Er durchstreifte das Kantonnement in bitterem Grübeln über die Rolle, die er in diesem miserablen Stück zu spielen hatte. Im Stab des Generals schien seine Hauptaufgabe daraus zu bestehen, die sozialen Botengänge Elphinstones für ihn zu erledigen. »Ein ansehnlicher junger Mann«, hatte der General zu ihm gesagt, als er sich zum ersten Mal zum Dienst gemeldet hatte – ansehnlich genug, wahrscheinlich, um vor wildem Soldatentum bewahrt zu werden und statt dessen als nützlicher Kurier und Gesellschaftssekretär des Generals Verwendung zu finden. Kit war sich durchaus bewußt, daß seine makellose Herkunft, sein vorangegangener Dienst bei einer Eliteeinheit der Dragoner und sein nicht unerheblicher Besitz ebenfalls als bedeutende Voraussetzungen für diese Aufgabe angesehen wurden. Sie waren auch für seine Position in der Londoner Gesellschaft, die er so ritterlich verschleudert hatte, wichtige Voraussetzungen gewesen. Die Frau war keineswegs eine so grandiose Geste wert gewesen ... aber selbst jetzt, als sich dieser Gedanke in seinem Kopf formte, sah er Lucys porzellanblaue Augen, ihre goldenen Locken und ihre unschuldige Abhängigkeit von ihm vor sich, von diesem Helden, der in ihr Leben getreten war und ihre eintönige Zukunft verwandelt hatte. Er war ihr seinen Schutz schuldig gewesen, aber vielleicht auf eine etwas weniger blutrünstige Art.

Christopher Ralston fluchte wütend in sich hinein und stellte die sinnlosen Selbstanklagen zurück. Eine Folge von Fehlern hatte ihn in diese verdammte Situation zu dieser unnützen Tätigkeit geführt, aber es waren seine eigenen Fehler gewesen und es gab Schlimmeres. Wieder drängte sich ihm das Bild von Ayesha-Annabel auf. Wenn es irgendeinen Menschen gab, der das beste aus seinem Schicksal gemacht hatte, dann war sie es. Sie hatte sich in dieser vollkommen fremden Umgebung einen eigenen Platz und ein Leben für sich geschaffen; sie war darin so erfolgreich gewesen, daß sie es nicht einmal in Erwägung ziehen wollte, zu dem Leben zurückzukehren, welches das ihre gewesen wäre, wenn das Schicksal nicht eingegriffen hätte.

Aber sie *mußte* zurückkehren! Ihre Lebenseinstellung hatte ihren Ursprung bei den Menschen, mit denen sie seit ihrer Entführung zusammen war. Sie mußte auch die andere Seite kennenlernen und einsehen, woher sie wirklich stammte. Eines stand unumstößlich fest: Er würde Afghanistan nicht ohne sie verlassen.

Dies hehre Ziel konnte der Ersatz für seine augenblicklich mehr als bedeutungslose Position im Gefüge der Dinge sein. Er näherte sich Lady Sales Bungalow mit etwas ausgreifenderem Schritt.

»Oh, Christopher, das ist eine Freude. Ich dachte, Sie seien in irgendeiner Mission unterwegs.« Lady Sale richtete sich von der Erde auf, wo sie tote Rosenblüten aufsammelte, und begrüßte ihn freudig. »Ich fürchte, Sie treffen mich mitten im Erdreich an.« Sie kam ihm die Auffahrt hinunter entgegen, sich die Hände an ihrer Schürze abwischend. »Aber in meinem Garten gibt es immer so viel zu tun. Ich habe meinem Mann versprochen dafür zu sorgen, daß sein Küchengarten während seiner Abwesenheit in gutem Zustand bleibt, und habe darüber kaum Zeit für meine eigenen Blumenbeete gehabt.« Sie wies auf die gründlich umgegrabene Erde hinter sich. »Nicht, daß ich es erwarte, die Früchte dieser Arbeit zu sehen. Ich werde auf dem Weg nach Indien sein, sobald die Pässe frei sind... innerhalb der nächsten Woche, möchte ich meinen.«

»Tatsächlich, Ma'am.« Christopher verbeugte sich. »Kabul wird um einiges ärmer sein.«

»Sie hatten schon immer eine gut geölte Zunge, Kit«, ließ sich ihre Ladyschaft vernehmen. »Sogar schon als Kind.« Sie schüttelte den Kopf. »Aber kommen Sie, und sehen Sie sich Roberts Artischocken an. Und der Blumenkohl ist besser als jemals zuvor.«

Pflichtbewußt folgte Christopher ihr hinter das Haus, wo er die Reihen unterschiedlichen Gemüses bewunderte, die Sir Robert Sale emsig anlegte, wenn er nicht gerade gegen die Afghanen zu kämpfen hatte. »Dann werden Sie also Kabul noch vor

Ihrem Gemahl verlassen, Ma'am?« erkundigte er sich, als sie ins Haus gingen.

»Es sieht so aus. Er ist mit diesem jüngsten Ghilzai-Aufstand beschäftigt. Was für eine Plage... die Post kommt einfach nicht durch, solange die Pässe blockiert sind.« Sie ließ eine Glocke in der Eingangshalle ertönen. »Sehr unzivilisiert von ihnen, finden Sie nicht auch?«

»Allerdings«, stimmte er trocken zu.

»Ghulam Naabi, bring bitte den Tee«, befahl Lady Sale dem nahenden, weißgekleideten Diener, der nun in den Salon davoneilte. »Ich gebe heute abend eine Soiree, Christopher. Jemand muß sich darum kümmern, die Leute bei guter Laune zu halten. Ein Kartentisch, ein wenig Musik... vielleicht ein bißchen zu zahm für Sie«, fügte sie mit erhobenen Augenbrauen hinzu, »aber es würde Ihnen nicht schaden, zur Abwechslung einmal einen vorbildlichen Abend zu verbringen. Ich habe das Gefühl, daß ich es Ihrer Mutter schulde, ein Auge auf Sie zu haben. Die arme Letty«, murmelte sie und brachte ihn mit dieser Erinnerung etwas aus der Fassung.

Die Tage, in denen seine belagerte Mama es von ihren Freundinnen erwartet hatte, ein Auge auf ihren unruhigen Sohn zu haben, waren lange vorüber, dachte Kit wehmütig. Die Berichte, die so gewissenhaft von einer Reihe interessierter Matronen überbracht worden waren, hatten seine ohnehin schon leicht zerstreute Mutter noch mehr veranlaßt, sich in sich selbst zurückzuziehen, und sein reizbarer Vater hatte zum tausendsten Mal erklärt, daß sein einziger Sohn nicht mehr länger sein Sohn sei... bis er mit dem Bedürfnis nach ein wenig Landleben an seine Schwelle zurückkehre und seine skandalösen Heldentaten in der Stadt ein wenig in Vergessenheit geraten wären.

»Ich bin beauftragt, General Elphinstones Grüße zu überbringen, Ma'am«, sagte er, als ob er sie nicht gehört hätte. »Außerdem, sollte es irgend etwas geben, was Sie für Ihre Soiree aus der Messe benötigen, so werden wir Ihnen das Notwendige gerne zur Verfügung stellen.«

»Nun, wie rücksichtsvoll der General doch ist«, befand Lady Sale und wandte sich dem Samowar zu, der von dem Diener bereitgestellt worden war. »Tee, Christopher?«

Da nichts Gehaltvolleres angeboten werden würde, nahm er höflich an und setzte sich, die obligate halbe Stunde eines Morgenbesuches durchzustehen.

»Sie werden doch heute abend kommen, Kit, nicht wahr? Ich hätte gerne, daß Sie sich um Millie Drayton kümmern. Ist ein recht ansprechendes kleines Ding, aber sehr schüchtern. Die Draytons sind letzten Monat in Kabul eingetroffen, und Millie sehnt sich sehr nach ein bißchen Ablenkung.«

Kit dachte an seine Nacht mit Ayesha. Und er dachte an Millie Drayton. Der Unterschied zwischen ihnen beiden war so überwältigend, daß er um ein Haar einem unpassenden Lachanfall Raum gegeben hätte. »Ich hatte mir vorgenommen –« begann er zögernd.

»Einen Abend unbekümmerter Ausschweifungen zu verbringen«, unterbrach ihn Ihre Ladyschaft rasch. »Das überrascht mich keineswegs. Aber Sie könnten doch sicherlich einer der ältesten Freundinnen Ihrer Mutter einen kleinen Gefallen tun?«

Kit konnte nur taktvoll nicken. Er kannte das alte Schlachtroß, seit er auf den Knien herumgerutscht war, und sie hatte eine Art, die er nicht umhin konnte zu bewundern, diese Herrscherseite ihrer Natur. Er stellte fest, daß er ihre Ansichten nicht wirklich ablehnte und überließ sich dem Gedanken an einen Abend tödlicher Langeweile in Gesellschaft der armen, einfältigen Millie Drayton.

Er trat seine Flucht an, sobald er es mit Anstand konnte, und schritt munter in die kühle Luft des frühen Oktobers hinaus. Er blickte hoch zu den sich deutlich abzeichnenden Bergen, welche die Stadt einschlossen, eine Meile hoch aufgetürmt in diesem höchst unwirtlichen Gelände. In wenigen Wochen würden diese Gipfel schneebedeckt, die Ebenen um Kabul unter Schneegestöber begraben und Fluß wie Kanäle zugefroren sein. Das Kantonnement lag gerade außerhalb der Stadt selbst, und wieder einmal wurde ihm auf überwältigende Weise deutlich, wie bar jeder Verteidigung es war. Von den Baracken, der Messe, den Magazinen und der Kavalleriereitschulen einmal abgesehen, war sie lediglich eine zusammengewürfelte Ansammlung von mit Gärten versehenen Bungalows ohne jegliche Mauern oder Befestigungen und durch Kanal und Fluß von der Ebene, den Bergen und den Pässen, die in die Sicherheit führten, getrennt; wobei Kanal und Fluß jeweils nur mit Hilfe einer einzigen, leicht zerstörbaren Brücke überquert werden konnten.

Die Stadt selbst wurde von der massiven Festung Balla Hissar dominiert, in der sich der Marionetten-Shah Soojah und eine bedeutende Streitmacht der britischen Truppen aufhielt. Es wäre ohne Zweifel sehr viel sinnvoller, das gesamte britische Kontingent – Truppen und Familien – aus der Siedlung in die Sicherheit der Festung zu bringen, überlegte Kit. Das zu tun würde jedoch dem Eingeständnis gleichkommen, daß die rebellischen Eingeborenen durchaus gefährlich waren, und so etwas zuzugeben, ein typisches Beispiel für Schwarzmalerei, kam keinesfalls in Betracht. Seine Lippen kräuselten sich verächtlich, als er sich mit diesen Gedanken auf den Weg in die Stadt machte. Seine Ruhelosigkeit trieb ihn in die Basare, wo er die herrschende Stimmung zu erkunden gedachte.

Diese selbstgestellte Aufgabe trug nicht zu seinem inneren Frieden bei. Obwohl er nur wenige Worte Paschtu verstand, fiel es ihm nicht schwer, die Drohung in den Blicken, in den geflüsterten Worten und in den gelegentlich geäußerten Verwünschungen zu erkennen. Frauen in ihren dunklen *Chadris* flatterten von Stand zu Stand, sobald sie jedoch den Ungläubigen in seiner schmucken Uniform sahen, verschwanden sie in Seitenstraßen oder unter Wagenplanen, beiseite gebracht von ihren finster dreinblickenden Männern. Es gab in den Basaren natürlich auch Frauen, die sich nicht vor ihm verbargen, sondern für eine gewisse Anzahl von Rupien mehr als bereit waren, sich zu zeigen. Kit wußte, wo man sie antreffen konnte, hatte dies in Gesellschaft seiner Freunde auch oft genug getan. Etwas indessen hatte ihn in den letzten drei Tagen verändert. Er war sich noch nicht ganz sicher, was genau es war, aber er nahm die Welt um sich herum mit neuen Augen wahr, schärfer und auch weniger zynisch; als ob er Wahrheit und Wirklichkeit sähe, ohne daß sie von Langeweile und Gleichgültigkeit überlagert wurden.

Ein lauter Ruf von der anderen Straßenseite störte ihn in seinen Gedanken. Er blickte hinüber und sah Sir Alexander Burnes winken. Burnes war Macnaghtens Stabsleutnant. Anders als die anderen Briten mied er das Kantonnement und lebte lieber in Kabul in dem britischen Amtssitz selbst, einem Haus, welches der britischen Finanzkammer gegenüberlag. Er hielt die Behauptung aufrecht, daß er die Gesellschaft der Afghanen der Langeweile im Kantonnement vorzöge, ob sie nun feindlich gesinnt waren oder nicht. Kit empfand Sympathie für diese Einstellung, wenn er auch den Mann selbst als langweiligen Gesellen beurteilte. Schwach und schwankend beklagte er sich endlos über seine anomale Position, dem Befehl eines Mannes unterstellt zu sein, der ihm keine spezifischen Aufgaben zuwies und ihn mit äußerster Verachtung behandelte, eine Tatsache, die das ordnungsgemäße Funktionieren der politischen Behörde in Kabul nicht gerade förderte.

»Morgen, Burnes.« Kit überquerte die Straße.

»Die Nachricht schon gehört?« Burnes nahm ihn beim Ellbogen, drehte ihn von dem Basar fort und dämpfte die Stimme, obwohl vorbeikommende Fußgänger sie ohnehin nicht verstanden.

»Das bezweifle ich«, antwortete Kit. »Ich hatte ein höchst unangenehmes Gespräch mit Macnaghten und Elphinstone und eine langweilige halbe Stunde bei Lady Sale, aber bei keiner der beiden Treffen wurden mir irgendwelche Neuigkeiten mitgeteilt.«

»Sie haben dich ausgesaugt, stimmt's?« vermutete Burnes voller Sympathie. »Nun, ich würde nicht soviel auf den alten Mann geben. Er weiß ohnehin die meiste Zeit nicht , was er sagt.«

»Aber Sir William weiß es«, feixte Kit.

Burnes parierte geschickt. »Der weiß vielleicht, was er sagt, dafür weiß er nicht, was er tut. Nimm zum Beispiel diese letzte Angelegenheit.«

Sie hatten den Amtssitz erreicht, der hinter hohen Steinmauern und schweren Eisentoren lag. Sie schwiegen, bis sie das Innere des Gebäudes erreicht hatten und auch von den Sepoy-Wachen und Burnes' Dienern nicht mehr gehört werden konnten. Da dies ein Haushalt war, in dem der Samowar selten in Erscheinung trat, nahm Kit dankbar einen großen Brandy und trank genüßlich den ersten Schluck.

»Es hat uns soeben die Nachricht erreicht, daß Monteath bei Tezeen von den Ghilzai vernichtend geschlagen worden ist«, sagte Burnes übergangslos.

Kit pfiff leise durch die Zähne. »Und was ist mit Sale?«

»Kam Monteath zu Hilfe und mußte erleben, daß seine Vorhut vor dem Scharmützel mit den Ghilzai davonlief.« Burnes hörte sich so an, als ob ihn diese schrecklichen Neuigkeiten befriedigten. »Macnaghten schickt ihm einen Befehl, der ihn nach Kabul zurückholt.«

»Ohne die Pässe befreit zu haben«, überlegte Kit.

»Oh, ich nehme an, Macgregor, der politische Offizier bei Macnaghten, hat eine Übereinkunft mit den Stämmen ausgehandelt... Rückgabe der erhobenen Steuern gegen Freigabe der Pässe.«

Kit runzelte die Stirn. »Glaubst du, sie werden sich daran halten?«

»Macnaghten sagt, ja«, antwortete Burnes. »Nach den Worten von Sir William hat man jetzt zu einer glaubwürdigen Übereinkunft gefunden.«

Kit mußte an Akbar Khans Ausspruch denken, daß es keine Zugeständnisse geben würde, solange ein fremdes Joch über dem Land lag. Er erinnerte sich an das *Buzkashi*. Er rief sich Ayeshas kühle, pragmatische Überzeugung ins Gedächtnis. Und schüttelte seinen Kopf.

Burnes lachte in sich hinein. »Du wirst doch nicht etwa unken wollen, Ralston?«

»Es gelingt mir nicht zu begreifen, warum die Weigerung, sich diesem Wolkenkuckucksheim zu verschreiben, etwas mit Schwarzseherei zu tun haben soll«, ärgerte sich Kit und setzte sein Glas unsanft ab. »Danke für den Brandy, Burnes.« Er stand auf und zog seinen Rock glatt. »Gehst du heute abend zu Lady Sales Soiree?«

Burnes bemühte sich nicht um Höflichkeit. »Erwisch mich nicht bei einer solchen Geschmacklosigkeit«, sagte er. »Nein, ich habe andere Pläne.« Seine Augen verengten sich lüstern. »Willst du dich mir vielleicht anschließen, Ralston? Ich habe ein paar Fohlen im Basar entdeckt... Allmächtiger, was die für Raffinessen kennen!«

»Nein«, lehnte Kit ab. »Ich habe Lady Sale mein Wort gegeben.«

»Sieht dir gar nicht ähnlich, den Höfling zu spielen«, bemerkte Burnes. »Du wirst uns doch jetzt nicht zimperlich werden?«

Kit lachte, aber es klang selbst in seinen eigenen Ohren hohl. »Du solltest mich besser kennen, Burnes.«

»Aye, das sollte ich.« Er geleitete seinen Gast zur Türe. »Nun, wenn du das Gefühl hast, der Gesellschaft deine Reverenz erwiesen zu haben, dann komm und schließ dich uns an. Es wird eine lange Nacht werden, und du schuldest mir die Gelegenheit, meine Verluste jenes anderen Abends wieder gutzumachen.«

»Zweihundert Guineen, wie ich mich erinnere«, stimmte Kit zu und schlüpfte ohne es zu wollen zurück in den alten Rhythmus. »Nur eine Bagatelle! Aber wenn du die Makao-Tische aufstellst, dann bin ich mit von der Partie.«

»Also bis heute abend.«

Kit ging zurück in die Siedlung, in heftiger Debatte mit sich, wie unvermutet rasch er in alte Muster zurückfiel. Was für einen Sinn hatte es schon, sich an die Wahrheit zu halten, bei solch allgemeiner Opposition? Es schien, als hätte er keinerlei Macht, die Meinung derer, denen die Entscheidungen oblagen, zu ändern. Das war ihm schmerzlich und mit demütigendem Nachdruck zu

Bewußtsein gebracht worden. Und wie, zum Teufel, hatte er sich vorgestellt, würde er Annabel Spencer für ihre Landsleute zurückgewinnen? Eine derartig umfassende und hochmütige Torheit! Er war nicht weniger lächerlich als jene, die er lächerlich machte. Einen Angriff gegen Akbar Khans Festung reiten und die Dame über den Sattel geworfen entführen!

So treu in der Liebe und schlachtenmutig er war,
Keinen Ritter mehr gab es wie den jungen Lochinvar.

Der Refrain verspottete seine romantischen Ideale, obwohl, so nahm er an, Sir Walter Scott mit der Geschichte niemanden hatte verhöhnen wollen. Irgendwie jedoch klang es einfach nicht überzeugend in dieser bergumschlossenen Falle. Der Schirm des Zynismus öffnete sich, und er begab sich ohne große Gegenwehr in seinen Schutz. Er war beruhigend in seiner Vertrautheit, und diese Sichtschranke bot ihm Asyl vor schmerzlicher Selbsterkenntnis.

»Oh, Leutnant Ralston, ich glaube, Sie haben wieder verloren!« Ein mädchenhaftes Kichern begleitete diese Feststellung, und Kit betrachtete gedankenverloren die Karten in seiner Hand und jene auf dem Tisch. Er war so zerstreut in Lady Sales Salon und am Kartentisch gewesen, daß er zum drittenmal heute abend auf denselben Trick hereingefallen war. Gereizt schüttelte er den Kopf, gab sich jedoch unbekümmert.

»Wie dumm von mir, Miss Drayton. Ich verstehe gar nicht, wie ich es übersehen konnte.« Er legte einen halben Sovereign in den Topf. Bei Lady Sale war das Spielen um Geld nach oben hin begrenzt, wofür er in seiner augenblicklichen Zerstreutheit nur dankbar sein konnte, überlegte er säuerlich. Bei solchen Einsätzen würde er ein Vermögen verlieren, wenn er so weitermachte.

»Ich dachte, Sie wären ein vollendeter Kartenspieler, Leutnant«, versuchte Millie Drayton ihr Glück und rollte mit den spärlich bewimperten Froschaugen. »Ihr Ruf ist legendär.«

Unvermittelt schob Kit seinen Stuhl zurück. »Ich kann mir nicht vorstellen, wo Sie diesen Eindruck gewonnen haben könnten«, sagte er und machte keinen Versuch, seinen Überdruß zu verbergen. »Wenn Sie mich bitte entschuldigen wollen ...« Er verbeugte sich zu dem ganzen Tisch hin, tat so, als sehe er Millie Draytons Ausdruck verletzten Erstaunens nicht, und machte sich auf der Suche nach der Gastgeberin davon. Das Mädchen war natürlich auch nur ein Produkt ihrer Erziehung, sorgfältig darin unterwiesen, das einzige Ziel ihres Geschlechts zu erreichen: eine vorteilhafte Heirat. Alle annehmbaren jungen Männer waren als Wild geeignet. Kit hatte dieser Jagd in den letzten Jahren immer entkommen können und bisher ein boshaftes Vergnügen dabei empfunden, aber aus irgendeinem Grund war ihm plötzlich der Appetit an der Übung vergangen.

»Oh, Kit, wollen Sie uns wirklich schon so bald verlassen?« Lady Sale, in einem Kreis auf ähnliche Weise beschäftigter Matronen sitzend, blickte von ihrer Stickerei auf. »Ich hatte gehofft, daß ihr jungen Leute euch noch ein wenig am Tanz erfreuen würdet; nur das eine oder andere Stück. Ich bin sicher, daß Mrs. Bennet gerne spielen würde.« Sie nickte der Pomeranze eines ältlichen Obersten zu, die sich beeilte Ihrer Ladyschaft zu versichern, daß sie den jungen Leuten ganz und gar zur Verfügung stehe. »Das ist doch selbstverständlich«, schnitt ihr Lady Sale, deren Vorschläge Gesetz waren, das Wort ab. »Ich werde Ghulam Naabi bitten, den Teppich zurückzuschlagen.«

»Ich wünschte, ich könnte bleiben«, log Kit glattzüngig, »aber ich fürchte, ich habe Regimentspflichten.«

»Zu dieser Nachtstunde?«

»Es ist kaum zehn Uhr, Ma'am«, gab er zu bedenken. »Ich muß meine Befehle für den Morgen entgegennehmen.«

»Also gut, wenn Sie nicht bleiben, dann bleiben Sie eben nicht.« Ihre Ladyschaft gab die verlorene Sache auf und zeigte ihm an, daß er entlassen war.

Kit verbeugte sich über ihrer Hand und ergriff aufatmend die Flucht. Draußen empfing ihn die Kälte, Sterne standen klar am Gebirgshimmel, und der Boden knirschte frostig unter seinen

Stiefeln, als er durch die dunkle Siedlung ging, die Gedanken auf einen Brandy, Makao und die entspannende Gesellschaft geistesverwandter Freunde gerichtet.

Burnes begrüßte ihn überschwenglich, und sein gerötetes Gesicht, die blutunterlaufenen Augen und seine schwerfällige Sprache machten nur zu deutlich, womit er den bisherigen Abend verbracht hatte. In der verräucherten Bibliothek im hinteren Teil des Hauses hielten sich sechs von Kits engeren Freunden auf, alle in einem Zustand, der dem ihres Gastgebers ähnelte, herumlungernd mit aufgeknöpften Uniformröcken und die Füße vor dem Kamin ausgestreckt. Der Willkomm fiel recht lautstark aus.

»Hab' dich seit Tagen nicht' gesehn, mein Freund«, stellte Hauptmann Markham fest und beugte sich über die Punschbowle. »Dachte, du hättst schon vor 'ner Woche von dieser Patrouille zurück sein solln.« Er goß den dampfenden Nektar in ein Glas und reichte es dem Neuankömmling.

»Das hätte ich... Danke, Bob.« Kit nahm einen tiefen Zug. »Ah, jetzt fühle ich mich besser. Ich halte jede Wette, daß dieser angebliche Punsch bei Lady Sale nicht mehr als einen halben Schuß Wein abgekriegt hat.«

»Was hast du denn bei der Versammlung zu suchen gehabt?« wollte einer der anderen wissen und zündete sich mit einer dünnen Wachskerze seinen erloschenen Zigarrenstummel wieder an. »Im allgemeinen doch nicht deine Art von Unterhaltung, sich bei den Matronen einzuschmeicheln, was?«

Allgemeines Gelächter begrüßte diese unleugbare Wahrheit. Kit öffnete den obersten Knopf seines Offiziersrocks und warf sich auf ein Sofa. »Lady Sale ist eine Freundin meiner Mutter. Konnte irgendwie nicht nein sagen.« Er zog eine Grimasse. »Ich sollte die kleine Millie Drayton unterhalten... dieses fade Ding.«

Jemand nickte in feierlicher Zustimmung. Soziale Pflichten gegenüber den Freunden der Mutter konnten wirklich nicht umgangen werden. »Was hat dich denn bei deiner Patrouille zurückgehalten, Kit? Irgendein ergötzliches afghanisches Füllen?«

Neue Lachsalven begrüßten diesen abwegig-witzigen Einfall; ein dergestalter Zeitvertreib würde sich schwerlich bei einer Routinepatrouille in den Bergen finden.

Kit schloß genüßlich seine Augen und ließ sich von dem Gebräu den Magen wärmen, die Zehen entspannen und sanft das Hirn eintrüben. »Nein... nicht ganz, aber ich habe euch wirklich eine Geschichte zu erzählen, Freunde; eine Geschichte, die ihr nur schwer glauben werdet...«

Er brauchte lange, um mit ihnen seine Erlebnisse zu teilen, aus deren Bericht er nur die Nacht mit Ayesha aussparte. Sein Eindruck von Akbar Khan, das *Buzkashi* und vor allem seine ungeduldige Überzeugung, daß Annabel Spencer zu ihren eigenen Landsleuten zurückgebracht werden müsse, wurden mit fieberhafter Intensität diskutiert, zumal auch der aufmerksame Gastgeber die Gläser häufig nachfüllte.

»Herrgott, das ist eine Geschichte«, sagte Bob Markham in die sprachlose Stille hinein. »Eine Engländerin in Akbar Khans *Zenana*! Bist du dir wirklich sicher, Kit? Du has' nich' zufällig zu tief ins Glas geschaut, was?«

»Wie denn?« Kits verächtliches Lachen durchdrang den warmen Raum. »Der muselmanischen Gastfreundschaft geht auffallend der Dämon des Alkohols ab. Außerdem hatte ich keine Lust, die Kontrolle zu verlieren«, fügte er hinzu. »Nicht in dieser Gesellschaft.«

»Nun, verdammt soll ich sein!« murmelte ein beschwipster Leutnant und starrte in sein Glas, als ob sich dort eine Antwort fände. »Es ist einfach nich' richtig.« Er blickte hoch und zwirbelte ruhelos seinen Schnurrbart. »Was solln wir in dieser Sache unternehmen?«

»Ich wünschte, ich wüßte es, Derek«, sagte Kit. »Ich habe mir schon das Gehirn zermartert über einen Plan, sie da rauszuholen, aber diese Festung wird gründlicher bewacht als ein Weihnachtsbraten.« Er fügte nicht hinzu, daß die Dame, von der die Rede war, es unumwunden abgelehnt hatte, gerettet zu werden. In

Wahrheit war er mit seinem Versuch, sie zu beschreiben, ohnehin gescheitert. Sie lag so weit außerhalb der Erfahrungen der in diesem Raum Anwesenden; war so ganz anders als die Kategorie von Weiblichkeit, mit der sie vertraut waren.

»Möglicherweise läßt sich Akbar Khan von selbst blicken«, gab Alexander Burnes zu bedenken. »Ich kann mir nicht vorstellen, daß er sehr viel länger in seinem Bergloch verharrt. Er wartet nur auf den richtigen Augenblick, um zuzuschlagen.«

Kit nickte. »Er ist nicht der Mann, der freiwillig länger wartet als unbedingt notwendig.«

»Wenn er seine Festung verläßt, dann könnten wir einen Angriff wagen und die Dame entführen«, tat ein junger unerfahrener Offizier im Ton eines Mannes kund, der einen überdurchschnittlich guten Einfall hat.

Keiner nahm Notiz von diesem einfältigen Vorschlag. William Troughton war berüchtigt für solche Ideen, insbesondere spät am Abend. Da er keine Antwort erhielt, verlor sich der junge Offizier erneut in sinnendem Schweigen.

»Nun«, ließ sich Burnes vernehmen, »ich jedenfalls wäre für ein Spiel Makao. Ich habe die Absicht, meine Verluste vom letztenmal wiedergutzumachen.«

Dieser Vorschlag wurde dankbar angenommen, und die lästige Angelegenheit einer Engländerin in den Klauen eines afghanischen Rebellen war von allen bis auf Leutnant Ralston vergessen, der sich in seiner Fähigkeit, sich auf die Karten zu konzentrieren, ungewöhnlich beeinträchtigt fühlte.

6. KAPITEL

Der Falke flog von Ayeshas Hand, die in einem Stulpenhandschuh steckte, auf, erhob sich in die unendliche Tiefe des Himmels und war schnell nur mehr ein winziger schwarzer Punkt über den schneebedeckten Bergen, auf welche die Morgensonne einen rötlichen Schimmer goß.

Ayesha sah nach oben und versuchte den Vogel im Blick zu behalten. An ihrer Seite, nicht weniger besorgt, starrte der Falkner, von der Sonne geblendet, in den Himmel und wartete bebend, ob sein jüngster Schüler einer langen und geduldigen Ausbildung Ehre erweisen würde.

»Ich habe ihn aus den Augen verloren«, sagte Ayesha schließlich. »Kannst du ihn noch sehen, Shir Muhammed?«

Der Falkner schüttelte den Kopf. »Aber er wird zurückkommen.«

»Das will ich hoffen.« Akbar Khan löste die Fußriemen seines eigenen Jagdfalken und warf ihn in die Luft. »Ich habe Badar Khan einen guten Preis für ihn bezahlt.«

Der Falkner rutschte unruhig in seinem Sattel umher und fragte sich, ob sein Herr wohl eine Rückzahlung irgendeiner Art verlangen würde, wenn er den Falken vorzeitig verloren hätte. Bei Akbar Khan wußte man nie, woran man war. Die Wahrscheinlichkeit, daß er sich nichts aus dem Verlust machte, war genauso groß wie die Bestrafung des Schuldigen. Er blickte zu der verhüllten Frauengestalt an der Seite des Khan. Die jadegrünen Augen schickten ihm einen aufmunternden Blick durch das *Ru*-Band, und er fühlte sich etwas erleichtert. Der Falke, ein Geschenk von Akbar Khan, gehörte ihr, und sie würde ein gewisses Mitspracherecht haben, falls der Vogel tatsächlich verloren war.

»Sieh, da kommt er zurück.« Ayesha deutete in den Himmel, wo ein verschwommener Punkt langsam an Form gewann. Sie streckte den Arm aus und lächelte, als der Falke sich mit einem Sperling in dem gefährlich gebogenen Schnabel auf ihrer Faust niederließ und die Fänge in das dicke Leder ihres Handschuhs grub. »Soll ich ihm erlauben, den Sperling zu behalten, Shir Muhammed?«

»Nein, nicht beim ersten Mal. Nimm ihn ihm ab.« Er öffnete die Jagdtasche an seinem Sattel, indessen Ayesha die kaum verletzte Beute aus dem Schnabel des Falken wand und sie in den Beutel legte. Sie flüsterte mit der wunderbaren Kreatur, als sie die Fußriemen befestigte und den stolz gereckten Hals des Vogels kraulte.

»Ist er nicht wunderschön, Akbar Khan?«

Er nickte, und der Schatten eines Lächelns spielte um seinen scharfgeschnittenen Mund. »In Kabul wirst du nur wenig Gelegenheit zur Falkenjagd haben, Ayesha. Du wirst dich statt dessen in den Basaren unterhalten müssen.«

Es war typisch für den Mann, daß er ihr diese Überraschung in einem so unerwarteten Augenblick mitteilte. »Dann werde ich also mit dir kommen?« Sie hielt ihre Stimme gleichmütig und fuhr fort, den Falken auf ihrer Faust zu streichen.

»Ich sehe keinen Grund, warum ich mir deine Gesellschaft vorenthalten sollte«, antwortete er ruhig. »Ich sehe keine Gefahr. Wenn dir die Vorstellung aber unangenehm ist, dann, dessen bin ich gewiß, komme ich auch so zurecht.« Er beobachtete sie aufmerksam, und wieder war sie dankbar für den Schutz des *Chadris.*

»Nein«, sagte sie vorsichtig, »die Vorstellung ist mir nicht unangenehm. Es ist zwei Jahre her, seit ich in einer Stadt war, und ich sehne mich nach den Basaren.«

»Wir werden morgen aufbrechen.« Er wandte seine Aufmerksamkeit dem eigenen zurückkehrenden Vogel zu.

Der neu ausgebildete Falke durfte an diesem Tag nur einmal fliegen, also reichte Ayesha ihn an Shir Muhammed zurück und nahm statt dessen einen Wanderfalken. Sie war durch die Falkenjagd genug in Anspruch genommen, die in ihr aufsteigenden Vermutungen und ihre Erregung unter Kontrolle zu halten, doch ihr Herz schlug fieberhaft. Sie hatte gewußt, daß Akbar Khan nach Kabul gehen würde, wo er die Aufständischen im Herzen des feindlichen Lagers anspornen wollte. Sie wußte, daß die Briten in der Stadt durch die Abwesenheit von General Sales Einheiten und durch die Übereinkunft, von der sie glaubten, Macgregor habe sie mit den Rebellen getroffen, geschwächt waren. Sie war sich darüber im klaren, daß kein Waffenstillstand herrschte und daß die Zugeständnisse der Briten den Rebellen alles gewährten, während die Briten selbst leer ausgingen. Wenn die Briten meinten, andere Ergebnisse erzielt zu haben, dann machten sie sich etwas vor. Der Winter war nun nicht mehr fern, doch sobald er ausbräche, würde Akbar Khan ihnen den Gnadenstoß versetzen.

In Kabul festgehalten und auf diesen Gnadenstoß wartend, saß Christopher Ralston. Vielleicht würde sie ihn, da sie sich doch in der gleichen Stadt befanden, sehen können. Schon darüber nachzudenken war gefährlich und verboten, aber sie war machtlos dagegen. Genausowenig konnte sie sich der Hoffnung erwehren, an Akbar Khans Seite vielleicht eine Mäßigung zu erreichen. Er hörte auf sie, obwohl sie sich keinen Illusionen über ihren Einfluß auf ihn hingab; man konnte es nicht voraussagen, aber er hatte auf jeden Fall Grenzen.

Die Sonne ging auf und goß Feuer über die Berggipfel, aber sie brachte nicht mehr die Wärme des Sommers. Ayesha zitterte, als die eisigen Morgenwinde durch die Schlucht auf sie niederfielen.

»Ja, vielleicht ist es Zeit zurückzukehren«, sagte Akbar Khan, der ihr Zittern genauso wahrgenommen hatte wie ihren inneren Tumult, den sie so gut zu verbergen gemeint hatte. Er war sich nicht sicher, warum er sie nach Kabul mitnehmen wollte, es sei denn, um zu sehen, wie sie sich in unmittelbarer Nähe der *Feringhees* benehmen würde. Sie hatte sich seit jener Nacht mit Christopher Ralston verändert. Die Veränderung war nicht genau auszumachen, gleichwohl deutlich wahrnehmbar. Manchmal schüttelte er es einfach ab und sah ein, daß es Auswirkungen haben mußte, wenn eine Frau eine Liebesnacht mit einem anderen Mann teilte. Ein andermal fragte er sich, ob die Veränderung wohl tiefer griff, als er es sich hatte vorstellen können, und er bedauerte den damaligen Impuls, ihr diese Erfahrung aufzuzwingen. Das hieß nicht, daß sie in irgendeiner Weise in ihrer Aufmerksamkeit nachgelassen hatte oder geistesabwesend schien, wenn er bei ihr war, aber er war sich nun einer verborgenen Quelle in ihr bewußt, die es in dem Mädchen, das er nach der Art seines Volkes erzogen hatte, nicht gegeben hatte... Und auch die Frau, die er nun besaß, hatte sie niemals zuvor gezeigt. Das beunruhigte ihn.

Er wendete sein Pferd, den Falken auf seiner Faust festgebunden. »Komm, Ayesha. Shir Muhammed wird den Wanderfalken zurückbringen.« Das Badakshani-Schlachtroß preschte vorwärts.

Ayesha trieb ihre Stute zum Galopp. Der Falkner und seine Diener konnten sich ohne weiteres allein um die Falken kümmern, und Akbar Khan hatte deutlich gemacht, daß sein Interesse an der Beizjagd für den Augenblick zu Ende war. Dieser plötzliche Sinneswandel war für ihn nicht ungewöhnlich.

In der Festung zurück, glitt sie vom Pferd und wartete, daß er ihr seine weiteren Wünsche kundtäte, doch er verschwand wortlos im Innern des Hauses. Stirnrunzelnd wandte sie sich dem Türbogen zu, der in den *Zenana* führte. Sie hatte nichts getan, um ihn zu beleidigen, was also hatte diese Verstimmung bewirkt?

Noch immer nachdenklich, schlüpfte sie durch den Perlenvorhang in die Frauengemächer. Vielleicht war er in Gedanken mit Kabul und der *Shura* beschäftigt, die er mit den anderen *Sirdars* einberufen hatte. Es mußte sich um eine vorbereitende Versammlung handeln, das waren sie immer. Es gab zu viele Anführer und zu viele Tagesordnungen. Ja, das war die einzig mögliche Erklärung. Sie richtete ihre Aufmerksamkeit auf die morgige Reise und wollte mit dem Packen beginnen, nur um festzustellen, daß dies in ihrer Abwesenheit bereits geschehen war.

Soraya hatte diesen verkniffenen Ausdruck um den Mund, den sie gerne aufsetzte, wenn die Dinge im *Zenana* nicht so liefen, wie sie es gewohnt war. Sie mochte Reisen nicht, wenn jedoch Ayesha ausgewählt worden war, um den Khan zu begleiten, dann mußte auch Soraya in ihrer Eigenschaft als Anstandsdame und Dienerin mitkommen. Sie würde die Entscheidungen ihres Herrn nie in Frage stellen, aber es gelang ihr auch nicht, ihren Ärger denen gegenüber zu verhehlen, die keine Abhilfe schaffen konnten.

Ayesha durchschaute dieses Muster und fand sich mit dem allgemeinen Unbehagen ab, das die sonst kühlen und ruhigen Wasser des *Zenana* störte. Sie machte sich daran, Sorayas aufgebrachte Nerven zu beschwichtigen und auf diese Weise einige der jüngeren Mitglieder dieser eng miteinander verknüpften Frauengemeinschaft vor unverdienter Schelte zu schützen.

Sie brachen am nächsten Morgen auf, eine kleine Gruppe Bergkrieger und vier Frauen. Die Frauen, darunter Ayesha, ritten hinter den Männern und wurden absichtsvoll von ihnen ignoriert. Im Widerspruch zu den Sitten behielt Akbar Khan Ayesha bei solchen Anlässen normalerweise an seiner Seite, während die übrigen Frauen als Nachhut folgten, und das Fehlen einer entsprechenden Einladung an diesem Morgen beunruhigte Ayesha. Sie konnte sich nicht vorstellen, auf welche Weise sie ihn verärgert haben mochte; wenn dies trotzdem der Fall war, warum nahm er sie dann mit nach Kabul?

Gegen Mittag erreichten sie eine *Chaie Khana*, und Sorayas Murren wurde bei der Aussicht auf Tee und eine Ruhepause leiser. Das Maultier, auf dem sie wie ein Sack Kartoffeln saß, schien nicht weniger begierig, seine Last loszuwerden, als sie vor dem kleinen Teehaus zum Stehen kamen. Die Männer betraten, gleitet von einem schrumpligen und gebeugten Alten, der bei ihrer Ankunft aufgetaucht war, das kleine Gebäude. Eine verhüllte Frau kam herausgehuscht und winkte die weiblichen Mitglieder der Reisegesellschaft beiseite. Sie folgten ihr in einen kleinen Raum mit Lehmboden am hinteren Ende des Hauses, wo sie die Rast der Männer nicht stören würden. Selbst wenn sie neben Akbar Khan geritten wäre, hätte sich Ayesha dieser dem Brauch entsprechenden Trennung unterwerfen müssen und war viel zu sehr daran gewöhnt, um eine Bemerkung darüber zu verlieren. Der Samowar blubberte im Hinterzimmer genauso fröhlich wie vorne, und das war alles, was im Augenblick zählte.

Aber es ermüdete sie, den langen Nachmittag den Schritt ihrer lebhaften Stute dem der Maultiere anpassen zu müssen, auf denen die übrigen Frauen saßen oder vielmehr hingen. Einen Augenblick lang spielte sie mit dem Gedanken, kühn zu Akbar Khan vorzureiten, erkannte jedoch gleichzeitig, daß sie es nicht wagen sollte. Ihre Kühnheit konnte ihm vielleicht gefallen, genauso aber war es möglich, ihn damit zu erzürnen. Resigniert ließ sie ihren Geist wandern und ihr Pferd im Paßgang gehen.

»Ayesha? Ayesha!» Bei der Wiederholung ihres Namens im Befehlston riß sie den Kopf nach oben und tauchte aus ihren Träumereien auf. Akbar Khan war vor ihr zum Stehen gekommen und hatte sie gerufen. Sie trieb ihre Stute an.

»Ich bitte um Entschuldigung, ich habe dich nicht gehört.«

»Das habe ich festgestellt«, bemerkte er. »Du sahst aus, als seist du eingeschlafen.«

»Bei der Gemächlichkeit, die ich einhalten muß, um die Maultiere nicht zu überholen, kann ich recht gut schlafen.« Sie riskierte nur einen Hauch von Herbheit in ihrer Stimme.

Die blauen Augen verschmälerten sich, und er strich sich einen Moment lang schweigend den Bart. Dann, mit einem Mal, lachte er. »Komm, wenn du galoppieren möchtest, dann werden wir es tun.« Er war den engen, trügerischen Bergpfad entlang verschwunden, noch bevor sie richtig bei Sinnen war. Was für ein unergründlicher Mann er doch war! Wie immer schob sie das Rätsel beiseite und spornte ihre Stute frohlockend zur Verfolgung an.

Schon bald hatten sie ihre Eskorte weit hinter sich gelassen, und Ayesha brauchte ihren ganzen Verstand und ihr Geschick, um die Stute davor zu bewahren, auf den gefährlichen Steinen und durch die Geschwindigkeit, die Akbar Khan vorgab, zu stolpern. Zeitweilig wand sich der Weg an einem Grat über einem tiefen Abgrund entlang, und eine Welle des Entsetzens packte sie, während sie sich verzweifelt auf dem schaukelnden Rücken ihres Pferdes festhielt und das Hirn zermarterte, aus welchem Grund dieser verrückte Ritt von Akbar Khan verfügt worden war. Er wollte ihren Mut und ihre Ausdauer prüfen, und sie war entschlossen, auf jeden Fall mit ihm mitzuhalten; sie würde keinen Moment eher anhalten als er. Er hatte sie in der Vergangenheit schon mehrfach auf die gleiche Weise herausgefordert, wie um zu prüfen, inwieweit sie sich von den Frauen seiner Rasse und Kultur unterschied. Diese Frauen ertrugen schweigend Sklaverei, Brutalität und unaufhörliche Plackerei, aber es war das Schweigen von gebrochenem Willen und nicht das Schweigen des Mutes. Mut war eine männliche Tugend, und doch brachte Akbar Khan seine Engländerin dazu, sich in männlichen Prüfungen zu beweisen. Sie überlegte manchmal, ob es ihn wohl erregte, wenn er sie auf diese Weise herausforderte. Bestand sie die Prüfung, wie es ihr bisher immer gelungen war, folgte ausnahmslos eine Nacht leidenschaftlicher Glut. Manchmal fragte sie sich, was wohl geschehen würde, wenn sie versagte. Würde er sich mit ihr langweilen? Und wenn es so war, welche Zukunft läge dann vor ihr… ein Leben der Verlassenheit in einem *Zenana*?

Der Wind peitschte sie, zerrte an dem *Chadri*, und sie ergab sich seinem Zugriff, ließ diesen letzten unvorstellbaren Gedanken mit dem Sturmgebraus davonfliegen. Dann sah sie, wie er die Zügel anzog, ihr weit voraus an einer Stelle, an der sich der Weg weitete und die Herausforderung zugleich mit der Gefahr abnahm. Er saß ruhig im Sattel seines Pferdes und beobachtete, wie sie auf ihn zujagte ohne im Tempo nachzulassen, bis auch sie die relative Sicherheit seines Standorts erreicht hatte.

Der Atem der Stute kam in keuchendem Schnauben, pfiff durch ihre geweiteten Nüstern, und ihre Flanken waren trotz der Kälte schweißgebadet. Ayesha begegnete Akbar Khans Blick unerschrocken, und ihre Augen hinter dem Gitter des Schleiers blitzten triumphierend auf. Langsam nickte er, und ein winziges Lächeln setzte sich in seinen Mundwinkeln fest. Aber er sagte nichts, und sie verharrten in nachdenklichem Warten, bis die anderen anrückten und Ayeshas Tier zu Atem gekommen war.

In einem Bergdorf, dessen Lehmhäuser sich an den Hang festklammerten und an dessen Eingang ein einsamer Wachtturm Posten stand, fanden sie Unterkunft für die Nacht. Der Anführer der Dorfgemeinschaft, der *Aksakai*, trat ihnen grüßend entgegen und beugte seinen ehrwürdigen alten Kopf in Anerkennung des Khans. Sie wurden in seine Hütte geführt, die nur aus einem Raum bestand und in der ein Feuer aus Schafdung widerspenstig schwelte. Der Dorf-*Mullah* kam durch die niedrige Tür, und Ayesha überließ sich den langen Begrüßungszeremonien, die Angelegenheit der Männer waren. Vor Beendigung des Rituals würde es kein Abendbrot geben, und sie fühlte sich halbverhungert. Zu ihrem Trost mußten auch die Männer mit dem Essen warten, und mit etwas Glück würde Akbar Khan die Dinge ein wenig beschleunigen.

Geduld war eine schon lang erlernte Stärke, sie blieb daher in vollkommener Unbeweglichkeit stehen, die Kit so beeindruckt hatte, während die Worte gewechselt wurden und das Feuer weiterhin seinen üblen Rauch verbreitete. Die Männer nahmen grünen Schnupftabak in Empfang und legten ihn unter die Zunge, indessen der heilige Mann seine Rede in geradezu hypnotisierender Eintönigkeit fortsetzte. Aber schließlich kam er zum Ende, und Ayesha spürte das Gefühl von Erleichterung, das sich unter den übrigen Frauen breitmachte. Jetzt konnten sie endlich essen.

Wie es in einem armen Dorf nicht anders zu erwarten war,

äußerte sich die Gastfreundschaft nicht in übermäßiger Reichhaltigkeit, und Ayesha wußte nur zu gut, welch großes Loch ihre große Reisegruppe in die Vorräte des *Aksakai* reißen mußte. Aber andere Dorfbewohner erschienen mit ihren eigenen Gaben: *Talkhan*, ein Kuchen aus getrockneten Maulbeeren mit Walnüssen; runde, flache Weizenlaibe, mit denen man *Gaimac*, die dicke gelbliche Schicht, die sich auf der Sahne bildet, auftunken konnte; Streifen getrockneten Antilopenfleisches; und Salz, welches von einem wohlgehüteten Block abgekratzt wurde. Zu trinken gab es nur *Dugh*. Ayesha empfand diese gekochte und mit Wasser verdünnte Milch als einen nur mageren Ersatz für den Tee, nach dem sie sich sehnte, und die Lebensfreude kehrte sichtbar in sie zurück, als Akbar Khan seinem Gastgeber einen Riegel Tee anbot, der mit rotem Pfeffer versetzt war. Aber würde man solchen Luxus auch den Frauen anbieten? Sie wartete und schmorte im Fieber der vorauszusehenden Enttäuschung.

Der Samowar wurde mit viel Aufregung und Händereiben herbeigeholt. Man bereitete den Tee zu, gemeinschaftliche Schalen wurden gefüllt und unter den Männern herumgereicht. Ayesha fühlte, wie sich unaufhaltsam Tränen hinter ihren Lidern sammelten. Es war lächerlich, sich wegen einer Tasse Tee so schmerzhaft beraubt zu fühlen. Aber der Tag war lang und hart gewesen, und der kraftraubende Ritt mit Akbar Khan forderte seinen Tribut.

Akbar Khan blickte sich zu ihr um. Sie trug den alles verbergenden *Chadri* nicht mehr, aber aus Rücksicht auf die gemischte Gesellschaft war ihr unverschleiertes Gesicht von den Männern abgekehrt. Dennoch fühlte er ihre Enttäuschung durch den ganzen kleinen, rauchigen Raum, der sie trennte. Manchmal überraschte es ihn, wie fein er auf ihre Gefühle abgestimmt zu sein schien, selbst bei einer so trivialen Angelegenheit wie dieser. Er sprach zu dem *Aksakai*, der sich beeilte, die Schale des Khan neu zu füllen, und brachte selbst Ayesha den Tee.

»Vielen Dank«, seufzte sie und hob ihre Augen, um in sein Gesicht zu blicken, nur für den Bruchteil einer Sekunde.

»Ich weiß, wie sehr du das genießt«, erwiderte er leise. »Und nach so einem Ritt brauchst du, meine ich, etwas, was dich wieder zu Kräften kommen läßt.« Er blickte sich in dem überfüllten kleinen Raum um, und ein reuiges kleines Lächeln spielte auf seinen Lippen. »Es gibt andere Freuden, auf die wir, fürchte ich, werden verzichten müssen, Ayesha ... bis wir in Kabul anlangen.«

Sie senkte ihren Kopf bestätigend und vergrub ihre Nase in dem reichen, pfeffrigen Duft des Tees.

»Ich begreife nicht, was General Sale zugestoßen sein mag«, lärmte Elphinstone und zupfte auf die gewohnte Weise an der Decke auf seinen Knien herum. »Er hat den Befehl, ohne Verzögerung nach Kabul zurückzukehren, wenn er den sicheren Transport seiner Verwundeten ermöglichen kann.« Die letzte Oktoberwoche war angebrochen.

»Ich nehme an, Sir, daß der General nicht bereit ist, den Ghilzai zu vertrauen.« Kit blickte von der Karte auf, die er studiert hatte und bemühte sich um die Gelassenheit, von der er wußte, daß sie seinen verdrießlichen Vorgesetzten beruhigen würde. »Er wird wahrscheinlich nicht die Route über den Purwan-Durrah-Paß wählen, um einem möglichen Hinterhalt aus dem Weg zu gehen. Wenn er statt dessen die Bergstraße südlich dieses Übergangs nimmt, dann braucht er länger, um das Jugdulluk-Tal zu erreichen, von wo aus er dann einen Läufer schicken kann.«

»Warum sollte er ihnen nicht trauen?« wollte Sir William wissen. »Sie sind jetzt unsere Verbündeten. Der Waffenstillstand ist geschlossen. Die Pässe sind frei.«

Kit seufzte, unternahm jedoch keinen Versuch, den Kronbevollmächtigten in eine Diskussion zu verwickeln. Es wäre eine nutzlose Übung, und er würde zum Schluß nur vor Vergeblichkeit schäumen. Sein Kopf schmerzte bereits.

»General, darf ich mir einen Vorschlag erlauben? Meinen Sie nicht, daß es vernünftig wäre, das Verpflegungslager innerhalb des Kantonnements unterzubringen?« Diese Frage beschäftigte

Kit und andere schon geraume Zeit. Bisher befand sich das Verpflegungslager in einem Fort in der Ebene vor der Siedlung. Waren wurden je nach Bedarf ins Kantonnement geschafft. Es war mit einer verhältnismäßig großen Garnison versehen, aber eine afghanische Befestigungsanlage befand sich auf direkter Linie zwischen dem Verpflegungslager und dem Kantonnement, daher bedurfte es nur geringer Phantasie, um die mögliche Gefährdung, die dieser Umstand für die Briten bedeutete, zu erkennen.

»Oh, aber wir haben doch bereits alle notwendigen Vorsichtsmaßnahmen ergriffen«, protestierte Elphinstone. »Wir haben einen Graben um das Kantonnement ausgehoben, nicht wahr, Sir William? Und einen Wall aufgeschüttet.«

Über den jede Kuh klettern kann, dachte Kit hämisch. »Aber das Gelände ist umgeben von besetzten afghanischen Forts, Sir. Warum versuchen wir nicht, sie zu zerstören, wenn wir sie nicht befehligen können?«

»Sie überschreiten Ihre Zuständigkeit, Leutnant«, sagte Sir William kalt. »Das Treffen von Entscheidungen ist nicht die Aufgabe eines Adjutanten.«

»Ich bitte um Entschuldigung, Sir William.« Kit fragte sich, wie lange er sich noch würde zurückhalten können in Anbetracht seines Wissens um die herannahende Katastrophe… einer selbst herbeigeführten Katastrophe. Die Verteidigungslage des Kantonnements war verachtenswert; afghanische Befestigungen häuften sich geradezu in der umliegenden Ebene. Dabei hatte Elphinstone vier gut ausgerüstete und ausgebildete Infanterieregimenter, zwei Artilleriebatterien, drei Kompanien Pioniere und ein Kavallerieregiment zu seiner Verfügung. Und in der Balla Hissar konnte Shah Soojah noch einmal auf eine beträchtliche Zahl Soldaten und Kanonen zurückgreifen. Diese vereinten Kräfte sollten doch dazu in der Lage sein, die afghanischen Forts zu besetzen und damit den Nachschub und die Verteidigung des Kantonnements zu sichern. Aber keiner wollte irgend etwas unternehmen; niemand wollte überhaupt zugeben, daß da eine Bedrohung langsam Gestalt annahm.

»Ich werde diese Depeschen an Brigadier Shelton schicken lassen«, sagte Kit jetzt, als ob er den vorangegangenen Vorschlag niemals gemacht hätte. »Dann werde ich Hauptmann Johnson im Schatzamt Ihre Anweisungen geben.« Er sammelte die Papiere ein, zog seinen Uniformrock glatt, richtete seine Koppel und das Schwertgehänge daran aus, salutierte forsch und verließ den Raum. Er schickte Shelton, der sich mit seiner Brigade in einem Lager in den Hügeln von Seah Sung anderthalb Meilen vom Kantonnement entfernt befand, einen Läufer, dann verließ er das Hauptquartier und ritt nach Kabul zum Schatzamt.

Hauptmann Johnson empfing ihn düster. »Macnaghten weiß, daß die Kassen leer sind«, sagte, er, während er dem Befehl entnahm, daß er den Shah mit weiteren hunderttausend Rupien versorgen sollte. »Und jetzt, da wir den Stammesfürsten die Abgaben zurückzahlen mußten, sieht es sogar noch schlechter aus. Woher soll ich nach seinem Dafürhalten diese Summe nehmen?«

Kit schüttelte den Kopf. »Sir William hat mich nicht ins Vertrauen gezogen, Sir. Ich bin lediglich ein Adjutant, der Botschaften übermittelt.«

Johnson warf ihm einen scharfen Blick zu. »Höre ich aus diesen Worten einen ärgerlichen Unterton heraus über unseren geschätzten Kronbevollmächtigten, Ralston?«

»Natürlich nicht, Sir. Es ist nicht meine Sache, Kritik zu üben«, Kit verneigte sich.

»Papperlapapp!« machte der andere. »Wir alle wissen, daß der Mann ein blinder Dummkopf ist. Er sieht nur, was er sehen will. Ich weiß nicht, was im Moment in der Stadt los ist, aber von der Atmosphäre dort bekomme ich eine Gänsehaut. Wie wär's mit einem Gläschen?«

Kit nahm die Einladung dankbar an. Der erste Brandy des Tages hob im allgemeinen die unangenehmen Folgen der Exzesse der vorangegangen Nacht auf, und seine Kopfschmerzen nahmen von Minute zu Minute zu. Eine halbe Stunde später und nachdem sie ihrem Ärger über ihre Vorgesetzten Luft gemacht und noch einen zweiten Brandy zusammen getrunken hatten, verabschiedete er sich von Hauptmann Johnson und ging, in dem Gefühl wiederhergestellt zu sein, hinaus in die Straßen.

Er ließ sein Pferd beim Schatzamt zurück und wanderte zu Fuß durch die engen Gassen. Johnson hatte recht gehabt. Selbst die Luft in der Stadt schien vor Unruhe und mühsam unterdrückter Gewalt zu vibrieren. Er war an die Feindseligkeit der Einwohner gewöhnt, aber diese Stimmung war anders. Da lag offene Unverschämtheit in den Augen, die den seinen begegneten, und eine unterschwellige Herausforderung in der Art, wie die Männer zur Seite traten, um ihm Platz zu machen, als fürchteten sie, sich durch die Berührung mit dem *Feringhee* anzustecken.

Er betrat den lauten, geschäftigen Basar und bemerkte, daß die eine Hand unbewußt auf dem Schwert an seiner Seite unter dem Reitermantel und die andere auf dem Pistolenknauf in seiner Tasche lag. Um ihn herum lärmten Käufer und Verkäufer, und Neuigkeiten wurden ausgetauscht, aber alles kam zum absoluten Stillstand, sobald er dazutrat, und die dunklen Augen starrten ihn durchdringend an.

Kit hatte plötzlich entschieden, daß er sich nicht mehr länger im Basar aufhalten wollte. Er machte auf dem Absatz kehrt ... und dann sah er sie. Das Blut schien ihm in den Adern zu gefrieren, und sein Atem stockte. Der seidige weiße *Chadri* hob sich wie schon früher aus einem See von dunkler selbstgesponnener Kleidung ab, aber auch ohne dieses Merkmal, selbst wenn sie genau wie alle anderen gekleidet gewesen wäre, er hätte sie erkannt. Es war die Art, wie sie den Kopf trug, ihre Körperhaltung. Sie befühlte Stoffballen an einem teppichverkleideten Stand, und der Händler stand dabei, beobachtend und wartend. Sie sagte etwas zu einer der Frauen, die sie begleiteten, und die Frau sprach mit dem Standinhaber. Ein rascher Wortwechsel fand statt, zu dem Ayesha jedoch schwieg. Eindeutig übernahmen ihre Gefährtinnen den Handel nach ihren Anweisungen.

Kit wollte, daß sie ihn sah. Er brauchte es unbedingt. Das Verlangen, einen Blick dieser jadegrünen Augen durch die Maschen des Schleiers hindurch zu erhaschen, war unbezähmbar. Energisch bahnte er sich einen Weg auf den Stand zu, ungeachtet des bedrohlichen Murmelns und der feindseligen Blicke. Er kam um den Stand herum.

Ayesha lauschte konzentriert Sorayas Fortschritten bei dem Handel, obwohl die Sitte es verlangte, daß sie vollkommen unbewegt blieb. Ihre Augen wanderten ziellos, als sich ihr die Nackenhaare aufstellten. Sie warf den Kopf herum und traf auf den verlangend-forschenden Blick von Christopher Ralston.

Kalter Schweiß brach ihr aus und lief über die Haut unter ihrem Kaschmirgewand, als sie sich zu absolutem Stillstehen zwang und mit jeder verzweifelten Faser der Versuchung widerstand, seinen Körper mit dem ihren zu berühren. Ihr Kopf bewegte sich unendlich langsam... zeigte er eine Ablehnung oder eine Einladung an? Aber es gelang ihr nicht, die Augen zu senken. Sie sogen ihn in sie hinein, Körper und Seele, als wolle sie ihn über ihre Augen in sich aufnehmen.

Endlich gewahrte sie, daß Soraya mit ihr sprach. Ihre Begleiterin durfte nichts von der eigentümlichen Versunkenheit ihrer Schutzbefohlenen merken. Gleich würde ihr die Anwesenheit des englischen Soldaten, der wie angewurzelt weniger als fünf Schritte entfernt stand, auffallen, und sie konnte unmöglich den Strom, der zwischen ihnen beiden floß, übersehen. Man konnte ihn nahezu mit den Händen greifen, und die Luft zwischen ihnen schien zu vibrieren wie eine angeschlagene Saite. Akbar Khan durfte erst recht nichts wissen von diesem... diesem... konnte man es Treffen nennen? Wohl kaum, aber er mußte weiter davon überzeugt sein, daß Christopher Ralston ihr gleichgültig war, daß die Nacht, die sie mit dem Engländer verbracht hatte, im Nebel der Erinnerungen verschwunden war. Wenn er die Wahrheit ahnte, dann würde er ihr nicht mehr vertrauen, und sie konnte sich den Verlust seines Vertrauens nicht leisten. Ihr Leben würde dann unerträglich.

Sie riß ihre Augen los von seinem magnetischen Blick. »Hast du den Handel abgeschlossen, Soraya?«

»Er besteht auf hundert Rupien«, sagte die Frau, ärgerlich über ihre Unfähigkeit ihren eigenen Preis durchzusetzen.

»Das ist der Stoff auch wert«, gab Ayesha zu bedenken und strich über das Material in dem Versuch, das Zittern ihrer Hand unter Kontrolle zu bringen. »Ich habe nicht erwartet, ihn für weniger zu bekommen. Daraus läßt sich ein wunderschöner Rock machen. Und wenn man ihn mit Lammwolle füttert, dann taugt er sogar für den Winter.«

Sie redeten auf Paschtu, und Kit konnte nicht mehr als ein oder zwei Worte verstehen, aber er begriff, daß sie ihn ebenso effektiv entlassen hatte wie nach dem *Buzkashi.* Jedoch in dem Augenblick der gegenseitigen Anziehung hatte er die Kraft ihres Verlangens gespürt und war zufrieden. Er schlenderte davon, ging um eine Kurve in eine dunkle, lärmende Gasse und wartete, bis sie und ihr Gefolge nach abgeschlossenem Handel den Basar verließen. Dann folgte er ihnen beiläufig in sicherer Entfernung.

Das Haus befand sich in einer Reihe ähnlicher Gebäude im Zentrum der Stadt. Es war eine reiche Nachbarschaft für afghanische Verhältnisse, aber insbesondere die bewaffneten Posten vor dem Eingang erregten Kits Besorgnis. Sie trugen Krummsäbel und die langen afghanischen Musketen und waren mit Kettenhemden und Helmen bekleidet, wie er sie in Akbar Khans Bergfestung gesehen hatte. Es war vollkommen ausgeschlossen, daß ein Eindringling an ihnen vorbei konnte.

Er stand im Schatten eines Hauseingangs auf der anderen Straßenseite und beobachtete, wie die Frauen eingelassen wurden. Er blickte an der Fassade des Hauses hoch. Fenster und Veranden gliederten die oberen Stockwerke. Bildete er es sich nur ein, oder hatte er tatsächlich einen weißen Fleck vor einem der Fenster gesehen? Er starrte so lange hin, bis er lauter schwarze Punkte vor seinen Augen tanzen sah. Wenn er sie *wirklich* dort oben entdeckt hatte, dann befand sie sich in einem der Räume links von der Hausmitte. Aber was half ihm dieses Wissen? Dort war eine Veranda. Vielleicht konnte er sich bis dort hinaufziehen, das Fenster aufdrücken und hineingelangen… Aber wie sollte er sie beide heil herausbringen? Außerdem war sie immer von ihrem schattenhaften Gefolge umgeben. Vielleicht schlief sie aber allein. Möglicherweise konnte er in der Mitte der Nacht den Zugang erzwingen und sie mitnehmen… Ach, das war einfach lächerlich! Es würde genauso einfach sein, sie mitten in Kabul unter den Augen einer feindseligen Menge zu entführen, wie unbemerkt in das Haus hinein und auch wieder heraus zu gelangen.

Ohne allzu große Hoffnung schlenderte er zur Rückseite der Häuser. Sie hatten Höfe mit hohen Mauern und auch am Hintereingang zu Akbar Khans Haus standen Posten. Von dieser Seite waren weder Hilfe noch ein Ausweg zu erwarten.

Kit drehte sich um und ging zurück zum Schatzamt. Trotz dieses traurigen, unproduktiven Wiedersehens fühlte er sich energetisch aufgeladen und mit neuer Entschlossenheit versehen, was ihm die Schwierigkeiten, denen er sich gegenüber sah, leichter erscheinen ließ. Sie war hier, in Kabul! Und sie war genauso berührt gewesen von der Nähe zwischen ihnen wie er. Mit diesen beiden Faktoren zu seinen Gunsten, wie konnte er da scheitern?

»Ich habe Grund zu der Annahme, daß Akbar Khan sich in Kabul aufhält«, sagte er ohne Umschweife zu Hauptmann Johnson.

Johnson pfiff leise durch die Zähne. »Das würde die Atmosphäre erklären. Aber versuchen Sie das einmal Macnaghten zu erklären. Er ist davon überzeugt, daß der Mann noch durch den Hindukusch schleicht.«

»Er ist hier«, sagte Kit fest.

»Natürlich, Sie sind ihm ja einmal begegnet, nicht wahr?« Johnson sah den jüngeren Mann neugierig an. »Ich habe von Ihrer interessanten Patrouille gehört. Hat denen da oben bestimmt nicht gefallen, möchte ich meinen.«

»Nein«, stimmte Kit trocken zu. Er wußte, daß Johnsons Wissen über sein Aufeinandertreffen mit Akbar Khan keine Hinweise auf Ayesha enthielt. Was ein Mann seinen Freunden im Vertrauen erzählte, würde nicht weitergetragen werden. »Warnungen werden als Schwarzseherei abgetan. Aber ich glaube, es ist besser, wenn ich den General und Sir William von Akbar Khans Eintreffen in Kenntnis setze.«

»Ich wünsche Ihnen viel Glück.« Johnson begleitete ihn nach draußen, wo Kit sein Pferd holte. Er blickte zu den umliegenden Berggipfeln und dem darüberhängenden Himmel auf. Tief sog er den Atem ein. »Wenn wir bei Wintereinbruch noch hier sind, Ralston, dann werden wir nicht die geringste Chance haben, hier lebend rauszukommen. Sie werden unsere Knochen schön sauber abnagen.«

»Mir war gar nicht klar, daß wir planen, von hier abzuziehen«, forderte Kit den Hauptmann heraus. »Braucht Shah Soojah denn den Schutz britischer Bajonette nicht mehr, um seine Anwartschaft zu sichern?«

Johnsons Lachen schallte bitter und scharf durch die Kälte. »Sobald wir uns zurückziehen, wird der Shah ein toter Mann sein, wie Sie sehr wohl wissen. Aber das ganze Land außerhalb dieser Stadt erhebt sich gegen die *Feringhees.* Nott versucht Kandahar zu halten, und Sale, dessen können Sie sicher sein, wird jeden einzelnen Schritt hierher zurück erkämpfen müssen. Sie kesseln uns von allen Seiten ein. Die Schatulle ist beinahe leer, mit dem Proviantlager steht es nicht viel besser, und die Chancen, daß Verstärkung aus Peshawar oder Quetta zu uns durchkommt, stehen schlecht. Wir werden uns zurückziehen müssen ... besser früher als später. Und jetzt sagen Sie, daß Akbar Khan in Kabul ist.« Er schüttelte düster den Kopf. »Mir fallen da keine Gebete mehr ein, Ralston, und wenn Sie wollen, dann nennen Sie mich einen Schwarzseher.«

»Ich bin froh, daß ich in Ihnen einen gleichgesinnten Pessimisten gefunden habe«, bemerkte Kit finster und bestieg sein Pferd. Die beiden verabschiedeten sich freundlich voneinander, und Leutnant Ralston ritt zurück in das Kantonnement, um sich dort der unangenehmen Aufgabe zu stellen, seinen Vorgesetzten unliebsame Tatsachen vor Augen zu führen.

Ayesha kuschelte sich in den pelzbesetzten Schal. Sie stand ganz hinten in dem Vorzimmer des Raumes, wo die *Shura* abgehalten wurde. Die Öllampen warfen groteske Schatten auf die verputzten Wände. In ihrer vollkommenen Bewegungslosigkeit konnte sie spüren, wie das Blut durch ihren Körper strömte. Der Steinfußboden unter ihren bloßen Füßen war eisig. Ein bitterkalter Nachtwind fand seinen Weg durch einen Spalt am Fenster hinter ihr und setzte den Wandbehang vor dem Durchgang zum Beratungszimmer sachte in Bewegung. Ab und zu würde ein ärgerlicher Ausruf an ihre Ohren dringen, das Scharren eines Stuhls über den Steinfußboden, dann würde Akbar Khan etwas sagen, mit gebieterischer Stimme, und der wütende Sprecher würde verstummen.

Aber jedesmal, wenn Akbar Khan sprach, wurde Ayesha von dem drohenden Unterton in seiner scheinbar ruhigen, vermittelnden Stimme aufgeschreckt. Er versuchte in dieser unvereinbaren Gruppe Einigkeit zu stiften. Offen sagte er es nicht, aber sie konnte es in jedem Wort und jeder Pause spüren. Wie sollte man den *Feringhees* trauen? Sie machten Versprechungen, aber sie hielten ihre Truppen in Kampfbereitschaft. Natürlich, sie waren ernstlich geschwächt durch das Schließen der Pässe. Natürlich, sie schienen nicht die elementaren Vorkehrungen gegen einen möglichen Angriff zu treffen. Natürlich, sie verachteten die Afghanen offenbar so sehr, daß es ihnen gar nicht in den Sinn kam, eine Verteidigung vorbereiten zu müssen.

Ein Zischen des Zorns begrüßte diese scheinbar achtlose Beobachtung, und die Stimmen erhoben sich aufgeregt. Dieses Mal machte Akbar Khan keinen Versuch, sie zu beruhigen.

Ayesha schlüpfte aus dem Vorzimmer. Ihre Füße waren inzwischen gefühllos vor Kälte, aber das war nichts im Vergleich mit der tödlichen Kälte in ihrer Seele, als sie den Weg und das Ziel erkannte, worauf Akbar Khan zusteuerte ... es sei denn, sie könnte ihn mit irgendeinem Zauber zum Einhalten bewegen.

Es war der dreizehnte Oktober.

»Wie kann Sale über hundertzwanzig Mann verloren haben?« rief Sir William aus, zur Abwechslung einmal seiner kühlen Überlegenheit beraubt. »Jugdulluk ist doch kaum drei Meilen von Gundamuk entfernt!«

»Drei Meilen auf einem Gebirgspfad, der sich zwischen beherrschenden Anhöhen hindurchwindet«, korrigierte Leutnant Ralston mit gewohnter Genauigkeit. »Der General sagt in seiner Depesche, daß die Nachhut ununterbrochen von Ghilzai angegriffen wurde, die sie an einem Paß eingeschlossen hatten.«

»Ich kann lesen, danke, Leutnant«, erklärte der Kronbevollmächtigte eisig. »Und für mich liest es sich wie ein Stück schockierend schlechter Strategie. Warum hat nicht der Mittelteil seiner Armee gewartet, bis die Nachhut den Anschluß gefunden hatte, bevor er den Paß überquerte? Was war mit seinem Flankenschutz? Erklären Sie mir das doch. Er hätte aufgestellt sein müssen, um die Reihen zu schützen.«

»Oh, wie können wir das wissen?« dachte General Elphinstone laut. »Wenn man in einer Situation nicht dabei ist, dann ist es sehr schwer zu urteilen, Macnaghten.«

»Eindeutig muß General Sale sich jetzt in Gundamuk befinden und wartet auf weitere Befehle«, sagte Kit. »Welche Nachricht soll ich ihm schicken?«

»Was denn, natürlich, daß er sofort nach Kabul zurückkehren soll!«

»Zu Befehl, General.« Kit salutierte zackig und schloß die Tür leise hinter sich. Mit jeder neuen Widrigkeit und jeder neuen Pfuscherei erschien ihm das Ganze allmählich als eine Farce, auf gewisse Weise war aus dem schauerlichen Fiasko inzwischen ein Witz geworden. Ein finsterer Witz ... einen finstereren gab es kaum ... aber ohne ein gewisses Maß an Galgenhumor könnte man in diesem Haus der Verblendung niemals seinen Verstand beisammenhalten.

Der Unteroffizier, der beauftragt wurde, die gefährliche Reise durch das von den Afghanen besetzte Territorium zu Sale nach Gundamuk zu machen, nahm seine Befehle tapfer entgegen. »Ich möchte Ihnen raten, sich afghanische Kleidung zu beschaffen«, empfahl Kit, »auch für Ihre Männer. So haben Sie eine bessere Chance, unwillkommener Aufmerksamkeit zu entgehen.«

Der Rat wurde mit einem stoischen Grinsen angenommen, und der junge Mann trat ab, um seine Eskorte zusammenzustellen. Kit kehrte in seinen Bungalow zurück, wo er unter dem mißbilligenden Blick Harleys, seines Burschen, selbst afghanische Kleidung anlegte, sein Gesicht mit Stiefelwichse braun färbte, in eine pelzgefütterte Schaffelljacke schlüpfte und auf seinem Pferd in die Stadt ritt.

Leicht hatte er sich Rock, Turban und die weite Hose, deren Enden jetzt in den Stiefelschäften steckten, beschaffen können, und er fühlte sich in dieser Ausstaffierung unendlich viel wohler in einer islamischen Stadt. Europäer waren nicht zu sehen und überhaupt nur wenige Menschen unterwegs; die meisten von ihnen standen an Straßenecken oder in Eingängen zu kleinen Gruppen versammelt. Eine Stimmung ängstlicher Erwartung hing in der Luft und ließ Kit die nun schon vertrauten Schauder über den Rücken laufen.

Nachdem er sein Pferd bei Burnes zurückgelassen hatte, ging er zu Fuß weiter zu Akbar Khans Haus, wie er es schon die vergangenen sieben Tage getan hatte, seit er sie im Basar gesehen hatte. Dort stand er im Eingang eines Hauses gegenüber verborgen und bezog seinen stillen Posten, während er weiter mit dem Problem rang, für das sich noch immer keine Lösung bot.

Nichts schien mehr von Bedeutung zu sein als diese Aufgabe, die er sich gestellt hatte. Sie beschäftigte ihn jeden wachen Moment. Er hatte die Sache endlos mit seinen Freunden besprochen, aber ihre Begeisterung und ihr Erfindungsreichtum schien parallel zu der jeweils leerer werdenden Brandyflasche zu schrumpfen. Er konnte ihnen deshalb keinen Vorwurf machen, hatten sie doch nicht sein Wissen von Ayesha-Annabel, das seine Besessenheit nährte. Doch im gleichen Maß, wie sich der Ring um die Briten in Kabul immer enger klammerte, wuchs seine Entschlossenheit... wurde die Befreiung Annabels zum einzigen Lebensinhalt seiner so irrsinnig verzerrten Existenz.

Es war der Nachmittag des ersten November.

Ayesha stand an einer Seite des Fensters und blickte hinunter zur Straße auf die bewegungslose Gestalt in afghanischen Gewändern, die das Haus beobachtete. Was meinte er erreichen zu können mit dieser Beobachtung? Das war die Frage, die sie sich jedesmal stellte, wenn sie ihn sah. Und sie wünschte sich leidenschaftlich, daß er fortgehen möge, sie ihrem Leben überlassen würde, damit sie zu ihrem gewohnten Frieden und Gleichmut zurückkehren konnte, bevor er in das bis dahin ruhige Wasser ihres Daseins gesprungen war. Und sie hatte Angst um ihn.

»Wir dürfen niemandem gestatten, vom Kantonnement in die Stadt zu gelangen.« Akbar Khans Stimme drang von dem Flur draußen zu ihr. »Als ersten Schritt werden wir sie in ihrem Kantonnement isolieren.«

»Aber was ist mit Burnes in der Gesandtschaft und den anderen im Schatzamt?« Das war Badar Khans Stimme, und Ayesha wußte, daß die beiden Männer in das Beratungszimmer gingen, wo wieder einmal eine *Shura* abgehalten wurde. Sie trat näher an den durch einen Wandbehang verdeckten Durchgang heran.

»Gezwungen, in der Stadt zu bleiben, werden sie von ihren Kameraden im Kantonnement abgeschnitten sein«, erklärte Akbar Khan. »Wir werden das Selbstvertrauen dieser fremden Hunde ins Wanken bringen, indem wir ihnen unsere Macht zeigen, ihre Beweglichkeit zu beeinträchtigen.«

»Aber vielleicht sollten wir mehr tun als nur das«, sagte Badar Khan langsam.

»An was denkst du dabei?«

»Einen Aufmarsch unserer Truppen.«

»Einen direkten Angriff?«

»Die Menschen sind unruhig«, gab der andere zu bedenken.

Ayesha zitterte. Sie wußte, daß der Aufruhr unter den Bürgern von Kabul von Akbar Khan und den übrigen *Sirdars* sorgfältig geschürt worden war. Wenn sie die Wut der Menge auf den Feind losließen, dann würde das daraus folgende Gemetzel nur schwer einzuschätzen sein.

»Vielleicht sollten wir es dem Volk überlassen, seine Entscheidungen selbst zu treffen«, sagte Akbar Khan obenhin. »Geh schon in die *Shura*, mein Freund. Ich werde gleich nachkommen.«

Ayesha trat schnell, gerade als Akbar Khan in den Raum kam, von dem verhängten Durchgang zurück. Er blickte sie scharf an. »Hast du gelauscht?«

Sie errötete. »Ich konnte es nicht verhindern, das mit anzuhören.«

Er strich sich nachdenklich über den Bart. »Ich glaube, manchmal bringst du dich absichtlich in eine Lage, in der du etwas mit anhören *mußt*.«

»Warum unterstützt du diesen Aufruhr?« stieß sie hervor und dachte dabei an den Mann draußen unter dem Fenster. »Welchen Nutzen hast du davon?«

»Wer sagt dir, daß ich das unterstütze?« entgegnete er mit einem gleichgültigen Schulterzucken. »Was das Volk tut, ist seine Angelegenheit.«

»Du weißt, daß das nicht wahr ist!« Erregt machte sie einen Schritt auf ihn zu. »Du weißt, du kannst den Aufstand verhindern, wenn du willst. Macht es dir Spaß, mit den Menschen auf diese Weise zu spielen? Zuzusehen, wie andere das Töten für dich besorgen?«

»Du übernimmst dich, Ayesha«, warnte er mild. »Die *Feringhees* müssen die Natur der Afghanen kennenlernen und die Art der Afghanen, sich für zugefügte Beleidigungen zu rächen. Sie müssen lernen, uns zu fürchten.«

So hatte man sie es gelehrt; sie fürchtete sie und fürchtete Akbar Khan. Er hatte sie niemals unfreundlich behandelt, ihr niemals gedroht, höchstens einmal gelegentliche kindliche Verstöße bestraft, aber das Wissen um seine absolute Macht störte sie genug. Sie berührte ihre Stirn mit den Händen in einer anmutigen Geste der Unterwerfung.

»Ich komme mit der Bitte an dich, das Haus nicht zu verlassen«, sagte er jetzt in seiner normalen ruhigen Stimme, als ob der vorausgegangene Wortwechsel niemals stattgefunden hätte. »Bis ich sicher sein kann, daß es keine Unruhen gibt, möchte ich nicht, daß du auf die Straßen gehst.«

»Wie du wünschst«, ihre Miene bewegte sich nicht.

Er ging ohne weitere Worte, und sie kehrte ans Fenster zurück. Der Beobachter war verschwunden. Bei Anbruch der Nacht fegten die Winterstürme herein in die verlassenen Straßen und ließen eine Tür mit verlorenem, dumpfem Klang zuschlagen.

7. Kapitel

»Verdammte, unverschämte Wilde!« wütete Burnes später an diesem Abend. »Was, zum Teufel, bilden die sich ein? Verweigern uns den Verkehr zwischen Stadt und Kantonnement!« Er starrte den Sepoy-Boten an, der soeben in den Amtssitz zurückgekehrt war, ohne die Botschaft von Burnes an Macnaghten überbracht zu haben, nachdem er von einer feindseligen Menge am Verlassen der Stadt gehindert worden war.

Der Sepoy verkniff sich eine Antwort, ganz richtig in der Annahme, daß die wütenden Fragen eigentlich nicht ihm galten. Die Beschimpfungen prasselten jedoch weiter auf sein Haupt nieder, bis William Broadfoot, Burnes' Sekretär, hüstelte. »Nicht wirklich die Schuld dieses Mannes, Sir Alexander. Er konnte nichts dagegen tun, zurückgeschickt zu werden.«

Sir Alexander schüttelte angewidert den Kopf und machte dem Sepoy ein Zeichen, woraufhin der sich erleichtert zurückzog. »Ich glaube nicht, daß es viel zu bedeuten hat«, sagte er, jetzt sehr viel beherrschter. »Nur eine Unruhe. Bis zum Morgen wird es vorbei sein. Und wenn nicht, dann wird Elphinstone eine Brigade schicken, um ihnen klarzumachen, wer hier die Befehle erteilt.«

»Wie aber soll er das tun, Alexander, wenn wir ihm keinen Boten schicken können, der ihm die Lage schildert?« Burnes jüngerer Bruder gab dies zu bedenken und wandte sich von dem Fenster, aus dem er in den nachtschwarzen Garten geblickt hatte.

»Oh, mach dir keine Sorgen, Charlie«, beruhigte ihn der Ältere. »Sobald es dämmert, werden wir einen Boten durchbekommen; es ist also nicht nötig –« Er hielt inne, als er Stimmen in der Eingangshalle draußen hörte. »Tod und Teufel! Ist das Kit Ralston?« Er riß die Bibliothekstür auf. »Kit, was, zum Teufel, tust du hier? Ich dachte, du hättest die Stadt schon vor Stunden verlassen.«

Kit betrat den Raum und blies sich in die Hände. »Großer Gott, es ist aber auch kalt hier. Nein, ich hatte mich entschlossen, noch ein wenig über die Basare zu streifen, um vielleicht etwas Nützliches herauszufinden. Ich kann mich in dieser Verkleidung unerkannt herumtreiben.« Mit einer vielsagenden Geste wies er auf seine afghanischen Gewänder.

»Du siehst genau wie einer von ihnen aus«, ließ sich Burnes vernehmen. »Bloß fehlt dir der Bart. Hast du gemerkt, daß die unverschämten Bastarde uns daran hindern, von der Stadt in das Kantonnement zu gehen?«

Kit nickte ernst und legte den schweren Ziegenmantel ab. »Es ist furchtbar, Burnes. Da draußen herrscht der Druck eines Dampfkessels, der jeden Moment zur Explosion führen kann.«

»Ach, Unsinn! Ein paar unserer Truppen werden ihrem Übermut schnell ein Ende bereiten!«

»Wenn du auf mich hören willst, dann verdopple die Wachen«, riet Kit. »Sowohl hier als auch im Schatzamt... oh, nein, danke.« Er wies die Zigarre, die ihm William Broadfoot anbot, zurück. »Aber ein Brandy würde mir guttun. Ich friere bis in die Knochen.«

Das Getränk wurde sogleich gebracht, und mit ihm senkte sich Schweigen über den Raum. Kit ging ruhelos auf und ab, stieß mit der Stiefelspitze einen Holzscheit in das Kaminfeuer zurück, blickte nachdenklich in sein Glas, in Gedanken bei Ayesha. Er konnte schwören, daß er sie an diesem Nachmittag am Fenster gesehen hatte... und sie ihn. Aber eine andere Person hatte den Raum betreten. Diese hatte er vor dem Fenster auf und ab gehen sehen, und sogleich erkannte er die stämmige, kraftvolle Gestalt

Akbar Khans. Was hatten die beiden dort oben zu besprechen? Allerlei Spekulationen heizten seine Besessenheit an, und er bemühte sich, sie zu verdrängen und seine Aufmerksamkeit auf das Gespräch mit seinen Gefährten zu richten.

»Ob sie im Hauptquartier wissen, daß wir in der Stadt festgehalten werden?« fragte William Broadfoot versuchsweise.

Kit zuckte mit den Schultern. »Schwer zu beurteilen. Aber die Sache hat sich so rasch zugespitzt, daß ich es bezweifle. Bis zum Einbruch der Nacht war hier alles so normal, wie es an einem Ort wie diesem überhaupt möglich ist.«

»Meinst du, du könntest durchkommen, Ralston? In dieser Verkleidung?« fragte Broadfoot.

»Wahrscheinlich, vor allem weil ich ohne Sattel reite. Einen britischen Sattel erkennen sie meilenweit.« Er ging zum Fenster, zog den schweren Vorhang zurück und starrte in die undurchdringliche Dunkelheit. »Laßt uns abwarten, was morgen früh geschieht. Vielleicht hat Alexander ja recht, und es wird sich alles wieder beruhigen. Die Schatten der Nacht ermutigen manchen Prahler, aber das erste Tageslicht läßt ihm die Luft ausgehen.«

»Es ist dieser verdammte Akbar Khan, darauf könnte ich schwören«, grollte Burnes. »Wenn ich ihn zwischen die Finger bekomme, dann werde ich dafür sorgen, daß er als verräterischer Rebell gehängt wird.«

Kit beschränkte sich darauf, zweifelnd die Augenbrauen zu heben. »Wenn es euch nichts ausmacht, lege ich mich jetzt schlafen. Sollte sich die Lage bei Sonnenaufgang nicht gebessert haben, werde ich versuchen zum Kantonnement durchzukommen.«

»Ja, ja, natürlich, mein Bester. Ich werde Abdul rufen, damit er dich zu einem der Gästezimmer bringt.« Burnes ging zur Tür. »Ich nehme an, du wirst diese... diese... nun, was immer das in deinem Gesicht ist«, bemerkte er, verzog die Mundwinkel und strich sich über seinen wohlgepflegten Schnurrbart. »Scheint mir für einen britischen Kavallerieoffizier nicht ganz zu passen, rumzulaufen wie ein verdammter Eingeborener?«

»Morgen früh wirst du froh darüber sein, wenn einer versuchen muß, zum Hauptquartier durchzukommen«, erwiderte Kit gelassen. »Gewisse Umstände verlangen eine gewisse Opferbereitschaft, Burnes. Es ist nur gut, daß ich nichts dagegen habe, sie aufzubringen.«

Er folgte Burnes' Diener in den ersten Stock in ein großes, bequemes Zimmer im vorderen Teil des Hauses, lehnte alle Angebote von Erfrischungen und heißem Wasser ab, zog nur die Stiefel aus und legte sich voll bekleidet auf das Bett. Er nahm sich vor, den Rest der Nacht auszuruhen und beim ersten Morgenlicht aufzubrechen.

Der Morgen des zweiten November war kaum angebrochen, als ihn ein Gefühl bevorstehender Gefahr weckte. Er lag in dem dunklen Raum und strengte alle seine Sinne an, um herauszufinden, was ihn so plötzlich geweckt hatte. Zunächst konnte er nichts Ungewöhnliches ausmachen. Er erhob sich, ging zum Fenster und zog den Vorhang beiseite. Ein dünner grauer Streifen am Horizont, unter einem wolkenverhangenen Himmel, kündigte die Frühe an. Instinktiv behutsam öffnete er die Fensterflügel und lehnte sich hinaus in die kalte Luft. Dann hörte er es. Es drang von jenseits der Amtssitzmauern zu ihm: das Geräusch von Füßen, ein unheilvolles Summen von Stimmen… als peitschte der Sturm Wellen an einen Kiesstrand.

Hastig zog er seine Stiefel an, überprüfte seine Pistole und rannte nach unten. In der Eingangshalle stieß er auf Broadfoot und die beiden Burnes-Brüder. Sir Alexander schien gelassen, war tadellos gekleidet, als ob er die Morgenparade abnehmen wolle. Broadfoot und Charlie jedoch sahen so zerknittert aus, wie Männer, die eben erst aus dem Bett gekrochen sind.

»Sieht wie ein kleiner Aufstand aus«, bemerkte Sir Alexander, seinen Rock und die Krawatte glattstreichend. »Ich werde von der oberen Veranda aus ein Wörtchen mit ihnen reden… sie bald nach Hause schicken.«

»Hast du die Wachen verdoppelt?« fragte Kit und ging auf die verbarrikadierte Eingangstür zu. »Macht auf!« rief er den verängstigten Dienern zu.

»Sah keinen Sinn darin, mein Bester«, sagte Burnes. »Konnte mir nicht vorstellen, was dieser Pöbel von mir will.«

»Ein Angriff auf den Amtssitz wäre ein mächtiger Ansporn für die Rebellen, und sie hätten einen mächtigen Ausgangsort«, erklärte Kit knapp, zwängte sich in seinen Mantel und betrat den Hof. Das zunehmende Licht warf frostige Schatten, umhüllte die Büsche und Pflanzen die den Hof zierten. Er ging hinüber zu dem großen verrammelten Tor, wo Wachen mit gezogenen Waffen auf der hohen Steinmauer standen. Durch das Torgitter hindurch sah er die ständig anwachsende Menge. Sie drückten gegen das Tor, ließen jedoch beim Anblick des braungesichtigen, mit einem Turban bekleideten Mannes in seinem Ziegenmantel und der Sepoys, die schließlich keine *Feringhees* waren, keine Anzeichen von Bedrohung erkennen.

Kit sagte nichts, denn ihm war klar, daß seine Verkleidung, sobald er den Mund aufmachte, wirkungslos wäre, und er wußte jetzt schon, daß er, noch bevor viel Zeit verstrich, glücklich über sein Kostüm sein würde.

Er kehrte zum Haus zurück. »Ich werde Macnaghten informieren.«

»Ich will erst mit ihnen reden. Ohne Grund möchte ich nicht jammern.« Burnes ging gemessenen Schritts nach oben und auf die Veranda, von der aus er den Hof und die davor liegende Straße überblicken konnte. Beim Erscheinen des *Feringhee* mit seinem dunklen Frack, seinen Ledergamaschen und seiner Pelzmütze setzte ein ohrenbetäubender Lärm ein. Fäuste wurden emporgerissen, Stöcke wurden geschwenkt, Krummsäbel und Khyber-Messer blitzten in der Dämmerung auf.

Kit fröstelte angesichts der Tiefe des Hasses, den der drohende Mob äußerte. Die letzte Zurückhaltung war aufgegeben worden, und Haß und Rachsucht flammten nun übergroß und ungehindert auf. Das wilde, stolze Volk war einem fremden Joch unterworfen worden, aber es war jetzt im Begriff, dieses Joch abzuwerfen und Rache für die Schande zu nehmen.

Burnes erhob seine Stimme über die Menge, und einen Augenblick lang waren sie still und hörten seinem fließenden Paschtu zu. Kit hatte einen Augenblick lang die Hoffnung, daß dieser begabte Linguist den Mob würde beruhigen können, doch bald schwand sie dahin. Die Ansprache des politischen Offiziers wurde zunehmend gönnerhaft, drückte den Schmerz und den Ärger eines Vaters aus, der mit der lästigen Auflehnung eines Kindes konfrontiert ist.

Ein Stein flog durch die Luft und schlug eines der vorderen Fenster ein. Der Klang berstenden Glases ließ die Menge gegen das Tor wogen und Beleidigungen ausstoßen. Einer sprang auf die Mauer, und einer der Sepoys feuerte seine Muskete in dem Augenblick ab, als er in die heulende Menge hinabgezogen wurde. Seine Schreie erhoben sich schrill über der schrecklichen Szene.

Burnes trat rasch den Rückzug an und knallte die Verandatür hinter sich zu. Er verbarrikadierte den Eingang, bevor er sich zu den drei schweigenden Gestalten umdrehte. Sein Gesichtsaudruck hatte einiges seiner gewöhnlichen Selbstsicherheit eingebüßt, und der normalerweise wohlgepflegte Schnurrbart bot einen kläglichen Anblick.

»Wir sollten uns besser bewaffnen«, sagte er. »Meinst du, du kannst zum Kantonnement durchkommen, Kit? Wir werden Verstärkung brauchen.«

»Ich kann es mal versuchen. Hoffentlich haben sie sich nicht auch vor dem Stallausgang aufgebaut.« Er wartete die Antwort nicht ab, sondern rannte aus dem Raum, die Treppe hinunter und den Korridor entlang zum hinteren Ende des Hauses. »Verrammle die Tür hinter mir«, befahl er dem Posten, wohlwissend, daß er auf sich allein gestellt war, sobald er das Haus verlassen hatte.

Die Tür fiel zu und der Balken mit einem dumpfen Knall an seinen Platz. Das Geschrei des Mobs wurde lauter. Die Sepoy-

Wachen auf der Mauer schossen, und Kit hörte jetzt auch Schüsse aus dem vorderen Bereich des Hauses kommen. Wahrscheinlich hatten seine Kameraden mit ihrer Verteidigung begonnen. Der Tag brach an. Er rannte über den Hof zu den Ställen und riß sich in seiner Hast die Finger bei dem Versuch auf, den festgefrorenen Riegel der Stalltür zu öffnen. Sein Pferd begrüßte ihn mit einem erschreckten Wiehern. Die anderen Tiere bewegten sich alle in den Boxen, gaben mit geblähten Nüstern und scharrenden Hufen ihrer Unruhe Ausdruck. Kit riß das Zaumzeug vom Haken in der Sattelkammer, streifte es seinem Pferd über und saß auf. Das Tier stob aus der Stalltür, sobald es das Gewicht seines Reiters spürte, und sie rasten in das nun volle Tageslicht hinaus.

Das hintere Tor war kaum bewacht und die Straße, zu der hin es sich öffnete, wundersamerweise leer. Kit bellte den Sepoys zu, Verstärkung zu holen, als sie das Tor hinter ihm schlossen; im gleichen Augenblick drängte die schreiende Masse um die Straßenecke, auf dem Weg zum Hintereingang des Amtssitzes. Er hätte ihnen keinesfalls etwas entgegenzusetzen gehabt und auch den Sepoys wenig helfen können. Seine Aufgabe war es, das Kantonnement zu warnen. Er wendete sein Pferd und galoppierte in entgegengesetzter Richtung davon.

Es schien so, als ob sich alles Leben der Stadt auf den Quadratmetern vor dem Amtssitz zusammengezogen hätte. Niemand ließ sich blicken. Haustüren standen offen. Sein Pferd hämmerte durch das auf dem Kopfsteinpflaster herumliegende Stroh und bog in die Straße ein, in der Akbar Khans Haus stand.

Kit war sich nicht bewußt, daß er diese Entscheidung erst unterwegs gefällt hatte. Tatsächlich war diese Straße ein gutes Stück von seinem eigentlichen Ziel, dem Stadttor, entfernt. Aber auch Akbar Khans Tür stand offen und war unbewacht. Danach überlegte Kit nicht mehr, er handelte einfach.

Sich von seinem Pferd werfend, trat er in die dunkle, mit steinernem Fußboden versehene Eingangshalle. Die leere Stille des Hauses schien eine greifbare Form anzunehmen, als sei das Gebäude mit einem nassen, schweren Mantel umhüllt. Er stieg die Treppe hinauf, vorsichtig, jedoch ohne zu zögern. Es war, als ob er schon immer den Weg gewußt hätte. Unfehlbar wandte er sich, oben angelangt, nach links. Eine hinter einem Wandbehang verborgene Tür befand sich genau dort, wo er sie erwartet hatte, und durch diese betrat er den Raum.

Ayesha stand in einer Bewegung versteinert in der Mitte des Zimmers. Ihr Haar floß über ihren Rücken, glänzendes Kupfer in der Finsternis. Sie war unverschleiert, bekleidet nur mit einer cremefarbenen wollenen Jacke und einer fließenden Hose, und in ihren Augen stand noch der Schatten des Schlafes. Ihr weißes Antlitz nahm eine tödliche Blässe an, als sie ihn sah.

»Großer Gott! Bist du wahnsinnig?« stammelte sie. »Mach daß du hier rauskommst, *schnell!*«

»Nicht ohne dich«, sagte er entschlossen. »Es ist keiner hier.«

»Natürlich ist jemand hier«, zischte sie wütend. »Die Frauen sind alle hier. Ich bin gerade aufgewacht, und jeden Augenblick wird Soraya den Raum betreten und –«

»Dann komm schnell.« Er machte einen Schritt auf sie zu. »Die Wachen vor der Tür haben ihre Posten verlassen ... sind gegangen, um sich den Spaß nicht entgehen zu lassen, nehme ich an.«

»Akbar Khan wird sie dafür kreuzigen lassen«, flüsterte sie, Entsetzen in den jadegrünen Augen, als sie sich vorstellte, was er Christopher Ralston antun würde, wenn er ihn hier entdeckte. *»Bitte, Kit, du mußt diesen Ort verlassen.«*

Er verschränkte die Arme über der Brust und stand bewegungslos da, sie noch immer anstarrend. »Ich gehe nur mit dir. Du hast die Wahl.«

Ayesha hatte keine Vorstellung von dem, was sich gerade ereignete, sie fürchtete lediglich, daß etwas Entscheidendes und Schreckliches in der Stadt vorging. Man hatte ihr nichts gesagt, aber das Lärmen des Mobs hatte sie geweckt ... das und die leere Stille des Hauses. Und plötzlich, aus dem Nichts heraus, stand Christopher Ralston leibhaftig vor ihr. Wie? Woher war er gekommen? Sie konnte es sich nicht vorstellen, und es spielte auch keine Rolle. Wichtig war nur, daß sie in seinen Augen den gleichen Fanatismus glühen sah wie in jenen eines afghanischen Zeloten. Sie hatte es viele Male gesehen seit jener ersten Gelegenheit am Khyber-Paß, und sie wußte, wie unbezwinglich er war. Mit ihm vernünftig reden zu wollen wäre genauso nutzlos wie mit einem Verrückten. Er legte sein Leben in die Waagschale und zwang sie, es zu verhindern, daß ihm die Glieder vom Leib gerissen würden oder daß ihm noch Schlimmeres geschah. Der Schweiß des Entsetzens brach ihr aus allen Poren, kalte Feuchtigkeit angesichts der möglichen Greuel.

Sie hastete an ihm vorbei auf die Tür zu. Wenn sie ihn nur wieder zurück auf die Straße bekommen und dann zurück ins Haus eilen und die Türen verschließen könnte. Sobald er sich erst draußen befand, war er sicher genug in seiner afghanischen Kleidung. Sie rannte die Treppe hinunter, ihr Herz wild schlagend bei der Vorstellung, daß die Wachen jeden Augenblick zurückkehren... Akbar Khan herbeischaffen könnten. ... Wenn die Wachen sie laufend, ohne Schleier in der Gesellschaft eines *Feringhee* antrafen, dann würden sie keine Gewissensbisse bei der Ausübung ihrer Pflicht haben. Ihr Schicksal wäre so unausweichlich wie Kits.

»Hast du einen Mantel?« Kit folgte ihr, sprach, als sei sein Wahnsinn vollkommen normal, eine alltägliche Angelegenheit; als ob er nicht begriff, was sie riskierten. »Du wirst ohne ihn frieren.«

Sie antwortete nicht, da sie keineswegs die Absicht hatte, mehr als nur einen Fuß vor die Tür zu setzen.

Ein schwerer, pelzbesetzter Mantel hing an einem Haken in der Eingangshalle. Er riß ihn an sich und folgte ihr in die verlassene Straße. Sein Pferd stand noch immer bei der Tür, aber es sog die Luft schnaubend ein, scharrte ängstlich mit den Hufen auf den Pflastersteinen.

In plötzlicher Regung flog Ayesha zurück zur Tür. Er reagierte wieder ohne nachzudenken, ergriff ihren Arm und zog sie zu sich her. Es kam zu einem kurzen, stummen Ringen, denn beiden war klar, daß ein einziger Schrei eine Katastrophe auslösen würde. Kit hatte nur ein Ziel. Seit Tagen... Wochen... hatte er mit dem scheinbar unlösbaren Problem seiner Besessenheit gerungen – jetzt hielt er die Lösung selbst in den Armen – hier draußen auf der Straße, frei und ungehindert. Wie frei war frei? Wie ungehindert war ungehindert? Das *Buzkashi*-Wortspiel tauchte in seinem Bewußtsein auf, um sofort beiseite geschoben zu werden. Er hatte sie. Er hatte sein Pferd. Gegner waren nicht in Sicht. Die Tatsache, daß der Preis sich sträubte, war jetzt unbedeutend, damit würde er sich später befassen. Für den Augenblick galten nur seine eigenen Regeln.

Sie um die Taille fassend, hob er sie hoch und warf sie über den bloßen Rücken seines Pferdes. Der Schock über diese Behandlung legte sie genau den Bruchteil einer Sekunde lahm, den er brauchte, um sich hinter ihr aufs Pferd zu schwingen. Er warf den Mantel über ihren mit dem Gesicht nach unten liegenden Körper, bedeckte sie vollständig, bevor er sich vorlehnte und sie mit einer Hand und seinem eigenen Körpergewicht festhielt. Sein Pferd setzte aus dem Stand weg zum Galopp an.

In der nächsten Straße rannten Menschen schreiend durcheinander. Der Anblick eines wild stampfenden Pferdes mit einem dunkelhäutigen, Turban tragenden Reiter, dessen Augen blitzten, schien vollkommen zu ihrer eigenen Ausgelassenheit zu passen. Das träge Bündel vor ihm blieb unbemerkt, aber Kit wußte, wenn sie jetzt nur einen Ton von sich gäbe, müßte er auf der Stelle sterben. Sie tat es nicht, begann jedoch plötzlich, sich zu wehren und gegen den Druck auf ihrem Rücken anzukämpfen.

Der Geruch nach Rauch, dick und beißend, füllte die Luft. Flammen loderten dort auf, wo der Amtssitz lag, und die wilden Schreie trommelten an seine Ohren, als er wie ein Komet auf das Stadttor zu galoppierte. Er hatte den Amtssitz vor kaum mehr als zwanzig Minuten verlassen, aber in dieser kurzen Zeit schien dem

Mob die Übernahme bereits gelungen zu sein. Ergriffen von bösen Ahnungen, wendete er plötzlich sein Pferd und raste auf die Straße vor dem Amtssitz zu.

Das Bild, das sich ihm dort bot, kam geradewegs aus der Hölle. Die Ställe hinter dem Haus brannten lichterloh, die großen Tore des Haupteingangs waren weit geöffnet, um der johlenden Menge Zutritt zu verschaffen. Die Körper der Sepoy-Wachen lagen gebrochen und verdreht auf dem Boden. Die Haustür zersplitterte unter einem provisorischen Rammbock, und mit kreischendem Geheul ergoß sich der Mob ins Innere. Dann hörte er die Geräusche aus dem Garten hinter dem Gebäude, die seinen Herzschlag aussetzen und ihm das Blut in den Adern gefrieren ließen. Es war ein frohlockender Triumphschrei, der zu einem Brausen anschwoll. Kit setzte sich steil auf, seine Hand auf Ayesha lockerte sich. Sofort begann sie, sich ungebärdig zu winden.

»Verdammt noch mal, du, halt still!« zischte er erbost, als ob sie nicht das Recht hätte, gegen das eindeutige Unbehagen ihrer Position zu protestieren – tatsächlich, in diesem Augenblick des Entsetzens und der Gewalt, brachte er sie mit dem Gemetzel in Verbindung, von dem er ahnte, daß es soeben stattfand. Mit der Hand erhöhte er den Druck auf ihr Kreuz und starrte in das flammende Inferno.

Ein Sturzbach von Menschen floß aus dem hinteren Garten durchs Haus zurück; unter ohrenbetäubendem Gejohle hielten sie etwas vor sich ausgestreckt. Übelkeit stieg in Kit hoch und füllte seinen Mund. Er trieb sein Pferd zum Galopp an und floh vor der Szene, während sich der Anblick von Alexander Burnes' abgeschlagenem Haupt tief in sein Inneres senkte.

Ayesha gab ihre Bemühungen aus schierer Erschöpfung auf. Sie wurde unbarmherzig durchgerüttelt, ihre Rippen knirschten, und der schwere Mantel behinderte ihre Atmung. Ihre Wut war jetzt so angewachsen, daß sie kein anderes Gefühl mehr in sich hegte. Selbst ihre körperlichen Qualen waren nichts gegen diesen heiligen Zorn. Sie konnte erraten, wohin sie ritten, und als Kit einen

Augenblick lang vor dem Tor zum Kantonnement das Tempo drosselte, war sie kaum überrascht, Kits englische Befehle an die Wachen zu hören.

Das Tor schwang auf und das Pferd preschte unbeirrt auf Kits Bungalow zu, wo sich sein Stall befand. Menschen in unterschiedlichem morgendlichen Bekleidungszustand standen in den kleinen Gärten vor ihren Häusern und starrten zur Stadt, von wo die schrecklichen Geräusche des Aufruhrs und Gemetzels zu ihnen drangen. Der Rauch der brennenden Gebäude des Schatzamts und des Amtssitzes hing schwer in der Luft. Menschen riefen Kit an, als er vorbeihastete, nur wenige von ihnen hatten in dem wild galoppierenden Reiter mit den brennenden Augen Leutnant Ralston von der Kavallerie der Ostindischen Kompanie erkannt. Er antwortete nicht und brachte das Pferd abrupt vor seinem Bungalow zum Stehen.

Harley kam herbeigerannt. »Oh, mein Gott, Sir, Sie sind gerettet! Was, zum Teufel, is'n los hier?«

»Einen Augenblick«, sagte Kit knapp und sprang vom Pferd. Er griff hinauf, um Ayesha behilflich zu sein, doch sie kam selbst auf die Füße, und mit neu erwachender Kraft warf sie sich auf ihn... wie ein grünäugiger Luchs, dachte er, soweit er überhaupt dazu in der Lage war zu denken, angesichts des Schwalls von Flüchen, die sie auf Persisch und Paschtu auf ihn niederprasseln ließ, als ob Englisch in dieser extremen Lage bei weitem nicht ausreichte.

Harley stand sprachlos daneben und starrte auf dieses unerhörte Geschöpf. Dann rief jemand sie von der gegenüberliegenden Straßenseite an, und Bob Markham sprang herbei.

»Bist du aus der Stadt gekommen, Kit? Der alte Mann schreit nach dir. Er –« Bob Markham hielt zugleich in der Bewegung und in seiner Rede inne, als die Szene vor ihm in sein Bewußtsein drang. »Im Namen des Allmächtigen!« rief er. »Du hast sie rausgeholt!«

Ayesha wirbelte herum, als seine Worte ihren Zorn übertönten, dann hob sie die Hand und versetzte Kit mit aller Kraft eine Ohrfeige. »Dann hast du also auch noch über mich geredet, nicht wahr, Ralston, *Huzoor*? Offiziersmessenprahlerei, nehme ich an.«

Kit kam zu sich. Seine Wange brannte von dem Schlag, in seinen Ohren brauste ihre Beleidigung, sein Gehirn spulte noch immer die Bilder des Entsetzens ab, und er hob den Mantel auf, warf ihn über sie und trug das Bündel in den Bungalow, außer Sicht- und Hörweite von neugierigen Passanten.

Bob und Harley folgten ihm, beide mit vor Erstaunen tassenrunden Augen.

»Annabel, ich muß ins Hauptquartier«, erklärte Kit eindringlich und schob sie in sein Schlafzimmer, die Tür hinter sich und vor ihren Zuhörern schließend. »Wenn ich zurückkomme, dann können wir darüber reden... Wir werden uns etwas einfallen lassen –« Er riß sich den Turban vom Kopf und fuhr zerstreut mit den Händen durch seine Haare.

»Ich gehe jetzt, sofort!« erklärte sie bestimmt, aber etwas gemäßigter, als sie bisher mit ihm gesprochen hatte. »Mach Platz.«

Nach allem, was er ertragen hatte, um sie hierherzubringen, konnte sie doch nicht im Ernst meinen, daß er ihr jetzt freiwillig erlauben würde, sich wieder davonzumachen, dachte Kit ungläubig. »Sei nicht lächerlich, Annabel. Du bist jetzt zurück bei deinen Landsleuten. Alles wird sich zum Guten wenden, das verspreche ich.«

Er hatte vollkommen den Verstand verloren! Ayesha starrte ihn ratlos an, als ob sie gerade erst bemerkt hätte, daß sie es mit einem Verrückten zu tun hatte.

Den Vorteil ihres verdutzten Schweigens nutzend, ging er schnell zur Tür. »Harley wird sich um dich kümmern. Er wird dir alles holen, was du verlangst. Ich bin zurück, sobald ich dem General Bericht erstattet habe.«

Nachdem er erst einmal aus dem Zimmer war, lehnte er sich erschöpft gegen die Tür, von Angesicht zu Angesicht mit seinem Freund und seinem Burschen. »Ihr habt noch niemals ein solches

Schlachtfeld gesehen«, sagte er und rieb sich die Augen, um die quälenden Bilder zu vertreiben. »Sie haben Alexander und Charlie Burnes niedergemacht und Broadfoot; das Schatzamt angesteckt. Ich weiß nicht, was mit Johnson geschehen ist. Die ganze Stadt ist bewaffnet und tobt sich aus. Wir müssen sofort Truppen hinschicken.«

Bob wies wortlos auf die geschlossene Tür in Kits Rücken und hob die Augenbrauen, bevor er bedachtsam meinte: »Die Dame schien mir nicht zu glücklich zu sein. *Was* wirst du mit ihr tun?«

»Sie erst einmal behalten«, lautete die frische Antwort. »Harley, du kümmerst dich um Miss Spencer. Sie wird sicher dankbar für Tee und etwas zu essen sein. Oh, Gott, ich kann mich jetzt nicht damit befassen. Ich *muß* ins Hauptquartier«, fügte er hinzu, die Frische in seiner Stimme schwand und wurde von einem Unterton der Verzweiflung abgelöst. »Bleibst du hier, Bob, und hast ein Auge auf die Dinge?«

»Du meinst, dafür sorgen, daß sie nicht fortläuft?« wollte der andere wissen. »Großer Gott, Kit, du verlangst viel von einem Freund.«

»Danke.« Die Aussage als Zustimmung nehmend, rannte Kit aus dem Bungalow, schwang sich wieder auf sein Pferd und ritt eilig zum Hauptquartier.

Im Schlafzimmer untersuchte Ayesha ihre Umgebung. Die Fenster waren vergittert. Eine Vorsichtsmaßnahme, vermutete sie, mehr um Eindringlinge anzuhalten als Anwesende einzusperren, aber jetzt diente sie beiden Zwecken. Sie konnte männliche Stimmen vor der Tür hören. Sie drehte den Türknopf. Zu ihrer Überraschung öffnete sich die Tür.

Zwei besorgte Gesichter starrten sie an, als sie in der Tür stehenblieb. »Kann ich Ihnen was zum Frühstück beschaff'n, Miss?« wagte Harley einen Vorstoß. »'ne gute Tasse Tee?«

»Nein«, antwortete sie eisig. »Ihr könnt beide zur Seite treten und mich hier rauslassen.«

»Können wir leider nicht, Ma'am«, sagte Bob und hüstelte.

»Haben es Kit versprochen, verstehen Sie. Er wird alles klären, wenn er zurück ist. Warten Sie nur ab.«

Ayesha stampfte mit einem in einem Pantoffel steckenden Fuß verbissen auf. »Ich habe nicht den Wunsch abzuwarten, ihr Halunken! Macht, daß ihr mir aus dem Weg geht!« Doch als sie versuchte sich zwischen beiden hindurchzuzwängen, erwies sich Bob Markham als undurchdringbare Wand, wenn er sich auch dafür entschuldigte.

Sie konnte kaum diese beiden vierschrötigen Männern umgehen; nicht beide. Also überschüttete sie sie mit persischen Flüchen, stürmte zurück in das Zimmer und warf die Tür hinter sich derart ins Schloß, daß sie in ihren Angeln zitterte.

»Meinen Sie, Sir, 'ne gute Tasse Tee würde sie vielleicht 'n bißchen beruhigen?« erkundigte sich Harley.

»Scheint mir nicht die Art von Dame zu sein«, überlegte Bob. »Ein bißchen zu ungestüm für Tee.« Er zuckte hilflos mit den Schultern. »Aber ein Versuch kann nicht schaden. Du gehst und bereitest ihn zu, Harley. Ich passe inzwischen auf.«

Nach zehn Minuten kehrte der Bursche mit einem Tablett, auf dem sich der Tee und mit Butter beschmierte Toastbrotscheiben befanden, zurück. »Ich dachte mir, sie is' vielleicht auch hungrig, Sir. Ein paar Toaste könnten hilfreich sein.«

Bob setzte einen zweifelnden Gesichtsausdruck auf, öffnete aber dennoch die Tür.

»Wenn ihr mich nicht umgehend allein laßt, dann ziehe ich mich vor euch aus«, fauchte die Dame unmißverständlich.

Harley ließ beinahe das Tablett fallen. »Ich ... ich ... wollt doch nur was ... was ... zum Frühstücken bringen, Miss«, stotterte er, in der Tür stehend und sich an dem Tablett festhaltend.

Statt einer Antwort faßte die Dame nach dem Saum ihrer Jacke und begann, sie nach oben zu ziehen. Beide Männer schnauften und ergriffen die Flucht.

»Großer Gott«, murmelte Bob und wischte sich mit dem Handrücken über die Stirn.

»Was hat der Leutnant da nur angestellt, Sir?« Harley setzte das Tablett auf einem Tisch in der Eingangshalle ab. »Ich weiß, er macht gern Scherze, manchmal vielleicht 'n bißchen toll, aber noch nie so was. Ob er wohl den Verstand verloren hat?«

Bob war sich der Besessenheit seines Freundes im Zusammenhang mit der geheimnisvollen Engländerin in Akbar Khans *Zenana* nur allzu bewußt; da er sie nicht ernster genommen hatte als irgendwer sonst, war er davon ausgegangen, daß sie vom Brandy, von der alles durchdringenden Unzufriedenheit und der Langweile in Kabul gespeist worden war. Jetzt sah es eher so aus, als ob es um eine sehr viel ernstere Angelegenheit ginge. Kit hatte eindeutig gehandelt, ohne einen Gedanken auf die Folgen seiner Tat oder auf die Zukunft der Frau zu verschwenden. Er hatte ihnen auch nie angedeutet, daß die Frau sich gegen ihre Rettung wehren könnte, sollte sie zu bewerkstelligen sein.

Geistesabwesend goß er sich eine Tasse Tee von dem verschmähten Frühstückstablett ein und knabberte an einem Stück Toast.

»Oh, ich halte es nicht für so wichtig«, sagte Macnaghten und blickte in seine Kaffeetasse. »Nur ein paar von diesen verdammten Rebellen, die übermütig geworden sind.«

»Sir William, sie haben die Engländer im britischen Amtssitz niedergemetzelt und die Sepoys auch«, sagte Kit und fragte sich, wann die letzte ausgefranste Faser seiner Geduld reißen würde. »Der Amtssitz und das Schatzamt sind niedergebrannt worden. Unverzügliches und nachdrückliches militärisches Eingreifen ist jetzt geboten, wenn der Aufstand im Keim erstickt werden soll.«

»Nun, es ist eine verdammte Schande, daß wir Burnes und das Schatzamt verloren haben«, bemerkte Elphinstone mit zitternder Stimme. »Ich fürchte, wir müssen wirklich etwas unternehmen, Sir William.«

Kit fragte sich, ob etwas geschehen würde. Er hatte die Szenen in der Stadt so drastisch wie möglich beschrieben, und die beiden hatten zugehört, zunächst, als ob sie ihm nicht glaubten, und dann, als ob er die Ereignisse maßlos übertriebe.

Sir William ging ans Fenster und streckte seinen Kopf hinaus. Gedämpfter Lärm kam von der Stadt herüber und der Rauchgeruch hing noch in der Luft. »Ich schlage vor, General, wir lassen Shelton von den Seah-Sung-Höhen in die Balla Hissar marschieren. Von dort aus kann er die Ordnung in der Stadt wiederherstellen. Schon der Anblick seiner Brigade wird wahrscheinlich ausreichen, um die Ratten zurück in ihre Löcher zu treiben.«

Das war ein Wort! Kit ging hinaus, um Shelton den Befehl zu schicken; als er jedoch in der Hoffnung entlassen zu werden, damit er sich umziehen könne, in das Büro des Generals zurückkehrte, da verlangte der wankelmütige Elphinstone von ihm, Shelton einen weiteren Läufer zu senden, um den ersten Befehl rückgängig zu machen.

»Ich meine, wir sollten noch etwas warten«, erklärte der General. »Nur um herauszufinden, ob sie sich nicht von allein wieder beruhigen.«

»Akbar Khan hält sich in der Stadt auf«, gab Kit zu bedenken. »Er wird nicht zulassen, daß die Dinge sich beruhigen, Sir.«

»Leutnant, hat man Ihnen nie beigebracht, Befehlen zu gehorchen?« fragte der General streng.

Kit salutierte und ging, um die zweite Depesche auf den Weg zu schicken. Er entschied, daß er von jetzt an den guten Soldaten spielen und Befehlen gehorchen würde, egal wie unsinnig sie auch waren, und keinen Versuch mehr unternähme, den Wahnsinn mit gesundem Menschenverstand zu mäßigen. Das würde ihn weniger mitnehmen, und es könnte ihn schneller seiner Pflichten entheben, damit er Zeit hätte für das dringlichere Problem Annabel.

8. Kapitel

Eine Stunde später erst erhielt Kit die Genehmigung, in seinen Bungalow zurückzukehren, um sich von seinem Burschen aufwarten zu lassen. In dieser Stunde war Shelton erneut der Befehl erteilt worden, zur Balla Hissar zu marschieren, aber als Kit fortging, brütete Elphinsone noch immer kleinmütig vor sich hin, ob die Entscheidung nicht übereilt gewesen war. Vielleicht sollte er Shelton doch eine Order schicken, seine Truppen anzuhalten und auf weitere Befehle zu warten.

Kit ergriff die Flucht und überließ es dem Adjutanten, mit dem er sich abwechselte, sich durch den Wankelmut zu kämpfen. Er fand Bob und Harley mürrisch vor seiner Schlafzimmertür sitzend.

Bob sprang beim ersten Anblick Kits mit einem innigen »Gott sei Dank!« auf die Beine.

»Warum, was ist denn geschehen?« Kits Augen wanderten besorgt zur verschlossenen Tür. »Annabel geht es doch gut, oder?«

»Soweit ich weiß«, sagte Bob und strich seinen Rock glatt. »Wollte weder den einen noch den anderen von uns zu sich hineinlassen.«

»Ich hab' versucht, der Miss 'n schönes Frühstückstablett zu bringen«, erklärte Harley, »und sie hat mir gesagt, ich soll sie in Ruhe lassen.« Zwei rote Flecken glühten auf seinen verwitterten, ledrigen Wangen. »Hat mir gedroht, sie würde sich vor mir ausziehn, das hat sie, Sir. Sie können nich' von mir erwarten, daß ich –«

»Nein... nein, natürlich nicht«, unterbrach Kit ihn hastig und kämpfte den verzweifelten Lachanfall nieder, der in ihm aufsteigen wollte. Er ging ins Wohnzimmer, goß sich einen Brandy ein und spülte ihn mit einem Schluck hinunter.

Bob beobachtete ihn, wie man einen guten Freund mustert, der gerade Amok gelaufen ist. »Mein Bester, weißt du eigentlich, was du tust?«

Kit schüttelte den Kopf und wischte sich mit dem Ärmel über den Mund. »Nicht im mindesten. Ich weiß nur, daß ich sie nicht gehen lassen werde... nicht noch einmal.«

Bob kratzte sich nachdenklich am Kinn. »Was hast du dir denn vorgestellt, was du mit ihr machen würdest?«

Kit lachte auf. »Lächerlich, ich weiß, aber ich hatte mir überlegt, Lady Sales Schutz für sie zu erbitten... ein verwaistes, entführtes Mädchen aus guter Familie, die nach schauerlichen Erfahrungen in den Schoß ihrer Landsleute zurückkehrt. Ich war mir sicher, daß der alte Drachen diese Aufgabe mit heller Begeisterung übernehmen würde.«

»Ich bin sicher, daß sie das würde, wenn der Schützling einen anderen Charakter hätte«, bemerkte Bob. »Aber solange die Dame ihre augenblickliche Laune aufrechterhält, ist es eine widersinnige Idee.«

»Ich weiß.« Kit stärkte sich mit einem weiteren Brandy. »Ich sollte besser gehen und die Dinge klären.«

»Ja, ich glaube, das wäre das Beste«, stimmte Bob zu. »Und ich sollte mich jetzt zum Dienst melden. Was unternimmt Elphinstone wegen des Aufstands?«

»Du lieber Himmel.« Kit stöhnte und hielt an der Tür inne. »Er weiß nicht, was er tun soll. Es gab nichts anderes als Befehle und Gegenbefehle und neue Befehle. Und Macnaghten ist auch nicht viel besser, genauso unentschlossen, obwohl es bei ihm nicht so offensichtlich ist. Wenn Ayesha recht hat, und ich fange langsam an, ihr zu glauben, dann wird keiner von uns frei und ungehindert Afghanistan verlassen.«

»Ayesha?«

»Ich dachte, ich hätte es schon erwähnt: In Akbar Khans *Zenana* führte Annabel den Namen Ayesha«, erklärte Kit. »Und bei meinem Leben, Bob, ich weiß nicht, ob ich jetzt vor Ayesha oder vor Annabel treten soll.«

»Ayesha«, bestimmte sein Freund. »Damen, die Annabel Spencer heißen, drohen nicht damit, sich vor zwei fremden Männern nackt auszuziehen. Denk nur«, fügte er hinzu, »ich bin nicht einmal sicher, ob die Bewohnerinnen eines *Zenana* so etwas tun.«

»Diese hier scheint in gar kein vertrautes Schema zu passen.« Kit erinnerte sich daran, wie er ihr das erste Mal begegnet war, und mit der Erinnerung kam die Eingebung. Er würde sich so lange auf ihre Art der Auseinandersetzung einlassen, bis sie dazu bereit war, so mit ihm zu reden, wie sie es seines Wissens konnte und schließlich auch tun würde, sobald sie etwas Abstand gewänne und die Dinge nüchtern betrachtete. Wenn sie erst einmal anfinge, mit ihm zu sprechen, *dann* konnte er etwas aufzubauen versuchen.

»Ich bin bis heute abend vom Dienst befreit. Halt mich über die Ereignisse auf dem laufenden, ja, Bob?«

»Natürlich. Und ob es hilft oder nicht, ich wünsch dir Glück.«

Er würde ein ganzes Stück mehr brauchen als nur Glück, überlegte Kit; er schloß zur Sicherheit noch die Eingangstür ab, als sein Freund gegangen war und er die Hauptstraße zu seinem Schlafzimmer einschlug. Wie konnte man einen Menschen überzeugen, daß er gerettet und nicht entführt worden war?

Bei dem Geräusch des sich drehenden Türknopfs sagte Ayesha laut: »Wenn du noch einen weiteren Schritt in dieses Zimmer machst, dann ziehe ich mich vor deinen Augen aus.«

Kit schloß die Tür hinter sich. »Eine Aussicht, die in mir nur unermeßliche Freude auslösen kann, Annabel.«

»Ach, du bist es.« Sie stand von dem Bett auf, wo sie gelegen und an die Decke gestarrt hatte. »Ich dachte, es sei einer aus deiner Kohorte. Könnten wir diesen Unsinn jetzt zu Ende bringen?«

»Es ist kein Unsinn. »Er eilte lächelnd auf sie zu und streckte ihr die Hände entgegen. »Ich habe dir gesagt, daß ich dich nicht zurücklassen kann –«

»Mit welchem Recht mischst du dich in mein Leben ein? Ich habe *dir* gesagt, daß ich nichts mit deiner *Feringhee*-Pfuscherei zu tun haben will. Ich lebe nicht nach euren Gesetzen, und ich ordne mich auch nicht eurer Etikette unter. Wie oft muß ich dir das noch sagen?«

»Annabel –«

»Das ist *nicht* mein Name!«

Kit tat einen tiefen Atemzug und griff nach ihren Händen. »Ayesha, hör mir zu.«

Sie stand reglos da, ihre Hände kraftlos in den seinen. Ihre Nase legte sich in Falten, und für einen Augenblick schloß sie die Augen. Sie hatte diesen scharfen Geruch seit ihrer Kindheit nicht mehr im Atem eines Mannes wahrgenommen. Er trug sie zurück in eine andere Welt... in der ihr Vater sie zur Begrüßung hochgehoben und in die Arme geschlossen hatte oder sich über sie in ihrem Kinderbettchen gebeugt hatte, um ihr einen Gutenachtkuß zu geben.

»Mein Vater hat immer gesagt, daß man sich auf einen Mann, der noch vor dem Mittag trinkt, nicht verlassen kann«, sagte sie geistesabwesend und zog ihre Hände aus Kits zurück.

Kit spürte, wie ihm eine Welle des Unbehagens ins Gesicht schoß, und wandte sich ab. »Ich hatte einen Brandy... nach den vergangenen Stunden hat ein Mann das Recht... heiliges Kanonenrohr!«

Sie zuckte mit den Schultern. »Davon weiß ich nichts. Ich weiß jedoch, daß sich deine afghanischen Gegner dir nicht beduselt vom Alkohol stellen.«

»Was bist du? Eine Puritanerin?« entgegnete er gereizt und spürte, wie er den Boden unter den Füßen verlor, weil er zu einer Schlacht auf einem vollkommen nebensächlichen Feld gezwungen wurde.

»Du hast scheinbar vergessen, woher ich komme, Ralston, *Huzoor*«, stichelte sie, indem sie zum Ausgleich ihres Gefangenenstatus wenigstens diesen Schlagabtausch kontrollierte. »Ich lebe nach den Regeln des Islam, und ich finde sie nicht im mindesten widerwärtig.«

»Rede mit mir nicht auf diese Weise!«

»Ich rede so, wie es mir paßt, Christopher Ralston! Ich gehorche weder deinen Befehlen noch deinen Launen.«

»Aber nach deinem eigenen Eingeständnis gehorchst du den Befehlen und Launen von Männern«, schleuderte er ihr entgegen, »nach den Gesetzen des Islam, nicht wahr?«

Ayesha wurde erneut von der Wut geschüttelt, die sie schon während des demütigenden, schmerzhaften Ritts, dem er sie unterworfen hatte, erfüllte. Sie schlug ihn; und dann wieder, während er noch unter dem ersten Schlag schwankte. Als ihre Hand sich jedoch zum drittenmal hob, da packte er sie beim Handgelenk. Er war jetzt genauso verloren in dieser Schlacht wie sie; so sehr in der Gewalt jener primitiven, elementaren Energien, die normalerweise so vollendet hinter dem äußeren Anstrich höflicher Begegnungen verborgen werden.

»Nein! Nicht noch einmal, Ayesha. Schlägst du mich noch einmal, bei meiner Seel', dann prügel ich zurück!« Die Ankündigung durchschnitt die Luft. Seine Finger umklammerten ihr Handgelenk fester. Für einen langen Augenblick standen sie so, beide schwer atmend, zusammengeschlossen in einem Wettkampf der Willenskraft. Dann spürte er, wie ihr Puls langsamer wurde, und die allmähliche Entspannung, als sie ihre Fassung wiederfand.

»Das würde mich nicht im mindesten überraschen, Christopher Ralston«, sagte sie mit einer eisigen Ruhe, die zu ihrer vollkommenen Versteinerung paßte. »Ich würde nicht erwarten, daß du dir wie ein Gentleman Schranken auferlegst: Ritterliche Tugenden sind Gewalttätigkeit und Entführung wohl kaum.«

»Gewalttätigkeit?« Das Wort schockierte ihn und ließ sein momentanes Gefühl von Überlegenheit verblassen.

»Wie würdest du die Art nennen, mit der du mich gezwungen hast, mein Zuhause zu verlassen, und mich hierher schlepptest?« Die jadegrünen Augen waren nun voller Verachtung.

Er konnte es nicht leugnen. »Du hast mir keine Wahl gelassen«, sagte er. »Um nichts in der Welt würde ich dich verletzen wollen, Annabel, aber es gab keinen Weg, dich zu überreden. Du wolltest nicht freiwillig mitkommen.«

»Und ich nehme an, daß du, den Gesetzen des Islam folgend, die du angeblich verachtest, meinen Aufenthalt deinem Willen gemäß bestimmst.« Sie klang jetzt nur noch müde. »Laß uns diese Albernheit hinter uns bringen, Christopher. Ich werde nach Kabul zurückgehen. Man kann mich erst seit zwei oder drei Stunden vermissen. Ich werde sagen, daß ich mir ansehen wollte, was in der Stadt los war, und daß ich mich in der Menge verirrt habe, so daß ich nicht zum Haus zurückfand.« Schon als sie es aussprach, wußte sie, daß man solchen Erklärungen in Akbar Khans Haushalt keinen Glauben schenkte. Er würde ihr den Ungehorsam ihm gegenüber niemals zutrauen, da er seine Macht viel zu gut kannte und wußte, daß sie sie respektierte.

Kit schüttelte den Kopf. »Du hättest das Haus nie ohne Schleier verlassen, Ayesha. Wie würdest du das erklären?«

Sie zuckte die Schultern und sprach aufs Geratewohl, obwohl sie wußte, daß es nutzlos war. »Ich kann sagen, daß ich meinen Schleier in der Menschenmenge verloren habe.« Aber Akbar Khan würde die Wahrheit aus ihr herausbekommen, die sie ihm schwerlich verhehlen konnte. Wenn er sie einmal wußte, würde er nicht ruhen, bis Christopher Ralston die nach dem Gesetz des Koran angemessene Strafe erhielte.

»Warum hat du mir das angetan?« sagte sie und ihre Schultern sanken in Erkenntnis ihrer Niederlage. »Ich habe dir gesagt, daß ich an diesem Unheil keinen Anteil haben wollte. Ich gehöre nicht hierher, könnte niemals in deine Welt passen.«

»Aber doch, das kannst du«, rief er leidenschaftlich. »Ich werde dir beibringen, dich heimisch zu fühlen.«

»Was für ein Hochmut!« bebte sie und wandte sich brüsk von ihm ab. »*Feringhee*, du kannst mir gar nichts beibringen! Du hast gesehen, was in Kabul geschehen ist. Glaubst du denn, das war alles? Das war erst der Anfang vom Ende! Ihr werdet bald keine eigene Welt mehr haben.«

Auf Kits Gesicht gruben sich die Linien dickköpfiger Entschlossenheit ein. »Du bist eine Engländerin, Annabel Spencer. Das ist der einzige Tatbestand, der mich etwas angeht. Erst wenn du dich damit abgefunden hast, können wir Weiteres besprechen.« Er marschierte zur Tür und rief unwirsch nach Harley.

Der Bursche erschien augenblicklich. »Ja, Sir.« Er stand in Habachtstellung, aber seine Augen waren auf die schlanke Gestalt mit den kupfernen Haaren gerichtet, die Blitze schleudernd am Fenster stand.

»Ich möchte baden«, sagte Kit, »und diesen Dreck aus meinem Gesicht waschen. Außerdem hätte ich gerne Frühstück. Du mußt ebenfalls hungrig sein, Annabel«, fügte er in gelassener Höflichkeit hinzu.

»Ich werde dein Salz nicht essen, Ralston, *Huzoor*«, rief sie verächtlich.

Er zuckte die Schultern. »Wie du willst. Füll die Badewanne für mich, Harley.«

»Ja, Sir.« Harley schleppte eine Messingsitzwanne herbei und setzte sie vor dem Kamin ab. Sein Gesicht bot Gelegenheit zu einer Studie über Schockiertheit bis zu schlecht verhohlener Mißbilligung. Er ging und kam gleich darauf mit zwei Krügen dampfenden Wassers zurück für die Badewanne. Er sah seinen Offizier an und dann die Frau, die in den letzten zehn Minuten keinen Muskel bewegt hatte. Er räusperte sich: »Soll ich die Miss ins Wohnzimmer führ'n, Sir?«

»Guter Gott, nein«, sagte Kit, sich auf das Bett setzend, um seine Stiefel auszuziehen. »Ich werde sie nicht aus den Augen lassen.«

Ayesha atmete leise zischend. Es schien, als wären die Grenzen der Schlacht abgesteckt. Wenn er jedoch glaubte, daß sie sich auch nur im geringsten für seine Toilette interessierte, dann irrte er sich gewaltig. Irgendwie wandte sie sich nur ein wenig zu spät von der Szene am Feuer ab, und als sie es tat, war ihre Erinnerung an diesen breitschultrigen, muskulösen und schmalhüftigen Körper bereits aufgefrischt.

Kit war sich ihres heimlichen Blicks, als er nackt in die Wanne stieg, wohl bewußt gewesen, und er deutete die Hast, mit der sie sich der Wand zukehrte, keineswegs falsch. Es schenkte ihm ein Quentchen Befriedigung in dieser insgesamt unbefriedigenden Lage. Der Strom der Leidenschaft floß noch zwischen ihnen. Er wußte es seit jenem Augenblick im Basar – ein Moment, als nichts anderes existiert hatte außer ihnen beiden, ihrer Sehnsucht und dem Verlangen nach dem andern, das unverhüllt aus ihren Augen sprach. Von diesem Moment an wußte er, daß ihnen nur ein Weg offenstand: Sie mußte zu ihm in seine Welt kommen, da ihm die ihre versperrt war. Er wollte sie, und sie wollte ihn. Wenn es ihm gelang, ihr einen angemessenen Platz in seiner Welt zu schaffen, dann konnte sich die gegenseitige Anziehung frei entfalten.

Aber erst einmal mußte sie dazu gebracht werden, die Leidenschaft anzunehmen. Solange sie ihn bekämpfte, würde sie das nicht können. Er blickte sie über den Rand der Badewanne unter halbgeschlossenen Augen an. »Annabel?«

Ein Beben lief durch die unbewegte Gestalt, aber sie drehte sich weder um noch antwortete sie.

Kit seufzte und machte sich daran, die Schuhcreme aus seinem Gesicht zu waschen. Harleys Rückkehr in das Schlafzimmer mit der frisch ausgebürsteten Uniform des Leutnants brach das Schweigen, und Kit, der die dritte Person entschlossen übersah, verwickelte seinen Burschen in ein alltägliches Gespräch, während er sich rasierte und ankleidete. Harley gelang es weniger gut, so zu tun, als sei Annabel nicht da, und deshalb war das Gespräch ein wenig zäh, aber er rückte mit der Neuigkeit heraus: Nachdem Kit das Hauptquartier verlassen hatte, war ein Läufer aus der Balla Hissar eingetroffen mit der Meldung, daß der Shah seinen eigenen Truppen unter Oberst Campbell Befehl gegeben hatte, gegen die Rebellen in der Stadt vorzugehen.

»Mit welchen Ergebnissen?« fragte Kit und knöpfte sich den Uniformrock zu.

»Kann man noch nich' sagen, Sir. Hauptmann Markhams Diener hat mir die Nachricht eben erst gebracht. Der Hauptmann meinte, Sie wär'n froh, das zu erfahren.« Er tauchte einen Krug in die Wanne, um das Schmutzwasser herauszuschöpfen, und warf dann einen Seitenblick auf die Frau. »Soll ich den Frühstückstisch im Eßzimmer decken, Sir, oder hier?«

»Im Speisesaal bitte. Für zwei«, antwortete Kit.

»Ich werde dein Salz nicht essen«, wiederholte Ayesha, ohne sich umzudrehen.

»Du bist kindisch«, bemerkte Kit und entließ Harley.

»Du wagst es, mir vorzuwerfen, *ich* sei kindisch!« Sie wirbelte zu ihm herum. »Du benimmst dich wie ein eigensinniger, verzogener Balg, genau wie der Rest deiner verabscheuungswerten Kollegen an diesem Ort. Verweigerst das Anerkennen von Tatsachen, fest davon überzeugt, daß du alle andern rücksichtslos behandeln –«

»Annabel, das ist nicht wahr«, unterbrach er sie. »Jetzt, bitte –« Er kam zu ihr herüber und streckte seine Hände aus: »Laß uns Frieden schließen. Bedenke die Gelegenheit, die wir haben. Nur Bob und Harley wissen, daß du hier bist. Wir werden dich Lady Sale noch eine Weile lang nicht vorstellen müssen. Bis dahin können wir uns aneinander erfreuen –«

»Ist das alles, woran du denken kannst?« Ungläubig richteten sich die Jade-Augen auf ihn. »In diesem Augenblick, mit Mord und Verwüstung rings umher, kannst du nur an Wollust denken? Du hast mich aus meinem Heim entführt und mir deines aufgezwungen. Ich verstehe: Schändung ist eine natürliche Folge.«

»Verdreh nicht alles«, sagte er zärtlich, diesmal seiner Sache sicher. Er faßte ihr Kinn und bog ihr Gesicht nach hinten, so daß sie seinem begehrlichen Blick begegnen mußte. »Ja, ich will dich... ja, diese Sehnsucht hat mein Sinnen und Trachten beschäftigt, dich von Akbar Khan fortzubringen. Ich kann dir ein angemesseneres Leben bieten, Annabel, als er es je vermag, wenn du nur einen Augenblick aufhören würdest, Galle zu spucken, und darüber nachdächtest. Wenn wir aus diesem gottverlassenen Land fort sind –«

»Ihr werdet Afghanistan niemals lebend verlassen«, unterbrach sie ihn, doch die Hitze war aus ihrer Stimme gewichen, und er entdeckte einen Deut Unsicherheit in der Tiefe ihrer Augen.

»Du willst mich auch«, sagte er, sanft beharrend. »Sag es, Annabel.«

»Das Frühstück steht bereit, Sir.«

Kit fluchte stumm. Er ließ ihr Kinn los. »Komm und frühstücke mit mir.«

Sie schüttelte den Kopf. »Ich habe bereits gesagt –«

»Daß du mein Salz nicht essen wirst«, beendete er müde ihren Satz. »Wie du willst, es liegt bei dir. Wenn du bereit bist, das alles vernünftig zu besprechen, dann laß es mich wissen. Ich kann warten.« Er drehte sich um und verließ das Zimmer, die Schlafzimmertür fest hinter sich schließend. »Harley, achte darauf, daß alle Außentüren des Bungalows zu jeder Zeit fest verschlossen sind, und behalte die Schlüssel bei dir«, wies er ihn an und marschierte ins Speisezimmer. »Miss Spencer soll sich im Haus frei bewegen können, wenn sie es will.«

»Ja, Sir«, meinte Harley hölzern.

Annabel untersuchte den Raum, den sie sich zu ihrer Gefängniszelle erkoren hatte. Es gab eine Karaffe mit Wasser, einen Nachttopf in einer Kommode neben dem Bett; die grundlegenden Bedürfnisse waren damit zu lösen. Sie stellte sich nur die Frage, wie lange sie es durchstehen würde.

Wieder warf sie sich auf das Bett und starrte an die Decke. Natürlich würde sie nicht endlos durchhalten können. Flucht war so sinnlos, wie sie unmöglich schien. Zwar würde Akbar Khan sie wohl kaum wegen ihres unfreiwilligen Verschwindens bestrafen, aber an Christopher würde er sich ganz gewiß rächen. Und es war undenkbar, Kit dieser Gefahr auszusetzen. Egal, wie wütend sie auf ihn war, konnte sie vor sich selbst doch nicht verbergen, wie nahe ihr seine Sicherheit und sein Wohlergehen gingen.

Sie war wochenlang von Ängsten um ihn gequält worden, seit er nach dem *Buzkashi* davongeritten war, ihre Nächte heimgesucht von Bildern seines unabwendbaren Schicksals, wenn es ihm nicht gelang, das umkämpfte Land rechtzeitig zu verlassen. In vielerlei Hinsicht war sie davon überzeugt, daß die fremden Eindringlinge ihr Schicksal selbst zu verantworten hatten. Sie verstand die Afghanen, erkannte und begriff ihr Bedürfnis nach Rache, ganz gleich wie sehr sie vor der damit stattfindenden Barbarei zurückschreckte. Aber sie wollte Kit soweit wie möglich davor schützen. Warum das so war, hatte sie sich bisher nicht die Mühe gemacht zu ergründen. Die Frage und ihre Antwort schienen in eine dunkle und quälende Sackgasse hinunterzuführen. Es war eine Gasse, die Kit offenbar entschlossen war zu erkunden… Leidenschaft… Sehnsucht… ja, auch sie fühlte das. Aber die Jahre ihres Heranwachsens hatten sie gelehrt, all die Gefühle zu unterdrücken, die sie daran hindern konnten, ihren Weg durch den vielschichtigen *Zenana* Akbar Khans zu finden. Ein alles verzehrendes Verlangen nach einem anderen Mann war unabweislich eine Beeinträchtigung.

Doch die Bejahung ihres Verlangens vermochte nicht ihre Empörung über den Zustand, in dem sie sich gegenwärtig befand, zu mindern. Und Christopher Ralston würde ihre gerechte Empörung anerkennen müssen. Da sie sich keinen Freibrief der Afghanen für die Engländer, ihr Land lebendig zu verlassen, vorstellen konnte, war auch ihr eigenes Überleben nur mehr in Gedanken möglich. Sie würde bei ihnen sein und daher ihr Schicksal mit ihnen teilen. Aber sie würde sich nicht kampflos in das neue Leben schicken, das von Leutnant Christopher Ralston für sie bestimmt worden war. Schließlich war er kein afghanischer

Khan, der über ihr Schicksal ohne ihre Mitsprache entscheiden durfte. Damit schlief sie ein.

Kit verzehrte sein Frühstück freudlos. Es handelte sich einfach um ein notwendiges Kräftesammeln. Er war hungrig, und die Vorstellung, daß auch Annabel es war, trug nicht gerade zu seinem Genuß bei. Er griff nach der Brandyflasche; dann hielt seine Hand inne, als er sich an Annabels vorwurfsvollen Ton erinnerte. Es wurde langsam Zeit, daß er sich hinsichtlich dieses Besänftigungs- und Stärkungsmittels ein wenig Mäßigung auferlegte. Statt dessen goß er sich Tee ein.

Nachdem er seinen Hunger gestillt hatte, ging er ruhelos im Speisezimmer auf und ab; wechselte ins Wohnzimmer und tat dort das gleiche; er wanderte in die kleine Eingangshalle; außer seinem Schlafzimmer, Harleys Kammer und der Küche waren dies alle Räume, aus denen der Bungalow eines unverheirateten Offiziers bestand. Er drückte sich vor der Schlafzimmertür herum. Wie gesagt, er würde sie allein lassen, bis sie ihre Wünsche meldete, aber seine Hand fand wie von selbst zum Türknopf und öffnete vorsichtig. Er mußte gar nicht erst bis zum Bett gehen, um zu erkennen, daß sie nicht nur so tat, als ob sie schliefe. Die vollkommene Entspannung ihres Körpers und ihr tiefes, rhythmisches Atmen reichten aus, daß er geräuschlos und enttäuscht die Tür wieder schloß und den Kopf zur Küche hineinstreckte.

»Harley, ich gehe ins Hauptquartier, um auszukundschaften, was sich bisher ereignet hat. Sollte Miss Spencer etwas brauchen, dann sieh zu, daß sie es bekommt … und verschließ die Eingangstür hinter mir.«

Harley, der den Gesichtsausdruck eines Märtyrers aufgesetzt hatte, begleitete ihn bis zur Eingangstür und versperrte sie ernsthaft, nachdem der Leutnant hinausgegangen war. Er steckte den Schlüssel in seine Jackentasche und kehrte in die Küche zurück.

Eine Atmosphäre ungeordneter Düsternis hing über dem Bungalow, in dem das Hauptquartier untergebracht war, als Kit vor der Wache salutierte und das Adjutantenbüro betrat. Leutnant

Watson blickte irritiert von dem Berg Depeschen auf, die vor ihm auf dem Tisch lagen. »Oh, Ralston, dachte, du hättest bis zum Abend keinen Dienst.«

»Stimmt, aber ich konnte nicht stillsitzen und Däumchen drehen. Wie ist der neueste Stand?«

»Allgemeine Kopflosigkeit«, antwortete Watson verdrießlich und wies auf die Depeschen. »Der General ist in bezug auf Shelton unentschlossen, seit du fortgegangen bist, und Sir William hat Shelton jetzt zur Balla Hissar befohlen mit der Weisung, bei der Verständigung mit dem Shah und dem weiteren Vorgehen seiner eigenen Urteilskraft zu vertrauen.«

Kit zog eine Grimasse. »Was ist mit Campbell?«

Watson zuckte die Schultern. »Nach letzten Meldungen versucht er sich mitten durch die Stadt zum Amtssitz durchzuschlagen und trifft in jeder Straße auf hartnäckigen Widerstand.«

»Er versucht seine Brigade kämpfend durch die Gassen zu treiben?« rief Kit ungläubig. »Warum, zum Teufel, umgeht er denn die Innenstadt nicht? Wenigstens hätte er da offenes Gelände zum Manövrieren.«

»Frag mich nicht«, sagte der Leutnant. »Ist nicht meine Aufgabe, Fragen zu stellen.« Ein mürrischer Ruf erscholl aus dem angrenzenden Raum, und er seufzte. »Das ist unser Befehlshaber.«

Kit ging Bob Markham suchen und fand ihn im Kartenraum über den Kartentisch gebeugt. »Oh, hallo, Kit. Komm her, sieh dir das an. Man hat mich beauftragt, Major Griffith aus Kubbari-Jubbar zurückzuholen. Glaubst du, daß er diesen Landstrich durchqueren kann?«

Kit blickte prüfend auf die Karte und befand: »Griffith ist ein guter Mann.«

»Gut genug, um diese Pässe zu überqueren? Die Afghanen haben sie unter Kontrolle. Er wird um jeden Schritt Wegs kämpfen müssen.«

»Was ist mit Sale?«

»Hat sich nach Jalalabad zurückgezogen; sagt, er kann nicht

nach Kabul durchkommen. Elphinstone hat einen Läufer zu Nott nach Kandahar geschickt mit der Bitte, eine Brigade nach Kabul zu entsenden.«

»Ich gebe nicht allzuviel auf sein Durchkommen«, meinte Kit finster. »Großer Gott, Bob, was für ein Schlamassel, in dem wir da stecken!«

»Und es wird von Minute zu Minute schlimmer«, stimmte sein Freund zu.

»Weiß irgend jemand, was mit Colin Mackenzie ist? Er kommandiert das andere Intendanturfort, in dem sich die Verpflegung für Shah Soojah befindet.«

Bob atmete hörbar ein. »Verdammt, ich glaube nicht, daß irgendwer einen Gedanken an ihn verschwendet hat. Er ist dort draußen am Stadtrand vollkommen auf sich allein gestellt.«

»Soweit ich weiß, hat er eine große Zahl Frauen und Kinder bei sich im Fort.«

Die beiden Männer blickten sich an, und sie stellten sich vor, wie Mackenzie und seine kleine Garnison voller hilfloser Bewohner von einer Horde Ghilzai und Ghazi angegriffen wird.

»Ich muß mit Elphinstone und Macnaghten sprechen. Mal sehen, ob sie eine Abteilung von hier zur Unterstützung schicken.« Bob machte sich eilig davon, und Kit beugte sich nun seinerseits über die Karten.

Kabul war ein so kleiner isolierter Ort; Jalalabad war nah und doch unerreichbar, weil die von den Ghilzai gehaltenen Pässe ein Durchkommen vereitelten; die weite Strecke nach Kandahar und Quetta würde nur von einer Streitmacht in bestem Zustand zu bewältigen sein. Frauen, Kinder, Zivilpersonen und all das Gepäck, das zum Massenexodus einer Armee gehörte, würden es niemals schaffen – nicht im Winter und nicht bei der ununterbrochenen Bedrohung durch die Bergkrieger mit ihren langen Musketen.

Würde Akbar Khan ihnen einen ungestörten Abzug ermöglichen, wenn man Elphinstone und Macnaghten zum Verhandeln überreden konnte? Annabel glaubte nicht daran. Und daraus schließend, was Kit vom Sohn des Dost kennengelernt hatte, konnte auch er nicht daran glauben.

»Allmächtiger, Kit! Diese stümperhaften Böcke wollen nicht einen Finger krümmen, um Colin zu helfen.« Bob kam ins Zimmer gestürzt, hochrot vor Zorn und Feuer in den sonst milden blauen Augen. »Hauptmann Mackenzie muß sich um sich selbst kümmern«, äffte er gekonnt Sir Williams hochtrabenden Ton nach. »Wir wissen ja nicht einmal, ob er überhaupt angegriffen wurde«, fuhr er fort und klang jetzt wie die Fistelstimme Elphinstones.

Kit konnte sich ein klägliches Lächeln trotz der Verzweiflung des Boten nicht verkneifen. »Du hättest zur Bühne gehen sollen, Bob.«

»Ich kann mir schlimmere Berufslaufbahnen vorstellen«, gab sein Freund zurück. »Die Armee zum Beispiel. Was tust du denn überhaupt hier? Du bist doch gar nicht im Dienst. Ich war davon ausgegangen, daß du damit beschäftigt bist, deine anderen Angelegenheiten in Ordnung zu bringen.«

»Sie schläft«, sagte Kit. »Und sie ist so verdammt dickköpfig … würde gut zu Macnaghten passen.« Er warf sich in einen Stuhl am Fenster. »Ich bin lieber hier, um ehrlich zu sein, als zu Hause herumzustreichen, meine Fingernägel abzubeißen und mich zu fragen, welchen neuen Kurs ich einschlagen soll, wenn sie aufwacht.«

Bob schüttelte erstaunt den Kopf. »Dich hat eine mächtige Tollheit gebissen, Kit. Aber bei den Gegebenheiten scheint es merkwürdig passend. Nur Narreteien scheinen angemessen zu sein, möchte ich meinen.«

Annabel wurde von einem in ihr Hunger auslösenden Duft geweckt. Er war vertraut, aber gehörte zu dem Leben vor Akbar Khan, und sie konnte ihn daher nicht einordnen. Ihr Mund füllte sich mit Speichel, und ihr leerer Magen grollte. Freiwillig zu hungern war lächerlich. Sie würde sich eine andere Methode einfallen lassen müssen, Christopher Ralston ihren Ärger zu zeigen.

Nachdem sie aus dem Bett gesprungen war, strich sie ihre Jacke und Hose glatt, die beide durch den wilden Ritt von Kabul hierher arg mitgenommen waren, und blickte in den Spiegel über der Frisierkommode. Ihr Haar war ziemlich in Unordnung geraten, aber sie benutzte Kits Kamm mit einigem Erfolg und verließ dann den Raum, immer ihrer Nase folgend.

Sie führte Annabel in die Küche. »Was kochst du da?«

Harley, der in eine übergroße Schürze gewickelt war, zuckte zusammen. »Gott, Miss, Sie ham mich erschreckt!«

»Oh, ich bitte um Entschuldigung. Ich bin daran gewöhnt, mich lautlos zu bewegen.« Sie lächelte. »Darf ich hereinkommen?«

»Wenn Sie woll'n, Miss.« Harley blickte sich ratlos in der kleinen Küche um, die er als seine private Domäne zu erachten gewohnt war. »Soll ich Ihnen ein wenig Speck braten?«

»Oh, das ist Speck… ja, natürlich«, sagte sie und machte es sich auf einem Stuhl am Küchentisch gemütlich. »Ich habe es acht oder neun Jahre nicht gerochen, und ich konnte mich nicht erinnern, was es war… Ja, bitte, das wäre sehr nett. Ich bin am Verhungern.«

»Dann hätt'n Sie sicher auch gern ein Ei und ein wenig geröstetes Brot, vermute ich«, bemerkte Harley. Sein Ton war nicht besonders einladend, aber wenigstens schaute er sie nicht mehr länger so an, als ob sie zu einer fremden und gefährlichen Rasse gehörte.

»Hmmm«, stimmte Annabel in hungriger Begeisterung zu. »Und jetzt auch eine Tasse Tee.« Sie lächelte, als der Bursche gleichmütig den Pfannenheber handhabte. »Es tut mir leid, daß ich zuerst so unhöflich war. Aber ich glaube, ich hatte einfach so einen Zorn auf den Leutnant, daß ich nicht klar denken konnte. Es war sehr nett von dir, mir Tee anzubieten.«

Harley wurde rot und räusperte sich. »Es geht mich nichts an, Miss, worauf der Leutnant sich einläßt. Ich hab herausgefund'n, daß es für mich am besten ist, meine Gedanken für mich zu behalten. Da ist noch Tee im Topf, wenn Sie sich eine Tasse eingieß'n wolln.« Er zeigte auf einen großen Teekessel, der in ein Tuch gewickelt war, um den Inhalt warm zu halten.

Dieser Engländer hielt offenbar nichts von Samowaren, dachte Annabel. Er befürwortete auch nicht alle Handlungen seines Vorgesetzten, selbst wenn er seine Meinung für sich behielt.

Tassen hingen an Haken entlang der Wand. Sie goß sich das starke Gebräu in zwei von ihnen und nahm einen großen belebenden Schluck. »Weißt du, wo sich Leutnant Ralston augenblicklich aufhält?«

»Er is' ins Hauptquartier gegangen, Miss«, gab Harley Bescheid. »Soweit ich weiß, hat er bis heute abend keinen Dienst, aber im Augenblick is' einiges los.« Mit einer gekonnten Drehung seines Handgelenks wendete er das Ei im zerlassenen Speck und wieder zurück, bevor er den Inhalt der Pfanne auf einen Teller gleiten ließ. »Bitteschön, Miss. Ich bring das für Sie ins Eßzimmer.«

Annabel war versucht zu sagen, daß sie auch gerne mit dem Burschen in der Küche essen würde, aber es fiel ihr noch rechtzeitig ein, daß dies möglicherweise kein glücklicher Vorschlag war, entweder weil er ihre Gesellschaft mißbilligen könnte, oder weil dies seinen Sinn für soziale Schicklichkeit verletzt hätte. Wahrscheinlich ein wenig von beidem, entschied sie und folgte ihm mit ihrer Tasse in der Hand ins Speisezimmer.

»Bist du schon länger bei Leutnant Ralston, Harley?«

Harley setzte den gut gefüllten Teller auf den Tisch und nahm Besteck und Serviette aus einer Schublade in der Anrichte. »Fünf Jahre, Miss. Ich war schon sein Bursche, als er zu den Siebten Leichten Dragonern kam.« Seine Lippen verzogen sich mißbilligend. »Hätte nie erwartet, daß wir hier draußen enden würd'n, wie's nun scheint. Aber ich nehm' an, bei der Art und Weise wie der Leutnant sich verhielt, mußte's so kommen. Aber 's is' schon verdammt weit weg von den Paraden der Berittenen Garde, hier draußen bei den Heiden.« Ein plötzliches Erröten färbte die ledrigen Wangen. »Wollte Sie nicht beleidigen, Miss. Ich weiß, daß Sie wie eine von denen gekleidet sind, aber 's is' klar wie der Tag, daß Sie nich' zu ihnen gehör'n.«

Annabel dachte darüber nach, als sie sich setzte. »Nein, streng genommen bin ich genauso aus England wie du. Nur empfinde ich mich selbst nicht so. Ich lebe seit meinem zwölften Lebensjahr bei den Afghanen.«

Harleys Unterkiefer klappte herunter, und er starrte sie an. »Also, das hätte ich niemals ...«

»Genauso hat es der Leutnant aufgenommen«, unterbrach sie ihn. »Es scheint ihn im Kern seines Patriotismus sehr zu berühren.«

»Nicht nur den Kern seines Patriotismus, möchte ich annehmen«, blickte Harley sie geheimnisvoll an und stellte den Gewürzständer vor sie. »Es sind seine umherschweifenden Augen, die ihn immer wieder in Schwierigkeiten bringen.« Woraufhin er Annabel mit ihrem einsamen Frühstück allein ließ.

Der Leutnant besaß also umherschweifende Augen. Annabel schob sich eine Gabel voll Ei und Speck in den Mund. Das überraschte sie nicht unbedingt. Was aber war in London geschehen, das dieses Verbannungsurteil rechtfertigte, wie Harvey angedeutet hatte?

Im Augenblick alle Fragen beiseite schiebend, wandte sie sich der ausgezeichneten und vertrauten, aber doch irgendwie ungewohnten Mahlzeit zu und träumte von einem anschließenden Bad vor dem brennenden Kamin im Schlafzimmer. In dieser fremden Umgebung Pläne für den Tag zu schmieden, warf neue Fragen auf.

Was geschah jetzt in Akbar Khans Haus in Kabul?

Wie hatten sie sich ihr Verschwinden erklärt?

Wie tatkräftig würde er Nachforschungen anstellen?

Oder war er jetzt so tief darin verstrickt, die Lawine, die über die Eindringlinge aus dem Abendland hereinbrechen sollte, vorzubereiten, daß er keine Zeit hatte, sich mit einer Frau, die schließlich doch nur eine von vielen war, zu befassen?

Es würde alles soviel leichter sein, wenn letzteres zuträfe. Leichter… und sicherer.

9. Kapitel

Akbar Khan saß so still, als ob er aus Stein gehauen wäre. Seine Augen schienen durch die weinende Soraya, die auf ihren Knien vor ihm lag, hindurchzublicken und weiter als die Soldaten und Diener, die den Raum füllten.

»Und du bist dir sicher, daß nur der Mantel aus der Eingangshalle fehlt?« sagte er schließlich gelassen und vollkommen frei von Ärger. Aber niemand im Zimmer ließ sich täuschen. Sie allen waren mehr oder weniger schuldig, und dieser gedrungene, mächtige Mann in seinem eleganten grünen Rock und dem seidengesäumten Hemd würde ein gerechtes und angemessenes Urteil über jeden einzelnen von ihnen sprechen.

»Ja, Khan«, anwortete Soraya. »Alles, was ihr gehört, ist noch in ihrem Zimmer. Sie muß sich angezogen haben, denn ihre Nachtgewänder liegen auf dem Diwan... Wenn ich doch nur nicht so fest geschlafen hätte!« Sie begann zu jammern und den Propheten anzurufen, damit er sie für ihre Faulheit, ja, ihren Mangel an Wachsamkeit über ihren wertvollen Schützling bestrafe.

»Es war nicht dein Fehler«, sagte Akbar Khan und unterbrach damit ihren Katzenjammer. »Du hast nicht länger geschlafen, als du es normalerweise tust. Der Fehler liegt bei den Wachen, die ihren Posten verlassen haben, und bei den Dienern, denen das Verschließen der Türen obliegt. Ayesha hat den Ort nicht aus eigenem freien Willen verlassen.« Die lebhaften blauen Augen schweiften durch den Raum, und ein Blick von ihnen reichte aus, um auch den Mutigsten erzittern zu lassen. »Jemand ist in dieses Haus eingedrungen und hat sie entführt.«

»Aber es gibt keinerlei Anzeichen für einen Kampf, *Sirdar.* Und wenn Ayesha geschrien hätte, hätte irgend jemand sie bestimmt gehört«, betonte sein Kammerdiener.

»Das ist wahr.« Der *Sirdar* legte die Stirn in Falten.

»Soraya wäre bestimmt erwacht, wenn Ayesha nach ihr gerufen hätte.«

Warum hatte sie also nicht um Hilfe gerufen? fuhr er sich über den Bart. Ayesha wäre nicht aus einer Laune heraus fortgegangen, das stand fest, also ließ er diese Möglichkeit außer acht. Aber sie *war* fort, und wie es schien, ohne offene Gegenwehr. Was darauf schließen ließ, daß sie ihren Entführer kannte und ihn nicht fürchtete... oder hatte sie Angst *um* ihn gehabt?

Sachte nickte er. Wenn sie aus Angst vor den Folgen gefürchtet hätte, den Haushalt auf den Eindringling aufmerksam zu machen, dann würde das viel erklären. Aber die einzigen Briten in Kabul, die sich in dieser Nacht nicht in der Balla Hissar aufhielten, waren vom Mob niedergemacht worden. Es hatte viele Stunden vor dem Angriff auf den britischen Amtssitz keine Verbindung zwischen dem Kantonnement und der Stadt gegeben. Das hatte er jedenfalls angenommen.

Sein Blick wurde wieder klar und zielgerichtet. Wenn Ayesha sich jetzt bei den Briten im Kantonnement aufhielt, dann würde sie dort genauso sicher sein, wie wenn sie sich unter seinem eigenen Dach befände. Er konnte sie leicht zurückgewinnen, wenn er die *Feringhees* dazu zwänge, ihre Position zugunsten einer Flucht aufzugeben. Dieser Augenblick würde bald da sein, und die persönliche Beleidigung würde seine Rache noch versüßen. Jetzt aber mußte er sich mit der Nachlässigkeit und Fahnenflucht einiger Mitglieder seines Haushalts befassen. Seine Augen durchmaßen erneut den Raum, und diesmal waren sie hart wie Achat.

»Campbell ist zum Rückzug in die Balla Hissar gezwungen worden.« Watson kam mit dieser Hiobsbotschaft aus dem Privatzimmer des Generals. »Ein Läufer vom Shah ist gerade eingetroffen. Shelton hat versucht den Rückzug zu decken, aber sie mußten dennoch ihre Kanonen vor dem Fort zurücklassen.«

Bob Markham fluchte. »Sie diesen Wilden überlassen zu müssen!«

»Offenbar geht in der Stadt alles drunter und drüber«, fuhr Watson fort. »Die Menschen toben, plündern, vergewaltigen, metzeln nieder; bisher nur ihre eigenen Leute, aber es heizt sie auf jeden Fall an.«

»Kabul ist nun also in afghanischer Hand«, faßte Kit zusammen. Er saß am Fenster in einem Sessel ausgebreitet, das eine Bein achtlos über eine Armlehne geworfen. »Und niemand kann etwas dagegen tun.«

»Glauben Sie, Leutnant Ralston, daß Sie es besser machen könnten als Brigadier Shelton und Oberst Campbell?« Sir William stand in der Tür zum Adjutantenbüro und plusterte sich auf.

Kit erhob sich gemächlich. »Keineswegs, Sir William. Der Moment, wo wir mit energischer militärischer Intervention Erfolg hätten haben können, ist vorüber. Heute früh hätten wir vielleicht noch etwas erreichen können, aber jetzt ist die Stadt zur Gänze in Rebellenhand.«

»Es scheint mir außergewöhnlich, Leutnant, daß Ihre brillante Analyse und Ihr zeitlich wohlplazierter Rat Ihnen bisher nicht die Beförderung eingebracht haben, von der ich sicher bin, daß Sie sie verdienen«, bemerkte der Bevollmächtigte der Krone in eisigem Sarkasmus. »General Elphinstone ist völlig indisponiert und wird sich für den Rest des Tages zu Bett begeben. Da es hier nichts mehr zu tun gibt, schlage ich vor, daß Sie alle in Ihre Quartiere zurückkehren und sich in Bereitschaft halten, für den Fall, daß Sie gerufen werden.« Er verließ den Raum.

»Habe ich richtig gehört?« blinzelte Bob Markham. »Ist uns allen eben gerade Urlaub gegeben worden?«

»So hat es sich für mich angehört« bestätigte Kit. »Afghanische Rebellen amüsieren sich ein wenig mit Vergewaltigung, Plündern und Mord in Kabul, indessen wir mit den Schultern zucken und zu Bett gehen.«

»Inzwischen steckt Colin Mackenzie da draußen fest – verdammt noch mal, Kit! Ich brauch' was zu trinken.»Bob warf sich den Mantel um die Schultern. »Ich geh' nach Hause und ersäufe meine Sorgen.« Er stakste davon, und Kit folgte ihm in den bitteren Novembernachmittag hinaus.

Das Kantonnement befand sich im Schockzustand, erkannte Kit. Die Bungalows waren fest verrammelt; es gab keine der gewöhnlichen Aktivitäten in den Straßen, keiner hielt sich in seinem Garten auf, die Kinder mit ihren Kindermädchen waren nirgends zu sehen. Es gab auch keine Diener, die ihre normalen Runden von Haus zu Haus machten und Einladungen und Botschaften überbrachten. Der Rauch, der aus den Schornsteinen drang, war das einzige Anzeichen von Menschen, und der würde nicht mehr lange aufsteigen, dachte er finster. Jedenfalls nicht, wenn es ihnen nicht gelang, ihre Vorräte an Feuerholz aufzufüllen – etwas, was nur in der außerhalb gelegenen Ebene geschehen konnte, wo afghanische Stammesangehörige sich auf Abruf sammelten.

Er erreichte seine Haustür und drehte den Knopf. Dieser wollte sich nicht rühren, und ihm fielen die Anweisungen ein, die er Harley gegeben hatte. Er klopfte vernehmlich. Wie würde er Annabel jetzt vorfinden? Noch immer zornig, noch immer widerspenstig? Oder nahm sie, seit er fortgegangen war, die Lage der Dinge einigermaßen hin? Gespannte Erwartung lief ihm prickelnd die Wirbelsäule hinab und schwang in seiner Stimme mit, als Harley endlich dieTür öffnete.

»Wie geht es Miss Spencer?«

»Nimmt ein Bad, Sir«, informierte ihn sein Bursche knapp. »Sie hat mich vor zwanzig Minuten gebeten, es ihr herzurichten.«

Kit trat in die Eingangshalle und streifte seinen Mantel ab. »Hat sie etwas gegessen?«

Harley nahm den Mantel entgegen und hängte ihn auf: »Hatte 'n reichliches Frühstück, Sir.«

Frühstück und Bad – das mußten gute Zeichen sein!

»Gibt es irgendwelche Neuigkeiten, Sir?«

Kit zwang sich zu Geduld, um Harley mit den neuesten Nachrichten aus Kabul und der Balla Hissar zu versehen, bevor er zum Schlafzimmer ging. Er klopfte, wartete jedoch nicht auf eine Antwort.

Sie lag in der Sitzbadewanne vor dem brennenden Kaminfeuer, ihre Kupferhaare türmten sich auf ihrem Kopf hoch auf, ihre Haut schimmerte wie Milch im Schein des Feuers.

»Darf ich mich denn nirgends zurückziehen?« Ihre Stimme paßte nicht zu dem warmen, bullernden Raum. Sie drehte den Kopf, um zu sehen, wer sie störte. Ihre Augen, kalt wie polierter grüner Quarz, taxierten ihn.

»Entschuldige bitte. Ich war nur so gespannt, dich zu sehen«, sagte er mit, wie er hoffte, entwaffnender Aufrichtigkeit. »Soll ich wieder gehen?«

Die glatten, weißen Schultern hoben sich in einem kaum wahrnehmbaren Zucken, als ob seine Anwesenheit ihr vollkommen egal wäre. Sie streckte ein wohlgeformtes Bein aus dem Wasser und begann, es hingebungsvoll einzuseifen.

Kits Hände bewegten sich, als ob er die Aufgabe für sie übernehmen würde und sein Atem ging rascher. »Darf ich das für dich machen?«

»Nein.« Die schroffe Ablehnung schien keine Verhandlungen zuzulassen.

Er setzte sich auf die Bettkante, von wo aus er sie beobachten konnte. »Ich dachte, du würdest dich vielleicht für die Nachrichten aus der Stadt interessieren.«

Sie wechselte die Beine. »Hat die Macht der britischen Herrschaft also den Aufstand niedergeschlagen? Rache genommen für den Mord an ihren Bürgern?«

Kit fuhr zusammen. »Nein, ganz im Gegenteil.«

Sie legte beide Beine zurück in die Wanne, setzte sich auf, zog die Knie an und legte ihre Arme darum. Sie sah ihn aufmerksam an. »Sie müssen doch irgend etwas unternommen haben?«

Kit erzählte ihr von den Tagesereignissen, und sie schüttelte ungläubig den Kopf. »Kein Afghane wird begreifen, warum ihr eure Toten nicht rächt. Sie werden euch nur noch mehr verachten.«

Kit fand keine Erwiderung auf diese Bemerkung. Außerdem verlor er das Interesse an dem Gespräch. Tatsächlich hatte er es, der Wahrheit zuliebe sei es gesagt, überhaupt nur begonnen, um die Gleichgültigkeit dieser hinreißenden Badenden zu durchbrechen. Sie lehnte sich wieder zurück und ihre Brüste reckten sich verführerisch aus dem Wasser, rosengekrönt, glatt und rund, so wie er sich ihrer in den letzten Wochen so lebhaft erinnerte. Er kam zur Badewanne und ließ sich auf einem Knie nieder.

»Annabel ...?«

»Nein. Es sei denn, ich habe das Recht auf freien Willen in *jeder* Beziehung verloren.«

Kit seufzte und stand auf. »Entschuldige bitte. Das hast du nicht.« Dabei, den Raum zu verlassen, hörte er ein Klopfen an der Eingangstür. »Wer, zum Teufel, kann das sein?« Er trat in die Eingangshalle und machte die Schlafzimmertür fest hinter sich zu.

Harley hatte bereits die Eingangstür aufgesperrt. »Guten Tag, Hauptmann... Leutnant Graham... Leutnant Troughton.« Er trat zur Seite, um Bob Markham, Derek Graham und William Troughton einzulassen.

»Dachte, wir könnten unsere Sorgen gemeinsam ertränken«, begann Bob und schwenkte eine Flasche Rotwein. Es war offensichtlich, daß er bereits ein Stück weit vorangekommen war mit diesem Ziel, und seine Gefährten sahen auch nicht gerade so aus, als hätten sie dürsten müssen.

Kit runzelte die Stirn. Bob konnte doch den »Gast« seines Freundes nicht vergessen haben? »Es ist ein bißchen ungünstig«, begann er und änderte dann seine Meinung. Annabel hatte ziemlich klar gemacht, daß sie seine Gesellschaft nicht wünschte, warum sollte er also in elender Einsamkeit im Wohnzimmer sitzen und allein ins Feuer starren?

»Kommt rein. Harley, öffne ein paar Flaschen fünfunddreißiger Rotwein, ja?«

Er geleitete die drei ins Wohnzimmer. »Ich könnte auch eine Aufmunterung brauchen.« Er warf mehr Holz aufs Feuer und zog die Vorhänge vor, um damit den freudlosen Anblick auf die Dunkelheit auszusperren. »Whist?« er suchte in einer Schublade nach Spielkarten.

Im nebengelegenen Zimmer hörte Annabel das Murmeln der Stimmen durch die dünne Innenwand. Sie stieg aus der Wanne, trocknete sich ab und versuchte unterdessen, einzelne Worte und Stimmen voneinander zu unterscheiden. Wie viele Besucher hatte er? Sie meinte die Stimme des Mannes zu erkennen, den sie heute morgen kennengelernt hatte – der eine, der anscheinend alles über sie wußte. Gehörten Kits andere Besucher auch zu seiner Klatschrunde in der Offiziersmesse? Es war naheliegend, das anzunehmen. Er hatte es ganz eindeutig nicht für nötig befunden, Ayeshas Anteil an seinem Abenteuer, wie es sich für einen Gentleman gehört hätte, zu verschweigen. Aus irgendeinem Grund schmerzte der Gedanke sie genauso, wie er sie wütend machte und in ihr den Wunsch und Plan, diese Taktlosigkeit auszugleichen, wachrief.

Sie zog ihre Hose und Jacke an, schlüpfte mit den Füßen in ihre Pantoffeln, verhakte die Zehen mit dem Saum der Hose und flocht ihr Haar, das sie in einem dicken Zopf über den Rücken fallen ließ. Nun fehlte nur noch ein Schleier.

Christophers Kommode enthielt Hemden, Unterwäsche, Taschentücher und Schals. Sie nahm einen der letzteren, schüttelte ihn aus seinen sauber gebügelten Falten und nickte zufrieden. Daraus ließ sich ein brauchbarer Schleier machen, der Gesicht und Haare verdecken und nur ihre Augen sichtbar lassen würde. Ein kleines emailliertes Kistchen auf der Kommode enthielt eine Diamantnadel. Sich rechtfertigend, daß Kit, der sie von ihrem eigenen Hab und Gut entfernt hatte, ihre Entbehrungen auch wieder ausgleichen müsse, benutzte sie die Nadel, um den Behelfsschleier über ihrem Ohr festzustecken.

Der Spiegel der Frisierkommode zeigte ihr Ayesha.

Leise verließ sie das Schlafzimmer, hielt vor der Wohnzimmertür kurz inne, lauschte dem Lachen und den Stimmen, von denen manche etwas heiser klangen, dann drehte sie den Türknopf und betrat den Raum.

Die vier Männer blickten vom Kartentisch in der Erwartung auf, Harley zu sehen. Doch sie sahen eine afghanische Frau in der Tür stehen. Ihre Hände berührten ihre Stirn in der mohammedanischen Geste der Begrüßung, bevor sie sich so fließend wie das Sonnenlicht durch den Raum bewegte und vor das Feuer auf den Boden setzte. Die Hände im Schoß gefaltet saß sie mit gesenkten Augen in vollkommener Bewegungslosigkeit.

Kit erholte sich als erster. »Annabel, was ist das für ein Spiel, das du da spielst?« fragte er mißtrauisch.

Ihre Augen erhoben sich und richteten sich auf ihn. »Ist es mir gestattet, vor deinen Gästen zu sprechen, Ralston, *Huzoor*? Ich habe mir gedacht, daß du vielleicht wünschst, ich solle sie auf irgendeine Art unterhalten. Du weißt, nehme ich an, daß ich manche Begabung besitze.« In ihrer Stimme schwang eine derart spitze Unverschämtheit, daß er einen Augenblick sprachlos war, bis er plötzlich begriff, worauf sie anspielte. Sein Stuhl stürzte scheppernd um, so plötzlich erhob er sich.

»Du wagst es vorzuschlagen –«

Bob war mit einem Mal nüchtern, als sein Freund, weiß vor Zorn, über die sitzende Frau herfiel. »Langsam, Kit. Reiß dich zusammen, Mann.«

»Mich zusammenreißen!« schrie Kit. »Ist dir klar, war sie vorschlägt?«

»Warum sollte dir das etwas ausmachen?« fragte Ayesha gelassener, als sie sich innerlich fühlte. Aus irgendeinem Grund hatte sie nicht erwartet, daß Kit derartig zornig würde, hatte sich eher vorgestellt, daß er aus Scham und Verlegenheit verstummen würde. »Ich bin sicher, daß deine Gäste die Art von Unterhaltung kennen, die ein afghanischer Gastgeber ihnen anbieten würde… wenn auch nur daher, daß sie deinen Erzählungen gelauscht haben. Du hast von mir Besitz ergriffen wie irgendein Khan. Es ist die Sitte, daß ein Gastgeber seinen Besitz teilt. Ich ging davon aus, daß auch du das wollen würdest.«

Schockiertes Schweigen erfüllte einen Moment lang den Raum, dann hustete Bob Markham verlegen und stand auf. »Tut mir wirklich leid, Kit, hab das total vergessen… diese andere Angelegenheit. Hätte nicht kommen sollen… wir sind schon weg.«

Kit bedeutete ihm mit einer Handbewegung, daß er sich wieder setzen solle. Die Welle blinden Zorns hatte einer eisigen Ruhe Platz gemacht. Er wußte nicht, was die Ursache dieser ungewöhnlichen Szene sein mochte, aber er hatte das Gefühl, daß es nicht nur Mutwille war. »Nein, es gibt keinen Grund, warum irgendeiner von euch gehen sollte. Laßt mich euch einander ordnungsgemäß vorstellen.« Nach unten fassend, ergriff er ihre Hand und zog sie auf die Füße. »Miss Spencer, darf ich Ihnen Bob Markham, Derek Graham und William Troughton vorstellen.« Daraufhin zog er gewandt die Diamantnadel aus ihrem Schleier und schlug ihn beiseite. »Raffiniert«, bemerkte er trocken. »Meine Herren, das ist Miss Annabel Spencer.«

»Verdammt, Kit! Du hast sie also doch befreit«, bemerkte William Troughton in fast dem gleichen Ton wie am Morgen schon Bob.

»Was für eine glänzende Schlußfolgerung«, sagte Annabel höhnisch. »Ich sollte mich geschmeichelt fühlen, nehme ich an, Gegenstand so großen Interesses zu sein. Haben Sie Wetten auf die Angelegenheit abgeschlossen?«

Kit schloß die Augen einen Moment lang. »Nun denn«, meinte er ruhig. »Ich habe verstanden. Du bläust mir es ja praktisch mit dem Vorschlaghammer ein. Jetzt laß uns in das andere Zimmer hinübergehen und Klarheit schaffen.«

»Ich kann mir nicht vorstellen, was es da noch zu klären –«

»Nun, ich kann mir einiges vorstellen«, unterbrach er sie. »Entschuldigt uns einen Augenblick. Der Wein steht auf dem Tisch, bedient euch also.« Er machte eine entsprechende Geste, bevor er Ayesha seine Hand auf den Rücken legte und sie zur Tür schob.

Im Schlafzimmer angelangt, gab Kit der Tür einen Tritt, so daß sie geräuschvoll ins Schloß polterte. »Worauf spielst du an, Annabel?«

»Ich spiele auf gar nichts an«, sie trat von ihm zurück. »Es ist offensichtlich, daß ich zum Thema von Offiziersmessenklatsch gemacht worden bin. Es muß für dich eine große Befriedigung sein, deinen Freunden die Frau aus Akbar Khans *Zenana* zeigen zu können, die dir solche Freuden für eine Nacht –«

»Du kannst doch nicht im Ernst annehmen, daß ich auf diese Weise über dich gesprochen habe.« Zwei große rote Flecken bildeten sich auf seinen Wangen. »Als ob du irgendein Gassenmädchen wärst! Was fällt dir ein, mich auf diese Weise zu beleidigen?«

»*Dich* beleidigen?« fuhr sie auf. »Ich bin diejenige, die beleidigt wurde. Diese Männer da draußen wußten alles über mich. Leugne das, wenn du kannst.«

»Was für eine Art von Mann glaubst du bin ich?« Er ergriff ihren Arm und seine Finger bohrten sich tief in die Haut unter der dünnen Wolljacke. »Ja, ich habe ihnen von der Anwesenheit einer Engländerin, die als Kind entführt wurde, in Akbar Khans *Zenana,* erzählt. Wenn du aber glaubst, daß ich auch nur ein Wort über die Nacht gesagt habe, die wir zusammen verbracht haben, oder über die Gefühle, die ich für dich hege, dann tust du mir ernstlich Unrecht.«

Annabel stand mit vor der Brust gekreuzten Armen da und blickte ihn an. Dann schenkte sie ihm ein kleines Lächeln, den Kopf leicht zur Seite geneigt. »Wenn das die Wahrheit ist, dann entschuldige ich mich, Christopher Ralston.«

»Natürlich ist es das!« Mit der Entschuldigung gab er sich noch nicht zufrieden. »Weißt du denn gar nichts davon, wie ein Gentleman sich verhält? Gar nichts von Ehre?«

Sie zuckte mit den Schultern. »Ich weiß viel über die Ehre der Afghanen. Aber wie soll ich etwas über die Ehre eines englischen Gentleman wissen?«

»Du warst schon zwölf, als du entführt wurdest.« Er wies ihre Unwissenheit als Ausflucht ab. »Erzähl mir nicht solchen Unsinn. Du kanntest deinen Vater.«

Ein Schatten jagte über die kühle grüne Oberfläche ihrer Augen, und diese Verletztheit, die er schon einmal zuvor gesehen hatte, stand auf ihrem ganzen Gesicht geschrieben. Bevor er sie vertreiben konnte, nahm er sie in die Arme. »Kämpfe nicht mehr gegen mich, Annabel.« Er flüsterte seine Bitte in die Fülle ihrer Haare, dabei ihre Wange mit der einen Hand und ihren Rücken mit der anderen streichelnd. »Kämpfe weder gegen den einen noch gegen den anderen von uns beiden.«

Ein paar Sekunden überließ sie sich widerstandslos seiner Umarmung, dann machte sie sich frei. »Du hattest kein Recht, mich hierherzubringen. Ich war zufrieden, wo ich war.«

Er seufzte. »Wenn du es sagst. Aber da du nun schon einmal hier bist, wirst du wenigstens mit mir ins Wohnzimmer kommen?«

»Als Annabel oder als Ayesha?« fragte sie.

»Das mußt du entscheiden.« Er hielt ihr die Tür auf.

»Meine Belange sind dabei sich zu verbessern.« Sie schritt an ihm vorüber und schien das Flehen, das aus seinen grauen Augen strömte, nicht zu bemerken. Aber sie fühlte ihren Strom durch seinen Körper fließen, der starr aufrecht im Türrahmen stand.

Die drei Männer im Wohnzimmer hatten den Kartentisch nach dem Verschwinden ihres Gastgebers mit seiner ungewöhnlichen Beute stehenlassen und sich mit ihren Gläsern in den Händen vor den Kamin gestellt. Die plötzliche Stille, die eintrat, als sich die Tür öffnete, war ein eindeutiger Hinweis auf den Inhalt ihres Gespräches.

»Wir werden aufbrechen, Kit«, kündigte Bob entschlossen an. »Erfreut, Ihre Bekanntschaft gemacht zu haben, Miss Spencer.« Er verbeugte sich förmlich, bevor er sein Glas auf dem Tisch abstellte.

»In der Tat«, fielen die beiden anderen ein und verbeugten sich ihrerseits. »War uns eine Freude, Ma'am.«

»Bitte gehen Sie nicht wegen mir«, Annabel lächelte. »Beenden Sie Ihr Spiel. Ich würde Ihnen so gerne dabei zusehen.« Sie zog einen Stuhl an den Kartentisch und setzte sich erwartungsvoll.

Kit zeigte auf den Tisch mit den vernachlässigten Karten. »Kommt, laßt es uns zu Ende spielen. Es wäre unhöflich, der Dame ihren Wunsch nicht zu erfüllen.«

»Es ist vielleicht nicht so aufregend wie das Spiel *Buzkashi*«, ergänzte Annabel, »aber es wird ganz bestimmt neu für mich sein.«

»Auch dies hier vielleicht?« Kit goß ein Glas Rotwein ein und reichte es ihr.

Sie nahm einen vorsichtigen Schluck und ihre Nase kräuselte sich. »Was für ein merkwürdiger Geschmack. Ich glaube nicht, daß er mir auch nur im mindesten gefällt.« Sie reichte ihm das Glas zurück.

»Man lernt es mit der Zeit zu schätzen«, Kit lächelte schief, »wenn man es zuläßt.«

Ihre Augen hielten die seinen fest. »Ich sehe nicht viel Sinn darin, es zuzulassen... nicht im Augenblick. Es kann einer ohnehin verworrenen Lage noch Schwierigkeiten hinzufügen.«

»Wessen Lage, Miss Spencer?« William Troughton blickte von seinen Karten auf und blinzelte verwirrt.

»Die Ihre«, antwortete sie knapp.

»Meine?« Das Blinzeln nahm zu.

»Mach dir nichts draus, William«, sagte Bob Markham. Er betrachtete Annabel aus Augen, die auch nicht mehr die geringste Spur von Beschwipstheit aufwiesen. »Ich vermute, Sie meinen die Lage der Briten in Afghanistan, Miss Spencer?«

Sie nickte. »Die Bergstämme werden jetzt nach Kabul vordringen und zu Akbar Khan… jetzt, wo Sie diese aufsehenerregende Niederlage haben einstecken müssen und keinen Versuch zur Wendung der Dinge unternommen haben! Wenn Sie erst in Ihrem Kantonnement belagert werden, wie glauben Sie, sich jemals wieder frei und ungehindert bewegen zu können?«

»Frei und ungehindert?«

»Erklär du ihnen die Regeln des *Buzkashi*, Kit«, sagte sie. »Ich will gehen und sehen, ob Harley mir Tee macht.«

»Was für eine außergewöhnliche Frau«, bemerkte Bob, nachdem sich die Tür hinter ihr geschlossen hatte. »Wie konntest du dir je einfallen lassen, sie in die Obhut von Lady Sale zu geben, mein Bester? Verrückte Idee!«

»Lady Sale?« warf Derek ein. »Wird Miss Spencer ihre Schutzbefohlene sein? Ist das geplant?«

»Inzwischen nicht mehr«, sagte Kit. »Hört mal, würdet ihr mich für sehr unhöflich halten, wenn ich euch bäte, es für heute dabei bewenden zu lassen?« Er machte eine schnelle Bewegung in Bobs Richtung, die ihn ausschloß, und sein Freund nickte verständnisvoll.

William und Derek waren viel zu höflich, um an irgend etwas anderes als einen sofortigen Aufbruch zu denken. Kit beobachtete, wie sie den Pfad hinunterstolperten, und schloß die Tür. »Verdammt, Bob, ich glaube Annabel hat recht. Wie sollen wir in diesem Zustand die Dinge klar sehen und irgendwelche vernünftigen Entscheidungen treffen?«

»Meinst du, das macht einen Unterschied?« Bob steuerte wieder aufs Wohnzimmer zu. »Betrunken oder nüchtern, mir scheint, wir sind ohnehin verloren.«

»Vielleicht, Hauptmann Markham, vielleicht aber auch nicht.« Annabel betrat den Raum, gefolgt von Harley, der das Teetablett trug und dessen Gesicht den gewohnten Ausdruck von Ergebenheit zeigte. »Soviel ist jedenfalls sicher, Akbar Khan wird seinen Verstand beisammen haben. Wenn Sie den Ihren nicht aufbieten wollen, dann können Sie sich genausogut die Gurgel durchschneiden.«

»Soll ich das Abendbrot servieren, Sir?« fragte Harley. »Ich habe Kohlsuppe und Kartoffelbrätlinge zubereitet. Es gibt im Augenblick nicht viel anderes in den Magazinen.«

»Das wird vollkommen ausreichen, vielen Dank«, stimmte Kit zu. »Die Verpflegung ist im ganzen Kantonnement knapp, aber unser Intendanturfort ist gut bewacht, Gott sei Dank.«

»Anders als das des Shahs«, bemerkte Bob und dachte an den belagerten Colin Mackenzie.

»Ich wäre mir dessen nicht zu sicher«, gab Annabel zu bedenken und versorgte sich mit Tee. »Die Afghanen müssen nur die beiden Forts von Mahmood Khan und Mahomed Shereef einnehmen, um die Kantonnementsintendantur zu bedrohen. Deren Kanonen können direkt auf euren Verpflegungsposten gerichtet werden.«

»Mußt du denn den Teufel an die Wand malen?« fragte Kit müde.

»Ich habe große Ohren«, sagte sie, »und ich habe an den richtigen Orten zugehört.«

»Ist das Ihr Ernst, Miss Spencer?« Bob blickte bestürzt auf.

»Ich wünschte, Sie würden mich entweder Annabel oder Ayesha nennen«, fuhr sie fort, »ja, es ist mein voller Ernst. Sie glauben doch nicht wirklich, daß sich Akbar Khan und die anderen *Sirdars* jetzt zurückziehen? Ihnen gestatten, ungehindert Vorräte ins Kantonnement zu bringen?« Sie schüttelte ihren Kopf in einer Geste der Erbitterung. »Sie scheinen alle nicht zu begreifen. Ich habe auch versucht, es Kit zu erklären, aber Sie sind alle so schwerfällig!«

»Nicht schwerfällig«, berichtigte Kit, »nur auf der Suche nach einem Hoffnungsschimmer.«

»Ich werd' das Abendbrot im Speisezimmer auftragen, Sir«, ließ Harley sich vernehmen, nachdem er diesem Wortwechsel ohne das geringste Anzeichen von Betroffenheit gefolgt war.

Die Mahlzeit wurde in allgemeinem Schweigen eingenommen. Annabel, die, so schien es Kit, die Begabung hatte, sich einfach auf den Augenblick zu konzentrieren, aß Suppe und Kartoffelbrätlinge mit der Einstellung eines Menschen, der Neues ausprobieren und daran Gefallen finden will.

»Es ist eine eigentümliche Erfahrung«, erklärte sie, nachdem sie Messer und Gabel beiseite gelegt hatte. »Ich kenne diese Geschmäcker und Zusammenstellungen, meine Vertrautheit damit liegt aber so lange zurück, daß sie mir vollkommen fremd vorkommen.«

»Wenn das so ist, dann wirst du dich wieder neu an sie gewöhnen«, meinte Kit, der nicht ihre Gabe besaß, trübe Vorahnungen einfach beiseite zu schieben.

»In diesem Zusammenhang, glaube ich, verabschiede ich mich am besten.« Bob stand auf. »Es ist schon spät, und ich habe eure Gastfreundschaft lang genug strapaziert.«

Kit machte keinen Versuch, ihn zurückzuhalten. Annabel wünschte ihm freundlich eine gute Nacht und ging hinüber ins Wohnzimmer, wo sie ins Feuer starrte und darauf wartete, daß Kit seinen Freund verabschiedete.

»Wo soll ich schlafen?« fragte sie ohne Umschweife, als er den Raum betrat. »Es scheint hier nur ein Schlafzimmer zu geben.«

Die Wucht seiner Enttäuschung überraschte Kit. Es war ihm nicht klar gewesen, wie selbstverständlich er angenommen hatte, Annabels Verleugnung ihres Verlangens sei nur eine zeitweilige Angelegenheit, hervorgerufen durch eine verständliche aber kurzlebige Verstimmung.

Damit sie seinen Ärger nicht sah, bückte er sich über das Feuer und warf einen überflüssigen Holzscheit darauf, bevor er obenhin antwortete: »Nimm das Bett. Ich schlafe hier auf dem Sofa.«

Sie schüttelte den Kopf. »Du bist mindestens zwei Handbreit größer als ich. Für mich wird das Sofa bequemer sein. Ich werde Harley um Laken und Decken bitten.«

»Wenn du darauf bestehst«, meinte er.

Sie schenkte ihm ein mildes Lächeln. »Das tue ich.«

Als sie hinausging, ließ sie die Tür offenstehen, und Kit verfluchte schweigend ihren Dickkopf. Gereizt fiel ihm ein, daß sie irgendeine Art Nachthemd benötigen würde, und er holte ihr eines der seinen, die er ohnehin selten trug.

Er würde ihr von irgendwoher mehr Kleidungsstücke beschaffen müssen. Und wie lange konnte er sie bei sich verstecken? Wie konnte er, wenn ihre Anwesenheit erst einmal bekannt war, dafür sorgen, daß sie sich den Ruf jungfräulicher Unschuld bewahrte, den sie sich bewahren *mußte*, wenn sie einen Platz in der Gesellschaft einnehmen wollte, zu der sie rechtmäßig gehörte? Und warum, zum Teufel, hatte er sich über diese scheinbar so schwer zu bändigenden Probleme nicht Gedanken gemacht, bevor er so übereilt gehandelt hatte? Er hatte die Dinge nicht durchdacht, einfach weil er von einer leidenschaftlichen Begierde jenseits aller Beschreibung verzehrt wurde, einer Begierde, die er ohne Gedanken an die Folgen befriedigen mußte. Nun hatte er zwar die Folgen, aber nicht die Befriedigung. Das war eine angemessene Strafe, erkannte er niedergeschlagen.

»Hier, das wirst du vielleicht brauchen.« Er warf ihr ein Nachthemd auf einen Stuhl im Wohnzimmer, wo Harley gerade das Sofa bezog.

»Vielen Dank«, sagte sie verbindlich, »du bist sehr aufmerksam.« Erneut bot sie ihm dieses milde Lächeln und seine Handflächen juckten. Keine andere Frau hatte jemals diese Wirkung auf ihn gehabt, hatte in ihm diese erschreckend rohen und stürmischen Impulse geweckt. Aber keine andere Frau hatte ihm, der sich sein Vergnügen dort nahm, wo er es bekommen konnte, bisher wirklich etwas bedeutet; der ehrenwerte Christopher Ralston, der sich einwandfrei benahm, doch ohne allzu großen Gefühlsaufwand; der jeden verlangten Preis bezahlte, ob in Münze oder auf andere Art; und dann unbekümmert seiner Wege ging. Selbst dieser lächerliche Händel um Lucy war eher aus einem Zorn der Trunkenheit auf seine sogenannten Freunde entstanden.

»Gute Nacht.« Er drehte sich auf den Fersen um und verließ den Raum, die Schlafzimmertür geräuschvoll hinter sich zuziehend.

»Gute Nacht, Miss.« Harley glättete ein letztes Mal die Decke auf dem Sofa, bevor er, ihrem Blick ausweichend, aus dem Raum floh.

»Gute Nacht«, murmelte Annabel in Richtung geschlossener Tür. Sie zog sich aus und Kits geräumiges Nachthemd über den Kopf. Dann ging sie ans Fenster, schob die Vorhänge beiseite und blickte in die Nacht. Das Fenster war wie alle anderen durch Gitterstäbe gesichert, und sie konnte wohl davon ausgehen, daß auch die Türen verschlossen waren.

Was geschah in der Stadt? Was plante Akbar Khan jetzt? Schaudernd sträubten sich ihre Haare im Nacken. Sie hatte immer gewußt, wie angreifbar die Briten waren, wie dürftig in ihrer Kontrolle über das Land; aber sie hatte es aus der luftigen Höhe des Adlers gesehen, der über seiner Beute kreist und mit amüsierter Verachtung die Sprünge der bemitleidenswerten Kreaturen beobachtet, die so blind sind für die über ihnen schwebende Gefahr. Jetzt saß auch sie in tiefem Gras gefangen, und wenn der Adler niederstieß, dann fiele sie ihm genauso zur Beute wie all die anderen, die die Bedrohung nicht wahrnahmen. Es gab Frauen und Kinder da draußen in diesem zusammengewürfelten Vorort... Familien, die ihr Leben führten, als ob sie sich in einem Dorf in England befänden, statt in den Klauen einer unwegsamen Landschaft und von Angesicht zu Angesicht mit einem barbarischen Gegner.

Sie wandte sich wieder dem Sofa zu, löschte die Kerzen auf dem Tisch und legte sich im flackernden Licht des Kaminfeuers auf das behelfsmäßige Lager. Es war schmal und hart. Kalt und einsam. Ihr Körper sehnte sich nach dem Trost, der Wärme und den unaussprechlichen Freuden, die ihr dieser andere Körper geben konnte, der sich dem ihren so bedingungslos wie ihr eigener bot und jetzt ebenfalls kalt und einsam auf der anderen Seite der Wand lag.

Welche Tugend lag in dieser Selbstverleugnung, wenn das Fundament ihrer ganzen Existenz einstürzte... oder schon eingestürzt war? Sie stand auf.

Kit starrte in die Dunkelheit, seine Muskeln hart vor Verlangen, und bittere Selbstvorwürfe wirbelten durch sein ruheloses Gehirn, als sich die Tür öffnete. Eine weißgekleidete Gestalt glitt in den Raum.

»*Salaam*, Ralston, *Huzoor*.« Sie schlüpfte aus dem Kleidungsstück und stand nackt vor ihm.

»Ich grüße dich, Ayesha«, murmelte er und schlug einladend die Decke zurück. Er sah ab von der Mühe, sich ihren Besuch zu erklären, sondern nahm ihn an, wie er Ayesha auch in jener ersten Nacht angenommen hatte... ein wunderbares Geschenk der Götter der Liebe und Leidenschaft.

Sie glitt neben ihm ins Bett, und er spürte, wie kalt sie war. »Laß mich dich wärmen.« Er umschlang sie fest mit seinen Armen und drückte sie gegen seinen Körper. »Ach, wenn du nur wüßtest, wie sehr mich meine Nächte mit der Erinnerung an deine Haut gequält haben«, flüsterte er. »Mit deinem Geruch und damit, wie du dich anfühlst.«

Sie streckte sich neben ihm aus, verschränkte ihre Beine mit seinen, preßte sich an ihn und kam den Händen entgegen, die mit tastender Freude von ihr Besitz ergriffen.

»Oh, Himmel«, murmelte er, »ich möchte alle Nächte nur damit zubringen, dich zu berühren und deine Haut unter meinen Händen tanzen zu lassen. Niemals zuvor habe ich das gespürt.«

»Ich auch nicht«, flüsterte sie zurück, ihr Gesicht an seinem Hals vergrabend und ihren Körper für die Hände ausbreitend, die sich über ihn bewegten in langsamer Zärtlichkeit, die jeden Nerv zur Bereitschaft anstachelten. Ihre Bauch- und Gesäßmuskeln wurden einladend, als sie sich seinen Berührungen entgegenreckte und die geheimnisvollen Tiefen ihres Körpers in flüssiger Erinnerung schmolzen.

»Ich möchte dich lieben auf eine Weise, die du dir noch nie vorgestellt hast«, hauchte er ihr ins Ohr und zog dann mit seinen Küssen eine feuchte Spur bis zwischen ihre Brüste. »Du schmeckst so wunderbar.« Die Spitze seiner Zunge flatterte an ihrem Hals, an ihrem Unterkiefer entlang und peinigte ihre Mundwinkel. »Magst du das, meine Anna? Sag mir, was du dir wünschst. Sag mir, was dir am meisten Vergnügen bereitet.«

In der warmen, flüsternden Dunkelheit antwortete sie ihm, und er lächelte entzückt und liebte sie so, daß ihr Körper vor Freude sang und ihr Mund überquoll vor Seufzern und dem Stöhnen des Glücks, während Welle um Welle sie zum Höhepunkt trug. Kit schien fähig, unendlich in diesem Spiel fortzufahren, seinen Körper zu ihrem Entzücken so lange einsetzend, bis sie von Ekstase satt in Schlaf sank, während er wachend neben ihr lag, lang schon über den Punkt hinaus, seine eigene Erlösung herbeizuführen, damit aber durchaus zufrieden.

Als sie eine Stunde später im ersten Morgengrauen erwachte, stützte er sich auf einen Ellbogen, um auf sie hernieder zu lächeln und sie zärtlich zu küssen. »Guten Morgen.«

Sie strich eine mutwillige Haarsträhne aus seiner Stirn. »Konntest du nicht schlafen?«

Er schüttelte den Kopf. »Zu aufgeregt, nehme ich an.«

»Warum hast du dich zurückgehalten?«

»Das habe ich nicht. Ich bin meinen Wünschen gefolgt«, antwortete er und lachte in sich hinein. Dann verschwand das Lachen aus den grauen Augen und ein forschender Blick trat an seine Stelle. »Ich will dich für immer«, erklärte er. »Und das ist der einzige Weg, den ich kenne.«

Annabel schauderte bei dem Drängen, das in seinen Worten schwang. Besitzanspruch... Eigentumsrecht... Unterschied er sich überhaupt in dem, was er von einer Frau wollte, von Akbar Khan? Aber sie wußte, daß er anders war, und jedes Bemühen, die beiden Männer miteinander gleichzusetzen, wäre zum Scheitern verurteilt, wäre ein vergeblicher Fluchtversuch vor den Gefühlen, die sie genauso sicher an Kit banden wie ihn an sie.

»Komm«, schmeichelte sie, setzte sich auf und brachte ihn dazu, sich flach auf das Bett zu legen. »Ich weiß auch etwas. Laß mich dir Erleichterung verschaffen.«

Er legte sich zurück, während ihre Hände über ihn hinwegglitten, die Spannungen aus Nacken, Rücken, Armen und Beinen massierten; selbst seine Zehen erhielten eine sorgfältige Behandlung. Als er sich gelockert hatte, setzte sie ihre gewandten Finger an jenen anderen Stellen seines Körpers ein, und nun war es an ihm, sich der Wonne zu ergeben. Dann sanken sie in einen erquickenden Schlaf, während die Welt draußen erwachte.

10. Kapitel

Das Knattern von Gewehrsalven, verwirrtes Durcheinanderrufen, das Stampfen von Füßen in den Straßen weckte sie auf.

Kit erhob sich gerade in dem Moment, als die Schlafzimmertür aufsprang und den Blick auf Harley freigab.

»Ehem, Sir, diese verdammten Wilden feuern auf das Kantonnement«, sagte er, dann entdeckte er den anderen Schläfer im Bett. »Ich bitte um Entschuldigung, Sir«, fügte er steif hinzu. »Dachte, Sie würden woll'n, daß ich Sie wecke.«

»Vielen Dank, Harley«, sagte Kit und überging das Unbehagen seines Burschen. »Reich mir meine Kleider.« Er schwang sich aus dem Bett, streckte sich nackt in der frischen Morgenluft und zog dann Hose und Uniformrock an, die Harley ihm reichte.

Annabel setzte sich auf und blinzelte. »Hast du gesagt, daß sie das Kantonnement angreifen?«

»Ja, Miss.« Harley vermied es geflissentlich, in die Richtung des Bettes zu sehen, wo sie sich die Decke bis ans Kinn gezogen hatte, ihr Haar in der Morgensonne glänzend wie poliertes Kupfer.

Das Geräusch an die Tür hämmernder Fäuste rief Harley in die Eingangshalle. Kit wandte sich zum Bett. »Ich muß herausfinden, was los ist, aber ich werde mich beeilen.«

»Ich komme mit«, beschloß sie und schlug die Bettdecke zurück.

»Nein«, wehrte Kit ab. »Du darfst dich im Kantonnement nicht zeigen.«

»Warum denn nicht?« Sie hob ihr Nachthemd vom Boden auf, gerade als Bob Markhams Stimme durch die Halle drang.

»Bleib einfach hier, bis ich zurück bin«, ordnete Kit an und verließ den Raum. »Bob, was zur Hölle ist los? Handelt es sich um einen gezielten Angriff?«

»Das ist schwer zu sagen«, antwortete Bob. »Es kam alles sehr plötzlich. Panik ist ausgebrochen.«

»Natürlich ist es kein gezielter Angriff«, ließ sich Annabel vernehmen und betrat gelassen die Eingangshalle, während sie die letzten Knöpfe an ihrem Nachthemd schloß. Sie warf ihre Haarflut mit einer ungeduldigen Geste über die Schulter. »Es wäre ihnen nicht ausgeklügelt genug, einen offenen Angriff zu wagen... oder jedenfalls wäre es das für Akbar Khan nicht. Oh, guten Morgen, Hauptmann Markham.« Sie lächelte. »Wie unhöflich von mir, Sie nicht gleich zu begrüßen.«

Bobs Gesichtsausdruck verriet deutlich, daß die Bedeutung ihres Aufzugs und ihr Heraustreten aus Kits Schlafzimmer ihm nicht entgingen, aber er erholte sich mit bewundernswerter Geschwindigkeit. »Guten Morgen, Miss Spencer.«

»Annabel«, verbesserte sie ihn automatisch. »Ich kann mir vorstellen, daß dies zur Strategie der Einschüchterung gehört, so wie der Angriff auf den Amtssitz.«

»Du nennst dieses Gemetzel einen Einschüchterungsversuch?« rief Kit.

Annabel zuckte die Schultern. »Ich nehme an, so hat es angefangen, aber es ist außer Kontrolle geraten.« Sie wandte sich zum Wohnzimmer. »Ich frage mich, ob meine Kleider noch hier sind. Ich will mich gleich anziehen und – «

»Verdammt noch mal, Annabel, du mußt im Haus bleiben«, fuhr Kit dazwischen. »Du kannst nicht im Kantonnement umhergehen, bis wir uns einig sind, wie wir deine Anwesenheit hier erklären. Das mußt du doch verstehen.«

»Ich verstehe überhaupt nichts«, erwiderte sie. »Wen geht das etwas an, wer ich bin und wohin ich gehe?«

»Kit hat recht, Miss … äh, Annabel.« Bob kam seinem Freund zu Hilfe. »Es gibt Regeln, wissen Sie, und –«

»Sie gelten nicht für eine afghanische Frau.« Sie tat den Einwand mit einer Handbewegung ab. »Und da ich mich nicht mehr länger in einem afghanischen *Zenana* befinde, muß ich mich auch nicht mehr länger an die Gesetze der Frauengemächer halten. Solltet ihr beide nicht besser euren Aufgaben nachgehen? Ich bin sicher, ihr müßt euch irgendwo melden.« Die Wohnzimmertür schloß sich nachdrücklich hinter ihr.

Kit wollte hinterher, dann wurde ihm klar, daß er nicht länger verweilen und Wortgefechte mit dieser unversöhnlich eigensinnigen Frau austragen durfte. Mit dem Schlachtruf »Hölle und Teufel!« stürmte er aus dem Haus, Bob ihm auf den Fersen.

»Da hast du wohl ein größeres Stück abgebissen, als du verdauen kannst«, bemerkte Bob und paßte sich der Geschwindigkeit seines Kameraden an.

»Oh, nein, das habe ich nicht«, widersprach Kit heftig. »Alles was ich brauche, ist ein wenig Zeit, um ihr die Angelegenheit zu erklären. Es ist nur, daß sie unsere Art und Weise eben nicht gewöhnt ist, sie kennt ein vollkommen anderes Leben.«

»Das muß es sein«, stimmte Bob feierlich zu. »Sobald du ihr erklärt hast, daß Lady Sale kein freundliches Auge auf eine Dame werfen würde, die mit dir unter deinem Junggesellendach lebt, wird sie die Notwendigkeit einsehen, mit der gebotenen Umsicht aufzutreten.«

»Ach, sei doch still!« schnarrte Kit bei dieser unangenehmen Erinnerung an seine Verantwortung in der Angelegenheit. Er stapfte in den Bungalow, in dem das Hauptquartier untergebracht war.

Annabel hatte sich inzwischen angezogen, ihren Behelfsschleier vom Vorabend befestigt und sich in den pelzbesetzten Mantel gehüllt, den Kit aus Akbar Khans Haus mitgenommen hat. Er verbarg sie beinahe wie ein *Chadri* deshalb war sie voll Vertrauens, keine Aufmerksamkeit zu erregen. Es gab afghanische Bedienstete im Kantonnement wie auch andere Zivilisten und mehrere Regimenter afghanischer, den Briten loyaler Truppen, also würde sie nicht auffallen.

Harley hatte keine Anweisungen erhalten, die Tür zu verschließen, und es war vollkommen klar, daß die Umstände sich geändert hatten, seit der Leutnant diese widerspenstige Gefangene mit nach Hause gebracht hatte – daher machte er auch keine Anstalten, sie am Verlassen des Hauses zu hindern.

»Ich gehe nur bis zum Tor des Kantonnements«, erklärte Annabel. »Ich möchte mir selbst ein Bild von den Kämpfen machen. Vielleicht kann ich jemanden oder etwas Nützliches erkennen, ich weiß es noch nicht. Sag dem Leutnant, daß ich bald zurück sein werde, wenn er fragt, wo ich bin.«

»In Ordnung, Miss.« Harley schloß die Tür hinter ihr, darüber nachdenkend, daß des Leutnants Liebesabenteuer mit dieser Dame eine neue Richtung genommen hatte. Überhaupt nicht sein Stil, entschied Harley, und wenn er sich nicht sehr irrte, einer, der ihn bis zum Hals in nachfolgenden Schwierigkeiten versinken lassen würde. Kopfschüttelnd über diese düsteren Aussichten ging er in die Küche, um das Frühstück zuzubereiten.

Annabel eilte in die Richtung, woher die Schüsse kamen. Sie erkannte, daß sie die einzige Zivilistin weit und breit war, und ein Offizier, der eine Abteilung auf das gleiche Ziel zuführte, brüllte ihr auf Paschtu zu, von der Straße zu verschwinden. Aber sie duckte sich einfach in einen Garten, wartete, bis er außer Sichtweite war, und verfolgte dann ihren Weg weiter.

Man hatte die Tore verschlossen; hinter ihnen auf den Erdwällen, die einzige Verteidigungsanlage für das Kantonnement, waren Truppen zusammengezogen, die das Feuer der unterhalb sich befindenden Afghanen erwiderten. Steine flogen ebenso wie Kugeln, Beleidigungen und Drohungen. Die kämpfenden Soldaten auf den Wällen nahmen keine Notiz von Annabel, als sie sich zwischen zwei Posten hindurchschlängelte und ihren Kopf über den Rand der Barriere schob.

Unter ihr schrie eine Horde Ghazi und schwenkte ihre Krummsäbel. Es war ein unorganisierter Haufen, wie sie geahnt hatte, aber nichtsdestoweniger bedrohlich. Ihre *Jezails*, die langen afghanischen Musketen, krachten mit vernichtender Genauigkeit, und die gebrüllten Beleidigungen und Flüche klangen so bedrohlich, daß die Soldaten rings um Annabel in ihrer Not Gebete und Verwünschungen murmelten. Es war Annabel jedoch klar, daß kein ernsthafter Versuch unternommen würde, an dieser Stelle das Kantonnement zu stürmen.

Sie sah noch einen Augenblick länger zu, doch es geschah nichts, was ihre Meinung über die Art der Auseinandersetzung hätte ändern können, also schob sie sich zwischen den Posten zurück, erreichte wieder ebenen Boden und klopfte Zweige und Dreck von ihrem Mantel.

»Was, zum Teufel, hast du hier zu suchen?« bellte sie ein Unteroffizier an, der mit einer Gruppe Pioniere eine beschädigte Stelle am Wall reparierte. Er starrte die verschleierte Frau an, die plötzlich in ihrer Mitte aufgetaucht war.

»Wollte nur mal sehen, was vor sich geht«, antwortete sie auf englisch, ohne nachzudenken. »Ich meine, es wäre vernünftig, Ihrem Anführer zu sagen, daß er das Feuer einstellen lassen soll. Die Ghazi werden das Interesse verlieren, wenn sie nicht die Genugtuung eines Gegenfeuers bekommen –«

»Ich bitte um Entschuldigung?« Eine Stimme mit abgehacktem Akzent ließ sich hinter ihr vernehmen, sie drehte sich um und fand sich einem perfekten Oberst mit gewachstem Schnurrbart gegenüber, dessen rotbraune Gesichtsfarbe auf seinen langjährigen Dienst unter indischer Sonne schließen ließ.

»Oh, ich habe nur zu erklären versucht, daß die Ghazi bisher nur spielen«, sagte sie ernsthaft. »Beängstigend spielen, natürlich, aber dennoch, wenn Sie sie nicht beachten, werden sie sich wahrscheinlich zurückziehen. Man kann ihre Stimmung gut daran erkennen, was sie brüllen. Vor allem sind es, was ich bisher hören konnte, Sticheleien, und sie werden bald ihrem Unmut Luft gemacht haben. Machen Sie sich keine Sorgen, bis wirkliche Drohungen –«

»Weib, ich weiß nicht, wer oder was du zu sein glaubst.« Der Oberst hatte sich schließlich von seiner Überraschung erholt und unterbrach die munteren Erklärungen. »Aber ich kann dir versichern, daß ich deinen Rat nicht brauche.«

Annabel warf ihre Arme in Verzweiflung gen Himmel. »*Feringhee*!«

Wegen der unüberhörbaren Verachtung in diesem einen Wort verdunkelte sich die Gesichtsfarbe des Oberst, und er faßte nach ihrer Schulter. »Wer, zum Teufel, bist du, afghanisches Flittchen? Ich werde dich aus dem Kantonnement hinauswerfen lassen!«

»Ayesha!« Mit weißem Gesicht, die grauen Augen rauchig vor Ärger und Besorgnis, kam Kit über einen Grasstreifen auf sie zu gelaufen. »Im Namen Gottes, was hast du angestellt?«

»Leutnant, hat diese Frau etwas mit Ihnen zu tun?« wollte der Oberst wissen, die Hand noch immer um Annabels Schulter geklammert.

»Sozusagen, Sir«, Kit salutierte. »Es tut mir leid, wenn –«

»Ach, um Himmels willen, Kit, ich habe doch nur versucht, diesem Herrn zu erklären, daß die Ghazi nicht vorhaben, das Kantonnement zu stürmen, und wenn man ihnen nicht die Genugtuung erweist, ihr Feuer zu erwidern, dann werden sie wahrscheinlich aufgeben und nach Hause gehen. Aber in seiner typischen *Feringhee*-Arroganz will er nicht auf mich hören.«

»Herrjeh, halt den Mund!« zischte Kit, und der Oberst sah aus, als könne ihn jede Sekunde der Schlag treffen. »Ich werde sie von hier fortbringen, Sir«, schlug Kit vor und hoffte, auf diese Weise Annabels Freilassung zu erreichen.

»Wie kommt es, daß ein afghanisches Flittchen wie eine Engländerin spricht?« Der Oberst blieb bei seinem Klammergriff und starrte auf die Frau hinunter, die ein wenig verspätet zu den fügsamen Eigenschaften ihres Geschlechts und ihrer afghanischen Rasse zurückfand und die Augen senkte.

Kit blieb nichts anderes übrig, als die Beleidigung hinunterzuschlucken, denn ihr zu widersprechen hätte bedeutet, Annabel weit schlimmeren Folgen auszusetzen. »Sie hat es irgendwo aufgeschnappt«, sagte er unbestimmt.

»Oh, hat sie das? Nun, es will mir scheinen, als sei ihr das zu Kopf gestiegen. Ich habe mir noch nie solche Unverschämtheiten von einer Dirne gefallen lassen müssen. Verdammt noch mal, Mann! Was Sie mit ihr in der Abgeschlossenheit Ihres Hauses tun, ist Ihre Angelegenheit, aber achten Sie gefälligst darauf, daß sie dort bleibt!« donnerte der Oberst und ließ Annabel frei. »Wenn ich sie noch einmal hier sehe, dann werden wir sie für ihre verspielten Ghazi zum Spielen über den Wall werfen! Und wir alle wissen, was sie mit Frauen tun, die sich mit dem Feind eingelassen haben.« Nachdem er diesen Partherpfeil abgeschossen hatte, wandte sich der Oberst ab.

»Komm mit.« Kit ergriff ihre Hand. »Ich bin noch nie in meinem Leben derart gedemütigt worden!« zischte er und zog sie an seine Seite. »Bist du denn verrückt geworden, an diesem Ort herumzugehen und afghanische Verachtung für die *Feringhee* zur Schau zu stellen? Ich möchte dich daran erinnern, daß du dich nicht in Akbar Khans Festung befindest, sondern in einem britischen Lager.«

»Ich habe doch nur versucht, ihm ein paar gute Ratschläge zu geben, aber er wollte sie einfach nicht zur Kenntnis nehmen«, begehrte Annabel auf, stieß sich den Fuß an einem Stein auf der Straße und fluchte in fließendem Persisch, als sie auf einem Fuß weiterhüpfte.

Kit legte einen Arm um ihre Taille und hielt sie fest, während sie ihren schmerzenden Zeh in dem dünnen Pantoffel rieb. »Wie konntest du nur glauben, daß ein britischer Oberst auf den Rat einer afghanischen Zivilistin hört?« Er war erbittert.

»Aber ich stamme genauso aus England wie er... das sagst du mir jedenfalls dauernd.« Behutsam setzte sie ihren Fuß wieder auf den Boden. »Außerdem weiß ich zufällig Dinge, die er nicht weiß.

Und es ist einfach dumm... eine solche Munitionsverschwendung... sich im Augenblick mit diesen Ghazi zu streiten. Sie sind keine organisierte Truppe, nur ein Haufen von Fanatikern.« Sie nahmen ihren Weg wieder auf. »Ich kann einfach nicht begreifen, warum eure edlen Anführer nichts gegen Aufruhr und Gemetzel in Kabul unternehmen wollten, was wichtig *war*, und statt dessen Zeit und Kugeln bei einem sinnlosen Spiel am Tor verschwenden, das nicht wichtig *ist*.«

Sie hatten inzwischen Kits Bungalow erreicht, und er schob sie vor sich in die Eingangshalle. »Was möchtest du sein?« fragte er rauh, »Afghanin oder Engländerin? Hilf mir doch, Annabel, solange du hier bist, mußt du dich für das eine oder andere entscheiden und dich daran halten.«

»Das verstehe ich nicht«, sagte sie und schnupperte. »Harley kocht etwas, und ich bin hungrig.«

»Laß es mich dir erst erklären«, sagte er. »Frühstücken kannst du danach.«

»Ich werde mit vollem Bauch viel besser zuhören können«, widersprach sie und ging auf das Eßzimmer zu.

»Nein, das wirst du nicht!« Er ergriff ihren Arm und führte sie zum Wohnzimmer. »Es ist wichtig, Annabel.«

»Ich wünschte, du würdest aufhören, mich so grob zu behandeln – wird wohl zur Gewohnheit?« Sie betrat das Wohnzimmer und legte ihren Schleier ab.

Kit seufzte und massierte sich die Schläfen, wo sich massiver Druck ausbreitete. »Ich meine das nicht so. Es ist nur, weil du mich ständig herausforderst. Vom ersten Moment an, seit ich dich gesehen habe, als du diesen verdammten Dolch an meinen Hals gehalten hast.«

Die Erinnerung brachte Annabel zum Lächeln, und sie warf Schleier und Mantel auf das Sofa. »Ich fordere dich nicht *immer* heraus«, verbesserte sie ihn.

»Nein«, er grinste matt. »Nicht immer. Aber ich kann dich ja nicht den ganzen Tag im Bett halten.«

»Oh, da bin ich mir nicht sicher«, murmelte sie und blickte ihn unter halbgeschlossenen Lidern an. »Von meinen bisherigen Erfahrungen ausgehend, denke ich, könnte dir das schon gelingen.«

Kit fühlte, wie er schwankte, ertrank in den sinnlichen Versprechungen ihrer Jade-Augen. Er faßte nach dem glatten, kühlen Holz einer Stuhllehne und drückte es lange, bis ihn die Beschaffenheit des Gegenstands auf den Boden zurückholte. »Hör mir zu.«

»Ich höre.« Sie setzte sich und spielte mit der Diamantnadel, die sie aus ihrem Schleier entfernt hatte.

»Du mußt dich entscheiden, ob du Annabel oder Ayesha sein willst«, begann er. »Annabel kann nicht hier bei mir wohnen, und Ayesha darf nicht beratend im Kantonnement herumlaufen und in tadellosem Englisch ihrer Verachtung über die *Feringhees* Ausdruck verleihen.«

»Warum kann Annabel nicht hier bei dir leben?« Sie legte die Nadel vor sich auf den Tisch und blickte zu ihm auf.

»Weil es sie zu einer gesellschaftlich Ausgestoßenen machen würde«, antwortete er trocken. »Du kannst nicht wirklich so naiv sein, Annabel, das nicht zu wissen. Du bist in unserer Gesellschaft geboren, so hast du mir erzählt. Die Gemeinschaft hier würde dich ächten und dafür sorgen, daß es auch nach deiner Rückkehr nach England so bliebe.«

Sie schüttelte den Kopf. »Meinst du, ich gäbe auch nur eine Feige auf ihre Ächtung?«

»Ich schon.« Schon als er es aussprach, wurde Kit klar, daß es ihm tatsächlich zum ersten Mal in seinem Leben etwas bedeutete. Er hatte niemals den geringsten Gedanken daran verschwendet, wie die Welt seine Tollheiten beurteilte, hatte über die Vorstellung gelacht, daß er den lächerlichen Regeln der Gesellschaft und ihren lächerlichen Strafen unterworfen sein sollte. Aber er konnte sich nicht mehr über sie lustig machen, nun da es um Annabel ging. »Wenn du Annabel sein möchtest, werde ich dich Lady Sale vorstellen«, fuhr er fort. »Wir erzählen ihr soviel von deiner Geschichte wie nötig, und ich bin sicher, sie wird dich unter ihre Fittiche nehmen. Es ist die Art von Aufgabe, die sie liebt... die Wiedereingliederung –« er brach verwirrt ab. Annabel wurde geschüttelt von lautlosem Lachen, und die Tränen purzelten ihr über die Wangen.

»Das kann nicht dein Ernst sein!« rief sie. »Du würdest mich aus Akbar Khans *Zenana* pflücken und mich einer... um unter der Obhut von... Oh, nein, Kit, gestehe, daß das nur ein Scherz war.«

Er starrte sie an: »Das war kein Scherz. Wie sonst sollst du einen Platz in der Gesellschaft erlangen?«

Sie sprang auf, und die Tränen des Lachens versiegten rasch. »Wie kannst du nur einen solchen Unsinn von dir geben? Hier, in diesem Belagerungszustand, bist du fähig, dich um solche Belanglosigkeiten zu kümmern! Angenommen, nur der Vollständigkeit halber, es gelänge euch allen, Afghanistan zu verlassen und Indien zu erreichen, dann würden die Härten dieser Reise über die Pässe mitten im Winter ohnehin jegliche Etikette auslöschen. Es wird eine Frage des Überlebens sein. Wer oder was ich bin, wird höchst bedeutungslos angesichts dieses Überlebenskampfes.«

Kit lauschte ihren Worten willig und fand keine Widerworte: »Du magst recht haben. Aber Erinnerungen reichen weit zurück, und falls wir doch überleben, und wenn du dir tatsächlich ein neues Leben in England oder Indien einrichten willst, dann mußt du doch ein paar grundsätzliche Vorsichtsmaßnahmen treffen.« Belustigt flackerte es in seinen Augen. »Ich habe nicht wirklich erwartet, daß du einem Eintritt in Lady Sales Haushalt zustimmen würdest, aber ich wollte, daß du deine Lage siehst. Bleib bei mir, Ayesha.« Er streckte seine Hand nach ihr aus. »Um dir die Wahrheit zu sagen, ich kann den Gedanken, mich von dir trennen zu müssen, nicht ertragen, aber aus Fairneß wollte ich dir eine Lösung der Gesellschaft vorschlagen.«

Ihre Hände lagen warm in den seinen. »Begreife, was ich sage, Christopher Ralston. Ich werde mich niemals darauf verstehen, die Gewohnheiten und Einstellungen der *Feringhees* zu übernehmen. Man hat mir über zu lange Zeit hinweg beigebracht, sie zu verachten, und ich erkenne meine Herkunft oder alte Verpflichtungen einfach nicht mehr an. Wenn also meine Wiedereingliederung in deine Gesellschaft wichtig für dich ist, dann mach dich auf einige Enttäuschungen gefaßt. Aber in freier Wahl, weder als Akbar Khans Ayesha noch als die Engländerin Annabel, bin ich bereit, im Augenblick bei dir zu bleiben.«

»Im Augenblick?« Seine Hand umspannte die ihre.

Sie schüttelte lächelnd den Kopf. »Bis das, was geschehen soll, geschieht. Nur das meinte ich damit.« Plötzlich stand sie auf den Zehenspitzen und blickte ihn forschend an. »Die Afghanen glauben, daß man das Schicksal eines Mannes von seiner Stirn ablesen kann, aber ich verstehe nicht, was auf der deinen geschrieben steht. Wer sollte also etwas Bestimmtes über die Zukunft sagen können? Laß uns im und für den Augenblick leben.«

»Aber du verspricht, daß du im Kantonnement umsichtig auftrittst?« drängte er und ließ ihre Hand los.

»Mit wahrer muslimischer Bescheidenheit und Unterwerfung, Ralston, *Huzoor*«, versprach sie und verneigte sich. »Können wir jetzt frühstücken?«

Kit war nicht vollkommen im Bilde darüber, worauf sie sich nun geeinigt hatten. Was auch immer, es war unwirklich und unbeständig, aber wenigstens ein Anfang. Sie würde freiwillig bei ihm bleiben, bis etwas geschah, was sie von ihm trennt, oder bis sie eine andere Entscheidung träfe... Er beobachtete sie über den Frühstückstisch hinweg. Mit der ihr angeborenen Unbefangenheit, um die er sie beneidete und die er bewunderte, beschäftigte sie sich mit dem, was gerade vor ihr lag – als ob die Ereignisse des Morgens und die folgende Auseinandersetzung gar nicht stattgefunden hätten.

Harley betrat das Eßzimmer. »Entschuldigen Sie, Sir, aber Sie haben eine Botschaft aus dem Hauptquartier erhalt'n, die Sie augenblicklich zu General Elphinstone ordert.«

Kit warf seine Serviette neben seinen Teller. »Was will der alte Mann schon wieder? Ich habe bereits meine Befehle für den Tag erhalten.«

»Welcher Art?« fragte Annabel mit vollem Mund.

»Die Inventarerstellung der Vorräte im Kantonnement zu überwachen«, erklärte er ihr. »Keine besonders umfangreiche Aufgabe, da wir vermutlich nicht mehr als für zwei Tage Vorräte haben. Die Magazine aufzufüllen wird der beschwerlichere Teil sein, bei dieser schreienden Horde vor dem Tor.« Er kam um den Tisch herum, um sie zu küssen, und entfernte einen Toastkrümel von ihren Lippen, bevor er sich über sie beugte. »Warum legst du dich nicht wieder hin und versuchst ein bißchen zu schlafen? Es war eine sehr kurze Nacht.«

»Ich brauche nicht besonders viel Schlaf.« Sie berührte seinen Mund leicht mit einer Fingerspitze. »Aber ich brauche sehr viel Bewegung.« Sie unterstrich die Bemerkung mit einer mutwilligen Gebärde, und er lachte.

»Laß mich gehen, um herauszufinden, was der Meister wünscht, dann kann ich vielleicht deinen Bedürfnissen nachkommen.«

»Wie steht es mit einem Pferd?« fragte sie, als er aus der Tür trat. »Im Ernst. Ich kann unmöglich den ganzen Tag im Hause sitzen.«

Kit faltete die Stirn. »Wohin würdest du reiten? Durch die Straßen?«

»Hört sich nicht sehr einladend an.«

»Am ehesten könnte ich versuchen, dich für eine Zeitlang in der Reitschule unterzubringen. Du könntest dort ein wenig Dressur betreiben, wenn du willst. Der zuständige *Rissaldar* ist ein gefälliger Bursche und zugleich ein unnachgiebiger Reitmeister. Er würde darauf bestehen, dich zu beaufsichtigen, wenn ich es nicht kann.«

»Wie würdest du mich vorstellen?«

Kit grinste. »Ich habe nicht die geringste Ahnung. Du bist vollkommen unvorstellbar. Aber laß mir ein wenig Zeit, dann lasse ich mir etwas einfallen.«

Er machte sich auf den Weg zum Hauptquartier und war unangebracht vergnügt. Das Kantonnement erfüllte eine furchterregende Verzagtheit, obwohl das Gewehrfeuer inzwischen bis auf vereinzelte Schüsse abgeebbt war. Aber Kit konnte in seinem Herzen nicht das entfernteste Zittern der Angst oder des Trübsinns entdecken. Er begegnete nur wenigen Zivilisten in den Straßen, dafür wimmelte es von Uniformierten, die in einer Dringlichkeit umherhasteten, deren Ursache Kit eher in ihren Köpfen als in der Situation an sich vermutete. So viele einander widersprechende Befehle schwirrten durch die Luft, daß niemand so recht wußte, was eigentlich geschah oder was man dagegen tun sollte.

Als er sich bei General Elphinstone meldete, fand er schnell heraus, was ihm zugedacht war.

»Aha, Ralston, ich habe einen Auftrag für Sie«, kündigte der General an und klang zur Abwechslung einmal recht entschlossen. »Einen von dem wir meinen, daß er Ihren besonderen Talenten angemessen ist. Sir William wird es Ihnen erklären.«

Kit wandte sich an den Kronbevollmächtigten, der, wie üblich, mit weit gespreizten Frackschößen und herausgedrückter Brust vor dem Kaminfeuer stand. »Sir William?«

»Wir haben eine Botschaft von Akbar Khan erhalten«, erklärte Sir William. »Sein Bote und eine Eskorte trafen vor einer halben Stunde an unserem Tor ein.« Der Bevollmächtigte gestattete sich ein Lächeln. »Der Mann findet offenbar seinen Verstand wieder. Er gibt seinem Bedauern wegen der Unruhen in Kabul und wegen des Verlusts unserer Männer und unseres Besitzes Ausdruck und wünscht darüber zu sprechen, wie die Ordnung am besten wiederhergestellt werden könnte.«

Kit zeigte keine Regung in seinem Gesicht. »Tatsächlich, Sir?«

»Ja, Leutnant. Er erklärt, daß seine Macht über die übrigen *Sirdars* nicht sehr zuverlässig ist und daß er nicht für ihr Verhalten einstehen kann, daß er aber ein gemeinsames Vorhaben besprechen möchte, in dem seine Autorität, als die des Sohnes des abgesetzten Dost, und die der Briten geltend gemacht werden könnten, um die ungebärdigen Khane wieder zum Gehorsam zu bringen.«

Die Gestalt von Akbar Khan trat vor Kits inneres Auge: seine durchdringenden blauen Augen, die soviel mehr zu sehen schienen als offensichtlich war, der scharfgeschnittene Mund, seine leidenschaftliche und launenhafte Natur, der gedrungene und kraftvolle Körper, die bedingungslose Autorität eines Menschen, der augenblickliche Unterwerfung und die vollkommene Kontrolle über die Leben aller Menschen in seinem Gesichtskreis gewohnt war; dazu sein brennendes Lebensziel, das die Befreiung seines Landes von den Eindringlingen und die Rache für ihren Überfall darstellte.

Das war der Mann, von dem Macnaghten und Elphinstone meinten, er sei an Versöhnung und Wiedergutmachung interessiert. Kit sagte nichts.

»Da Sie ja bereits die Bekanntschaft von Akbar Khan gemacht und einige Gespräche mit ihm geführt haben, sind der General und ich der Ansicht, daß Sie ein guter Unterhändler wären.« Sir William strich seine Krawatte glatt. »Akbar Khan bittet um ein Zusammentreffen in Kabul, wobei unser Unterhändler im Schutz der Eskorte gehen soll, die der *Sirdar* mit seinem eigenen Boten geschickt hat. Sie können drei Männer mitnehmen. Die Wahl überlassen wir Ihnen.«

»Und welche Botschaft soll ich Akbar Khan bringen?« fragte Kit.

»Im Augenblick, Leutnant, werden Sie sich erst einmal anhören, was der Khan vorschlägt, und unserem dringenden Wunsch nach Einstellung der Feindseligkeiten Ausdruck verleihen«, sagte Macnaghten. »Dann werden Sie zurückkehren, um Meldung zu machen.«

»Wie Sie befehlen.« Kit salutierte, ohne auch nur den Anflug eines Zweifels zu zeigen. »Ich breche noch diese Stunde auf.« Er machte sich auf die Suche nach Havildar Abdul Ali, da die Wahl und Begleitung eines Mannes, der während seines vorangegangenen Besuchs in Akbar Khans Bau so verläßlich an seiner Seite gestanden hatte, ihm sowohl beruhigend als auch vernünftig erschien.

Der Havildar hörte zu, nickte gleichmütig und versprach, zwei Sepoys aus der vorangegangenen Expedition mitzunehmen. »Meinen Sie, es ist eine Falle, Sir?«

Kit zuckte die Schultern. »Ich glaube nicht, daß wir uns in unmittelbarer Gefahr befinden. Aber du kannst sicher sein, daß du unter der Oberfläche dieser Einladung auf einen Sumpf stößt. Akbar Khan ist an Verhandlungen nicht interessiert.«

Diese Meinung wurde von Annabel kraftvoll unterstützt, als Kit in seinen Bungalow zurückkehrte, um sich zu waschen, wozu er am Morgen keine Zeit gehabt hatte, und um die vollständige Uniform anzulegen. Aber sie trieb eine andere Sorge um, eine, die Christopher bisher nicht bedacht hatte.

»Hast du dir überlegt, was geschieht, wenn er annimmt, daß ich bei dir bin?« Sie ging ruhelos im Schlafzimmer auf und ab, während Kit sich rasierte. Harley legte den sauberen blauen Rock mit den Goldtressen und den polierten Goldknöpfen, die dunkelblaue Hose, die goldene Schärpe, Epauletten und Kummerbund zurecht und stellte die Stiefel dazu, die er so gründlich poliert hatte, daß sie spiegelten.

»Wie sollte er zu diesem Schluß gekommen sein?« Das Rasiermesser hielt einen Augenblick inne, aber seine Augen blickten weiter in den Spiegel.

»Er ist kein Dummkopf, Christopher Ralston.«

»Natürlich nicht.« Das Rasiermesser nahm seine Arbeit wieder auf. »Aber ich weiß nicht, warum er zwingend zu diesem Schluß gekommen sein sollte. Er wußte nicht, daß ich in Kabul war; niemand hat dich oder mich davongehen sehen; niemand hat etwas gehört. In dem Chaos, das in jener Nacht in der Stadt geherrscht hat, hätte alles mögliche passieren können.«

»Er wird hinter die Möglichkeiten blicken«, sagte sie. »Und er wird dich dort sehen.« Sie wußte, daß Akbar Khan einen Verdacht hegte seit ihrer Nacht mit dem Engländer, auch wenn er nicht offen darüber gesprochen hatte. Aber Ayesha war so genau auf das Verhalten des Khan eingestimmt, daß sie keiner Worte bedurft hatte, um zu erkennen, daß ihm ihre Veränderung aufgefallen war.

Kit fuhr mit dem heißen, feuchten Handtuch über sein Gesicht, welches ihm der aufmerksame Bursche hingehalten hatte. »Er kann sich nicht sicher sein, Annabel. Außerdem hat er im Moment andere Nöte. Meinst du, er wird sich die Zeit nehmen, mir ein Geständnis abzuringen?« Er stellte die Frage als Witz, doch Annabel nahm sie ernst.

»Das weiß ich nicht«, antwortete sie wahrheitsgemäß. »Ich würde sagen, nein, aber er ist ein leidenschaftlicher und launenhafter Mann. Das weißt du so gut wie ich. Wenn dein Anblick eine bestimmte Ahnung in ihm auslöst, dann könnte er dir an Ort und Stelle den Hals durchschneiden lassen.«

»Gott, Miss, das kann nich' Ihr Ernst sein?« rief Harley entsetzt. Er war Zeuge eines Gesprächs geworden, das einen Gutteil der Fragen beantwortete, die er nicht zu stellen gewagt hatte.

»Doch, Harley, das ist es«, bestätigte sie nüchtern. »Könntest du nicht den General bitten, einen anderen zu schicken, Kit?«

»Aus welchem Grund?« Kits blonde Augenbrauen hoben sich. »Nun, wer verhält sich jetzt töricht?« Er schlüpfte in sein frisches Hemd. »Du schlägst mir vor, Elphinstone und Macnaghten zu sagen, daß ich, weil ich Akbar Khans Favoritin aus seinem *Zenana* gestohlen habe, es für unvernünftig halte, mich ihm auf seinem eigenen Territorium zu stellen?«

»Es könnte Schlimmeres geben«, sagte sie. »Vielleicht, wenn ich mit dir kommen würde –«

»Wenn du *was*?« Er unterbrach das Anziehen der Hose auf halbem Weg.

»Wenn ich General Elphinstone und dem Bevollmächtigten die

Gegebenheiten erklärte und ihnen sagen würde, was ich von Akbar Khan weiß, dann vielleicht –«

»Miss!« bremste Harley, bevor Kit Luft bekam. »Der Leutnant könnte niemals darum bitt'n, sich von einer gefährlichen Mission entschuldigen zu lass'n! Schon gar nich' aus persönlichen Gründen!«

»Oh.« Annabel setzte sich auf den Bettrand. »In diesem Fall gibt es nichts mehr zu sagen.«

Und niemand sagte mehr etwas, bis Kit das Schwert an seiner Seite eingehängt und den Tschako mit dem Federbusch aufgenommen hatte. Er machte eine Geste zur Tür hin, und Harley verließ den Raum.

»Annabel, Liebste, hast du denn gar kein Vertrauen in mich?« Kit kam herüber zum Bett, wo sie auf gewohnte Weise unbewegt Platz genommen hatte.

Sie hob den Kopf und ihre Augen blickten ernst. »Es ist keine Frage des Vertrauens. Es geht um etwas anderes ... du hast es hier nicht mit einem einfachen Gegner zu tun ... auf den du deine Regeln übertragen kannst. Du sagst, daß du dich nicht ehrenhaft von dieser Mission zurückziehen kannst. Das akzeptiere ich. Aber du darfst nicht zu Akbar Khan gehen und erwarten, daß er sich an deine Regeln hält. Du mußt nach seinen spielen.«

»Erinnerst du dich an das *Buzkashi*?« Er berührte ihren Mund. »Ich habe nach seinen Regeln gespielt, aber meine eigenen darübergestülpt. Wurde ich geschlagen?«

Sie schüttelte den Kopf. »Nein, das wurdest du nicht. Geh schnell und komm heil zurück.«

Sie ging an die Tür, um ihm zu winken, dann kehrte sie zurück in den kleinen englischen Bungalow. Er schien sich um sie zusammenzuziehen mit seiner Anmaßung von Gemütlichkeit und vorstädtischer Geborgenheit; sie hätte an Kits Seite sein müssen, als er nun in diese Welt der Verwicklungen und Intrigen zog, die ihr so vertraut war. Und doch mußte er allein gehen, während sie bei Harley zurückblieb.

Im *Zenana* hatte es keinen Schutz vor den Ränkespielen der Welt gegeben. Sie hatte es gelernt, Pfade zu finden, Gefahren zu erkennen, sie zu umgehen, zu planen, schnell und heimlich zu reagieren. Wie konnte Kit von ihr erwarten, an diesem sterilen, künstlichen Ort auf ihn zu warten, während er, der soviel schlechter vorbereitet war als sie, sich mit einem Unbekannten maß, den kennenzulernen und zu durchschauen ihre vorrangige Aufgabe gewesen war? Wer kannte den Sohn des Dost Mohammed besser als Ayesha?

Aber im Augenblick waren ihr die Hände gebunden. Bald jedoch würde sie gezwungen sein zu handeln. Dann würde sie den Weg beschreiten, den das Schicksal ihr zuwies!

11. Kapitel

Sechs afghanische Reiter saßen auf ihren Badakshani-Schlachtrössern direkt vor dem Kantonnementstor und warteten. Gelockte Haare blickten unter ihren Kappen hervor, und ihre Mienen blieben ausdruckslos, als die kleine Gruppe der Sepoys und des englischen Leutnants herausritt, um sich ihnen anzuschließen.

»Salaamat bashi«, grüßte Kit förmlich.

»Mandeh nabashi«, antwortete einer der Reiter und wendete sein Pferd sogleich der Stadt zu.

»Finstere Bettler«, bemerkte Abdul Ali – eine klassische Untertreibung –, als sie sich hinter ihrer Eskorte einreihten.

Der Zweimeilenritt vollzog sich in vollkommenem Schweigen. Die fanatischen Ghazi, die zuvor das Kantonnement angegriffen hatte, waren fast verschwunden, nur einige Verbliebene warfen noch mit Steinen auf den Wall oder stießen heftige Beschimpfungen aus. Nun starrten sie die afghanischen Reiter an und riefen ihnen etwas zu. Kit hörte den Namen »Akbar Khan« aus der Antwort heraus. Offenbar befriedigt kehrten die Ghazi zu ihrem Tun zurück.

Die Straßen Kabuls waren durch die Unruhen verwüstet, eine Nacht und ein Tag des Plünderns, Kämpfens und Mordens war an den rauchgeschwärzten Gebäuden, den Bergen von Unrat und den noch nicht fortgeräumten Leichen deutlich abzulesen. Die wenigen Menschen, die sich in den Straßen blicken ließen, starrten den *Feringhee* und seine Sepoys ängstlich und herausfordernd zugleich an, machten jedoch keinen Versuch, sie mit Worten oder Gesten zu belästigen.

Akbar Khans Haus stand noch genauso da, wie es in der Zeit von Kits Nachtwachen, in denen er nach Ayesha Ausschau gehalten hatte, ausgesehen hatte. Er achtete sorgsam darauf, kein Anzeichen der Vertrautheit mit den Örtlichkeiten von sich zu geben, als sie abstiegen und ins Innere geführt wurden.

»Aha, Ralston, *Huzoor*, ich hatte es nicht zu hoffen gewagt, daß ich erneut das Vergnügen deiner Gegenwart haben würde.» Akbar Khan stand am oberen Ende der Treppe. Seine weite Hose war in die Schäfte seiner Reitstiefel gestopft, die Knöpfe seines dunkelgrünen Rocks glitzerten und wie schon früher war sein Haupt bar. »Welches Glück habe ich, daß du derjenige sein sollst, mit dem ich über dieses Unglück spreche ... Eine unschätzbare Ehre, wie immer.« Er kam langsam die Treppe herunter, ein Lächeln auf den Lippen, aber nicht einen Funken von Wärme in den Augen, die Kits Blick unerträglich lange festhielten, als ob sie nach etwas suchten. Dann nickte er, als ob er das gefunden hätte, dem er nachspürte.

»Bitte ...« Er machte eine einladende Geste zu einer Tür auf der linken Seite der Halle. »Wir werden ein Glas Sorbet miteinander trinken, deine Männer können solange hier warten.«

»Ist das weise, Sir?« murmelte Abdul Ali.

»Du bist mein Gast, Ralston, *Huzoor*«, sagte Akbar Khan gewinnend. »Du würdest meine Gastfreundschaft doch nicht beleidigen wollen, indem du mir mißtraust?«

»Oh, niemals«, antwortete Kit ebenso gewinnend. »Warte hier, Havildar.«

»Wie Sie wünschen, Sir.« Abdul Ali blieb in wachsamer Beobachtung zurück, mit einer Hand auf der Pistole und jeden Zoll mißtrauisch, als der Leutnant und Akbar Khan hinter der Tür verschwanden.

In dem Raum war sonst niemand anwesend, und Akbar Khan

selbst füllte ein Glas mit Sorbet und reichte es Kit, bevor er sich um sein eigenes kümmerte. »Willkommen, Ralston, *Huzoor*«, schnurrte er, bevor er zu trinken begann.

Kit neigte den Kopf und nahm ebenfalls einen Schluck. »Ich habe gehört, daß du einige Vorschläge hast, Akbar Khan.«

Der Gesichtsausdruck des *Sirdar* wurde traurig. »Eine schreckliche Angelegenheit! Ich wollte persönlich mein aufrichtiges Bedauern über den Tod von Burnes, *Huzoor*, und die anderen ausdrücken. Ich vertraue darauf, daß du diese Botschaft deinen Vorgesetzten überbringst. Aber jetzt müssen wir überlegen, wie wir dafür sorgen können, daß so etwas nie wieder geschieht.« Bekümmert schüttelte er seinen Kopf. »Ihr müßt einsehen, daß mein Volk sehr unglücklich ist. Und wenn es unglücklich ist, dann neigt es ein wenig zu ... Heftigkeit, wollen wir es so nennen?«

»Ich hätte ein stärkeres Wort gewählt«, entgegnete Kit. »Kannst du verbürgen, daß es keine Wiederholung gibt?«

»Leider nein!« Akbar Khan schüttelte den Kopf nochmals. »Das kann ich nicht. Meine Autorität und mein Einfluß über die anderen militärischen Anführer sind unbedeutend, Leutnant. Sie haben ihre persönlichen Beschwerden über die *Feringhees*, und wie sie mit diesen Beschwerden umgehen, bleibt ihrer eigenen Entscheidung überlassen. Manche könnten vielleicht einer Einigung zustimmen, andere aber ...« Er zuckte die Schultern.

»Was schlägst du also vor?« wollte Kit wissen, ohne dabei zu zeigen, daß er nicht an die Machtlosigkeit des Khans glaubte.

»Ich meine, es wäre für Macnaghten nützlich, Ralston, *Huzoor*, die Unterschiedlichkeit der Anführer zu bedenken«, sagte Akbar Khan. »Je uneiniger sie untereinander sind, desto weniger werden sie sich mit ihren Beschwerden gegen die *Feringhees* zusammenschließen.« Er strich sich auf eine Weise über den Bart, die Ayesha sofort in Alarmbereitschaft versetzt haben würde. »Ich bin sicher, daß der Bevollmächtigte ein paar Kontakte zu den *Sirdars* hat. Er würde gut daran tun ... Zwietracht unter ihnen zu säen.«

»Und wie sollte das geschehen?« fragte Kit unumwunden.

Akbar Khan lächelt. »Welche Vorgehensweise auch immer der Kronbevollmächtigte für angemessen hält. Durch kluge Belohnungen, vielleicht; möglicherweise ein wenig Einschüchterung an anderer Stelle. Ich selber werde das Einstellen der Feindseligkeiten befürworten und die Anerkennung von Shah Soojah. Es wird wirklich Zeit für eine solche Übereinkunft.«

Kit senkte den Kopf, seine Überzeugung verbergend, daß ihm soeben der schlechtestmögliche Rat erteilt worden war. Die Anstiftung der Anführer würde fehlschlagen, sosehr Macnaghten dieser Gedanke vielleicht auch gefallen mochte. Und warum täuschte Akbar Khan diesen Sinneswandel vor? Er hatte geschworen, daß es keine Zugeständnisse geben würde, solange die Briten auf afghanischem Boden weilten, und Kit glaubte nicht einen Augenblick, daß er seine Meinung geändert hatte. Aber diese Gedanken behielt er für sich. »Wenn das alles ist...?« sagte er höflich und drehte sich zur Tür.

»Ralston, *Huzoor*?« rief Akbar Khan sanft hinterher.

»Ja?« Kit wandte sich um und spürte, wie ihm eisige Kälte ins Mark drang angesichts des tödlichen Hasses in den stechend blauen Augen des Khan.

»Erinnerst du dich an das Spiel *Buzkashi*?«

»Lebhaft.«

»Manchmal, wenn einem Mann durch einen anderen Unrecht zugefügt wurde, spielen wir das Spiel ein wenig anders. Wir bedienen uns dann nicht des Körpers eines Tieres.« Er machte eine Pause. Sein straffer Mund verschmälerte sich zu einem dünnen Strich, und Kit sah die Grausamkeit des Mannes zum erstenmal unverhüllt. »Der Übeltäter selbst wird zum Preis«, ergänzte Akbar Khan, ohne auch nur mit der Wimper zu zucken.

Kit zwang sich, den Augen des Mannes zu begegnen und seinen eigenen Gesichtsaudruck unbeteiligt zu halten. Verständnislosigkeit konnte er nicht vorschützen, zudem nahm er an, daß das wenig Sinn hätte. Akbar Khan wußte, was er wußte.

»Natürlich«, fuhr der Khan nachdenklich fort, »wenn rechtzeitig voll und ganz Wiedergutmachung erstattet wird, kann man auch großzügig sein... gegenüber einem verständlichen Impuls. Jedoch« – er durchbohrte Kit mit seinem Blick – »wir hängen eifersüchtig an unserem Besitz, Ralston, *Huzoor,* und sind unversöhnlich, wenn einer der unseren die Treue bricht. Die Strafe für einen solchen Treuebruch ist unabänderlich... Du verstehst mich doch, nicht wahr?«

»Du sprichst in Rätseln, Akbar Khan«, erwiderte Kit und erstaunte über seine angesichts einer so deutlichen Drohung feste Stimme.

Akbar Khan lächelte und zuckte wieder die Schultern. »Es könnte dir Freude bereiten, dieses Scherzrätsel zu entwirren, Ralston, *Huzoor,* und würde einträglich für dich sein... und für eine andere...« Er klatschte unvermittelt in die Hände, und der Klang schallte erschreckend laut durch den Raum. Sofort trat einer der schlanken Bergbewohner in seinem langen Mantel und mit seiner Kappe auf dem Kopf ein.

»Bring den *Feringhee* zurück in das Kantonnement«, befahl Akbar Khan und verschwand ohne ein Wort des Abschieds.

Schweigend ritten sie zurück. Kit war nicht in der Stimmung, über seine Begegnung mit Akbar Khan zu sprechen. Er konnte nur über den aufschlußreichen Wortwechsel mit dem Afghanen nachdenken. Akbar Khan hatte dem Leutnant gedroht, aber noch deutlicher war seine Drohung an Annabel gerichtet. Wenn Ayesha nicht zurückkam, dann würde der Khan davon ausgehen, daß sie die Wahl selbst getroffen hatte. Und wenn dies zutraf, dann war sie der Untreue angeklagt. Kit wußte nicht, welche Strafe darauf stand, aber wenn ihm mit der Rolle des Preises im *Buzkashi* gedroht worden war, dann bedurfte es nur geringer Vorstellungskraft, für jemanden, der des Verrats und der Untreue angeklagt war, ein entsprechendes Greuel zu ersinnen.

Am Tor des Kantonnements verließ ihre Eskorte sie, so wenig mitteilsam, wie sie sie in Empfang genommen hatte. Kit verabschiedete den Havildar und die Sepoys beim Hauptquartier und ging hinein, um Bericht zu erstatten.

Wie er befürchtet hatte, fiel Akbar Khans Rat auf fruchtbaren Boden. Der Bevollmächtigte der Krone rieb sich die Hände. »Ja, ja, ich glaube, er hat vollkommen recht. Wenn es uns gelingt, Uneinigkeit zwischen den einzelnen Fraktionen zu säen, dann können wir auf diese Weise die Opposition gegen den Shah schwächen. Bekämpfen die Anführer sich untereinander, können sie nicht geschlossen gegen uns vorgehen.«

»Aber wie sollen wir das erreichen, Sir William?« fragte Elphinstone aus der Tiefe seines Lehnstuhls.

»Wir werden Mohun Lal dafür einsetzen. Er hat das Ohr vieler *Sirdars,* war uns gegenüber jedoch immer loyal. Er wird wissen, wen wir bestechen und wem wir drohen müssen.« Sir William nickte zufrieden. »In der Tat, vielleicht können wir sogar noch weiter gehen. Wenn es uns gelänge, einige der böswilligsten Anführer aus dem Weg zu schaffen, dann wäre die Opposition in erheblicher Unordnung.«

»Wie sollte das zu bewerkstelligen sein?« wollte der General blinzelnd wissen.

»Nun, durch Attentate natürlich«, sagte Macnaghten. »Wir setzen einen Preis auf ihren Kopf aus und werden sehen, wie die Kopfgeldjäger angelaufen kommen.«

Kit konnte einen Ausruf des Abscheus nicht unterdrücken, und der Bevollmächtigte blickte ihn gereizt an. »Haben Sie etwas gesagt, Leutnant?«

Kit seufzte. »Glauben Sie wirklich, Sir William, daß Verrat der richtige Weg ist?«

»Wir werden diese treulosen Wilden mit ihren eigenen Waffen schlagen«, kündigte der Bevollmächtigte an. »Nun, schließlich war es einer der ihren, der das vorgeschlagen hat.«

»Und Sie sind bereit, dem Rat Akbar Khans zu trauen? Warum sollte er versuchen, uns zu helfen?«

Macnaghtens Gereiztheit wuchs zusehends. »Der Mann weiß

ganz genau, daß er uns am Ende nicht besiegen kann. Sobald Major Griffiths von Kubbar-i-Jubbar aus zu uns stößt und General Notts Brigade aus Kandahar eintrifft und General Sale aus Jalalabad, werden wir dieser Revolte ein für allemal ein Ende setzen. Akbar Khan will, weil er realistisch ist, nicht mit der unbändigeren Fraktion seines Volkes in Zusammenhang gebracht werden. Wenn alles vorbei ist, will er auf der richtigen Seite stehen.«

»So wird es sein«, murmelte Kit. »Wenn Sie mich jetzt bitte entschuldigen, General... Sir William, ich muß die Inventaraufnahme beaufsichtigen.«

»Ja... ja, Leutnant.« Elphinstone winkte ihn hinaus, und Kit verließ das Büro mit dem Gefühl, sich beschmutzt zu haben. Seit wann ließ sich die britische Armee zu solchen Rebellentaktiken herab? Aber Macnaghten war ja auch kein Soldat. Er war ein ziviler Politiker, der durch Verrat vorankam; ein Mann, für den Attentate und Bestechungen in keiner Weise die Ehre besudelte. Und der Soldat, der dem Plan ein sofortiges Ende hätte bereiten sollen, war zu schwach, um irgend etwas dagegen zu unternehmen.

»Wie ist es dir ergangen, Kit?« Bob Markham begrüßte ihn, als er schon auf dem Weg zu den Magazinen war. Er hörte sich Kits Beschreibung des Gesprächs mit Akbar Khan an und danach jenes mit dem General und dem Bevollmächtigten. Sein angeekelter Gesichtsaudruck war Kits Spiegelbild.

»Großer Gott«, murmelte er. »Haben sie denn alle den Verstand verloren? Militärische Kraft ist der einzige Weg, um die Überlegenheit zu erlangen, und er redet von Attentaten! Mohun Lal ist außerdem ein hinterhältiger Bastard. Das ist genau die Sorte Aufgabe, die zu ihm paßt.« Er hieb mit seinem Stock wütend in die Hecke und schickte einige Blätter zu Boden. »Übrigens, wie geht es der Dame?«

»Sie ist unruhig«, sagte Kit. »Ich sollte heimgehen und nachprüfen, ob sie nicht gerade etwas tut, was sie nicht tun sollte. Sie hat mir versprochen, sich umsichtig zu benehmen, aber ich bin nicht sicher, ob sie begreift, was das hier heißt.« Er kratzte sich am Kopf, und Sorgenfalten machten sich auf seiner Stirn breit.

Bob grinste schwach. »Wir kennen dich gar nicht so ernsthaft, mein Bester.«

Kit machte ein klägliches Gesicht. »Es ist eine so verantwortungsvolle Aufgabe, Bob. Wie kann ich sicher sein, ob sie nicht dafür büßen muß? Wenn Lady Sale und die anderen alten Katzen nur einen Hauch davon erfahren, wer und was sie ist, dann wird sie niemals irgendwo dazugehören. Sie sagt, das sei ihr egal, aber das ist freilich Unsinn. Sie versteht nicht wirklich, was sie da sagt, weil sie sich das Leben danach nicht vorstellen kann.«

»Angenommen, wir kommen hier raus, ja?«

»Ja, genau das angenommen.« Kits Sorgenfalten vertieften sich. Er blickte hinauf zu dem Kreis der Berggipfel rings um sie her, die grau und kalt mit dem Himmel verschmolzen. »Ich hätte sie dort lassen sollen, wo sie war, Bob.«

»Die Dinge entwickeln sich ziemlich drastisch«, bemerkte sein Freund. »Ich glaube nicht, daß ich dich jemals Reue wegen irgend etwas habe aussprechen hören. Was ist mit dem Ralston geschehen, der in ein Spiel einzusteigen pflegte, ohne an das Ende zu denken, mit dem Ralston, den wir alle kennen und lieben?«

»Ich glaube, es ist mir mit ihm langweilig geworden«, antwortete Kit aufrichtig. »Hör zu, Bob, würdest du mir einen Gefallen tun? Übernimm meine Aufgabe hier. Ich muß mit Annabel sprechen.«

»Aber gern«, sagte Bob leichthin. »Und das nächste Mal, wenn ich den kurzen Strohhalm für die Patrouille ziehe, dann gebe ich ihn an dich weiter.«

»Einverstanden. Vielen Dank.« Kit eilte davon, sich plötzlich sicher, was er tun mußte.

Annabel blickte seit einer Stunde aus dem vorderen Fenster, und sobald sie ihn in die Straße einbiegen sah, flog sie aus dem Haus.

»Wo *warst* du denn so lange? Ich bin fast verrückt geworden vor Sorge«, schimpfte sie, die Arme mitten auf der Straße um seinen Hals werfend. »Bist du eben erst aus Kabul zurückgekommen?«

Er sagte: »Nein, ungefähr vor anderthalb Stunden. Annabel, um Gottes willen, geh zurück ins Haus! Du hast weder einen Schleier noch einen Mantel an. Du kannst dich mitten im Kantonnement nicht so sehen lassen.«

»Ach, Unsinn!« ließ sie ihn wissen, trat einen Schritt von ihm zurück und setzte die Hände in die Hüften, aus ihren Augen blitzte grünes Feuer, das vor ihrer weißen Haut leuchtete, und ihren schweren Kupferzopf warf sie ungestüm zurück: »Wie kannst du es wagen, mich nicht sofort wissen zu lassen, daß du wohlbehalten zurück bist!«

»Ich mußte umgehend Meldung machen«, sagte er und blickte sich besorgt in der glücklicherweise menschenleeren Straße um. »Bitte geh hinein. Irgend jemand könnte uns vom Fenster aus beobachten.«

»Trotzdem, du hättest mir eine Nachricht zukommen lassen können. Oder hast du angenommen, daß es mir gleichgültig ist?«

»Ich gehe jetzt jedenfalls ins Haus.« Er hatte erkannt, daß seine einzige Möglichkeit darin bestand, selbst den Rückzug anzutreten. Also marschierte er in den Bungalow, und Annabel folgte ihm auf den Fersen, ihn immer noch wegen seiner Gedankenlosigkeit beschimpfend.

»Nun hör auf, mich zu maßregeln, du grünäugiger Luchs«, sagte er, nachdem sich die Eingangstür hinter ihnen geschlossen hatte. »Ich bin es nicht gewohnt, daß jemand auf mich wartet und sich sorgt, deshalb ist es mir nicht eingefallen, dir eine Nachricht zu schicken. Entschuldigung, ich werde es nicht wieder tun. Zufrieden?«

»Oh«, machte sie, als ihr so der Wind aus den Segeln genommen war. »Ich nehme an, das muß ich wohl sein in diesem Fall. Erzähl mir, was sich zugetragen hat.«

»Erst brauche ich einen Drink.« Er ging ins Wohnzimmer. »Oder wirst du wieder die Puritanerin herauskehren?«

Sie antwortete nicht, stand nur da und beobachtete ihn, als er sich einen Brandy eingoß, ihn kippte und erneut nach der Flasche griff. Dann zog er seine Hand zurück. »Nein, einer ist genug.« Er drehte sich zu ihr um: »Annabel, du mußt zu Akbar Khan zurück.«

Sie erschrak: »Was muß ich tun?«

Er warf seinen Tschako auf das Sofa. »Du mußt nach Kabul gehen. Er weiß, daß du hier bist.«

»Ich habe dir gesagt, daß er es wissen würde.« Sie sprach sehr leise und hielt sich sehr ruhig. »Was ist geschehen?«

Kit zog eine Grimasse. »Sag mir, benutzen sie wirklich ihre Feinde als Preis im *Buzkashi?*«

Annabel nickte. »Das ist nicht ungewöhnlich.«

»Lebendig?« Er wußte nicht, warum er all die blutigen Details wissen wollte, aber irgendwie konnte er sein Grauen nicht unterdrücken.

»Anfangs«, antwortete sie kurz, »aber nicht sehr lange. Hat er dir damit gedroht?«

»Auf Umwegen«, bestätigte er. »Aber das ist nicht der Grund, warum du zurückkehren mußt.«

»Ich mache es dir nicht zum Vorwurf, daß du Angst hast«, sagte sie sanft. »Er kann furchterregend sein.«

»Du bist in größerer Gefahr als ich«, rückte Kit heraus. Er beugte sich über das Feuer und stocherte darin herum, um es wieder zum Leben zu erwecken. »Er hat mir bedeutet, daß er, wenn du zu ihm zurückkommen würdest, daß er dann … großzügig, war, glaube ich, das Wort … sein würde. Solltest du es jedoch nicht tun, dann würde dich die Strafe für deine Treulosigkeit ereilen.«

Annabel rieb sich gedankenverloren die Nase. »Weniger würde ich auch nicht erwarten. Aber hat er auch gesagt, daß er gegen dich keine Maßnahmen ergreifen würde, wenn ich freiwillig zurückkehrte?«

»Hmmhmm. Er würde einen Impuls vergeben.«

»Das ist großzügiger, als ich erwartet hatte.« Sie kratzte sich weiter an der Nase, bis Kit ihre Hand fortnahm.

»Du wirst noch ein Loch hineinkratzen.«

»Meine Nase juckt immer, wenn ich nachdenke«, erklärte sie lächelnd. »Ich war der Meinung gewesen, daß Akbar Khan, wenn ich dich gleich zu Anfang verlassen hätte und zu ihm zurückgekehrt wäre, mich verschont, sich aber an dir gerächt hätte – überhaupt der Grund, warum ich nicht von dir fortgegangen bin. Aber die Dinge zwischen uns haben sich nun geändert. Wenn er zusagt, daß er keine Rache an dir nehmen wird, dann werde ich aus diesem Grund zurückkehren und nur aus diesem Grund, weil du es willst.«

Kit zog die Stirn in Falten und versuchte den Sinn der Aussage zu erfassen. »Du mußt um deiner selbst willen zurückkehren«, sagte er schließlich. »Ich hätte dich niemals hierherbringen dürfen. Es war vollkommener Wahnsinn...« Er schlug mit der einen Faust in die andere. »Ich war besessen von dir, Annabel-Ayesha. Bisher habe ich es nicht gelernt, meine Impulse unter Kontrolle zu halten. Ich habe mir immer genommen, was ich wollte, und immer geglaubt, daß ich damit niemandem schaden würde. Aber ich habe dich in größte Gefahr gebracht, und das würde ich gerne rückgängig machen.«

Sie schüttelte den Kopf. »Jetzt bin ich hier, Christopher Ralston, weil ich es so will. Ich habe dir das schon heute morgen gesagt. *Ich* entscheide, wann und ob ich dich verlasse, wenn meine eigene Haut in Gefahr ist. Wenn wir von der deinen reden, dann kannst *du* die Entscheidung treffen.«

»Willst du damit andeuten, daß ich solche Angst vor Akbar Khan habe, daß ich dich zurückschicken würde, um mich selbst zu schützen?« fragte er ungläubig.

Sie hörte den Ärger dahinter. Ihre Hände öffneten sich zu einer Geste der Besänftigung: »Ich deute gar nichts an. Ich untersuche die Vorgehensweisen.«

»Oh, nein, du hast nicht nur die Vorgehensweisen untersucht. Ich habe dir schon einmal gesagt, daß es langsam Zeit wird für dich anzuerkennen, daß auch Mitglieder deiner Rasse Rückgrat besitzen.«

Seine grauen Augen bohrten sich herausfordernd in die ihren, und schließlich war sie gezwungen, den Blick zu senken.

»Triff deine Entscheidung«, sagte sie leise.

»Du weißt, sie ist bereits getroffen.« Er goß Brandy in zwei Gläser. »Und wir werden darauf trinken, Annabel Spencer.« Er streckte ihr ein Glas entgegen.

Zögernd nahm sie es. »Eine Geste der Annahme? Ein Akt der Zurückweisung?« Ihre Lippen wölbten sich zu einem Lächeln, in dem keine Freude lag. »Indem ich das trinke, Ralston, *Huzoor*, gebe ich die Gesetze des Islam auf und übernehme jene deiner Rasse?«

»Auch *deine* Rasse«, stellte er richtig und hob das Glas. »Auf uns, Annabel-Ayesha.«

»Auf uns«, stimmte sie zu, schloß die Augen, zog die Nase kraus und trank. »Ugh!«

Kit lachte. Er ließ sich auf das Sofa fallen und lachte, bis ihn die Seiten schmerzten. »Liebling, ich werde dich nie wieder auffordern, auch nur einen Tropfen zu trinken«, versprach er und streckte die Arme nach ihr aus.

Sie machte es sich auf seinen Knien bequem. »Gut. Es gibt ein paar Opfer, die ich lieber nicht bringen würde. Möchtest du das austrinken?«

»Nein.« Er nahm ihr das Glas ab und stellte es zusammen mit seinem auf den Tisch. Seine Hand glitt unter ihre Jacke und streichelte die weiche, nackte Haut. »Trägst du denn nie irgendwelche Unterwäsche?«

»Korsetts und Unterröcke und Unterhosen?« Sie lachte an seinem Mund, ihr Atem war warm und süß, und ihre Lippen berührten die seinen. »Nein, Ralston, *Huzoor*. Das ist nicht die Art der Afghanen.«

Seine Zungenspitze teilte ihre Lippen für einen langen Augenblick und schnellte in einem quälenden Tanz zwischen ihren Lippen hin und her, voll der leidenschaftlichen Versprechungen. Dann zog er sich zurück, hielt ihre Hüften umfaßt, und seine Hände machten sich daran, die Rundungen ihres Körpers unter der Seidenhose zu ertasten. »Ich glaube, die Art der Afghanen hat doch manche positive Seite.«

»Mußt du zur Arbeit zurück? Oder können wir zu Bett gehen?«

»Wir können zu Bett gehen.« Sie erhob sich von seinen Knien, und auch er stand auf. »Bob hat meinen Dienst für mich übernommen.«

»Oh, ich muß daran denken mich bei ihm, wenn ich ihn das nächste Mal sehe, zu bedanken«, sagte sie verschmitzt. »Es muß irgendeinen Weg geben, wie ich mich erkenntlich zeigen kann.«

»Das wirst du mir überlassen«, bestimmte Kit.

»Aber ich bin sicher, ich könnte ihm anbieten–«

»Dessen bin ich absolut sicher, daß du das könntest!« Kit unterbrach ihren Mutwillen. »Aber ich finde Ayeshas Spiel keineswegs unterhaltsam, Miss Spencer.«

»Wie prüde von dir«, erwiderte sie. »Ich wollte mich vergewissern, ob du ein bißchen Sinn für Humor hast.«

»Den habe ich, aber nicht, wenn es um meine Frauen geht.«

»Oh. Dann bin ich also eine deiner Frauen, ja?«

»Es scheint so.«

»Wie viele hast du gehabt?«

»Ich kann mich nicht erinnern. Würdest du bitte ins Schlafzimmer gehen?«

»Warum hast du keinen Sinn für Humor, wenn es um deine Frauen geht?«

»Weil ein abscheulicher Witz in diesem Zusammenhang mich an diesen gottverlassenen Ort verschlagen hat«, sagte er kurzangebunden und schloß die Schlafzimmertür hinter ihnen.

Annabel sprang auf das Bett. »Erzähl mir davon.«

»Jetzt nicht.«

»Doch, jetzt.«

»Es ist eine langweilige Geschichte, Annabel, und es gibt viele aufregende Dinge, die man tun kann.« Ihr Gesicht zwischen seinen Händen, küßte er ihre Lider, Nasenspitze und ihr Kinn, bevor er seinen Mund auf den ihren senkte.

»Jetzt erzähl's mir«, verlangte sie in dem Augenblick, als er sich aufrichtete.

»Ich glaube nicht, daß das die Art afghanischer Frauen ihrem Herren gegenüber ist«, sinnierte Kit, ihr Gesicht noch immer zwischen seinen Händen. »Müßtest du nicht entschieden gefälliger sein?«

»Ich werde zu Ayesha werden, nachdem du Annabels Neugier gestillt hast.« Ihre Augen sendeten ihm zugleich mit der Herausforderung eine Einladung.

Kit verzog den Mund und fragte sich, worauf er sich zuerst einlassen sollte. Beides war unwiderstehlich. »Laß uns beides zusammen tun«, schlug er vor. »Zieh deine Kleider aus, damit ich mit dir spielen kann, während ich es dir erzähle.«

»Aber dann kannst du vielleicht nicht bei der Sache sein«, wandte sie ein, und der Glanz in ihren Augen vertiefte sich noch. »Weder beim Spiel noch bei der Geschichte.«

»Du segelst recht gerne hart am Wind, hmm?« Kit schob sie zurück auf das Bett. Seine Hand unter ihre Jacke schiebend, fand er die Schleife an ihrer Hüfte, welche die *Chalvar* hielt.

Lachend versuchte sie, seine Hand fortzuschieben, sich dabei bis zum hinteren Ende des Bettes windend. Aber er warf ein Bein über ihre Oberschenkel und hielt sie mit seinem Körper fest, während er ihre Hose öffnete. »Hebe dein Gesäß, Miss Spencer.«

»Gewaltmensch!« schimpfte sie, hob jedoch ihre Hüften, damit er ihr das Kleidungsstück ausziehen konnte. Er ließ das Gewicht seines Beins wieder auf sie fallen und blickte hinunter in ihre Augen, die Arme links und rechts von ihr aufgestützt.

»Du bist eine erregende Frau«, murmelte er. »Alles Versprechen und Herausforderung.« Er verlagerte sein Gewicht auf einen Ellbogen, und mit seiner freien Hand strich er über die Länge ihrer nackten Beine, kitzelte sie in den Kniekehlen, bis sie sich wand und er in sich hineinlachte. Mit dem Bein, das sie gefangenhielt, trennte er ihre Schenkel.

Ihre Augen hatten den Glanz der Herausforderung verloren. Als seine Fingerspitzen sanft über die samtige Weichheit ihrer Schenkelinnenseiten glitten, da sprang nacktes Verlangen in die jadene Tiefe ihrer Augen und erwiderte den Hunger seiner grauen. Ihr Körper wechselte die Lage auf der Matratze, als er den Saum ihrer Jacke nach oben schob und ihren Bauch freilegte, und kleine Schauder des Entzückens rollten über sie hin. Er beugte sich hinunter, um ihren Bauch zu küssen, und schob zugleich die Jacke weiter nach oben, während sein Atem warm über ihre Haut strich. Bebend ergab sie sich dem Angriff seines Mundes, seiner liebkosenden Hand, und diese wunderbare Spannung baute sich tief in ihr auf, als der Saft der Liebe in feuchter Erwartung in ihr aufstieg.

Sie zu sich hochziehend, schob er die Jacke vollends hoch über ihren Kopf und ließ sie auf das Bett zurücksinken, wo die kühle Tagesdecke ihre erhitzte Haut einen Augenblick lang kühlte, bevor sie ihre Wärme aufnahm. Mit der Hand umspannte er eine ihrer Brüste, rieb die Knospe mit zwei Fingern, bis sie steif war, und umschloß sie dann mit seinem Mund. Seine spielende Zunge entlockte ihr ein Wimmern der Lust. Lange gefühlvolle Finger öffneten sie, entfalteten die samtigen Blütenblätter ihres Tempels, führten sie immer näher an diese Landschaft heran, über die der Verstand keine Gewalt hat.

Er brachte sie bis an den Rand dieser Ebene und hielt sie dort in quälender Ekstase, seine Augen hielten die ihren gefangen, verloren in den Wundern ihres Körpers, halb um Erlösung bittend, halb wünschend, daß der Augenblick ewig währen möge. Dann ersetzte sein Mund in erhitztem Einverständnis die Hand, und die verzauberte Landschaft umspülte sie, war sie in einen sinnlichen

Mahlstrom, in wirbelnde, strudelnde Herrlichkeit, bis sie erschöpft ans Ufer geschwemmt wurde, dort liegend, zitternd, in ihrer Mattigkeit treibend, bis das wilde Hämmern ihres Herzens nachließ. Er streichelte ihren Körper, als sie ins Leben zurückkehrte, flüsterte Zärtlichkeiten, bis ihre Augen ihn wieder erkannten und ein Lächeln auf ihre Lippen trat.

»Ich bitte um Entschuldigung«, flüsterte er, »aber ich habe jetzt das mächtigste Bedürfnis nach dir. Bist du zu erschöpft?«

»Es ist schon lange her, seit wir das letztemal wirklich zusammen waren«, gab sie zur Antwort und streckte die Arme nach ihm aus, während er sich hastig entkleidete. »Nicht seit dieser langen Nacht im September. Aber dieses Mal habe ich kein –«

»Ich habe«, murmelte er und öffnete die Schublade des Nachttisches.

»Ich kann das für dich tun«, hauchte sie, ihm die Hülle abnehmend, als er neben ihr kniete. »Du bist wunderschön, Christopher Ralston.« Sie küßte seine harte Männlichkeit, und er warf in einem Schauder der Lust den Kopf zurück. »Ich will dich in mir«, flehte sie glühend, so daß er erbebte. »Komm in mich.«

Seine Hände unter ihr Gesäß schiebend, hob er sie hoch und drang in ihren Körper ein, stöhnend vor Freude, als ihre samtige Weichheit ihn umschloß, ihn packte und losließ in einem Rhythmus, der mit nichts zu vergleichen war, was er kannte. Er blickte staunend auf sie hinunter. Sie lag ausgebreitet vor ihm, die Arme weit geöffnet, nur der untere Teil ihres Körpers auf eine derart geschickte erregende Weise sich bewegend, daß er in ihm unbekannte und für ihn unvorstellbare Reiche wollüstiger Sinnenfreuden gelangte. Bei diesem Tanz geleitete sie ihn bis zu dem Augenblick, in dem sich sein Gesicht in Ekstase auflöste. Und mit der Herrlichkeit seines Höhepunktes, die in ihr pulsierte, erfüllte sich auch ihr Körper ein weiteres Mal in nicht gekanntem Glanz, während farbenprächtige Wellen geteilten Entzückens sie umspülten.

»Allmächtiger«, flüsterte Kit, als er seine Getrenntheit wieder zu fühlen begann. »Du bist eine magische Kreatur. Was bist du, Annabel-Ayesha? Keine gewöhnliche Frau, das ist klar. »Seine Lippen spielten an ihrem Hals, als er schwer auf ihr lag, noch immer in ihr.

Ihre Hände waren um seinen Rücken geschlungen. Sie hatte nicht die Kraft, ihn zu halten, also lagen sie matt und bewegungslos auf seiner feuchten Haut. »Afghanistan liegt an den Grenzen zu Indien und Persien«, murmelte sie und gurrte. »Solche Nachbarn haben mehr zu bieten als Bokhara-Teppiche und persische Seide.«

Kit machte sich mit größter Anstrengung frei und fiel neben sie auf das Bett. Er stützte sich auf einen Ellbogen und blickte auf sie hinunter. »Willst du mir erzählen, daß du gelernt hast... Oh, es ist nicht wichtig. Ich will es gar nicht wissen.« Er schüttelte den Kopf. »Ich werde einfach nur dankbar sein.«

»Was beunruhigt dich an mir?« fragte sie.

»Ich weiß es nicht. Es tut es nicht wirklich, außer daß es mir bewußt macht, wie unglaublich du dich unterscheidest... wie du in keine Form paßt, mit der ich vertraut bin.« Er lächelte kläglich. »Das bereitet mir Unbehagen.«

»Ich wüßte nicht, warum das sein muß«, sagte sie. »Wenn du wie die Afghanen glaubst, daß unser Schicksal unveränderlich festgeschrieben ist, was bedeutet es dann?«

»Glaubst du daran?«

Ihre milchweißen Schultern zuckten ein wenig. »Warum sollte ich nicht? Es ist ein tröstlicher Glaube. Was immer geschehen soll, wird auch geschehen, und wie wir uns entscheiden, ist vorausbestimmt, also gibt es keinen Grund, sich wegen irgendeiner Sache unsicher zu fühlen.«

Er legte sich wieder hin, seine Hand auf ihrer Hüfte. »Diese Vorstellung hat durchaus etwas für sich, das gestehe ich zu. Vor allem jetzt, weil ich mir nicht vorstellen kann, was geschehen wird... mit dir... oder, in der Tat, auch mit mir.«

»Dann hör auf, dir darüber Sorgen zu machen und erzähl

mir lieber die Geschichte von dem abscheulichen Witz und der Frau.«

»Ich trinke zuviel«, bekannte er.

»Das habe ich mir schon gedacht«, bestätigte sie. »Aber ich mochte nichts sagen, da ich ja nicht wirklich weiß, was zuviel ist.«

»Es ist zuviel, wenn man dämliche Dinge tut«, erklärte er. »Unglücklicherweise ist das üblich unter den Leuten, die ich kenne. Wir fangen in der Schule an, und von da ab geht es weiter.«

»Warum?«

»Langeweile, meistens.« Er drehte den Kopf, um ihr Gesicht zu sehen. »Es gibt nicht viele Menschen wie dich, siehst du, die die Langeweile in Schach halten können.«

»Aber du bist in der Armee. Das ist doch nicht langweilig?«

»Oh, Annabel! Es ist eine Qual.«

»Warum bist du dann Soldat geworden?«

»Weil jeder Sohn und Erbe meiner Familie in den letzten hundertfünfzig Jahren zu den Siebten Leichten Dragonern gegangen ist«, erläuterte er ihr. »Ich wäre viel besser in Oxford geblieben, glaube ich, wenn ich Verstand gehabt hätte, aber nach zwei Semestern verdammter und dummer betrunkener Streiche, hatte ich genug von der Weisheit und schlug den Familienpfad mit einem Höchstmaß falschen Eifers ein.«

»Aber jetzt bist du doch nicht bei den Dragonern?«

»Nein«, knurrte er. »Ich mußte mein Offizierspatent zurückgeben und eine Versetzung zur Kavallerie der Ostindischen Kompanie einstecken.«

»Oh, das meinte Harley also, als er sagte, daß man hier unter den Heiden weit genug weg von Gardeparaden in London ist.«

»Hat er das gesagt?«

»Das hat er. Er hat auch gesagt, daß du ein umherschweifendes Auge hast und daß es, bei der Art, wie du dich verhalten hast, nicht verwunderlich war, daß du hier gelandet bist.«

»Verflixt und zugenäht!« Kit setzte sich abrupt auf. »Frech ist dieser Kerl.«

Annabel lachte. »Du kannst es ihm nicht verdenken, da du doch an seiner Verbannung schuld bist.«

»Er mußte nicht mitkommen«, sagte Kit. »Er hat sich freiwillig zu mir versetzen lassen. Gott allein weiß, warum.«

»Vielleicht mag er dich.«

Er blickte auf sie herab, dann lächelte er. »Ja, vielleicht. Tatsächlich habe ich großes Glück mit ihm.«

»Wirst du mir nun je erzählen, was geschehen ist?«

»Wenn du darauf bestehst. Aber es ist keine schöne Geschichte.« Er lehnte sich gegen das Kopfteil des Bettes und stopfte sich noch ein paar Kissen in den Rücken. »Komm her.« Er zog sie zu sich, so daß sie ihren Kopf an seine Schulter betten konnte. »So ist es besser. Wenn ich jetzt noch einen Brandy hätte, dann würde mir nichts mehr fehlen.«

Sie blickte fragend zu ihm auf und sah, daß er über sich selbst lächelte. »Genug davon!«

Er nickte. »Es war einmal ein Mädchen, das Lucy hieß und bei einer Putzmacherin arbeitete. Sie war rund und hübsch und ein bißchen plump, aber von liebenswerter Natur, und glaubte, ich sei die wunderbarste Kreatur auf Gottes Erdboden.«

»Das kann dir nicht sehr gutgetan haben«, bemerkte Annabel.

»Keine ermutigende Feststellung, meine Liebe! Jedenfalls mietete ich, wie es häufig in solchen Situationen geschieht, Lucy ein Haus in Hampstead, wo sie meines Wissens nach außerordentlich glücklich war und es genoß, den Haushalt zu führen und meine Pantoffeln zu wärmen –«

»Sowie andere Dinge«, steuerte Annabel hilfreich bei.

»So könnte man es sagen. Würde es dir etwas ausmachen, deine Ergänzungen für dich zu behalten? Ich empfinde sie keineswegs ermutigend bei meiner Geschichte.«

»Ich bitte um Entschuldigung.« Sie preßte die Lippen aufeinander.

»Also, wie ich es bereits gesagt habe, war Lucy sehr zufrieden, genau wie ich vollkommen zufrieden damit war, sie immer dann zu besuchen, wenn ich dazu Lust hatte und es den Erfordernissen des Regimentslebens nicht im Wege stand... den Kartentischen, Bällen, Abendgesellschaften... all diesen Dingen.«

Spott lag in seiner Stimme, und er blickte über den Kopf mit dem glänzenden, kupferfarbenen Haar hinweg in eine andere Welt. »Selten war ich nüchtern, aber allen anderen ging es nicht anders. Wir hatten wenig Grund es zu sein. Unglücklicherweise kann Brandy die weniger angenehmen Seiten bei manchen Menschen zum Vorschein bringen. Drei meiner Offizierskollegen kamen eines Nachts zu dem Schluß, daß mein Besitz einer so bezaubernden und gefälligen Geliebten sie auf ungerechte Weise ausschlösse.«

Er strich sich eine ihn am Kinn kitzelnde Haarsträhne von Annabel aus dem Gesicht, die sich dorthin verirrt hatte. Der Spott hatte seine Stimme verlassen, und sie war jetzt flach, fast ausdruckslos.

»Alle drei hatten wie immer gebechert, und ich glaube nicht, daß sie Lucy wirklich etwas antun wollten. Aber sie war schließlich nur ein Ladenmädchen und damit für diese betrunkenen Aristokraten eine leichte Beute, vor allem, weil sie ja bereits angezeigt hatte, wie es um ihre Tugend stand.«

Annabel schälte sich aus seiner Umarmung und drehte sich mit einem Ausdruck des Entsetzens und Abscheus auf ihrem Gesicht um. »Haben sie sie vergewaltigt?«

Kit schüttelte den Kopf. »Ich kam gerade rechtzeitig zurück, nach einer besonders erfolglosen Nacht an den Spieltischen und zuviel Brandy. Sie waren noch dabei, Lucy... zu... überreden... ihnen gefällig zu sein. Sie schlotterte vor Angst, das arme Mädchen, aber offen gestanden waren sie alle zu voll, um noch irgend etwas erreichen zu können. Aber ich dachte auch nicht mehr ganz klar. Ein schauerlicher Krawall entstand, der damit endete, daß ich alle drei dazu herausforderte, sich mit mir zu duellieren.« Er lachte kurz und bitter auf. »Pistolen im Morgengrauen.«

Sie starrte ihn an. »Du hast ein Duell ausgetragen?«

»Drei, um genau zu sein, eins nach dem anderen.« Er lehnte sich in die Kissen zurück und schloß die Augen. »Verrückt. Vollkommen verrückt.«

»Hast du sie getötet?«

»Nein, natürlich nicht... nur ein wenig angekratzt. Aber es löste einen monumentalen Skandal aus. Man schlägt sich nicht wegen Ladenmädchen, verstehst du. Man soll überhaupt keine Duelle austragen, aber in wirklichen Ehrenhändeln drücken die Autoritäten schon mal ein Auge zu. Ladenmädchen allerdings haben nichts mit Ehre zu tun.«

»Und was geschah dann?«

Kit zuckte die Schultern. »Ich wurde gezwungen, mein Offizierspatent bei den Dragonern zurückzugeben. Mein Betragen entsprach nicht dem eines Gentleman.«

Sie schüttelte den Kopf: »Mir erscheint es sehr ritterlich. Ein Afghane würde sie ganz langsam in kleine Stücke zerhackt haben.«

»Nun, Liebste, das war die Geschichte der Gardeparaden in London.«

»Aber warum hast du dich der Kavallerie der Ostindischen Kompanie angeschlossen? Ich hätte gedacht, daß du genug vom Soldatentum hattest.«

»Das war auch so, aber mein alter Herr hatte auch genug von mir.« Kit lachte wieder dieses hohle Lachen. »Er hatte lange Zeit viel Geduld für mich aufgebracht, aber dieser letzte Skandal überstieg alles Dagewesene. Und da ich vollkommen abhängig war... bin... von seiner Freigebigkeit, bis ich mein Erbe antrete, hatte ich nicht die Wahl und mußte seinen Anweisungen gemäß das Land verlassen. Jetzt bin ich hier.«

»Ja, du bist hier«, sagte Annabel nachdenklich, mit überkreuzten Beinen und einem Lächeln im Blick: »Stell dir nur vor, wenn keines dieser Dinge geschehen wäre, würden wir heute nicht in diesem Raum zusammensitzen. Es ist Schicksal... unentrinnbares Schicksal. Und ich möchte es gar nicht anders haben.«

»Nein«, murmelte er heiser, »das möchte ich auch nicht. Ich bin bereit, mein Schicksal mit offenen Armen zu empfangen.«

12. Kapitel

»Hauptmann Mackenzie, unsere Wasservorräte reichen kaum noch, den Verwundeten Erleichterung zu verschaffen. Und mit unserer Munition können wir ebenfalls nur noch wenige Stunden durchhalten, wenn wir das Feuer gegen die Rebellen nicht bald einstellen.«

Colin Mackenzie blickte den Leutnant müde an, der ihm diese harte, doch vorhersehbare Nachricht brachte. Die Luft roch scharf nach Rauch und Pulver, der Lärm der Schüsse knatterte ohne Unterbrechung und die Schreie der Verwundeten bildeten hierzu die gräßliche Untermalung. Er drehte sich um, blickte über die Brustwehr, dorthin, wo sich in der zunehmenden Dämmerung der Feind immer enger vor dem Tor von Shah Soojahs Verpflegungsort zusammendrängte und seine Position in unerbittlichem Tempo verbesserte. Der Hauptmann hatte nunmehr seit zwei Tagen die Garnison gegen die sich steigernden Angriffe gehalten, während sich auf seiner Seite die Verluste mehrten.

»Ich begreife nicht, warum sie uns keine Verstärkung geschickt haben«, sagte er und rieb sich die Augen, die vor Erschöpfung und Pulverdampf brannten. »Wissen sie denn nicht, daß wir angegriffen worden sind?«

Der Leutnant nahm die Frage als an die Luft gerichtet und gab keine Antwort.

»Wie geht es den Männern, Bill?«

»Sie sind entmutigt, Sir«, antwortete der Leutnant aufrichtig.

»Unsere Verluste türmen sich, und die Verwundeten sterben wie die Fliegen, weil sich keiner um sie kümmern kann. Obendrein machen sie sich Sorgen um ihre Familien. Es geht das Schreckgespenst um, daß ihre Frauen und Kinder in die Hände dieser Wilden fallen könnten...«

»Verdammt! Wo, zum Teufel, ist Elphinstone?« Mackenzie wandte sich abrupt von der Brustwehr ab, als gerade ein Mann die Steinstufen aus dem darunter liegenden Hof heraufgestürmt kam.

»Sie feuern auf das Südtor, Sir.«

Mackenzie blieb einen Augenblick versteinert stehen und sah der brutalen, widerwärtigen Wahrheit ins Gesicht. Wenn es auch nur die geringste Chance gab, die unter seinem Schutz stehenden Verwundeten und die Familien zu retten, dann mußte er seinen Posten verlassen.

»Ich verstehe. Bereitet alles vor zur Evakuierung des Forts. Wir werden uns zum Kantonnement durchkämpfen.« Seine Miene war undurchschaubar, und die Männer konnten nur vermuten, was ihn diese Entscheidung kostete.

Ein Karree Infanterie lieferte am Südtor ein Rückzugsgefecht in Abwehr der schreienden, säbelschwingenden Horde, bis Verwundete, Frauen und Kinder auf Bahren und Pferden, links und rechts flankiert von Kavallerie, das Fort durch das Nordtor verlassen hatten. Erst dann zog sich das Infanteriekarree, selbst im Kampf um jeden einzelnen Schritt, Richtung offener Ebene zurück.

Die Nacht war jetzt vollends hereingebrochen, und die Dunkelheit stellte ein Hindernis für ihre Angreifer dar, die inzwischen weniger energisch wirkten als die Verteidiger, die ihre Kraft aus der Verzweiflung und der Hoffnung zogen, daß Handeln die Rettung sei, und daher mit letztem Aufgebot zuschlugen.

»Blase zum Rückzug«, befahl Mackenzie seinem Trompeter, und die Töne erschollen wie eine brausende Ermutigung über die Ebene. Der Standartenträger ritt in der Vorhut neben dem Hauptmann, der eine grimmige Befriedigung daraus zog, daß seine kleine Garnison selbst geschlagen noch mit Tapferkeit glänzte.

Kit befand sich neben Bob Markham auf dem Kommandoposten am Kantonnementstor, als die ersten Töne der Trompete die Dunkelheit durchdrangen.

»Das muß Hauptmann Colin Mackenzie sein«, schnarrte Bob.

»Dann laß uns ihm entgegenreiten!« Kit rannte bereits zum Tor. »Zündet die Fackeln an«, befahl er den Wachen, die in die Nacht hinausstarrten. »Und öffnet das elende Tor!«

Er konnte Bob irgendwelche Befehle schreien hören, als er die diensthabende Schwadron Sepoy-Kavallerie musterte. Die Nacht schien mit einemmal taghell, als die großen Fackeln entzündet waren. Kit warf sich auf sein Pferd, als die Schwadron unter Bobs Kommando durch das Tor galoppierte.

»Hoffe, du hast nichts dagegen, wenn ich mich der Sache hier anschließe«, rief Kit ihm zu und ließ ein furioses Gelächter durch die eisige Luft peitschen.

»Nur zu!« schrie Bob zurück. »Bei Gott, wir schulden Mackenzie etwas!«

Die Schwadron galoppierte über die Ebene auf den unverkennbaren Schlachtenlärm zu. Der Trompeter fuhr darin fort, seinen immergleichen Ruf zu blasen, der über dem Gejohle der Feinde und dem ununterbrochenen Knallen der Gewehre vibrierte. Die Dunkelheit der Nacht wich vor den Schemen der Kämpfe zurück, die mit jedem Krachen der Muskete sichtbar wurden.

Unter erstickten Schlachtrufen, geboren aus den Tagen des untätigen Wartens und ihrer eigenen Angriffslust, führten die beiden Offiziere ihre Gruppe von Sepoys in das Kampfgetümmel. Ihre überraschende Ankunft, die stürmende Attacke überrumpelte den Feind und verschaffte Mackenzies erschöpften Männern den letzten, notwendigen Antrieb.

Eine halbe Stunde später kehrten sie in das Kantonnement zurück, die hinzugekommene Kavallerie, die nicht durch zwei Tage unablässigen Kämpfens und einem verzweifeltem Marsch über die Ebene geschwächt war, bildete die Nachhut und brachte sich nicht eher in Sicherheit, bevor nicht der letzte erschöpfte Infanterist auf sicherem Gelände war. Die großen Tore wurden zugeworfen, und die Männer auf den Wällen, die den eigenen Truppen den Rücken gedeckt hatten, jagten den Feind, der zum ersten Mal auf ernst zu nehmenden Widerstand gestoßen war, schließlich in die Flucht.

Menschen kamen aus den Bungalows und Baracken herbeigeeilt und boten den am Ende ihrer Kräfte angelangten Frauen und Kindern, die mit Mackenzie gekommen waren, Herberge.

»Ihr habt euch wirklich Zeit gelassen«, bellte Colin, noch immer so gerade auf seinem Pferd, als ob er es soeben nach einem Schlummer bestiegen hätte.

»Was nicht heißt, daß wir es nicht immer wieder versucht haben«, entgegnete Kit voller Mitgefühl. »Bob hat auf Elphinstone eingeredet, bis er blau war, aber –« Er verstummte und saß ab.

»Ja. Ich kann mir vorstellen, wie es war.« Mackenzie fuhr mit den Fingerspitzen über seine trockenen, aufgesprungenen Lippen. »Euch beiden jedenfalls meinen Dank. Ich nehme an, ich sollte jetzt Meldung machen.« Er schwang sich von seinem Pferd und blickte über den Exerzierplatz, der vor Leben kochte und beinahe festlich erleuchtet war durch die Öllampen in Fenstern und Eingängen; dazu kamen jene, die von Dienern hochgehalten wurden für die Feldärzte, die sich zwischen den Verwundeten bewegten, um sie zu untersuchen und Verbände anzulegen. »Wenigstens werden die armen Teufel versorgt.«

»Du siehst so aus, als ob du selbst ein wenig Aufmerksamkeit gebrauchen könntest«, bemerkte Bob, sein Pferd einem Kavallerist übergebend. »Du bist in meinem Bungalow willkommen, wenn –«

Er wurde durch einen Entsetzensschrei von Kit unterbrochen. Der Grund für seinen Ausruf brach in Form blitzender Augen und fliegendem Kupferhaar über sie herein. Mit einem lose um die Schultern geworfenen Mantel bekleidet, sprang Annabel Kit vor die Füße.

»Du warst mit ihnen draußen!« gellte ihre Stimme. »Ohne es mir zu sagen, bist du in den Kampf gegangen, gegen die Ghazi. Du hast versprochen, daß du es nicht vergessen würdest, mir zu sagen, wenn –«

»Um Himmels willen, hör auf!« Kit war weiß im Gesicht und die Männer um ihn her sprachlos, selbst der etwas besser informierte Bob, der sich nicht vorstellen konnte, wie sein Freund mit dieser öffentlichen Szene fertig werden wollte.

»Du hast dir wohl nicht vorgestellt, daß ich mich frage, wo du bist«, fuhr sie fort, seinen Zuruf nicht beachtend. »Du hast gesagt, du wolltest zum Tor gehen, nur für ein paar Minuten... und bist seit Stunden und Stunden ohne eine Nachricht verschwunden... nun finde ich dich hier, nachdem du dich höchster Gefahr ausgesetzt hast –« Die Tirade fand ein abruptes Ende, als Kit, jetzt rot im Gesicht, sie hart an den Schultern packte.

»Schweig!«

Langsam glitt ihr Blick über die sie umgebenden Gesichter und hielt dann bei den Menschen auf dem Exerzierplatz inne, die dastanden und sie anstarrten. »Es tut mir leid«, sagte sie, die Stimme nun leise und die Augen weit vor Zerknirschung. »Aber ich hatte solche Angst um dich, daß ich nicht anders konnte...«

»Wer ist diese junge Frau?« wollte eine Matrone mit spitzem Akzent in einer Ecke des Platzes wissen. »Ich habe sie noch nie gesehen. Und was sind das für Kleidungsstücke, die sie trägt?«

»Geh zurück ins Haus und warte, bis ich komme«, ordnete Kit in mühsamer Selbstbeherrschung an. »Ich werde mich später um dich kümmern.«

Sie drehte sich um, eilte durch die sich teilende Menge, die Kapuze ihres Mantels über dem Kopf, die Augen fest auf den Boden gerichtet, als ob die Rückkehr zu der einer Ayesha angemessenen Bescheidenheit den Schaden wiedergutmachen könnte.

»Donnerwetter!« sagte Colin leise. »Was für eine Tigerin, Kit. Wer ist sie?«

»Die Frau, dich ich heiraten will, wenn wir jemals aus diesem gottverlassenen Loch herauskommen«, antwortete Kit abwesend. »Natürlich nur, wenn ich ihr nicht schon vorher den Hals umgedreht habe.«

»Wirklich?« Bob betrachtete seinen Freund mit neu erwachtem Interesse. »Es war mir nicht klar, daß die Dinge so weit gediehen sind.«

»Mir auch nicht«, erwiderte Kit. »Aber es hätte mir klar sein sollen. Laßt uns gehen und Meldung machen. Je schneller wir es hinter uns bringen, desto eher kann Colin sich ausruhen.«

»Warte mal, es gibt keinen Grund, warum wir beide zu Elphinstone gehen müssen«, schlug Bob vor. »Solltest du nicht lieber nachsehen –?«

»Nein«, unterbrach Kit ihn. »Sie kann, verdammt noch mal, warten und sich überlegen, was ich mit ihr mache, wenn ich zurückkomme! Es würde ihr recht geschehen, wenn ich sie geradewegs zu Lady Sale bringen und sie der überlassen würde«, fügte er knirschend hinzu und stapfte entschlossen auf das Hauptquartier zu.

»Oje!« murmelte Colin. »Es paßt gar nicht zu Kit, so aus der Fassung zu geraten. Konnte mir gar nicht vorstellen, daß jemals etwas die Oberfläche seiner erhabenen Würde stören könnte.«

»Die Dame ist ein wenig ungewöhnlich«, bot Bob als Erklärung an.

»Ja, das kam mir auch so vor. Du mußt mir die Details erzählen, sobald wir mit Elphinstone und Macnaghten fertig sind. Sie muntern mich vielleicht ein bißchen auf.«

Der General und der Kronbevollmächtigte empfingen Hauptmann Mackenzie verdrießlich. Sie gaben weder eine Erklärung noch eine Entschuldigung dafür ab, daß sie ihn aufgegeben hatten, waren jedoch immerhin freundlich genug, Hauptmann Markham und Leutnant Ralston für ihr schnelles Aufbieten einer Verstärkung zu loben.

»Ich wünschte, ich wüßte, was jetzt zu tun ist«, murmelte der General. »General Nott hat versucht eine Brigade von Kandahar zu schicken, aber sie wurden durch das Wetter zum Umkehren gezwungen. Die Zeit des Schneefalls kommt rasch. Sir William, ich frage mich, ob wir nicht darüber nachdenken sollten zu verhandeln.«

»Solange unsere Vorräte unberührt sind, General, können wir den Winter durchhalten«, erklärte der Bevollmächtigte. »Ich habe an Mohun Lal Instruktionen geschrieben, wie er unter den Anführern Zwietracht zu säen hat. Die Angelegenheiten werden sich bald von selbst bereinigen.«

Elphinstone sah nicht überzeugt aus, aber er erhob keine Einwände; statt dessen fixierte er Leutnant Ralston mit geröteten Augen. »Leutnant, bei den Siebten Dragonern hatten Sie ein Hauptmannspatent, wenn ich richtig informiert bin.«

»Ja, das stimmt, Sir.« Kit hatte die Degradierung weniger schmerzlich empfunden als sein erzwungenes Exil und blieb jetzt zurückhaltend. Seine Gedanken waren viel zu sehr mit einer anderen Angelegenheit beschäftigt.

»Mmmmh. Nun, ich glaube, es ist nur gerecht, wenn Sie diesen Rang auch in der Kavallerie der Ostindischen Kompanie bekleiden«, sagte der General. »Sie haben gute Dienste in den Verhandlungen mit Akbar Khan geleistet und auch im Zusammenhang mit den Ereignissen des heutigen Abends.«

»Vielen Dank, Sir«, ließ sich Hauptmann Ralston mit ziemlich gleichgültiger Stimme vernehmen.

»Also, meine Herren, ich glaube das ist im Augenblick alles.« Der General kämpfte sich aus seinem Stuhl hoch. »Ich werde Ihre Beförderung sogleich bekanntgeben lassen, Ralston.«

»Ich habe mich schon gefragt, wann er etwas mit deinem Rang unternehmen würde«, ereiferte sich Bob draußen. »Es war einigermaßen ungerecht, nach den Jahren deines Dienstes.«

Kit lachte freudlos. »Dienst ist weniger das Wort, mit dem ich fünf Jahre Gardeparaden beschreiben würde, Bob. Wie auch immer, wenn ihr beide mich entschuldigt, ich habe mich mit einer dringenden Angelegenheit zu befassen. Wenn ihr euch in etwa einer Stunde zum Abendbrot bei mir einfinden wollt – Miss Annabel Spencer wird euch etwas zu sagen haben.«

»Wenigstens hat Kit etwas, das ihn von seinen selbstmörderischen Verrücktheiten ablenkt«, bemerkt Colin, als er und Bob sich auf den Weg zum Bungalow des letzteren machten. »Und was für ein Etwas!« fügte er mit einem müden Lachen hinzu. »Ich hoffe, du wirst mich einweihen.«

Annabel hatte tatsächlich in der Stunde, seit sie den Exerzierplatz verlassen hatte, erwartungsvoll und bekümmert an ihren Nägeln geknabbert. Je länger sie über ihren Ausbruch nachdachte, desto mehr sank sie in sich zusammen. Sie, die acht Jahre lang ohne Erlaubnis nicht einmal ihre Augen zu einem Mann aufgehoben hatte, war nun vor vollkommen Fremden ohne jede Selbstkontrolle über Kit hergefallen. Und da sie sich ihr Verhalten weder erklären noch vor sich selbst rechtfertigen konnte, war es mehr als unwahrscheinlich, daß ihr für den zu Recht schäumenden Kit überzeugende Argumente einfallen würden.

Beim Geräusch der Eingangstür sprang sie auf und stellte sich der Wohnzimmertür gegenüber auf.

»*Salaam,* Ralston, *Huzoor*«, sagte sie demütig und berührte ihre Stirn mit zusammengelegten Händen, als er eintrat.

»Erspar mir das!« Die Tür fiel geräuschvoll ins Schloß. »Du Furie! Wie kannst du es wagen, mich auf diese ungeheuerliche Weise zur Rede zu stellen, wie irgendein Fischweib von Billingsgate?«

»Aber du hast versprochen –«

»Nein, *du* hast versprochen«, unterbrach er. »Du hast zugesagt, dich im Kantonnement mit Umsicht zu benehmen. Und was tust du? Du fällst über mich her mit der offensichtlichen Intimität von jemandem, der mit mir das Bett geteilt hat, in Sicht- und Hörweite des ganzen Kantonnements! Die Geschichte wird morgen früh in aller Munde sein, und wie, zum Teufel, soll ich sie erklären?«

»Sag die Wahrheit«, schlug sie vor. »Ich habe dir schon gesagt, daß es mir nichts ausmacht.«

»Und ich habe dir gesagt, daß es mir etwas ausmacht. Davon einmal abgesehen, ich bin in meinem ganzen Leben noch nie auf diese Weise von jemandem in Verlegenheit gebracht worden, *noch nie*!«

»Ich schäme mich«, sie verneigte sich. »Ich habe mich unentschuldbar benommen. Ich hatte einfach solche Angst um dich, und so etwas habe ich noch nie für einen Menschen empfunden.«

»Aber wie konntest du alles vergessen, was wir besprochen haben?« Er warf seinen Mantel auf das Sofa und fuhr sich mit den Händen durch die Haare, in die das Licht der Lampe goldene Flecken streute. »Wie, Annabel?«

»Ich weiße es nicht«, antwortete sie. »Ich begreife selbst nicht, was mit mir geschehen ist. Als Kind war ich leicht aus der Ruhe zu bringen, daran erinnere ich mich, aber das letzte Mal habe ich die Beherrschung bei dem Ghazi verloren, der mich zu Akbar Khan gebracht hat. Seit damals habe ich gelernt, meine Gefühle für mich zu behalten.« Sie drehte sich um und blickte nun in das Kaminfeuer. Ihre Worte kamen langsam, und sie schien beim Reden nach Erklärungen und Verstehen zu suchen. »Es ist, als ob ich auf irgendeine Weise von der Notwendigkeit erlöst sei, jederzeit leise aufzutreten, jede Bewegung zu beobachten und jedes Wort abzuwägen.«

»Du bist nicht davon erlöst«, erwiderte Kit grob. »Die Folgen des Vergessens mögen an diesem Ort andere sein, aber sie sind nicht weniger mächtig.« Sie bei den Schultern fassend, drehte er sie zu sich herum. »Und ich warne dich in aller Form, Annabel Spencer. Wenn du mich jemals wieder auf diese Weise in Verlegenheit bringst, dann werde ich diese Erfahrung im vollem Maß an dich zurückgeben, uneingeschränkt und öffentlich.«

Ein Moment des Schweigens trat ein, in dem sie beide die Auseinandersetzung, ihre Ursachen und was noch dahinter verborgen lag, in sich wälzten.

»Trink einen Brandy«, schlug Annabel plötzlich vor. »Vielleicht hilft er dir, weniger wütend zu sein.«

»Ich dachte, ich sollte das Teufelsgebräu meiden«, sagte Kit.

»Nur es nicht übertreiben«, erklärte sie. »Wirst du mir erzählen, was sich heute abend ereignet hat?«

Er lieferte einen gewissenhaften Bericht und sparte auch seine überraschende Beförderung nicht aus; die Dinge begannen gerade wieder sich zwischen ihnen einzurenken, als der Türklopfer ertönte.

»Wer ist das?« Annabel klang nicht besonders erfreut über eine Störung zu einem Zeitpunkt, wo das Gleichgewicht noch ein wenig zerbrechlich war.

»Ich nehme an, es sind Colin und Bob.« Kit stand auf und runzelte die Stirn. »Ich habe sie eingeladen, mit uns zu Abend zu essen. Und wenn du uns Gesellschaft leisten möchtest, dann wirst du dich verdammt noch mal für diese Szene entschuldigen. Sie haben sie gründlich mißbilligt.«

Er ging zur Tür. »Kommt rein. Colin, du kennst Miss Spencer noch nicht, nicht wahr?«

»Nein, ich hatte noch nicht das Vergnügen.« Hauptmann Mackenzie verbeugte sich höflich vor der bewegungslosen Gestalt, die am Kamin stand.

Annabel trat mit einem Gesichtsausdruck der Entschlossenheit vor. »Ich schulde Ihnen eine Erklärung. Mein Verhalten war abscheulich, und ich bitte insbesondere Sie beide um Vergebung für die Verlegenheit, in die ich Sie möglicherweise gebracht habe.« Sie blickte auf Kit mit einer gehobenen Augenbraue. »Wird das ausreichen?« Er nickte, und sie lächelte erleichtert. »Dann können wir das jetzt ruhen lassen?«

»*Wir* schon«, betonte er resigniert. »Aber ich glaube nicht, daß irgend jemand sonst es vergessen wird. Du hast jetzt deine Anwesenheit auf dramatische Weise im ganzen Kantonnement bekannt gemacht, und Gott allein weiß, wie ich damit fertig werden soll.«

»Ich würde es erst gar nicht versuchen«, meinte Annabel heiter und machte die Tür auf. »Ich werde sehen, ob Harley für das Abendbrot Hilfe braucht.«

»Vielleicht solltest du es wirklich gar nicht erst versuchen«, stimmte Bob zu und deutete ein Schulterzucken an. »Im Augenblick ist hier genug los, um die Angelegenheit in Vergessenheit geraten zu lassen, wenn man nicht weiter daran rührt.«

»Wir wollen es hoffen.«

Wie der folgende Morgen erwies, war jedoch gar nichts in Vergessenheit geraten. Lady Sale wünschte, daß Hauptmann Ralston zum frühesten Zeitpunkt, der ihm angenehm sei, ihr seine Aufwartung machte.

Kit empfing die Einladung mit umwölkter Stirn, und Annabel sah ihn vorsichtig an, ob sein Zorn im Begriff war, neu aufzuflackern. »Vielleicht ist es nur wegen –«

»Natürlich ist es deshalb«, unterbrach er sie. »Sie ist eine ewig sich einmischende Betschwester.« Er schob seinen Stuhl vom Frühstückstisch zurück. »Leider ist sie so eine Art Reisebegleiterin für junge Offiziere, und Elphinstone glaubt, daß ihr die Sonne aus dem …« Er verschluckte den vulgären Ausdruck und richtete seinen Ärger wieder auf die Urheberin aller Unannehmlichkeiten. »Wir hätten das durchgehalten, Annabel, wenn du dein Versprechen gehalten hättest.«

»Ich habe gesagt, daß es mir leid tut.«

»Ja, aber das hilft uns jetzt auch nicht weiter.«

»Da hast du wohl recht.« Sie spielte mit den Krümeln auf ihrem Teller. »Wenn du wirklich nicht willst, daß sie meine Geschichte erfährt, warum sagst du ihr dann nicht, daß ich eine gemischtrassige Hure vom Basar bin, für die du eine Schwäche hast? Es gibt einige, und sie können ganz gut Englisch sprechen. Afghanische Frauen färben ihre Haare häufig mit Henna; es ist eine beliebte Farbe.« Sie blickte zu ihm auf. »Warum sollte ein unverheirateter Offizier nicht jemanden haben, der ihm das Bett wärmt? Dieser stumpfsinnige Oberst hat sich doch in der Hinsicht geäußert!«

Kit seufzte. Selbst wenn er noch gewollt hätte: Jetzt war es zu spät, um zu seinem ursprünglichen Plan zurückzukehren und die rührende, unschuldige, gerettete Waise der Barmherzigkeit Ihrer Ladyschaft anzuvertrauen. Annabel hatte die Natur der Beziehung durch ihren Ausbruch nur allzu klar gemacht. Er wollte sie heiraten, aber er wollte es anständig tun, in St. George am Hanover Square mit einer Verlobungsanzeige in der *Times*, mit Aufgebot und Glückwünschen. Seine zukünftige Braut wußte davon natürlich noch nichts, und er zog es vor, es vorläufig für sich zu behalten, aber das hieß, daß sie für Lady Sale und die übrigen Matronen eine andere Identität annehmen mußte.

»Es könnte klappen«, sagte er. »Aber sie wird mir wegen moralischer Laxheit und Indiskretion – die größere Sünde von den beiden – ganz schön die Leviten lesen. Wenn du diskret gewesen wärst, dann hätte jeder die Augen davor verschlossen, was unter meinem eigenen Dach vor sich geht.«

»Bist du immer so unversöhnlich?« fragte sie mit einer Spur Gereiztheit in der Stimme. »Das scheint mir in keiner Weise förderlich. Ich habe versucht, dir vernünftige Vorschläge zu machen, und alles was dir einfällt, ist dich über das Geschehene zu beklagen.«

Kit lächelte widerwillig. »Das gleiche habe ich auch immer zu meinem Vater gesagt, wenn er sich so lange Sorgen wegen irgendeiner meiner vergangenen Sünden machte, bis es mir überhaupt nicht mehr leid tat und mich eher dazu anstachelte, neue zu begehen.« Verwirrt schüttelte er seinen Kopf. »Ich begreife nicht, was du mit mir anstellst, Annabel.«

»Ich würde nie etwas mit dir machen, was du nicht willst«, sie lehnte sich in ihrem Stuhl zurück, belustigt von der Verwirrung in den grauen Augen und den rosig hängenden Lippen. »Was hättest du denn jetzt gerne von mir?« Sie stand zielstrebig auf, und in ihren Augen glitzerte ein unmißverständliches Versprechen. »Oder soll ich dich überraschen?«

»Ich werde mich der Moralpredigt stellen«, seufzte Kit und trat schnell von ihr zurück, als sie auf ihn zukam. »Sei nicht übermütig, Annabel.« Das letzte Wort ging in ein Stöhnen über, als sie ihn berührte, sich an ihn preßte, ihre Arme um seinen Hals schlang, mit den Händen seinen Kopf zu sich herunterzog und ihren Mund auf seinen legte. Sie trug einen seiner Morgenmäntel, und als sie die Arme hob, öffnete sich der nur lose geknüpfte Knoten, und das Gewand gab ihren warmen, nackten Körper frei, der sich an den seinen schmiegte.

Er hielt die Arme an sich gepreßt so lange er konnte, doch schließlich gab er auf, fuhr mit den Händen unter den Morgenmantel und strich mit den Händen über ihre weichen Rundungen und Konturen, während sein Körper sich begehrlich aufrichtete.

»Siehst du«, sagte sie zärtlich und nahm ihren Mund von seinem. »Jetzt kannst du zu Lady Sale gehen und ihr sagen, daß das, was du mit deiner Hure aus dem Basar von Kabul anfängst, nur deine Angelegenheit ist. Es wird dir jetzt leichter fallen, das zu sagen, nicht wahr?« Ihre Hand, auf intime Weise mutwillig, berührte den schwellenden Beweis seiner Erregung.

Er blickte auf sie hinab, in die Jade-Augen, wo unter dem frechen Lachen der Hai der Leidenschaft mit ebenso scharfen Zähnen wie sein eigener lauerte.

»Du bist eine Hexe«, erklärte er, und seine Finger spannten sich um ihre nackten Hüften. »Ich weiß nicht, wie eine wie du es fertigbringt, himmlische Magie walten zu lassen. Das ist ein Widerspruch.«

»Aber einer, den zu entwirren sich lohnt.« Sie sah ihn fragend an. »Willst du mich nicht loslassen?«

»Ich bin mir nicht sicher«, erwiderte er mit gespieltem Ernst. »Ich habe mich noch nicht entschieden, ob ich für diese Teufelei irgendeine Buße einfordern soll.«

»Was zum Beispiel?« Die Worte schienen ihr mit einemmal im Halse steckenzubleiben, als das plötzliche Aufsteigen der Leidenschaft ihr den Atem raubte.

Er spürte, wie das Begehren durch ihren Körper floß, las es in ihren Augen und lächelte selbstgefällig.

»Wie diese.« Er nahm seine Hände von ihr. »Nachdem ich gerächt habe, was du vorher mir angetan hast, Liebling, werde ich dich jetzt verlassen, damit du über die Verkrampfung nachdenken kannst, die entsteht, wenn man etwas einfädelt, was man nicht zu Ende bringen will.«

Er ließ sie unvermittelt im Speisezimmer stehen. Reuig fuhr sie mit ihren Händen über ihren erregten Körper, umspannte ihre Brüste, deren empfindliche Knospen in schmerzlicher Bereitschaft aufgerichtet waren. Dann, mit einem schiefen Lächeln, zog sie den Gürtel des Morgenmantels wieder zu und kam zu dem Schluß, daß sie diese Lektion verdient hatte.

Kit wollte bei Lady Sale in die Offensive gehen, daher bot er Ihrer Ladyschaft ein sanftes Lächeln, als sie ihn in ihrem Salon empfing und ihn sehr ernst bat, Platz zu nehmen.

»Ich habe einen beunruhigenden Bericht über Sie erhalten, Christopher«, steuerte sie auf ihn los. »Ich bin sicher, Sie wissen, was ich meine.«

Kit schüttelte den Kopf. »In der Tat, Ma'am, ich fürchte, ich weiß es nicht. Ich sehe nicht, in welcher Weise ich mich Ihnen erklären müßte.«

»Der gute Ton und das Verhalten in diesem Kantonnement liegen in meiner Verantwortung«, meinte sie. »Ganz unabhängig von meiner Freundschaft mit Ihrer Mutter fühle ich mich verpflichtet, darauf zu achten, daß Ihr Benehmen nicht den guten Ton unserer Gemeinschaft untergräbt oder Ihren Ruf schädigt.«

»An dem schon lang nichts mehr zu flicken ist, Ma'am«, erinnerte er sie. »Genauso wie ich schon lange das Alter überschritten habe, mich auf diese Weise zur Rechenschaft ziehen lassen zu müssen. Wen habe ich beleidigt?«

Ihre Ladyschaft wirkte zunehmend aufgebrachter. »Man hat mir zu verstehen gegeben, daß Sie eine junge Person haben, die… unter Ihrem Schutz lebt.«

»Das ist nicht ungewöhnlich«, sagte er freundlich. »Es muß Ihnen doch klar sein, daß die meisten unverheirateten Männer, sowohl in Indien wie auch hier, ihre Bedürfnisse anerkanntermaßen befriedigen.«

Lady Sale schoß Röte ins Gesicht. »Von diesen Dingen weiß ich nichts. Was ihr Männer mit den Eingeborenen macht, hat nichts mit mir zu tun. Aber mit einer unserer eigenen Frauen zu prunken, aus welcher Gesellschaftsklasse sie auch stammen mag, unübersehbar für die unschuldigen jungen Damen in einer so geschlossenen Gesellschaft wie der unseren, ist unhaltbar – ist eine grobe Beleidigung! Was soll jemand wie die arme kleine Millie Drayton davon halten?«

Kit zog die Stirn kraus und schien über die Vorstellung nachzudenken. »Nun, Ma'am«, sagte er schließlich, »ich habe nicht vor, mit irgend jemandem vor diesen feinfühligen Jungfrauen zu prunken. Das würde ich als entsetzliche Geschmacklosigkeit verurteilen. Jedoch scheinen mir, ich hoffe, Sie werden mir das vergeben, Ihre Vermutungen etwas außerhalb des Kurses zu liegen. Wen meinen Sie denn, könnte ich unter meinem Schutz haben?« Er sah angemessen bestürzt aus. »Eine Engländerin? Hier? Das können Sie doch nicht wirklich glauben, Lady Sale. Und eine einheimische Frau ist, wie Sie selber sagen, keine Angelegenheit, die man an die große Glocke hängt.«

Ihre Ladyschaft war nun völlig durcheinander. »Aber, ich habe gehört –«

»Vielleicht sollte man sich nicht zu sehr auf das verlassen, was andere möglicherweise gesehen zu haben meinen«, unterbrach er sie, einen deutlich wahrnehmbaren kühlen Unterton in der Stimme. Er hatte inzwischen erkannt, daß er keine ausgefeilten Unwahrheiten von sich geben mußte, und dieses Wissen befriedigte ihn außerordentlich. Er würde die Pharisäerin mit seiner Schmückung ihres Fehlers verwirren. »In der vergangenen Nacht ist auf dem Exerzierplatz sehr viel geschehen. Die Vorstellung fällt mir schwer, daß sich irgend jemand von den Ereignissen dort ein genaues Bild machen konnte.« Er stand auf. »Ich muß meinen Pflichten nachkommen. Wenn Sie mich also entschuldigen wollen.« Er verbeugte sich.

»Ja, aber natürlich«, sagte Lady Sale steif. »Wenn ich mich geirrt habe, bitte ich Sie um Verzeihung. Aber irgend jemand muß ja die Angelegenheiten in unserem Dilemma hier überwachen. Die Regeln könnten in alle vier Winde stieben, wenn wir alles zuließen, jetzt wo keiner weiß, was mit uns geschehen wird, und diese Wilden vor den Toren schreien und herumspringen.«

»So ist es«, stimmte Kit mit einer weiteren Verbeugung zu. »Ich wünsche Ihnen einen guten Morgen, Ma'am.«

Er ging hinaus in die kalte Frühe und grinste schamlos über die Leichtigkeit seines Sieges. Aber seine Befriedigung hielt nur bis zur Tür des Hauptquartiers an.

»Oh, Ralston, ich habe eben eine Botschaft in deinen Bungalow geschickt.« Leutnant Watson begrüßte ihn zunächst gedankenverloren, nahm dann plötzlich Haltung an und salutierte. »Bitte um Nachsicht, Sir. Ich habe ganz Ihre Beförderung vergessen. Gratuliere, Sir.«

Kit hob abwehrend die Hand. »Ich werde auch jetzt nichts auf Zeremonie geben. Was gibt es Neues? Mehr als das Übliche?« fügte er hinzu.

»Es sieht so aus, als besetzten die Rebellen die Forts von Mahmood Khan und Mahomed Shereef«, sagte der Leutnant. »Sie bedrohen die südwestliche Flanke des Kantonnements und blockieren die Straße zu unserem Intendanturfort.«

»Wie uns bereits vorausgesagt wurde ...« Bob betrat die Adjutantur, hob bei seinen Worten eine Augenbraue, und Kit nickte.

»Wir werden diesen Vorhersagen mehr Aufmerksamkeit widmen müssen«, fügte er hinzu. »Was soll also geschehen?«

»Wir haben soeben eine Botschaft von Warren aus dem Intendanturfort erhalten, in der er darauf aufmerksam macht, daß die Gefahr besteht, abgeschnitten zu werden. Der General hat ihm den Befehl gegeben, sich zurückzuziehen und das Fort mit allen

Vorräten aufzugeben. Eine Einheit ist hinausgeschickt worden, zur Deckung des Rückzugs.«

Kit riß entsetzt die Augen auf. »Das kann nicht dein Ernst sein. Wir haben im Kantonnement nicht mehr Vorräte als für zwei Tage und keinerlei Aussichten auf Nachschub.«

»Ich glaube, unser geehrter Befehlshaber hat in seiner verwirrten Art geschlossen, daß er sich bereits gerirrt hatte, Colin Mackenzie zu ignorieren, und er will sich nicht ein weiteres Mal irren.«

»Aber diesmal ist es doch vollkommen anders! Außerdem hätte Colin Verstärkung nötig gehabt, um seinen Widerstand fortzusetzen. Eine Garnison, die angegriffen wird, zu ignorieren oder aufzugeben sind nicht die beiden einzigen Handlungsmöglichkeiten. Wie steht es zum Beispiel mit Kämpfen, verdammt noch mal?«

»Sag du das dem General. Der Verpflegungsoffizier versucht bereits seit einer halben Stunde ihm die Tatsachen zu erläutern.«

»Was ist mit Macnaghten?«

»Der ist offenbar mit Mohun Lal beschäftigt. Planen ihre widerlichen kleinen Intrigen.«

Kit schnitt eine Grimasse. »Ich bekomme Gänsehaut, wenn ich nur daran denke.« Er drehte sich um, als er das Geräusch trappelnder Füße hörte. Die Tür wurde aufgestoßen und ließ einen atemlosen, rotgesichtigen Fähnrich ein.

»Oh, Sir... Sir...« Verspätet salutierte er vor den beiden Hauptleuten. »Ich habe eine Botschaft für den General, Sir.«

»Also geben Sie sie dem Adjutanten«, wies Kit auf Leutnant Watson. »Und holen Sie erst einmal Atem, Fähnrich.«

Der junge Mann tat wie geheißen und meldete: »Die Abteilung, die ausgeschickt wurde, um Leutnant Warrens Rückzug zu decken, hatte schwere Verluste, Sir. Durch das Feuer aus den von den Afghanen besetzten Forts. Sie mußten sich zurückziehen.«

Kit nickte. »Ich werde dem General die Nachricht bringen, Watson.« Er klopfte an Elphinstones Tür und trat auf eine zittrige Einladung hin ein. Der General hörte ihm zu und seufzte.

»Ich weiß wirklich nicht, welche Vorgehensweise die beste ist.«

»General, wir können es uns nicht leisten, das Intendanturfort aufzugeben«, sagte Kit und warf den beiden anderen Offizieren im Raum einen Seitenblick zu.

»Wie ich bereits sagte«, pflichtete ihm der Verpflegungsoffizier bei. »Mit Vorräten für kaum zwei Tage im Kantonnement, Sir, und keiner Hoffnung, mehr zu beschaffen, wäre es blanker Wahnsinn.«

»Sinnvoller wäre es, Abteilungen zu den Forts von Mahmood Khan und Mahomed Shereef zu schicken, um sie zu stürmen«, schlug Kit vor. »Sobald wir diese Forts zurückerobert haben, wird die Intendantur auch nicht mehr belagert.«

»Oje... oje«, seufzte Elphinstone. »Vielleicht sollte Warren lieber eine Botschaft geschickt werden, daß er bis zum Letzten aushält. Sorgen Sie dafür, Hauptmann Ralston, seien Sie so gut.«

»Jawohl, Sir.« Kit salutierte und machte auf den Fersen kehrt. »Also gut, Warren soll bis zuletzt aushalten«, teilte er den Offizieren im Adjutantenbüro mit. »Mit ein bißchen Glück werden wir den alten Mann vielleicht dazu überreden können, die beiden gegnerischen Forts anzugreifen.«

»Ich lasse Leutnant Warren eine Mitteilung schicken«, sagte der Adjutant.

»Ich habe heute Dienst in der Reitschule.« Kit blickte auf die Tabelle an der Wand. »Gott allein weiß, wozu es gut sein soll, mit Kavallerieschwadronen die Feinheiten des Schulreitens zu üben. An diesem Punkt des Schicksals sollten sie lieber die Kunst des *Buzkashi* erlernen.«

»Das Leben geht weiter, mein Lieber«, bemerkte Bob mit zynischem Grinsen. »Sitten und Zeremonien sind doch für alle von Bedeutung, nicht wahr?«

»In diesem Zusammenhang...« Kit brauchte eine Weile, um dem Freund von seinem Gespräch mit Lady Sale zu erzählen. Das lockerte für einen Augenblick ihre Stimmung, aber die Entspannung währte nur kurz, da der einmal steckengebliebene Karren dabei war sich immer tiefer in den Morast zu wühlen.

13. Kapitel

Wenn Annabel erwartet hatte, daß ihr Liebster bei seiner Rückkehr sie seinen Gefühlen gemäß begrüßen würde, sah sie sich getäuscht in dem Augenblick, in dem sie sein Gesicht erblickte.«

»Was ist geschehen? War Lady Sale –?«

»Nein.« Er schüttelte den Kopf. »Erstaunlich genug, ist das ohne allzu große Schwierigkeiten geregelt worden. Aber du hattest recht mit dem Angriff auf das Intendanturfort.«

Sie wußte das: »Ist es das, was im Augenblick vor sich geht?«

»Ja. Der kommandierende Offizier hat den Befehl erhalten, bis zum Letzten auszuhalten, und wir hoffen, daß wir ihm bald Verstärkung schicken können.« Er ging im Wohnzimmer auf und ab, und tiefe Furchen gruben sich in seine sonst so klare Stirn. »Aber ich glaube, wir müssen gewärtig sein, diesen Ort unter Umständen gezwungenermaßen zu verlassen.«

Annabel hatte sich gesetzt und die Arme vor ihrer Brust gekreuzt, ihr Kopf war leicht zur Seite geneigt, und sie vermittelte in dieser Haltung das Bild uneingeschränkter Ergebenheit.

»Nichts für ungut«, sagte Kit. »Ich erzähle dir nichts Neues. Aber was ich meine, ist, daß es an der Zeit ist, vernünftige Vorbereitungen für alle Eventualitäten zu treffen.«

»Sprich weiter, Ralston, *Huzoor*.«

Diesen gelinden Spott konnte er einfach als Schatten ihrer vergangenen Auseinandersetzungen annehmen und sogar ein wenig lächeln. »Du wirst ein Pferd brauchen, Ayesha.«

»Ein gutes«, kam es unverzüglich. »Aber mein eigenes ist in Kabul.«

»Ein Vollblutaraber, wenn ich mich nicht irre.«

»Ja.« Sie beobachtete ihn aufmerksam.

»Ich nehme an, daß du, wenn du mit einer so lebhaften Rasse umgehen kannst, gut genug reitest, um auch mit einem Pferd zurechtzukommen, das an mein Gewicht gewöhnt ist?«

»Ja, das glaube ich schon.«

»Ich habe eine kleine Herde, Kavalleriepferde versteht sich, nicht Rennpferde. Mit einem von ihnen wirst du bestens ausgerüstet sein, aber ich glaube, du solltest erst lernen, mit einem solchen Tier umzugehen.«

Sie nickte leichthin. »Ich habe ja schon gesagt, daß ich gerne die Gelegenheit ergreifen würde, mir ein wenig Bewegung zu verschaffen ... draußen, an der frischen Luft.«

Er lächelte. »Das kann ich dir nicht bieten, aber ich habe für den Rest des Tages Dienst in der Reitschule und exerziere mit einer Schwadron Kavallerie. Ich meine, du könntest dich ihnen anschließen.«

»In welcher Kleidung?«

»Afghanisch. Überlasse die Erklärungen mir.«

»Wie soll ich ohne Stiefel reiten?«

»Wenn Sie die Einmischung entschuldig'n, Sir, ich glaub' ich kann für die Miss 'n Paar Reitstiefel beschaff'n.« Harley tauchte in der offenen Wohnzimmertür auf. »Da gibt's 'n afghanisches Mädchen in der Messeküche, Sir. Sie bringt alle möglichen Dinge her ... um einen bestimmten Preis, versteht sich.«

»Dann vervollständige Miss Spencers Kleiderschrank, Harley«, sagte Kit munter. »Ohne dir Fragen stellen zu lassen und ohne an Rupien zu sparen.«

»Einverstanden, Sir. Wenn ich nur einen von den Pantoffeln der Miss haben könnte, wegen der Größe?«

»Eine unternehmerische Seele mit Verwandten im Basar, vermutlich«, sagte Annabel und rieb ihren unbeschuhten Fuß. »Umgang mit dem Feind wird dann nicht als Verstoß gewertet, wenn die Preise Wucherpreise sind. Wahrscheinlich besitzt sie ein ganzes Lager hinter der Messeküche.«

»Nun, wenn es deine Bedürfnisse deckt, werde ich mir keine Gedanken über ihre Herkunft machen«, erklärte Kit. »Es wäre vielleicht am besten, wenn du mit Harley mitgingest und selbst das kauftest, was du benötigst. Du weißt das besser als er.«

»Sicherlich kann ich auch besser handeln als er«, Annabel klang vernünftig. »Und ich werde wollenes Futter und Pelzbesätze brauchen gegen die Kälte. Auch ein *Chadri* würde das Leben erleichtern. Der Mantel ist schön und gut, aber es ist schwierig, sich mit ihm ganz einzuhüllen... und wahrscheinlich brauche ich auch –«

»Genug!« Lachend gebot Kit dieser wachsenden Einkaufsliste Einhalt. »Kaufe, was immer du brauchst. Ich kann mir nicht vorstellen, daß du mich in den Bankrott treiben willst. Ich gehe inzwischen in den Stall und entscheide, welches meiner Pferde am besten für dich paßt. Dann könnt ihr anfangen, euch gegenseitig kennenzulernen.«

Er kehrte bald auf einem kraftvollen und außerordentlich häßlichen Schecken zurück. Annabel, der immer noch ein Schuh fehlte, hüpfte zur Eingangstür und rief lachend: »Meine arabische Stute würde ich vorziehen.«

»Vielleicht, aber Charlie hier wird dir sehr treu dienen. Komm, ich mach dich mit ihm bekannt.«

»Mir fehlt noch immer ein Schuh.«

Kit stieg ab und führte das Tier zur Tür, wo Charlie und Annabel sich gegenseitig in Augenschein nahmen. Annabel tätschelte ihm vorsichtig die Nase. »Er ist riesig, Kit.«

»Aber er hat sehr gute Manieren«, versicherte er ihr. »Und er ist ausdauernd.«

»Hmmm.« Annabel und ihr neues Pferd sahen einander prüfend an, dann stellte sie sich auf die Zehenspitzen und blies Charlie zärtlich in die Nüstern. Das Pferd kräuselte seine samtene

Nase und zog, als ob es zur Antwort grinsen wollte, die Lippen zurück.

Kit nickte befriedigt. Annabel und das Pferd würden sich schnell aneinander gewöhnen.

»Ich hoffe, die sind in Ordnung, Miss.« Harley kam den Pfad entlang, mit einem Paar afghanischer Stiefel in der Hand. »Die diebische Elster wollte ein kleines Vermögen für sie, Sir.«

Kit winkte ab, nahm die Stiefel entgegen und untersuchte sie. »Sie sehen kräftig genug aus. Zieh sie an, und wir machen uns auf den Weg.«

Annabel nahm sie und verwandelte sich alsbald in Ayesha, verschleiert, mit verhülltem Haar und unter einem Mantel verborgen. Kit setzte sie auf Charlies Rücken, der es irgendwie fertigbrachte, überrascht auszusehen, als ob eine Fliege auf seinem Rücken gelandet sei, aber dennoch freundlich neben Kit zur Reitschule klapperte.

In dem stallähnlichen großen Gebäude standen zwanzig Kavalleristen neben ihren Pferden. Ein schlanker, verwitterter indischer Offizier beaufsichtigte einen Burschen dabei, wie der den mit Sägemehl gefüllten Ring in eine glatte Ebene verwandelte.

»Guten Morgen, Hauptmann«, grüßte der Inder Kit. »Wir sind so gut wie fertig für den Unterricht.«

»Guten Morgen, Rissaldar.« Erwiderte Kit den Gruß des Kavalleristen. »Meine Herren, bitte nehmen Sie die Sättel ab«, aufgeräumt schritt er in den Ring, und über die Schulter rief er: »Ayesha, du kannst deinen vorerst behalten.«

Kein Nörgeln ließ sich vernehmen über den Befehl, aber die Kavalleristen gehorchten mit wenig Begeisterung, starrten vor sich hin, sattelten ihre Pferde ab und warfen dabei gelegentlich neugierige Blicke auf die bewegungslose, verschleierte Gestalt auf dem Rücken des riesigen Pferdes, das sie als dem Hauptmann gehörend erkannten.

Der Rissaldar machte keinen Versuch, seine Neugier zu verbergen. »Haben Sie Besuch, Hauptmann, ja?«

»Eine ... eine Freundin von mir, könnte man wohl sagen«, antwortete Kit, konspirativ grinsend. »Ich habe eine Wette darauf abgeschlossen, daß ich ihr die Handhabung eines Pferdes im Ring genauso gut beibringen kann wie irgendeinem Kavalleristen. Wenn ich also Dienst habe, wird sie ebenfalls hier sein. Und wenn du nichts dagegen hast, Rissaldar, schicke ich sie dir gelegentlich zum Üben.«

Der Rissaldar war viel zu sehr an die allgemein ausschweifenden Vergnügungen aristokratischer Offiziere gewöhnt, um bei dieser Erklärung auch nur mit der Wimper zu zucken. »Spricht sie denn Englisch?«

»Ein wenig«, sagte Kit vage. »Aber sie versteht es ausgezeichnet.«

Der Reitmeister nickte und meinte: »Ich bezweifle, daß Charlie überhaupt merkt, daß sie auf ihm sitzt.« Er faßte Pferd und Reiterin mit Kennerblick ins Auge. »Sie wird ihn ohne Muskelkraft davon überzeugen müssen, was sie von ihm will.« Er breitete die Arme aus. »Aber Charlie ist ohnehin ein Geschöpf milden Charakters.«

Kit nickte und wandte sich den Kavalleristen zu, die jetzt ohne Sattel auf den Rücken ihrer Pferde saßen. »Können wir beginnen, meine Herren? Ein Schwenk nach rechts, wenn Sie so freundlich wären.«

Annabel beobachtete die anderen einen Augenblick, als ihr klar wurde, warum die Reiter so untröstliche Gesichter gezogen hatten, diese schwierige Übung ohne Sattel zu machen. In ihrer Bewegungsfreiheit durch die langen Schwerter, die rein zeremonieller Natur zu sein schienen, und die Lanzen, die sie ruhig halten mußten, beeinträchtigt, führten sie unter dem kritischen Auge des Rissaldar und Hauptmann Ralstons zögernd mehrere Halbkreise aus.

Charlie begann unruhig auf dem Sägemehl zu scharren, als ob er die Trennung von seinen Kameraden nicht mochte, und sie beruhigte ihn mit einem leisen Zuruf und einem Straffen der Zügel.

»Laß mich erst sehen, was wir tun sollen«, flüsterte sie ihm sanft zu, nachdem er aufgehört hatte, mit den Hufen zu scharren. »Du weißt vielleicht, wie man es macht, aber ich nicht.«

Sie beobachtete weiter, genauso von diesem neuen Auftreten Kits fasziniert wie von der Dressur. Seine Stimme, leicht und nie versagend höflich, selbst wenn er Kritik übte oder etwas zu verbessern hatte, war neben dem Hufgetrappel das einzige Geräusch in der hölzernen Halle, in der er die Reiter durch ein kompliziertes Ritual führte, das mehr Ähnlichkeit mit einem Tanz als mit einer Kampfvorbereitung hatte. Aber sie zweifelte weder an ihren reiterischen Fähigkeiten, um diese Manöver zu bewältigen, noch an ihrer Erfahrung im Umgang mit Pferden. Wenn es ihr und Charlie gelänge, hier zur Übereinstimmung zu gelangen, gab es nur wenig, was sie nicht auch anderswo erreichen konnten.

Nach einer Weile flüsterte Kit dem Rissaldar leise etwas zu, der ohne Einhalt weitermachte. Kit kam auf Ayesha zu. Er ging mit den langen, ausgreifenden Schritten eines Athleten, und der eng anliegende Schnitt seiner Hose und seines Uniformrocks brachten den gutgebauten, muskulösen Körper vorteilhaft zur Geltung.

»Laß uns zunächst eine halbe Drehung nach rechts versuchen«, sagte er munter. »Es sein denn, du willst den ganzen Morgen wie das Denkmal der Geduld an diesem Platz ausharren.«

»Nein, das möchte ich nicht«, antwortete sie eine Spur ungehalten, dann sah sie, wie seine Augen strahlten. »Ich wollte mich nur nicht lächerlich machen, falls es sich irgendwie vermeiden ließe.«

»Das wird nicht geschehen, und Charlie weiß genau, was er tun soll, aber er wird sich nicht wohl fühlen, wenn du ihn nicht führst.« Er begann sie in dem gleichen freundlichen, trotzdem bestimmten Ton zu unterweisen, den er auch bei den Kavalleristen angeschlagen hatte, und es kostete sie überraschend wenig, seinen Anweisungen zu folgen, selbst wenn er mit einiger Regelmäßigkeit auf Wiederholungen bestand.

»Was für ein guter Lehrer du bist«, sagte sie schließlich. »Es ist eine wirkliche Begabung.«

»Dein Kompliment ehrt mich«, antwortete er mit einem Zwinkern in den Augen. »Bist du bereit, dich den anderen anzuschließen? Ich kann dir nicht die ganze Zeit Privatstunden geben.«

»Was werden sie denken?« Sie blickte unsicher zu den Männern im Ring.

»Sie sind hier, um zu reiten und nicht, um zu denken«, verbesserte Kit. »Bist zu bereit?«

Mehr schien es dazu nicht zu sagen zu geben. »So bereit, wie man nur sein kann.« Sie trieb Charlie vorwärts, und er ging unbeirrt an seine Position in der Mitte der in einer Linie aufgereihten Kavalleristen.

»Ich habe dir ja gesagt, er weiß, was er tun soll«, lachte Kit.

Zwei Stunden später war Annabel erschöpft, und der Schweiß rann an ihrem Körper herunter, trotz der Kälte in der Reitschule. Es fiel ihr nicht schwer, sich vorzustellen, wie die Kavalleristen sich fühlten mit der Last ihrer Waffen und ohne den Halt von Sattel und Steigbügeln.

Schließlich gab Kit ein Zeichen: »Sehr gut, meine Herren. Heute ist es genug. Vielen Dank für Ihren Einsatz.«

Die höfliche Anerkennung wurde dankbar aufgenommen, sein Salutieren zackig erwidert, und die Kavalleristen führten ihre Pferde aus dem Ring. Der Rissaldar folgte ihnen, und Kit blickte grinsend zu Annabel auf. »Nun, hattest du genug Bewegung?«

»Das ist nicht lustig«, stöhnte sie. »Ich glaube, ich reite lieber mit Akbar Khan um die Wette, als –«

»Du tust *was* lieber?«

»Das war ein Spiel, mit dem er mich manchmal herausforderte.« Sie schwang ihr Bein über den Sattel und ließ sich in Kits wartende Arme gleiten. »Eher eine Probe als ein Spiel«, verbesserte sie sich.

»Ich habe mich manchmal gefragt, was wohl geschehen wäre, wenn ich nicht bestanden hätte und wie alle anderen Frauen gewesen wäre. Wäre er meiner überdrüssig geworden?« Ein Schauder lief ihr über den Rücken, als ihr aus sicherem Abstand zum ersten Mal klar wurde, wie sehr diese unbewußte Angst ihr Leben bestimmt hatte.

Sie sah Kit ins Gesicht und erschrak. Seine grauen Augen waren steinhart und sein Mund zu einem schmalen Strich zusammengepreßt. »*Feringhee*!« mahnte sie zärtlich, denn es fiel ihr nicht schwer, seine Gedanken zu erraten. »Ich habe dir schon einmal gesagt, daß du sie nicht mit deinen Maßstäben beurteilen darfst.«

»Ich darf sie für das verantwortlich machen, was sie dir angetan haben«, beharrte er.

Annabel blinzelte: »Und was haben sie mir angetan? Komm schon, Ralston, *Huzoor*, mir ist durch Akbar Khan nichts Übles widerfahren.«

»Nein?« Er blickte auf sie hinunter, als wolle er in ihre Seele dringen. »Ist es das wirklich nicht, Annabel Spencer? Kannst du dir wirklich vorstellen, daß ich das glaube? Ein Kind, entführt und in einen muslimischen *Zenana* geworfen, wo ihm Dinge beigebracht wurden, die kein Kind lernen sollte, vor allem anderen Angst, soll solche Erfahrungen unverletzt überstehen?«

»Verändert«, widersprach sie. »Verändert, aber nicht unbedingt verletzt. Es sei denn, du betrachtest meine Unfähigkeit, in das frühere Leben zurückzukehren, als Verletzung. Sicher, so verändert bin ich, daß ich das nicht mehr kann.«

Ihre Ahnungen fuhren kalt zwischen sie. Sie hatte nichts gesagt, was sie ihm nicht schon vorher sachlich auseinandergesetzt hatte, aber er war in Gedanken schon weit in die Zukunft seiner eigenen Phantasien gereist und hatte sich in dem Glauben gewiegt, ihr Widerstand sei nur mehr eine Formsache. Er nickte: »Ja, ich würde das als die allergrößte Verletzung empfinden, wenn sie sich als wahr herausstellen sollte.«

Stille trat zu der Grabeskälte der Reitschule, und beide spürten deutlich, nahezu körperlich, den Abgrund zwischen sich.

»Schicksal«, brach Annabel das Schweigen. »Wir sind in der

Hand des Schicksals, Christopher Ralston. ›*Es ist alles nur ein Schachbrett aus Tag und Nacht, auf dem das Schicksal mit den Menschen spielt: Es schiebt sie hierhin und dorthin, paart und erschlägt, und einer nach dem anderen wird schließlich wieder in die Schachtel gelegt.*‹ So hat es ein Perser ausgedrückt, einer von Akbar Khans Lieblingsdichtern«, ergänzte sie, als sie seine Verwirrung bemerkte. »Elftes Jahrhundert. Sein Name war Omar Chajjam.«

»Und diese Philosophie gilt auch für dich?«

»Oh, das weiß ich nicht«, sagte sie und wandte sich ungeduldig ab. »Welchen Sinn hat dieses Gerede überhaupt?«

»Wenn du das nicht weißt, dann werde ich es nicht sagen«, bemerkte er, und energisch überdeckte er Schmerz mit Ärger. »Du solltest besser in den Bungalow zurückgehen. Ich habe noch andere Verpflichtungen.«

Sie bot ihm einen islamischen Gruß, worauf er erbittert nach ihren Händen griff und sie von ihrer Stirn fortzog. »Warum mußt du mich so wütend machen, Annabel? Ich könnte dich schütteln, bis dir die Zähne klappern!«

»Du wehrst dich nur gegen die Wahrheit, wie ich sie sehe«, antwortete sie. »Aber wenn ich sie dir vorenthalte, wirst du glauben, daß ich die Welt mit deinen Augen sehe, was falsch wäre.«

Er seufzte und ließ sie los. »Geh heute nachmittag mit Harley zu der Händlerin. Es erleichtert mich zu wissen, daß du wenigstens angemessen gekleidet bist bei allen Wechselfällen des Schicksals.«

Er beobachtete, wie anmutig sie aus der Halle glitt, scheinbar ohne Eile, so anders als die jungen Frauen, die er kannte. Er wußte von niemandem, der sich so bewegte wie Annabel, der zu solcher Ruhe fähig war. Aber, erinnerte er sich mit einiger Zuversicht, daß sie auch fähig war zu wütenden Ausbrüchen, die jedem schlechterzogenen Balg Ehre gemacht hätten... Schatten aus der Vergangenheit, hatte sie zugegeben, wiedererweckt durch die gegenwärtigen Umstände. Vielleicht war sie also doch nicht ganz verloren.

Mit diesem ermutigenden Gedanken schwang er sich auf Charlies Rücken und ritt in den Stall.

Am frühen Abend kehrte Kit in den Bungalow zurück, nachdem er den Rest des Nachmittags über Plänen gebrütet hatte, wie am besten ein Gegenangriff gegen die beiden Forts einzuleiten war. Harley kam gerade aus der Küche, als Kit in die Eingangshalle trat.

»Oh, da sind Sie ja, Sir. Was für 'nen Nachmittag ich gehabt hab'«, sagte er und folgte Kit ins Wohnzimmer.

»Bist du mit Miss Spencer zum Einkaufen gegangen?« Kits neues Alkoholsystem erlaubte ihm den ersten Drink ab sechs Uhr abends, daher goß er sich ein Glas Brandy ein.

»Das hab ich, Sir. Herrje, so was haben Sie noch nich' geseh'n! Die beiden sind an die Sache wie ein Schmied mit Hammer und Zange herangegangen, Hauptmann, und die ganze Zeit hab'n sie in dieser heidnischen Sprache geplappert. Ich hab' nich' ein Wort verstanden, aber die Miss hat den Preis von sechshundert auf zweihundert Rupien runtergehandelt.« Der verblüffte Ausdruck auf Harleys im allgemeinen stoischem Gesicht verbunden mit seinem ungewöhnlichen Bedürfnis, diese Erschütterungen zu beschreiben, spiegelte die ehrfürchtige Bestürzung über die Einkaufsgewohnheiten von Frauen in fremden Ländern akkurat wieder.

Kit grinste verständnisvoll. »Hat sie viel gekauft?«

»Ich weiß nich', Sir, klang aber ganz so. Das Mädchen bringt die Sachen morgen früh. Die Miss meinte, das Mädchen hätte nich' alles im Kantonnement und müßte manches erst aus der Stadt beschaff'n.«

Das Grinsen auf dem Gesicht des Hauptmanns erlosch. »Die Wachen werden sie niemals durchlassen. Oder jedenfalls sollten sie das nicht.«

Harley nickte weise. »Die Miss hat gesagt, das Mädchen wüßte 'nen anderen Weg, wie man raus und rein kann.«

Kit runzelte die Stirn und trank einen Schluck. Es wunderte ihn nicht, denn ihre Verteidigung war voller Löcher, und sie konnten sie nicht alle stopfen. »Wo *ist* Miss Spencer jetzt?«

»Macht, glaub' ich, ein Schläfchen, Sir. Schien 'n bißchen müde, nach all dem Reitn und Einkauf'n.« Er wischte sich vielsagend die Stirn. »Das hätte jeden erledigt.«

»Kann ich mir vorstellen. Was gibt es zum Abendbrot? Ich bin hungrig, habe seit dem Frühstück nichts gegessen.«

»Die Magazine sin' heute leer, Sir. Sie haben nichts rausgegeben, aber die Henne legt noch, obwohl sie schon ein alter Vogel is'«, fügte er ahnungsvoll hinzu. »Wir haben noch einen Sack Mehl, ein paar Kartoffeln und Porree. Und 'n bißchen Schinkenspeck –«

»Ja, aber was gibt es zum Abendbrot?« unterbrach ihn Kit, in dessen Mund schon das Wasser zusammenlief.

Harley war geknickt. »Ich habe ein bißchen Geschmortes gemacht mit Kartoffeln und Lauch, Sir, in ausgelassenem Fett. Den Schinken wollte ich für's Frühstück aufheb'n, wenn's recht ist.«

»Du bist ein Prinz unter den Burschen«, sagte Kit. »Ich wollte dich nicht kränken.« Er setzte ein entwaffnendes Lächeln auf, mit dem er schon vor fünf Jahren die seitdem nicht versiegende Treue Harleys gewonnen hatte.

Der Bursche fühlte sich geschmeichelt und lockerte mit einem Finger seinen Kragen, als sei es ihm plötzlich zu eng geworden. »Also, dann mach ich mal wieder weiter, Sir.« Er ging zurück in die Küche, und Kit trug sein Glas in das dunkle Schlafzimmer.

Annabel rollte sich zu ihm herüber, streckte sich und gähnte herzhaft. »Ich habe geschlafen.«

»Aus gutem Grund, hat Harley mir erzählt«, amüsiert setzte er sich auf die Bettkante. »Wie wäre es mit einem Kuß?«

Ihre Augen schimmerten in dem Dämmerlicht. »Du möchtest mich also nicht mehr schütteln?«

»Im Augenblick nicht«, antwortete er trocken. »Aber ich bin sicher, daß es nicht allzulange dauern wird.« Er beugte sich über sie. »Küß mich, du verzogenes Balg.«

Sie gehorchte mit einiger Gründlichkeit und setzte sich dann auf. »Wir sind einkaufen gegangen. Hat Harley es dir schon erzählt?«

»Mit für ihn ungewöhnlicher Beredsamkeit.« Kit legte das Schwertgehänge ab und streckte sich. »Er hat gesagt, daß die Händlerin mit ihren Waren herein- und hinausgelangen kann.«

»Selbstverständlich«, bestätigte sie sachlich. »Du erwartest doch nicht, daß es hier keine Spitzel gibt, oder?«

»Ich denke schon, daß ich das erwartet habe.« Er knöpfte seinen Uniformrock auf. »Obwohl ich nicht weiß warum, da schließlich auch Macnaghten seine Spione in Kabul hat und sie für ruchlose Ränke einsetzt.«

»Ränke gegen Akbar Khan?« Annabel schwang sich aus dem Bett und entzündete mit einem Streichholz die Öllampe auf dem Tisch. »Ich zweifle, ob das klug ist.«

»Warum nicht?« Er begann, sich die Stiefel von den Füßen zu ziehen. »Es heißt doch Auge um Auge, nicht wahr?«

»Das kommt darauf an. Welche Art von Ränken schmieden sie denn?«

»Oh, Macnaghten hat einen seiner Agenten, ein Afghane namens Mohun Lal, der in der Stadtresidenz eines Kuzzilbash-Anführers wohnt, damit beauftragt, Blutgeld auf die Köpfe einiger unserer bösartigsten Gegner auszusetzen.«

Annabel erschrak. »Aber das ist Verrat in seiner schlimmsten Form.«

»Dein ehemaliger Khan hat es selbst vorgeschlagen«, ergänzte Kit.

»Akbar Khan hat vorgeschlagen, daß Macnaghten, *Huzoor*, die Ermordung einiger der Anführer organisieren soll? Ich kann nicht glauben, daß er so etwas gesagt hat.«

Kit massierte sich müde den Unterkiefer. »Nein, so hat er es nicht vorgeschlagen, und es ist äußerst widerwärtig, daß der Kronbevollmächtigte es in der Weise ausgelegt hat. Aber Akbar Khan hat vorgeschlagen, Zwietracht zwischen den einzelnen

Stämmen zu säen, denn dann würden sie mehr damit beschäftigt sein, sich gegenseitig statt uns zu bekämpfen.«

»Und darauf bist du eingegangen? Nach allem, was ich dir von Akbar Khan erzählt habe, und allem, was du in seiner Festung gesehen und gehört hast? Wie konntest du nur so dumm sein, Kit!« Sie begann erregt im Raum auf und ab zu trippeln.

»Nein, ich bin nicht direkt darauf eingegangen«, erwiderte er unwirsch. »Aber ich war nur ein Unterhändler. Ich überbrachte die Botschaft und der Kronbevollmächtigte –«

»Spielt geradewegs in Akbar Khans Hände«, unterbrach ihn Annabel. »Wenn die Briten Verrat und Treulosigkeit walten lassen, dann braucht Akbar Khan keine Gewissensbisse zu haben, wenn er willkürlich handelt.«

»Aber er hat Macnaghten die Idee in den Kopf gesetzt«, machte Kit ihr klar.

»Es war Macnaghtens Angelegenheit, selber zu entscheiden. Akbar Khan hat geprüft, ob man ihm vertrauen kann. Du weißt doch, wie unberechenbar Akbar Khan ist. Er bietet den Apfel an, lehnt aber jede Verantwortung ab, wenn er erst einmal gegessen ist.«

»Was also schlägst du vor?« Kit zog einen Hausmantel aus Samt an und verknotete den Gurt mit einem Ruck, der seine Gereiztheit offenbarte.

Annabel spürte seine Müdigkeit, seinen Unmut und seine Bitterkeit. Bei ihm angelangt, legte sie ihm die Arme um die Taille und bettete ihren Kopf an seine Brust. »Ich bin ratlos. Laß uns heute abend nicht mehr darüber sprechen. Du sollst dich lieber ausruhen als mit mir streiten.«

Er streichelte ihr Haar, während sie ihn ohne Leidenschaft umfangen hielt, aber ihre Sanftmut und etwas von ihrer Gelassenheit an ihn weitergab, die ihr jederzeit zur Verfügung zu stehen schien und womit sie die scharfen Gegensätze und aufreibenden Wortwechsel vertrieb.

»Ich nehme an, du bist hungrig«, sagte sie schließlich. »Harley wirkt in der Küche, seit wir zurückgekehrt sind. Komm ins Eßzimmer, und ich werde dich bedienen.«

Er fügte sich Ayeshas weichem Schmeicheln, spürte, wie Anspannung und Befürchtungen von ihm abglitten, während sie sich um seine Bedürfnisse kümmerte, ihn bediente, ihm Wein eingoß, das Feuer versorgte, über viele Dinge sprach, die jedoch nichts mit Schicksal, Kampf, Verrat oder gefährlicher Unterschätzung zu tun hatten. Er bekam das wunderbare, zauberhafte Gefühl, daß er das Zentrum der Welt war, daß sie nur existierte, um seinen Frieden und seine Behaglichkeit zu schaffen, und das Gefühl, durch ein unerlaubtes, doch verlockendes Wunderland zu wandern, überfiel ihn wie in der ersten Nacht ihres Beisammenseins. Später, im weichen Licht der Öllampe, schenkte sie seinem Körper das gleiche Maß an Frieden und Behagen, so daß der Schlaf über ihn kam wie ein lautloses Licht.

Annabel strich ihm das Haar aus der Stirn, als er eingeschlafen war, und lächelnd zog sie mit ihrer zarten Fingerspitze die Linien seines Kinns und seiner Lippen nach. Im Schlaf zeigte er nicht diese mitunter entstellende Selbstverachtung, und unsichtbar war der kalte Glanz des Wissens in seinen grauen Augen. Sie fragte sich, was für eine Art Kind er wohl gewesen war: auf jeden Fall ein bißchen wie ein Engel, mit diesem Schopf goldenen Haars und dem entwaffnenden Lächeln, das sich noch immer auf seine Lippen stahl, wenn er vergaß zynisch oder gelangweilt zu sein. Es mußte schwerfallen, den Schmeicheleien eines solchen Kindes zu widerstehen.

Selber lächelnd blies sie die Lampe aus und kuschelte sich an seine Seite, die Decke bis an die Nase hochgezogen. Ein Bett zu teilen war wirklich sehr angenehm, überlegte sie, als der Schlaf sich schon ankündigte. Das hatte sie niemals zuvor erfahren, daß die Anwesenheit eines anderen Körpers, vor allem eines so liebevollen, beruhigend und tröstlich war ... so lange, wie das Schicksal die Figuren dort auf seinem Schachbrett ließ, wo sie standen. Warum war sie nur davon überzeugt, daß das Schicksal weiblich war ...

Zunächst drangen die Geräusche vor dem Fenster kaum in ihre Traumwelt unter den Bettdecken ein, dann aber setzte sie sich auf in dem Moment, in dem auch Kit zu vollem Bewußtsein erwachte.

»Was, zum Teufel, ...?« Er sprang nackt aus dem Bett und zum Fenster. »Verdammt, ich kann nichts sehen!« Er zog sich Hose und Hemd über. »Ich höre keine Schüsse, also kann es kein Angriff sein. Wie spät ist es?«

»Nach Mitternacht«, sagte Annabel mit gedämpfter Stimme, da sie sich gerade die Jacke über den Kopf zog. »Wo ist mein Schleier?«

Kit öffnete den Mund, um ihr zu sagen, sie solle im Haus bleiben, dann schloß er ihn wieder und warf ihr den Schleier zu. »Versprich mir, daß du mit niemandem redest oder der Welt im allgemeinen eine deiner unbequemen Meinungen zum Thema Fehler der *Feringhees* mitteilst.«

»Ich hebe mir das auf, bis wir zurück sind«, versprach sie, befestigte den Schleier über ihrem Ohr und nahm den Mantel auf. »Gehen wir?«

Kit nickte und ging zur Tür. Harley war bereits in der Eingangshalle und öffnete die Tür. »Was jetzt?« wollte er verdrießlich wissen, während er auf die Straße und die Häuser hinausblickte, wo in dieser dunklen Morgenstunde die Lichter angezündet wurden.

»Deine Vermutungen sehen so aus wie meine«, antwortete Kit. »Nicht gut, zweifellos.« Er ging hinaus. »Ayesha, bleib bei mir. Ich möchte dich nicht aus dem Blick verlieren, verstanden?«

»Ich verstehe, Ralston, *Huzoor*«, sagte sie und senkte den Kopf. »Ich werde zwei Schritte hinter dir gehen, wie es sich gehört.«

Trotz der düsteren Stunde und seiner Überzeugung, daß soeben ein weiterer Nagel in den britischen Sarg geschlagen worden war, zuckten Kits Lippen. Er knuffte sie spielerisch. »Denke daran.«

Sie eilten auf den Exerzierplatz, mitten in eine Szene allgemeiner Verwirrung. Kit hielt abrupt inne. »Großer Gott! Das ist Warren mit seiner Garnison. Er hat seinen Posten verlassen.«

»Welchen Posten?« Sie stellte sich neben ihn und starrte umher, wo Pferde und Soldaten in einem wilden Getümmel durcheinanderliefen, wo Stimmen sich über den allgemeinen Lärm erhoben und Befehle brüllten.

»Ich kann es nicht glauben, Kit.« Bob Markham trat aus dem Gedränge und kam zu ihnen herüber. »Warren sagt, er habe die Botschaft, bis zum Letzten auszuhalten, nicht bekommen. Gott verdammt, Mann! Major Griffiths war im Begriff, mit einer großen Streitmacht aufzubrechen, um Shereefs Fort zu stürmen. Warren hätte bis zum Abend erlöst sein können.« Er sah so zerknittert aus wie Kit, seine Haare ungekämmt, sein Rock schief zugeknöpft. »Oh, Annabel, entschuldigen Sie bitte, ich habe Sie gar nicht gesehen«, begrüßte er sie zerstreut, bevor er fortfuhr: »Warren sagt, der Feind habe das Tor des Forts unter Beschuß genommen, aber er gibt auch zu, daß sie noch keinen Zugang gewonnen hatten. Aber darauf wollte er auch nicht warten.« Abscheu schwang in Bobs Stimme mit. »Offenbar hat er ein Loch durch die Wand des Forts stemmen lassen und seine Leute auf diesem Weg evakuiert.«

»Bei allen Stümpern und Pfuschern!« Kit fuhr mit den Fingern durch seine Haare, die wild und ungezähmt zu Berge standen.

»Du tust ihm noch einen Gefallen«, meinte Bob grob. »Ich hätte ihn anders genannt.«

»Ja, das würde ich auch gerne. Aber vielleicht hat er die zweite Meldung nicht erhalten. Wie auch immer –« Kit hob die Schultern. »Entweder kämpfen wir jetzt, oder wir reden über die Übergabebedingungen. Es sei denn, Elphinstone ist bereit, sich im Sessel zu verkriechen und im Verhungern eine Lösung zu sehen.«

Die beiden Männer schienen Ayesha vergessen zu haben, und sie tat nichts, um ihre Aufmerksamkeit auf sich zu lenken, stand vielmehr bewegungslos daneben, hörte zu und dachte nach. Andere Männer kamen zu ihnen herüber, drückten den gleichen Abscheu und ähnliche Sorgen aus, und die Meinungen tobten durch die eisige Luft, während sie darüber nachsann, daß es ihr hier genauso unmöglich war, sich an einem männlichen Gespräch zu beteiligen wie im *Zenana*. Im Kantonnement gab es außer Kit und Harley nur vier Männer, die wußten, wer und was sie war, und da Kit wollte, daß es dabei blieb, hatte sie keine andere Wahl als Annabel-Ayesha unterzuordnen, wie all die Jahre vorher. Sie kam sich ein wenig lächerlich vor angesichts Kits fieberhafter Entschlossenheit, Annabel Spencer untertauchen zu lassen und Ayesha in den Sattel zu hieven.

Sie rührte sich nicht, und die Unterhaltung fesselte ihn so, daß Kit sich abwandte und den Platz verließ, noch immer in Gesellschaft seiner Kameraden und so tief im Gespräch, daß er sie nun in der Tat vergessen hatte. Sie fragte sich, wie lange es wohl dauern würde, bis er sich an sie erinnern würde, blieb stehen, wo sie war, und sah, wie alle um die Ecke verschwanden.

Minuten später tauchte Kit wieder auf, das Gesicht vor Besorgnis tiefgefurcht. Als er sie noch immer an dem gleichen Platz entdeckte, wich die Besorgnis dem Erstaunen. Er kam zu ihr herübergelaufen. »Was ist denn los?«

»Ich wollte nur herausfinden, wie lange du brauchst herauszufinden, daß du mich zurückgelassen hast«, sagte sie.

Kit sah betroffen aus und versuchte die Beschuldigung zu widerlegen, aber es gelang ihm nicht.

Annabel lachte. »Mach dir keine Sorgen, ich bin keineswegs beleidigt. Es kommt mir nur so vor, als ob Männer im wesentlichen überall auf der Welt gleich sind, egal ob sie die Berge Afghanistans bewohnen oder europäische Bungalows. Bring sie in einem spannenden Gespräch zusammen, und Frauen existieren nicht mehr.«

»Das ist nicht wahr«, leugnete er. »Das Leben ohne Frauen wäre unerträglich.«

»So lange, wie sie an dem ihnen zugewiesenen Platz ausharren.« Ihre Augenbrauen hoben sich fragend.

»Oh, laß das«, sagte Kit. »Ich werde nicht hier herumstehen, um Spitzfindigkeiten mit dir auszutauschen. Dein Platz ist im Bett, und dort möchte ich dich jetzt sehen.«

»Wir müssen uns irgendeinen Ersatz für die fehlenden Nahrungsmittel verschaffen«, stimmte sie zu. »Ich nehme an, Liebe erfüllt den Zweck genauso wie alles andere.«

Ihre kleinen Neckereien überlagerten ihre Gewärtigung der entsetzlichen Lage, in der sie sich befanden, überlagerten sie, leugneten sie jedoch nicht.

14. Kapitel

»Das Mädchen is' hier, Miss, mit Ihren Kleidern.« Harley betrat das Speisezimmer, wo Kit und Annabel beim Frühstück saßen.

»Oh, vielen Dank.« Annabel stand auf. »Ich sehe mir mal an, was sie gebracht hat, und brauche zweihundert Rupien, Kit, wenn sie alles dabei hat, was sie mir versprochen hat.«

»Ist mir eine Ehre«, säuselte er und stellte seine Teetasse hin.

Das Mädchen stand in der Eingangshalle. Sie war verschleiert, trug jedoch keinen *Chadri*, und in ihren Armen trug sie ein großes Bündel. Annabel begrüßte sie freundlich auf Paschtu, erhielt jedoch keine Antwort. Stumm streckte ihr das Mädchen die Sachen entgegen. Sie wirkte wie jemand, der verzweifelt gerne die Flucht ergriffen hätte, als ob irgendeine Ansteckungsgefahr bestehe.

Annabel sah die Kleidungsstücke an und verstand warum. »Wir brauchen die Sachen nicht zu bezahlen«, sagte sie dumpf zu Kit, als dieser ihr das Geld hinhielt. Auf ihrem Gesicht lag ein merkwürdiger Ausdruck, und er sah sie verständnislos an.

»Wieso nicht?«

Sie antwortete nicht sogleich, sondern sagte auf Paschtu etwas zu dem Mädchen, dessen Augen über dem Schleierrand gehetzt im Raum umherjagten. Sie antwortete mit leiser, ängstlicher Stimme, entbot hastig ihren Gruß und verschwand auf die Straße.

»Was ist denn los? Warum wollte sie nicht bezahlt werden?«

»Das sind meine Kleider«, erklärte Annabel noch immer in

dem gleichen dumpfen Tonfall. »Man bezahlt nicht, was einem bereits gehört.«

»Du sprichst in Rätseln.« Ungeduld schwang in seiner Stimme mit, doch es war die Ungeduld, die aus Angst erwächst.

Sie kehrte in das Speisezimmer zurück und legte ihr Bündel auf den Tisch zwischen die Teetassen. »Akbar Khan hat mir meine eigenen Kleider geschickt.«

»*Was?*« Er starrte sie entgeistert an. »Ich verstehe nicht.«

»Wir haben doch gestern abend von Spionen geredet, nicht wahr?« Noch immer schwang in ihrer Stimme und in ihrer Miene diese Benommenheit. »Ich weiß nicht, warum ich nicht an die logische Erweiterung gedacht habe. Natürlich hat er seinen Spionen aufgetragen, auch von mir zu berichten. Jetzt hat er es wirklich deutlich gemacht, daß er von meiner Anwesenheit im Kantonnement weiß.«

»Das Mädchen hat also ihre Verbindung zu dir Akbar Khan gemeldet, und er hat entschieden, dich selbst mit Kleidung zu versorgen?«

»Fällt dir eine andere Erklärung ein?« Sie begann, den Stoß zu sortieren, Kaschmir, Seide, Pelz glitten durch ihre Finger. »Sieh nur, er hat sogar meine Reitkleider und Stiefel geschickt.« Sie hielt die flaumweiche Lederhose hoch, die Lederjacke mit dem Pelzfutter und die polierten Stiefel, die eigens ihren Füßen angepaßt worden waren. »Und den *Chadri.*«

»Warum?« Diese aus einem Wort bestehende Frage war alles, was er hervorbringen konnte, während er auf den glänzenden Reichtum der Stoffe blickte, die sich vor ihm ausbreiteten.

Ihr Mund formte das Zerrbild eines Lächelns, freudlos, wissend. »Das ist einfach seine Art, mich daran zu erinnern, daß ich an ihn gebunden bin, ganz egal, was ich tue. Daß ich im Eigentlichen von ihm abhänge und von seiner Großzügigkeit.« Sie kreuzte die Arme vor der Brust, als würde sie sich selbst umarmen. »Und daß seine Großzügigkeit zu jedem beliebigen Augenblick zurückgezogen werden kann.« Ein Unterton müder Resignation schwang in ihrer Stimme mit. »Das ist der Grund, warum er diese Dinge geschickt hat. Der Falke wird auf seine Beute niederstoßen, wenn er selbst den Zeitpunkt für gekommen hält.«

Kit versuchte die Woge von Hilflosigkeit, die ihn aller Energie und Entschlußkraft berauben wollte, abzuschütteln. Aber er konnte vor der Wahrheit nicht die Augen verschließen, vor der entsetzlichen Erkenntnis, gefangene Kreaturen in dem Gehege Akbar Khans zu sein. »Ich werde es nicht zulassen, daß er dir weh tut«, hörte er sich selbst sagen, obwohl er wußte, wie lächerlich es klang.

Sie schüttelte den Kopf, aber kein Spottwort, das er gefürchtet hatte, entfuhr ihr. »Du wirst genauso leiden wie ich, Kit, und ich werde genausowenig dazu in der Lage sein, dich zu beschützen wie du mich.«

»Kehre jetzt nach Kabul zurück«, sagte er drängend. »Ich bin hier sowieso schon verloren, aber du bist es nicht. Ich bin verantwortlich für deine Lage. Ich möchte, daß du zu ihm zurückkehrst.«

Sie sagte mild: »Aber das möchte ich nicht. Ich habe dir meine Wahl mitgeteilt. Nichts hat sich geändert. Und wer weiß?« Sie zuckte die Schultern, und ihre Stimme wurde lebendiger. »Das Schicksal mag etwas anderes für uns bereithalten. Laß es uns abwarten.«

»Du und dein verdammtes Schicksal«, sagte Kit, aber aus irgendeinem Grund fehlte die Erbitterung, die er meinte auszudrücken. Er konnte in seiner Stimme nur Erleichterung und eine ihm neue Art von Freude hören.

Auch Annabel bemerkte es, und auch ihr Lächeln enthielt keine Bitterkeit. »Na ja, wenigstens werde ich nicht frieren müssen«, bemerkte sie so fröhlich, als ob die Augenblicke und Schatten der Angst durch reine Willenskraft zu vertreiben wären. »Und ich freue mich über frische Kleider. Ich glaube, ich werde Harley bitten, mir ein Bad zu richten.« Sie streckte sich, um ihn zu küssen. »Solltest du dich nicht zum Dienst melden? Es wäre nützlich, wenn man wüßte, wie lange die Vorräte noch ausreichen und was unternommen werden kann, um sie wieder aufzufüllen. Welch ein Jammer, daß ich meinen Falken nicht habe«, sagte sie, und in ihren Augen blitzte plötzlich der alte Mutwille auf. »Vielleicht sollte ich mir von Akbar Khan meinen Turmfalken schicken lassen? Er würde uns ausreichend mit Sperlingen und Feldmäusen versorgen.«

»Ich weiß nicht, ob Harleys kulinarische Begabung ausreicht, um solche Kreaturen eßbar zu machen«, gab Kit in dem gleichen Ton zu bedenken. »Aber die Idee ist gut. Ich kann heute abend mein Gewehr mitnehmen und vielleicht was erbeuten.« Er umfaßte ihre Hüften; trotz des leichten Tons, den er anschlug, waren seinen Augen ernst, als er in ihrem zu ihm gekehrten Gesicht forschte. »Bist du dir sicher?« Als sie ohne ein Lächeln nickte, küßte er sie in einen Mundwinkel. »Du hast recht, ich sollte gehen, aber ich werde dich heute nachmittag in die Reitschule hinüberbringen, damit du mit Rissaldar ein wenig übst.«

»Ich kann es kaum erwarten«, sagte sie dramatisch seufzend. »Ich bin sicher, er ist nicht so höflich wie du.«

»Nein, er wird dich anblaffen«, bestätigte Kit. »Aber du wirst viel lernen, das verspreche ich dir.«

Er machte sich auf den Weg ins Hauptquartier und bemerkte, daß die Stimmung im Kantonnement sogar noch gedrückter war als bisher. Ein kleiner Junge rannte einem Ball nach auf die verlassene Straße. Kit hob den Ball auf und warf ihn dem Jungen zu, der ihn fing und an die Brust preßte, den Offizier mit weit aufgerissenen Augen anstarrend, bis seine wütende *Aya* über ihn herfiel, ihn auf Hindi ausschimpfte und zurück in den Garten trieb. Das Kind brüllte sein Kindermädchen empört an, und Kit setzte seinen Weg nachdenklich fort, ob die kleine Annabel Spencer diesselbe Überlegenheit den Dienern gegenüber an den Tag gelegt hatte. Sie wäre ein außergewöhnliches Kind gewesen, wenn dies nicht zugetroffen hätte, dachte er und bog zum Hauptquartier ein. Sie waren alle gleich, die Herrschaftsbälger. Aber was würde mit *diesen* armen Dingern jetzt geschehen? Die ungebetene Frage ließ ihn erschaudern, und er schob sie fort, als er die Adjutantur betrat.

»Gibt es Neuigkeiten?« fragte er in den Raum hinein.

»Morgen, Ralston.« Der Major wandte sich von den Plänen. »Ich habe Sie erwartet. Haben Sie Lust auf ein Scharmützel?«

Kit war sich keineswegs sicher, ob er das hatte, aber es gab nur eine Antwort. »Natürlich, Sir. Wo soll es stattfinden?«

»Bei dem Fort von Mahomed Shereef. Wenn wir sie von dort vertreiben, dann können wir vielleicht die Intendantur zurückgewinnen«, erklärte Major Griffith. »Irgendeiner muß den Kampf aufnehmen. Warum suchen Sie sich nicht ein Dutzend Männer aus, die mitkommen? Wir treffen uns in der Abenddämmerung auf dem Exerzierplatz.«

»Einverstanden.« Kit salutierte und machte sich auf die Suche nach Havildar Abdul Ali. Der Sergeant war seine zweite Hälfte!

»Wird meinem Herzen guttun, Hand an sie zu legen, Sir«, sagte dieser. »Ich werde Ihnen die richtigen Männer aussuchen.«

»Meinen Dank, Havildar.« Kit kehrte ins Hauptquartier zurück, wo, ausgelöst durch Griffiths Entschlossenheit und die Idee, daß Widerstand sowohl möglich als auch wünschenswert war, zur Abwechslung einmal Begeisterung in der Luft lag.

»Glücksteufel!« rief Bob Markham. »Wünschte, ich könnte mitkommen.«

Kit schenkte ihm ein schiefes Lächeln. »Wenn irgend etwas geschehen sollte, hab ein Auge auf Annabel für mich.«

Bob nickte, augenblicklich im Bilde. »Hoffe, du hast ihr diesmal gesagt, daß du gehst.«

»Noch nicht, aber ich werde es.«

Gegen Mittag kam er zurück und fand Annabel in dem kleinen Hinterhof im Zwiegespräch mit Harleys wohlbehüteter Henne. »Es heißt, sie legen besser, wenn man mit ihnen redet«, erklärte sie und richtete sich auf. »Aber ich fürchte, Harley hat recht. Dieser dürre alte Vogel taugt nur noch für den Kochtopf.«

»Ich bin nicht sicher, ob Harley das wirklich ernst gemeint hat«, wandte Kit ein und lehnte sich gegen die Hauswand, im Augenblick alle Sorgen vertreibend und sich nur der Freude ihres Anblicks hingebend. »Er hat Priscilla den ganzen Weg von Indien hierhergeschleppt. Du siehst bezaubernd aus in dieser Farbe.«

Sie war Komplimente nicht gewöhnt, und eine leichte Röte machte sich daher auf ihren cremeweißen Wangen breit, als sie befangen über ihre smaragdgrüne Jacke strich. »Sie war mir immer eine meiner liebsten.«

»Frauen wissen im allgemeinen, was ihnen steht,«, bemerkte er und fuhr in mehr oder weniger gleichem Ton fort: »Ich gehöre zu einer Abteilung, die den Befehl hat, das Fort von Mahomed Shereef zu erstürmen.«

Annabel nickte. »Wann?«

»Zur Abenddämmerung.«

»Das ist vernünftig. Nicht, daß sie euch nicht erwarten würden, aber Schatten sind gute Freunde, wenn man in der Offensive ist.«

»Irgendwie habe ich angenommen, daß du nicht einverstanden sein würdest... ägerlich sogar.« Er schenkte ihr ein reuevolles Lächeln.

Sie runzelte die Stirn. »Wie dumm von dir. Ich werde ärgerlich, wenn du mir nicht sagst, was du tust, und wenn mich die Frage quält, wo du bist. Aber es ist ja deine Aufgabe zu kämpfen.« Sie zuckte mit den Schultern. »Du vergißt, daß ich unter Männern gelebt habe, für die Kämpfen ihr Existenzmerkmal ist.«

»Bob wird sich um dich kümmern, falls mir etwas zustoßen sollte«, sagte er direkt und nahm damit hin, daß alles andere als Nüchternheit bei dieser Frau töricht wäre.

»Es ist nicht nötig, daß sich irgend jemand – wie du meinst – um mich kümmern muß, Kit«, antwortete sie mit der gleichen Aufrichtigkeit. »Dies ist mein Land. Ich werde wissen, was zu tun ist, wenn du getötet wirst.«

Seine Hände öffneten sich in einer unbeschreiblichen Geste. Wie sollte man es ausdrücken, was man für eine Frau empfand, die keine der Unterstützungen, die man ihr zugedacht hatte, brauchte, die ihre eigene Kraft besaß und sie uneingeschränkt darbot, und die beruhigend lächelnd im Wintersonnenlicht vor einem stand? Er mußte sie verlassen und würde sie vielleicht nie wieder sehen.

Sie trat verständnisvoll auf ihn zu. »Schicksal, Liebster«, sagte sie und ergriff seine Hände. »Nimm es an. Dieses Mal wirst du zurückkommen. Ich weiß es.«

»Woher weißt du das?«

»Es steht auf deiner Stirn geschrieben.« Sie fuhr die Furchen in seiner Stirn mit der Fingerspitze nach. »Tu, was du tun mußt. Mehr ist nicht möglich.«

»Ich muß zur Strategiesitzung gehen.« Er preßte ihre Hände schmerzhaft. »Ich wollte dich in die Reitschule bringen, aber ich habe keine Zeit mehr.«

»Ich bin durchaus bereit, auf einen Nachmittag mit einem blaffenden Reitmeister zu verzichten«, sagte sie. »Ich werde mit Priscilla reden und sehen, ob ich sie nicht dazu bringen kann, ein paar Eier mehr zu legen.«

»Liebste ...«

»Geh jetzt, Kit. Ich warte hier auf dich bis zu deiner Rückkehr.«

Einen langen Augenblick stand er da und hielt ihre Hände, dann beugte er sich über sie und küßte sie mit einer schnellen, leichten Bewegung seiner Lippen, bevor er sich umdrehte. Sie berührte in einer Abschiedsgeste seine Lippen mit den Fingerspitzen, als er einen letzten Blick über die Schulter warf, und er lächelte.

Allein im Garten, wischte Annabel eine widerspenstige Träne von ihrer Wange und betrachtete fragend Priscilla: »Wie wäre es mit zwei braunen Eiern, Prissy? Ralston, *Huzoor*, wird ein gutes Frühstück brauchen, wenn er heimkommt.«

»Wir schüchtern sie nicht im mindesten ein«, brüllte Major Griffith über den Kartätschenlärm des leichten Feldgeschützes hinweg. »Die Mistkerle wachsen einfach aus den Mauern heraus. Sehen Sie sie nur an!«

Kit tat es. Der Feind drängte sich auf der Brustwehr zusammen, mähte mit seinen langen *Jezails* die Briten nieder, die mit ihren Musketen nach oben schießen mußten. Griffith hatte recht. So schnell, wie das Feldgeschütz die Reihen der Ghilzai auch durchlöcherte, so rasch erschien eine neue Linie, um die alte zu ersetzen.

»Wir brauchen ein zweites Geschütz«, sagte Kit, als es ihm auf einmal wie Feuer durch die Hand schoß. Ungläubig starrte er auf das Blut, das zwischen seinen Fingern heraussprudelte. »Wie, zum Teufel, ist das geschehen?«

»Hier, Sir.« Abdul Ali reichte ihm ein Taschentuch. »Binden Sie's herum. Muß eine verirrte Kugel gewesen sein, hat Sie nur angekratzt.«

Kit verband die Wunde, so fest er konnte, und verknotete die behelfsmäßige Bandage mit den Zähnen. Überall um ihn her fielen Soldaten, und die Männer an dem Geschütz schwankten vor Erschöpfung. Schon konnte man die Ankündigung des Wintermorgens in dem grauer werdenden Nachthimmel erkennen. Sie hatten das Fort die ganze Nacht lang angegriffen, ohne Erfolg. Die Sturmabteilung der Kavallerie unter seinem Kommando befand sich hinten, bereit, in dem Moment loszuschlagen, in dem die Artillerie die Brustwehr gesäubert hätte, was ihr bisher eindeutig nicht gelungen war.

»Blase zum Rückzug«, befahl Major Griffith, und ein Seufzer der Müdigkeit löste sich von seinen Lippen. Dann fügte er lebhafter hinzu: »Aber bei Gott, beim nächsten Mal werde ich es nehmen. Ralston, übernehmen Sie das Kommando über die Geschützmannschaft, ja? Ich werde Sie so gut es geht decken lassen.«

Des Trompeters klagender Ruf klomm empor über dem Krachen der Musketen, und Kit galoppierte zu dem Geschütz und seiner dem Zusammenbruch nahen Mannschaft. Er leitete das Aufprotzen des Geschützes und das Anschirren der Gespanne, bemühte sich dabei, seine Stimme zuversichtlich klingen zu lassen, um die Kavalleristen zu ermutigen, während das tödliche Feuer der *Jezails* weiterhin wütete, jetzt noch vernichtender, seit das britische Geschütz schwieg. Ein Karree Infanterie bot so viel Rückendeckung, wie nur möglich war, aber ihre Musketen waren von geringem Nutzen gegen die *Jezails* der Afghanen. Schließlich war das wertvolle Geschütz aufgeprotzt, das Gespann angeschirrt, und der Rückzug konnte beginnen.

Die erschöpfte, stark verminderte Truppe wankte bei Tagesanbruch durch das Tor des Kantonnements. Sie wurden über die Ebene hinweg von einer triumphierenden Horde fanatischer Ghazi verfolgt, die sie mit Beleidigungen und Gewehrschüssen eindeckten und erst bei der Kanalbrücke kehrtmachten, die von einer Einheit Kavallerie gehalten wurde.

»Sollten sich lieber Ihre Hand verbinden lassen«, bemerkte Griffiths, als sie auf dem Exerzierplatz abstiegen. »Sind Sie heute abend bei einem weiteren Versuch dabei?«

»Auf jeden Fall«, sagte Kit in ehrlicher Überzeugung und genausowenig wie der Major dazu bereit, sich durch die verschwendeten Menschenleben der zurückliegenden Nacht von einer nächsten Attacke abhalten zu lassen. »Aber wir brauchen zwei Geschütze.«

Während er sprach, suchten seine Augen bereits den Platz ab, wo langsam wieder Ordnung eintrat, als die Verwundeten in die Krankenstation und die Pferde in ihre Ställe gebracht wurden. Er sah sie auf der gegenüberliegenden Seite des Exerzierplatzes im Schatten stehen, eingehüllt in ihren weißen *Chadri*, und er konnte spüren, wie ihre jadegrünen Augen ihn durch die weißen Seidenmaschen des *Ru*-Bandes hindurch verschlangen. Er hob eine Hand zum Zeichen, daß er sie gesehen hatte, und sie grüßte ihn nach muslimischer Tradition mit einem *Salaam*, bevor sie sich abwandte und den Platz verließ.

Eindeutig hat sie nun ihre Lektion der Zurückhaltung gelernt, dachte er mit einem inwendigen Lächeln, das viel dazu beitrug, seine knochentiefe Erschöpfung zu lindern. Das Taschentuch um seine Hand war inzwischen so mit Blut getränkt, daß es das Nachfließen nicht mehr verhindern konnte, aber er entschied sich, mit einem Besuch in der Krankenstation noch zu warten; es gab jetzt Dringenderes zu tun.

»Irgendwelche weiteren Befehle, Major?« fragte er förmlich und stieg ein wenig ungelenk vom Pferd.

Griffith schüttelte den Kopf. »Ruhen Sie sich aus, und wir versuchen es heute abend wieder. Es sei denn, die Hand bereitet Ihnen Schwierigkeiten.«

»Das bezweifle ich.« Kit salutierte mit seiner gesunden Rechten und machte sich mit einer Energie auf den Heimweg, die er nach einer solchen Nacht nicht für möglich gehalten hätte.

Annabel stand in der geöffneten Eingangstür, als er in die Straße einbog. »Ich wäre sehr wütend geworden, wenn du nicht sofort zu mir gekommen wärst«, schalt sie, aber der Ton ihrer Stimme strafte die Worte Lügen, und ihre Augen umfingen ihn mit Wärme.

»Ich kann dich doch nicht auf der Straße umarmen«, protestierte er, als sie ihre Arme für ihn öffnete. »Du warst so wunderbar diskret auf dem Exerzierplatz. Mach es jetzt nicht kaputt.« Er hielt seine verletzte Hand hinter dem Rücken verborgen und versetzte ihr mit der anderen einen zärtlichen Klaps auf den Po, um sie ins Haus zu weisen.

»Habt ihr das Fort erstürmt?«

»Nein«, antwortete er. »Es war ein blutiges Schlachtfeld! Aber wir werden heute nacht einen zweiten Versuch unternehmen. Wenn wir zwei Feldgeschütze gehabt hätten, wäre es anders ausgegangen.«

Sie holte tief Luft: »Hattet ihr hohe Verluste?«

Ein Schatten verdunkelte seine Augen, und sein Mund wurde schmal. »Diese verdammten *Jezails*, sie haben eine so große Reichweite.«

»Ja«, stimmte sie zu und trat zurück, damit er als erster durch die Eingangstür gegen konnte. »Kit, auf dem Boden ist überall Blut. Wo bist du verwundet?« Ihre Stimme klang unverändert, nicht die Spur von Panik, und er fragte sich, warum er gefürchtet hatte, sie fiele in Ohnmacht oder würde hysterisch. Wieder hatte er sie nach den falschen Maßstäben beurteilt.

»Nur meine Hand. Es ist ein Kratzer, glaube ich.«

»Laß mich sehen.« Sie nahm seine Hand und zog eine Grimasse angesichts des vollgesogenen Tuches. »Das war nicht sehr schlau von dir, nicht wahr?«

»Nein, wahrscheinlich nicht«, stimmte er friedfertig zu und ließ sich ins Haus schieben. »Aber ich glaube nicht, daß ich es hätte verhindern können.«

»Oh, Himmel, Sir, Sie sind verletzt!« Harley sah bestürzt aus.

»Hol heißes Wasser, ja?« Annabel übernahm die Zügel. »Und ein paar dicke Handtücher, damit wir die Blutung unter Kontrolle bringen und sehen können, wie ernst es ist.« Sie drückte Kit im Wohnzimmer in einen Sessel und goß ihm ein Glas Brandy aus der Karaffe ein, die auf der Anrichte stand. »Hier, ich glaube, das kannst du jetzt gebrauchen.«

»Ah, ein geschickter Feldscher bist du?« neckte er sie und nahm einen Schluck, als sie Abduls Taschentuch entfernte.

»Du wärst überrascht«, erwiderte sie schlagfertig.

»Nein, das wäre ich nicht. Nichts, was dich betrifft, kann mich mehr überraschen.«

Sie blickte auf und schenkte ihm ein schnelles, blitzendes Lächeln, bevor sie Harley anwies, das heiße Wasser und die Handtücher neben sie auf den Boden zu stellen.

»Ist es schlimm, Miss?« fragte er, und Angst verzerrte seine sonst so stoische Miene.

»Ich sehe nichts, bei all dem Blut.« Vorsichtig wusch sie die Wunde sauber und untersuchte sie schweigend, während Kit an seinem Brandy nippte, sich mit Teilnahmslosigkeit wappnete und Harley besorgt wartete. »Ich glaube, es ist ein Splitter«, teilte sie ihnen schließlich mit.

»Ein Splitter!« Kit wurde aus seiner Teilnahmslosigkeit aufgerüttelt. »Wie erniedrigend, Annabel. Sicherlich muß es eine Musketenkugel oder ein Schrapnell gewesen sein?«

»Kit, bist du verletzt?« Bob Markham stand plötzlich in der Wohnzimmertür. »Das Haus stand offen, also habe ich mir nicht die Mühe gemacht zu klopfen«, erklärte er und eilte an Kits Seite. »Wie schlimm ist es?«

»Es ist ein Splitter«, wiederholte Annabel, ohne von ihrer Untersuchung aufzublicken.

»Es schmerzt wie die Hölle«, sagte Kit und saß jetzt auf dem Rand seines Sessels.

»Der Splitter ist sehr lang«, klärte sie ihn auf, »und er ist sehr tief eingedrungen. Harley, warum machst du uns nicht ein wenig Tee?«

»Sofort, Miss.« Der Bursche schlich sich bedrückt davon.

Kit sog plötzlich scharf den Atem ein. »Verdammt!«

»Es tut mir leid«, entschuldigte sie sich leise, »aber wenn ich ihn nicht ganz herausbekomme, wird es sich entzünden. Trink noch einen Schluck Brandy.«

»Nein, ich werde auf den Tee warten«, sagte er und knirschte mit den Zähnen. »Beeil dich einfach.«

»Ich tue mein Bestes«, versprach sie, und dann: »Hier bitte.« Triumphierend hielt sie einen langen, sehr spitzen Holzsplitter in die Höhe. »Wenn der dir in den Hals gefahren wäre, hätte er dich getötet«, bemerkte sie. »Er ist wie ein Dolch.«

»Gut, dann fühle ich mich jetzt ein entsprechendes Stück besser«, sagte er kläglich. »Wo, zum Teufel, ist der hergekommen?«

Sie zuckte die Schultern, den erneuten Blutfluß stillend. »Eine Kugel, die in einen Baum eindringt, schickt Splitter in alle vier Himmelsrichtungen.«

Bob bemerkte: »Sie scheinen eine Menge über diese Dinge zu wissen.«

Sie blickte kurz auf. »Ich weiß eine Menge darüber, wie die Afghanen kämpfen. Sie kennen viele Kniffe, wie zum Beispiel diesen.« Sie begann Kits Hand mit einer Bandage zu verbinden. »Es ist nur eine Oberflächenwunde, aber sie wird wie Schlachtvieh bluten.«

»Annabel, achte auf deine Sprache!« rügte Kit, nur halb scherzhaft.

»Es tut mir leid. Es war mir nicht klar, daß du so empfindliche Ohren hast«, gab sie ohne Zögern zurück. »Ich habe noch nicht bemerkt, daß *du* deine Sprache in meiner Gegenwart mäßigst.«

Bob lachte leise. »Jetzt hat sie dich, Kit. Kannst von ihr nicht damenhafte Zurückhaltung erwarten, wenn du selbst deine Zunge nicht im Zaum hälst.«

Harley erschien mit dem Teetablett, bevor Kit eine angemessene Antwort einfiel. »Soll ich eingießen, Miss?«

»Ja, das wäre nett«, sagte sie, auf das Bandagieren der Hand konzentriert. Kits Augenbrauen hoben sich. Eine subtile Veränderung war zwischen Harley und Annabel vor sich gegangen, wie man aus diesem Wortwechsel schließen konnte. Der Bursche hatte sich der Dame ohne Zweifel auf häuslicher Ebene untergeordnet.

»Mußt du heute abend wieder hinaus?« fragte Annabel, setzte sich auf ihre Fersen zurück und sah ihn ernst an. »Der kleinste Stoß wird es wieder zum Bluten bringen, und da bist ohnehin nicht viel nütze, wenn du nur überall dein Blut verteilst.«

»Liebste, ich kann doch einen Splitter nicht als Entschuldigung verwenden«, sagte er und nahm die Teetasse, die Harley ihm bot. »Selbst wennn ich es wollte, was ich ganz gewiß nicht tue.«

»Das ist endlich meine Gelegenheit«, teilte Bob ihnen entschlossen mit. »Nein, Danke, Harley, keinen Tee. Ich gehe zu Griffith und biete ihm meine Dienste an. Sieh, daß du ein wenig Schlaf bekommst, Kit. Den hast du verdient.«

»Ich werde mich nicht mit dir streiten«, sagte Kit und versenkte seine Nase in die Teetasse. »Aber hör zu, kannst du mir später einen Gefallen tun? Nimm Annabel mit zur Reitschule und gib ihr ein wenig Reitunterricht auf Charlie.«

»Oh, Kit –« aber er brachte sie gebieterisch zum Schweigen.

»Charlie wird nur sein Bestes geben, wenn er dich als Reiter duldet. Und du wirst es noch brauchen, daß er sein Bestes gibt.«

Bob verzog sein Gesicht. »Ich würde es gerne tun, natürlich. Ich habe meinen Schwestern das Reiten beigebracht, aber… aber, also…« Seine Hand drückte in weitem Bogen aus, wie er sich bei der Vorstellung fühlte, eine Annabel Spencer zu unterrichten.

Annabel lächelte. »Ich werde Ihnen keine Schwierigkeiten machen, Bob, und mindestens so unterwürfig sein wie eine Ihrer Schwestern. In meinem *Chadri* vollkommen verhüllt, werde ich kein Wort sagen und jeder Ihrer Anweisungen ohne Fragen folgen.«

»Machen Sie sich über mich lustig?« Seine sanften blauen Augen blickten mißtrauisch in das lächelnde Gesicht.

»Nicht im geringsten. Wenn Sie Zeit haben, dann kommen und holen Sie mich. Ich werde auf Sie warten.«

»Dann gegen Mittag«, sagte Bob und ging davon, um sich seinen Platz in den Unternehmungen der nächsten Nacht zu sichern.

»Komm«, meinte Annabel und sprang anmutig auf die Füße. »Harley wird dir ein Bad bereiten. Du bist so schwarz wie Pik As.«

»Pulverdampf«, erklärte Kit müde. »Bin ich gerade auf dem Weg, noch eine weitere Facette von Ayesha kennenzulernen?«

»So ist es«, bestätigte sie. »Du bist im Begriff kennenzulernen, wie eine afghanische Frau ihren Krieger versorgt, der aus der Schlacht heimgekehrt ist.«

»Oh«, seufzte Kit, »ich wünschte, ich wäre nicht so müde.«

»Ich verspreche dir, daß dadurch die Freuden noch gesteigert werden«, tröstete sie ihn mit glänzenden Augen. »Gib dich in meine Hände, Ralston, *Huzoor*.«

»Äußerst gerne. Aber was ist mit den Freuden für dich?« Er folgte ihr ins Schlafzimmer.

»Sie kommen in verschiedenster Form zu mir«, sagte sie und schnallte gewandt sein Schwertgehänge ab. »Setz dich jetzt, damit ich dir die Stiefel ausziehe.«

»Dieses Mal kannst du die ganze Arbeit tun.« Kit lehnte sich im Stuhl zurück und streckte seine Beine aus, als sie sich bückte und nach einem Bein griff. »Aber nur, weil ich meine Kräfte für später aufsparen will, dann werde ich dafür sorgen, das verspreche ich, Liebste, daß du nicht mehr weißt, ob wir noch in dieser oder schon in der nächsten Woche sind.«

»Ich werde darauf zurückkommen.« Ihre Augen begegneten den seinen in einem Moment sinnlichen Versprechens, der ihn über seine Erschöpfung hinaustrug, bevor sie sich wieder der selbstgewählten Aufgabe zuwandte; sie kümmerte sich auf eine Weise um ihn, die ihn an das Kindermädchen seiner ersten Jahre erinnerte – nur, daß Ayeshas Berührungen ganz eindeutig einem erwachsenen Mann galten.

Wäre er weniger erregt gewesen, hätte ihn der abwegige Vergleich zum Lachen gebracht. Wie die Dinge jedoch lagen, konnte er es sich nur für spätere Momente aufheben. »Leg dich eine Weile neben mich«, murmelte er und glitt unter die frischen Laken.

»Wenn es das ist, was mein Herr wünscht«, antwortete sie mit afghanischer Höflichkeit.

»Das ist es«, Kit nickte schläfrig und sah durch halbgeschlossene Augen zu, wie sie sich entkleidete und nackt neben ihm ins Bett kroch. »Leg dich auf die Seite, damit ich dich umfassen kann.« Er schmiegte sich an ihren Rücken, paßte seinen Körper dem ihren an, umfaßte mit der heilen Hand ihre Brust und blies ihr in den Nacken. Sie fühlte, wie er in Schlaf glitt, wie sein Körper sich entspannte, wie seine Hand schwer wurde auf ihrer Brust.

Für ein paar Stunden lag sie bei ihm, als er schlief, durch ihre Anwesenheit eingelullt, in Friede und Erneuerung. Als sie sich vorsichtig frei machte, seufzte er unwillig und hielt sie fester. Leise lachend befreite sie sich dennoch und verließ das Bett.

»Wo bist du?« Er öffnete seine Augen nicht und seine Hand tastete blind über das Bett.

»Ich zieh mich an. Soll ich denn nicht Charlie unter Bobs Anleitung reiten?«

»Oh, ja.« Er drehte sich auf die andere Seite und murmelte: »Übe dieses Mal ohne Sattel.«

Annabel warf dem Hügel im Bett einen fragenden Blick zu und flüsterte mit einem ironischen Unterton: »Sehr wohl, Ralston, *Huzoor*.«

Bob erschien um Punkt zwölf mit Charlie am Zügel. Seine Nervosität lockerte sich zum Teil, als Annabel ihn und das Pferd fröhlich begrüßte, wobei letzteres ihren Gruß erwiderte, indem es wieherte und schnaubte, als seine Reiterin mit Hauptmann Markhams Hilfe ordentlich im Sattel landete.

»Erlaubt Kit Ihnen, den Sattel zu behalten?« fragte Bob, als sie die Reitschule erreichten.

Annabel warf durch das *Ru*-Band ihres *Chadri* erstaunte Blicke zu ihm hinunter. »Ich bin kein Kavallerist, Bob«, plapperte sie munter. »Ich glaube kaum, daß ich so tun muß, als sei ich einer.«

»Nein… nein, ich nehme an, das müssen Sie nicht«, stimmte Bob zweifelnd zu. »Aber der Drill auf dem bloßen Pferderücken sorgt für einen Grad der Konzentration, den man mit Sattel nicht erreicht.«

Annabel senkte ihren Kopf in höflicher Anerkennung, meinte aber: »Für einen Kavalleristen vielleicht. Charlie und ich wollen uns einfach nur kennenlernen.«

Bob sah noch immer nicht überzeugt aus; doch er war viel zu schüchtern, um mit ihr zu streiten. Die Reitschule war leer, und das Knallen der Musketen, das von den Wällen zu ihnen drang, lieferte den Grund für die Abwesenheit der Kavalleristen. Reiterischer Sachkenntnis den letzten Schliff zu geben stand erst an zweiter Stelle nach der Verteidigung des Kantonnements gegen die Belästigung von außerhalb.

Annabel fand, daß sich Bobs Unterrichtsstil sehr stark von Kits unterschied. Er war so vorsichtig, nur ja nicht übereifrig zu klingen, daß es ihr schwerfiel, zwischen verbessernder Kritik und Lob zu unterscheiden. Schließlich sagte sie: »Bob, bitte können Sie das noch einmal so ausdrücken, wie Sie es einem Ihrer Kavalleristen sagen würden.«

Zunächst sah er erschrocken aus, dann mußte er jedoch lachen. »Vergeben Sie mir, ich habe mich so bemüht, nicht kritisch zu klingen.«

»Ich bin nicht so eine zarte Pflanze, die unter einem kritischen Wort abknickt«, meinte sie. »Ich begreife, daß ich etwas falsch gemacht habe. Charlies Verwirrung war spürbar.«

Danach ging es besser, und als Kit eine halbe Stunde später erfrischt und fröhlich aussehend in den Reitstall schlenderte, sah er anerkennend ein paar Minuten zu, bevor er zu Bob hinüberging und sich leise erkundigte: »Hast du gefunden, daß sie noch nicht so weit war, auf den Sattel zu verzichten? Ich hatte sie dazu bereits fähig gehalten.«

Bob sah ihn überrascht an. »Aber Annabel sagte, daß du der Meinung seist, es gäbe keinen Grund, das Reiten ohne Sattel zu üben.«

»Listige Range«, bemerkte Kit äußerst freundlich. »Ich habe ihr gesagt, sie soll es heute ohne Sattel versuchen. Wahrscheinlich gefiel ihr die Vorstellung nicht.«

»Kit!« Annabel sah ihn und kam herübergetrabt, ein freudiges Lächeln, welches die Männer nicht sehen konnten, schwang in ihrer Stimme mit. »Fühlst du dich ausgeruht?«

»Vollkommen«, bestätigte er. »Jetzt steig ab, damit ich den Sattel abnehmen kann.«

»Ach, Kit. Was für einen Unterschied kann das schon bedeuten?«

»Einen sehr großen, wie du gleich herausfinden wirst. Absitzen, bitte.«

»Warum mußt du nur so ein Perfektionist sein?« Murrend schwang sie sich vom Pferd und stand finster blickend neben ihnen, während sie den Sattel entfernten. »Vielleicht möchtest du auch noch, daß ich dabei ein Schwert und eine Lanze halte.«

»Hör auf zu nörgeln.« Für ihre Wünsche taub, half er ihr auf

Charlies breiten Rücken. »Nun, zum Ausgleich für diese Auflehnung, Miss, darfst du jetzt eine Reihe von Achten reiten. Fang bitte links an.«

»Herzloser Rohling.«

Kit lachte, und Bob hob grinsend seinen Tschako auf. »Wenn du ohne mich auskommst, dann laß ich dich jetzt mit ihr allein.«

»Sie schicken Fourageabteilungen in das Dorf Behmaroo«, informierte Kit ihn, ohne die Augen von seiner Schülerin zu wenden. »Ich habe Colin getroffen, als ich herkam. Vielleicht können wir unsere Vorräte wenigstens etwas durch das Dorf aufstocken. Es ist nur eine halbe Meile vom Kantonnement entfernt... Annabel, Charlie muß vorne links mit hinten rechts verbinden. Du verwirrst das arme Tier.«

»Tut mir leid«, rief sie zurück. »Aber es ist maßlos schwierig, ihm Kommandos zu erteilen, wenn mir die Kraft dazu fehlt. Meine Knie sind nicht stark genug.«

»Du brauchst keine Kraft, sondern Geschicklichkeit«, gab Kit freundlich zurück und erhielt einen lebhaften persischen Wortschwall zur Antwort.

Bob lachte in sich hinein. »Ich gehe ins Hauptquartier, um herauszufinden, was in der Luft liegt. Wenn wir erst einmal die Versorgungsenge überbrückt haben, dann sehen die Dinge schon besser aus.«

»Ich wünschte, ich hätte dein Vertrauen.« Das Lachen verschwand aus Kits Gesicht. »Aber vielleicht haben wir ja heute nacht Erfolg und können sie etwas bremsen. Ist es dir gelungen, dir einen Platz bei der Partie zu sichern?«

»Ja. Griffith hat nur zu bereitwillig jeden willkommen geheißen, der auch nur ein bißchen Begeisterung aufbringen konnte. Es ist da drüben so freudlos wie im Grab mit dem dahinwelkenden Elphinstone und dem düster dreinblickenden Macnaghten.«

»Nun, ich sehe dich dann heute abend auf dem Exerzierplatz... So ist es gut, Liebste. Versuch es jetzt von rechts her.«

Bob ließ seinen Freund und seine ungewöhnliche Dame bei ihrem Unterricht zurück – ein Unterricht, dem Annabel ein abruptes Ende bereitete, sobald die Tür hinter Bob zugefallen war.

»Kit, ich habe genug davon«, erklärte sie und zog die Zügel nach Abschluß des Rechtsschwenks ab.

»Was du nicht sagst«, murmelte er. »Verbindest du jetzt Befehlsverweigerung mit Meuterei? Ich muß dich warnen, die Strafen hierfür sind schwer.«

»Das nehme ich in Kauf«, sagte sie, zog mit einem Mal den *Chadri* über ihren Kopf und warf ihn ihm zu. »Genauso wie ich bereit bin, die Folgen meiner Entschleierung zu tragen.«

Sein Atem stockte, als er sie so sah: ihr Haar in einem dicken Zopf über ihrem Rücken, jede schlanke und wohlgeformte Linie ihres Körpers durch die enganliegende Lederreitkleidung betont und ihre jadegrünen Augen in mutwilliger Einladung glitzernd.

»Ich glaube, ich kann mich daran erinnern, daß ich dir heute morgen etwas versprochen habe«, sagte er gedehnt, während er den *Chadri* über seinen Arm legte. »Es wäre vielleicht ratsam, wenn du hierzu absteigen würdest.«

»Zu wessen Vorteil?« schäkerte sie und blieb sitzen.

Statt einer Antwort krümmte er einfach seinen Zeigefinger, und sie gehorchte der Aufforderung mit ihrem herausfordernden Lächeln, in dem sich Erwartung und Versprechen mischten und im Begriff waren erfüllt zu werden.

»Was bist du für ein wunderbares Geschöpf!« flüsterte er, als sie geschmeidig und leicht in seine Arme glitt. Seine Hände samt dem Verband fuhren hungrig über den Körper, der sich an seinem wand, den Rundungen ihrer Brüste und den Kurven ihrer Hüften nachgehend. »Ich bringe Charlie in den Stall. Geh nach Hause, zieh dich aus, und warte auf mich.« Seine Instruktionen klangen heiser fordernd, und er spürte, wie der Strom des Verlangens sie in seinen Armen überflutete. Ihre Oberschenkel preßten sich hart gegen die seinen; ihr Unterleib rieb sich an seinem, ihr Kopf neigte sich zurück, die Lippen erwartungsvoll geöffnet.

Er blickte auf ihr Gesicht hinunter, wo die dichten Wimpern gegen die cremeweiße Haut großzügige Halbmonde bildeten. Seine Hände glitten zu ihren Hüften, und er zog sie dicht an seine eigene Erregung heran, senkte seinen Kopf über den ihren und nahm ihren Mund in Besitz, seine Zunge gründlich das Reich zwischen ihren Lippen erforschend. Ein flüchtiger Gedanke an den Rissaldar, an Kavalleristen, die zum Drill kamen, stieg in ihm auf und verschwand wieder. Er hatte ein Versprechen gegeben, das er halten mußte.

Es war ein Versprechen, das Annabel voll und ganz auszukosten gedachte. Sie kam ihm entgegen, war Erwiderung und Hingabe, gab ihre Selbstbestimmung ganz und gar für die Einstimmung, die ihr Liebster ihr bereitete, auf. Als er schließlich ihren Mund losließ, ging sein Atem stockend, sie lächelte verträumt und machte keinerlei Anstalten, sich aus seiner Umarmung zu lösen.

»Ich werde nicht länger als eine halbe Stunde brauchen«, versprach er. »Warte ohne Kleider auf mich.«

Sie nickte. Er nahm seine Hände von ihr, und sie glitt aus seinen Armen. »Anna«, rief er zärtlich und hielt ihr den *Chadri* hin, »das solltest du besser anziehen.«

Die Abkürzung ihres Namens war wie eine Vorwegnahme der Erfüllung. Ihre Augen verengten sich, doch sie sagte nichts, legte nur rasch den Schleier an, bevor sie aus dem Stall trat.

In fieberhafter Ungeduld führte Kit Charlie zu den Ställen und betete, daß er nicht von irgend jemandem aufgehalten würde und gezwungen wäre zu einem langweiligen Alltagsgespräch oder zu einer lästigen Entscheidung, während er in Gedanken bei weißer Haut, ausgebreiteten Gliedern, fließendem Kupferhaar und vor Lust glänzenden Augen war.

Das Knattern der Musketen gehörte bereits zu den gewohnten Geräuschen des Kantonnements, und er nahm es kaum mehr wahr, während er das Pferd einem Sepoy-Kavalleristen überließ und zurück in seinen Bungalow hastete.

Harley war nirgends zu sehen. Sein Instinkt für Diskretion war schon immer einer seiner größten Vorzüge gewesen. Kit betrat das Schlafzimmer.

Annabel saß im Schneidersitz auf dem Bett, ihre einzige Bekleidung war der Schwall Kupferhaare, der sich über ihren Rücken und ihre Brust ergoß.

»*Salaam,* Ralston, *Huzoor*«, sie brachte die zusammengelegten Hände an die Stirn, und ihre Augen glitzerten erwartungsvoll im Licht des Kaminfeuers.

»Sei gegrüßt, Ayesha.« Er öffnete seinen Uniformrock. »Kannst du dich daran erinnern, was ich dir versprochen habe?«

»Daß ich nicht mehr wissen würde, ob ich mich in dieser oder in der nächsten Woche befinde«, antwortete sie und sah zu, wie er mit schnellen und sparsamen Bewegungen seine Hose abstreifte, wie er mit großen Schritten zu ihr eilte, schön anzusehen in seiner Erregung.

»Ich halte meine Versprechen immer«, flüsterte er, stützte sich mit einem Knie auf dem Bett ab und faßte nach ihrem Kinn. »Dieses Mal wirst du dich in meine Hände begeben.«

»Du bist willkommen.«

15. Kapitel

Akbar Khan fuhr sich über den Bart. »Zehntausend Rupien für den Kopf jeden Anführers. Das ist es, was in dem Brief angeboten wird.«

Unter ihren Turbanen blieben die Mienen seiner Zuhörerschaft unbewegt, Rauch stieg von ihren Wasserpfeifen zur Decke des Beratungsraums auf, der von einem dickbäuchigen Ofen erwärmt wurde.

»Der Beauftragte des Kronbevollmächtigten, Leutnant Connolly, hat es so an Mohun Lal geschrieben«, fuhr Akbar Khan ebenso nachdenklich fort. »Er schlägt vor, daß Hadji Ali bestochen wird, um die Vorschläge in die Tat umzusetzen.« Die eisblauen Augen glitten durch den Raum und trafen auf versteinerte Gesichter. Bei solchen, die Mörder dingen, kann man nicht darauf vertrauen, daß sie die mit ihnen geschlossenen Verträge achten«, äußerte der *Sirdar* bedächtig, und ein zustimmendes Rascheln schwoll an zu allseitiger Übereinstimmung.

»Wenn Macnaghten, *Huzoor*, erklärt, daß er ehrliche Verhandlungen führen möchte, dann muß ich seine Worte bezweifeln.« Akbar Khan erlaubte sich zu seiner Schlußfolgerung den Anflug eines Hohnlächelns auf seinem scharfgeschnittenen Mund.

»Es heißt, daß Elphinstone, *Huzoor*, von Stunde zu Stunde schwächer wird«, murmelte einer der *Sirdars*. »Das ist der Grund, warum Shelton und seine Brigade von der Balla Hissar in das Kantonnement zurückbefohlen wurden.«

»Nach den Informationen aus meiner Quelle im Kantonnement trifft das zu«, sagte Akbar Khan. »Ich glaube, es wird Zeit, daß wir den Druck ein wenig verstärken. Obwohl die Briten in einer der vergangenen Nächte erfolgreich waren beim Sturm auf Mahomed Shereefs Fort, halten doch unsere Stammesbrüder alle übrigen Forts in der Ebene zwischen Seah Sung und dem Kantonnement. Ich schlage vor, wir sollten die Siedlung direkt vom Rikabashee Fort aus unter Feuer nehmen.«

»Und was ist mit dem Dorf Behmaroo?« Uktar Khan nahm einen Schluck Sorbet. »Wie lange wollen wir es noch zulassen, daß sich die Briten weiterhin dieser Vorräte bedienen.«

»Damit hat es jetzt ein Ende«, stimmte Akbar Khan zu. »Obwohl sie wohl kaum ausreichend Nahrung aus dem Dorf requirieren können, ist es dennoch eine Lebenslinie, die unterbrochen werden muß. Und sobald das geschehen ist, werden sie keine andere Wahl haben, als über ihren Rückzug mit uns zu verhandeln, bevor sie verhungern.«

»Der Winter steht vor der Tür.«

»Ja, der Schnee kommt, und ihre Vorräte an Heizmaterial müssen bald aufgebraucht sein.«

Die *Shura* wurde aufgehoben und ging in für diese im allgemeinen zerstrittenen Stämme ungewöhnlicher Einigkeit auseinander. Akbar Khan blieb allein zurück und starrte in Meditation versunken ins Leere.

Ayesha würde durchschauen, was er plante. Wie fühlte sie sich wohl, im Kantonnement mit diesen schwankenden Dummköpfen, die er sie zu verachten gelehrt hatte, eingesperrt und mit ihnen das Ende erwartend, von dem sie wußte, daß es auch das ihre war? Wann sollte er sie von dort holen? Es würde ihm jederzeit ein Leichtes sein, war doch das Kantonnement so vollständig mit seinen eigenen Leuten durchsetzt. Sollte er sie dort lassen, damit sie die Qualen des Hungers kennenlernte; damit sie den Schrecken der Unabwendbarkeit erfuhr, während sich die Schlinge langsam zuzog; damit sie voller Angst vor den Bildern ihrer Erinnerungen zitterte, aus denen sie sich alle Schicksale ausmalen konnte, die Akbar Khan für Ungetreue bereithielt?

Er vermißte sie. Nur bei Ayesha gestattete Akbar Khan jemals den Bedürfnissen des Fleisches, das einzige Ziel, auf das sein Leben ausgerichtet war, zu überlagern: Er vermißte ihre Weichheit, diese Weichheit, die eine bestimmte Tatkraft verdeckte, an der er soviel Freude hatte, und die sie sosehr von den Frauen, an die er gewohnt war, unterschied. Ihm fehlte ihre fortwährende Bereitschaft, auf seine Herausforderungen zu reagieren, genauso wie ihre Liebeskünste. Er vermißte das Gefühl, auf jeden ihrer Gedanken und auf die kleinste ihrer Gefühlsschwankungen eingestimmt zu sein. Er konnte nur raten, was sie im Augenblick fühlte, und er wollte es wissen. Sie hatte sich dafür entschieden, bei dem *Feringhee* zu bleiben, aber hatte sie damit auch seine Landsleute gewählt oder nur die vergänglichen Freuden in Christopher Ralstons Bett? Letzteres konnte er vergeben. Er würde die Untreue bestrafen, aber er würde vergeben, da er auf gewisse Weise für die Situation mitverantwortlich war. Aber Verrat war eine ganz andere Angelegenheit.

Stirnrunzelnd kehrte er aus seiner nachdenklichen Trance in die Gegenwart zurück. Er würde sie erst einmal dort lassen, wo sie war. Das Ausnützen von Macnaghtens geistlosen Verrätereien bedurfte seiner vollen Aufmerksamkeit.

»Himmel!« rief Kit und fuhr mit der Hand geistesabwesend durch seine Haare. »Das Regiment in Kurdurrah ist vernichtend geschlagen worden. Und jetzt das.«

»Was ist ›das‹?« wollte Colin Mackenzie wissen, der beunruhigt in die Adjutantur gestürmt kam – dieser Tage die allgemeingültige Stimmung im Hauptquartier.

»Die Kantonnements bei Charikar sind gefallen«, erklärte Kit finster. »Das Gurkha-Regiment unter Codrington tat, was es konnte, um sie zu verteidigen, aber diese verdammten fanatischen Ghazi haben die gesamte Garnison niedergemetzelt.«

»Familien?«

Kit nickte dumpf. »Pottinger und Haughton, die einzigen Überlebenden, sind heute morgen ins Lager gestolpert, und Haughton wird es wohl kaum überstehen.«

»Großer Gott!« Mackenzie ging ans Fenster und starrte hinaus auf die menschenleere Straße. Der Winterwind rüttelte an den Fenstern und trieb die im Herbst gefallenen Blätter mit eisigem Hauch vor sich her. Überall im Land fielen britische Garnisonen unter dem Angriff von afghanischen *Jezails* und Krummsäbeln. In der Ebene vor Kabul waren Ghilzai- und Ghazi-Stammesangehörige in Massen versammelt und nahmen das Kantonnement mit beinahe spöttischer Leichtigkeit unter Feuer.

»Wir sollten das Kantonnement evakuieren und in die Balla Hissar ziehen«, sagte er. »Zur Abwechslung einmal stimme ich unserem geehrten Kronbevollmächtigten zu. Es wäre die vernünftigste Maßnahme. Die Festung ist gut zu verteidigen und liegt strategisch einigermaßen günstig. Hier unten sind wir Ratten in der Falle.«

»Shelton will nichts davon hören«, gab Kit zu bedenken. »Ich habe den Beratungen den ganzen Morgen über zugehört. Er ist dafür, daß wir uns nach Jalalabad zurückziehen, wo Sale die Stellung hält, denn der Brigadier fürchtet, daß wir mit der Übernahme der Balla Hissar nur unseren ohnehin unabwendbaren Rückzug hinauszögern.«

»Wie, zum Teufel, glaubt er, daß wir hier rauskommen ... Zivilisten, Frauen, Kinder, Babys sollen siebzig Meilen unter ständigem Beschuß nach Jalalabad zurücklegen?« rief Mackenzie angewidert. »Ein Passierschein von Akbar Khan und den anderen *Sirdars* ist unser einziger Ausweg aus dieser Hölle.«

»Schlag das mal Macnaghten vor«, sagte Kit müde. »Er ist noch immer davon überzeugt, daß sein Plan, Zwietracht zwischen den Anführern zu säen, aufgehen wird und daß alles wieder ins reine kommt, wenn wir nur den Winter über in der Balla Hissar durchhalten.«

»Hauptmann Ralston?«

»Ja, Leutnant.« Kit erwiderte unverzüglich den Salut des Neuhinzugekommenen.

»Es ist ein afghanischer Verband gesichtet worden, Sir, der von Kabul aus auf dem Weg nach Behmaroo ist.«

Colin stimmte in Kits knappen Fluch ein, als sich beide über die Bedeutung dieser neuen Katastrophe klar wurden. »Diese Meldung sollten Sie lieber Brigadier Shelton direkt machen, Leutnant«, sagte Kit.

»Wenn Shelton doch mehr als ein dienstbeflissener Soldat wäre«, murmelte Colin, als der Leutnant gegangen war. »Irgendeiner muß doch hier einmal eine Strategie entwickeln. Die Truppen sind gründlich entmutigt, weil sie dauernd diese Untätigkeit mitsamt den Hungerrationen ertragen müssen. Ich kann sie nicht einmal dazu bewegen, zackig zu salutieren, und ich bin mir nicht sicher, ob ich ihnen weiter trauen kann als einen Steinwurf weit.« Das war die finstere Wahrheit. Die Moral war so tief gesunken, daß es immer schwieriger wurde, die Truppen im Feld zu sammeln.

»Das ist nicht allein Sheltons Schuld«, wandte Kit ein. »Aus Fairneß muß man zugeben, daß Elphinstone seinem stellvertretenden Kommandeur das Leben nicht gerade leicht macht. Er beharrt noch immer auf seinem Kommandorecht, obwohl er keine Entscheidungen mehr treffen und das Bett kaum verlassen kann.«

»Das ist wahr.« Colin zuckte verdrießlich mit den Schultern.

»Kit, ich brauche eine Kavalleriedivision mit einem Feldgeschütz«, eine gehetzte Stimme ließ sich im Türrahmen vernehmen. »Ich habe gehört, dafür seien Sie zuständig. Fertig zum Abmarsch in einer halben Stunde.«

»Sehr wohl, Major«, sagte Kit zu dem verschwindenden Rücken von Major Swayne. »Seit wann bin ich für Kavalleriedivisionen und Feldgeschütze zuständig?« fragte er sich laut.

»Seit der Erstürmung des Forts von Mahomed Shereef«, Colin grinste mild. »Ganz schöner Ruf, mein Freund, den du dir bei einem unserer wenigen Triumphe im Feld erworben hast.«

»Ein Ruf, der gerechterweise einem Havildar namens Abdul Ali zusteht«, berichtigte Kit. »Er hat seine eigene Gruppe von Sepoys, und die sind auch bereit, ihm in Dantes Inferno zu folgen. Aus irgendeinem Grund hat sich Abdul mir angeschlossen.«

»Also, dann paß diesmal auf«, riet Colin. »Und laß dir von dem Havildar den Rücken freihalten.«

Kit nickte. »Am besten sage ich es jetzt gleich Annabel. Ich sehe mich lieber einem afghanischen Säbel gegenüber als einem Ausbruch meines grünäugigen Luchses.«

Colin lachte leise. »Du hast wirklich Glück, du Bastard. Wünschte, ich hätte etwas dieser Art, das mich von Schwermut und Schicksal ablenkt.«

Erstaunlicherweise veranlaßte die Bemerkung Kit nicht zu der heiteren Entgegnung, auf die Colin abgezielt hatte. Kit schüttelte den Kopf, und unter seinen grauen Augen lagen tiefe Schatten. »Es ist ganz und gar verteufelt, Colin, mit einem ungeahnten Gefahren ausgelieferten Menschen zusammenzusein. Ich kann gut mit der Gewißheit meines eigenen Todes leben... wenn nicht bei diesem Fiasko, dann ein andermal... aber mit der Gewißheit von Annabels Untergang kann ich nicht leben. Beständig werde ich von dem Wissen gequält, daß sie nicht in Gefahr wäre, hätte ich mich nicht in so blinder Arroganz entschlossen, mich in ihr Leben einzumischen.«

»Spürt sie das?«

Kit schüttelte den Kopf. »Ich habe versucht, sie dazu zu überreden, zu Akbar Khan zurückzukehren, aber sie will nicht. Sie hat diesen empörenden afghanischen Glauben an das Schicksal. Wir alle handeln nach unserer Bestimmung, und auch das Ergebnis ist festgeschrieben, so daß die Wahl zwischen Leiden und Glück nicht in unseren Händen liegt. Du mußt annehmen, was auf dich zukommt, und, wenn du kannst, dazu lächeln.«

»Es gibt schlimmere Vorschriften«, meinte Colin ernst.

»Wahrscheinlich«, hängende Schultern begleiteten Kits Worte. »Ich muß mich um meine Angelegenheiten kümmern, Colin.«

»Gottes Segen.«

Kit hob eine Hand zum Dank und trat hinaus auf die Straße. Er sah den Lichtfleck des weißen *Chadri*, als er auf die Ställe zuging, und beschleunigte seinen Schritt. Er konnte sich nicht erklären, warum Harley, der hinter ihr herging, einen hölzernen Karren schob.

Auf offener Straße wollte er nicht rufen. Die Anwesenheit einer Afghanin unter Hauptmann Ralstons Dach war inzwischen allgemein bekannt im Kantonnement, aber er hielt es für das beste, auch weiterhin Diskretion zu bewahren. Die Angelegenheit wurde von seinen Kollegen zurückhaltend behandelt und von den Schiedsrichtern des Benehmens und der Moral wie Lady Sale sichtbar übergangen.

Seinen Schritt beschleunigend, befand er sich bald mit ihnen auf gleicher Höhe. »Was habt ihr vor?« Er besah sich den Inhalt von Harleys Karren.

Harley blickte starr geradeaus auf eine Weise, die seine entschiedene Ablehnung gegenüber seiner augenblicklichen Last deutlich machte. »Die Miss sagt, daß die Bergstämme Dung als Heizmittel benutzen, und da wir inzwischen gezwungen sind, das Mobiliar zu verbrennen, Sir, hat sie entschieden –«

»Dung!« rief Kit und verzog die Nase angesichts des dampfenden, stinkenden Haufens. »Annabel, sei vernünftig.«

»Das bin ich«, erklärte sie sachlich. »Man verbrennt ihn selbstverständlich nicht naß. Wir formen Fladen daraus und lassen sie an der Luft trocknen, im Winter ist der Wind genauso effektiv wie die Sonne. Schafdung brennt zwar besser als Pferdeäpfel, aber Bettler dürfen nicht wählerisch sein.«

»Nein«, Kit nickte matt. »Stinkt es nicht furchtbar?«

»Nicht sehr. Jedenfalls schafft es Wärme.«

Ein hochwertiges Gut, überlegte Kit. Ein Blick auf Harley sagte ihm, daß sein Bursche unter sichtbarer Ablehnung seiner stinkenden Aufgabe seine Meinung teilte.

»Die Afghanen versuchen Behmaroo zu besetzen.« Es war einfacher, gleich zur Sache zu kommen und eine Feuersbrunst zu vermeiden.

»Werdet ihr sie abfangen?« fragte sie.

»Ich habe Befehl, sie zur Deckung Mayor Swaynes Infanterie in ein Ablenkungsmanöver zu verstricken.«

»Christopher!« Ein gebieterischer Ruf erscholl von der anderen Straßenseite. Lady Sale wogte auf ihn zu. »Was, um Himmels willen, hat dein Bursche in seinem Karren?« rief sie, einen Moment lang von ihrem eigentlichen Vorhaben abgelenkt.

»Gibt ein zufriedenstellendes Feuer, M'lady«, behauptete Harley fest und stellte sich neben Ayesha, die einen Schritt zurückgetreten war und mit gesenktem Kopf ein perfektes Bild muslimischer Schüchternheit und Demut bot.

Lady Sale übersah die verschleierte Gestalt. »Ich bin gezwungen, meine Lehnstühle zu verbrennen. Aber wenn das so ist, werde ich Ghulam Naabi zu den Ställen schicken. Christopher, ist es wahr, daß diese Wilden Behmaroo angreifen wollen?«

»Ja, Ma'am«, bestätigte Kit. »Aber Major Swaneys Abteilung wird ihnen den Weg abschneiden, und ich habe Befehl, mit Kavallerie und Artillerie ein Ablenkungsmanöver einzuleiten. Wir können das Dorf sichern, ich hege keinen Zweifel.«

»Ich vertraue dir«, knurrte Ihre Ladyschaft. »Die Vorräte sind auch so schon mager genug. Keiner kann sich mehr daran erinnern, wie man ohne Hunger lebt.« Sie wogte davon.

»Zweifellos werdet ihr das Dorf schützen«, murmelte Annabel.

»Höre ich in deiner Stimme einen Anflug von Skepsis?«

»Vielleicht. Gib auf dich acht, Kit.«

»Das werde ich. Und um Gottes willen, sorgt dafür, daß der Mist einigermaßen trocken ist, bevor ihr ihn verbrennt.«

Den ganzen Tag lang rangen sie mit der afghanischen Kohistanee-Garnison, die das Dorf Behmaroo besetzt hatte. Die Rebellen hatten alle Zugänge zum Dorf blockiert, und jeder Versuch, es im Sturm zu nehmen, würde eindeutig scheitern.

Kit mußte hilflos zusehen, wie seine eigenen Kavalleristen und Artilleristen unter Schüssen aus den *Jezails* der Feinde fielen. Abdul Ali war schon in der ersten halben Stunde verletzt und auf Kits Befehl von seinen Sepoys fortgetragen worden. Kit fühlte sich merkwürdig ausgeliefert ohne seinen geruhsamen Sergeanten und die fünf Sepoys, die seine ständigen Begleiter waren. Die Ankunft von Verstärkung unter Shelton wirkte zeitweilig ermutigend, aber sie kamen dennoch ihrem Ziel nicht näher, und bei Sonnenuntergang wurde zum Rückzug geblasen.

Es war eine stark verminderte Truppe mit grimmigen Gesichtern, tiefen Schatten unter den Augen und einer Stimmung, die an Verzweiflung grenzte, die da ins Kantonnement zurückkehrte. Sie hatten, erschüttert von den unmenschlichen Schreien der Verwundeten, die sich in dem ununterbrochenen Feuern wieder aufgerappelt hatten, zusehen müssen, wie ihre Kameraden endgültig niedergemäht wurden. Trotzdem waren sie nicht einen Schritt näher an das Dorf herangekommen, in dem ihre einzige Hoffnung lag – wenn sie nicht in der grausamen Kälte eines langen Gebirgswinters und von rauhen und unversöhnlichen Feinden eingekesselt langsam verhungern wollten.

Kit ging zuerst in die Krankenstation, wo Abdul Ali zwischen den Toten und Sterbenden lag. Das hilflose Stöhnen jener, deren Schmerzen zu einem Bestandteil ihres Selbst geworden waren, quälte seine Ohren fast mehr als das Schreien der frisch Verwundeten auf dem Schlachtfeld. Der Havildar, mit einem blutdurchtränkten Verband um den Stumpf seines linken Beines, befand sich glücklicherweise im Delirium, das durch Morphium herbeigeführt war. Kit fühlte, wie in ihm eine Welle ohnmächtigen Zorns aufstieg, ein Zorn, der sich gegen alle und jeden richtete, der in diesen sinnlosen, tödlichen und selbstmörderischen Kampf verwickelt war.

Er verließ die Krankenstation und machte sich auf den Weg zu seinem Bungalow, die Füße bleischwer und auf dem Gesicht alle Anzeichen tiefer Niedergeschlagenheit. Stimmen drangen aus dem Wohnzimmer zu ihm, und die Tür flog auf, eben als er die Hand auf die Klinke legte.

»Ich habe dich durch das Kantonnementstor hereinkommen sehen, also wußte ich, daß es dir gutgeht.« Annabel hielt sich einen Augenblick zurück, als wollte sie ihnen beiden die Gelegenheit geben, sich an den Gedanken zu gewöhnen, dem Entsetzlichen noch einmal entkommen zu sein und sich an der überwältigenden Erleichterung zu erfreuen. Dann warf sie ihm die Arme um den Hals, all jene Gefühle endlich zulassend, die sie bei seinem Fortgehen unterdrückt hatte.

Er hielt sie umfangen, sog Kraft aus ihrer Kraft und blickte dann über ihren Kopf hinweg zu Colin und Bob, die aufgestanden waren und jetzt diskret in das verdrossen schwelende, außerordentlich beißende Feuer blickten.

»Wie ich sehe, verbrennst du diesen Mist«, bemerkte Kit und versuchte fröhlich zu klingen, was ihm aber nicht ganz gelang.

Annabel musterte ihn mit forschendem Blick. »Schlimm?«

Er seufzte und ließ allen Schein fahren. »Schlimmer als alles davor, glaube ich. Wenn es nicht bloß das Gefühl ist, daß einem noch eine Niederlage, noch ein Tag vergeudeter Menschenleben einfach zuviel erscheint.«

»Setz dich.« Sie schob ihn auf einen Sessel und goß ihm ein Glas Brandy ein. »Das ist die letzte Flasche, aber ich glaube, heute abend brauchst du sie.«

»Ich erhebe keine Einwände. Reich sie herum.«

»Nein … nein, mein Bester, käme nicht im Traum darauf, deine letzte Flasche zu trinken«, wehrte Colin ab.

»Unsinn! Wenn sie leer ist, ist sie leer.« Kit schob die höflichen Bedenken mit einer Handbewegung beiseite. »Haben wir irgend etwas zu essen, Annabel?«

Sie lächelte. »Ein Festmahl. Ich habe Colin und Bob eingeladen, sich uns anzuschließen. Es gibt Eier und Pfannkuchen, Antilopenfleisch und Nudeln … und die Krönung von allem, Tee!«

Kit staunte: »In welchem Traumland befinde ich mich hier?«

»Kein Traumland«, sagte sie zufrieden. »Ganz einfach. Ich bin nach Kabul auf den Basar gegangen –«

»Was hast du getan?« Kit sprang auf, sein Gesicht kreidebleich, die Haut über den Wangenknochen zum Zerreißen gespannt.

»Es war ganz einfach«, fuhr sie fort, als habe sie den Eindruck, den ihre Eröffnung auf ihn gemacht hatte, nicht bemerkt. »Ich habe genug für mehrere Tage eingekauft, und ich werde wieder gehen, wenn unsere Vorräte aufgebraucht sind. Ich weiß nicht, warum mir das nicht schon vorher eingefallen ist.«

»Vielleicht, weil du gerade eben erst den Verstand verloren hast«, schlug Kit in ungewöhnlicher Ruhe vor. »Ich habe dich schon bei anderen Gelegenheiten schütteln wollen, aber diesmal, glaube ich, werde ich es wirklich tun.«

»Wir machen uns auf den Weg«, Bob hüstelte wieder einmal.

»Ja… ja, allerdings«, fiel Colin ein und erhob sich.

»Nein, gehen Sie nicht!« rief Annabel, als Kit keinen Versuch unternahm, sie aufzuhalten. »Sie bleiben zum Abendessen, achten Sie also nicht weiter auf Kit. Er ist nur müde und elend –«

»Nicht halb so elend, wie du dich fühlen wirst«, warnte er leise. »Aber das hat Zeit.« Mit einer Handbewegung hielt er seine Freunde zurück. »Es gibt keinen Grund zu gehen. Bleibt zum Abendessen, schon weil dies der einzige Haushalt im Kantonnement sein dürfte, wo es heute etwas gibt, das man als Essen bezeichnen kann.«

»Wenn du sicher bist –«

»Natürlich ist er das«, sagte Annabel lebhaft, nicht im geringsten verstört wegen Kits drohendem Gebaren. »Ich werde nachsehen, ob Harley die Antilope und die Nudeln so zubereitet, wie ich es ihm aufgetragen habe. Trink noch einen Brandy, Kit. Er wird dir guttun.«

Die Tür schloß sich hinter ihr, und Kit sog hörbar Luft ein. »Gott steh mir bei, ich werde… Wußtet ihr, daß sie in die Stadt gegangen ist?«

»Erst hinterher«, sagte Colin. »Als sie uns zum Abendessen

eingeladen hat. Sie ist so sehr Afghanin, wenn sie es sein will, sieht in diesem *Chadri* aus wie eine, spricht wie eine, benimmt sich wie eine, daß ich, um die Wahrheit zu sagen, mir nicht allzuviel dabei gedacht habe. Also, ich meine, Christopher, Annabel ist nicht gerade eine gewöhnliche Frau, oder?«

»Nein«, preßte Kit zwischen schmalen Lippen hervor. »Und deshalb will Akbar Khan sie unbedingt wieder in die Hände bekommen. Und Akbar Khan ist in Kabul – und Akbar Khans Ayesha in der Stadt ein vertrauter Anblick. Ich kann es nicht glauben, daß sie so tollkühn war!«

»Es war nicht tollkühn.« Annabel erschien in der Wohnzimmertür. »Du nimmst dein Schicksal jedesmal selbst in die Hand, wenn du das Kantonnement wegen einer dieser sinnlosen Märsche verläßt. Mein Gang war nicht sinnlos, und es ist mir unverständlich, wieso von mir erwartet wird, daß ich hier herumsitze und hungere, während ich doch mit ein wenig Anstrengung und Scharfsinn etwas zu essen auf den Tisch bringen kann. Die Lage ist verzweifelt und bedarf verzweifelter Maßnahmen, also würde ich an deiner Stelle aufhören, mich so halsstarrig zu benehmen, oder dein Abendessen wird dir im Magen gerinnen, und dann *werde* ich meine Zeit verschwendet haben.«

»Du darfst es nie wieder tun.«

Sie reckte sich: »Ich werde das tun, was auch immer ich für richtig halte und wann ich es für richtig halte, Christopher Ralston. Das Abendessen ist fertig.«

»Ich habe dir schon einmal gesagt, daß du ein größeres Stück abgebissen hast, als du verdauen kannst«, bemerkte Bob mitfühlend.

»Hmmm«, machte Kit, im Augenblick nicht dazu in der Lage, die Aussage zu widerlegen oder zu bestätigen.

Etwa eine Viertelstunde lang blickte er finster drein, dann gab er den Kampf gegen die entschlossene, gutgelaunte Annabel und gegen die erste ordentliche Mahlzeit seit geraumer Zeit auf. Aber er hatte nicht vor, das Thema ganz fallenzulassen, und nachdem seine Freunde gegangen und Harley gute Nacht gesagt hatte, führte er Annabel ins Schlafzimmer.

»Nun, es gibt keinen Grund, so ärgerlich zu sein«, sagte sie schnell und versuchte, sich aus seinem Griff zu befreien.

»Doch, es gibt reichlich Grund.« Er packte fester zu und preßte die Lippen zusammen.

»Kit, ich war nur eine unter vielen Frauen, die im Basar eingekauft hat.«

»In einem kaum zu übersehenden weißen *Chadri,* das Kennzeichen von Akbar Khans Favoritin!« rief er. »Wie konntest du so gedankenlos sein?»

»Gedankenlos? Ich?« Die jadegrünen Augen blitzten zornig und sie verzichtete auf jeden Versuch, ihn versöhnlich zu stimmen. »Ich habe den weißen *Chadri* nicht getragen. Harley konnte einen einfachen dunklen von einer Dienerin in Lady Sales Haushalt ausleihen. Ich bin durch die Öffnung im Wall nach draußen geschlüpft, die auch das Mädchen aus der Messe benutzt, und sobald ich draußen war, war ich von allen anderen Afghaninnen in keiner Weise mehr zu unterscheiden.«

»Du bist bei vollem Tageslicht ohne Begleitung zwei Meilen zur Stadt hin und zwei Meilen zurückgegangen.«

»Ja, richtig.« Sie seufzte müde. »In der Gesellschaft eines Dutzends anderer Frauen aus den Siedlungen entlang des Kanals. Und ich werde es wieder tun, wenn des notwendig ist.«

»Das wirst du nicht tun.« Der schneidende Befehl stand zwischen ihnen, kalt und schwer in der zorngeschwängerten Stille.

Annabel sah selbst durch ihren Ärger hindurch, wie verzweifelt erschöpft er war, die Niederlage des Tages stand in seinen Augen geschrieben. Vielleicht kam sein Bedürfnis, ihre Handlungen zu kontrollieren, von seiner und der anderen vollkommenen Unfähigkeit, dem scheinbar mühelosen Bodengewinn des Feindes Einhalt zu gebieten. Es entstand auch aus der Angst um sie, das wußte sie. Aber ob sie es nun verstand oder nicht, sie konnte es nicht dabei belassen.

»Ich gebe dir nicht das Recht, Kit, mir zu sagen, was ich tun oder lassen soll.« Sie brach das Schweigen, und ihre Stimme klang ruhig und vernünftig. »Ich lebe unter deinem Dach, weil wir beide es so wollten. Ich habe gesagt, ich bleibe bei dir, bis das, was geschehen muß, geschieht. Ich würde mir nicht anmaßen, dir sagen zu wollen, was du darfst und was nicht, und ich bitte dich lediglich um die gleiche Gefälligkeit.«

»Ich möchte, daß du meine Frau wirst.« Er hörte seine Stimme aus der Tiefe seiner Müdigkeit und Hoffnungslosigkeit aufsteigen und im falschen Augenblick die Worte sagen, die er selbst in den leidenschaftlichsten Augenblicken im Zaum gehalten hatte.

Sie fuhr auf: »Sei nicht albern!«

»Warum ist das albern?« Seine Hände hielten noch immer ihre Oberarme umklammert, und seine Augen blickten jetzt mit schmerzlicher Schärfe auf sie nieder.

Ihre Stimme nahm diesen spöttischen Unterton an, der ihn in ihren ersten Tagen so aus der Ruhe gebracht hatte. »Du willst deinen *Feringhee*-Amtsstab über mir erheben, nicht wahr, Ralston, *Huzoor,* und aus der einstmaligen Bewohnerin eines afghanischen *Zenana* eine Säule der höflichen britischen Gesellschaft machen?« Sie schüttelte seine Hände ab. »Eher würde ich sterben.«

»Du würdest lieber sterben, als mit mir verheiratet zu sein?« Er hatte nicht gewußt, daß er so tief verletzt werden könnte.

Sie sah den Schmerz, hörte ihn in seiner Stimme. »Nein, das habe ich nicht gesagt. Ich meine nur, was ich dir schon so viele Male zuvor gesagt habe. Ich könnte mich niemals in deine Welt einpassen, Christopher Ralston, und ich will es auch nicht. Ich bin zufrieden mit der Welt, die wir uns hier gemeinsam erschaffen haben, denn es ist eine, die ihre Wurzeln nicht in einer anderen hat. Sie gehört nur uns allein, so lange, wie wir darin leben wollen, und damit bin ich zufrieden.«

»Aber hier gibt es keine Zukunft«, sagte er und spürte, wie der Schmerz von dem Ärger über ihre Hartnäckigkeit beiseite gedrängt wurde.

»Nein«, sagte sie fest. »Hier gibt es nur die Gegenwart. Genau so muß es sein.«

»Das kann ich nicht gelten lassen.« Er griff nach ihr und drehte sie so, daß sie ihn ansehen mußte. Sein Gesichtsausdruck war nun frei von Erschöpfung und Enttäuschung, reingewaschen vom Licht der Überzeugung und der Entschlossenheit, ihr seinen Willen aufzudrängen und ihren Widerstand zu brechen.

»Du willst mir sagen, daß hierin keine Zukunft liegt?« Er umschloß ihren Kopf mit den Händen und küßte sie. Es gab keine bedachte Zärtlichkeit oder aufsteigende Leidenschaft in diesem Kuß. Er war eine Bekundung seiner Macht, gegen die sie anfangs blindwütig ankämpfte, doch er hielt ihren Kopf fest, als seine Zunge von ihrem Mund Besitz ergriff. Ihre leidenschaftliche Gegenwehr beachtete er nicht, sondern bog sie zurück über das Bett, sein Mund noch immer im Besitz des ihren. Gemeinsam fielen sie, und seine Beine umklammerten die ihren unnachgiebig, während das Gewicht seines Körpers auf dem ihren jede Gegenwehr zum Erliegen brachte. Eine Hand schob sich unter ihre Jacke, um die warme weiche Rundung ihrer Brust zu umfassen, und bei dieser Berührung, von der sie wußte, daß sie sich danach sehnen würde, wenn er nicht mehr da wäre, richteten sich ihre Knospen auf, und die Spannung ergriff in ihrem Inneren Raum.

Noch immer versuchte sie sich zu befreien, den Angriff abzuwehren, denn sie wußte, daß er sie empfänglich machen würde für seine Überzeugungen, weil sie den Gedanken an eine Zukunft ohne Kit nicht würde ertragen können. Sie wand sich unter seinem Mund, aber er drang einfach noch tiefer ein, so daß er in ihrem Kopf zu sein schien, eine heiße, liebkosende Zunge, die Teil ihrer selbst wurde. Ihre Oberschenkel spannten sich, um dem Knie Widerstand zu leisten, das sie auseinanderzwingen wollte, und seine Hand verließ ihre Brust, glitt ihren flachen Bauch entlang, dessen Muskulatur sich unter der Berührung unfreiwillig aufbäumte; dann schob sie sich unter den Bund der *Chalvar*, griff nach unten, nahm sie mit intimen Bewegungen in Besitz, so daß sie ihre Beine unwillkürlich spreizte, ihr Atem keuchende Hingabe an seinem Mund, und endlich hob er den Kopf.

Die grauen Augen spießten sie auf, tauchten in die Geheimnisse ihrer Seele wie in jene ihres Körpers ein. »Keine Zukunft, meine Anna?« flüsterte er. »Wie kannst du behaupten, daß es keine Zukunft geben darf, wenn ich doch fühle, wie du vor Versprechen pulsierst, vor Hunger bebst; wenn ich doch die Liebe und Lust in deinen Augen lesen kann?«

Ihre Augen schlossen sich, aber sie wußte, es war zu spät, um die Wahrheit zu leugnen, obwohl sie den Kopf auf der Decke verneinend schüttelte. Keiner außer Kit hatte sie je Anna genannt, und er benutzte den Namen sparsam, als ob sein besonderer Platz in ihrem Leben zu kostbar sei, um ihn durch zu häufigen Gebrauch abzunutzen.

»Am Ende wirst du es einsehen«, versicherte er ihr ruhig, öffnete die *Chalvar* an ihrer Hüfte, schob sie hinunter und ließ die Hose auf den Boden fließen. »Und wenn ich die ganze Nacht dafür brauche, du wirst es sagen.« Seine Hände fuhren zärtlich streichelnd über die Rückseite ihrer Oberschenkel, als er ihre Beine anhob und sie ihr gegen Brust und Bauch drückte, und sie preßte sich gegen seinen Mund und das süß-quälende Spiel seiner Zunge.

Sie konnte dem wogenden, stampfenden Entzücken genausowenig widerstehen wie der Kraft seines Bekenntnisses und seinem Wissen, daß sie es mit ihm teilte, wie auch immer sie aufbegehrte. Als er seine Hose abstreifte und in ihren Körper drang, geschah es mit einem sie so tief berührenden Stoß, daß sich ein Schrei der Lust von ihren Lippen löste. Sie kam ihm schwingend entgegen, und ihre Augen waren weit geöffnet und aufrichtig in ihrem Empfangen, als sie auf die seinen trafen.

»Keine Zukunft, meine Anna?« Er zog sich bis an die äußerste Grenze ihres Körpers zurück, hielt sie beide auf der Schwelle des Erlöschens.

Ihre Augen schlossen sich einen Augenblick lang, als sich die zahllosen Empfindungen körperlicher Wonnen vermischten, sich auf den Punkt ihrer vollständigen Vereinigung konzentrierten und sie in einem saugenden See der Lust festhielten.

»Sag es, meine Anna«, verlangte er und bewegte sich nur andeutungsweise in ihr.

Ihre Augen öffneten sich. »Vielleicht«, flüsterte sie.

Er lächelte. »Ich werde nicht auf einer vollständigen Bekehrung bestehen... noch nicht.« Dann drang er tief in sie ein, wurde Fleisch von ihrem Fleisch, Blut von ihrem Blut, Seele von ihrer Seele, und es gab nicht mehr Vergangenheit, Gegenwart oder Zukunft, sondern nur noch eine Vereinigung dieser beiden Einzelwesen zu einer gemeinsamen Ekstase.

Es dauerte lange, bis sie zum Bewußtsein ihrer Getrenntheit zurückkehrten. Annabel spürte, wie ihre Jacke feucht an ihrem Oberkörper klebte, wie Kit sich anfühlte, weich in ihr, sein Atem, der gegen ihren Hals rauschte, der Geruch ihres Liebesspiels, der noch in der Luft hing. Sie streichelte seinen Kopf in matter Dankbarkeit. Er hob ihn, um sie anzublicken.

»Du bist so wunderschön, meine Anna – ein wunderbares Geschöpf!«

Sie lächelte, eine Andeutung von Mutwillen in der verbliebenen Sinnlichkeit. »Vor einer Weile hast du mir gedroht, mir eine Reihe von fürchterlichen Dingen anzutun. Wenn du damit das hier gemeint hast, dann muß ich daran denken, dich öfter herauszufordern.«

Kit seufzte geschlagen und rollte von ihr herunter. »Ich möchte nicht, daß du nach Kabul gehst. Das heißt das Unglück heraufbeschwören.«

»Ich werde das selbst beurteilen.« Sie setzte sich auf und zog ihre Jacke über den Kopf. »Ich bin ganz verschwitzt.« Aus dem Bett gleitend, ging sie barfuß zu dem Wasserkrug und der Schüssel, die auf der Frisierkommode standen. »Ich verspreche, daß ich Gelegenheit und Gefahr genau gegeneinander abwägen werde. Gibst du dich damit zufrieden?»

Er beobachtete, wie sie ihre Körper in natürlicher Anmut mit einem Schwamm reinigte, sich der Geschmeidigkeit ihrer Bewegungen nicht bewußt, als sie einen Arm hob, ein Bein ausstreckte, ihren Körper mit einer flinken Vertrautheit handhabte, die trotz seiner Müdigkeit das Feuer seiner Leidenschaft aufs neue entfachte. Es hatte keinen Sinn, über ihren Eigensinn weiterzustreiten, entschied er und stieg zielstrebig aus dem Bett. Obendrein hatte es keinen Sinn, die Freuden der Gegenwart in eine Zukunft zu verschieben, die ihnen vielleicht nicht gewährt wurde.

Aber diese Tatsache verbarg er tief in den dunkelsten Winkeln seiner Seele. Nur so konnte er sie leugnen.

16. Kapitel

»Im Namen des Allmächtigen! So etwas hat es doch noch nie gegeben.« Colin Mackenzie starrte, krank vor Abscheu, auf die Szene in der Ebene unterhalb der Kantonnementswälle. »Sie rennen wie die Hasen!«

»Wir müssen ihnen Rückendeckung geben«, bellte Bob und rief dem für die Schützen auf dem Wall zuständigen Sergeanten einen entsprechenden Befehl zu. »Verdammt, die Unsrigen und die Feinde sind derart ineinander verkeilt, daß es ganz so aussieht, als ob allesamt hereindrängen.«

Am folgenden Tag versuchte Shelton erneut, Behmaroo von den Kohistanee-Stammesangehörigen zurückzuerobern. Nachrichten hatten das Kantonnement im Laufe des Tages erreicht, in denen von den schweren Verlusten die Rede war, die durch die Verstärkung der afghanischen Garnison verursacht worden waren, von der Infanterie, die einen Bajonetteangriff verweigerte, und von der Kavallerie, die unbeweglich wie Stein sitzengeblieben war, als das Signal zum Angriff ertönte. Aber nicht einmal die lebhafteste Vorstellungskraft eines Pessimisten und Verzagten unter ihnen hätte an eine so panische Flucht gedacht.

Über die Ebene hinweg strömte die britische Armee vollkommen ungeordnet auf das Kantonnement zu, die Infanterie auseinandergetrieben, ihre Linien und Karrees aufgelöst, Kavalleristen auf Tor und Wall zudonnernd; ihnen auf den Fersen, so dicht, daß es den entsetzten Beobachtern tatsächlich schien, als hätten sie sich unter die fliehenden Briten gemischt, kamen ihre afghanischen Verfolger, auf Pferden und zu Fuß, mit krachenden *Jezails*, Khyber-Messern und Säbeln zum tödlichen Streich erhoben. Männer fielen, wurden von ihren Kameraden verwundet in der Ebene zurückgelassen, um von den Afghanen gnadenlos niedergemetzelt zu werden.

Der durchdringende Ton einer Trompete erscholl über dem unaufhörlichen, rasselnden Schlachtenlärm. Die Tore des Kantonnements flogen auf, und eine Schwadron Kavallerie mit Schwertern und Lanzen galoppierte auf das tödliche Gemenge zu.

»Ist das nicht Kit, der den Angriff führt?« Bob blickte durch den Feldstecher. »Er läßt dieser Tage keine Gelegenheit aus, um da draußen zu sein.«

»Nein«, stimmte Colin zu, das eigene Glas auf die Feuerlinie gerichtet. »Beinahe, als führte er einen persönlichen Rachefeldzug ... Korrektur nach links, Sergeant, sieben Punkte.«

»Sieben Punkte nach links«, peitschte der Befehl, und die Musketen richteten sich entsprechend aus.

»Ich glaube auch, daß es persönlich ist«, bekräftigte Bob. »Liebe macht die merkwürdigsten Dinge mit den Menschen.«

Colin warf Bob einen schnellen Blick zu. »Liebe! Das ist ein großes Wort.«

»Ich glaube, es trifft zu. Der unzugängliche Christopher Ralston ist ein Opfer von Cupidos Pfeilen geworden. Und er wird jeden Afghanen mit bloßen Händen töten, wenn es das kostete, Annabel Spencer sicher aus Afghanistan zu bringen.«

Colin pfiff durch die Zähne. »Ich hatte es nur einfach für eine heftige Leidenschaft gehalten, den Kolonien angemessen, aber kaum ausreichend für einen anderen Ort. Sicherlich ist ihm das klar?«

Bob schüttelte den Kopf, aber weitere Ausführungen wurden erstickt, weil die Kavallerie jetzt näher an die Tore rückte und die Entfernung des Deckungsfeuers durch die Schützen auf den Wällen von Augenblick zu Augenblick korrigiert werden mußte.

»Ich hoffte, hier einem freundlichen Gesicht zu begegnen.« Annabel kletterte atemlos zwischen den beiden Männern den Wall hinauf. »Vermutlich ist Kit da draußen?« Sie trug ihr ledernes Reitzeug und Stiefel, die Haare in ihrem Nacken zu einem Knoten geschlungen, einen pelzbesetzten Mantel um die Schultern geworfen.

»Sollten Sie nicht einen Schleier tragen?« fragte Bob unwillkürlich.

Annabel blickte hinunter auf die Katastrophe, die sich vor ihren Augen abspielte: »Ich kann mir nicht vorstellen, daß solche Dinge jetzt noch irgendeine Bedeutung haben. Für mich sieht es so aus, als ob ihr sie nicht mehr abhalten könnt, und wenn sie erst einmal innerhalb der Tore und Wälle sind –« Sie ließ den Satz unvollendet. Alle hatten das Gefühl, sich mitten in einem Alptraum zu befinden, als die unaufhaltsame Verfolgungsjagd, die, immun gegen die Musketenschüsse von den Wällen und nur leicht behindert durch Kits Kavallerieangriff, sich immer näher wälzte.

»Sir, ich glaube, sie bleiben zurück!« rief plötzlich ein Wachsoldat aufgeregt.

»Bei allen Heiligen, ich glaube, du hast recht.« Colin setzte wieder den Feldstecher an die Augen. »Ja, sieh nur, sie fallen *tatsächlich* zurück.« Gerade als es so aussah, als ob der Feind die Fliehenden überrennen, sie vollkommen vernichten und die Wucht des Angriffs auch noch in das Kantonnement hineintragen würde, da verlangsamte sich auf einmal die Verfolgung durch die Afghanen ganz unerklärlich.

»Darf ich einmal durch Ihr Glas sehen?« Annabel strengte ihre Augen an, um in dem Durcheinander etwas zu erkennen. »Danke.« Sie nahm den Feldstecher entgegen, den Colin ihr reichte. »Da ist Osman Khan«, sagte sie. »Er hat sie zurückgerufen. Ich frage mich warum. Er ist nicht barmherziger als die anderen *Sirdars*.«

»Kennen Sie ihn?« Bob sah sie interessiert an.

Sie zuckte die Schultern. »Ich kenne die meisten von ihnen bis zu einem gewissen Grad. Es gibt immer Vorzimmer und Wandteppiche für heimliche Zuhörer. Ich weiß, wer die Zauderer sind und wer die Mächtigen. Osman Khan ist einer der Mächtigsten und ist stark auf Akbar Khan ausgerichtet.« Sie gab das Glas zurück. »Ich finde, es ist an der Zeit, mein Wissen einzusetzen, denken Sie nicht?«

»Auf welche Weise?«

»Der Kampf ist vorüber«, sagte sie leise. »Sie werden jetzt mit den Verhandlungen beginnen müssen. Ich weiß, wie Afghanen verhandeln. Ich weiß, wie ihr Verstand arbeitet. Solches Wissen sollte doch eigentlich unschätzbar sein?«

»Ich bin nicht sicher, ob Kit Ihre Meinung teilt«, überlegte Bob. »Er kommt zurück.«

Annabel stützte sich mit den Ellbogen auf den Wall und sah zu, wie die Fliehenden vollkommen ungeordnet durch das Tor hereinstürmten. Es gab keinerlei Aufstellung oder Befehlsketten, nur die offensichtliche Demütigung von Kopflosigkeit und Niederlage. Kits Schwadron tat sich hervor, als sie den Rückzug in ordentlicher Linie deckte. Aber seine Männer waren ja auch nicht zerrieben worden durch einen Tag der Verluste, des unaufhörlichen Feuers und der plötzlichen Attacken durch Armeen schreiender Fanatiker. Sie waren auch nicht wieder und wieder gegen ein unnachgiebiges Ziel geworfen worden, bis die vernichtende Sinnlosigkeit ihres Tuns sie zu ungezügelter Flucht in ein vermeintlich sicheres Lager trieb.

Brigadier Shelton ritt durch das Tor, seine Haltung aufrecht, seine Augen gerade auf einen Punkt vor sich gerichtet, als ob er mit diesem Tumult und dieser Schande nichts zu schaffen hätte. Er sprach mit niemandem, sondern stieg auf dem Exerzierplatz ab und ging ins Hauptquartier.

»Ich kann nicht anders, er tut mir leid«, murmelte Bob. »Er ist ein verdammt guter Soldat, nur eben starrköpfig und nicht besonders einfallsreich. Er hat es nicht verdient, mit einer so beschämenden Angelegenheit in Zusammenhang gebracht zu werden.«

»Typische *Feringhee*-Selbstüberschätzung«, lautete Annabels Beitrag. »Ein bißchen weniger davon, und dies wäre nie geschehen. Ich gehe Kit suchen.«

»Ich wünschte, sie würde nicht immer solche Dinge sagen«, bemerkte Bob unbehaglich. »Ich habe immer das Gefühl, ich müßte ihr klarmachen, daß ich die eigene Seite im Stich ließe, wenn ich keine Überlegenheit zeigte, aber wenn man wirklich ehrlich darüber nachdenkt ...«

Colin runzelte die Stirn. »Es ist nicht das Gefühl, es ist die Art, wie sie sich ausdrückt, die an einem nagt. Keinem macht es Spaß, von dem verdammten Feind schmerzliche Wahrheiten zu erfahren, und genauso hört sie sich manchmal an. Ich gehe ins Hauptquartier, um Sheltons Bericht zu erfahren.«

»Ich komme mit.« Die beiden Männer verließen den Wall, wo das unstete Feuern in der Abenddämmerung fortgesetzt wurde.

Als sie den Exerzierplatz erreichte, ging Annabel kühn hinüber, wo Kit seine Schwadron entließ. Sie stand ein wenig abseits, bis die Handlung abgeschlossen war, und trat dann im Licht einer Öllampe vor.

»Geht es dir gut?« Die leise Frage erschreckte ihn, und er drehte sich abrupt um.

»Was tust du hier?«

»Alle sind hier«, antwortete sie und wies auf den Platz. »Ich war mit Bob und Colin auf dem Wall.«

»Warum bist du unverschleiert?«

Ihre Augen hielten seinen stand. »Es scheint mir wenig sinnvoll, noch weiter Verstecken zu spielen, Ralston, *Huzoor*.«

Einen Augenblick lang schwieg er, dann neigte er den Kopf. »Du hast recht, wir sind am Ende.« Er blickte sich um und schüttelte sich vor Abscheu und Unglauben. »Shelton hat von Anfang an behauptet, die Truppen wären einer solchen Schlacht nicht gewachsen. Sie sind entmutigt, geschwächt durch geringe Verpflegung, erschöpft davon, ununterbrochen in der Defensive zu kämpfen. Man kann den armen Kerlen keinen Vorwurf machen.

Aber, großer Gott, ich hätte mir nie träumen lassen, daß britische Truppen auf diese Weise Fersengeld geben.«

»Die Kohistanees ohne Kampf in der Gewalt von Behmaroo zu belassen wäre einer Bitte um Rückzugsverhandlungen gleichgekommen«, verdeutlichte Annabel.

»Jetzt bleibt uns ohnehin nichts anderes mehr übrig«, sagte er auf einmal schroff. »Vielleicht wäre uns wenigstens ein Anflug von Würde verblieben, wenn wir uns aus strategischen Gründen in das Unvermeidliche geschickt hätten.«

»Ich möchte mit dem General und dem Kronbevollmächtigten sprechen«, verlangte sie energisch.

Kit schlug es ihr ab.

»Es gibt Dinge, die ich ihnen sagen kann – Dinge, die ich weiß, und von denen sie nichts wissen.«

»Nein.«

»Warum nicht?«

»Weil ich nicht will, daß du Offiziersmessenklatsch und dem Tratsch der Salons ausgesetzt wirst.«

»Ich dachte, wir sind uns darin einig, daß die Zeit zum Versteckspielen vorbei ist.«

»Aber nicht die Zeit für Diskretion.«

»Kit –«

»Nein!« Er machte auf den Fersen kehrt und ließ sie auf dem Exerzierplatz stehen, eine bemerkenswerte Gestalt von europäischem Aussehen, aber in der Kleidung der Afghanen. Mit einer tiefen Falte auf der Stirn sah sie zu, wie er verschwand. Dann setzte auch sie sich mit langen, ungeduldigen Schritten in Bewegung, der lange Mantel flatterte hinter ihr im Wind und schlug an die lederumhüllten Beine, während sie durch das Kantonnement hastete.

»Junge Frau!« Bei dem befehlsgewohnten Ton hielt sie inne, blickte dorthin, woher die Stimme drang, und erkannte Lady Sale.

»Ma'am?« Diese Anrede verriet selbstverständlich ihre Herkunft. Wäre sie weitergegangen, als hätte sie den Ruf nicht verstanden, dann wäre die Scharade aufrechtzuerhalten gewesen. Es war schon zu dunkel, als daß Lady Sale viel mehr hätte sehen können als das glänzende Haar und die afghanische Kleidung.

»Kommen Sie herüber.« Ihre Ladyschaft winkte sie herrisch aus ihrem Vordergarten zu sich, daher überquerte Annabel die Straße. Lady Sale hob ihr Lorgnon und musterte sie im trüben Licht, welches durch eines der Fenster hinter ihr auf die Straße fiel, übersah kein Detail ihrer Erscheinung, die sie jetzt zum ersten Mal, da die inzwischen vertraute Gestalt ohne *Chadri* oder Schleier war, unverhüllt vor sich sah. »Das habe ich mir gedacht«, erklärte sie. »Ich weiß nicht, was hier vor sich geht.« Ihre Ladyschaft mochte ihren Augen nicht trauen, denn ein derartiges Vorkommnis hatte sie noch nie erlebt.

»Es hat eine verheerende Flucht gegeben, Ma'am«, erklärte Annabel, sie willentlich mißverstehend. »Der Feind hat Ihre Truppen über die Ebene getrieben –«

»Das ist es nicht, wovon ich spreche«, unterbrach Lady Sale sie. »Und warum sollten Sie ›Ihre‹ Truppen sagen? Sie sind Engländerin wie ich, nicht wahr? Und eindeutig aus einer guten Familie, Ihrer Stimme nach. Aber ich sage Ihnen, daß diese Kleidung eine Schande ist.«

»Unglücklicherweise, Ma'am, ist sie die einzige, die ich besitze.« Einen absurden Augenblick lang fühlte Annabel sich in den Salon ihrer Mutter nach Peshawar zurückversetzt, wo sie als kleines Mädchen in einem Musselinkleid ihren Knicks gemacht, höflich auf die zahllosen Fragen der Gäste ihrer Mutter geantwortet und sich bemüht hatte, nicht das Gesicht zu verziehen, als ein schnurrbärtiger Herr, der nach Zigarren und Brandy roch, sie abküssen wollte.

»Ich wußte es, daß Christopher Ausflüchte gebraucht«, murmelte Ihre Ladyschaft und runzelte grimmig die Stirn. »Ich kenne ihn zu lange, als daß er mir einen Bären aufbinden könnte. Woher kommen Sie, Mädchen?«

»Peshawar«, antwortete Annabel munter.

»Unsinn! Ich kenne alle Familien in Peshawar.«

»Ma'am, ich möchte nicht unhöflich sein, aber ich bin nicht davon überzeugt, daß ich Ihre Fragen beantworten muß«, sagte Annabel freundlich. »Ich kann Ihnen versichern, daß ich, wenn ich sie beantworte, nur die Wahrheit sage.«

Lady Sale zog ihren Mantel enger um sich, um den eisigen Wind, der Schnee ankündigte, auszusperren, und verlangte grob zu wissen, ob sie unter Christopher Ralstons Dach lebe.

Annabel überlegte sich ihre Antwort gut. »Ja, Ma'am.«

»Dann sind Sie nicht besser als eine Marketenderin.«

»Wie Sie meinen, Ma'am.«

Ihre Inquisitorin starrte die sanft lächelnde junge Frau an, deren Sprache der achtsam modulierten Art der höheren Gesellschaftsschichten entstammte, die ihre Jade-Augen nichts verraten ließ und die sich dennoch von der milchweißen Haut in merkwürdig verwegenem Gegensatz abhoben.

»Ich durchschaue das Ganze nicht«, bemerkte Ihre Ladyschaft. »Aber das werde ich noch.« Sie wandte sich ab und segelte auf ihre Eingangstür zu.

»Mit Verlaub, Lady Sale, aber es gibt im Augenblick wichtigere Angelegenheiten, die Ihrer Aufmerksamkeit bedürften.«

Ihre Ladyschaft hielt inne und blickte über ihre Schulter zurück zu Annabel, die noch immer an ihrem Gartentor stand. Ihr Stirnrunzeln vertiefte sich, als sie über einen Gedanken zu stolpern schien, dann fragte sie schroff: »Meinen Sie, wir werden durchkommen?«

»Das weiß ich nicht«, entgegnete Annabel, als ob die ungewöhnlich vertrauensvolle Frage im Zusammenhang mit ihrem vorangegangenen Gepräch nicht im mindesten unangebracht wäre. »Aber was wir auch an Kräften haben, wir werden sie brauchen. Und diejenigen, die anführen, müssen sie sehen lassen.«

Einen Augenblick dachte sie nach und nickte dann: »Vielleicht sind Sie eine schamlose Dirne, Miss, aber Ihr Kopf scheint auf dem rechten Fleck. Ich wünsche Ihnen eine gute Nacht.«

»Gute Nacht, Ma'am.«

Annabel wartete, bis der Diener Lady Sale in ihren Bungalow eingelassen hatte, bevor sie ihren Weg fortsetzte und sich fragte, ob sie Kit von dieser Begegnung berichten sollte. Er würde es ohnehin von Lady Sale zu hören bekommen. Es würde ihn zweifelsohne ärgerlich machen, aber auf sie hatte das Zusammentreffen mit Lady Sale eine merkwürdige Wirkung gehabt. Irgend etwas war klarer geworden, und sie schwankte, ob sie sich diesem Etwas stellen wollte. Allmählich fühlte sie sich hinter den Wällen am richtigen Ort. Ihr Schicksal verband sich untrennbar mit jenem der Kantonnementsbewohner, aber nicht einfach auf Grund des Ausnahmezustandes oder ihrer körperlichen Anwesenheit hier.

Es war nicht einfach auf Grund ihrer körperlichen Anwesenheit hier.

Ihr schneller Schritt verlangsamte sich, als die Bedeutung dieser Worte ihr unter die Haut kroch. Wie war das geschehen? Das subtile Hinübergleiten von afghanischer Verachtung zum Stehen auf der Seite des angeblich verachtenswerten Feindes? Lag es nur daran, daß sie in Liebe mit Kit verbunden war? In der Freundschaft zu Colin und Bob? Im Einverständnis mit Harley? Oder war es etwas tiefer Greifendes? Das Vermächtnis ihrer Kindheit, das unter der Überlagerung durch Akbar Khans Erziehung lebendig hervorbrach, so daß Ayesha plötzlich künstlich wirkte und die eigentliche Annabel sich auf dem Humus ihrer Herkunft erneuerte?

Das war eine tief verwirrende Vorstellung, doch zur gleichen Zeit merkwürdig aufregend. Und es war eine, die ihre Entschlossenheit festigte, ihr Wissen über Akhbar Khan zum größtmöglichen Nutzen einzusetzen. Wenn sie zu diesem Volk gehörte, dann war sie ihm ihre Loyalität und den Vorteil ihrer Erfahrung schuldig. Niemand sonst im Kantonnement wußte, was sie wußte, und es wäre ein fataler Fehler, sollten sie angesichts der Niederlage dieses Tages und der allgemein hoffnungslosen Lage das zurückweisen, was sie anzubieten hatte.

Tief in Gedanken betrat sie den Bungalow. Harleys ängstliche Frage »Geht es dem Hauptmann gut, Miss?« weckte sie aus ihren Grübeleien.

»Ja, Harley. Hast du schon gehört, was sich ereignet hat?«

Der gleichmütige Gesichtsausdruck des Burschen wandelte sich zu grimmigem Abscheu. »Ja, Miss. Eine verdammte Schande war es, ich bitte um Entschuldigung, Miss.«

»Ich würde nicht zu hart urteilen«, riet sie ihm. »Wir alle könnten uns bald einem Ghazi-Säbel gegenüber finden.«

»*Meinen* Rücken werden die jedenfalls nicht zu Gesicht bekommen«, versicherte Harley und stürmte zurück in die Küche.

Kit kehrte spät zurück. »Ich habe gehört, du hattest ein offenes Gespräch mit Lady Sale«, sagte er ohne Einleitung und schnüffelte hungrig an der Schüssel mit Antilopenfleisch, die Annabel ihm vorsetzte.

»Wie hast du das so schnell herausgefunden?« Sie sah ihn überrascht an.

»Ich wurde von ihrem Diener auf dem Heimweg abgepaßt mit der Bitte, ihr einen kurzen Besuch abzustatten.« Er füllte sich eine großzügige Menge des geschmorten Fleisches auf den Teller. »Das Essen sollte mir eigentlich im Halse steckenbleiben bei dem Gedanken daran, wie du zu seinen Zutaten gekommen bist, aber aus irgendeinem Grund tut es das nicht.«

»Unter den gegebenen Umständen wäre es auch sehr dumm, wenn du dir den Appetit verderben ließest. Alle anderen gehen hungrig zu Bett«, antwortete sie übermütig. »Was hatte die Dame denn zu sagen?«

»Sie wollte wissen, wer du bist. Ich nehme an, du warst nicht allzu mitteilsam.« Er hob fragend eine Braue.

»Ich war sehr höflich«, sagte Annabel. »Aber sie schien daran zu zweifeln, daß ich aus Peshawar komme. Sie sagte jedoch auch, daß sie dich zu lange kenne, als daß du ihr einen Bären aufbinden könntest; sie habe dir sowieso nicht geglaubt, als du es abstrittest, eine Engländerin unter deinem Dach zu beherbergen.«

Kit kaute unverdrossen. »Nun, ich fürchte, ich habe ihr gesagt, daß es sie nichts angeht, und wir sind daher nicht als Freunde auseinandergegangen.«

»Oje. Ich fürchte, das ist meine Schuld.«

»So könnte man es sagen.« Er ließ es sich weiterhin schmecken.

»Aber wie kann einer solchen Albernheit jetzt noch soviel Bedeutung beigemessen werden?« rief sie ehrlich überrascht.

»Formen und Zeremonien nehmen gerade dann eine besondere Bedeutung an, wenn das gewohnte Leben auseinanderzubrechen droht«, erklärte Kit. »Sitten, Rituale, Etikette sind auf einmal alles, was beständig ist. Sind sie erst einmal zerstört, dann ist für Lady Sale und andere alle Hoffnung und Kraft dahin.« Während er noch sprach, wurde er sich bewußt, daß er noch vor wenigen Monaten nicht einmal den kleinsten Versuch unternommen hätte, jene zu verstehen, geschweige denn sie zu verteidigen, die er so freizügig zu altertümlichen Dummköpfen und Langweilern zu erklären pflegte.

»Lady Sale ist zwar ganz und gar etepetete, gleichwohl eine Frau von großer Energie und Tatkraft«, fuhr er fort. »Es dient dem Interesse aller Beteiligten, daß sie diese Tatkraft aufrechterhält, denn zu viele Frauen im Kantonnement sind auf ihre Führung angewiesen.«

»Offensichtlich«, Annabel bestätigte dies; »und genau das habe ich ihr auch gesagt.«

Kit sah sie überrascht an. »Das hast du wirklich getan?«

»Jawohl, und sie schien es mir nicht übelzunehmen.«... tapfer fügte sie hinzu: »Sie hat sogar gesagt, daß ich zwar eine schamlose Dirne sei, daß sich aber mein Kopf scheinbar auf dem rechten Fleck befinde.«

Kit lachte. Es war kein sehr herzliches Lachen, aber es war ein Schritt in die richtige Richtung, dachte Annabel und schenkte ihm Tee nach.

»Was ist beschlossen worden?« fragte sie und wandte sich einem Thema von viel größerem Interesse zu.

Kit runzelte die Stirn. »Nichts im Augenblick, nur Jammern von Elphinstone, Geschrei von Macnaghten und Ärger von Shelton. Ich gehe zu ihnen, sobald ich mit dem Essen fertig bin.«

»Laß mich mitkommen«, bat sie drängend.

»Oh, sei nicht so eingebildet.« Er schob seinen Stuhl zurück. »Das letzte, was wir in diesem Augenblick gebrauchen können, bist du, die die Dinge nur noch mehr verwirrt.«

»Das tut weh, Kit. Warum würde ich die Dinge mehr verwirren?«

Die Anstrengung, die es ihn kostete, seine Ungeduld unter Kontrolle zu halten, stand ihm klar im Gesicht geschrieben. »Liebste, ich werde dich dort nicht als die einstmalige Bewohnerin von Akbar Khans *Zenana* vorstellen. Ich weigere mich, die intimen Details deiner Geschichte zu veröffentlichen, und solange ich dazu nicht bereit bin, werden sie deinen Wissensperlen keinen Glauben schenken. Sie würden in dir nur meine Mätresse sehen und in mir nur einen vernarrten Dummkopf, der weitschweifend von seinen Talenten erzählt. Macnaghten würde mich vor allen anderen auslachen, und Elphinstone würde wahrscheinlich auf einmal sehr steif werden wegen des bedenklichen Benehmens eines Kavallerieoffiziers, der eine derartig exotische Kreatur unter seinem Dach wohnen läßt.«

Sie verschränkte die Arme und wandte sich ab. »So steht es also. Ich glaube, in diesem Fall gehe ich zu Bett.«

Einen Moment lang stand er unschlüssig und verdrossen da, sie vor den Kopf gestoßen zu haben, doch irgendwie fühlte er sich zu müde und niedergeschlagen, um sie zu besänftigen. »Ich weiß nicht, wie lange es dauern wird«, er knöpfte seinen Uniformrock zu.

»Ich bin sicher, ich werde schlafen«, antwortete sie hart. »Gute Nacht.« An ihm vorbeirauschend verließ sie das Eßzimmer.

»Verdammt!« Er machte einen Schritt hinterher, schüttelte dann aber den Kopf, als wolle er seine Gereiztheit loswerden. Das war eine Angelegenheit, für die ihm heute die Kraft fehlte.

Die lange Nacht hindurch, in der in endlosem Debattieren scharfe Worte durch den rauchgeschwängerten Raum des Generals schossen und Vorschläge sowie Schuldzuweisungen hin- und herbrandeten, hatte Kit wenig Energie übrig, um über Annabels verletzte Gefühle nachzudenken. Erst als im frühen Morgengrauen eine Botschaft für den Kronbevollmächtigten aus Kabul eintraf, verflog die Müdigkeit der vorangegangenen Strapazen.

Sir William las den Brief vor. »Er ist von Osman Khan«, verkündete er.

»Das ist der Anführer, der gestern die Verfolgung abgebrochen hat«, meldete sich Colin.

»Woher wissen Sie das, Mackenzie?« Der Kronbevollmächtigte zog bei dieser Unterbrechung ein zugleich überraschtes und ärgerliches Gesicht.

Colin sah Kit unruhig an, der an die Decke starrte und deutlich machte, daß er nicht helfen würde. »Ich muß es wohl von jemandem aufgeschnappt haben, Sir«, antwortete er schließlich.

Macnaghten schien ein wenig beleidigt, dann fuhr er fort: »Nun, nach dem, was in diesem Brief steht, weist Osman Khan darauf hin, daß der Verlust des Kantonnements und die Vernichtung unserer Truppe unvermeidlich gewesen wären, wenn er es seinen Kämpfern gestattet hätte, ihren Sieg endgültig zu machen.« Er blickte sich am Tisch um, sah in den Gesichtern nur grimmige Zustimmung zu dieser Behauptung und nahm den Faden wieder auf. »Das ist aber offenbar nicht der Wunsch der afghanischen Anführer. Sie wollen lediglich, daß wir ihr Land friedlich verlassen und seine Regierung ihren *Sirdars* und einem König ihrer Wahl überlassen.«

Schweigen lag schwer in dem verräucherten Zimmer, als der Wintermorgen vor den Fenstern anbrach. General Elphinstone keuchte traurig aus der Tiefe seines Lehnstuhls. Sir William räusperte sich und fragte umständlich: »General, ist es Ihre Meinung, daß wir die militärische Stärke besitzen, um unsere Position in Afghanistan aufrechtzuerhalten?«

»Es ist ausgeschlossen, unsere Position hier beizubehalten, Macnaghten«, entgegnete der General und klang ausnahmsweise ein wenig bestimmter. »Ich möchte Sie deshalb ersuchen, das Angebot zu weiteren Verhandlungen zu nutzen.«

Nun, da die Entscheidung endlich ausgesprochen war, machte sich Erleichterung auf den Gesichtern breit. Wenigstens gab es jetzt einen Plan, selbst wenn er die schlimmsten Voraussetzungen hatte und alle falschen Hoffnungen jetzt der Vergangenheit angehörten.

»Dann schlage ich vor, daß wir jetzt über die Bedingungen mit ihrer Abordnung sprechen«, sagte der Kronbevollmächtigte.

»Eier, Butter, Zwiebeln und zwei Lammbruststücke, Harley«, teilte Annabel ihm mit und setzte ihren Korb auf dem Küchentisch ab. »Das sollte uns den Wolf noch ein paar Tage vom Hals halten.«

»Ja, Miss«, stimmte Harley zu und dachte an die lautstarke Auseinandersetzung, die ausgebrochen war, nachdem die Miss heute morgen ihr Vorhaben, auf dem Basar einzukaufen, kundgetan hatte. Um die Wahrzeit zu sagen, wenn der Hauptmann und seine Lady dieser Tage einander nicht anschrien, herrschte eisiges Schweigen zwischen ihnen. Gelegentlich versuchte der Hauptmann ihr zu schmeicheln, aber seinen Bemühungen begegnete sie mit einem spöttischen, stichelnden Ton, der ihn finster dreinblicken und türenschlagend aus dem Haus eilen ließ; die Miss ging dann gewöhnlich in die Reitschule und verbrachte dort Stunden damit, auf Charlie irgendwelche komplizierten Reitmanöver einzuüben.

Im Eingang rührte sich etwas, und Harley sah, wie Annabel sich mit dem gewohnten, freudigen Gesichtsausdruck der Küchentür zukehrte, um ihn zu begrüßen, dann aber plötzlich leeren Blicks wieder ans Auspacken ging. Kit betrat die Küche. »Oh, da bist du ja.«

»Heil und gesund zurückgekommen, wie du siehst«, sagte sie

herausfordernd. »Ich habe ein paar Neuigkeiten auf dem Basar aufgeschnappt, aber vermutlich interessieren sie dich gar nicht. Der *Feringhee* weiß viel zu sicher, was er tut, als daß er es nötig hätte, sich die Meinung eines Besserinformierten anzuhören.«

Harley räusperte sich und begann, mit Töpfen und Pfannen auf dem Herd zu klappern. Mit zusammengepreßten Lippen richtete Kit sein Kinn ruckartig zur Tür. Annabel trödelte hinüber ins Wohnzimmer.

»Rede mit mir vor Harley nicht in diesem Ton«, sagte er wütend, die Tür krachte ins Schloß.

»Das schadet deinem Ansehen, nicht wahr? Es darf den Dienern nicht gestattet werden –«

»Schweig!«

Sie verstummte, und einander wild musternd, standen sie eine lange Zeit da. Dann seufzte Kit: »Wie lange soll das noch so weitergehen, Annabel?«

»So lange, bis du auf die Vernunft hörst.« Sie ließ sich auf der Armlehne des Sofas neben dem beißend schwelenden Feuer nieder und sah ihm fest in die Augen. »Zunächst einmal, Macnaghten lehnt mit Bestimmtheit die Bedingungen ab, die ihm von der Delegation der Anführer –«

»Er hatte keine andere Wahl«, unterbrach Kit. »Sie waren zu demütigend, um sie in Betracht zu ziehen.«

Sie senkte den Kopf. »Vielleicht. Aber was soll jetzt geschehen? Er ist ja doch zu weiteren Verhandlungen gezwungen. Zu dem nächsten Treffen vor dem Kantonnement nimmt er einen neuen Vertragsentwurf mit, stimmt darin der Evakuierung Kabuls innerhalb von drei Tagen zu und verlangt im Gegenzug Proviant und freien Durchgang für die gesamte Armee und die dazugehörigen Zivilisten nach Indien. Er akzeptiert die Rückkehr von Dost Mahommed auf den Thron und entfernt Shah Soojah gegen Amnestie. Er ist einverstanden mit der Evakuierung der Balla Hissar und aller britischen Forts in der Umgebung von Kabul. Jetzt sag mir, für welche Seite diese Bedingungen demütigend sind?«

Kit fuhr zusammen, konnte jedoch nichts erwidern.

Annabel fuhr leidenschaftlich fort: »Und was geschieht nun? Die drei Tage sind vergangen und kein Versuch wurde unternommen, das Kantonnement zu evakuieren, obwohl die Balla Hissar und die anderen Forts aufgegeben wurden. Der Feind hat die Vereinbarungen nicht eingehalten und weder die versprochenen Vorräte geliefert noch die Lasttiere, für die reichlich Geld bezahlt wurde. Und was tut Macnaghten? Statt auf der Einhaltung der Bedingungen durch beide Seiten zu bestehen, fährt er mit dem hinterhältigen Plan fort, die Anführer gegeneinander auszuspielen. Glaubt er denn, daß sie ihn nicht durchschauen? Ich habe mir die Gespräche im Basar genau angehört. Was meinst du denn, warum sie sich einfach zurücklehnen, beobachten und warten?« Ein Aufwallen von Ungeduld ließ sie auf die Füße springen. »Glaubt er denn, sie hätten das Interesse verloren oder den Schwung … oder was? Natürlich haben sie das nicht. Das Wetter ist auf ihrer Seite, es gibt kaum noch Nahrungsmittel oder Feuerholz im Kantonnement, und sie warten darauf, daß Macnaghten sich aufhängt. Und nur wegen deinem verdammten Starrsinn, Ralston, *Huzoor*, gestattest du mir nicht, ihm das mitzuteilen.«

Kit blieb stumm. Er konnte nichts von dem, was sie gesagt hatte, abstreiten. Die Truppen lebten von halbierten Rationen, die Zuggespanne verhungerten, die Zivilisten ernährten sich von Aas, und es gab keinerlei Möglichkeit, die Vorräte aufzufüllen. Während Elphinstone und Macnaghten wieder und wieder die gleichen strittigen Punkte besprachen, Pläne zusammenbrauten und wieder verwarfen, hatten die Afghanen die Brücke über den Fluß von Kabul zerstört, und die Briten im Kantonnement saßen untätig herum.

»Der Kronbevollmächtigte glaubt, daß er sich nicht mehr länger an den Vertrag gebunden fühlen muß, weil die Anführer ihn nicht eingehalten haben«, seufzte er schließlich tief. »Ich habe ihm gesagt, was du denkst, aber er will nicht darauf hören.«

»Vielleicht hört er auf *mich*«, rief sie leidenschaftlich.

Kit blickte seinen grünäugigen Luchs an, ihren schwingenden kupferfarbenen Zopf, ihre schlanke, sinnliche Figur, die durch die afghanische Kleidung noch unterstrichen wurde, und er dachte an diesen spöttischen Ton, der in ihrer Stimme auftauchte, wann immer ihr Standpunkt in Zweifel gezogen wurde. Er dachte an den zittrigen Elphinstone und den wichtigtuerischen, aufgeblasenen Kronbevollmächtigten und wie sie den verächtlichen Schmähungen dieser außerordentlichen Kreatur zuhörten – ihn schauderte. »Ich werde ihnen sagen, was du im Basar gehört hast«, versprach er. »Ich habe nie zuvor geäußert, daß meine Darlegungen aus einer informierten Quelle stammen, aber jetzt werde ich es tun. Bist du damit zufrieden?«

Sie ließ die Schultern hängen. Wenn er ihr nicht gestattete, auf die einzige Weise zu helfen, die ihr offenstand, dann würde sie mit dieser Enttäuschung leben müssen. Aber es war so schwer einzusehen, da sie doch Akbar Khans Stimme hören, sein Gesicht sehen und seine Gedanken lesen konnte! Er würde nur einfach dasitzen und abwarten, daß Macnaghtens Verrat offensichtlich wurde... dann würde er mit reinem Gewissen zuschlagen. Es würde für jene, welche die Vereinbarungen gebrochen hatten, keine Gnade geben, und Akbar Khan würde es weit von sich weisen, daß auch er es getan hatte. Er würde einfach sagen, daß die Briten ja keinerlei Anstalten gemacht hatten, das Kantonnement innerhalb von drei Tagen zu räumen, und daß er sich daher auch nicht an seine Zusage gebunden gefühlt hatte, sie mit Proviant zu versorgen.

Kit legte ihr eine Hand auf die Schulter und faßte ihr mit der anderen unter das Kinn. »Bitte, laß uns Frieden schließen, Annabel. Wir sind alle verzweifelt... ohne Reserven... und es scheint mir eine so ungeheuerliche Verschwendung zu sein, daß wir beide die Zeit, die wir in diesem Ödland der Stürme und des Schweigens noch zusammen haben, nicht besser nutzen.«

Es war das erste Mal, daß er vor sich selbst – und vor Annabel – seine Ahnung zugab, daß sie auf Abruf lebten. Die Jade-Augen begegneten den seinen friedlich, als wolle sie eine Aussage anerkennen, auf die sie schon lange gewartet hatte.

»Ich möchte mich nicht streiten«, sagte sie. »Aber ich bin so enttäuscht über deine Blindheit. Als ob es von Bedeutung sein könnte, wo ich herkomme! Wenn es irgendeine Hoffnung gibt, um unsere Zeit zusammen zu verlängern, dann müssen wenigstens ein paar richtige Entscheidungen getroffen werden.«

»Und was ist mit dem Schicksal?« fragte er in einem zum Scheitern verurteilten Versuch, heiter zu spotten. »Ich dachte, du glaubst, daß es nicht darauf ankommt, was man tut.«

»Das Endergebnis mag vorbestimmt sein, aber von uns wird dennoch verlangt, unsere Wahl zu treffen«, erklärte sie ernst. »Und es gibt meistens vernünftige und dumme Möglichkeiten.«

Kit schüttelte verblüfft den Kopf. »Manchmal begreife ich dich überhaupt nicht. Du sagst das eine, meinst aber etwas vollkommen anderes.«

»Nein, *Feringhee*, nicht mich verstehst du nicht, sondern den Afghanen.«

»Damit sind wir wieder vorne angelangt«, sagte Kit und ließ sein Kinn mit einem Seufzer der Niederlage fallen. »Du kennst vielleicht Akbar Khan, aber ich kenne Elphinstone und Macnaghten, und ich weiß, daß nichts Gutes daraus erwachsen wird, wenn ich dich ihnen als informierte Quelle vorstelle. Sie werden nur eine Frau mit dubioser Vergangenheit und noch dubioserer Gegenwart sehen, und sie werden keine unverdaulichen Wahrheiten aus dem Munde meiner Mätresse annehmen.« Er wandte sich zur Tür. »Ich weiß nicht, wann ich zurück sein werde.«

»Das erwartet auch niemand«, antwortete sie steif. Die Tür knallte hinter ihm ins Schloß, und sie fluchte leise. Vielleicht hatte Kit recht, und sie wäre vor dem Kronbevollmächtigten nicht glaubwürdig. Aber er konnte es sie wenigstens *versuchen* lassen. Es war so haarsträubend, daß ihr jetzt, wo sie auch innerlich auf der Seite der *Feringhees* stand, niemand erlaubte zu helfen.

Kit marschierte zum Hauptquartier und fragte sich, ob seine

Meinung vielleicht vorschnell war. Er wußte nicht, ob Macnaghten auf Annabel hören würde; möglicherweise tat er es doch. Aber Kit konnte sich einfach nicht überwinden, sie dem forschenden Blick der Öffentlichkeit auszusetzen, erklären zu müssen, daß ihr Wissen aus ihrer Zeit einer Bewohnerin von Akbar Khans *Zenana* stammte. Seine Freunde, die von ihrem Geheimnis wußten, behandelten sie mit absoluter Diskretion; aber sobald es sich herumsprach, würde jedes Klatschmaul ihren Namen im Mund führen, ihre Geschichte würde zum Thema lüsterner Spekulationen in den Offiziersmessen und Salons im gesamten Kantonnement. Seine großen Pläne, Annabels Familie in England aufzuspüren, sie seinen Eltern vorzustellen und sie in der St.-George-Kathedrale am Hanover Square zu heiraten, erkannte er als reine Luftschlösser. Wie immer hatte sich ihre pragmatische Klarheit als richtig erwiesen. Sie würden eine solche Zukunft nicht haben. Aber solange die Gegenwart andauerte, wollte er sie wenigstens für sich allein haben, sie vor unfreundlichen Zungen beschützen und allen, die sich harmlosen Vermutungen über die Identität und Geschichte der mysteriösen Frau unter Hauptmann Ralstons Dach hingaben wollten, genau das erlauben... nur daß in dem rauhen Klima, das augenblicklich zwischen ihnen herrschte, wenig Befriedigung über diese Sonderstellung bestand, dachte er düster, als er das Hauptquartier erreichte.

Innerhalb der nächsten Stunde verlor all dieses Geplänkel an Bedeutung. Emissäre von Akbar Khan brachten einen Vorschlag, den Sir William Macnaghten sehr ansprechend fand und der Kit, noch unter dem Eindruck von Annabels Bestandsaufnahme, mit Entsetzen erfüllte. Akbar Khan schlug vor, daß die Briten bis zum Frühling im Kantonnement verbleiben sollten, wo sie dann selbst für ihren Rückzug sorgen konnten. Akbar Khan würde dem Kronbevollmächtigten den Kopf von Ameenoolla Khan übergeben im Tausch gegen eine Garantie durch die britische Regierung, ihm drei Millionen Rupien und eine jährliche Pension von vierhunderttausend Rupien zum Geschenk zu machen.

»Also bitte«, rief Sir William, nachdem er diesen Vorschlag den versammelten Offizieren vorgetragen hatte. »Der Mann ist so gierig und selbstsüchtig, wie ich angenommen habe. Ich sehe keinen Grund, warum wir diesen Vorschlag und seine Einladung zu einer Besprechung morgen früh nicht sofort annehmen sollten.«

»Sir William.« Widerwillig kam Kit der Verpflichtung nach, sich zu Wort zu melden. »Sie reden im Basar davon, daß Akbar Khan Verrat vermutet. Wenn wir sein Angebot von Ameenoollas Kopf annehmen, dann bestätigen wir diesen Verdacht.«

»Woher wissen Sie, worüber im Basar gesprochen wird?« wollte der Kronbevollmächtigte wissen.

Kit sah Bob und Colin an, die ihm nur ein Schulterzucken resignierter Sympathie zu bieten hatten. Er berichtete Sir William die ganzen Geschichten, die, wie er wußte, die Gesprächsthemen des Basars waren.

»Diese Frau… die…« Der General machte eine Handbewegung und ließ die Beschreibung diskret in der Luft hängen. »Diese Miss Spencer, sagen Sie, kennt Akbar Khan persönlich?«

»Ja, Sir«, bestätigte Kit hölzern. »Sie hat von ihrem zwölften Lebensjahr bis vor kurzem unter seinem Schutz gelebt.«

»Und jetzt steht sie unter Ihrem, nehme ich an«, sagte Sir William grob.

»So könnte man es nennen«, mußte Kit zugeben.

»Vielleicht sollten wir uns anhören, was sie zu sagen hat«, ließ sich einer der Offiziere aus dem Stab des Kronbevollmächtigten vernehmen. »Wenn Ralston es zuläßt, natürlich nur.«

»Sie ist schon seit einigen Wochen sehr begierig darauf, ihre Meinung zum Ausdruck zu bringen«, meinte Kit trocken. »Ihre Ansichten werden im allgemeinen auf etwas unverblümte Weise vorgetragen, davor sollte ich Sie vielleicht warnen.« Er blickte den Kronbevollmächtigten an und erhielt ein strenges, aber zustimmendes Nicken. Er begab sich in die Adjutantur. »Fähnrich, gehen Sie hinüber in meinen Bungalow und bitten Sie Miss Spencer, Sie hierher zu begleiten.«

Der Fähnrich salutierte und bemühte sich, nicht erstaunt dreinzublicken. Er wußte wie jeder, daß der Hauptmann ein afghanisches Mädchen in seinem Haus hielt; aber wer war Miss Spencer?

Das Gespräch im Generalsbüro verlief belanglos, da sie alle auf das Erscheinen von Hauptmann Ralstons Lady warteten. Sir William trug wenig dazu bei und konzentrierte sich statt dessen darauf, Akbar Khans Vorschläge wieder und wieder zu lesen. Nach etwa einer Viertelstunde öffnete sich die Tür und Annabel wurde hereingeführt.

Sie stand im Türrahmen, und nur ihre Augen wanderten durch den Raum, als wollte sie den Standpunkt aus den jeweiligen Gesichtern ablesen. Kit spürte die Kraft ihrer Selbstbeherrschung, die sie in einer Schule gelernt hatte, die viel härter war, als irgendeiner der an diesem Tisch Anwesenden sich vorstellen konnte, und sein Herz floß über vor Liebe und einem tiefen Schmerz, als er daran dachte, daß sie an einem anderen Ort und in einer anderen Zeit vielleicht ein lebenslanges Glück erfahren hätten... wenn das Schicksal die Figuren anders bewegt hätte.

»Annabel, laß mich dich vorstellen.« Er stand mit den Anwesenden auf und streckte seine Hand nach ihr aus. Sie stellte sich neben ihn, bedankte sich für die Bekanntmachung mit einem *Salaam*, das vollkommen passend schien, da die Geste mit der ihr eigenen Anmut vertrauensvoll ausgeführt wurde. Dann setzte sie sich neben Kit auf einen Stuhl, der von dem überwältigten Fähnrich rasch herbeigeschafft worden war.

»Ich habe erfahren, daß Sie persönlich einiges über Akbar Khan wissen«, setzte Sir William an.

»Ich glaube, ich kenne ihn so gut wie kaum jemand«, bestätigte sie schlicht.

Der Kronbevollmächtigte hustete, und es entstand eine gewisse Unruhe im Raum, die Annabel offenbar nicht bemerkte. Sie blickte Sir William weiterhin aufmerksam an, während er ihr die Botschaft der Emissäre vorlas. »Vielleicht wären Sie so freundlich, uns an Ihrer Beurteilung derselben teilhaben zu lassen, Miss

Spencer?« sagte er am Ende gewichtig, faltete das Papier zusammen und lehnte sich in seinem Stuhl zurück.

»Es ist ein Komplott«, erklärte Annabel. »Sie befreien Akbar Khan von jeder Verpflichtung, sein Wort zu halten, wenn Sie sein Angebot von Ameenoollas Kopf annehmen. Er weiß von Ihren Ränken mit Mohun Lal und will lediglich Ihre Falschheit bloßstellen.«

»Sie beschuldigen mich der Falschheit, Miss?« Sir William setzte sich brüsk auf und stierte sie an.

Kit berührte ihren Fuß unter dem Tisch mit der Bitte um Vorsicht, und sie warf ihm einen schnellen amüsierten Blick zu.

»Ich glaube, Sir, daß es töricht wäre, sich mit Akbar Khans Listenreichtum messen zu wollen«, erwiderte sie. »Er ist unbesiegbar in solchen Taktiken.«

»Sie sind der Ansicht, wir sollen diese Vorschläge nicht beachten?« Der Kronbevollmächtigte blickte ungläubig drein. »Ich bin entschlossen, mich morgen früh mit Akbar Khan zu treffen.«

Annabel wollte gerade scharf entgegnen, daß sie sich nicht denken könne, warum man sie dann habe rufen lassen, als Kit ihren Knöchel wieder bittend anstieß und sie veranlaßte, die Bemerkung zu unterdrücken. »Bieten Sie Akbar Khan kein Geld an«, riet sie. »Er braucht es nicht, und er würde nie eine Rupie von den hündischen *Feringhees* annehmen.«

Die Männer um den Tisch sogen scharf die Luft ein, und sie merkte, daß ihre Stimme den Tonfall von Akbar Khan angenommen hatte.

»Das riecht mir nach Verrat, Sir William«, ließ sich Elphinstone vernehmen.

»Ich verstehe mehr von diesen Dingen als Sie«, blaffte der Kronbevollmächtigte und brachte damit den General zum Schweigen. »Ich werde nicht zustimmen, Blutgeld zu zahlen, aber ich werde einen Plan vorlegen, mit dessen Hilfe unsere Truppen mit denen Akbar Khans bei der Gefangennahme von Ameenoolla Khan mitwirken werden. Allen anderen Punkten werde ich zustimmen.« Er stand abrupt auf. »Das genügt, nehme ich an. Die Hauptleute Lawrence, Trevor und Mackenzie werden mich am Morgen zu der Unterredung begleiten. Miss Spencer, ich danke Ihnen für Ihren Beitrag.« Er verbeugte sich und verließ den Raum.

Kit drehte sich zu Annabel, widerwillige Ergebung in der Miene. Aber sie blickte über den Tisch hinweg beschwörend Colin an, den es fröstelte. »Sie dürfen nicht gehen, Colin.« Dieser ausdrückliche Befehl füllte die beklemmende Leere, die durch das Fortgehen des Kronbevollmächtigten entstanden war.

»Sie wissen doch, daß ich muß«, sagte er kläglich lächelnd.

Sie blickte ihn weiterhin an, lang und starr, als male sich sein Schicksal auf seinem Gesicht ab. Dann schüttelte sie den Kopf: »Wenn Sie sagen, daß Sie es müssen, dann ist es so. Aber Sie gehen in eine Falle.« Sie drehte sich zu Kit: »Du brauchst mich hier nicht mehr?«

Er schüttelte den Kopf. »Du hast gesagt, was du sagen wolltest.«

»Ich habe gesagt, was ich sagen mußte«, verbesserte sie ihn ruhig. »Selbst wenn es nicht viel geholfen hat.«

Er breitete seine Arme aus und führte sie aus dem Raum. »Frieden, Anna?« fragte er leise, als sie die Straße erreichten.

»Ich wollte nie mit dir im Krieg sein«, antwortete sie ebenso leise. »Aber ich fühlte dieses übermächtige Bedürfnis, meine Hilfe anzubieten. Und du hast es mir verweigert.«

»Ich wollte dich beschützen.«

»Vor dem Tod? Vor Akbar Khans Rache?« Sie lächelte, aber ihr Lächeln war kalt. »Mein Liebster, ich brauche vor nichts Schutz als vor diesen Dingen ... und vor ihnen gibt es keinen Schutz.« Sie blickte zum Himmel auf. »Es wird schneien, Kit.«

17. Kapitel

Auf einem kleinen Hügel, der sanft zum Fluß hin abfiel, saß Akbar Khan auf seinem Pferd. Er blickte nachdenklich über die schneebedeckte Ebene hinweg auf das Kantonnement. Die Männer um ihn herum, die an sein Schweigen und seine Bewegungslosigkeit gewöhnt waren, machten keinen Versuch, ihn zu stören, während sie auf die Ankunft des britischen Kontingents warteten.

Wo genau hinter diesen Wällen mochte sich Ayesha befinden? überlegte Akbar Khan. Und was tat sie in diesem Augenblick? Er fragte sich, ob sie wohl Angst hatte, da sie ja wissen mußte, welchen unabwendbaren Ausgang diese Auseinandersetzung haben würde. Wenn sie von Macnaghtens unbeholfenem Versuch des Verrats erfuhr, dann war ihr klar, wie Akbar Khan darauf antworten würde. Sie mußte wissen, daß der Kronbevollmächtigte in eine Falle lief, die bedachtsam für ihn vorbereitet worden war. Wie konnte er nur so dumm sein und annehmen, daß Akbar Khan sich und seine Ehre den hündischen *Feringhees* verkaufen würde? Daß er mit ihnen gemeinsame Sache machen würde, wie der Kronbevollmächtigte vorgeschlagen hatte, um einen seiner eigenen Verbündeten zu verraten? Allein der Gedanke, daß der Kronbevollmächtigte dies glaubte, genügte, um wilde Wut im Blut des *Sirdars* aufkochen zu lassen und seine meditative Ruhe zu zerstören.

Dieser Angelegenheit mußte ein Ende bereitet und die Eindringlinge ein für allemal aus dem Land getrieben werden ... und es wurde Zeit, Ayesha von Christopher Ralston zurückzufordern. Welchen Veränderungen war sie durch ihren Aufenthalt bei dem *Feringhee* unterworfen worden? Wie lange würde er brauchen, sie wieder rückgängig zu machen? Und konnte er das überhaupt erreichen? Akbar Khan hatte noch nicht darüber entschieden, was er mit seiner Ayesha tun würde, wenn er sie zurückholte, und er beschloß, diese Entscheidung davon abhängig zu machen, wie er sie vorfand.

»Sie kommen«, meldete einer seiner Gefährten leise und wies mit seiner Gerte auf eine kleine Gruppe, die aus dem Kantonnement herausritt.

Akbar Khan vertrieb seine Gedanken an Ayesha und konzentrierte seine Geisteskraft unbarmherzig auf den Mann, der mit einem Kopf voll von Verrat und mit der Überzeugung zu diesem Treffen erschien, daß Akbar Khan einen Verbündeten für britisches Geld verkaufen würde. Er sah zu, als die Soldateneskorte wie vereinbart ein wenig vom Hügel entfernt zum Stillstand kam, wie vier Herren abstiegen und zu Fuß auf den Treffpunkt zukamen.

Akbar Khan ließ sich wie die übrigen *Sirdars* ebenfalls von seinem Pferd gleiten, und sie standen wartend unter dem schneeschweren Himmel, mit dem grauen Fluß an ihrer Seite und den zerklüfteten, weißen Berggipfeln im Hintergrund. Das war ihr Land und seine Unwirtlichkeit war eine der stärksten Waffen in ihrem Arsenal.

Colin Mackenzie versuchte sein ungutes Gefühl unter Kontrolle zu bekommen, als sie auf die Gruppe der Afghanen, die alle bis zu den Zähnen bewaffnet waren, zugingen. Akbar Khan stand ein wenig weiter vorn, sein pelzbesetzter Mantel stand trotz der eisigen Kälte offen und gab den Blick auf einen Brokatrock und auf eine lose, in die Schäfte der Reitstiefel gestopfte Hose frei. Ein Säbel war mit einer Schärpe an seiner Seite befestigt. Unter der Fellmütze starrten die Augen mit einer beängstigenden Teilnahmslosigkeit hervor, und um seinen Mund war nicht die geringste Andeutung von Entgegenkommen auszumachen.

Dies ist also der Mann, bei dem Annabel zur Reife herangewachsen war, dachte Colin. Bei den seltenen Anlässen, zu denen er sie ihn hatte erwähnen hören, sprach sie immer mit einer Mischung aus Ehrfurcht und aufrichtiger Zuneigung von ihm, obwohl sie freimütig gestand, daß sie einen Großteil dieser Jahre am Rande des Entsetzens zugebracht hatte, beständig über die absolute Macht, die von einem so leidenschaftlichen und launenhaften Mann ausgeübt wurde, in Zweifeln verstrickt. Er strahlte nichts aus, was Colin hätte beruhigen können. Auch die Truppe von Kriegern, die sich auf dem Hügel zusammendrängte, erweckte kein Vertrauen. Warum hatte Akhbar Khan eine bewaffnete Eskorte, wenn doch der politische Kommandeur und sein Stab, bestehend aus drei militärischen Offizieren, allein kamen? Keine angenehme Frage.

Zwar hatten sie Macnaghten dazu gebracht, die Gefährlichkeit ihrer Unternehmung wahrzunehmen, aber er hatte die Bedrohung mit hochmütiger Ungeduld abgetan. »Mag der Verlust so hoch sein, wie er will, ich würde lieber hundert Tode sterben, als die letzten sechs Wochen noch einmal zu erleben.« Jetzt, da sich die Bergbewohner beinahe unmerklich vorwärtsschoben, um die vier britischen Offiziere einzukreisen, spürte Colin, wie sein Gefühl böser Vorahnungen sich zur Gewißheit verdichtete. Seine Hand glitt zum Griff seiner Pistole und blieb dort liegen.

»Bist du bereit, die Vorschläge, wie sie dir letzte Nacht unterbreitet wurden, anzunehmen, Macnaghten, *Huzoor*?«

»Ich bin es«, entgegnete der Kronbevollmächtigte knapp.

Colin überlegte, ob er sich das Aufblitzen von Zorn in den blauen Augen des Khans nur eingebildet hatte, so schnell war es vorüber. Hauptmann Lawrence trat vor, wies auf den stark bewaffneten Kreis, der sie umgab, und brachte vorsichtig zum Ausdruck, daß dies keine Voraussetzung für friedliche Verhandlungen sei. Zwei der verbündeten Anführer bedeuteten den Männern daraufhin mit ihren Gerten vage, sich zurückzuziehen, was von denen jedoch übersehen wurde.

»Es spielt keine Rolle«, sagte Akbar Khan beiläufig. »Sie sind alle in das Geheimnis eingeweiht, also gibt es nichts zu fürchten.«

Was als nächstes geschah, kam so plötzlich, daß Colin erst viel später die genaue Reihenfolge der Ereignisse zusammensetzen konnte.

Akbar Khan war auf einmal verwandelt. Aber vielleicht war er es auch nicht. Vielleicht war der ruhige, gelassene Mann der vergangenen Minuten der Schauspieler und die fast unmenschliche Wut, die er jetzt zum Ausdruck brachte, war der wirkliche Mann. Seine Stimme schallte durch die eisige Morgenluft. *»Begeer! Begeer!«* Seinem eigenen Befehl gehorchend, ergriff er den linken Arm des Kronbevollmächtigten. Sultan Jan, der auf der anderen Seite stand, ergriff den rechten.

Die drei Stabsoffiziere standen einen Augenblick wie betäubt da, als der Kronbevollmächtigte den Hügel hinuntergezerrt wurde. Sie konnten Sir Williams Stimme hören, der voller Entsetzen die Hilfe Gottes herbeirief, *»Az barae Khooda«*, und erhaschten einen Blick auf seine in Grauen verzerrte Miene. Dann sprangen sie vor, mit den Schwertern in den Händen, nur um von den Bergbewohnern umzingelt zu werden.

Colin schwang sein Schwert, hörte die Klinge an Khyber-Messern und Säbeln abprallen, als die wütende Menge auf ihn eindrang. Er sah, wie Trevor sich verzweifelt mühte, den Kreis zu durchbrechen und den Kronbevollmächtigten zu erreichen, dann ging Trevor unter seinen Angreifern zu Boden, für alle Hilfe verloren, als die Messer zustachen und ein schauerlich gurgelnder Schrei sich über dem Menschenknäuel erhob. Schreie und Rufe jagten drohend durch die Luft, und die beiden Stabsoffiziere, die noch auf den Beinen waren, kämpften um ihr Leben, wohlwissend, daß es nur eine Frage von Minuten war, bis auch sie zu Boden gehen und auf dem schneebedeckten Hügel in Stücke gehackt würden.

Sie kämpften mit der Entschlossenheit und Grausamkeit von Männern, die wissen, daß sie sterben müssen, und Colin spürte, wie seine Kräfte nachließen, als sich ein großes, schwarzes Schlachtroß durch die Menge drängte. Der Dourani-Anführer auf seinem Rücken beugte sich vor, zischte einen Befehl, und Colin nahm in blindem Zugriff die Hand, die sich ihm entgegenstreckte, sprang aus der kämpfenden Meute auf das Pferd, sah noch verschwommen blitzende Zähne, rollende Augen und niederstoßende Messer, als das Schlachtroß wendete und aus dem Kreis preschte. Hinter sich sah er, daß ein anderer berittener Anführer Lawrence die gleiche Gelegenheit zur Flucht geboten hatte. Als sie über den Hügel galoppierten, blickte er auf die Stelle, zu der Macnaghten gezogen worden war, aber er konnte nur eine drängende, stoßende Menschenmenge sehen, die sich um einen Punkt auf dem Boden scharte. Es bedurfte nicht vieler Phantasie sich vorzustellen, was dort geschah, und er spürte Übelkeit in sich aufsteigen bei der Frage, was sein eigenes Schicksal wohl sein mochte. Er war auf unerklärliche Weise gerettet worden, oder war das nur eine kurze Gnadenfrist, bevor neues Entsetzen über ihn hereinbrechen sollte?

Die Eskorte, zu weit zurückgelassen, um rechtzeitig in die ohne jegliche Vorwarnung ausgebrochene Gewalt auf dem Hügel eingreifen zu können, stürzte zurück zum Kantonnement, lustlos verfolgt von einer Handvoll johlender Ghazi. Sie lieferten einen verwirrten Bericht von dem Gemetzel an den vier britischen Unterhändlern, und Colins Freunde hörten erschüttert zu.

»Ich weiß nicht, warum Akbar Khan sie alle ermorden ließ«, sagte Annabel, sich vor dem mageren Feuer zusammenkauernd, frierend, mutlos wegen des Verlusts und überwältigt von einem Gefühl der Sinnlosigkeit angesichts eines so nutzlosen und erniedrigenden Mordens.

»Aber du hast gesagt, daß es eine Falle ist«, erinnerte Kit sie. »Du hast Colin gewarnt, nicht zu gehen.«

»Ich weiß. Ich war mir sicher, daß Gefahr bestand, aber es ist widersinnig, daß Akbar Khan sie alle hat niedermachen lassen. Ich hätte gedacht, er nimmt sie als Geiseln, vielleicht, um sie als Druckmittel für den Abzug aus dem Kantonnement zu benutzen, aber er gewinnt nichts, indem er ihr Blut... es sei denn...« Sie zitterte.

»Es sei denn was?« fragte Bob vorsichtig.

»Es sei denn, Rachegefühle hätten ihn übermannt. Er wird den Mord nicht kaltblütig geplant haben – er ist zu schlau, als daß er glauben könnte, dumpfe Gewalt würde irgendwelche Lösungen bringen –, aber wenn er plötzlich vor Zorn rasend war –« Sie zuckte die Schultern. »Er ist ein sehr leidenschaftlicher Mann, wie ich bereits gesagt habe. Und von Zeit zu Zeit regiert Leidenschaft sein Tun.« Sie sah Kit wie erloschen an, und er erwiderte den Blick in grimmigem Verständnis.

Aber Colin und Lawrence waren vorübergehend unter dem Dach des freundlichen Mahoomed Zemaun Khan in Kabul sicher. Sie beobachteten voller Abscheu aus einem Fenster, wie die erregte Menge die verstümmelten Körper von Macnaghten und Trevor durch die Straßen trugen und sie schließlich an Fleischerhaken im Basar aufhängten.

»Kein angenehmer Anblick, nicht wahr, meine Herren?« Eine leise Stimme drang von der Tür des Raumes her, in den sie verbracht worden waren, zu ihnen. Akbar Khan trat herein, gefolgt von zwei Dienern, die Tabletts mit Essen trugen und einen Krug mit honiggesüßtem Sorbet. »Ich bedaure die Gewalttätigkeiten von heute morgen sehr«, sagte der Khan ruhig und schickte die Diener hinaus, nachdem sie ihre Last abgestellt hatten. »Der Tod von Macnaghten, *Huzoor*, ist äußerst bedauerlich.«

»Dann war seine Ermordung nicht beabsichtigt?« fragte Colin, die Augenbrauen ungläubig nach oben gezogen.

»Beim Propheten, nein«, sagte Akbar Khan und strich sich über den Bart. »Bitte, eßt und trinkt... ihr seid meine Gäste. Nein«, fuhr er fort, »ich hatte den Tod des Kronbevollmächtigten nicht beabsichtigt. Ich wollte lediglich seiner Person habhaft werden; aber er war ein sehr törichter Mann, daß er mit Verrätereien herumspielte, und man könnte sagen, er hat seinen Tod verdient. Ich konnte meine Stammesbrüder nicht mehr mäßigen, nachdem ihr Blut einmal in Wallung versetzt war. Der Afghane, meine Herren, kann Verrat nicht ertragen.«

Colin verkniff sich eine Bemerkung, daß in Afghanistan Menschen wie Macnaghten gute Lehrmeister hätten, wenn es um Verrat ging. Freilich konnte er sich vorstellen, daß Akbar Khan solch eine Bemerkung nicht mögen würde, genausowenig, wie er Colins Zweifel an seiner Unfähigkeit, die Blutgier seiner Landsleute im Zaum zu halten, gutheißen würde.

Der Khan hatte sich an den Tisch, auf dem die Nahrungsmittel standen, gesetzt und betrachtete die Offiziere erwartungsvoll. Colin und Lawrence setzten sich ebenfalls und schämten sich dafür, wie ihnen beim aufsteigenden Geruch der zugedeckten Speisen das Wasser im Munde zusammenlief. Aber ihre leeren Mägen sehnten sich nach gutem und reichhaltigem Essen, das erste in diesen Wochen, und das Entsetzen der letzten Stunden schien ihnen keinerlei Zurückhaltung abzunötigen.

Akbar Khan hielt den Ablauf eines zivilisierten Gesprächs die ganze Mahlzeit hindurch aufrecht, dennoch erlahmte sein scharf forschender Blick nicht. »Es war wirklich ein Glück, daß wir wenigstens euch aus den Händen des Mob befreien konnten«, bemerkte er gegen Ende des Mahls. »Werdet ihr General Elphinstone mein tiefstes Bedauern übermitteln und meinen Wunsch, daß wir die Verhandlungen ohne Verzögerung wiederaufnehmen?« Trotz des fragenden Tonfalls in seiner Stimme wußten die Zuhörer, daß dies nur der Form halber geschah. Sie würden selbstverständlich jede Botschaft, die Akbar Khan äußerte, übermitteln.

Colin deutete ihr Einverständnis an und wartete. Da war etwas an der Art, wie ihr Gastgeber seine Stirn in Falten legte und wie er sich über den Bart strich, was darauf hinzudeuten schien, daß seine Absichten mit ihnen noch nicht abgeschlossen waren.

»Ihr seid natürlich bekannt mit Christopher Ralston«, sagte Akbar Khan schließlich.

Annabel, dachte Colin. »Ja, er ist einer meiner Freunde«, antwortete er verbindlich.

»Ah ... dann ist dir zweifellos bekannt, daß er einen Gast hat.«

Colin hielt den scharfen, blauen Augen stand. »Ja, das ist es, *Sirdar.*«

»Dann wirst du es, hoffe ich, nicht ablehnen, mein Bote in einer weiteren Angelegenheit zu sein.« Der Khan stand auf und verließ den Raum. Als er nach wenigen Minuten zurückkehrte, hielt er ein geschnitztes Kästchen aus Rosenholz in Händen. Er stellte es auf den Tisch, öffnete es und brachte zwei gleichartige Armreifen aus kunstvoll gearbeitetem ziseliertem Silber zum Vorschein. Die Schlösser waren besonders geschickt gearbeitet, und während die beiden Männer zusahen, nahm der Khan einen winzigen Schlüssel aus der Schatulle und sperrte die Schlösser auf. Dann legte er den Schlüssel zurück in das Kästchen.

»Würdest du so gut sein und diese beiden Ayesha überreichen?« lautete seine Bitte. »Schließe sie nicht. Wie du siehst, können sie nur mit dem Schlüssel wieder geöffnet werden, und der Schlüssel verbleibt in meinem Besitz.« Ein dünnes Lächeln zeigte sich auf den schmalen Lippen. »Es gibt keine weitere Botschaft. Ayesha wird es vollkommen verstehen.«

Colin spürte, wie es ihn eiskalt überlief. Da war etwas beinahe Barbarisches an den Armreifen ... etwas Magisches und Verbotenes, so kam es ihm vor. Sie schienen von einer anderen Kultur zu künden und von anderen Gesetzen, mit einer Aura unerlaubter, sowohl aufregender wie auch unheimlicher Versprechen. Er hob die Augen von den Armreifen und sah dem Khan, der seinem fragenden Blick mit der Andeutung eines Lächelns begegnete, direkt in die Augen.

»Wir alle haben unsere Sitten«, sagte er milde. »Die *Feringhees* verstehen die meines Volkes nicht so leicht. Ich bin sicher, Ayesha wird es dir erklären.« Dann kehrte er zur Tagesordnung zurück. »Ihr brecht jetzt von hier auf und werdet von einer Eskorte zurück zum Kantonnement gebracht. Ich werde auf die Antwort von General Elphinstone warten, die sicher bald eintrifft.«

Eine Stunde später erreichten Lawrence und Mackenzie mit einer Eskorte schweigender und gut bewaffneter Ghilzai das Kantonnementstor. Die Wachen am Tor grüßten sie mit einigem Erstaunen und mit Erleichterung, aber das war nichts im Vergleich zu dem freudigen Empfang, der ihnen im Hauptquartier bereitet wurde, wo ihre Freunde verzagt gewartet und dem Kampfgeheul gelauscht hatten, das aus der Ferne zu ihnen gedrungen war.

Die beiden Überlebenden des Morgens übermittelten Akbar Khans Ausdruck des Bedauerns und seinen Wunsch nach Wiederaufnahme der Unterredungen, und Elphinstone gab mit Zittern und Krächzen in der Stimme abwechselnd seiner aufrichtigen Bestürzung über das Schicksal des Kronbevollmächtigten und Trevors wie auch seinem Zorn über die verräterischen, mörderischen Afghanen Ausdruck. Aber dem Zorn folgten keinerlei Taten, wenn man einmal davon absah, daß er Waffen an die gesamte Garnison ausgeben ließ und die Aufrechterhaltung der fortwährenden Verteidigungsbereitschaft befahl.

»Major Pottinger muß jetzt die Verhandlungen übernehmen, da der arme Sir William jetzt nicht mehr unter uns weilt«, murmelte Elphinstone. »Wir müssen unverzüglich zu einer Einigung kommen. Es gibt nicht einen Sack Getreide mehr im Kantonnement, habe ich gehört.«

In Colin stiegen nagende Schuldgefühle auf, weil er sich am Tisch des Feindes den Bauch gefüllt hatte, aber er schob sie angesichts des Elends als allzu sentimental von sich.

»Annabel wird froh sein, dich zu sehen«, sagte Kit leise, als sie das Generalsbüro verließen. »Wir alle hielten dich für tot.«

»Ich habe ein Geschenk von Akbar Khan für sie«, sagte Colin. »Ich verstehe nicht, was es bedeutet, aber er meinte, sie würde es begreifen.« Er sah seinen Freund besorgt an. »Es erschien mir etwas unheimlich, aber ich weiß nicht warum.«

»Alles von Akbar Khan würde zum jetzigen Zeitpunkt unheimlich sein«, bemerkte Kit und versank in Düsternis. »Seit ich ihm das erste Mal begegnet bin, fühle ich mich wie eine Maus, mit der vorsichtig und unendlich sorgfältig gespielt wird. Und verdammt, ich kann nichts dagegen tun, Colin. Annabel hat einfach eine so ... fatalistische Einstellung dazu. Ich weiß, sie rechnet mit dem Schlimmsten, meint, es gäbe keinen Schutz vor Akbar Khans langem Arm, wenn er sich entscheidet, auf sie niederzufahren, und keinen Schutz vor dem Tod, der uns allen in diesem gottverlassenen Land bevorsteht. Aber ich weigere mich, das einfach hinzunehmen. Es muß etwas geben, was wir tun können.«

Als er dies sagte, hatten sie eben den Bungalow erreicht, und die Tür sprang auf. Annabel, mit fliegenden Haaren, kam den Gartenweg entlanggefegt. »Sie sind gerettet, Colin.«

»Wie Sie sehen«, murmelte er verlegen, als er ihren warmen, geschmeidigen Körper in seinen Armen wiederfand. »Es paßte Akbar Khan offenbar nicht in den Kram, daß Lawrence und ich ebenfalls niedergemacht wurden.« Seine Hände fuhren unbeholfen über sie, als suchten sie eine unverfängliche Stelle, wo sie sie berühren konnten, während sie an seinem Hals hing. »Wissen Sie, Annabel, Ihre Gefühle für mich sind sehr schmeichelhaft, aber doch ein wenig zu öffentlich auf der Straße.«

Lachend gab sie ihn frei. »Ihr Engländer seid alle gleich. Ihr glaubt, es sei etwas Schlechtes, seine Zuneigung zu zeigen.«

»Und was bitte, Miss, bist du?« wollte Kit wissen.

Ihre Augen glitzerten mutwillig. »Weder das eine noch das andere, Ralston, *Huzoor.* Kommt ins Haus, wo wir so offen sein können, wie wir wollen, ohne unwillkommene Aufmerksamkeit zu erregen. Ich möchte alles über heute morgen erfahren. Vielleicht kann ich mir dann eine Vorstellung davon machen, was Akbar Khan und die anderen *Sirdars* weiter planen.« Beide Männer unterfassend, schob sie sie ins Innere des Hauses.

»Ich bin mit einer Botschaft an Sie betraut worden«, sagte Colin, als sie das Wohnzimmer erreichten.

Sie ließ seinen Arm los und trat von ihm zurück, ihr Körper vibrierte plötzlich. »Von Akbar Khan?«

Er nickte, und schweigend zog er die beiden Armreifen aus seiner Tasche. »Er sagte, Sie würden es verstehen.« Er streckte sie ihr entgegen.

Einen Augenblick lang verweigerte sie die Annahme der Schmuckstücke, sondern blickte sie statt dessen gebannt an, wie man vielleicht einer aufgerichteten Kobra, die jeden Augenblick zubeißen kann, begegnet.

»Was bedeutet das?« drängte Kit leise, als die Anspannung, die ihre bewegungslose Gestalt ausstrahlte, die Luft zum Summen zu bringen schien.

»Er hat den Schlüssel nicht mitgeschickt?« wollte sie wissen, und ihre Stimme verriet, daß dies eine rhetorische Frage war.

Colin schüttelte den Kopf, noch immer die glänzenden Silberarmreifen, die im matten Licht der Nachmittagssonne verlockend schimmerten, von sich haltend.

Schließlich nahm sie sie entgegen, zögernd, als fürchte sie, sich die Finger an ihnen zu verbrennen. »Sie sind wunderschön«, sagte sie sacht, »und sehr kostbar. Alte persische Handwerkskunst, hat er mir gesagt, als er sie mir zum erstenmal zeigte.«

»Was bedeutet das?« beharrte Kit. »Warum sollte er dir zu diesem kritischen Zeitpunkt ein so schönes und wertvolles Geschenk machen?«

Sie schickte ein schiefes, fast spöttisches Lächeln auf ihre Lippen. »Akbar Khan liebt Symbole.« Sie schob die Armreifen über ihre Handgelenke, womit klar wurde, daß sie, einmal geschlossen, so eng sitzen würden, als seien sie ihr angeschweißt worden. »Sobald ich die Schlösser schließe, kann ich die Armreifen ohne den Schlüssel nicht mehr abnehmen. Er besitzt den Schlüssel.« Sie blickte ihn an. »Verstehst du jetzt? Sie sind eine Botschaft seines Besitzanspruchs.«

Colin spürte wieder, wie es ihm kalt den Rücken hinunterfuhr, als er begriff, was diesen Geschmeiden ihre merkwürdig barbarische Aura verliehen hatte.

»Nimm sie ab!« rief Kit mit plötzlicher Heftigkeit, griff nach ihren Armen und streifte die ungeschlossenen Armreifen von ihren Handgelenken. Er ließ die silbernen Fesseln mit einer Geste des Abscheus auf den Tisch fallen, als ob sie verunreinigt wären. »Ich kann das nicht ertragen!« erklärte er mit der gleichen Heftigkeit. »Der Mann spielt mit uns... sie alle spielen mit uns, stehen jenseits dieser Wälle, freuen sich hämisch und sehen zu, wie wir durch Hunger in die Unterwerfung getrieben werden, warten auf das Fallen des ersten richtigen Schnees –«

»Friede, Liebster.« Annabel legte ihm eine Hand auf den Arm. »Unflätiges Schimpfen wird uns nicht weiterhelfen.«

»Sich hinsetzen und zurücklehnen und die Schläge deines verdammten Schicksals hinnehmen hilft schon, nehme ich an«, entfuhr es ihm, seine wütende Hilflosigkeit abrupt auf sie gerichtet. »Diese Einstellung ist einfach nur eine Entschuldigung für feige Handlungsunfähigkeit, und ich kann es nicht ertragen, nicht von deinen und nicht von den Lippen irgendeines anderen, also laß mich nie wieder etwas davon hören, verstehst du?«

Annabels Gesicht rötete sich, und in dem Versuch, ihren Ärger zu unterdrücken, weil er so unbeherrscht vor dem sehr unbehaglich dreinblickenden Colin zu ihr sprach, biß sie sich auf die Lippen. Geistesabwesend nahm sie einen der Armreifen auf und fuhr mit dem Finger über das kunstvoll ziselierte Silber.

»Leg das hin!« Kit entriß ihr den Gegenstand, sein Gesicht wütend verzerrt und die grauen Augen so hart und leblos wie Kieselsteine. »Ich habe genug von Akbar Khans verdammten Symbolen. Rühr sie nicht mehr an.«

Das war zuviel, daß ihr auf so rechthaberische Weise andiktiert wurde, sie sei für Akbar Khans wenig spaßige Spiele verantwortlich und nicht ihr Opfer. Ihre Wut gewann die Oberhand und sie machte keinen Versuch, sie zu zügeln.

»Sie gehören mir«, wedelte Annabel mit den Armen. »Genauso, wie mir meine Einstellungen gehören. Ich habe dir nicht das Recht erteilt, mir zu sagen, was ich berühren und was ich glauben darf.« Mit einer Geste, die Colin nur als mutwillig herausfordernd beschreiben konnte, hob sie den anderen Armreifen vom Tisch auf und zog ihn sich über das Handgelenk. »Und wenn ich mich entscheide, sie zu tragen, dann tue ich es, Christopher Ralston!« Einen entsetzlichen Augenblick lang sah es so aus, als wolle sie das Schloß zuschnappen lassen, und Kit sprang sie mit einem ohrenbetäubenden Wutgeheul an. Annabel schrie gellend auf und stürzte zur Tür, der empörte Kit ihr auf den Fersen. Die Schlafzimmertür krachte ins Schloß.

Es konnte nicht schaden, ein solches Ventil für Niedergeschlagenheit und Besorgnis zu haben, dachte Colin neidisch. Selbst Wut, wenn es die Kehrseite der Medaille der Leidenschaft war, mußte in diesen schrecklichen Zeiten Erleichterung verschaffen.

»Du liebe Güte, Sir.« Harley streckte seinen Kopf aus der Küchentür. »Hat die Miss den Hauptmann in Rage versetzt?«

»Vielleicht sind es bloß sechs von einem oder ein halbes Dutzend vom anderen«, sagte Colin müde. »Man braucht gar nicht erst zu versuchen, sich für die eine oder die andere Seite zu entscheiden.«

Harley nickte weise. »So is' es meistens zwischen ihnen, Sir.«

»Ich mache mich jetzt auf den Heimweg«, meinte Colin und nahm seinen Mantel von dem Tisch in der Eingangshalle. »Sag den Turteltauben... oder Kampfhähnen... oder was auch immer sie jetzt sein mögen, daß ich mich auf der Suche nach etwas Ruhe davongemacht habe.«

Innerhalb des Schlafzimmers sprang Annabel auf dem Bett auf und ab und hielt sich tänzelnd aus der Reichweite ihres leidenschaftlichen Liebhabers, der sie zu fassen versuchte. Annabel konnte der Versuchung nicht widerstehen, ihn immer wieder mit dem einen, nicht geschlossenen Armreifen aufzustacheln. Sie glaubte, daß sie von der Schwelle eines Wutausbruchs zurück ins

Spiel geglitten waren, in ein stürmisches Spiel allerdings, aber manchmal waren solche Ablenkungen notwendig, vor allem, wenn Anspannung und Temperamentsausbrüche so häufig waren wie jetzt, wo alle am Rande der Verzweiflung lebten.

Kit erwischte ihren Fußknöchel und warf sie aufs Bett, mit fliegenden Haaren, geröteten Wangen, die Augen strahlend vor Aufregung oder Zorn oder dem Versprechen von Leidenschaft oder allen drei miteinander. »Du abscheulicher grünäugiger Luchs«, keuchte er und hielt sie mit seinem Körper auf dem Bett fest, packte ihr Handgelenk in einem schmerzhaften Griff, riß Akbar Khans Armreif ab. »Wie konntest du daraus nur ein Spiel machen?« Seine Hände umfaßten ihren Hals, die Daumen drückten ihr Kinn nach oben. »Du schaffst manchmal solche Verwirrung in mir, daß ich dich genausogern schlagen wie lieben möchte.«

Während sie versuchte zu Atem zu kommen, blickten ihre Augen zu ihm auf und enthielten nicht ein Flackern der Angst bei dieser Drohung. Obwohl der Puls an ihrem Halsansatz schnell gegen seine Hände schlug, war es doch ein anderes Gefühl als Angst, das ihr Herz zum Rasen brachte.

»Welches von beiden wünschst du jetzt zu tun?« fragte sie.

»Ich bin mir nicht sicher«, stöhnte Kit. »Das ganze Kartenhaus bricht über uns zusammen, und du spielst ein derart gefährliches Spiel mit mir um eine Sache, die wirklich alles andere als lustig ist!«

»Vielleicht ist das der Grund, warum ich ein Spiel daraus machen mußte«, erklärte sie. »Es war zu tödlich, um ernst genommen zu werden.«

»Möglicherweise hatte es etwas davon«, lenkte er ein, »aber dein teuflischer Übermut war mindestens genauso beteiligt. Gib es zu, du Schlange!«

»Du hast mich provoziert«, verteidigte sie sich. »Und ich hätte ebensolche Lust dich entweder zu schlagen oder zu lieben.«

Kit lachte, widerstrebend zunächst, aber dann doch von ihrer Fröhlichkeit angesteckt: »Wir passen wirklich prächtig zusammen. Eindeutig schon im Himmel füreinander bestimmt. Sollen wir uns auf einen Kuß einigen, ja?«

»Einverstanden, mit dem größten Vergnügen. Wenn das nicht alles ist...«

Diesen Abend der Gefühlsausbrüche und verrückten Liebesspiele vergaßen sie lange nicht. Auf ihre Weise die grausigen Zeiten mit den Feuern der Leidenschaft auszulöschen war ihnen im Kantonnement damals zum letzten Mal möglich.

Es fing richtig an zu schneien, und die Verhandlungen wurden fortgesetzt. Major Pottinger, der hochrangigste politische Offizier, war ein anderer Mann als sein Vorgänger, viel mehr Soldat als Politiker, aber er war auch gezwungen, die Mehrheitsbeschlüsse des Hauptquartiers zu vertreten. Und die Mehrheit verlangte bedingungslose Annahme der Forderungen, die Akbar Khan und seine Verbündeten ihnen diktierten, wie demütigend sie auch waren. Pottinger produzierte Briefe, in denen behauptet wurde, daß Verstärkung aus Peshawar und Jalalabad auf dem Anmarsch sei; er drängte zur Wiederbesetzung der Balla Hissar oder auf einen militärisch zu erkämpfenden Rückzug über die Pässe, dabei alles Gepäck und allen Ballast im Kantonnement zurücklassend, da beides einer Kapitulation, die auch keine Sicherheit garantiere und den Verlust aller Ehre bedeute, vorzuziehen sei. Das Offizierskorps erklärte jedoch diese Vorschläge für undurchführbar, und Major Pottinger war gezwungen, den freien Abzug der Armee und aller von ihr Abhängigen aus dem Kantonnement zu verhandeln.

Es mußten riesige Summen an die Anführer gezahlt werden, damit sie den Vertrag unterstützten, da nur auf dieser Basis Lebensmittel für das Kantonnement zu erhalten waren. Er stimmte der Übergabe aller Artillerie von Bedeutung zu, und dann kam die Forderung nach Geiseln, vier verheiratete Offiziere mit ihren Frauen und Kindern. Der Versuch, Freiwillige hierfür zu finden, gelang auch mit dem Versprechen einer großzügigen Pension für die Betreffenden nicht, und Pottinger war gezwungen, die *Sirdars* dazu zu bewegen, auf Frauen unter den Geiseln zu verzichten. Die Kranken und Verletzten, die nicht marschieren konnten, wurden mit zwei Ärzten, die sie versorgen sollten, in die Stadt gebracht, und am Neujahrstag wurde ein überarbeiteter Vertrag ins Kantonnement geschickt.

Die britische Garnison von Kabul würde die Evakuierung des Kantonnements unter dem Schutz und mit der Eskorte bestimmter afghanischer Anführer innerhalb von vierundzwanzig Stunden nach Aushändigung von Packtieren garantieren.

Annabel stand auf dem Wall, Schnee blieb an der Kapuze ihres Mantels hängen. Der Schnee hatte nichts dazu beigetragen, um dem inzwischen gewohnten Spott und dem Steinewerfen der Stadtleute und fanatischer Ghazi Einhalt zu gebieten. Die Kanoniere standen starr neben ihren auf dem Wall aufgebauten, geladenen Geschützen, die sie nicht abfeuern durften. Sie spürte den tiefen, drohenden Groll der Soldaten, denen das Recht auf Gegenwehr versagt war, und sie starrte hinunter auf ihr Adoptivvolk und verfluchte sie in ihrer eigenen Sprache mit einer Bösartigkeit, die sie selbst erschreckte.

Sie wußte, daß die Zusicherungen der Anführer nicht das Papier wert waren, auf dem sie geschrieben standen. Sie wußte es, und alle anderen wußten es auch, aber sie hatten sich in den Ranken von Hoffnungslosigkeit und Hilflosigkeit verfangen. Was sollten sie sonst tun, ob es sie nun voranbrachte oder nicht? Mohun Lal, seinen britischen Zahlmeistern immer noch ergeben, warnte sie, daß es keinerlei Sicherheitsgarantie für ihren Rückzug gäbe, wenn sie nicht die Söhne der *Sirdars* als Geiseln verlangten; wie aber konnten sie so etwas fordern, wo sie doch selbst vollkommen machtlos waren und freiwillig alle Macht, sowohl in materieller als auch in politischer Hinsicht, abgetreten hatten?

Der Schnee fiel so unbarmherzig, wie auch die Nachtfröste hereinbrachen, und beides zerstörte die noch verbliebene Moral der halbverhungerten Truppen, die in ihren aus Mangel an Brennmaterial ungeheizten Baracken zitterten. Und noch immer hatten die afghanischen Anführer keine Tragtiere geschickt.

Annabel wußte, warum sie es hinauszögerten. Jeder zusätzliche Tag entkräftenden, sinnlosen Wartens, jede zusätzliche Handbreit Schnee auf den Pässen würde die Qualen des bevorstehenden Marschs noch vergrößern – eine Reise von achtzehntausend Menschen, mit Alten und Schwachen, mit Babys auf dem Arm, Kinder, Frauen, die soeben niedergekommen waren, und Schwangeren – ein Marsch, der unter normalen Umständen nur von gesunden, gut versorgten und von Feinden unbelästigten Menschen zu bewältigen war. Und Annabel wußte, daß diese Reise nicht unbehelligt bliebe.

Mit den Fingern umspannte sie ihr Handgelenk. Wann würde Akbar Khan das Versprechen der Armreifen einfordern? Wie weit würde er ihr gestatten, das Volk, in welches sie hineingeboren war, auf seiner Reise in den fast sicheren Tod zu begleiten?

Am fünften Januar befahl das militärische Kommando den Pionieren, den östlichen Wall niederzureißen, um einen größeren Ausgang zu schaffen, als ihn das Kantonnementstor bot. Ihnen fehlte noch immer die versprochene Eskorte, die Vorräte und die Transportmittel, aber die Evakuierung konnte keinen Tag länger hinausgeschoben werden.

18. Kapitel

Um neun Uhr am Morgen des sechsten Januar begann der große Exodus. Die Vorhut bestand hauptsächlich aus Sepoy-Infanterie, unzureichend gekleidet und durch Wochen ungenügender Ernährung halb verhungert, deren dünne Schuhe ihnen nur kaum Schutz vor dem tiefen, die Ebene bedeckenden Schnee boten. Den Kavalleristen erging es etwas besser, und Annabel, die auf Charlies Rücken saß, erkannte das wettergegerbte Gesicht des Rissaldar, der seine eigene Abteilung befehligte. Sie dachte an die Stunden in der Reitschule und fragte sich, ob der Rissaldar sich wohl ebenfalls an sie erinnerte, während er jetzt unter den schlaff herabhängenden Bannern, die die brütenden Vorahnungen, in die der ganze Zug eingehüllt war, zu veranschaulichen schienen, aus dem Kantonnement zog.

»Wir reiten mit der Hauptabteilung unter Shelton, die sich in Bewegung setzt, sobald die Vorhut vorbei ist.« Kits Ton klang barsch, als er zu ihr kam, aber sie nahm es ihm nicht übel. »Die Frauen, Verwundeten und Kranken werden ebenfalls in der Hauptabteilung sein, aber du kannst mit mir in der vordersten Reihe reiten. Ich bin Elphinstone als Stabsoffizier zugeteilt. Jeder im Hauptquartier kennt dich, also wird niemand Anstoß nehmen.«

»Weniger, als wenn ich mit den Damen reiten würde«, bemerkte Annabel trocken. »Ich bin sicher, ihnen wäre ich kaum willkommen.«

»Wahrscheinlich nicht, aber bei unserer augenblicklichen Lage wäre auch das unwichtig. Entscheidender ist, daß Charlie dich gut trägt, auch wenn er etwas mager ist, dieser Tage.« Kit beugte sich vor und klopfte dem Tier auf den Hals, als ob die Geste ihm seine Schuldgefühle angesichts des stummen Leidens des Tieres nehmen könnte. »Er wird sich bei den Kavalleriepferden geborgener fühlen als bei den Kamelen und Ponys.«

Bob kam herzu, er sah blaß und übernächtigt aus. »Haben wir das nicht geahnt? Die verdammte Notbrücke über den Fluß, die die Pioniere bauen sollten, ist noch nicht an Ort und Stelle. Der Vormarsch muß am Ufer zum Stillstand kommen. Gott allein weiß, wie lange es dauern wird, bis wir hinüber können.«

Annabel blickte zurück auf die brodelnde Szene. Kamele hoben an ihren langen Hälsen verzagt die Köpfe. In ihren *Howdahs* saßen Offiziersfrauen mit ihren Kindern, die Träger zitterten in der eisigen Luft und stampften mit den Füßen auf den kalten Boden. Diese Sänften verstopften den Exerzierplatz, ihre Träger schrien einander an, die darin befindlichen Frauen beugten sich heraus und gaben widersprüchliche Befehle. Kinder weinten und jammerten aus Angst, Verwirrung und vor Kälte. Auf den Platz ergossen sich die spärlich gekleideten Zivilisten und gerieten Tieren wie Soldaten zwischen die Beine; sie allein waren zwölftausend an der Zahl und konnten nicht dazu gezwungen werden, sich in der Nachhut bei dem Gepäck einzuordnen, sondern bestanden auf einem Platz in der Hauptabteilung. Das scharfe Knallen von Lederpeitschen, das erbitterte Brüllen der Offiziere, das Wiehern der Pferde, Schreien und Schimpfen von allem und jedem ergaben einen Höllenlärm, der nach Chaos und Verzweiflung klang.

Sie blickte Kit an und schüttelte ihren Kopf in blanker Hilflosigkeit.

»Ich weiß«, sagte er. »Es gibt keine Hoffnung.«

»Nicht die geringste.«

»He, weniger Schwarzseherei, wenn ich bitten darf!« Bob versuchte einen scherzhaften Ton anzuschlagen, aber der Schatten seines eigenen Wissens gab seiner Stimme einen dumpfen Unterton. »Der General ist so schwach, daß ich mich frage, ob er sich auf seinem Pferd halten kann«, sagte er und gab den Versuch zu scherzen auf. »Reitest du mit ihm?«

»Ja. Für den Fall, daß es nicht gutgeht, haben wir eine Sänfte vorbereitet. Es wird uns aufhalten, aber ich glaube sowieso nicht, daß Geschwindigkeit an der Tagesordnung sein wird. Annabel, ist dir warm genug?«

Das hörte sich ein wenig lächerlich an, war es aber nicht.

»Mir ist wärmer als den meisten«, antwortete sie und dachte, dank Akbar Khan. Ihre Lederhosen waren mit Kaschmirwolle gefüttert, die Jacke mit Pelz, und über Hose und Jacke trug sie ihren pelzgefütterten Kapuzenmantel. Handschuhe und Stiefel waren ebenfalls pelzgefüttert. Sie war viel besser geschützt als Kit und seine Kameraden und deutlich besser dran als die große Mehrheit jener, welche die Reise auf sich nahmen. Aber sie war ja auch afghanisch gekleidet, wie jemand, der sein Leben in diesem ungastlichen Land zubrachte und mit seiner Rauhheit vertraut war. Akbar Khan hatte nicht beabsichtigt, sie diese Reise schlecht vorbereitet antreten zu lassen…

»Sie brechen auf«, sie schüttelte ihre Verzagtheit ab. »Sollen wir uns dem General anschließen, Kit?«

Als sie den Ort durch den breiten Durchgang, den die Pioniere geschaffen hatten, verließen, strömte eine triumphierende Menge aus der Stadt in das Kantonnement, dessen Evakuierung noch nicht abgeschlossen war. »Allmächtiger«, murmelte Kit. »Sie können nicht einmal warten, bis wir draußen sind, bevor sie sich über unsere Überbleibsel hermachen.«

Frohlockende Rufe füllten die Luft und bildeten einen schaurigen Kontrast zu dem grimmigen Schweigen der abziehenden Scharen; aus den Wohnbereichen des Kantonnements schossen bereits Flammen empor, als die Sieger die Bungalows erst plünderten und dann in Brand steckten, bis die rührend getreue Nachbildung eines englischen Dorfes zu Asche zerfallen war.

Weit nach Mittag überquerten die ersten Reihen der Hauptabteilung die Behelfsbrücke hinter der Vorhut. Hinter ihnen war die Nachhut zwischen den Wällen und dem Kanal eingeklemmt und bot der langen Prozession von Kamelen, die langsam das Kantonnement verließen, so weit wie möglich Schutz. Gepäck, welches bereits als zu lästig zurückgelassen worden war, nachdem sich die Wirklichkeit des eisigen Marsches zeigte, lag aufgetürmt vor den Wällen und verschwand schnell unter dem dicht fallenden Schnee. Innerhalb des Kantonnements ging das Plündern und Zerstören, begleitet von den gellenden Schreien der Marodeure, weiter.

Nachdem die Freuden des Plünderns vorläufig ihren Reiz verloren hatten, richteten die Afghanen innerhalb des Kantonnements ihre *Jezails* auf die eingeschlossene Nachhut, die gezwungen war, ihre Position unter diesem wilden Beschuß beizubehalten, bis das letzte Kamel, der letzte Zivilist und das letzte Packmaultier an ihnen vorbei war. Es dämmerte bereits, bevor sie sich dem Haupttrupp anschließend konnte, und sie ließ einen Offizier und fünfzig Mann tot zurück.

In der ersten Reihe der Hauptabteilung hörte Annabel den Lärm der Verwirrung, die Triumphschreie und das fortgesetzte Knattern der Musketen, das durch die kristallklare Luft von der Nachhut bis nach vorn getragen wurde.

»Was, zum Teufel, ist da los?« murmelte Kit über seine Schulter nach hinten. Aber er konnte die Kolonne nur bis etwa auf Schußentfernung überblicken.

Annabel wendete Charlie aus der Linie. »Ich werde nachsehen«, rief sie.

»Annabel, komm zurück!« befahl Kit, aber sie winkte nur und galoppierte die Kolonne entlang zurück. »Verdammt noch mal!« stieß Kit zwischen den Zähnen hervor, weil es ihm unmöglich war, ihr zu folgen, ohne seinen Posten an der Seite des Generals zu verlassen. »Es sind mindestens drei Meilen bis zum Ende der Kolonne.«

»Das schafft sie schon«, machte Colin ihm Mut. »Das Pferd wird sie nicht im Stich lassen, und wenn du ihr nicht gerade ins Gesicht schaust, dann sieht sie noch immer mehr wie eine Afghanin aus als wie eine Engländerin.«

Der Trost verfehlte seine Wirkung, aber Kit konnte nichts tun, als auf ihre Rückkehr zu warten und sich daran zu erinnern, daß seine Anna über einen ausgebildeten Selbsterhaltungstrieb verfügte.

Annabel ritt in raschem Tempo neben der Kolonne entlang. Männer blieben bereits auf beiden Seiten zurück, brachen vor Erschöpfung oder wegen der Kälte am Wegesrand zusammen, sanken apathisch zwischen die Haufen liegengebliebenen Gepäcks. Afghanische Plünderer schwärmten dazwischen, gingen die gefallenen Sepoys auf der Suche nach Beute mit ihren Messern an. Eine Frau lag im Schnee, neben ihr ein wimmerndes Baby. Ein fanatischer Ghazi stand mit erhobenem Messer über der Daniederliegenden.

»Sohn eines Schweins!« Annabel galoppierte auf ihn zu und überschüttete ihn mit Schimpfworten auf Paschtu, kaum weniger giftig als der fanatischste Ghazi. Er drehte sich um, seine Augen funkelnd vor Zorn über die Beleidigung. Sein Khyber-Messer durchschnitt die Luft, als er auf den Halsansatz des Pferdes zielte und Charlie wich aus, als wären sie beim Üben in der Reitschule. Bevor der Mann das Messer erneut heben konnte, hatte Charlie bereits auf der Stelle gewendet und schwang seine Vorderhufe über seinem Kopf, jeder davon eine ebenso gefährliche Waffe wie alle Sorten von Messern. Der Ghazi gab den ungleichen Kampf auf, anderswo stapelte sich noch genug Beute.

Annabel stieg vorsichtig ab, sich sehr wohl der Tatsache bewußt, daß sie zu Fuß leichter angegriffen werden konnte. Sie trug einen Dolch bei sich, den Kit ihr auf ihre Bitte hin beschafft hatte, aber sie gab sich nicht der Illusion hin, damit etwas gegen ein Khyber-Messer oder gegen einen Säbel auszurichten.

Der Mutter des Kindes, eindeutig eine durch den Mangel der

vergangenen Wochen geschwächte Prostituierte, war nicht mehr zu helfen. Ihre Augen starrten blicklos in den grauen Himmel, der sich nun langsam mit der heranbrechenden Nacht verdunkelte. Das Baby war blau vor Kälte, in nichts als ein dünnes Tuch gewickelt, und auf seinen aufgesprungenen Lippen zitterte ein erbarmungswürdiges Greinen. Annabel nahm es hoch, schlug das Tuch fester um den winzigen Körper und fragte sich, wie sie wieder aufs Pferd kommen sollte. In der Vergangenheit war immer jemand in der Nähe gewesen, der ihr beim Aufsteigen auf den riesigen Charlie behilflich gewesen war, aber hier draußen auf dem Flüchtlingsfeld gab es keine helfende Hand, noch dazu war sie durch das Kind in ihrem Arm behindert.

Eine zurückgelassene Kiste lag ein paar Schritte entfernt, und sie führte Charlie dorthin. Indem sie die Kiste als Aufsteighilfe benutzte, gelangte sie auf Charlies Rücken, verstaute das Kind sicher in ihrer Armbeuge und blickte sich erneut um. Die Kolonne schleppte sich weiterhin durch den Schnee, inzwischen gefolgt von der Nachhut, in deren Flanken Gruppen von Ghazi gnadenlos wie Schmiedehämmer, gegen die die Truppe machtlos war, immer wieder einfielen. Die ganze grausige Szene wurde erleuchtet von der Feuersbrunst, die in dem verlassenen Kantonnement noch immer wütete, deren Flammen sich orangerot gegen die graue Einöde des Abendzwielichts abhoben, untermalt von dem Bersten der Zerstörung, das in der Stille wie satanisches Gelächter klang.

Krank im Herzen, obwohl sie wußte, daß sie nichts anderes hatte erwarten können, ritt Annabel Charlie zurück zur ersten Linie der Hauptabteilung. Die drei Meilen kamen ihr diesmal viel länger vor als auf dem Hinweg, und ihr wurde klar, daß die Kolonne sehr viel langsamer geworden war und sich entsprechend ausgedehnt hatte. Das Vorwärtskommen wurde von den Körpern jener behindert, die ihren Kampf gegen die Kälte und die Anstrengung aufgegeben hatten, und durch liegengebliebene Gepäckstücke. Wenn schon ein halber Tag eine derartige Auflösung herbeiführen konnte, was würden dann die zu erwartenden sechs Tage nach Jalalabad mit sich bringen?

Kit begrüßte ihre Rückkehr mit wütenden Schmähungen, die sie schweigend anhörte und keinerlei Versuch unternahm, sich zu verteidigen. Sie war von dem, was sie gesehen hatte, zu mitgenommen und sich zu sehr der berechtigten Angst Kits um sie bewußt, als daß sie eine Rechtfertigung hätte vorbringen können, trotz der beschämend öffentlichen Natur des Verweises. »Das war das letzte Mal, daß du meine Seite ohne Erlaubnis verlassen hast, ist das klar?« schloß er, als ihm angesichts jeglicher fehlender Erwiderungen ihrerseits die Luft ausging.

»Ich glaube nicht, daß ich weiteren Anlaß dazu haben werde«, antwortete sie. »Sieh nur, was ich gefunden habe!« Sie zog das Baby aus den Falten ihres Mantels hervor. Es hatte schon vor einiger Zeit aufgehört zu weinen, entweder vor Erschöpfung oder weil ihre Körperwärme es ausreichend tröstete. »Was sollen wir damit tun?«

»Wie, um Gottes willen, bist du zu dem Kind gekommen?« Kit blickte sie bestürzt an.

Annabel schilderte ihm die Geschichte so knapp und sachlich wie möglich, ihre Begegnung mit dem Ghazi so wenig hervorhebend, wie ihre Glaubwürdigkeit es zuließ, aber sie sah trotzdem, wie Kit blaß wurde, als er die fehlenden Details selber ergänzte.

»Charlie und ich sind vollkommen aufeinander eingespielt«, beruhigte sie ihn. »Das war doch der Sinn all dieser Stunden in der Reitschule, nicht wahr?«

Kit seufzte geschlagen. »Wenn wir biwakieren, kannst du das Kind zu einer der *Ayas* bringen. Ein Kind mehr oder weniger macht für sie keinen Unterschied.«

Sie nickte, und zusammen verfolgten sie ihren Weg in die einsetzende Nacht. Schließlich gab ein Trompeter das Signal zum Halten. »Wir können nicht mehr als sechs Meilen vom Kantonnement entfernt sein«, bemerkte Annabel.

Es war nicht notwendig, diese Aussage weiterzuspinnen. Siebzig Meilen nach Jalalabad konnten nicht in Sechsmeilenetappen bewältigt werden, das wußte jeder.

Harley, der hinter den Stabsoffizieren des Generals geritten war, kam herbei, als die Linien sich auflösten, um eine Art Lager auf dem gefrorenen Ödland aufzuschlagen. »Dort drüben ist ein Bach, Sir«, sagte er. »Ich habe einen der Träger zum Wasserholen geschickt.« Er zog ein kleines Zelt aus einer seiner Satteltaschen und suchte nach einem geeigneten Platz, um es aufzustellen.

»Wo, zum Teufel, kommt das her?« wollte Kit wissen.

»Die Miss hat es aufgetrieb'n, Sir«, antwortete Harley. »Auch unsern Proviant haben wir ihr zu verdank'n, Sir.« Er zog getrocknetes Antilopenfleisch, *Talkham*, hervor und einen Riegel gepreßten Tee. »Wenn wir 'n Feuer in Gang kriegen, dann werd'n wir heute abend klarkommen.«

»Du warst zu beschäftigt, um dich um Nebensächlichkeiten kümmern zu können«, erklärte Annabel, als sie Kits Überraschung sah. »Ich wußte, daß wir uns auf die reguläre Verpflegung durch den Troß nicht verlassen können.« Sie zuckte die Schultern. »Wir haben genug um über die Runden zu kommen, und das Zelt kann wahrscheinlich acht oder neun Menschen beherbergen, wenn niemand daran Anstoß nimmt, daß es ein bißchen eng zugeht.« Sie blickte sich in der unwirtlichen Umgebung um, wo Tiere und Menschen ein wildes Durcheinander schufen. »Stell das Zelt dort drüben bei dem Felsen auf, Harley. Er wird uns ein wenig vor dem Wind schützen.«

»Ich glaube nicht, daß wir Vorteile haben dürfen, die den andern versagt sind«, sagte Kit nachdenklich.

»Aber wir sind bereits im Besitz eines unschätzbaren Vorteils, der allen andern versagt ist«, erinnerte sie ihn: »Ich kenne dieses Land, und ich weiß, wie die Afghanen hier im Winter leben und überleben. Ich bin mit den Nomaden auch im Winter durch den Schnee gezogen. Möchtest du so tun, als hätte ich diese Erfahrungen nicht? Es ist doch besser, sie zu teilen als zu verleugnen?«

»Annabel hat recht, Kit«, pflichtete Bob ihr bei. »Wem willst du eure Vorräte und das Zelt geben?« Er wies auf Menschen und Tiere ringsum. »Willst du einen dieser armen Teufel bestimmen?«

Kit schüttelte den Kopf. »Nein. Jawohl, wir sollten ihre Weitsicht am besten zu unserem eigenen Wohl verwenden. Es ist kein Vorteil, den wir lange haben werden. Willst du jemanden für das Baby suchen, Annabel?«

»Ja, das sollte ich wohl gleich tun«, stimmte sie zu und blickte auf das Bündel, welches sie vor der Kälte geschützt unter ihrem Mantel hielt. »Ich würde es gerne behalten, aber ich habe mich noch nie um ein Baby gekümmert und, um ehrlich zu sein weiß ich nicht recht, was ich damit anfangen soll. Ob es wohl Tee trinkt, was meinst du?«

»Zu klein, Miss«, entschied Harley mit Kennerblick. »Geb'n Sie's mir, ich bring's zu Mrs. Gardeners *Aya*. Die arme Dame hat ihr Kind erst vor fünf Tagen gekriegt, also werd'n sie alles dabei hab'n, was man so brauch'.«

»Vor fünf Tagen.« Der Gedanke, diese Reise fünf Tage nach der Niederkunft anzutreten, war unvorstellbar für Annabel, und ein Schauder lief ihr über den Rücken. Aber dann war ja Mrs. Gardener auch nicht die einzige Gebrechliche, viele von ihnen reisten nur mit ihren Nachtgewändern bekleidet in Sänften durch die eisige Kälte. Sie übergab das Baby und zwang sich, von düsteren Spekulationen abzulassen. »Ich mache uns Tee. Ich habe ein paar Dungfladen in meiner Satteltasche für ein Feuer. Kit, kannst du es anzünden?« Ihr Ton war zögerlich, als sei sie sich nicht sicher, ob man verzärtelten Kavalleriehauptleuten eine so niedrige Aufgabe zumuten konnte.

»Ja, Ma'am.« Kit verneigte sich. »Ich glaube, ich bin der Aufgabe gewachsen, obwohl du uns alle beschämst, fürchte ich.«

Sie lächelte über seinen Versuch, fröhlich zu klingen, aber niemand ließ sich täuschen. Die Wärme des Tees spendete ihnen ein wenig Trost, als sie den kleinen Topf herumreichten und unter ihren Mänteln zusammengekauert um die winzige Flamme des Dungfeuers saßen.

Annabel erinnerte sich an ein anderes Mal, als sie sich in der Hütte des *Aksakai* so verzeifelt nach Tee gesehnt hatte und auf ihn hätte verzichten müssen, wäre da nicht Akbar Khans wachsame Fürsorge gewesen. Wo war er jetzt? Sie blickte zu den Berggipfeln auf, die sie ringsum umschlossen, tief verschneite Schatten, die sich gegen den Nachthimmel abhoben. War er da oben irgendwo und beobachtete dieses mörderische Fiasko von einem sicheren Platz aus, beobachtete und wartete er auf den richtigen Augenblick, um einzugreifen? Sie war überzeugt, daß er zu irgendeinem Zeitpunkt eingreifen würde, aber auf welche Weise konnte sie sich nicht vorstellen.

»Komm.« Kit berührte sie. »Es ist Zeit schlafen zu gehen.«

Es gelang ihnen, zehn Personen in dem Zelt unterzubringen. Wobei Kit und Annabel nur den Platz eines Körpers benötigten, so eng schloß er sie in seine Arme, bedeckte sie mit seinem Körper, so daß sein Atem sie umfing und die tödliche Kälte abhielt.

Draußen im Freien erfroren Soldaten und Zivilisten zu Hunderten. Andere desertierten, schlichen in der Nacht über den Schnee davon und suchten in größerer Entfernung von dieser verhängnisvollen Prozession in den Bergen nach einem geschützten Platz. Sepoys mit Erfrierungen, zum Dienst daher nicht mehr tauglich, mischten sich unter die Zivilisten und trugen ihren Teil zu der Verwirrung bei, die am Morgen herrschte, als sich die Kolonne unendlich langsam wieder in Bewegung setzte.

Annabel bedurfte Kits ernster Ermahnung nicht, daß sie seine Seite nicht verlassen durfte. Die bittere Kälte drang durch ihre Kleidung, trotz all des Pelzes und der Wolle, und sie zog sich auf Charlies Rücken in einer betäubten Erstarrung zusammen, mit ihrer Kapuze den Mund bedeckend und nur die Augen freilassend. Die Nachhut rang mit den fortwährenden Belästigungen durch ihre afghanischen Verfolger, denen die Temperaturen und das ununterbrochene Schneien nichts anzuhaben schienen.

»Anna... Anna, Liebling!« Kits Stimme durchbrach ihre gleichgültige Trance.

»Hmmm? Was gibt's?« Sie blinzelte in dem grauweißen Licht.

»Ich werde eine Schwadron die seitlichen Hügel hinaufführen«, erklärte er rasch. »Die Afghanen haben die Troßkolonne angegriffen und sind im Begriff, sie von der Nachhut abzuschneiden. Sie braucht Verstärkung, die ihr Vorankommen von oben her sichert.«

»Gott sei mit dir«, murmelte sie, und er nickte, bevor er sein Pferd wendete und im Schnee untertauchte.

Sie wollte sich wegen ihm keine Sorgen machen, entschied Annabel. In vielerlei Hinsicht war der schnelle Tod durch eine Ghilzai-Kugel oder ein Ghazi-Messer wünschenswerter als diese langsame Zersetzung von Körper und Geist – vielleicht ein feiger Gedanke, aber auch das machte ihr nichts mehr aus.

Oben auf dem Hügel feuerten Hauptmann Ralston und seine Männer hinunter auf den Weg, über den die afghanischen Truppen nachrückten und das Vorrücken der Nachhut blockierten. Endlich zog der Feind ab, und die Nachhut fand wieder den Anschluß an die Hauptabteilung.

Kit und seine Männer kehrten auf ihre Plätze in der Hauptabteilung zurück, als sie sich Boothak näherten. Zehn Meilen vor Kabul gelegen, war diese Siedlung immer der erste Haltepunkt auf der Straße von Kabul nach Jalalabad.

In Boothak erwartete sie Akbar Khan.

Annabel sah ihn auf seinem Badakshani-Streitroß auf einem Hügel oberhalb der Straße, auf welcher sich die Kolonne mühsam voranquälte. Er war umgeben von einer Gruppe Ghilzai-Stammesangehöriger, aus der sich drei Männer lösten und auf die herankommenden Briten zuhielten.

General Elphinstone bemühte sich in seinem Sattel um eine aufrechte Haltung, und sein Stab schloß sich um ihn. Eine Bedrohung war der Haltung der Ankömmlinge nicht zu entnehmen, aber sie brachten ihre Pferde mit arrogantem Gehabe zum Stehen und ließen ihre dunklen Augen über die verstörte Menge gleiten.

Einer von ihnen begann in Paschtu zu sprechen, und der General antwortete, daß er diese Sprache nicht verstehe.

»Er sagt, General, daß Akbar Khan zugestimmt hatte, die Kolonne bis Jalalabad zu eskortieren, da Sie jedoch das Kantonnement vorzeitig verlassen haben, war es ihm nicht möglich Sie vor den Ghazi zu beschützen«, übersetzte Annabel selbstverständlich, da dies offenbar ihre zukünftige Rolle sein würde.

Der Afghane wartete gelassen, bis sie geendet hatte. Dann fuhr er fort: »Akbar Khan besteht darauf, daß die Kolonne hier für die Nacht haltmacht.« Sie übersetzte, als der Mann es ihr mit einem Nicken bedeutete. »Er wird am Morgen Verpflegung schicken, aber er verlangt dafür sofort fünfzehntausend Rupien.«

Der Mann ergriff wieder das Wort, und diesmal konnte man die Namen Lawrence, Mackenzie und Pottinger deutlich heraushören. Annabel blickte zu den drei Männern hinüber. »Akbar Khan verlangt, daß Major Pottinger und die Hauptleute Lawrence und Mackenzie ihm als Geiseln übergeben werden«, ihre Miene blieb unbewegt.

»Sagen Sie ihnen, Miss Spencer, daß ich Akbar Khans Forderungen erfülle«, murmelte der General inmitten von allseitig geflüstertem Aufbegehren. »Großer Gott«, fügte er in erregter Selbstverteidigung hinzu, »was bleibt uns denn übrig? Sag mir doch jemand, was getan werden soll!«

Ohne ein Wort zog Major Pottinger sein Schwert und ließ es zu Boden fallen. Colin und Hauptmann Lawrence folgten seinem Beispiel, dann saßen sie unbewaffnet und mit versteinerten Gesichtern auf ihren Pferden angesichts der Demütigung dieses Befehls und warteten auf ein Zeichen des Boten.

Auch Annabel wartete, aber die erwartete Aufforderung an sie erfolgte nicht. Die Ghilzai umrundeten wortlos ihre Geiseln, und die kleine Gruppe ritt auf den Hügel zu; die drei britischen Offiziere blickten sich nicht um.

Sie sollte sich also weiter winden, zwar am Haken, aber noch eine Weile im Wasser. Mit einem inneren Schulterzucken wandte

Annabel sich ab, nicht ohne zuvor einen Blick von Kit aufgefangen zu haben, in dessen Gesicht nackte Verzweiflung stand, da auch er wußte, daß sie sich am Ende von Akbar Khans Leine befanden. Er würde sie einziehen, wann immer er es für richtig hielt, und bis dahin mußten sie diese schrecklich erniedrigende Hilflosigkeit durchstehen.

Sie verbrachten eine zweite Nacht des Grauens. Der Schnee lag einen Fuß hoch, und der Zugang zum Bach, um Wasser zu holen, wurde von afghanischen Heckenschützen versperrt, die mit vernichtender Treffsicherheit auf die Träger schossen. Das Zelt und die darin zusammengedrängten Körper spendeten Kit und Annabel erneut den Schutz, der den Tod vom Leben trennte, und der neue Morgen brach für jene, die überlebt hatten, in der gleichen Notlage an wie schon der vorangegangene.

Jezails feuerten in die Nachhut der biwakierenden Kolonne, während die Zivilisten nach vorn eilten und den Lasttieren, in einem verzweifelten Versuch zu entkommen, die verbliebene Verpflegung abnahmen. Auf dem Boden lagern überall verstreut Munition, Hausrat und der persönliche Besitz des Kantonnements von Kabul.

Annabel fühlte sich trotz Kits gefalteten Händen unter ihrem Stiefel zu steif, um auf Charlies Rücken zu klettern. Sie um die Hüften fassend, hob er sie mit einigen Schwierigkeiten hoch, bis sie den Sattelknauf ergreifen und sich vollends in den Sattel ziehen konnte. »Ich weiß nicht, warum ich so schwach bin«, entschuldigte sie sich. »Ich glaube nicht, daß ich das Recht habe es zu sein. Hier sind so viele, denen es bedeutend schlechter geht als mir.«

»Die Steifheit wird wieder nachlassen«, sagte Kit ein wenig brüsk, weil er Angst um sie hatte. Sie war so bleich, die Jade-Augen übergroß in dem ausgemergelten Gesicht, ja, eine beunruhigende Zerbrechlichkeit ergriff von dem sonst geschmeidigen Körper Besitz, und in dem zuvor nicht zu bändigenden Geist traten die ersten Risse auf. Er würde es nicht ertragen können, wenn sie den Kampf aufgäbe.

»Sir, das sollte helf'n.« Harley erschien und hielt einen Becher mit einer lohfarbenen Flüssigkeit in den Händen. »Ich weiß, die Miss trinkt keine starken Sachen, aber da hinten geben sie's den Kindern.» Er streckte ihr den Becher entgegen. »Sogar Lady Sale hat ein Glas genommen. Sie meinte, es hätte ihr kräftig eingeheizt, Miss.«

Annabel nahm den Becher. »Was ist es, Harley?«

»Sherry, Miss«, antwortete der Bursche. »Kippen Sie's einfach runter. Wenn ein Gläschen den Kindern nich' schadet, dann wird's Ihnen auch keine Schwierigkeitn mach'n.«

Bei jeder anderen Gelegenheit hätte Annabel diese Art Ermutigung abgelehnt, aber jetzt nahm sie einfach einen vorsichtigen Schluck. Der Geschmack war unangenehm, aber der Effekt unmittelbar belebend.

»Da hinten verteil'n se die Vorräte aus der Messe, Sir«, erklärte Harley. »Schockierende Zustände, da hinten. Die Träger sin' alle gestorben oder sin' desertiert, und sie tun die Damen jetzt in die Körbe auf die Kamele, geradewegs in der Schußlinie.«

»Was ist mit Akbar Khans Eskorte?« fragte Kit Annabel schroff, als ob sie über eine Antwort verfügte. »Er hat seine fünfzehntausend Rupien und die Geiseln. Also was, zum Teufel, will er noch?«

»Ich weiß es nicht«, entgegnete sie und streckte ihm den halbvollen Becher entgegen. »Du wirst auch ein wenig davon brauchen... Ich nehme nicht an, daß er sich mit weniger als einer kompletten Demütigung zufrieden gibt. Du mußt tun, was er sagt, in der Hoffnung, daß er es ehrlich mit dir meint, aber ob er es tut oder nicht, liegt ganz und gar bei ihm.« Sie blickte zurück auf das brodelnde Durcheinander. »Vor uns liegt der Khoord-Kabul-Paß.«

Die Männer um sie her erwiderten nichts. Die Khoord-Kabul-Schlucht war fünf Meilen lang, mit steilen Felswänden, die sich auf beiden Seiten erhoben, einem wilden Sturzbach mitten hindurch und Eis und Schnee entlang den Ufern.

»Ich glaube, da ist unsere Eskorte«, sagte Bob plötzlich und wies auf den Hügel, wo ein halbes Dutzend Reiter in der Kleidung afghanischer Anführer mit einer nicht unerheblichen Anzahl von Männern auf sie zukamen.

Die Anführer reihten sich selbst an der Spitze der Kolonne neben dem General und seinem Stab ein, ihre Anhänger weiter hinten.

Die Kolonne näherte sich dem Eingang des Passes. Annabel blickte an den Felswänden hoch. Sie waren gespickt mit Ghilzai, die ihre *Jezails* in die Schlucht hinunterrichteten. »Die Fänge des Todes«, sagte sie leise in Erinnerung des Namens, den die Ghilzai dem Khoord-Kabul-Paß gaben.

Kit wandte sich um. »Was hast du gesagt?«

»Sieh mal«, sagte sie und zeigte nach oben.

»Ich habe sie gesehen«, sagte er grimmig.

Die Anführer der afghanischen Eskorte riefen ihren Anhängern etwas zu, die ihrerseits den Männern in den Felswänden etwas zuschrien.

»Sie sagen ihnen, daß sie nicht schießen sollen«, übersetzte Annabel. Aber als die erste Linie der Vorhut in die Schlucht eintrat, da prasselte schon von oben eine Salve Schüsse hernieder, abgefeuert von den Stammesangehörigen, die aus einer Entfernung von fünfzig Metern auf die nun eingeschlossenen Briten feuerten.

Sie konnten nichts anderes tun als vorwärtszustürmen, Spießruten durch das tödliche Feuer zu laufen, während das Feuer ihrer Verfolger weiter in die Flanken und in die Nachhut der Kolonne schnitt. Stammesangehörige ließen sich an den Felswänden hinunter, den Säbel in der Hand, griffen sie Soldaten und Zivilisten gleichermaßen an. Kamele sanken unter den Kugeln der *Jezails* zu Boden, ihre Reiter sich nur befreiend, um, sobald sie auf die Füße kamen, niedergemacht zu werden. Kinder schrien auf, als sie von den Feinden hochgerissen wurden, manche von ihnen direkt aus den Armen ihrer Mütter gestohlen, und Annabel erstarrte plötzlich in jenem tief in ihr vergrabenen Entsetzen, da das

Khyber-Paß-Erlebnis, das acht Jahre zurücklag, wieder zum Leben erwachte.

Akbar Khan beobachtete die Ereignisse reglos von einem Hügel in der Nähe des Ausgangs. Würde Ayesha in dieser Orgie des Gemetzels ihren Tod finden? Wenn es ihr bestimmt war, von einer Ghilzai-Kugel im Khoord-Kabul-Paß zu sterben, mußte er es hinnehmen. Das war das Risiko, welches er eingegangen war, indem er sie gestern nicht als Geisel verlangt hatte. Aber er wollte, daß sie freiwillig zu ihm kam, wie er sicher war, daß sie es schließlich tun würde, wenn sie den Traum verließ, in dem sie gegenwärtig lebte, und in die Wirklichkeit zurückkehrte.

»Wirst du sie zurückrufen, *Sirdar*?« Die Frage wurde von einem turbantragenden Krieger gestellt, der gerade die Schlucht entlang geritten kam.

Akbar Khan hob die Schultern. »Wie sollte ich? Sie sind jetzt nicht mehr zu halten.«

Hinter ihm sagte Major Pottinger leise zu Colin: »Mackenzie, denken Sie daran, sollte ich getötet werden, ich habe Akbar Khan ganz zu Anfang auf Paschtu rufen hören, ›macht sie nieder‹, obwohl er auf Persisch ›hört auf zu feuern‹ gerufen hat.«

Colin nickte, sein Gesicht totenbleich wegen des kaltblütigen Verrats Akbar Khans, der Schutz versprochen, Bezahlung für seine Gewährleistung verlangt, auch erhalten und dann dieses Blutbad angezettelt hatte. Der *Sirdar* saß auf seinem Pferd und beobachtete das Massaker ohne ein Zucken in den blauen Augen oder um den scharfen Mund.

Einen Augenblick lang ritt Bob Markham noch an Annabels Seite, im nächsten stampfte sein reiterloses Pferd neben ihr einher und bäumte sich auf, als Blut aus seiner Halsschlagader sprudelte. Bob war von einer Kugel, die ihn direkt in den Kopf getroffen hatte, getötet worden. Annabel bemerkte, daß selbst sein Tod den Alptraum nicht verschlimmern konnte.

Auch Kit hatte keine Kraft um den Freund trauern, und er erkannte irgendwo in dem zeitlosen Abgrund der gegenwärtigen Hölle, daß die Trauer für so viele später seine Tage und Nächte füllen würde, sollte er überleben. Im Augenblick war Annabel seine einzige Sorge. Er tat sein Bestes, um sie mit seinem Körper zu schützen, während er ohne Unterbrechung feuerte, ein Gesicht auswählte – irgendeines – aus der siedenden, wogenden Masse der Feinde, tödlich genau zielte und kalte Befriedigung verspürte, wenn er den Mann fallen sah, und sich dann für ein neues Gesicht entschied, unterdessen sein Pferd ohne Unterlaß vorantreibend.

Schließlich waren sie dem Schatten der Felswände entronnen und stießen in die offene Ebene, wo sie die Helligkeit des Schnees einen Augenblick blind und die Stille taub machte nach dem wilden Widerhall des Gewehrfeuers und der Schreie, die sich an den Felswänden brachen.

»Bleib bei der Gruppe um den General«, verlangte Kit von Annabel. »Ich muß mit einer Abteilung zurückreiten, um den armen Teufeln, die noch versuchen herauszukommen, Deckung zu geben. Versprich mir, daß du dich nicht von der Stelle rührst.«

Sie sah ihn mit leeren Augen an, als ob sie ihn weder sehen noch hören könnte. Dann jedoch wurden ihre Augen klar, und sie nickte: »Tu, was du tun mußt.«

Er ritt davon, zurück in den Paß, eine Abteilung des vierundvierzigsten Infanterieregiments, die orientierungslos und verwirrt umherirrte, zum Dienst zwingend. Nun sammelten sie sich und folgten ihm zu einem aus Felsen bestehenden Vorposten am Ausgang des Passes. Von dort aus beherrschten sie den Ausgang und eröffneten ein Trommelfeuer auf den Feind, bis der letzte stolpernde Überlebende der Nachhut die Schlucht verlassen hatte und zum Sammelplatz gelangt war.

Fünfhundert Soldaten und über zweitausendfünfhundert Zivilisten fielen an diesem Tag in der Schlucht.

Das Elend auf dem Sammelplatz schrie gen Himmel, so daß Kit sich fragte, ob nicht die Toten auf dem Paß das bessere Los gezogen hatten. Der General und sein Stab, jene, die den Fängen des Todes entronnen waren, hatten sich in verzweifelter Beratung zusammengeschart – die afghanischen Anführer und ihr Gefolge, deren Männer so tatenlos zugeschaut hatten, saßen ein wenig entfernt auf ihren Pferden. Von Annabel war nichts zu sehen.

»Wo ist Annabel?« Er versuchte seine schrille Stimme zu dämpfen, die ihm die eigenen Ohren durchbohrte.

»Bei den Frauen«, teilte ihm ein erschöpfter Hauptmann mit, der versuchte, die Blutung einer Oberschenkelwunde zu stillen. »Lady Sale ist von einer Kugel in die Hand getroffen worden, und auch andere sind in furchtbarer Bedrängnis. Miss Spencer ist gegangen, um ihnen beizustehen.«

Kit blickte sich um und sah überall Gestalten mit unterschiedlichen Verwundungen am Boden liegen. Er fragte sich, warum die Afghanen nicht kamen und ihnen jetzt den Garaus machten, wo sie ihnen doch so vollkommen ausgeliefert waren. Wieder tauchte das Bild von der mit einer Maus spielenden Katze in ihm auf, die ihrem Opfer gestattete zu fliehen, sich einen glücklichen Augenblick lang gerettet zu fühlen, nur um nebenher und scheinbar gleichgültig mit der Tatze auszuholen.

Annabel verband soeben Lady Sales Hand und blickte nicht sofort auf, als er ihren Namen sagte. Überall saßen Frauen und Kinder auf Gepäckstücken oder waren einfach an Ort und Stelle vor Erschöpfung oder aus purem Entsetzen zusammengebrochen. Lady Sale saß trotz ihrer Blässe aufrecht und versuchte alle Umsitzenden aufzumuntern und ihnen gut zuzureden. Die Gesellschaft und Hilfe der schamlosen Dirne, die das Bett mit Christopher Ralston teilte, nahm Lady Sale unter diesen extremen Umständen tapfer hin.

Annabel richtete sich auf und blickte Kit ruhig an. Auf ihrem Gesicht lag der Ausdruck eines Menschen, der in die Verzweiflung hinabgetaucht war, dort nach der einzigen möglichen Lösung gesucht und sie auch gefunden hatte, eine Entscheidung, die ihr jetzt die Ruhe der Ergebung schenkte. »Ich gehe zu Akbar Khan.«

Sein Herz krampfte sich zusammen. »Sei nicht lächerlich«, sagte er.

»Es muß sein.« Sie wies auf die verzweifelte Szene vor ihnen. »Im Paß ist mir klargeworden... Es war genauso wie bei jenem andern Mal... der Lärm... der Anblick.« Sie entfernte sich von der Gruppe, und Kit faßte sie am Arm. »Jenes andere Mal hat mich zu Akbar Khan geführt. Der Kreis hat sich geschlossen.« Sie hielt inne und blickte zu ihm hoch, ihre Augen starr in ihrem Bemühen um sein Verstehen. »Es ist Schicksal, Kit.«

»Zur Hölle mit deinem Schicksal!« schrie er in seiner Qual auf. »Auf welche Weise sollte es irgend jemandem nützen, wenn du dich diesem verräterischen Hundesohn auslieferst? Am wenigstens dir selbst!«

»Am Ende werde ich ja doch gehen müssen«, versicherte sie ihm gleichmütig. »Wir beide wissen das. Und ich weiß, daß er auf mich wartet. Vielleicht habe ich, wenn ich freiwillig zu ihm gehe, die Möglichkeit, mich wenigstens für Frauen und Kinder einzusetzen. Ich muß es versuchen, Kit; sicherlich kannst du das verstehen? Es gibt niemanden sonst, der wie ich Zugang zu ihm hat. Ich kenne ihn, soweit es überhaupt möglich ist ihn zu kennen.«

»Aber was soll aus uns werden?« klagte er, als beweine er bereits seinen Verlust, und nahm ihr Gesicht, als wolle er es in seine Hände prägen.

Annabel straffte sich: »Ach, Kit, wir haben keine Zukunft. Wir konnten nie eine haben. Ich muß zu ihm zurück. Vielleicht wartet dort der Tod auf mich, hier ist er mir auf jeden Fall sicher. Aber ich bin überzeugt, daß ich noch etwas Gutes bewirken kann, bevor geschieht, was geschehen muß.«

Vormals hatte sie, es schien ihm in seinem Schmerz in einem anderen Land und in einer anderen Zeit gewesen zu sein, zu ihm gesagt, daß sie sich ihm nur lieh, daß sie nur so lange bei ihm bliebe, bis geschah, was geschehen mußte. Und jetzt war dieser Zeitpunkt gekommen. Seine Hände fielen von ihrem Gesicht, und er wankte zurück.

Sie nickte langsam, drehte sich um und ging zu Charlie, dessen Kopf herabhing. Kit sah, wie sie Akbar Khans Silberarmreifen aus ihrer Satteltasche nahm, sie überstreifte und ohne Zögern die Schlösser einschnappen ließ. Dann blickte sie zu ihm auf. »Ich brauche einen Schleier, sonst werde ich Anstoß erregen.«

Schweigend öffnete er seinen Uniformrock und reichte ihr das Halstuch, das er trug.

Sie nahm es entgegen und befestigte es über der unteren Hälfte ihres Gesichts, sog seinen Duft und seine Wärme ein und schluckte die Tränen hinunter, die ihren Hals verengten und ihre Augen füllen wollten.

»Sag Harley für mich auf Wiedersehen«, bat sie. »Er ist heil durchgekommen. Ich habe ihn vor einer Weile gesehen.«

»Jawohl ...«

»Und ...« Aber es gab nichts mehr zu sagen. Ihre Augen versanken einen Augenblick lang ineinander, voll der einstmaligen Freuden und nun des gemeinsamen Verlusts, dann wendete Ayesha ihr müdes Pferd und trieb es zu einem Hügel über dem Khoord-Kabul-Paß, wo sich das Hauptkontingent der afghanischen Streitmacht versammelt hatte und mit der Geduld der Katze, die weiß, daß die Maus nicht fliehen kann, lauerte.

19. Kapitel

Akbar Khan beobachtete das Herankommen der einzelnen Gestalt auf dem riesigen Schecken. Er spürte ein Aufwallen von Freude über das unverhoffte Wiedersehen mehr als über ihre Unterwerfung.

Den Männern seiner Umgebung bedeutete er, sich zurückzuziehen, so saß er allein da und wartete.

Sie ritt zu ihm heran und begrüßte ihn mit einem *Salaam*, und die Armreifen wurden unter den Stulpen der Handschuhe sichtbar, als sie die zusammengelegten Hände an die Stirn führte; der matte Glanz der Schmuckstücke war nicht zu übersehen. Ihre Augen hielt sie gesenkt und wartete, bis er ihr gestattete zu sprechen: »Ayesha, also bist du zurückgekommen.«

»Ja, Khan.« Sie wußte, sie durfte ihre Augen nicht heben, hier vor so vielen Männern, aber die Gewohnheiten der vergangenen zwei Monate hatten die ursprüngliche Sorglosigkeit wieder wachgerufen, und sie benötigte ihre gesamte Konzentration, um Haltung zu bewahren.

»Bringst du mir eine Botschaft von den *Feringhees*?« wollte er wissen.

Sie schüttelte den Kopf. »Nein, aber ich möchte dich gerne um Gnade für sie bitten. Unter ihnen sind Frauen mit Kindern, mit Babys … welchen Nutzen sollte ihr Tod haben?«

»Welchen Nutzen sollte ihr Leben für mich haben?« fragte er zurück.

»Großmut aus Überlegenheit kann Macht nur vermehren«, sagte sie.

»Dachtest du, Ayesha, mir seien diese Zusammenhänge nicht klar?«

»Nein, Khan. Ich wollte es nur selbst nochmals zum Ausdruck bringen.«

»Du wirst morgen zum Kommandanten der *Feringhees* zurückgehen und ihm sagen, daß ich die Familien der Offiziere unter meinen Schutz nehme.« Er machte eine Pause und ließ seinen Blick über die öde Landschaft gleiten hinauf in den grauen Himmel, wo ein Königsadler über den Berggipfeln seine Kreise zog. »Unter der Bedingung, daß ihre Männer sie als Geiseln begleiten.«

Annabel fand zu Ayeshas Unbewegtheit zurück. Akbar Khan schnitt der britischen Armee durch seine Bedingung praktisch den Kopf ab. Die meisten der ranghöheren Offiziere waren verheiratet und hatten ihre Familien bei sich. Er erzwang unerbittlich demütigend die Unterwerfung des britischen Kommandos. Warum sympathisierte sie nicht mehr mit seinem Bedürfnis, den arroganten Eindringling unter seinem Fuß zu zertreten? Weil sie jetzt den Eindringling mit all seinen Schwächen, seinem Humor und seinem Zorn, seiner Stärke kannte. Sie kannte den Eindringling als Individuum... als Colin, Harley, Bob, General Elphinstone, Lady Sale... Und sie erkannte des Eindringlings Leidenschaft und Liebe über alle Grenzen hinaus. Dennoch begriff sie auch Akbar Khans Bedürfnis, selbst wenn sie jetzt nicht mehr hinter ihm stand. Vielleicht war dies die Folterbank, auf der sie für den Rest ihres Lebens festgeschnallt sein würde.

»Wie du wünschst«, sagte sie.

»Es gibt hier keine Frauen, die sich um dich kümmern können«, fuhr er fort. »Also wirst du dich von allen außer von mir fernhalten, bis du morgen meine Botschaft überbringst.«

Ihr gesenkter Blick fixierte die fein gearbeiteten silbernen Armreifen, die ihre Handgelenke umspannten. »Wie du wünschst.«

»Komm, ich bringe dich in mein Zelt. Du brauchst Ruhe und Nahrung. Auch um dein Pferd muß man sich kümmern.«

Ayesha folgte ihm zu dem Lager aus schwarzen Nomadenzelten, die im Schnee errichtet waren. Auch hier gab es keine Feuer, aber es herrschte Ordnung und Disziplin in merkwürdigem Gegensatz zu dem wahnsinnigen Blutrausch, dem sich die Männer tagsüber hingegeben hatten. Sie hätte gerne nach Colin gefragt, wagte jedoch nicht, die wiederaufgenommene Rolle von Ayesha durch unangebrachte Teilnahme aufs Spiel zu setzen.

»Man wird dein Pferd füttern und tränken«, sagte Akbar Khan, als sie ohne Hilfe vor dem Zelt abstieg, vor dem er sein Reittier angehalten hatte. »Es ist ein abscheuliches Tier, aber es hat Stehvermögen, wie ich sehe.« Er musterte Charlie mit Kennerblick. »Eines von Christopher Ralston?«

»Ja«, bestätigte sie, reichte die Zügel einem Reitknecht aus den Bergen und lauschte ihrer unverbindlich klingenden Stimme nach.

»Bleib im Zelt drinnen. Man wird dir etwas zu essen bringen.«

Sie schlüpfte durch den engen Eingang. Auch im Inneren des Zeltes war es kalt, aber dort lag ein Stoß zusätzlicher Felle auf dem rauhen Teppich, der den Schnee bedeckte, und mit einem Mal überfiel sie gänzlich unerwartet eine überwältigende Müdigkeit. Ob es die Müdigkeit der Verzweiflung oder der Erschöpfung oder der entsetzlichen Erlebnisse war, konnte sie weder unterscheiden noch kümmerte es sie. Sie kroch einfach unter den wärmenden, tröstenden Stoß Felle und schlief im Gedanken an die starken, sie umfangenden Arme ein, die sie während der letzten bitteren Nächte gehalten und Kälte und Gefahr, wenn auch nicht endgültig, so doch wenigstens der Absicht nach, von ihr abgehalten hatten.

Akbar Khan kam zwei Stunden später ins Zelt und blickte auf das zusammengerollte, bewegungslose Fellbündel. Sie hatte nichts gegessen, aber ihr Körper würde schon wissen, was er brauchte. Strähnen kupferfarbenen Haars quollen aus der Kapuze ihres Mantels. Ihre Wimpern ruhten dicht auf ihren Wangen. Alles andere war mit der erwarteten Bescheidenheit zugedeckt.

Er wußte, daß sie ihm entglitten war… hatte es gewußt von dem Moment an, als sie ihm so nahe gekommen war, daß er ihren Geist erfassen konnte. Ayesha gab es nicht mehr, nur noch die Frau, die wußte, wie man diese Rolle spielt, und die es tun würde, um ihre Ziele zu erreichen. Aber wollte er, daß sie diese Rolle spielte? Konnte er sich mit dem Schein und mit der Hülle Ayeshas zufriedengeben, wenn er die wirkliche Frau verloren hatte… für immer…?

Er ließ sie schlafen und ging hinaus in die bitterkalte Nacht, wo im Augenblick die Kälte allein der Feind war und Verfolger wie Verfolgte gleichermaßen in die Zange nahm.

Ayesha erwachte im Morgengrauen, erstaunt darüber, daß ihr so warm war. Dann kehrte die Erinnerung mit quälender Schärfe zurück. Die Zeltklappe bewegte sich, und eine Geisterhand schob etwas herein: eine Schale Sauermilch und ein mit Ziegenkäse bestrichenes Fladenbrot. Es war rauhe Nomadenkost, ihr lange Zeit wohlvertraut, aber jetzt schmeckte es fremd, obwohl ihr Hunger so groß war, daß sie nichts zurückgewiesen hätte.

Als sie gegessen hatte, rückte sie den behelfsmäßigen Schleier zurecht, zog ihre Kapuze über das Gesicht und verließ das Zelt.

Akbar Khan saß bereits zu Pferde, und Charlie stand in gut trainierter Geduld an seiner Seite. Das Pferd sah erholt aus, stellte Annabel fest. Aber eigentlich war es selbstverständlich, daß es von diesen Menschen, die den Wert eines guten Tieres zu schätzen wußten, gut gepflegt wurde. Ihr Herz tat einen Sprung, als sie Colin und seine beiden Gefährten hinter Akbar Khan sah. Sie waren ausgezehrt, ihre Augen voll des stumpfen Grolls auf ihre Gefangenschaft, aber sie schienen unverletzt. Den Blick bescheiden senkend, ging sie über den Schnee auf die wartende Gruppe zu und zermartete sich das Gehirn, wie sie ohne Hilfe auf Charlies Rücken gelangen sollte. Kein Afghane würde einer Frau jemals eine solche Unterstützung gewähren.

Sie entbot Akbar Khan ihr *Salaam* und wartete, ob er ihre schwierige Lage erkennen und eine Lösung herbeiführen würde.

Er blickte zurück über seine Schulter, auf englisch bittend: »Würde einer der Herren wohl so freundlich sein, Ayesha beim Aufsteigen zu helfen?«

Colin stürzte mit verräterischer Schnelligkeit vor, bis ihre Augen sich, Gefahr signalisierend, einen Bruchteil hoben. Er ließ jeden Gefühlsausdruck auf seinem Gesicht ersterben, beugte sich vor und streckte ihr seine zusammengelegten Hände hin. Sie kletterte leicht hinauf und machte es sich im Sattel bequem.

Akbar Khan sprach vernehmlich auf persisch: »Du wirst dem *Feringhee*-General mitteilen, daß ich den Zustand der Frauen und Kinder in der Kolonne ernstlich beklage und daß ich meinen Schutz anbiete unter der Bedingung, daß ihre Männer sie begleiten. Du wirst ihm sagen, daß ich gelobe, den Zug hinter der Nachhut selbst durch die Pässe zu eskortieren.«

Ein Versprechen, das nicht die Luft wert war, die es trug, dachte Ayesha, aber sie nickte und machte sich bereit, um loszureiten.

»Und Ayesha ...« Etwas in seiner Stimme entlockte ihr ein Aufwallen von Dankbarkeit. »Du wirst Ralston, *Huzoor*, unter den verlangten Geiseln nennen.«

Vorübergehend wurde die Dankbarkeit von einer Welle des Glücks überdeckt. Selbst wenn sie ihn niemals sehen sollte, würde schon das Wissen um seine Nähe Balsam für sie sein. Sie hatte sich nicht vorstellen können, wie sie mit der Ungewißheit fertig werden sollte, ob er den Tod gefunden hatte, wie es hätte kommen müssen, wenn er bei der britischen Kolonne blieb. Dann kehrte die Angst zurück. Akbar Khan würde dem Mann, der seinen Besitz gestohlen hatte, keinen Gefallen tun. Welches Spiel hatte er mit ihnen vor?

»Wie du wünschst«, sagte sie in der üblichen Fügsamkeit.

»Mach dich jetzt auf den Weg.«

Sie ritt den Hügel hinunter auf die Ebene zu, wo der verlorene Haufen der Briten lagerte. Diejenigen, die in der Nacht nicht erfroren waren, erhoben sich langsam aus ihren verschneiten Lagern, um sich dem dritten Tag ihres Marsches in den Tod zu stellen.

Kit sah sie kommen und fragte sich, ob er seinen gesunden Menschenverstand verloren hatte und auf dem Weg in den Wahnsinn war. Er versuchte zu rennen, aber seine Muskeln waren nach der nächtlichen Kälte so steif, daß er in den Schnee fiel. Fluchend rappelte er sich auf und humpelte hinüber zu der Gruppe, die zitternd den General umstand.

»General, ich bringe ein Angebot von Akbar Khan«, sagte Ayesha ohne Einleitung. Sie entfernte ihren Schleier und ihre Augen suchten voller Liebe die anderen. Sie lächelte Kit zu, sein Blut erwärmte sich, floß wieder, und die Kraft kehrte in seine Muskeln und Sehnen zurück. Er ging zu ihr hinüber, hob gebieterisch die Arme, und Annabel glitt von Charlie hinunter an seine Brust.

»Was ist das?« ließ sich der General vernehmen.

»Ich bitte um Entschuldigung, Sir«, sagte Kit, obwohl er nicht aufhören konnte zu lächeln, wie irgendein halbverrückter Possenreißer, dachte er fröhlich, als er sie in seinen Armen hielt und verwundert gegen ihre Wangen flüsterte: »Ich hätte nicht gedacht, daß ich dich je wiedersehe.«

»Wie lautet sein Angebot?« fragte Brigadier Shelton kurz angebunden.

Annabel wendete den Kopf, noch immer von Kits Armen umschlossen. »Akbar Khan bietet seinen Schutz für die Frauen und Kinder an, unter der Vorausetzung, daß ihre Männer sie in sein Lager begleiten.«

Ein Stimmengewirr schockierten Protests erhob sich in der Gruppe, da jeder von ihnen die schlaue Masche durchschaute, welche die Truppe ihrer dienstältesten Offiziere berauben würde. General Elphinstone seufzte tief: »Meine Herren… meine Herren… Ihre Proteste in Ehren, aber wir dürfen die Damen nicht dieses Beistands berauben. Nehmen Sie Ihre Familien in Ihre Obhut und Gott sei mit Ihnen.«

»Akbar Khan verlangt auch, daß sich Hauptmann Ralston als Geisel zur Verfügung stellt«, fügte Annabel hinzu. Sie fühlte, wie sich Kit versteifte, und sah an ihm hoch. »Ich weiß nicht, was er vorhat. Es könnte für dich schlimmer sein als hierzubleiben... schlimmer für uns beide«, murmelte sie mehr für sich selbst. »Aber wenn du dich weigerst, dann könnte er sich vielleicht an den anderen Geiseln rächen.«

»Glaubst du vielleicht, ich würde mich weigern?« Seine Stimme klang schneidend, Zorn blitzte in den grauen Augen auf. »Für welche Art Feigling hältst du mich, Annabel?«

»Für keinen Feigling«, beschwichtigte sie. »Ich wollte dich nicht verletzen. Leiden kommt in beiden Fällen auf irgendeine Weise.« Sie entzog sich seiner Umarmung. »Akbar Khan verspricht auch eine Eskorte für die Nachhut durch die weiteren Pässe bis Jalalabad, General. Aber ich weiß nicht, wie weit Sie sich in dieser Angelegenheit auf sein Wort verlassen können.«

»Oder in jeder anderen Angelegenheit«, verbesserte Shelton boshaft, aber durchaus zu Recht.

»Welche Wahl haben wir schon?« fragte Elphinstone. »Wir müssen sein Angebot annehmen.«

»Ich überbringe ihm die Antwort.« Sie befestigte ihren Schleier wieder, und es war Ayesha, die sich Kit zuwandte. »Das war nur ein Augenblick«, sagte sie. »Warum er ihn zugelassen hat, weiß ich nicht, aber es wird keinen weiteren geben. Ich gehöre wieder Akbar Khan, und ich werde, wie es hier Brauch ist, eingeschlossen.« Sie sprach unbeteiligt weiter, lediglich die Fakten beschreibend, die schon den vorangegangenen Abend bestimmt hatten und von denen er sich nun einen schwindelerregenden Augenblick lang vorgegaukelt hatte, sie seien umgewandelt.

Kit glaubte seinen Schmerz nicht ertragen zu können, so tief schnitt er ihm ins Herz, und er brachte es nicht über sich, sie zum Abschied zu berühren. Er konnte keine Worte finden, um das Unsägliche zu erklären, und ging gebeugt einfach davon, überließ es einem andern, ihr wieder aufs Pferd zu helfen.

Als sie den Hügel zurückritt, wurde sie sich einer Müdigkeit bewußt, die jenseits der Körperlichkeit lag. Akbar Khan wollte ihr leise mitteilen, daß die Angelegenheit zwischen ihnen geklärt werden würde, wenn sie die Festung Budiabad, wo er die Geiseln unterzubringen gedachte, erreichten, aber sie blieb teilnahmslos gegenüber ihrem weiteren Schicksal. Er sagte ihr, daß sie außer beim Reiten an seiner Seite vor aller Augen verborgen im Zelt zu bleiben hatte, geradeso wie im *Zenana.* Auf mancherlei Weise brachte die erzwungene Abgeschiedenheit auch Vorteile. Mit sich allein konnte sie vielleicht die Kraft des Gleichmuts wiederfinden, die ihr in der Vergangenheit so gute Dienste geleistet hatte.

Fünfzig Geiseln folgten Akbar Khan und der britischen Rückzugskolonne. Der *Sirdar* hielt sein Versprechen, eine Rückendeckung bereitzustellen, aber es war keine schützende Eskorte, und die verhungerten, erfrorenen, verzweifelten letzten Soldaten und Zivilisten, die bei der Kolonne geblieben waren, wurden bei jedem Paß von fanatischen Ghazi und rachedurstigen Bergleuten angegriffen.

Kit ritt mit seinen Freunden durch die Tunghee-Tariki-Schlucht, wo die Mehrheit der Hauptabteilung der Kolonne erschlagen lag; sie ritten weiter durch die Tezeen-Enge, wo die Körper nackt und in Stücke gehackt verstreut waren; sie ritten durch das Tal und den steilen Hang hinauf nach Jugdulluk, wo die Stammesangehörigen die Wege mit stacheligen Zweigen blockiert und unter einem achtlosen Mond die vollkommene Vernichtung des britischen Rückzugs aus Kabul vollbracht hatten. Hier sah er Harleys Körper, so daliegend, wie er gefallen war, mit dem Schwert in der Hand, neben ihm der verdrehte Körper eines Brigadiers, an dessen Seite er gekämpft hatte.

Noch ein toter Freund.

In Jugdulluk wurden die müden und des vielen vergossenen Blutes mehr als überdrüssigen Geiseln Zeuge, wie sich Brigadier Shelton und General Elphinstone, nun »Gäste« von Akbar Khan, nach dem Massaker von Tezeen selbst als Geiseln anboten, um den verbleibenden Rest der Truppe zu retten... nur um sie folgerichtig zwischen den Felsen von Jugdulluk endgültig hingemäht werden zu sehen. Ein einziger Soldat überlebte den Rückzug aus Kabul und erreichte Jalalabad, um vom Untergang zu berichten.

Am folgenden Tag machte sich Akbar Khan mit seinen Geiseln auf den Weg nach Norden zum Laghman-Tal und zur Festung Budiabad. Neben ihm ritt die verhüllte Gestalt Ayeshas, deren Blick während dieser Reise nur auf tote Briten gefallen war, während ihr die lebenden vorenthalten blieben.

20. Kapitel

Die große graue Festung von Budiabad breitete sich in einem Tal zwischen den Bergen aus, im Norden überschattet von den hohen Gipfeln des Hindukusch. Es war den Geiseln nicht eröffnet worden, wohin man sie bringen würde, nachdem sie die grausigen Überreste der Rückzugskolonne hinter sich gelassen hatten. Vier Tage lang ritten sie durch den Schnee, die Frauen und Entkräfteten in großen Körben auf Kamelen, und waren dankbar, daß die mörderischen Angriffe ein Ende hatten und sie wenigstens spärlich mit Lebensmitteln und Wasser versorgt wurden.

Sie waren umgeben von einer Eskorte gleichgültiger Ghilzai-Stammesmitglieder, die ihre Kamele führten und ihnen eine beachtliche Geschwindigkeit abzwangen.

»Ich frage mich, warum sie in solcher Eile sind?« bemerkte Colin.

»Ich nehme an, Annabel weiß es«, antwortete Kit und starrte nach vorne, wie er es dieser Tage immer tat, als könne er die schlanke Gestalt unter den zahlreichen Stammesbrüdern, die ein ganzes Stück voraus in der Nähe Akbar Khans ritten, erblicken. Man brachte ihm Charlie zurück, ohne ein Wort darüber zu verlieren, und er war lang genug mit Annabel zusammengewesen, um diese Geste zu verstehen. Akbar Khan kümmerte sich selbst um seinen Besitz, und das Pferd eines *Feringhee* war kein geeignetes Transportmittel für seinen Besitz. Wenn sie ihr Lager aufschlugen, waren sie ständig von ihrer Eskorte umgeben, und jeder Versuch, sich den schwarzen Nomadenzelten zu nähern, in denen Akbar Khan und sein Gefolge untergebracht waren, brachte nur grobe Zurückweisungen, die mit einem drohend erhobenen Khyber-Messer unterstrichen wurden.

Colin blickte seinen Freund in schweigendem Verständnis an. Er kannte die quälende Besorgnis, unter der Kit litt, wenn er versuchte, sich die Art von Rache vorzustellen, die Akbar Khan an der abtrünnigen Frau üben würde. Für sich selbst schien Kit nicht viel zu fürchten – auch wenn er tatsächlich als Preis im *Buzkashi* enden sollte, so kümmerte ihn das wenig. Nach all dem Entsetzen, das sie durchlitten hatten, die Freunde, die so abscheulich hingemetzelt worden waren, schien ein solches Ende seinen Schrecken verloren zu haben. Und Akbar Khan war besonders deutlich in seiner Drohung gewesen, was jemandem, der zu ihm gehörte, im Fall von Verrat bevorstand. Die Strafe stand unverrückbar fest, hatte er an jenem Tag in Kabul gesagt, und Kit zitterte für Annabel, ohnmächtig vor Zorn über seine Hilflosigkeit.

Eine unmißverständliche Begeisterung machte sich unter ihrer normalerweise starren Eskorte breit. Einer oder zwei der Afghanen deuteten mit der Gerte nach vorn und riefen ihren Kameraden etwas zu.

»Es scheint, als hätten wir das Ende unserer Reise erreicht«, sagte Brigadier Shelton und wies auf das ausgedehnte Mauerwerk, das sich vor ihnen in die Ebene duckte und links und rechts der Zufahrt von je einem Wachtturm beschützt wurde.

»Gemütlicher Ort«, stöhnte Colin.

Ayesha hätte dieser ironischen Bemerkung zugestimmt, wenn sie bei ihnen gewesen wäre. Sie war einmal zuvor in Budiabad gewesen, als Akbar Khan durch das Land reiste, um in der frühen Phase der Invasion dort Truppen auszuheben. Es war eine freudlose Region, selbst im Sommer, und mitten im Januar herrschte nur noch Trostlosigkeit.

Sie warf einen flüchtigen Blick auf Akbar Khan, der neben ihr ritt. Er hatte kaum etwas zu ihr gesagt, seit sie den Khoord-Kabul-Paß verlassen hatten, und sie gemeinhin wie Luft behandelt, wie es auch seine Männer taten. Sie war sich im klaren darüber, daß diese Isolation ein deutlicher Hinweis auf den Gefangenenstatus war. Die Rückkehr der verlorenen Tochter wurde nicht als Ende der Angelegenheit angesehen. Verurteilung und Urteilsspruch würden noch folgen. Es war möglich, daß sie gesteinigt wurde, wenn Akbar Khan das Strafmaß nach dem Koran entschied. Und was würde aus Kit? Es konnte sein, daß sie beide zusammen auf diese Weise starben, wenn sie es so verdienten. Oder eine andere, ausgeklügeltere Strafe war für ihn geplant.

Sie passierten das große eiserne Tor und gelangten in den inneren Hof der Festung. Zwei verhüllte Frauen tauchten aus einer niedrigen Tür in der Nordwand auf und liefen auf Ayesha zu. Dieser Empfang überraschte sie nicht. Ein Bote war wohl zur Ankündigung vorausgeschickt worden, um dafür zu sorgen, daß ihr augenblicklicher, irregulärer Zustand ohne weibliche Bedienstete unverzüglich ein Ende fand.

Sie rutschte von der kräftigen Stute, die man ihr als Ersatz für Charlie gegeben hatte, hinab und folgte den Frauen, ohne dem Khan auch nur einen versteckten Blick zuzuwerfen. Was geschehen mußte, würde geschehen.

Die Geiseln betraten die Festung eine Stunde später. Sie wurden in fünf zusammenhängende Räume im Parterre der Festung geführt. Fünf verdreckte, kaum möblierte Unterkünfte für fünfzig Männer, Frauen und Kinder. Ein Gefühl des Verlorenseins überfiel sie alle angesichts eines Elendsquartiers, das sie für eine nicht abzusehende Dauer bewohnen sollten. Das durchdringende Wehklagen eines Kindes verkündete, daß es diesen Ort nicht mochte. Er war kalt und schmutzig und übersät von Ungeziefer, warum durften sie nicht endlich in die Freiheit?

Das Weinen brachte die körperlich Unversehrten unter ihnen auf Trab. Die Räume wurden eingeteilt, Gruppenführer bestimmt und eine Abordnung gewählt, die sie vor ihren Gefangenenwärtern vertreten sollte.

Kit wurde für die Abordnung bestimmt zusammen mit Major Pottinger, Mackenzie und Lawrence. Der General war körperlich inzwischen so geschwächt und die Zersetzung seines Verstandes durch die Demütigung des Kommandoentzugs so weit fortgeschritten, daß seine Autorität auf Brigadier Shelton übertragen wurde. Unter den Frauen übernahm Lady Sale trotz ihrer verwundeten Hand energisch die Führung.

Kit machte sich im stillen Gedanken darüber, ob er die Wahl nicht ablehnen sollte – seine Eingliederung unter die Geiseln hatte eine persönliche Komponente gehabt, die sich vielleicht negativ auf zukünftige Verhandlung um bessere Bedingungen auswirken könnte; dann entschied er jedoch, daß er sich so benehmen mußte, als hätte es niemals eine Frau gegeben, die zwischen ihm und Akbar Khan stand. Es gab nichts, was er zu einer Änderung der Lage beitragen konnte, bis Akbar Khan seine Karten auf den Tisch legte. Bis dahin war er einfach irgendein Soldat, der in seinem tiefsten Inneren hin und her gerissen wurde zwischen der natürlichen Erleichterung über seine gegenwärtige Sicherheit und dem tiefen Abscheu über die Demütigung der Gefangenschaft und ihrer Kapitulation.

Wo in diesem Kerker befand sich Annabel? Wußte sie, wo er war? Stand sie irgendwo an einem Fenster und blickte hinaus, in ihrem Herzen genauso wie in seinem der Schmerz des Verlusts?

Als die Abordnung über den Hof geführt wurde, suchten seine Augen fieberhaft die unnachgiebigen Wände und die winzigen, leeren Fenster ab; er war krank vor Anspannung über dem Bemühen, irgendeinen Hinweis auf ihre Anwesenheit wahrzunehmen. Sie gingen an einer Gruppe schwarzgekleideter Frauen vorbei, die aus einem Brunnen Wasser schöpften. Das Frauengespräch verstummte, als die Männer vorbeikamen, und sie wandten ihre Gesichter den Wänden zu, fort von den verbotenen Gesichtern der *Feringhee*-Männer.

Durch schlecht beleuchtete Gänge kamen sie, mit Steinfußböden, denen, ebenso wie ihren Unterkünften, Schrubber und

Wasser gutgetan hätten. Er sah andere Innenhöfe, und in einem davon hängten Frauen Wäsche auf. Sein Herz raste, als er unter den Kleidungsstücken die smaragdgrüne Jacke erkannte, die so gut zu ihrem kupferfarbenen Haar und zu ihren Jade-Augen paßte. Er verspürte das vollkommen abwegige Bedürfnis, die Jacke von der Leine zu stehlen, seine Nase in dem weichen Leinen zu vergraben, um diesen flüchtigen Duft einzuatmen, der nur Annabel eigen war, ein Gemisch aus Zimt und Rosen, und dessen Erinnerung ihn schwindlig machte.

Akbar Khan empfing sie in einem winterdunklen Audienzraum, wo Kerzen aus Schaftalg einen Gestank verbreiteten, der sich mit jenem des Dungfeuers vermischte. »Ich fürchte, meine Herren, unsere Unterbringung ist ein wenig bescheiden«, sagte er freundlich. »Wenn es möglich gewesen wäre, dann hätte ich Sie bequemer in einer meiner eigenen Festungen untergebracht.« Seine Augen verharrten auf Kit. »Hauptmann Ralston wird Ihnen die Annehmlichkeiten, die ich dort pflege, bestätigen.«

»In der Tat.« Kit verneigte sich leicht. »Deine Gastfreundschaft, Khan, hätte nicht größer sein können.«

»Ja«, murmelte der Khan. »Allmählich glaube ich das auch.« Er hantierte mit einigen Papieren auf dem breiten Tisch vor sich, bevor er aufblickte: »Die Herren haben Fragen?«

»Es ist üblich bei Kriegsgefangenen, über ihre Haftbedingungen zu verhandeln«, begann Pottinger steif.

»Ich bin bereit, alles für eure Bequemlichkeit zu tun, was in meiner Macht steht«, versprach Akbar Khan und klang aufrichtig. »Aber mir sind hier Grenzen gesetzt.« Er holte weit aus. »Die Festung ist vernachlässigt worden und im Winter von den ärmsten Bergbewohnern bewohnt. Ich nehme an, der Zustand der Behausung entspricht nicht dem, was ihr gewohnt seid.«

»Ungeziefer«, erklärte Colin knapp. »Die Frauen sind äußerst beunruhigt.«

»Aber wenigstens sind sie am Leben und haben ein Dach über dem Kopf«, sinnierte der Khan. Niemand antwortete.

»Was immer ihr benötigt, um eure Umstände zu verbessern, werde ich gerne zur Verfügung stellen, wenn es meine Möglichkeiten gestatten«, sagte er plötzlich heiter, als ob die vorangegangene Bemerkung nicht lautgeworden wäre. »Ihr wollt euch Bewegung verschaffen, nehme ich an, das könnt ihr nach eigenem Gutdünken auf dem Hauptinnenhof tun.« Auf seinen Lippen lag das gutmütige Lächeln, welches Kit schon früher an ihm gesehen hatte. »Ich selbst breche recht bald von hier auf, sobald ich mich um eine kleine, aber ärgerliche Angelegenheit gekümmert habe.« Die schwerlidrigen Augen verschmälerten sich, ihren Ausdruck vor seinen Zuhörern verbergend. Er strich sich über seinen spitzen Bart. »Major Pottinger spricht etwas Paschtu, soweit ich weiß. Er wird in meiner Abwesenheit eure Bedürfnisse vorbringen können ... es sei denn ... vielleicht hat Ralston, *Huzoor*, in den vergangenen Wochen ein wenig von der afghanischen Sprache gelernt?«

Kits Augen trafen mit kühler Klarheit auf den hellen Blick seines Gegenübers. »Ich erinnere mich an keine Notwendigkeit, eine andere Sprache als die meiner Geburt zu sprechen, Akbar Khan.«

Nachdenklich nickte der *Sirdar*, als untersuche er den Fehdehandschuh, der nun vor ihm lag, bevor er darüber entschied, ob er ihn aufnehmen sollte oder nicht. Dann lächelte er. »Zu einem anderen Zeitpunkt würde es mich sehr interessieren, deine Meinung zu bestimmten Aspekten der Herkunft und Adoption zu hören.«

»Ich vermute, sie unterscheiden sich von deinen.«

»Das vermute ich ebenfalls«, stimmte er leutselig zu. »Wenn das alles ist, die Herren –« Eine Augenbraue hob sich fragend. »Die Wachen werden euch mit allem versorgen, was ihr braucht, um euer Quartier wohnlicher zu machen.«

Nachdem diplomatische Dankesbezeugungen und die entsprechenden Erwiderungen ausgetauscht waren, schloß sich die Tür hinter seinen Besuchern, und Akbar Khan saß mit finsterem Blick da, die eben noch zur Schau gestellte Freundlichkeit war erloschen. Dann schob er mit einem scharfen, kratzenden Geräusch seinen Stuhl über den Steinfußboden zurück und verließ den Raum.

Die Frauengemächer lagen auf der Nordseite des Hofes und waren, wie alles andere in Budiabad, kalt und verwahrlost. Dort wohnten die schlampigen, zu Tieren degradierten Frauen der Bergbewohner, kaum vergleichbar mit Ayeshas gewohnten Dienerinnen. Ayesha wurde, wie befohlen, in einem kleinen Raum hinter verschlossener Tür gehalten.

Vor dieser Tür blieb Akbar Khan stehen und schob leise die hölzerne Klappe beiseite, die es einem im Gang stehenden Beobachter gestattete, durch die winzige Öffnung den Bewohner des Raums zu beobachten. Ayesha saß bewegungslos vor dem Kamin und starrte in das träge schwelende Feuer. Die Kerzenflamme flackerte in einem Luftzug, der durch das hohe, unzugängliche Fenster ins Innere drang. Im Gegensatz zu ihrer kargen Umgebung war sie warm gekleidet, und Felle türmten sich auf dem schmalen Bett, welches an der gegenüberliegenden Wand stand.

Er beobachtete sie eine lange Zeit, versuchte herauszufinden, ob sie niedergeschlagener, besorgter oder nur nachdenklicher Stimmung war. Sie hatte ausreichende Gründe für die beiden erstgenannten, aber er wußte auch, wieviel Kraft sie aus der inneren Besinnung zu ziehen vermochte; damit bereitete sie sich vermutlich vor, ihm gegenüberzutreten, wenn er entschieden hatte, wie sich die Angelegenheit allmählich, kaum erwähnt und doch von höchster Bedeutung, zwischen ihnen entwickeln sollte.

Unwillentlich zu ihr hingezogen, legte er seine Hand auf den Türgriff, dann nahm er sie plötzlich zurück. Sich abwendend kehrte er in das Audienzzimmer zurück. »Laßt Ayesha zu mir bringen.«

Die Wachen empfingen den Befehl schweigend, und Akbar Khan lehnte sich in seinen Sessel.

Als sie eintrat, war sie verschleiert und ihre Augen gesenkt. Nachdem sie ihren Gruß entboten hatte, war ihre Haltung weder unterwürfig noch herausfordernd; sie hielt sich, als ob sie die Unabänderlichkeit ihrer Lage hinnahm. Er entließ die Wachen und sagte, sie musternd, kein Wort.

»Ich hätte nicht anders handeln können«, ließ sie sich schließlich leise, aber fest vernehmen.

»Wurdest du gewaltsam in dem Haus von Christopher Ralston festgehalten?«

Sie schüttelte den Kopf. »Nein, aber ich hätte nicht anders handeln können.«

»Du weißt, daß auf die Untreue Steine warten?« sagte er sanft. »Ich habe dir ausreichend Möglichkeit gegeben, zu mir zurückzukehren, genauso wie ich Christopher Ralston gesagt habe, daß ich mich bei rechtzeitiger Rückerstattung großzügig erweisen würde.«

»Ich wußte diese Dinge... aber ich hätte nicht anders handeln können«, wiederholte sie mit der gleichen Festigkeit. »Ich konnte den ›Meisterknoten menschlichen Schicksals‹ nicht lösen.«

»Du mißbrauchst den Dichter, Ayesha. Er bezog sich auf das endgültige Schicksal der Menschheit, nicht auf das unmittelbare Einzelgeschick.«

Ihr Kopf senkte sich zustimmend, aber sie sagte: »Dennoch empfand ich es nicht als unbotmäßig.«

Er schwieg einen Moment lang, erfreute sich im stillen an ihrem Verstand, den er gehegt, ebenso wie er ihren Mut gefördert hatte, der es ihr jetzt ermöglichte, ohne Angst vor ihm zu stehen trotz des drohenden Urteils.

»Wirst du um Gnade bitten, Ayesha?«

Sie schüttelte den Kopf. »Nicht für mich. Aber für Christopher Ralston.« Anmutig ließ sie sich auf dem harten, kalten Steinfußboden auf den Knien nieder. »Ich möchte für ihn bitten.«

»Er ist ein Mann. Kann er nicht selbst für sich sprechen?«

Ihre Augen hoben sich. »Du wirst es ihm nicht gestatten, Akbar Khan, weil er ein *Feringhee* ist, der deine Gesetze überschritten hat. Du würdest ihn nicht für fähig halten, eine Verteidigung gegen Gesetze vorzubringen, die er nicht versteht. Er ist von vornherein verurteilt, weil er ein Unbläubiger ist.« Sie wanderte wieder auf einem Grat entlang, aber richtete ihren Mut aus an dem Höchstmaß, das Akbar Khan ihr vor langer Zeit beigebracht hatte. Das kleinste Zögern, das geringste Wanken würde Akbar Khan sein Interesse verlieren lassen. Sobald das geschähe, würde sie keinen Strohhalm mehr für ihr Schicksal geben ... oder für das von Kit.

»Und du hast dich entschieden, den wahren Gläubigen für den Ungläubigen aufzugeben, Ayesha«, verwies er sie. »Du würdest doch nicht sagen, daß *du* das System der Gesetze und der Strafen, die bei ihrer Überschreitung zur Anwendung kommen, nicht verstanden hast?«

»Nein, ich habe sie verstanden. Aber wer *bin* ich?« fragte sie so ruhig wie zuvor, jedoch mit einem unterschwelligen Aufbegehren. »Kannst du mir wahrhaftig sagen, Akbar Khan, wer ich bin? Bin ich nicht im tiefsten Inneren auch eine Ungläubige?«

»Ah.« Seine Augen verengten sich. »So weit ist es also gekommen? Steh auf.«

Sie kam mit der ihr eigenen geschmeidigen Anmut auf die Füße. Ihr Körper zitterte vor Anspannung, jeder Nerv kurz vor dem Zerreißen in diesem Schicksalsgefecht mit Akbar Khan.

»Weißt du die Antwort auf diese Frage?« wollte er wissen. »Hast du sie während deines Aufenthalts bei dem *Feringhee* entdeckt?« Er vermeinte die Antwort zu kennen und lauerte jetzt auf ihren Versuch, sie vor ihm zu verbergen.

Aber Ayesha war viel zu vertraut mit seinem Charakter, um irgend etwas anderes ins Spiel zu bringen als die Wahrheit. »Manchmal meine ich sie zu kennen und dann auch wieder nicht.«

Überraschung blitzte einen Moment lang in seinen blauen Augen auf. »Hungerst du nach dem Körper von Christopher Ralston oder nach seiner Seele?«

Diese Frage ließ sie den Kopf heben, und nun war sie es, die Überraschung zeigte. »Nach beidem.«

»Ah.« Heftig stand er auf und klatschte in die Hände. Die Wachen erschienen umgehend. »Bringt Ayesha zurück in ihr Zimmer.«

Sie nahmen sie mit, indessen er zum Fenster ging und in die Schneenacht starrte. Er hatte gedacht, daß er es fertigbrächte, einen durch lüsterne Leidenschaft hervorgerufenen Treuebruch zu entschuldigen, eine verräterische Anpassung an den *Feringhee* jedoch für ihn unverzeihlich sei. Jetzt schien beides gar nicht mehr so leicht voneinander zu trennen zu sein.

Ungeduldig kehrte er sich vom Fenster ab. Welchen Unterschied machte es am Ende? Sie war nur eine Frau und der Mann ein hündischer Ungläubiger! Warum sollten ihn die Gründe kümmern? Sie hatten ihn beide verraten, und er hatte den Kampf um sein Land fortzusetzen. Er mußte nach Jalalabad marschieren, das immer noch General Sale und seine Truppen besetzt hielten. Jalalabad mußte wieder in afghanischen Besitz übergehen, genauso wie Kandahar, bevor der Sieg vollständig war. Morgen würde er den *Feringhee* Ralston hängen lassen. Ayesha würde zunächst als Gefangene bleiben. Er konnte sich nicht dazu durchringen, ihren Tod anzuordnen. Später, wenn er den Kopf wieder freier hatte, würde er sich überlegen, was mit ihr geschehen sollte.

Die Entscheidung war getroffen, aber aus irgendeinem Grund brachte sie nicht den erwarteten Seelenfrieden. Warum erregte ihn ihre Äußerung so sehr, daß sie mehr als Begierde für Christopher Ralston empfand? Liebe war kein Gefühl, das Akbar Khan sich erlaubte, warum also sollte es ihm etwas ausmachen, daß Ayesha sie für einen anderen Mann empfand? Das Puzzle verlangte übermäßige Sorgfalt und störte seinen Entschluß, sich nicht weiter damit zu befassen, den *Feringhee* im Schnellverfahren abzuurteilen und Ayeshas Schicksal für später aufzusparen.

Wie waren sie zusammen? Auf welche Weise beeinflußten ihre Gefühle den üblichen Ablauf der Leidenschaft? Warum sollte er seine Neugier nicht befriedigen? Eine prickelnde Vorstellung! Er würde zum zweiten Mal ein kleines Schauspiel auf die Bühne bringen. Das wäre der passende Abschluß für diese Geschichte, die vor vier Monaten ihren Anfang genommen hatte – außerdem hatte ein zum Tode verurteilter Mann das Recht auf eine letzte Nacht der Freuden. Er lächelte hinterhältig, als er ging, um die nötigen Befehle zu erteilen.

Ayesha erreichte ihre Kammer, und als sich die Tür hinter ihr schloß, begann sie heftig zu zittern, jeder Muskel verkrampft, als ob sie ihn für Stunden angespannt hätte. Sie wollte weinen... schreien... in einem erschöpften, geschlagenen Knäuel auf dem Boden zusammenbrechen und den Kampf aufgeben. Warum war das alles geschehen? Warum war es ihr geschehen? Die übergroße Ungerechtigkeit benahm ihr den Atem, und sie versank in einem Morast des Selbstmitleids, ließ die Tränen fließen wie sie wollten, gegen dieses Schicksal hadernd, das sie in einen Abgrund von Verlust und Angst geworfen hatte. Jede Spur von Beherrschtheit, die sie in den letzten acht Jahren erworben hatte, wurde von einem Ausbruch verdrängt, welcher der Annabel Spencer von einst würdig gewesen wäre. Dann, als der Sturm nachließ und sie an jene anderen dachte, die irgendwo in der Festung ebenfalls eingekerkert waren, von denen manche hatten zusehen müssen, wie ihnen die schreienden Kinder aus den Armen gerissen oder vor ihren Augen in Stücke gehauen worden waren, da rückte sie ihre Verzweiflung zurecht. Es hatte sollen sein.

Eines aber ist gewiß, das Leben fliegt; nur eines ist sicher und das andere lügt; auch das ewige Blühen muß sterben. Die Worte Omar Chajjams brachten den Trost, den sie seit jeher gebracht hatten. Vielleicht trösteten sie andere nicht, aber Ayesha, die über ihren tieferen Sinn so viele Jahre lang nachgesonnen hatte, brachten sie den Frieden der Ergebung. Sie wusch ihr Gesicht mit dem kalten Wasser in der angeschlagenen Schüssel hinten im Raum und kühlte so ihre geschwollenen Augen. Sie ließ ihre Haare herunter und bürstete sie mit rhythmischen, beruhigenden Strichen, dann klopfte sie gebieterisch an die verschlossene Tür.

Eine wackelige, schwarzgekleidete Frau öffnete, die Hände knorrig und den Rücken von jahrelang getragenen schweren Lasten gebeugt. Sie blickte durch die junge Frau hindurch, der zahnlose Mund ein wenig geöffnet. Sie war wahrscheinlich nicht älter als dreißig, dachte Ayesha.

»Bring mir etwas zu essen und Tee«, befahl Ayesha, ihre Stellung als Akbar Khans Favoritin keineswegs gemindert durch den Gefangenenstatus. »Und Brennholz für das Feuer.«

Die Frau murmelte eine Bestätigung, bevor sie die Tür verschloß. Ayesha konnte ihre Pantoffeln über den Gang schlurfen hören. Sie setzte sich wieder vor den Kamin und überließ sich ihren Träumen, ihr eigenes Schicksal webend, spielend und eine Zukunft für sich planend.

In den Quartieren der Geiseln flackerten die Kerzen, und die Feuer rauchten, aber es erschien ihnen die erste Nacht seit Äonen, die sie innerhalb von Wänden und unter einem Dach zubrachten. Die Kinder waren still; die Entkräfteten schliefen oder lagen friedlich in der Nähe der Feuer. Man hatte ihnen einen riesigen Topf Fleischbrühe und mehrere dicke Fladenbrote gegeben. Glänzende Fettklumpen von den Schwänzen der Schafe schwammen auf der Oberfläche der Suppe, und Kit erinnerte sich an Annabels Bericht, wie hoch die Nomaden die Schwänze der Schafe bewerteten, weil sie für viele während der langen Winter die einzige Fleischquelle darstellten. Niemand hatte das Gesicht verzogen, als sie die dünne, fettige Brühe hinunterschluckten – die Erinnerung an den Zustand kurz vor dem Verhungern war noch zu frisch –, aber später fragten sie sich, ob sie wohl ihr Essen selbst zubereiten konnten, sowohl aus Sauberkeits- wie aus Geschmacksgründen.

Das Gespräch hierüber war in vollem Gange, als sich die Tür für drei bewaffnete Ghilzai öffnete, die die Gruppe anstarrten. »Ralston, *Huzoor.*« Es gab keine weiteren Erklärungen. Sie warteten einfach.

Kit kam langsam auf die Füße. Die Augen seiner Freunde waren auf ihn gerichtet, und er wußte, daß sie ihren Beistand versprachen, falls er den Kampf wählte. Auch wenn sie keine Waffen hatten, nicht einmal einen Stock, mit dem sie den Säbeln, Musketen und Dolchen ihrer Bewohner hätten widerstehen können!

»Ich bin Ralston«, sagte er. »Was wollt ihr von mir?«

Wortlos traten sie zur Seite und wiesen auf die Tür.

»Die Abrechnung?« murmelte Colin.

»Vielleicht.« Kit lächelte finster. »Aber es ist ein bißchen dunkel für das *Buzkashi*. Ich bin gespannt, was er sich sonst ausgedacht haben könnte.« Er warf seinen Mantel über die Schultern. »Ich werde es herausfinden.« Er winkte seinen Kameraden scherzhaft zu und ging durch die Tür, seine Eskorte hinter sich, hinaus in die bitterkalte Nacht.

Sie führten ihn über den Hof und durch eine Pforte in der Nordwand. Sofort bemerkte er eine Veränderung in der Atmosphäre... etwas Verschwiegenes, Geheimnisvolles. Sie begegneten niemandem, aber ein- oder zweimal hätte Kit schwören können, daß er das Rascheln von Stoff hörte oder einen Blick auf ein schwarzes Gewand erhaschte, das beim Klang ihrer gestiefelten Schritte schnell hinter einer Tür verschwand. Er schaute sich die Männer an, die ihn eskortierten. Sie starrten mit einer Entschlossenheit geradeaus, als sei es verboten nach links oder rechts zu sehen. Als er absichtlich vor einer halbverschlossenen Tür langsamer ging und Anstalten machte, sie zu öffnen, wurde er rauh an der Schulter gepackt, harte braune Augen durchbohrten ihn, und unfreiwillig machte er einen Schritt zurück, bevor sich ein Schwall von Paschtu-Schmähungen über ihn ergoß. Seine Vermutungen hatten sich bestätigt, sie durchquerten die Frauengemächer. Er senkte den Kopf zur Entschuldigung und Versöhnung und wurde herumgedreht, wobei sich die Knöchel einer Faust unsanft in seinen Rücken drückten. Er biß die Zähne zusammen, um seinen Ärger über diese grobe Behandlung im Zaum zu halten, und folgte weiter dem angewiesenen Weg.

Übelriechende Fackeln steckten in Haltern an der Wand und verbreiteten ein gelb flackerndes Licht. Es stank nach Fett, ungewaschenen Körpern und stockiger Kleidung. Sie kamen vor einer Tür zum Stehen, die in die steinerne Wand eingelassen war und neben der die Feuchtigkeit der Wände zu kleinen Eisperlen gefroren war. Kit fragte sich, ob er Angst habe, und schauderte ein wenig: Es schien ihm, als befände er sich jenseits menschlicher Regungen.

Der schwere Riegel wurde zurückgeschoben. Die Faust in seinem Kreuz schob ihn mit unnötiger Gewalt vorwärts, so daß er stolperte und sich am Türrahmen festhalten mußte, um nicht zu fallen.

Er befand sich in einem kleinen Raum, so karg wie alle anderen, die er bisher gesehen hatte. Nur brannte hier das Feuer ein wenig heller, die Kerzen, wenn auch genauso stinkend, waren zahlreicher, und auf dem Steinfußboden lagen Ziegenfelle. Die Tür fiel hinter ihm ins Schloß.

»*Salaam*, Ralston, *Huzoor*«, sagte sie.

»Ich grüße dich, Ayesha.« Er ging auf sie zu, die Arme vor sich ausgestreckt, um sie an sich zu drücken, im Augenblick nicht gewillt, über die erstaunliche Wendung der Dinge nachzudenken – er nahm sie wie zuvor als wundersames Geschenk der Götter von Liebe und Leidenschaft... der Götter des Schicksals.

Sie kam in seine Arme, umschlang ihn heftig, und er hielt den Atem an, als seine Hände dem vertrauten Zauber ihres Körpers neu begegneten. Sie hatten sich seit Ewigkeiten, wie sie meinten, nicht geliebt, und hier, in diesem düsteren Gefängnis, mit dem Entsetzen, das hinter ihm lag, dem Spott der Gegenwart und dem unbekannten Schicksal vor ihnen, erblühte ihre Leidenschaft und schlug über ihnen zusammen.

Vor einer Woche hatte er geglaubt, sie niemals wiederzusehen, und jetzt hielt er sie in seinen Armen, atmete ihren Duft, fühlte ihr seidiges, glattes Haar an seiner Wange, die weichen Brüste an seinem Oberkörper und spürte ihr festes Gesäß in seinen Händen, als sie sich an ihn schmiegte; ihre Hände, selbst auf einer Reise der Wiederentdeckung, flogen über seinen Körper, und Worte hungriger Begierde drangen zwischen ihren Lippen hervor, als sie auf Zehenspitzen stand und seinen Mund berührte, mit der Zunge die Linie seines Unterkiefers nachzog und an seiner Unterlippe knabberte.

»Warte, Liebste, nur einen Augenblick«, keuchte er, als die Knöpfe seines Uniformrocks unter ihren entschlossenen Händen aufflogen.

Sie nestelte weiter: »Nein, ich will dich jetzt.«

Er seufzte und griff zur Seite, wo auf dem schmalen Bett die Felle lagen. Er warf sie auf den Boden vor dem Feuer, und sie sank mit nach ihm gestreckten Händen nieder, als er seine Stiefel von sich stieß, die Hose abstreifte und sich neben sie fallen ließ.

Mit einem Stöhnen nahm sie seine harte Männlichkeit in ihre Hände, vertraut mit seinem Leib und selber zitternd vor Begierde, ihn wieder in sich zu spüren. Er schob ihre *Chalvar* hinunter, und ihre Hüften hoben sich, die Schenkel offen, ebenso bereit wie er. Dann gab er ihr, wonach sie verlangte, tief in sie eindringend, um sich mit ihr zu vereinen, ihre Lenden füllend, als sie sich um ihn schloß, und sie verließen das armselige Gefängnis auf den Schwingen der Ekstase empor in den Himmel der Liebe.

»Guter Gott!« flüsterte Kit, erschöpft ausatmend und schwer auf sie fallend. »Wie kann so etwas sein? Wie kann man so einen verzweifelten Hunger haben und so köstlich gesättigt werden?« Er rollte mit einem Seufzen neben sie, stützte sich auf einen Ellbogen und wanderte mit seiner freien Hand über ihren Körper. »Wie ist es möglich, daß ein Mensch einen anderen so sehr liebt wie ich dich, meine Anna?«

»Das ist einfach so«, lächelte sie, entrückt im Strahlen ihrer eigenen Liebe, und räkelte sich träge auf den Fellen, als seine Finger mit den verworrenen Locken ihres Vlieses spielten.

»Warum haben wir das bekommen?« Er spielte weiter, doch jetzt lag Ernst in seiner Stimme.

Sie wußte, daß er sich auf ihr Zusammensein bezog und nicht auf das Wunder erwiderter Liebe. »Ich weiß es nicht. Laß uns nicht danach fragen.« Sie zuckte zusammen, und ein Nebel der Einsicht verhängte die warme Oase ihres Verlangens, umwölkte den Frieden der Erfüllung.

»Was meinst du?« Er legte seine Hand flach und warm auf ihren Bauch, ließ sie einfach dort, die Freuden hatten sie erfüllt.

Ihr Kopf bewegte sich verneinend auf den Fellen, als wolle sie nicht darüber sprechen.

»Was meinst du, Anna?« beharrte er, setzte sich auf, griff nach einer Kerze und leuchtete ihr ins Gesicht, so daß sie keine Zuflucht mehr in den Schatten suchen konnte.

»Still, mein Liebster«, sagte sie und drehte ihren Kopf, um in das mürrisch glimmende Feuer zu starren. »Laß uns nicht verschwenden, was wir haben. Was bedeutet es schon, den Grund zu wissen?«

»Oh, nein«, er faßte ihr ans Kinn, »das ist nicht genug, mein Herz. Du wirst mir sagen, was du vermutest... weißt... jetzt auf der Stelle. Wir sind beide betroffen.«

Der rötliche Schimmer des Feuers machte sich auf ihren Wangen breit und legte sich auf den Glanz ihrer Haare, die sich über die Felle ausbreiteten, aber ihre Jade-Augen blickten mit beängstigender Leere zu ihm auf. »Du weißt doch, die Todeszelle«, sagte sie. »Der letzte Wunsch des verurteilten Gefangenen.«

»O mein Jesus!« Kit starrte einen Augenblick stumm vor sich auf den Boden. »Er hatte so etwas Herzloses, Grausames... im Sinn?«

Ein Lächeln ohne Wärme lag auf ihren Lippen. »Das fragst du noch? Nach dem, was du in den Pässen miterlebt hast?«

Einen Moment lang herrschte Stille zwischen ihnen, dann zog Kit sie in innigster Umarmung an sich, schob ihre Jacke über den Kopf, so daß sie jetzt vollkommen nackt war, ihr wohlproportionierter Körper schimmerte, überstrahlte die ganze bösartige Wirklichkeit ihres Daseins.

Er bettete sie wieder auf die Felle, und seine Hände fuhren mit neuer Inbrunst über ihre Brüste, berührten jede sich abhebende Rippe, strichen mit den Daumen über die vorstehenden Hüftknochen, und eine Falte zog seine Augenbraue zusammen. »Du bist sehr dünn geworden«, bemerkte er tadelnd.

»So wie wir alle«, entgegnete sie und wartete, wohin dieses Gespräch wohl führen würde. Kit benahm sich so, als seien die furchtbaren Worte nie gesagt worden, als könnte es keinen Schatten auf ihrer Liebe geben.

Er nickte. »Dreh dich um.«

»Ich soll mich umdrehen?« Sie sah ihn schief an.

Er nickte wieder. »Auf deinen Bauch.«

Sie zuckte die Schulter und tat, was er von ihr verlangte.

»Jetzt wollen wir einmal sehen, ob ich etwas von dir gelernt habe vor ein paar Monaten, Ayesha«, flüsterte er und kniete neben ihrem hingestreckten Köper, schob ihr Haar beiseite und begann, ihren Hals, die Schultern und den oberen Rücken kraftvoll durchzukneten, wobei er die gewandten und flinken Griffe an ihr erprobte, mit denen sie ihm so oft Erleichterung verschafft hatte.

Er spürte ihre zunehmende Entspannung und lächelte über seinen Erfolg, denn ihre Reaktionen waren genau die gleichen wie seine, wenn sie ihn massiert hatte. Sie streckte sich, wand sich wie eine Katze, und er beugte sich über sie, um ihr Ohr zu küssen; dann rutschte er zurück, kniete sich neben ihre Füße, drückte seine Daumen in die Muskeln ihrer Wirbelsäule und in die Vertiefungen des Beckens, bewegte seine Handflächen kreisend über ihr Gesäß, knetete ihre Oberschenkel durch, streichelte sie zart an den empfindlicheren Stellen und in den Kniekehlen, packte bei ihren Waden wieder fester zu, hob schließlich ihre Füße und suchte nach den Stellen an den Sohlen, die, wie er aus eigener Erfahrung wußte, Glücksgefühle und Entspannung durch den ganzen Körper sandten.

»Solch eine Freude«, flüsterte sie erstaunt. »Niemand hat mir das je geschenkt.«

»Ich bin froh«, antwortete er, schob seine Hände unter ihre Hüften und hob sie hoch, so daß sie sich nun auf Hände und Knie stützte. »Froh, daß niemand zuvor dir auf diese Weise begegnet ist.« Ihre Hüften umfaßt haltend, glitt er sacht in ihren offenen Körper. Sie ließ Kopf und Schultern fallen und ruhte mit der Wange auf den leicht kratzenden Fellen, ein wenig gewärmt von dem schwachen Feuer, als sie sich in dieser Liebesstellung seiner Führung überließ und seine Gaben empfing.

Draußen vor der Tür schloß Akbar Khan leise die Klappe über dem winzigen Fenster in der Tür. Die Liebenden waren zu sehr mit sich beschäftigt, als daß sie die kleine Öffnung, die den Augen und Ohren des Voyeurs Zutritt verschaffte, bemerkt hätten. Das Spiel, das er sich zurechtgelegt hatte, war für ihn zu einem Fehlschlag geworden, er zog gegen die eisige Luft auf den Gängen den Mantel enger um seinen Körper. Er hatte geglaubt seine Neugier befriedigen zu können, indem er das Benehmen Ayeshas und des Mannes, von dem sie behauptete, sie liebe ihn, beobachtete. Er hatte gemeint, eine gewisse Genugtuung daraus zu gewinnen, daß sie es für ihn taten, ohne zu ahnen, daß ihr Schicksal bereits besiegelt war.

Nichts davon war eingetroffen. Ayesha hatte seinen Plan erraten, hatte ihn ihrem britischen Hauptmann mitgeteilt, der sie angehört hatte und dann so fortfuhr, als habe es keine Bedeutung. Und Ayesha hatte ihre Ängste in die Hände ihres Liebhabers gelegt.

Er hatte auch keine Befriedigung darin gefunden, ihrem Liebesspiel zuzusehen. Ohne Zweifel hatte er seine Neugier dahingehend gestillt, welch ein Unterschied klaffte zwischen Liebe und Lust, aber das war keine Erkenntnis, die ihm auch nur im geringsten gefiel. In der Tat, um die Annahme, sexueller Genuß sei die einzige in Betracht zu ziehende Dimension, fühlte er sich jetzt auch noch beraubt.

Er kehrte tief in Gedanken zu seinen eigenen Räumen zurück.

21. Kapitel

Diese Nacht durfte man nicht mit Schlaf vergeuden. Es war eine Nacht des bannenden Zaubers, des Wanderns durch die Felder der Leidenschaft, wo Schreckensbilder vor dem Morgen keinen Boden fanden und Ängste neben der mächtig erblühenden Pracht der Freuden zerstoben.

Als das Geräusch gestiefelter Füße auf dem Gang und das Kreischen des zurückgezogenen Riegels im eisigen Morgengrauen in das Traumland der Liebenden eindrang, zogen sie sich ohne Worte voneinander zurück, nur ein allerletztes Verweilen, in dem sich ihre Körper berührten, ihre Hände verschränkten, tasteten und sich schließlich trennten.

Die Tür wurde aufgestoßen, aber die Eskorte blieb auf dem Gang und stieß einen rauhen Befehl aus, den Kit, obwohl er ihn nicht verstand, zu deuten keine Schwierigkeiten hatte. Er zog sich rasch an und wandte sich noch einmal zu ihr, wie sie ausgebreitet auf den Fellen lag, kupferfarben, weiß und jadegrün. Sie lächelte, er lächelte zurück, dann ging er zur Tür.

Sie schloß sich hinter ihm, und Ayesha blieb still liegen in Sammlung ihrer körperlichen und seelischen Kraft, um ihre gräßlichen Ahnungen dessen im Zaum zu halten, was ihm bevorstand. Würde sie je erfahren, was geschah? Wenn Akbar Khan ihr Urteil sprach, würde er ihr sagen, welches Schicksal er für den *Feringhee* bestimmt hatte?

Sie war mit ihren Ängsten lange Zeit allein, bis die schwarzgekleidete Frau hereinschlurfte und ihr eine Schale Quark und Fladenbrot zum Frühstück brachte. Die Nahrung belebte Annabels Kräfte, und als sie mit dem Essen fertig war, zog sie ihr Bett unter die Fensteröffnung, um sich daraufzustellen und in den Hof hinunterzublicken. Akbar Khan war, auf dem Rücken seines Schlachtrosses und mit einer ansehnlichen Streitmacht um sich versammelt, im Scheiden begriffen.

Sie starrte überrascht hinab, auf Zehenspitzen stehend, als ob sie sich des Anblicks vergewissern müßte. Wollte er sie einfach zurücklassen? Sie hatte gehört, wie er seine weiteren Pläne mit den Männern auf dem Ritt vom Khoord-Kabul-Paß hierher besprach, sie wußte also, daß er nach Jalalabad marschieren wollte, um sich dort mit den anderen *Sirdars* und ihren Kriegern zu treffen und die Stadt zu belagern. Aber was würde mit ihr geschehen? Und was mit Kit? Hatte er sich mit dem *Feringhee* Gesetzesübertreter schon befaßt und entschieden, Ayesha den Qualen der schrecklichen Ungewißheit in ihrem Gefängnis zu überlassen?

Das würde das Maß der Grausamkeit, zu dem er, wie sie wußte, fähig war, keineswegs überschreiten. Und seit sie zu ihm zurückgekehrt war, hatte er nichts von der Milde, dem Humor und dem Verständnis an den Tag gelegt, mit denen er ihr in der Vergangenheit entgegengetreten war. Sie hatte erwartet, bestraft zu werden, aber nach dem Geschenk einer solchen Nacht trat in ihre sorgfältig eingefädelte Unkenntnis und Isolation eine Wahrnehmungsfähigkeit, die alles überschritt, was sie sich hatte vorstellen können.

Sie stieg von dem Bett herunter und zitterte, nicht nur wegen der alles durchdringenden Kälte in dem steinernen Zimmer. Sie hatte das Feuer in den verträumten Stunden seit Kits Abschied vernachlässigt und wandte sich nun tatkräftig der Aufgabe zu, es wieder in Gang zu bringen. Sie besaß nichts, womit sie sich beschäftigen konnte, um die endlosen Stunden zu verkürzen, keine Bücher, kein Schreibgerät, keine häuslichen Aufgaben. Sie hatte weder Pferd noch Falke... nicht einmal die Freiheiten eines *Zenana.* Was sollte sie in den Wochen von Akbar Khans Abwesenheit tun? Und es würden einige Wochen werden.

Diese düsteren Gedanken stürzten sie in tiefe Verzagtheit. Sie begann, die Rubaijata von Omar Chajjam vor sich hinzusprechen und suchte nach einer Übersetzung vom Persischen ins Englische, um wenigstens ihren Geist zu beschäftigen, wenn sie schon für ihren Körper nichts tun konnte. Aber sie war nach der schlaflosen Nacht müde, und schließlich legte sie sich auf das Bett unter die Felle.

Sie hatte nicht mehr als eine halbe Stunde geschlafen, als sich ihre Tür knarrend öffnete und die Dienerin hereinschlüpfte, um sie wachzurütteln.

»Männer kommen dich holen«, sagte die Frau. »Du mußt dich verschleiern.«

Sie holen, wozu? Ayesha setzte sich auf, schüttelte den Schlaf aus den Gliedern. Es gab also doch Befehle zu ihrem Schicksal. Sie konnte keine Angst in ihrem Herzen entdecken, nur Erleichterung darüber, daß etwas geschah. Nichts schien ihr beklemmender als die Aussicht, auf unbestimmte Zeit von allen Geschehnissen der Außenwelt abgeschnitten zu sein.

»Sag ihnen, sie sollen warten«, verlangte sie. Die Frau starrte sie verständnislos an. Frauen hatten Männern keine Befehle zu erteilen.

»Sag ihnen, daß ich gleich fertig bin«, verbesserte sich Ayesha sanft. Diese Männer wußten natürlich nichts von den ungewöhnlichen Freiheiten, die Akbar Khans Favoritin zugestanden waren. Man konnte es ihnen kaum zum Vorwurf machen, daß sie ihr die gewohnten Höflichkeiten vorenthielten, war doch Akbar Khans Favoritin eine Gefangene in dieser elenden Festung.

Die Frau schlurfte nach draußen, und Ayesha schwang sich aus dem Bett, wusch sich den Schlaf aus den Augen und befestigte ihren Schleier. Kits Schal hatte man ihr schon vor einer Weile genommen und durch einen echten Schleier ersetzt. Bei dem Gedanken an ihn drehte sich ihr plötzlich alles im Kopf, sie nahm seinen Geruch wahr, und die Wärme seines Körpers erfüllte auf einmal die Luft, so kraftvoll und spürbar, als stünde er neben ihr.

»Sag ihr, sie soll sich beeilen. Wir können nicht wegen den Launen einer Frau warten!«

Die rauhen Worte aus dem Gang rissen sie zurück in die Wirklichkeit. Ängstlich erschien die verschleierte Dienerin in der Tür. »Bitte, beeil dich«, flehte sie.

»Ich bin fertig.« Ayesha trat an ihr vorbei in den Gang und überlegte, ob sie den drei Männern gegenüber eine selbstbewußte Haltung einnehmen sollte. Aber Akbar Khan war nicht in der Nähe, um ihr Glaubwürdigkeit zu verleihen, und schließlich kannte sie seine Befehle in bezug auf sich nicht. Sie senkte den Kopf und entbot ihren Gruß.

»Komm mit uns, Frau.«

Sie ging drei Schritte hinter ihnen, während sie das *Zenana* durchquerten und Frauen vor ihrem Herannahen flohen. Brachten sie sie fort, um sie zu steinigen, auszupeitschen oder hinzurichten? Hatte Akbar Khan sie dazu verurteilt, ihr Vergehen in seiner Abwesenheit zu sühnen? Das konnte sie sich beim besten Willen nicht vorstellen.

Sie betraten den Haupthof, die drei Männer nahmen sie nun in ihre Mitte und brachten sie zu einer Tür in der Südwand. Sie hörte Stimmen, bevor die Tür aufgestoßen wurde. Es waren die hohen Stimmen englischer Kinder, die gemeinsam einen Text wiederholten. Eine klare Stimme erhob sich über denen der Kinder, und sie erkannte aus der Zeit der Rückzugskolonne die Stimme von Mrs. Anderson, die die Kinder unterrichtete.

Sie blieb stehen und blickte ihre Bewacher von der Seite an, die sie brüsk anwiesen, das Gebäude zu betreten. »Du sollst mit den Frauen reden und dir sagen lassen, welche Bedürfnisse sie haben«, wurde ihr befohlen.

»Sind das Akbar Khans Anweisungen?«

»Du hast keine Fragen zu stellen. Geh hinein.«

Sie trat ein und stand in dem matt erleuchteten Raum, in dem Kinder in einem Halbkreis um die vor dem Feuer stehende Mrs. Anderson saßen und weitere Frauen sich an den Wänden entlang verteilten.

»Bitte, ich will Sie nicht stören«, Annabel winkte. »Wo kann ich Lady Sale finden?«

»Oh, Miss Spencer...?« Eine der jüngeren Frauen erhob sich und kam auf sie zu. »Wir haben uns schon gefragt, was Ihnen wohl zugestoßen sein mag.«

»Ich bin geschickt worden, um den Wachen Ihre Bedürfnisse zu übersetzen«, erklärte sie vorsichtig mit Blick auf ihre Bewacher, die sich verächtlich von den *Feringhee*-Frauen abwandten, weil diese keinerlei Bescheidenheit trotz der Anwesenheit von Männern an den Tag legten.

»Annabel?« Colin Mackenzie tauchte aus einem der inneren Zimmer auf. »Ich dachte, ich hätte Ihre Stimme erkannt.«

»Colin!« Selbstvergessen trat sie auf ihn zu.

Sofort griff eine grobe Hand nach ihrer Schulter und erinnerte sie mit einem rauhen Befehl an ihre Lage. Sie war eine afghanische Frau unter den *Feringhees*. Also senkte sie demütig den Kopf, murmelte schnell ein paar versöhnende Worte, und der Mann ließ sie mit finsterem Blick los.

Colin war blaß geworden, als begriffe er erst jetzt, daß sie dem Afghanen gehörte. »Ich werde Kit holen«, sagte er und achtete darauf, daß sein Gesicht und seine Stimme keine Regung zeigten.

Ihr Kopf ruckte nach oben, ihre Augen vor Hoffnung sprühend, dann eine drohende Bewegung hinter sich, und sie senkte den Kopf wieder mit der Frage: »Geht es ihm gut?«

»Ja, aber er steht Todesängste aus, weil er nicht weiß, was Ihnen zugestoßen ist«, antwortete Colin.

Einer ihrer Bewacher gebot schroff diesem fortgesetzten Gespräch Einhalt, und sie sagte: »Sie gestatten es mir nicht, mich direkt mit Männern zu unterhalten. Ich werde indirekt durch unser Frauengespräch mit Ihnen sprechen.«

»Ah, Miss Spencer. Laurie hat mir gesagt, daß Sie hier sind, aber ich konnte es kaum glauben.« Lady Sale wogte in den Raum, ihren verletzten Arm in einer Schlinge und ihre durchdringende Stimme so gewaltig wie immer. »Sie sollen, wenn ich richtig verstanden habe, die Verbindung zwischen uns herstellen.«

»So scheint es zu sein, Ma'am«, bestätigte Annabel und war erleichtert über das Eintreffen Ihrer Ladyschaft. Diese Dame würde die entschlossen wachsame Eskorte ein wenig ablenken. »Akbar Khan ist fort, aber man hat mir gesagt, daß ich mich danach erkundigen soll, was Sie vielleicht benötigen.« Sie blickte sich in dem Zimmer um, wo die Kinder und die übrigen Frauen sie mit großen Augen anstarrten und ihre Ohren aufsperrten.

»Sie sollten auch mit Major Pottinger sprechen«, erklärte Ihre Ladyschaft. »Er ist der dienstälteste politische Offizier.«

»Das wird mir nicht gestattet sein, Ma'am«, sagte Annabel schnell. »Ich weiß nicht genau, was Akbar Khan angeordnet hat oder warum, aber im Augenblick muß ich mich wie eine afghanische Frau verhalten. Wenn Sie mich in Ihrem Quartier herumführen, dann könnte ich vielleicht Vorschläge machen für Verbesserungen innerhalb der eingeschränkten Möglichkeiten dieses Ortes. Die Menschen hier sind arm und haben kein Verständnis für europäischen Komfort und auch nicht für grundlegende Sauberkeit. Ich nehme an, das ist der Grund, warum Akbar Khan mich dazu abgestellt hat, für Sie zu verhandeln.« Sie lächelte bitter, aber niemand konnte ihren Mund sehen. »Ich kenne beide Seiten der Münze, verstehen Sie?«

Kit stand im Schatten des hinteren Türrahmens hinter Lady Sale. Er blickte sie an, bis sie seine Gegenwart spürte. Sie sprach weiterhin mit Lady Sale und hielt ihren Kopf gesenkt, aber ihre Augen über dem Schleier flogen einen Wimpernschlag lang zu seinen hinüber, und tiefer Friede kehrte in sie ein. Er war in Sicherheit, und sie war es auch, beide unter dem gleichen Dach. Der Kater hatte beschlossen, die Mäuse vorläufig nicht zu behelligen.

Aber sie hatten nicht die Möglichkeit miteinander zu spielen.

Und da waren immer noch ihre Ängste und ihr ungewisses Schicksal. Doch man sollte dankbar sein für die kleinen Gnaden, wie zeitlich beschränkt auch immer sie waren.

Annabel zwinkerte Kit zu, und ihre Lippen unter dem Schleier formten ihr Koboldlächeln, das er so gut kannte. Sie sah, wie sich sein Mund zur Bestätigung verzog. Sie waren noch nicht besiegt. Dann verschwand er im Schatten, und sie nahm ihre Verhandlungen mit Lady Sale seelenruhig wieder auf.

Annabel mit ihrer wachsamen Eskorte durchschritt die fünf Räume. Wann immer ein Mann auftauchte, sorgten ein paar kehlige Laute unmißverständlich dafür, daß er sich sofort zurückzog.

»Das ist sehr unzivilisiert«, murmelte Lady Sale. »Sie sind schließlich eine Engländerin, selbst wenn ich Ihr Verhalten nicht gutheißen kann. Warum glauben diese Wilden, Sie wie eine ihrer Frauen hinter dem *Purdah* behandeln zu dürfen?«

»Weil ich genau das bin«, erklärte Annabel geduldig. »Wir alle sind Gefangene, nicht wahr? Die Bedingungen meiner Gefangenschaft unterscheiden sich allerdings von den Ihren.«

»Nun, ich verstehe die Angelegenheit überhaupt nicht. Wie sind Sie denn überhaupt in diese Lage geraten?«

»Kit kann Ihnen davon berichten«, sagte sie. »Wir haben wichtigere Dinge zu besprechen. Die Männer werden schnell ungeduldig, dann mißtrauen sie unserem Gespräch, und wir haben nichts erreicht.«

»Was für ein anmaßendes Mädchen Sie doch sind!« trompetete Ihre Ladyschaft und begann eine Liste von Forderungen und Beschwerden vorzutragen, die sich Annabel merkte und sogleich entschied, welchen entsprochen werden konnte und welche jenseits der beschränkten Möglichkeiten von Budiabad und seiner ländlichen Bewohner lagen.

Sie wollte gerade die Unterkunft verlassen, als Brigadier Shelton und Colin beiläufig hinter ihr den Raum betraten. »Es wäre für uns interessant, wohin Akbar Khan unterwegs ist«, sagte der Brigadier nachdrücklich.

Annabel drehte sich zu Lady Sale, die sie an die Tür begleitet hatte. »Er ist nach Jalalabad geritten, um sich mit den anderen *Sirdars* zu vereinen und die Stadt zu belagern«, erklärte sie in dem gleichen Gesprächston, dessen sie sich bisher bedient hatte. »Ich versuche so viel herauszufinden, wie ich kann, aber ich bin derart isoliert, daß ich nichts verspreche.«

»Jedes bißchen ist besser als nichts.« Der Brigadier richtete diese Worte scheinbar an Colin. »Selbst wenn Sie es als unbedeutend erachten, kann es wichtig sein.«

»Ich verstehe«, nickte Annabel. Sie wandte sich an ihre Bewacher, entbot ihnen ein *Salaam* und fragte auf Paschtu: »Wann wird es mir erlaubt, hierher zurückzukehren?«

»Wenn sie nach dir schicken«, antwortete einer von ihnen. »Du mußt jetzt gehen.«

»Ich habe verstanden, worüber sie geredet haben.« Major Pottinger hatte sich dem Brigadier und Colin im hinteren Teil des Raumes angeschlossen und richtete seine Worte beiläufig an seine Gefährten. »Wir sorgen dafür, daß Sie eine häufige Besucherin werden.«

Sie antwortete nicht, denn das hätte auf ein Gespräch gedeutet. Sie hätte gerne über die Schulter zurückgeblickt, um einen Blick auf Kit zu erhaschen, aber sie wollte ihre Chance, zurückkommen zu dürfen, nicht aufs Spiel setzen. Die Wachen stießen sie auf den Hof hinaus, wo sie ihnen Mitteilung über die Bedürfnisse der Geiseln machte und dann in ihre Kammer zurückgebracht wurde.

Später am Tag drang Lachen vom großen Haupthof zu ihr nach oben. Sie stellte sich wieder auf ihr Bett und schaute aus dem Fenster. Ein Blindekuhspiel war dort unter den Geiseln im Gange, und die Erwachsenen waren ebenso eifrig dabei wie die Kinder. Sie beobachtete, wie ein etwa zehnjähriges Kind, die Augen verbunden, mit einem frohlockenden Aufschrei nach Kit griff. Lachend warf Kit das Kind erst in die Luft, bevor er ihm die Augenbinde abnahm und sie selbst anlegte.

Annabel fühlte sich einsamer als je zuvor in ihrem Leben.

Es blieb dabei. Einmal am Tag wurde sie zu den Geiseln gebracht, um ihre Beschwerden und Bitten anzuhören, oft wegen Kleinigkeiten, aber ihre Bewacher schienen nicht zu merken, daß es Vorwände waren, um ihren Besuch zu ermöglichen. Sie konnte Kit ansehen. Sie beobachtete, wie sich die Engländer auf ihren selbstgefertigten Unterlagen Brettspiele einfallen ließen, hörte den Kindern bei ihrem Unterricht zu. Sie teilte Lady Sale die winzigen Informationsbruchstücke mit, die sie von Zobayeda, ihrer Dienerin, und ihren Bewachern, die sie bei den erlaubten Spaziergängen begleiteten, hatte aufschnappen können: Daß Shah Soojah in Kabul ermordet worden war; daß General Pollock von Peshawar nach Jalalabad marschiert war, die Garnison dort evakuiert hatte und jetzt in der Ebene vor Jalalabad gegenüber der afghanischen Streitmacht kampierte; daß die Briten in Kandahar jeden afghanischen Einwohner ausgewiesen hatten, weil die Situation dort so bedrohlich geworden war; daß die Afghanen sich hinter Kandahar zurückgezogen hatten und es massiv angriffen. Gute und schlechte Nachrichten wechselten sich ab, und entsprechend schwankte die Stimmung. Sie beobachtete von ihrem Fenster aus, wie die Geiseln mit ihren Kindern Himmel-und-Hölle und Blindekuh spielten. An Sonntagen hörte sie den Gottesdiensten zu, die standhaft abgehalten wurden, hörte die Kirchenlieder und die Psalmen und die Gebete, die durch die Mauern ihres Gefängnisses hindurch ins Freie gelangten. Und sie sehnte sich danach, ein Teil dieser Gemeinschaft zu sein, die durch die erzwungene Nähe, die gemeinsam erfahrene Not jetzt so fest zusammengeschweißt war. Sie wußte, daß die künstliche Schicht der Konventionen, die in einer zivilisierten Gesellschaft üblich war, inzwischen abgerieben war. Sie nahm eine Direktheit der Sprache wahr, die zwischen Damen und Herren unter anderen Umständen undenkbar gewesen wäre. Und sie verbrachte in ihrer Einsamkeit mehr Stunden weinend, als sie jemals irgend jemandem gestehen würde.

An einem milden Tag Anfang April, als der Frühling das Tal

verheißungsvoll überzog, traf die Nachricht ein, Akbar Khan habe eine schwere Niederlage in der Ebene um Jalalabad hinnehmen müssen und sei gezwungen worden sich zurückzuziehen.

Die Freude der Geiseln schwoll im gleichen Maß an wie die Düsterkeit ihrer Bewacher. Die Erwartung, daß General Sale jetzt frei war, um ihnen zu Hilfe zu kommen, wurde ihr Tagesgespräch, und Annabel gestattete sich den Luxus von Zukunftsmusik. Wenn die Geiseln gerettet würden, würde auch sie befreit werden, es sei denn, Akbar Khan ließe sie vorher fortbringen.

Hieraus entstand Übermut, und sie beging einen verhängnisvollen Fehler. Kit stellte sich immer so an den Türrahmen, daß sie ihn beim Betreten der Geiselquartiere berühren mußte. Sie sahen einander dabei nie an, um keine Aufmerksamkeit auf sich zu ziehen. Allein dieser Augenblick der Nähe war ausreichend, um Annabels Gemüt über den Rest des Tages hinwegzuhelfen. Heute jedoch blieb sie vor ihm stehen, hob ihre Augen und sagte zärtlich: *»Salaam,* Ralston, *Huzoor.«*

»Sei gegrüßt, Ayesha«, antwortete er lächelnd und streckte eine Hand aus, um sie zu berühren.

Ein krummer Dolch schnitt durch die Luft, und Blut quoll aus seiner Hand. Annabel wandte sich ihrem Bewacher mit einem Aufschrei der Empörung zu. Er zog seine Faust zurück, weil einer seiner Kameraden eine Warnung rief. Statt sie zu schlagen ergriff er ihre Handgelenke und riß sie hinter ihrem Rücken so gewaltsam nach oben, daß sie vor Schmerz aufstöhnte. Er trieb sie über den Hof vorwärts, gerade als britische Offiziere aus dem Gebäude traten, den verletzten Kit umringten und sich dann wütend gegen die verbliebenen Wachen wandten, die alle ihre Dolche zogen. Weitere Männer kamen, durch den Lärm herbeigerufen, mit gezogenen Messern und Säbeln in den Hof geeilt. Das Kreischen eines Kindes durchschnitt die milde Luft.

Annabel, vor Angst flatternd, daß ihre Unachtsamkeit ein Massaker auslösen könnte, versuchte sich aus dem Griff ihres Wächters zu befreien. Die Stimmung unter ihren Bewachern war schlecht gewesen seit jener Nachricht aus Jalalabad, und sie hatte gespürt, daß es nur wenig bedurfte, um sie zu wilder Rache wegen der Niederlage ihres *Sirdars* aufzuwiegeln. Aber sie hatte auch den Ruf der anderen Wache gehört, daß es gegen Akbar Khans Befehl war, Ayesha in irgendeiner Weise Gewalt anzutun, und dieses Wissen machte sie mutig. »Ist es das, was Akbar Khan angeordnet hat?« fragte sie, die Schmerzen in ihren Armen ignorierend. »Hat er ein Massaker an den Gefangenen angeordnet? Gerade wenn er die Schlacht bei Jalalabad verloren hat, dann wird ihm besonders daran liegen, mehr Trümpfe für Verhandlungen zu haben. Glaubt ihr, er wird euch danken, wenn ihr sie jetzt ermordet?«

Der Mann beschimpfte sie als wertloses, verräterisches Stück weiblichen Treibguts, aber ließ augenblicklich ihre Handgelenke los, so daß sie stolperte und beinahe zu Boden gefallen wäre. Er brüllte den siedenden Männern hinter ihm etwas zu, und sie zogen sich von den unbewaffneten Geiseln zurück, die mit dem Rücken an der Wand standen und nichts als ihren bloßen Händen zur Verteidigung.

Annabel suchte besorgt nach Kit und sah, daß er noch auf den Füßen war, obschon das Blut aus seiner Schnittwunde an der Hand sprudelte. Das war ihre Schuld: solch eine Gedankenlosigkeit zu so einem gefährlichen Zeitpunkt! Sie wußte, daß ihr von nun an die täglichen Besuche versagt würden, die allein ihr geholfen hatten, den Verstand zu bewahren. In verzweifeltem Selbsthaß empfing sie ihre Strafe ohne Murren, und erst als sie unsanft in ihre Kammer gestoßen wurde und die Tür lauter als gewöhnlich hinter ihr ins Schloß fiel, ließ sie ihren Tränen freien Lauf. Was, wenn Kits Verletzung tödlich war? Medikamente und Verbandszeug waren rar, das wußte sie, hatte doch sie in dieser Hinsicht alles beschafft, was die Geiseln besaßen. Dreck lag noch immer überall, und Ungeziefer kroch herum... es bedurfte nur wenig zu einem Wundbrand... Sie fuhr mit ihren gnadenlosen Selbstbezichtigungen fort, bis Erschöpfung sie übermannte und sie sich in abgrundtiefer Niedergeschlagenheit aufs Bett warf.

Die Aufregung draußen hatte sich gelegt und machte einer brütenden Stille Platz, die sich in der Festung und unter ihren Bewohnern ausbreitete, bis der Abend kam – da nahm sie durch Schreie und das Geklapper von Pferdehufen ein jähes Ende. Annabel sprang mit erneuter Kraft auf die Füße und stieg auf das Bett, um hinauszusehen.

Akbar Khan und eine bemerkenswerte Zahl seiner Anhänger waren in den Hof geritten.

Sie starrte hinunter, versuchte seinen körperlichen Zustand und seine geistige Verfassung zu erkennen, aber aus dieser Entfernung war das schier unmöglich. Sie meinte, ihn mit etwas weniger als seiner gewohnten Lebhaftigkeit absteigen zu sehen, fragte sich, ob er vielleicht seine Schultern weniger aufrecht hielt als sonst, ob sein Schritt in geringerem Maße federte, als er den Hof überquerte und in einer Tür unter ihrem Fenster verschwand.

Sie kletterte von ihrem Bett und schleppte sich im Zimmer auf und ab, begleitet von einem inneren Beben. Er würde Pläne mit den Geiseln haben, auch Pläne für Ayesha, oder sollte sie hier weiter schmachten? Tod durch Steinigung wäre ein glimpflicheres Schicksal.

Sie spürte das Herannahen eines Besuchers, noch bevor sie den Klang seiner Schritte vernahm. In den Wochen des Eingesperrtseins hatte sie die Fähigkeit entwickelt, jenseits von direkten Geräuschen in ihrer Umgebung auch auf einer tieferen Ebene zu hören. In plötzlicher Panik erkannte sie, daß auf ihren Wangen noch Tränenspuren vom Nachmittag, ihre Augen rot und aufgequollen und ihre Haare zerrauft waren. In fieberhafter Eile spritzte sie sich gerade in dem Moment kaltes Wasser ins Gesicht, als Zobayeda die Tür öffnete.

»Du sollst zu Akbar Khan gebracht werden«, sagte sie zitternd wie ein Frevler, der den Namen eines Gottes ausspricht. »Ich helfe dir, dich herzurichten.«

Annabel nahm ihre Hilfe bereitwillig an. An jedem anderen Ort und unter anderen Umständen wurden solche Vorbereitungen mit äußerster Gewissenhaftigkeit ausgeführt: heiße duftende Bäder, warme Öle, ihr Körper in weichste Seide gekleidet, ihr Haar gebürstet, geflochten und mit Blumen geschmückt für den Augenblick, da er ihr den Schleier abnahm. Hier gab es nur kaltes Wasser, einfache Seife und die abgetragene Garderobe ihrer Kleider, die ihr Reisegepäck seit dem Rückzug von Kabul darstellten. Aber sie tat ihr Möglichstes, und wenigstens fühlte sie sich sauber, als sie von ihren gewohnten Bewachern in das Audienzzimmer gebracht wurde.

Akbar Khan saß an dem Tisch, die Arme vor sich verschränkt, die Augen auf irgendeinen Punkt in der Ferne gerichtet. Als sie hereinkam und sich die Tür hinter ihrer Eskorte schloß, hefteten sich die hellen Augen auf sie und betrachteten sie schweigend.

»Du siehst müde aus«, entfuhr es ihr, bevor ihr das Wort erteilt war.

Seine Lippen verzogen sich zu einem dünnen Lächeln. »Keine falsche Beobachtung, Ayesha.«

Sie tat einen Schritt auf ihn zu und sagte in aufwallendem Mitgefühl: »Darf ich dir Erleichterung verschaffen?«

Er schüttelte den Kopf. »Nein… nein, noch nicht.« Die Ellbogen auf dem Tisch, stützte er sein Kinn in die zusammengefalteten Hände und sah sie forschend an. »Nimm deinen Schleier ab.«

Sie entfernte die Nadel und ließ den weichen Stoff zur Seite fallen.

»Entferne ihn ganz.«

Sie zog ihn von ihrem Kopf, und das Kerzenlicht fiel auf ihren schwingenden Kupferzopf, erfaßte den Jadeglanz ihrer Augen, die sich trotz tiefer Schatten doch leuchtend von der außerordentlichen Blässe ihrer Haut abhoben.

»Du siehst nicht so aus, als ob du die letzten Wochen viel Vergnügen gehabt hättest«, bemerkte er.

»Es macht mir keinen Spaß, Gefangene zu sein«, war die kurze Entgegnung.

Wieder folgte ein Lächeln. »Nein, auch mir würde es kein Vergnügen machen. Aber deine Abgeschiedenheit hat dir ausreichend Gelegenheit gegeben, über die Frage nachzudenken, über deren Antwort du dir beim letzten Mal, als wir miteinander sprachen, nicht sicher warst.«

Wer bin ich? hatte sie gefragt. *Bin nicht auch ich in meinem tiefsten Inneren eine Ungläubige?* Sie hatte die Antwort auf die Frage damals nicht gewußt, nun stand sie bereit.

»Weißt du die Antwort jetzt?«

Langsam nickte sie, und es war ihr klar, daß die Wahrheit sie verurteilen würde, wenn er beschloß, sie als Verrat aufzufassen, und doch wußte sie, daß sie keine Wahl hatte. »Ich bin nicht mehr wirklich ein Teil der *Feringhees* und könnte auch nie wieder ein Teil von ihnen sein nach den Jahren, die ich mit dir verbracht habe, aber in meinem tiefsten Inneren gehöre ich zu ihnen.«

»In deinem tiefsten Inneren«, wiederholte er nachdenklich und strich sich dabei über den Bart. »Das hört sich nicht nach einem klaren Dasein an, Ayesha, im tiefsten Inneren dazuzugehören und zugleich kein Teil von ihnen zu sein.«

»Aber es ist das Dasein, in das du mich versetzt hast«, sagte sie mutig. »Wenn du zu Anfang nicht dein Spiel gespielt hättest, hätte ich niemals mein tiefstes Inneres bei den *Feringhees* wiederentdeckt. Ich wäre zufrieden gewesen mit dem Leben, das ich führte. Ich meinte, ich sei Ayesha.«

»Aber du bist es nicht«, stellte er fest, versuchte nicht, ihrer Anschuldigung zu widersprechen.

»Es scheint so«, stimmte sie einfach zu. »Aber ich bin auch nicht das, was nach meinem Verständnis Annabel Spencer sein müßte.«

Einen Augenblick lang herrschte Schweigen, dann befahl er: »Leg deinen Schleier wieder an.« Als sie fertig war, klatschte er in die Hände, und die Wachen erschienen. »Bringt sie fort«, sagte er, seinen Stuhl zurückschiebend, an das verschmutzte Fenster tretend und ihr seinen Rücken zukehrend, während sie einen Augenblick lang zögerte und sich fragte, ob sie irgend etwas sagen konnte, um diese merkwürdige Vertrautheit, die noch vor wenigen Minuten herrschte, wiederzuerlangen. Aber eine Hand zerrte sie rauh zur Tür, und eine Stimme übermittelte ihr Befehle in einem Ton, den in der Vergangenheit niemand in Akbar Khans Gegenwart ihr gegenüber angeschlagen hätte.

Die Favoritin war ohne Zweifel in Ungnade gefallen, dachte sie und warf einen letzten Blick auf die gedrungene Gestalt, die dort in die Nacht hinausstarrte, bevor sie aus dem Raum geschoben und ohne viel Federlesens zurück in ihr Gefängnis gebracht wurde.

Was jetzt? Sie blickte auf ihre Handgelenke hinunter, die noch immer von den Silberreifen umspannt waren. Tiefstes Inneres oder nicht, in Wirklichkeit gehörte sie noch immer Akbar Khan.

Zobayeda brachte ihr eine Schale mit geschmortem Huhn und Reis. Huhn war im Winter eine Luxusmahlzeit, die es wohl zu Ehren des Khans gab. Sie aß ohne Appetit und legte sich dann aufs Bett, nur um die ganze Nacht schlaflos zu verbringen, über Kits Verwundung nachzudenken und über das, was Akbar Khan mit den Geiseln anfangen würde, die jetzt als Verhandlungsgegenstand noch viel wertvoller für ihn sein mußten. Zu ihrem Erstaunen interessierte sie sich nicht im mindesten mehr für ihr eigenes Schicksal. Was geschehen mußte, würde geschehen.

Auf der anderen Seite des großen Innenhofs saß Kit in der offenen Tür des Außenraums. Die Nachtluft war nicht mehr so beißend und schneekündend wie im Winter und ihre Frische eine willkommene Abwechslung zu den stickigen Räumen, in denen sich zu viele nicht allzu saubere Körper flohgepeinigt zusammendrängten. Seine Hand pochte, aber er hatte Glück gehabt, daß er bei der Attacke keinen Finger verloren hatte. Er dachte an den dolchähnlichen Splitter, den Annabel mit solcher Geschicklichkeit aus seiner Hand gezogen hatte in einer Zeit, als die Verzweiflung der Hoffnungslosigkeit sie noch nicht in den Klauen hatte.

»Ich frage mich, was sie wohl gesagt haben mag, um zu verhindern, daß wir nicht bis auf den letzten Mann in Stücke gehauen wurden.«

Kit blickte über seine Schulter und war nicht überrascht, daß sein Freund den gleichen Gedanken nachhing wie er selbst. »Gott allein weiß es, Colin. Aber sie und ich hätten es besser machen müssen. Es war wirklich verdammt leichtsinnig, was wir getan haben.«

»Ich weiß nicht, wie du es ertragen kannst«, bemerkte Colin offen und ging neben ihm in die Hocke. »Es ist für uns alle schwer genug, aber –« Er zuckte vielsagend die Schultern. »Wenigstens sind wir andern hier zusammen. Männer haben ihre Frauen, Frauen ihre Kinder. Selbst in schweren Zeiten liegt Trost im Teilen.«

»Im Wissen!« brauste Kit plötzlich auf. »Es ist dieses Nichtwissen, was mit ihr geschieht oder mit ihr geschehen wird, das ich nicht ertragen kann, Colin. Manchmal denke ich, ich werde verrückt... daß ich verrückt *bin.*« Er wies über den Hof. »Ich bin mir fast sicher, daß dieses Fenster dort, das zweite von links, das ihre ist. Aber ich kann es nicht beschwören...« Seine Hände öffneten sich in Resignation. »*Warum* können wir nichts tun?«

Colin antwortete nicht. Das war für sie alle am schwersten zu ertragen, weil sie stets die Überzeugung gehegt hatten, daß sie, wo immer sie hingingen, auch herrschen würden. Sie saugten diese Überzeugung mit der Muttermilch ein, bekamen sie als Kind bestätigt, indem sie von Geburt an bedient wurden; Dienerschaft beugte sich vor dem Kind wie vor dem Erwachsenen, wobei allesamt in den Augen des Kindes die einzige Aufgabe hatten seinen Launen zu entsprechen und für seine Bequemlichkeit zu sorgen. In den Erziehungsinstituten wurde ihnen der Dünkel eingebläut und die Hierarchie der Privilegierten für immer geprägt. Gelangte man dann in die obersten Ränge, verfuhr man weiterhin vom hohen Roß aus, davon überzeugt, daß man das Recht besaß, die Werte und Normen seiner Klasse durchzusetzen. Ein britischer Gentleman ging nie davon aus, daß er jemals den Launen eines ihm gesellschaftlich unterlegenen Menschen ausgeliefert sein könnte. Aber Akbar Khans Geiseln hatten keine andere Wahl, es sei denn, sie zögen eher den Massenselbstmord in Betracht, als sich nun zu unterwerfen.

»Ich gehe ins Bett«, sagte Colin schließlich. »Warum schließt du dich mir nicht an? Grübeln hilft auch nicht weiter.«

»Recht hast du, aber irgend jemand in meinem Zimmer schnarcht ganz entsetzlich.« Kit tat, was von ihm erwartet wurde, und überspielte seinen augenblicklichen Jammer. Er grinste zu Colin hinauf. »Ich fürchte, es ist Mrs. Johnson, daher wage ich keine Beschwerde. Es ist kein sehr damenhaftes Geräusch.«

Colin lachte in sich hinein. »Nein, bewahre darüber lieber ritterliches Stillschweigen.« Dann fuhr er ernster fort: »Ich wünschte, irgend jemand könnte der kleinen Betsy Graham helfen. Sie hat Nacht für Nacht die entsetzlichsten Alpträume. Ihre Mutter gibt sich Mühe, sie ruhig zu halten, aber ein Mensch kann unmöglich schlafen, wenn er sich solches Aufheulen anhören muß.«

»Ich frage mich, ob sie das je überwinden werden«, sagte Kit.

»Annabel hat es geschafft.«

»Meinst du? Ich bin nicht überzeugt davon, mein Lieber.«

Akbar Khan verbrachte die Nacht mit Nachdenken... nachdenken über Niederlagen. Sein Kampf mit den hündischen Eindringlingen war noch nicht vorbei, auch wenn er einen entscheidenden Rückschlag hatte hinnehmen müssen, aber er brauchte neue Strategien. Die Geiseln waren entscheidend für seinen Plan und mußten weiter von Jalalabad fortgebracht werden, wo der Feind jetzt die Oberhand hatte. Nein, es war noch zu früh, um sich in dieser Auseinandersetzung eine endgültige Niederlage einzugestehen... aber in der anderen?

Er hatte verloren. Nur eine Frage stellte sich noch: Welche Maßnahmen sollte er ergreifen? Er konnte jede Rache üben, die er für richtig hielt. Sie waren alle nur Bauern auf seinem Schachbrett. Aber die Aussicht auf pure Rache reizte ihn nicht. Anfangs, im ersten Zorn, war ihm Rache als befriedigende Lösung erschienen, aber jetzt würde sie zu einer leeren Geste gerinnen… eine, die weder Ehre noch Genugtuung brachte.

Er konnte Ayesha mit einer Eskorte nach Madella schicken, wo sie ihr gewohntes Leben wiederaufnehmen würden, sobald die andere Angelegenheit erledigt war. Und wenn er nicht nachtragend wäre, könnte sie ein einigermaßen angenehmes Leben im *Zenana* führen. Er würde ihr Pferde und Falken nicht versagen oder ihre Bücher, auch gäbe es die Gesellschaft anderer Frauen. Seine Gemahlinnen waren mit weit weniger Freiheiten, als er sie Ayesha gewährte, vollkommen zufrieden.

Oder er konnte… Aber die Vorstellung, dem *Feringhee* nachzugeben, ging über seine Kräfte… weder in dieser noch in der anderen Angelegenheit.

Er durchmaß sein Audienzzimmer und wälzte die Möglichkeiten, wie man eine Niederlage als Sieg erscheinen lassen konnte: eine Lösung, die schnelles Nachdenken und Scharfsinn auf Ayeshas und ihres Liebhabers Seite erforderte, wenn sie ihre Freiheit gewinnen wollten, eine, die auf seiner Seite keine Schwachstelle aufweisen durfte.

Als der Morgen graute, meinte er die Lösung gefunden zu haben.

22. Kapitel

»Ayesha! Ayesha, schnell, du mußt aufwachen. Sie sind gekommen, um dich zu holen.« Zobayedas ängstliche Stimme und ihr Rütteln ließen Annabel schlagartig erwachen.

»Wie spät ist es denn?«

»Nach Sonnenaufgang«, antwortete die Frau. »Du mußt dich anziehen. Sie sind gekommen, um dich zu holen.«

Annabel setzte sich auf und schwang die Beine aus dem Bett. Sie griff nach ihrer Jacke und ihrer *Chalvar*, aber Zobayeda sagte mit der gleichen ängstlichen Stimme: »Nein, du sollst das hier tragen.«

Annabel starrte verständnislos auf die rauhe, schwarze Hose und Jacke. »Aber die Sachen gehören mir nicht.«

»Es ist so befohlen«, sagte Zobayeda.

Die Erklärung dafür müßte heißen, der Tag der Urteilssprechung war gekommen. Einen Augenblick lang packte Annabel nacktes Entsetzen, der Friede ihres stoischen Glaubens an das Schicksal verblaßte vor den Bildern der Pein. Sie legte die Kleidung an, ihre Haut sträubte sich gegen den schürfenden Stoff. Sie hatte niemals zuvor solche Kleidungsstücke getragen, und das rauhe Material kratzte. Wem sie wohl gehören mochten? Solche Bauerngewänder lagen hier nicht herum, denn die Menschen, denen sie gehörten, trugen ihren ganzen Besitz am Leibe. Obwohl ihr ihre Zimperlichkeit klar war angesichts der augenblicklichen Lage der Dinge, schauderte sie vor den Kleidungsstücken, die noch vor wenigen Stunden einen ungewaschenen Körper bedeckt haben mochten.

»Du sollst verschleiert sein, aber keinen *Chadri* tragen«, sagte Zobayeda. »Und barfuß. So ist es angeordnet.«

Verschleiert, denn es würden Männer bei der Urteilssprechung sein, ohne *Chadri*, damit sie keine Möglichkeit hätte, sich vor den Demütigungen und der Schande, die sie erwarteten, zu verbergen, zudem barfuß wie ein Sünder. Erst jetzt erkannte sie, daß sie niemals wirklich geglaubt hatte, Akbar Khan würde ihr die volle Strafe auferlegen. Wie konnte sie sich so irren? Und wenn er Ayesha nicht verschonen würde, bestand auch keine Hoffnung für Kit.

Zobayeda reichte ihr einen schwarzen Schleier: die Farbe der zu Tieren degradierten Frauen der Bergbewohner, die Farbe der in Ungnade gefallenen Frauen der Khane. Mit diesen Gewändern änderte sich unwillkürlich ihr Benehmen. Der gesenkte Kopf, die Augen fest auf den Fußboden gerichtet und die kraftlosen, nach vorne fallenden Schultern entsprachen ihrem Zustand. Sie fühlte sich erniedrigt, und die Verachtung in den Augen der Wachen, denen sie dergestalt entgegentrat, überraschte sie nicht.

Sie ging hinter ihnen her, die Eiseskälte des feuchten Steinfußbodens kroch in ihre Füße und ihren ganzen Körper empor.

Als eine Gruppe afghanischer Bewacher gleich nach Sonnenaufgang in die Quartiere der Geiseln eindrang, schickten sich die Erwachenden darein, daß das gestern abgewendete Massaker heute stattfinden würde. Kinder fingen bei dem Anblick der bewaffneten Krieger mit ihren spitzen Helmen und gezogenen Säbeln an zu weinen. Frauen drängten die Kleinen eilends aus dem Weg, als wollten sie sie im Schatten oder hinter ihren Röcken verstecken. Die Männer, die im ersten Raum geschlafen hatten, längst all ihrer Wehrhaftigkeit beraubt, sammelten sich und bauten sich vor den Frauen und Kindern auf.

»Was wollt ihr zu dieser Stunde?« fragte Major Pottinger in seinem holprigen Paschtu. »Sollen wir diesen Ort verlassen?«

»Darüber entscheidet Akbar Khan«, antwortete einer der Bewaffneten. »Wir suchen Ralston, *Huzoor.*«

Kit trat aus einem der hinteren Räume vor, wo er seinen Schlafplatz hatte. »Ich bin hier.«

»Was wollt ihr von Hauptmann Ralston?« begehrte der Major zu wissen. »Er ist ein Offizier der Kavallerie Ihrer Majestät von Großbritannien.«

»Kein besonders beeindruckender Rang mehr, Pottinger«, meinte Kit trocken. »Aber vielen Dank für den Versuch.« Er zog seinen Uniformrock zurecht, der inzwischen an ihm schlotterte, und schloß die Knöpfe der fadenscheinigen Manschetten. Aus irgendeinem Grund schien es ihm bedeutsam, seinem Schicksal so ordentlich gegenüberzutreten, wie es mit dem verbliebenen Rest möglich war. Er konnte sich jedoch nur schwer an das Fehlen des Schwertes an seiner Seite gewöhnen. Wie die anderen fühlte er sich nackt, sowohl in geistiger wie in körperlicher Hinsicht.

»Meine Herren?« Er salutierte . »Ich bin fertig.«

»Kit…?«

»Danke, nein, Colin«, sagte er, seinem Freund zuvorkommend, der mit Entschlossenheit einen Schritt vorgetreten war. »Nichts ist durch dein Opfer zu erreichen, und je schneller ich diese Wilden hier rausbekomme, desto eher hören die Kinder auf zu weinen.« Er ging zur Tür, seine Eskorte hinter sich.

Im Hof sah er zum Himmel auf, in den rings umher die gezackten Gletscher des Hindukusch ragten. Kleine Wolken stoben über den durchsichtig blauen Himmel des dämmernden Frühlingsmorgens. Die Luft roch ein wenig nach Schnee, der in den Bergen gefallen war, vermischt mit dem Duft nach erster grüner Weide, und eine kühle Brise fuhr ihm ins Haar. Was für ein wunderschöner Tag für ein *Buzkashi.* Alles schien so klar zu sein; er war sich jeder Faser seines Körpers bewußt; des Weges unter seinen Füßen, seiner Muskeln, die sich in der ihnen eigenen wundersamen Mechanik bewegten; des Blutes, das durch seine Adern strömte; des gleichmäßigen Schlagens seines Herzens.

Sie erreichten eine Tür am hinteren Ende des Hofes. Der ranzige Geruch alten Gemäuers, durchtränkt von Armut und Elend, strömte ihm entgegen und besudelte das frische Versprechen des Morgens. Er hielt inne, bevor er in die Düsterkeit trat, und blickte sich ein letztes Mal um, als ob er die Szene für immer in seinem Gedächtnis bewahren wollte. Ob man Erinnerungen mit in den Tod nahm? Besser nicht, er straffte sich, Erinnerungen würden nur die Hinnahme des Urteils »Nie wieder« erschweren.

Einer seiner Bewacher trieb ihn vorwärts, und er trat ein, bevor sie Grund hatten ihn zu stoßen. Er wußte, daß er sich bei einer Berührung nicht beherrschen könnte… nicht, bis man ihn herausforderte, und dann war er ohnehin verloren.

Sie betraten Akbar Khans Audienzzimmer, während Kits Augen sich an den finsteren Raum nach der Helligkeit draußen gewöhnen mußten. Überall an den Wänden standen Männer, entweder mit Turbanen oder spitzen Stahlkappen, mit Messern in den nietenverzierten Gürteln oder einige auch mit Lanzen oder Breitschwertern in den Händen. Sie waren kriegerisch, nicht für sportlichen Wettkampf, gerüstet. Akbar Khan stand auf einer kleinen Estrade am hinteren Ende des Raums in einem Kettenhemd, trug einen Turban auf dem Kopf und ein Schwert in der Hand.

»Guten Morgen, Ralston, *Huzoor*«, sagte er auf englisch.

»Guten Morgen, Akbar Khan«, hörte Kit sich mit Allerweltsstimme antworten.

Akbar Khan wies zu einer Stelle unterhalb der Estrade, wohin Kits Bewacher ihn führten. Der *Sirdar* behielt seine beherrschende Position über den Raum und die anwesenden Personen bei.

Kit stand sehr still und wünschte, er hätte Annabels Begabung zur Bewegungslosigkeit. Er glaubte nicht, daß zu diesem Zeitpunkt irgend etwas von ihm erwartet wurde, und bewahrte seine soldatische Haltung. Wenn er nur wüßte, was mit Annabel geschehen war!

Die Tür öffnete sich und sechs weitere Ghilzai traten ein. Hinter ihnen ging Akbar Khans Ayesha. Einen Augenblick lang erkannte Kit die farblose, gebeugte Gestalt nicht. Dann spürte er, wie seine Schläfen zu pochen begannen, und er fragte sich, was sie ihr wohl angetan haben mochten, um sie in diese vollkommene Unterwerfung zu zwingen. Es gelang ihm nur mit äußerster Anstrengung, seine Besonnenheit aufrechtzuerhalten, sehr wohl spürend, daß jegliche Unmutsbezeigung ihnen nur in die Hände spielte.

Akbar Khan gab einen Befehl auf Paschtu, seine Stimme hallte von den Wänden wider. Die Männer, die Ayesha gebracht hatten, ergriffen sie plötzlich. Der Raum verschwamm vor Kits Augen. Er tat, mit einem Fluch auf den Lippen, einen Schritt vor, dann spürte er den Messerblick des *Sirdars* auf sich gerichtet. Er konnte die Botschaft in ihnen nicht lesen, aber er war deutlich genug, um ihn zum Stehen zu bringen.

Ayesha wurde grob durch den Raum gestoßen, so daß sie vor Kits Füßen auf die Knie fiel. Er blickte stumm auf sie hinab, als ihre Bewacher, die sie nun los waren, mit dem Gesichtsausdruck von Männern, die eine Aufgabe zur eigenen Zufriedenheit erledigt haben, sich zwischen die übrigen an der Wand einreihten.

Akbar Khan begann auf Paschtu zu sprechen, vielmehr, eine Rede zu halten. Kit konnte nicht ein Wort des Gesagten verstehen. Um ihn her wurden die Gesichter der Ghilzai grimmiger, so dies überhaupt noch möglich war. Dann vernahm er plötzlich ein hastiges Flüstern. Annabel sprach englisch mit ihm, noch immer auf ihren Knien und mit gesenktem Kopf flossen die Worte rasch unter ihrem schwarzen Schleier hervor.

»Er gibt mich dir … das ist eine Beleidigung, kein Geschenk. Er findet mich unwürdig und hat keine weitere Verwendung für mich, also wirft er mich zu dem *Feringhee*, der nichts Besseres verdient als den wertlos gewordenen Besitz eines Afghanen. Laut der Gesetze der Gastfreundschaft bist du gezwungen das Geschenk anzunehmen, und das Landesgesetz verlangt von dir, für meine Existenz aufzukommen... Akbar Khans Verantwortung für etwas zu übernehmen, das er für unwert befunden und fortgeworfen hat. Jedoch kannst du nach den gleichen Gesetzen mit mir machen, was du willst. Ich bin nichts.«

Kit hörte ungläubig zu. Akbar Khans Worte hallten weiterhin durch den Raum, troffen vor Verachtung und Abscheu, mitunter verhöhnend, riefen Wogen belustigten Spotts bei seiner Zuhörerschaft hervor, die sich an seinen Schmähreden erfreute. Dann hörte er, daß das Flüstern zu seinen Füßen erneut einsetzte. Ohne zu ihr hinunterzublicken, lauschte er angestrengt ihren heftig vorgebrachten Anweisungen.

»Du mußt wütend über die Beleidigungen sein, sonst gewährt ihnen dieser Winkelzug keine Befriedigung. Sag, daß du ein solches Geschenk zurückweist... daß der Stolz deiner Rasse es dir nicht gestattet, etwas anzunehmen, das für deinen Gastgeber wertlos ist... Denke wie ein Afghane!«

Äußerste Dringlichkeit schwang in diesen letzten Worten. *Denke wie ein Afghane.* Allmächtiger Gott, wie nur dachte ein Afghane? Welcher Ehren- und Beleidigungskodex galt hier? Ein Mann durfte ein Gastgeschenk nicht zurückweisen, daran erinnerte er sich gut an damals, als ihm Akbar Khan Ayesha für die Nacht gegeben hatte. Es war nicht möglich gewesen, dieses Geschenk zurückzuweisen, ohne dabei den Hals zu riskieren. Damals hatte er die der Höflichkeit – ein Mann überläßt seinen wertvollsten Besitz einem Gast – zugrundeliegende Beleidigung des Geschenks begriffen. Jetzt wurde ihm klar: Aus irgendeinem unverständlichen Grund war dieses Schauspiel nicht für Akbar Khan gedacht; es wurde für die anwesenden Ghilzai aufgeführt. Sie würden glauben, was sie hörten. Sie würden glauben, daß er gezwungen war, eine Beleidigung zu ertragen, die Akbar Khans Stolz wiederherstellte: ein Todesurteil wäre gnadenvoller gewesen – diese Männer gaben dem Tod den Vorzug vor der Demütigung, vor allem, wenn sie wegen eines Gebrauchsgegenstands, wie eine Frau ihn darstellte, erfolgte.

Denke wie ein Afghane. Nun, er besaß schon immer ein Talent für das Dramatische.

Kit hob den Kopf, ließ seine grauen Augen Blitze schleudern. »Du würdest mich beleidigen, Akbar Khan«, sagte er in langsamem, vorsichtigem Persisch. »Du würdest mir diese ...« er stieß die kniende Gestalt vor ihm mit der Stiefelspitze an, »diese Sache, die du wertlos findest, geben?«

Zustimmendes Murmeln ging durch den Raum, obwohl die Männer die Hände um ihre Waffen legten. Selbst jenen, die kein Persisch verstanden, war die Bedeutung klar.

»Du wagst die Annahme des Gastgeschenks zu verweigern?« fragte Akbar Khan auf persisch und wiederholte die Worte schnell noch einmal auf Paschtu. Das Publikum wurde noch sprungbereiter, und Kit hatte den unmißverständlichen Eindruck, sie warteten nur auf den Befehl, über ihn herzufallen.

»Ein Geschenk, das eigentlich eine Beleidigung ist«, erzürnte sich Kit und gab der vor ihm zusammengekauerten Frau wieder einen Stoß. Sie zuckte, ob vor Angst oder Anspannung oder Entrüstung über sein Benehmen, konnte er nicht feststellen. Niemals hätte er sich eine furchterregendere Hölle vorstellen können. Akbar Khan bot ihnen einen Ausweg, aber wenn Kit auch nur einen Fehler machte, würde der *Sirdar* nicht zögern, sie den blutrünstigen Ghilzai zu überlassen. »Du nötigst mich, im Namen der Gastfreundschaft eine Frau anzunehmen, die du verstoßen hast? Verantwortung zu übernehmen, die du von dir weist?«

»Du nimmst die Beleidigung oder den Tod, Ralston, *Huzoor*«, verkündete Akbar Khan. Seine Hand hob sich und warf ihm etwas zu. Ein silberner Schatten flog durch die Luft und landete vor seinen Füßen: ein Schlüssel.

Kit starrte ihn einen Augenblick lang verwirrt an, dann rührte sich Ayesha zu seinen Füßen, und er sah den Schimmer an ihren Handgelenken. Es war der Schlüssel zu den Armreifen. Wenn er ihn aufhob, gab er damit zu erkennen, daß er die Beleidigung auf sich nahm. Er würde den Raum in den Augen dieser Männer zu

Tode gedemütigt verlassen, ein vernichteter Feind und Hund aus dem Abendland. Akbar Khan würde als Sieger aus dem Duell hervorgehen, mit intakter Ehre.

Er spielte seine Rolle immer besser, meldete sich sein Galgenhumor, und Kit bückte sich, um den Schlüssel aufzuheben.

Ein Raunen ging durch den Raum. Kit steckte den Schlüssel ein, blickte auf die kniende Gestalt und schnauzte: »Komm.« Dann drehte er sich um und schritt zur Tür, die Nackenhaare gesträubt in Erwartung eines Dolches in seinem Rücken. Aber er hörte nur das leise Aufklatschen von Ayeshas nackten Füßen, als sie ihm, die Augen auf den Boden geheftet, folgte.

Sie gelangten ohne Eskorte und unbehelligt durch den steinernen Durchgang ins Freie auf den Hof. Die Sonne stand am Himmel. Ein Sperling hüpfte im Staub und schenkte ihnen einen kecken Blick, bevor er über die Mauer davonflog.

Kit blieb stehen, Annabel desgleichen. »Ist das, was ich glaube, was geschehen ist, gerade wirklich geschehen?« fragte er mit fremder Stimme, ohne sich zu ihr umzudrehen.

»Ja«, antwortete sie. »Verstehst du, warum –«

»Ich glaube schon«, unterbrach er. »Er konnte dich nicht einfach deinem eigenen Volk zurückgeben. Es wäre dem Eingeständnis einer Niederlage gleichgekommen.«

»Du hast recht. Nicht so sehr für ihn selbst wie für die anderen, die ihm folgen… ein Khan darf keine Schwäche zeigen.«

»Gibt es in dieser Festung irgendeinen Ort, wohin wir uns zurückziehen können?« Sie standen noch immer voneinander getrennt, Kit vorne, die schwarzgekleidete afghanische Frau im richtigen Abstand hinter ihm.

Annabel erinnerte sich, als die frühere Ayesha einmal hier gewesen zu sein. »Hinter den Ställen vielleicht, links hinter dem Nebengebäude.»

»Werden wir daran gehindert, dorthin zu gehen? Ich glaube nicht, daß ich eine weitere Konfrontation durchzustehen vermöchte.«

»Ich denke nicht. Das Lecken der Wunden wird als angemessen und erlaubt betrachtet nach so schweren Prügeln.«

Kit schnitt eine Grimasse. In dieser Hinsicht jedenfalls unterschied sich der afghanische Kodex nicht von dem seinen. Er fragte, warum er sich fühlte, als ob er gestorben und noch nicht wiedergeboren sei. Er folgte ihren gehauchten Anweisungen, während sie weiter vorschriftsmäßig hinter ihm herging, und sie gelangten an das Ende des niedrigen Stallgebäudes. Neugierig blickten ihre Bewacher auf, aber niemand hinderte sie am Weitergehen.

Es war kalt und schattig zwischen der Festungsmauer und der Stallwand, der Boden bestand aus festgetrampeltem Lehm, und die Luft war ungesund.

Ayesha entfernte den schwarzen Schleier, und Annabel seufzte vor Erleichterung, als ihr Mund und ihre Nase von dem übelriechenden Tuch befreit waren. »Ich hatte solche Angst, daß du es nicht schaffen würdest«, sagte sie, an die Stallwand gelehnt. »Ich zweifelte, ob du wirklich verstehen konntest, was vorging.«

»Ihr, die ihr ohne Glauben seid«, er tat gekränkt. »Ich habe niemals zuvor an einem derart abscheulichen Theater teilgenommen.«

»Ach, *Feringhee*«, spottete sie. »Schien es dir zu ungereimt? Oder war es zu schmerzhaft, das afghanische Spiel zu spielen? Hat es deinen Stolz so sehr verletzt? Sicherlich war es doch besser, als der Preis im *Buzkashi* zu sein?«

Kit schloß die Augen vor Zorn. Er wußte, was jetzt zwischen sie trat. Die entsetzliche Angst der vergangenen Monate sollte eigentlich vorüber sein, aber sie stand zwischen ihnen wie ein amputierter Arm, der abgeschnitten noch immer weh tat. Sie mußten wieder eine Verbindung aufbauen, die das Neue zuließ, das Wissen, daß sie jetzt einander und nur einander gehörten. Und er mußte versuchen zu verstehen, daß für Annabel der endgültige Abschied von Ayesha nicht durch einen Wegwurf bewältigt werden konnte.

Er zog ihr den Schleier vollends vom Kopf und nahm sie in seine Arme. »Liebste, wir dürfen nicht streiten... nicht jetzt. Ich kann mir die Todesängste, die du in den vergangenen Stunden erlitten hast, vorstellen, indem ich einfach an meine eigenen denke.« Er strich eine kupferfarbene Strähne aus ihrer Stirn. »Aber es ist vorbei, und wir dürfen noch einmal beginnen. Du gehörst jetzt zu uns.«

»Wirklich?« Ihre Stimme klang merkwürdig flach, ließ ihr gewohntes Selbstvertrauen vermissen. »Ich weiß nicht, was jetzt geschehen soll. Ich weiß nicht, was ich jetzt tun soll. Wie soll ich auf so engem Raum mit den anderen zusammenleben? Ich gehöre nicht wirklich zu ihnen. Ich gehöre weder zu ihnen noch zu den Afghanen. Alles was seit den Ereignissen im Khoord-Kabul-Paß geschehen ist, hat mir die Augen geöffnet. Und sie wissen, daß ich keine der ihren bin.«

»Du könntest mir vertrauen«, schlug er lächelnd vor. »Ich werde mich um dich kümmern.«

Ihr Kinn hob sich, und das spöttische Glitzern kehrte in ihre Jade-Augen zurück. »Das hast du auch gelobt, Ralston, *Huzoor*. Für meine Existenz die Verantwortung zu übernehmen, nach deinen Möglichkeiten, so wie Akbar Khan es die vergangenen acht Jahre getan hat. Ich gehöre dir. Du hast den Schlüssel.« Sie hob die Hände und drehte sie so, daß der einzige Sonnenstrahl, der gerade zwischen die beiden Gebäude fiel, die beiden Armreifen zum Glänzen brauchte.

Unvermittelt erwog Kit, ob Zorn vielleicht doch einen Sinn hatte. Annabel schien aus irgendeinem hartnäckigen Grund – und er hatte schon genug Gelegenheit gehabt dies zu beobachten – darauf versessen zu sein ihn herauszufordern, doch nach den vergangenen Stunden besaß er keine Energie mehr, Provokationen zu widerstehen. In der Tat, auf einer bestimmten Ebene würde er einen heiligen Zorn sogar willkommen heißen.

Unsanft drückte er den Schlüssel aus seiner Tasche in ihre Hand: »Der Schlüssel gehört dir. Die Armreifen sind dein. Du trägst sie, oder du trägst sie nicht, ganz wie es dir beliebt.» Er schloß ihre Finger um den Schlüssel. »Ich gebe dir eine faire Warnung – ich habe genug von diesem afghanischen Geplänkel, habe an diesem einen Morgen Beleidigungen für ein ganzes Leben genug hinnehmen müssen; wenn du also einen Streit vom Zaun brechen willst, Miss Spencer, kannst du ihn mit dem größten Vergnügen bekommen.«

Die grauen Augen stießen auf sie nieder, während sie in ihren rauhen, schwarzen Bauerngewändern dastand, von denen sich ihre Haare so aufregend hell abhoben wie ihre übergroßen Augen von ihrem blassen Gesicht. »Ich bitte dich um Verzeihung«, sagte sie. »Ich möchte keinen Streit.«

Kit atmete tief. »Gut. Denn ich sage dir, Liebste, dies scheint auch mir weder der richtige Zeitpunkt noch der passende Ort dafür.« Ihr Kinn fassend, hob er ihr Gesicht und küßte sie zärtlich. Ihre Teilnahmslosigkeit erschreckte ihn. »Was ist, Liebste?« Er lächelte, berührte ihre Wange.

»Nichts«, sagte sie tonlos. »Ich weiß nur nicht, was ich jetzt tun soll.«

Seit wann hatte Annabel-Ayesha Schwierigkeiten, sich für Worte oder Handlungen zu entscheiden? Dann erkannte Kit in einem plötzlichen Schock, daß sie ihre innere Antriebskraft verloren hatte, als ob ihr Lebensfunke ausgelöscht sei, der verzweifelte Kampf in dem Audienzzimmer um ihrer beider Leben ihre letzten Reserven aufgebraucht hätte. Ohne ihre Übersetzung und Führung hätte er nie verstanden, was von ihm erwartet wurde, hätte die falschen Züge gemacht, und sie wären beide verloren gewesen.

Es wurde Zeit, daß er das Ruder übernahm. Sie war jetzt in seiner Welt, viel mehr als damals im Kantonnement, als sie sich zwar für ihre Anwesenheit entschieden, sich eine Bindung jedoch versagt hatte. Jetzt war er an der Reihe, die Zügel in die Hand zu nehmen.

»Nun«, sagte er munter, ihre Hand ergreifend. »Du weißt vielleicht nicht, was jetzt geschehen soll, aber ich weiß es. Ich habe eine ausreichende Zahl der von dir adoptierten Rituale über mich ergehen lassen müssen, meine Anna. Und ich habe es satt, durch sie hindurchgezerrt zu werden wie ein verwirrter Rekrut bei einer Vereidigungszeremonie. Du wirst jetzt an ein paar meiner Rituale teilnehmen, an einem vornehmlich.«

Sie hinter sich herziehend, eilte er über den Hof zurück auf die Quartiere der Geiseln zu.

»Was meinst du damit, eines deiner Rituale?« zögerte Annabel. »Ich möchte noch nicht da hineingehen, Kit.«

»Wie würdest du diese barbarische Zeremonie vorhin denn sonst beschreiben, wenn nicht als Ritual?« fragte Kit und zog sie neben sich. »Jetzt wirst du erst einmal eine Zeremonie deiner eigenen Landsleute kennenlernen, Miss Spencer.«

»Kit, dem Herrgott sei Dank, Mann, wir haben nicht erwartet, dich je wiederzusehen.« Colin, der Brigadier und zwei andere stürzten aus dem Gebäude, als Kit und seine offenbar unwillige, schwarzgekleidete Begleiterin näher kamen. »Wer, zum Teufel –« Dann blieb Colin stehen. »Annabel?«

»Ja«, sagte Kit knapp. »Und bitte mich nicht zu berichten, was geschehen ist, Colin, weil ich glaube, ich könnte es nicht, ohne dabei einen Mord zu begehen. Wo ist der Kaplan?«

»Ich wünschte, du würdest deutlicher mit mir sprechen«, unterbrach ihn Annabel und grub ihre nackten Fersen zwischen das Kopfsteinpflaster, ihre Stimme klang schon wieder erheblich kräftiger. »All dieses Gerede über Rituale.«

»Hochzeit«, knurrte Kit und blickte sie streng an. »Das ist es, was wir da, wo ich herkomme, tun, Miss, wenn ein Mann sein Einverständnis erklärt, Verantwortung für das Wohlergehen einer Frau zu übernehmen. Und das machen wir jetzt.«

»Eine Hochzeit?« rief Lady Sale, die im Türrahmen auftauchte. »Meine Güte, Kit, was würde Ihre arme Mutter dazu sagen?«

»Ich stelle mir vor, daß ihr diese Aussicht einige Erleichterung verschaffte, Ma'am.« Kits Stimme war so trocken.

Ihre Ladyschaft nagte an der Unterlippe. »Es liegt mir fern zu verstehen, Hauptmann Mackenzie, was Sie daran komisch finden«, tadelte sie.

»Ich bitte um Entschuldigung, Ma'am«, Colin konnte sich kaum halten vor Lachen. »Aber Sie müssen zugeben, daß die Anlässe zur Freude dieser Tage wirklich selten geworden sind.«

Lady Sales Mund wurde ein Strich. »Das mag sein... vielleicht. Aber wenn es eine Hochzeit geben soll, dann muß sie ordentlich vorbereitet werden. Unter meiner Verantwortung wird es nicht zu irgendeiner Halbherzigkeit in solchen Angelegenheiten kommen. In welchem Kleid, um Himmels willen, soll denn das arme Mädchen heiraten?«

»In welchem was? Was hat denn hier ein Kleid zu besagen?« Kit vergaß angesichts dieser Unterhaltung und nach allem, was geschehen war, jegliche Höflichkeit.

Lady Sale richtete sich zu ihrer ganzen imposanten Höhe auf. »Christopher, wenn Sie vorhaben, eine rechtschaffene Dame aus Miss Spencer zu machen, kann ich Ihren verspäteten Sinn für Verantwortung nur begrüßen. Aber Sie werden die Mitglieder unserer kleinen Gemeinde nicht der Möglichkeit berauben, ein anständiges Fest zu feiern, indem Sie die Angelegenheit zwischen Tür und Angel hinter sich bringen.«

Annabel ließ sich langsam auf das Kopfsteinpflaster sinken, vollkommen geschlagen. Hier war sie nun, im letzten Augenblick dem Tod durch Steinigung entronnen, bekleidet mit den Gewändern einer armseligen Bauersfrau, mit den Insignien einer verurteilten Ehebrecherin, aus dem *Zenana* entlassen und doch immer noch Akbar Khans Gefangene, unvorbereitet in eine engverbundene Gruppe von Menschen geworfen, mit denen sie sich gerne gleichsetzen wollte, es aber nicht vermochte... und sie stritten sich über Hochzeitskleider.

»Sonne, Mond und Zwirn!« Kit ließ sich neben ihr auf die Knie fallen. »Liebste, wie konnte ich nur so gedankenlos sein? Geht es dir nicht gut?«

Lady Sale, die bei seiner Wortwahl nicht mit der Wimper gezuckt hatte, was ein deutliches Zeichen für die zersetzende Wirkung der Gefangenschaft auf die Manieren war, schob ihn beiseite. »Das arme Mädchen ist wahrscheinlich vollkommen erschöpft, es würde mich nicht wundern. Ich weiß nicht, wie wir ohne sie zurechtgekommen wären in den letzten Monaten... und sie muß schrecklich einsam gewesen sein.«

»Es geht mir schon gut, Lady Sale«, sagte Annabel tapfer. »Ich bin nur ein wenig verwirrt.« Sie streckte Kit ihre Hand entgegen, der sie ergriff und Annabel hochzog. »Ich muß diese Kleidungsstücke loswerden«, erklärte sie plötzlich. »Meine Haut juckt. Ich frage mich, ob ich in den *Zenana* zurückgehen kann und ob Zobayeda mir meine eigenen Kleider holt.«

»Rede keinen Unsinn. Du kannst nicht dahin zurück«, schnitt Kit ihr das Wort ab. »Du gehörst da nicht mehr hin, Annabel. Hat man dir das noch nicht klar genug gemacht?«

Sie biß sich auf die Unterlippe. Es stimmte. Sie würde ein afghanisches *Zenana* jetzt als Eindringling betreten. Es gab keine Möglichkeit, mit einem Fuß in ihrem alten Leben zu verharren, dafür hatte Akbar Khan gesorgt. Warum war sie in all ihrer Verwirrung nicht auch dankbar? Sie hatte so sehr um Befreiung gebetet, das Schicksal und die Götter angerufen, um mit Kit zusammensein zu können. Warum wollte sie jetzt nur noch weinen und in die Abgeschiedenheit ihrer Kammer fliehen? Wie sollte sie mit diesen Menschen zusammenleben, mit denen sie nichts verband, in dieser Enge, ohne sich zurückziehen zu können, wo sie doch an das Alleinsein mit sich selbst und an den damit verbundenen Frieden gewöhnt war? Dann gedachte sie ihrer Einsamkeit, als sie sie mit ihren Kindern hatte spielen sehen; als sie ihren Sonntagsgottesdienst gehört hatte; wann immer sie wieder fort mußte nach ihren täglichen Besuchen und eine miteinander sprechende, sich gegenseitig vertrauende Gemeinschaft zurückließ. War es nicht das, was sie gewollt hatte?

Sie wandte sich mit einer geflüsterten Entschuldigung ab und setzte sich in geringer Entfernung von der Tür in die Sonne auf den Boden. Kit machte betroffen einen Schritt auf sie zu, aber da war etwas Abwehrendes in ihrer Haltung. Er fühlte die Gewißheit, daß er jetzt nicht in sie dringen durfte.

»Komm, Kit, wir werden die Hochzeit mit dem Kaplan besprechen«, forderte Lady Sale ihn energisch auf. »Es muß doch irgend etwas geben, was uns damit ein besonderes Ereignis bescheren kann. Wir haben zwar wenig genug, aber wenn wir alle etwas beisteuern...« Auf Kit einredend, ging sie ins Quartier.

Kit folgte ihr, weil ihm im Augenblick nichts Besseres einfiel. Colin und der Brigadier blieben einen Augenblick stehen und blickten auf die bewegungslose, schwarzgekleidete Gestalt, die in ihrer kleinen Gemeinschaft so fehl am Platze schien, dann ließen auch sie sie allein.

»Ayesha?«

Beim Klang ihres Namens tauchte Ayesha aus ihren Träumen auf. »Aber Zobayeda, was tust du hier?«

Die verhüllte Dienerin, deren Augen wild umherschossen, als fürchte sie, irgendein Dämon in Form eines *Feringhee* könnte sie anspringen, legte ein Bündel neben sie auf den Boden. »Deine Kleider... aber ich soll die wieder mitnehmen, die du trägst. Sie gehören der Mutter des Ziegenhirten.«

Das erklärte alles. »Einen Augenblick.« Mit dem Bündel unterm Arm ging Annabel zum Abtritt, der den Geiseln zugewiesen war. Sie zog die Kleider der Schande aus und ihre eigene, zwar abgetragene, aber bequeme Jacke, ihre *Chalvar* und Schuhe an. Die Wirkung zeigte sich umgehend. Sie hatte das Gefühl, wieder sie selbst zu sein. Wer immer das war... Plötzlich erregte diese Frage sie und die Aussicht auf eine Antwort. Sie trat in die Aprilsonne hinaus und reichte der wartenden Zobayeda die abgelegten Stücke.

Als sie jedoch den düsteren ersten Raum der Geiselquartiere betrat, erstarb das Flämmchen von Selbstvertrauen sogleich. Die Menschen, die sich in dem engen Raum zusammendrängten, sprachen ernsthaft miteinander, was sie fremd anmutete: Männer und Frauen in einem gemeinsamen Gespräch, wobei die Fähigkeit, einander zu verstehen genauso dazugehörte, wie die Luft, die sie atmeten. Die Stimmen verstummten, als sie hereinkam, was darauf hindeutete, daß man über sie gesprochen hatte. »Ich bitte um Entschuldigung, ich wollte nicht stören!« sagte sie und drehte sich zurück zur Tür.

»Miss Spencer...?« Brigadier Shelton sprach zögernd. »Es gibt keinen Grund zu gehen.«

Annabel machte eine vage Geste, von der sie hoffte, daß sie ein höflicher Gruß war und ging in ihrer Verwirrung weiter auf die Tür zu.

»Annabel.« Colins Stimme hielt sie auf. Als sie dennoch ihren Weg fortsetzen wollte, wiederholte er ihren Namen lauter: *»Annabel.«*

Kit sagte nichts, blieb einfach auf dem breiten, steinernen Fensterbrett sitzen. Annabel mußte aus eigenem Antrieb zu ihnen kommen, mußte merken, daß sie willkommen war. Seine Zusicherungen würden nichts bewirken.

»Kommen Sie und setzen Sie sich, meine Liebe.« Mrs. Anderson erhob freundlich die Stimme und klopfte auf die Bank neben sich. »Wir haben gerade über Ihre Hochzeit gesprochen... wie herrlich!« Sie rieb sich die Hände und strahlte. »All die kleinen Mädchen wollen Brautjungfern sein.«

Annabel drehte sich um und lächelte gezwungen. »Sie sind sehr freundlich, aber ich sehe –«

»Ach, nun komm schon und setz dich, Liebste.« Kit hatte den richtigen Augenblick gewählt und ließ nur eine Andeutung von Ungeduld in seiner Stimme zu. »Ganz abgesehen von allem anderen brauchen wir deine Meinung zu dem, was Akbar Khan nach seiner Niederlage bei Jalalabad planen wird.«

»Ja, in der Tat, Miss Spencer«, stimmte der Brigadier zu. »Ihre Meinung hierzu wäre äußerst wertvoll.«

Das war Ayeshas Territorium, hier war sie gewohnt, ihren Beitrag zu leisten. Vielleicht würde das helfen, die Kluft zu schließen. »Ich glaube nicht, daß er es euch … uns … gestatten wird, so nahe bei Jalalabad zu bleiben«, erklärte sie mit einem Schritt in den Raum hinein, aber immer noch keinen Stuhl annehmend. »Er wird sorgsam darauf achten, seinen Handelsbonus zu behalten für den Fall weiterer Rückschläge. Ich kann mir vorstellen, daß er euch … uns … weiter in die Berge hinein verlegt.«

»Bald?« fragte Major Pottinger.

Sie nickte. »Sehr bald.« Sie blickte Kit an. »Sie waren bewaffnet und bereit, heute morgen aufzubrechen, nicht wahr, Kit?«

»Ich fürchte, ja«, stimmte er trübe zu. »Wie hast du deine Kleider zurückbekommen?«

»Zobayeda hat sie gebracht«, antwortete sie. »Offenbar wollte die Mutter des Ziegenhirten ihre Sachen zurück. Ich kann mir nicht vorstellen, warum.«

Kit stand plötzlich auf, als hätte er die Lösung gefunden. »Entschuldigen Sie uns bitte, meine Damen, meine Herren, aber Annabel und ich haben etwas zu besprechen.« Er stand auf und ging zu ihr zur Tür. Seine Stimme war leise aber bestimmt: »Komm, meine liebe Verantwortung. Laß uns ein wenig im Sonnenschein spazierengehen.«

Sie gestattete ihm, sie in den Hof hinauszuführen. »Was haben wir denn zu besprechen?«

Seine Augen verengten sich. »Oh, sehr viel, scheint mir. Jetzt, da du deine Kleider zurückhast, fällt es mir leichter zu begreifen, was sich ereignet hat. Wir sind frei, Annabel.«

»Aber nicht ungehindert«, antwortete sie.

»Oh, du bist wieder ein Haarspalter!« rief Kit erbittert. »Ich hatte vor, in St. George am Hanover Square zu heiraten, mit deiner Familie – sobald wir sie gefunden haben – und meiner und mit einer Eskorte der Siebten Leichten Dragoner und –«

»Ich bin vielleicht ein Haarspalter, aber du bist ein Träumer«, unterbrach sie ihn. »Was für ein Wolkenkuckucksheim hast du dir da ausgedacht? Ganz abgesehen davon, daß ich bisher überhaupt noch nicht entschieden habe, ob ich heiraten möchte. In meinem tiefsten Inneren mag ich vielleicht zu dir gehören, aber ich gehöre nicht zu deiner Art. Ich weiß noch nicht, zu welcher ich gehöre.«

Kits Miene umwölkte sich. »Meine Liebe, wenn du glaubst, daß du jetzt noch die geringste Wahl in dieser Angelegenheit hast, mußt du deine Lage sehr schnell überdenken. Heirat ist die einzige Möglichkeit, jetzt, da dein Platz, ob zum Guten oder zum Schlechten, bei uns ist. Du mußt dich jetzt an unsere Regeln halten.«

Sie trat achtlos gegen einen Kiesel auf dem Boden. »Ich glaube nicht, daß es im Augenblick sehr sinnvoll ist darüber zu diskutieren. Sieh mal, wer da kommt.«

Kit folgte ihrem Blick. Über den Hof kam Mohammed Shah Khan, Akbar Khans Stellvertreter, auf sie zu. Ihn begleitete die übliche bewaffnete Eskorte.

Annabel hob bei seinem Herannahen automatisch ihre Hände an die Stirn. Dann spürte sie Kits Hände, die liebevoll ihre Arme nach unten an ihre Seiten zogen. »Das mußt du jetzt nicht mehr tun«, sagte er ruhig. »Sieh ihm ins Gesicht.«

Ein Zittern erschütterte ihre Gestalt, aber sie erhob mutig ihre Augen zu dem Afghanen und fragte ihn auf Paschtu: »Welche Neuigkeiten bringst du, Mohammed Shah Khan?«

»Die Gefangenen werden fortgebracht. Ihr habt eine Stunde zur Vorbereitung«, antwortete er unbewegt.

»Wohin werden wir gebracht?«

»Es ist nicht deine Sache, das zu fragen.«

Sie senkte den Kopf und ging mit Kit zurück in ihr Quartier. »Eine Hochzeit, Ralston, *Huzoor?* Wann und wo?«

Er knirschte mit den Zähnen und erinnerte sich daran, daß für Annabel der unwiederbringliche Verlust von Ayesha keine Nebensache sein konnte.

23. Kapitel

Die Kavalkade verfolgte ihren Weg durch das Frühlingssonnenlicht, die irdischen Güter der meisten aus nicht mehr als dem bestehend, was man in eine Decke einschlagen konnte. Annabel ritt wieder auf Charlie, die Kinder und die meisten anderen Frauen in den großen Körben auf Kamelen oder Ponys. Ihre Eskorte schwieg grimmig, und der Schatten des unbekannten Ziels trübte die Harmonie, die die Gruppe in ihrer Gemeinschaft in Budiabad erreicht hatte.

Bei Tezeen lagen die schauerlichen Überreste des Gemetzels vom Januar noch in den Pässen. Der Krieg war alles andere als vorüber, ihr Schicksal so unsicher wie von Anfang an. Der Sieg bei Jalalabad hatte sie ihrer Befreiung nicht einen Schritt näher gebracht. In Tezeen ließen sie General Elphinstone zurück, der jetzt zu erschöpft war, um die Reise fortsetzen zu können. Colin und Major Pottinger wurde befohlen bei dem General zu bleiben, ein Verlust, den niemand schmerzlicher bedauerte als Kit.

In dem Bergdorf Zandeh hielt die Kavalkade an. Annabel blickte sich in der armseligen Anhäufung von Lehmhütten um, deren Fenster gegen Briganten verbarrikadiert waren, und erblickte den üblichen Wachtturm, der sich an dem Berghang festzukrallen schien. Es glich jenen Dörfern, in denen sie auf Reisen mit Akbar Khan oft übernachtet hatte, aber sie nahm an, daß ihren Mitreisenden mit diesem Aufenthaltsort ein neuer Schock versetzt wurde.

»Hier sollen wir bleiben?« Millie Draytons schrille Frage sprach für alle anderen. »Aber hier ist es ja schlimmer als in der Festung.«

»So lebt man hier, *Feringhee*«, murmelte Annabel. Heute brachte sie nicht die Geduld auf, sich die Klagen über Unbequemlichkeit anzuhören. Die meisten Mitglieder der Gruppe gaben solche Beschwerden auf die eine oder andere Weise von sich, manche ernst, andere mit einem versöhnlich gemeinten Scherz, aber nur sie wußte, daß das, worüber sie sich aufhielten, das unveränderliche Los der meisten Afghanen war, die sich abmühten, für die kurze Spanne Zeit zwischen Geburt und Tod das zusammenzukratzen, was sie zum Überleben brauchten. Es gab Zeiten, da ärgerten sie all die Seufzer und die ungläubige Kritik mehr, als sie ertragen konnte.

Kit hörte den Unterton und seufzte zum tausendsten Mal, warum denn die Freude und Erleichterung, die sie eigentlich verspüren müßten, so sichtbar fehlten und was aus der Leidenschaft und Bindung jener Nacht in Ayeshas Gefängnis geworden war. Unter den gegebenen Umständen war es ihnen versagt, sich zu lieben – es gab weder Ort noch Zeit, sich zurückzuziehen, aber sie waren immerhin zusammen in diesem Unglück, und ein gewisses Maß an Nähe sollte daraus doch erwachsen. Aber Annabel blieb in sich gekehrt, die meiste Zeit behandelte sie ihre Mitgefangenen mit einer unbewußten Verachtung, die allzusehr an Ayesha erinnerte. Und es brachte Kit mehr als alles andere an den Rand der Raserei, daß sie ihn ebenso behandelte, als ob er keine Rolle spielte in ihren Gedanken. Hatte er sich geirrt? Wenn sie dieser Gefangenschaft jemals entrannen, würde Annabel Spencer dann in das Leben zurückkehren können, welches sie geführt hätte, wäre da nicht diese gewaltsame Entführung gewesen? Konnte er wirklich glauben, sie käme mit ihm? Und wenn er das nicht glaubte, wie würde dann die Zukunft für sie beide aussehen?

Sie war abgestiegen und hatte ein Gespräch mit ihrer Eskorte begonnen. Er beobachtete sie, bemerkte, daß sie sich, obwohl sie die Augen nicht mehr niederschlug, noch immer einen Hauch Ehrerbietung ihnen gegenüber bewahrte. Das ärgerte ihn, wenn er es mit ihrem Verhalten den eigenen Leuten gegenüber verglich.

»Sechs der Dorfbewohner sind angewiesen worden, ihre Häuser für uns zu räumen«, erklärte sie Brigadier Shelton. »Das bedeutet für sie und ihre Familien große Not, also empfehle ich, die Unterkünfte mit entsprechender Dankbarkeit anzunehmen.«

»Wie lange sollen wir hierbleiben?«

Sie zuckte die Schultern. »Das wollen sie nicht sagen. Ich denke, sie wissen es selbst nicht. Es hängt wohl davon ab, wie die Dinge sich für Akbar Khan entwickeln. Die Dorfbewohner sind auch angewiesen worden, uns zu ernähren, was ihnen erst recht nicht zusagen kann; was sie besitzen, haben sie im Schweiße ihres Angesichts erwirtschaftet und werden es nicht gerne an *Feringhee*-Bäuche verfüttern, wenn es für sie selbst nicht einmal ausreicht. Ich bitte Sie und Ihre Leute, sich mit entsprechender Rücksichtnahme zu benehmen, solange wir hier sind.«

Kit spürte, wie ihm der letzte Geduldsfaden riß und ihm seine Toleranz abhanden kam, als er den augenfälligen Ärger des Brigadiers sah, der so mit sich reden lassen mußte. Er schwang sich vom Pferd. »Ich entschuldige mich für Annabel, Sir«, sagte er steif. »Höflichkeitsregeln in einem *Zenana* werden offenbar etwas geringer bewertet, als wir es gewohnt sind.«

Der Brigadier murmelte irgend etwas Nichtssagendes, während Annabels Gesicht vor Ärger und Verlegenheit bis zu den Haarwurzeln rot anlief. »Wie kannst du es wagen, dich für mich zu entschuldigen?« zischte sie.

»Es ist an der Zeit«, sagte er grimmig. »Nein, die Zeit ist schon überschritten. Laß uns das bereinigen, ja?« Er packte sie am Ellbogen und drängte sie den schmalen Pfad entlang, der mitten durch das Dorf auf ein paar verkümmerte, windgepeitschte Bäume auf der anderen Seite des Weilers zuführte.

Die Geiseln blickten sich im Kreis der verdrossenen, mattäugigen Männer von Zandeh um, die die Christenhunde feindselig anstarrten. Frauen waren nicht in Sicht, obwohl alle die unsichtbaren Augen rings um sie her fühlten. Das war keine Gesellschaft, die die Hoffnungslosigkeit zu vertreiben vermochte.

Ein gutes Stück außer Hörweite zwischen den verkümmerten Bäumen traten Kit und Annabel einander gegenüber.

»Ich habe versucht, Verständnis aufzubringen«, sagte er. »Aber bald geht mir die Geduld aus. Was willst du, Anna?«

»Was?« Sie drehte sich abwehrend weg. »Was hat das Wollen hier zu suchen?«

»Dreh dich nicht von mir weg, du arroganter grünäugiger Luchs!«

Sie wandte sich ihm wieder zu. »Ich wollte dich nicht beleidigen, Ralston, *Huzoor.*«

»Oh, nein«, sagte er leise. »Nie wieder wirst du mich so nennen, und nie wieder wirst du mir das Wort *Feringhee* an den Kopf werfen. Also, was willst du von mir?«

»Von dir? Warum sollte ich etwas von dir wollen? Warum sollte ich von irgend jemandem irgend etwas wollen?«

»Weil ich dich liebe, du unerträgliches Weib!« Er faßte sie bei den Schultern und schüttelte sie, wie er es schon so oft hatte tun wollen. »Und wenn Menschen einander lieben, dann wollen und erwarten sie etwas voneinander, und sie wollen und erwarten, einander etwas zu geben. Verstehst du mich?«

»Es ist nicht leicht irgend etwas zu verstehen, wenn mein Kopf sich so anfühlt, als würde er jeden Augenblick meine Schultern verlassen«, rief sie. »Bitte hör auf mich zu beuteln!«

»Oh, Gott!« Er zog sie mit einer Heftigkeit an sich, die der entsprach, mit der er sie eben geschüttelt hatte. »Ich wußte, eines Tages würdest du mich dazu bringen.« Er strich ihr die Haare aus der Stirn, fuhr mit der flachen Hand über ihr Gesicht, als müsse er es ganz neu entdecken, als müsse er in heftiger Hast seine Bekanntschaft mit einer verloren geglaubten Vertrauten erneuern. »Anna... meine liebste Anna, du mußt mir helfen. Sag mir, was ich tun kann, um die Dinge zu klären zwischen uns.«

Sie hörte seine Verzweiflung, und langsam drang die Erkenntnis, wie selbstsüchtig sie gewesen war, durch ihre Mauern. Eingesperrt in ihrer eigenen Welt der Verwirrung hatte sie Kits Verwirrung vollkommen übersehen. Er schien ihr kein Recht zu haben auf Verwirrung, da er doch dort stand, wo er immer gewesen war, mit den Menschen seines gewohnten Umgangs. Sie war diejenige, die herausgerissen worden war, die gezwungen wurde, mit Menschen zurechtzukommen, die jenen ihres früheren Rahmens genau entgegenstanden. Und es war nicht ihre Schuld, daß so vieles geschehen war, wofür Kit sich zu verantworten hatte. Sie schien ihren erhabenen Glauben an das Schicksal verloren zu haben und legte die Schuld für ihr augenblickliches Elend einfach ihrem bequemsten Opfer vor die Füße... ausgerechnet demjenigen, der ihre Unfreundlichkeit am wenigsten verdiente. Also hatte sie ihn von sich fortgeschoben und ihre Mitreisenden mit verächtlicher Gleichgültigkeit behandelt, indem sie deren berechtigte Ängste und Jammer übersah und Kit damit sehr weh tat.

»Ich glaube, du solltest mich noch einmal schütteln«, sagte sie mit einem kläglichen Lächeln. »Ich weiß nicht, wie du es die ganze Zeit mit mir ausgehalten hast... oder warum. Ich war abscheulich.«

Er zog sich zurück und sah sie fragend an. »Also, welches Spiel hast du jetzt mit mir vor?«

»Oh, welche Ungerechtigkeit!« rief sie. »Ich entschuldige mich aufrichtig, und du bezichtigst mich der Spiele.«

»Du mußt schon gestehen, daß das ein bißchen plötzlich kommt«, erwiderte er, ihren Gesichtsausdruck weiter prüfend. »Wenn ein wenig verständig eingesetzte Gewalttätigkeit bereits solche Wandlungen hervorruft, was könnte man dann erst mit ein klein wenig ebenso verständig eingesetzter Liebe erreichen, frage ich mich?«

»Vielleicht solltest du es einmal ausprobieren«, sagte sie sanft, legte ihm die Arme um den Hals und stellte sich auf die Zehenspitzen.

Er hielt sie einen langen Augenblick umschlungen und sagte dann sanft wie sie: »Ich habe nie eine Herausforderung ausgelassen, meine Verantwortung. Sollten wir dabei Zuschauer haben, zur Hölle mit ihnen!«

Sie lachte ihr leises Lachen der Erregung, und in ihre Augen trat dieses Koboldglitzern, als sie unter seiner bestimmenden Hand zu Boden ging.

»Das Gras ist feucht«, klagte sie übermütig, als er ihr die Hose abstreifte und ihr nacktes Gesäß und ihre Oberschenkel den Boden berührten.

»Kann leicht behoben werden«, erwiderte Kit, befreite sich von seiner Hose, legte sich neben sie und zog sie auf seinen Bauch. »Bitte schön, besser so?«

»Viel besser.« Sie fuhr sich mit der Zunge über die Lippen, als sie rittlings auf ihm saß, mit den Händen unter seinem Uniformrock, und fragte schalkhaft: »Angenommen, es kommt jemand, der uns sucht?«

»Verflixte Verantwortung, hör auf zu trödeln, du unmögliche Kreatur!« befahl er und schlürfte die Luft vor Wonne ein, als sie sich nach unten schob und ihr Becken hob, um den harten, verlangenden Schaft tief in sich aufzunehmen.

»Ich höre und gehorche«, murmelte sie noch immer glitzernd. »Wollen wir herausfinden, wie schnell wir sein können?«

Er schloß die Augen und überließ sich dem fieberhaften, hinaufschraubenden Flug in die Herrlichkeit, seine Hände ihren Hintern umfassend, während sie sich mit immer mehr Geschwindigkeit bewegte und sie beide zu einem Höhepunkt brachte, der sich in fröhlichem Gelächter entlud.

»Oh, meine Anna«, seufzte er aus abgrundtiefer Zufriedenheit. »Wie ich dich vermißt habe. Was für eine Wunderheilerin du bist.«

»Nicht nur ein abscheuliches, selbstsüchtiges, schlechtgelauntes, undankbares Weib?«

»Nun, das auch«, neckte er und hob sie von sich. »Aber Gott

sei Dank nicht die ganze Zeit. Beeil dich, wir haben genug riskiert für heute.«

Er kleidete sich wieder an und beobachtete sie, wie sie ihre Jacke glattstrich und ein paar eigenwillige Strähnen zurück in ihren Zopf steckte. »Annabel?«

»Ja?« Sie blickte auf und runzelte die Stirn. »Du siehst so finster aus. Was ist?«

»Ich bin im Begriff, dir ein Ultimatum zu stellen«, sagte er.

»Ist das klug?« Sie ging vor ihm, ihre Jade-Augen große Seen, die verbargen, was immer sie denken mochte.

»Ich weiß nicht, ob es klug ist oder nicht. Aber ich weiß, daß ich sonst keinen Frieden finde.«

»Also?«

»Eine Hochzeit«, sagte er. »Jetzt.«

»Und wenn ich nein sage?«

Er seufzte und rieb sich müde die Augen. »Dann weiß ich, daß meine Liebe nicht erwidert wird. Ich kann nicht mit weniger zufrieden sein und nur mit dir zusammenleben, Annabel. Sollte es jedoch so sein, dann verspreche ich, dir in allem zu helfen, damit du in dieser für dich neuen Welt Fuß fassen kannst, sobald... wenn... wir aus diesem Loch herauskommen.«

»In anderen Worten, du willst dich also nicht zu deiner Verantwortung bekennen«, verdrehte sie lächelnd seinen Antrag. »Wie es sich für jeden guten englischen Gentleman gehört.« Sie hob ihre Handgelenke mit den Armreifen, die sie immer noch trug, zu ihm auf. »Nimm sie für mich ab.«

»Gib mir den Schlüssel.«

Sie holte ihn aus der Tasche ihrer *Chalvar.* »Hier.« Wieder hielt sie ihm ihre Arme hin, er sperrte die Schlösser auf und streifte die Reifen über ihre Hände.

»Ist das deine Antwort?«

»Man könnte es so verstehen.«

»Was für ein kompliziertes Geschöpf du bist. Laß uns den Kaplan suchen.«

Lady Sale sah sie wissend an, als sie wieder zu den übrigen Mitgliedern der Gesellschaft stießen, die verdrossen ihre neuen Quartiere in Augenschein nahmen. »Ich nehme an, ihr seid euch einig geworden.«

»So könnte man es sagen, Ma'am ... Annabel, wohin gehst du?«

»Um mit dem *Aksakai* zu sprechen«, antwortete sie. »Vielleicht kann ich unsere Lage ein wenig verbessern.«

»Der Brigadier hat schon mit ihm gesprochen«, bemerkte Ihre Ladyschaft, diskret den Blick abwendend, als Kit hinter Annabel hersprang, wie ein Jäger fliehendem Wild nachjagt.

»Ja, aber vielleicht hat er nicht alles verstanden«, gab sie zu bedenken. »Kit, ich bin gleich wieder zurück.«

»Lady Sale, wissen Sie vielleicht, wo ich den Kaplan finden kann?« fragte Kit und hielt sie fest. »Da sind ein paar Worte, die ich ohne Verzögerung ausgesprochen haben möchte.«

»Nun, ich denke, es wird auch langsam Zeit«, stimmte Ihre Ladyschaft einsichtig zu. »Aber ich wünschte, wir könnten eine kleine Zeremonie daraus machen. Ich meine, das schulde ich der armen Letty.«

»Ich glaube, meine Mutter hätte Verständnis für die Umstände«, versicherte Kit ihr besänftigend. Ihre Ladyschaft verzog den Mund, sah jedoch nicht unzufrieden aus, als sie sich aufmachte, die Dinge in Bewegung zu setzen.

»Annabel, wenn du weiterhin versuchst, dich davonzustehlen, werden wir bald im nächsten Streit stecken.« Kit schloß seine Hände fester um ihre Handgelenke, als sie ein zweites Mal versuchte, ihre Freiheit zurückzuerobern.

»Schon wieder einen?« Sie strich sich mit einer übertriebenen Geste über die Stirn. »Das möge der Himmel verhüten.« Aber ihre Augen lächelten, und in ihrem Lächeln lag viel mehr als nur Übermut. »Ich werde nicht fortlaufen, Liebster. Wo glaubst du, sollte ich hingehen, selbst wenn ich es wollte?«

»Und du willst nicht?«

»Habe ich das nicht schon gesagt?«

»Man könnte es so oder so verstehen«, zog er sie auf, aber gab ihre Hände frei. »Ich habe Angst, irgend etwas könnte noch dazwischenkommen, ich bin so mißtrauisch, Anna.«

»Nichts kann mehr dazwischenkommen«, versicherte sie. »Was danach geschieht, ist allerdings unsicherer.«

»Darüber mache ich mir hinterher Gedanken. Ich werde das Jetzt in Angriff nehmen. Achte nur darauf, daß ich dich finde, wenn ich dich brauche.«

»Ja, Ralston, *Huzoor*«, sie konnte es sich nicht verkneifen. »Deine Braut wird warten. Unglücklicherweise fürchte ich, es gibt keinen Schleier.«

»Das«, sagte Kit gereizt, »ist ein Witz, der auf einen zweifelhaften Geschmack schließen läßt.«

Annabel lachte und ging den Weg zurück ins Dorf. Wenn Kit eine Hochzeit glücklich machen würde, welches Recht hatte sie dann, sie ihm zu versagen, nur weil *sie* keine brauchte, um ihre Liebe zu unterstreichen? Beim Stand der Dinge konnte das einen nur geringen Unterschied machen. Es war nur eine Zeremonie, die Kit wichtig war. Sie hingegen ahnte, daß das Schicksal noch nicht mit ihnen fertig war. Sie hatten vielleicht die Freiheit gewonnen um zusammenzusein, aber sie waren es noch nicht ungehindert. Mehr als nur ihre Gefangenschaft war ungewiß, nur in Worten konnte sie es nicht ausdrücken.

Sie blickte zu einem ausladenden, schneebedeckten Gipfel auf, der den Berg, an dem sich ihr Dorf festklammerte, winzig erscheinen ließ. Ein kleiner, elfenbeinfarbener Schmetterling mit grauen Flügelrändern umtanzte ein Büschel Frühlingsprimeln. Das sanfte Abendlicht ergoß sich über das Dorf, und seine Häßlichkeit verbannte den Jammer von Grausamkeit und Armut. Es war ein wunderschöner Hochzeitsabend.

Sie pflückte eine Handvoll Gänseblümchen, flocht sie zu einem Kranz und erinnerte sich dabei an ihre Kindheit, als sie das gleiche im Sommerhaus ihrer Familie in den Bergen oberhalb von Peshawar getan hatte. Dann ging sie zurück ins Dorf.

Dort erwartete sie eine erhebliche, zugleich höchst belebende Aufregung. Lady Sale erteilte energisch Anweisungen, vor allem Kit, der ihnen wenig Beachtung schenkte. Der Kaplan murmelte Beschwichtigungen, alle andern schwirrten durcheinander.

»Aber wo ist die Braut?« konnte man Brigadier Shelton über den Lärm hinweg rufen hören.

»Hier.« Annabel erschien, den Kranz aus Gänseblümchen in die glänzenden, kupferfarbenen Haare gewunden, die sie aus ihrem Zopf entlassen hatte und die jetzt in großzügigen Wogen über ihren Rücken flossen.

Wortlos streckte Kit seine Hand aus, und sie trat lächelnd neben ihn.

Ein merkwürdiges Schweigen senkte sich aus dem heiteren Abendhimmel über die Gemeinschaft. Die Dorfbewohner kamen aus ihren Hütten, um in furchtsamem Unverständnis auf die merkwürdigen Possen der Ungläubigen zu starren. Die untergehende Sonne beleuchtete den schneebedeckten Ferner über ihnen, goß ihre Strahlen über den Berg und verlieh dem Dorf am Hang einen rötlichen Zauber.

Der Kaplan sprach klar und deutlich in der Stille der Berge, die Worte voll Hoffnung und Verheißung für eine gemeinsame Zukunft. Das Paar gab seine Antworten mit der gleichen Deutlichkeit, und als Annabel eine kurze Anrufung an das Schicksal sandte, so blieb das unter ihnen beiden.

In dieser Nacht legte sich Christopher Ralston rechtsgültig neben seine Frau in einer überfüllten und verlausten Lehmhütte. Annabel, gesegnet mit der Fähigkeit, solche Unbequemlichkeiten zu übersehen, schlief umgehend ein, während Kit dalag und in die Dunkelheit starrte. St. George, Hanover Square! Die abwegige Vorstellung brachte ein kaum zu unterdrückendes Kichern auf seine Lippen. Einen Arm unter die friedlich schlafende Gestalt an seiner Seite schiebend, zog er sie unter der fadenscheinigen Decke, die sie teilten, an sich und schlief, Flohstiche zählend, ein.

Zwei Wochen später betrat Annabel die Hütte die als Gemeinschaftsraum diente. »Es sieht so aus, als müßten wir wieder umziehen«, trug sie vor. »Die Wachen haben eine Botschaft von Akbar Khan erhalten. Offenbar hat er die Oberhoheit über Kabul erlangt, und wir sollen näher an die Stadt gebracht werden, wo er abwarten will, was die Generäle in Jalalabad und Kandahar beschließen.«

»Alles wird besser sein als dieser Ort«, bemerkte Mrs. Armstrong für alle. »Wann sollen wir umziehen?«

»In einer Stunde«, antwortete Annabel. »Wenn wir bis dahin alles zusammenpacken können.« Der Scherz wurde mit allseitigem Grinsen beantwortet.

»Shir Muhammed hat etwas von der Festung des Abdul Rahim gesagt«, fügte sie hinzu. »Sie liegt ungefähr drei Meilen vor Kabul, und wenn sie tatsächlich unser Ziel sein sollte, dann gibt es wirklich schlimmere Orte.«

»Ist es sauber?« fragte Lady Sale.

»Und geräumig«, antwortete Annabel mit einem Zwinkern. »Mit einem Zugang zum Fluß und angenehmen Gärten. Ich glaube nicht, daß Akbar Khan will, daß ihr im Elend lebt, wenn er es verhindern kann.« Sie bemerkte ihren Ausrutscher zu spät, um ihn noch ungeschehen machen zu können, so beließ sie es dabei. Ihr ... wir ... ich ... es fiel noch immer schwer, und Kit schien das zu verstehen. Er lächelte sie auf diese besondere Weise an, mit der er seit ihrer Hochzeit sein geheimes Vergnügen anzeigte, als ob ihm damit ein besonderer Streich gelungen sei. Es weckte in ihr das Bedürfnis, ihm wie einem kleinen Jungen, der einen Preis gewonnen hat, über den Kopf zu streichen und seine Augenlider zu küssen.

Sie brachen von neuem auf, dankbar, Zandeh hinter sich zu lassen, und auf ein besseres Quartier hoffend. Merkwürdigerweise erwarteten sie nicht mehr die zeitliche Begrenzung ihrer Gefangenschaft, nicht mehr Freiheit als die Voraussetzung ihrer Existenz. Das Leben drehte sich von einem Tag zum nächsten, bestand aus schmackhaftem Essen, dem Ringen gegen den Schmutz und gegen Krankheiten, dem endlosen Kampf um ein Mindestmaß von Höflichkeit und Benehmen, Beispiel für die Kinder zu sein, von denen manche bereits verwilderten.

Zu Annabels größter Belustigung hatte Kit einen ganz besonders verhaßten kleinen Jungen unter seine Fittiche genommen. Die Mutter des Kindes war krank, sein Vater im Paß von Khoord-Kabul gefallen, und der handfeste kleine Edmund Marten hatte es fertiggebracht, müde Erwachsene und reizbare Kinder gleichermaßen gegen sich aufzubringen.

Ihn dabei antreffend, wie er gerade ein kleineres Kind mit einem dornigen Ast quälte, hatte Kit ihn am Kragen gepackt und den wütend strampelnden Jungen zu der Ecke geschafft, die er und Annabel ihr Zuhause nannten.

»Einer muß sich um den erbärmlichen Lümmel kümmern«, sagte er, als ob er sich entschuldigen müsse bei Annabel, die fragend die Brauen lüftete. »Es macht die Sache nicht besser, wenn man ihn wie einen Paria behandelt.«

»Nein«, stimmte sie zu und betrachtete das Kind, das Gift und Galle spuckte und sich ungebärdig gegen die Hand wehrte, die es festhielt. »Was schlägst du vor?«

Kit sah sie an, und seine Lippen zuckten. »Ich habe dieses schreckliche Gefühl, daß ich unter ähnlichen Umständen vielleicht genauso geworden wäre wie er.«

»Oh, nein, du doch nicht«, sagte sie übertrieben ungläubig. »Du mußt ein Engel gewesen sein, mit all diesen blonden Locken.«

Gram überzog sein Gesicht. »Das war ja das Problem. Ich war entsetzlich verwöhnt, und mir graust vor dem Gedanken, was wohl geschehen wäre, wenn man mir, wie diesem Balg, alle Aufmerksamkeit entzogen hätte. Davon einmal abgesehen, glaube ich, daß er einfach verängstigt ist. Hör auf zu brüllen, Edmund, ich kann mich nicht einmal selbst denken hören.«

Zu ihrem Erstaunen stellte Edmund das Geheul ein und

wischte seine Nase mit den Handrücken ab. Da Taschentücher eine lang schon vergessene Nützlichkeit waren, nahm niemand Anstoß. »Du hast mich geschlagen«, schniefte er vorwurfsvoll. »Das erzähl ich meiner Mutter, wenn es ihr bessergeht.«

Kit lächelte. »Ja, das kannst du tun. Aber du hast es selbst herausgefordert. Warum kommst du jetzt nicht mit, und wir schauen, ob wir im Bach einen Fisch fangen können?«

»Ich komme auch mit«, kündigte Annabel an.

»Damen fischen nicht«, fand Edmund.

»Soviel weißt du also schon, Master Edmund«, erwiderte Annabel schlagfertig.

»Damen tragen auch keine Hosen«, fügte er hinzu.

Annabel lachte. »Nun, damit könntest du recht haben. Aber wo sind hier Damen?«

Von diesem Nachmittag an bildeten sie ein ungewöhnliches Dreigespann. Edmund aß mit ihnen, schlief in ihrer Ecke und folgte Kit überallhin wie ein anhängliches Hündchen. Wenn er unangenehm wurde, dann schob Kit ihn beiseite, als sei er eine lästige Fliege, und nach und nach wurde das Kind wieder fröhlich und vertrauensvoll. Annabel fand diese neue Seite an Kit interessant, es gefiel ihr. Er hatte erzählt, daß er Kinder immer langweilig gefunden hatte, daß die Aussicht darauf, selbst welche aufzuziehen, ihn mit Schaudern erfüllte hatte, obwohl er annahm, daß er irgendwann einmal diese Verpflichtung als Sohn und Erbe erfüllen müßte. Der neue Kit, dachte sie, würde auf dem Gebiet der Vaterschaft noch für Überraschungen sorgen... wenn das Schicksal ihn für diese Rolle vorgesehen hatte.

Jetzt, da sie von Zandeh fortritten, saß Edmund bei Kit auf dem Pferd und plapperte mit der aufrichtigen Selbstsucht eines Achtjährigen vor sich hin. Annabel hörte nur halben Ohrs zu. Sie war überzeugt, die Umstände würden sich ändern, aber unsicher, ob zum Besseren oder zum Schlechteren. Irgendeine Auflösung des Konflikts mußte im Gange sein. Wenn Akbar Khan tatsächlich an Boden gewann, dann würde ihre Gefangenschaft wahrscheinlich nur mehr von kurzer Dauer sein. Verlor er jedoch, dann würde er sie bis zum bitteren Ende festhalten. Sie nach Kabul zu holen schien jedoch auf die erste der beiden Möglichkeiten hinzuweisen. Vielleicht würden sie Afghanistan doch noch lebend verlassen. Und dann, was würde aus ihr werden? Mrs. Christopher Ralston bei der Pfarrgartenparty? In ihrer Kutsche Besuche abstatten? Soireen geben? Wohin gehörte sie? Solange sie das nicht herausgefunden hatte, würde ihr Gefühl, daß etwas ganz Entscheidendes immer noch offenstand, nicht zur Ruhe kommen.

»Düstere Gedanken?« Kits Stimme, leicht, doch mit einem ängstlichen Unterton, durchbrach ihr Sinnen.

»Keineswegs«, leugnete sie.

»Lügnerin«, sagte er.

»Warum lügt Annabel«, ließ sich Edmunds Kinderstimme vernehmen.

»Ich lüge nicht«, entgegnete sie. »Ich habe mich nur gefragt, wie es wohl an dem neuen Ort sein wird.«

»Lügnerin«, sagte Kit wieder.

Sie machte sich dieses Mal nicht die Mühe, sich zu verteidigen. Streng genommen hatte sie ja über ein neues Leben an einem neuen Ort nachgedacht.

Das Geräusch von Schüssen, die ersten, die sie hörten, seit sie die Rückzugskolonne bei Khoord-Kabul verlassen hatten, erreichte die müde Prozession, als sie bis auf Sichtweite an Kabul herangerückt waren. Akbar Khans Truppen feuerten auf die Balla Hissar, wo Shah Soojahs Sohn als dessen Nachfolger immer noch versuchte, seine Position zu behaupten.

»Es ist kaum zu glauben, daß wir nun da wieder ankommen, wo wir im Januar aufgebrochen sind«, bemerkte Kit. »Ich hätte nicht gedacht, daß ich diese Stadtmauern je wiedersehe.«

Wie viele Tote lagen zwischen dem Aufbruch und der Rückkehr, dachte Annabel. Vielleicht war es ihr Schicksal, für immer in diesem Land umherzuziehen. Aber solche Gedanken gediehen nur auf dem Boden der Erschöpfung.

Die Festung von Abdul Rahim entsprach ihren Erwartungen. Der *Zenana* mit seinen schönen Gärten und einer Reihe von bequemen Zimmern wurde den Gefangenen überlassen. Ihnen war der freie Zugang zum Fluß, der hinter der Festung vorbeifloß, gestattet, und nach der kritischen Lage in Budiabad und Zandeh kam ihnen ihr neues Quartier paradiesisch vor. Edmunds Mutter erholte sich langsam wieder, und der Junge suchte nicht mehr so oft wie bisher die Gesellschaft der Ralstons, obwohl Kit auch weiterhin ein wachsames Auge auf ihn hatte und unumwunden seinem Mißfallen Ausdruck verlieh, wenn Edmund eine natürliche Neigung zeigte, seine auf dem Weg der Besserung befindliche Mutter auszunützen.

An einem heißen Augustmorgen kam Akbar Khan in Abdul Rahims Festung. Annabel hielt sich im Garten auf und brachte einer Gruppe älterer Kinder Grundlagen in Persisch bei, als Mohammed Shah Khan sie in das Audienzzimmer des Khan rief.

Ihr erstes Empfinden war Schrecken. Was mochte er von ihr wollen? Die Art und Weise, wie er sich von ihr losgesagt hatte, verbot ohne Zweifel jeden weiteren Kontakt mit ihr. Und dann kam ihr die Erleuchtung: das war die wunde Stelle, der Schnitt, der nicht heilen wollte, der immerzu gegen den Frieden rieb, den sie finden mußte. Nur Akbar Khan konnte diese Wunde schließen... konnte dafür sorgen, daß sie frei und ungehindert war.

Wie sollte sie zu ihm gehen? Als Ayesha oder als Annabel? Es war Ayesha, die er verstoßen hatte, Annabel andererseits hatte er nie anerkannt. Sie spürte Kits Augen auf sich ruhen. Er stand hinter Akbar Khans Stellvertreter und sagte nichts, aber sein Schweigen war beredter als alle Worte. Sie war mit ihm verheiratet... Akbar Khan bedeutete ihr jetzt nichts mehr... oder?

»Du wirst mir ein paar Minuten zugestehen, um mich vorzubereiten«, sagte sie zu Mohammed Shah Khan und stand von der Steinbank auf.

Kit folgte ihr in die kühle, abgedunkelte Abgeschiedenheit des

Zenana. »Annabel, du bist nicht gezwungen, dieser Aufforderung Folge zu leisten.«

»Du weißt, daß ich gehen muß.« Sie hatte den Raum erreicht, den sie mit zwei anderen Familien teilten. »Wir sind noch immer Gefangene.«

»Aber er hat kein Anrecht mehr auf dich«, gab Kit zu bedenken. Er stand an der Tür, hielt sich fern, damit sie nicht sah, wie verzweifelt er sich wünschte, daß sie dem Ruf nicht folgen möge. »Wenn er die Angelegenheit der Geiseln zu besprechen wünscht, dann sollte er das mit Shelton tun.«

Sie drehte sich um und sah ihn an. »Kit, ich muß zu ihm gehen.« Es fiel ihr schwer zu sprechen, das Unumgängliche auszudrücken, ohne daß es drohend klang. »Ich glaube nicht, daß er irgendwelche Forderungen an mich stellt, aber ich spüre, daß etwas zwischen uns nicht abgeschlossen ist. Ich muß hören, was er zu sagen hat.«

»So sei es, wenn du mußt, dann mußt du.« Seine Stimme klang flach. »Aber du bist meine Frau, und ich beanspruche das Recht, mit dir zu gehen.«

Eine tiefe Falte zog sich zwischen ihren Brauen zusammen. »Das ist hier nicht angebracht. Akbar Khan wird mir nichts tun. Wovor hast du Angst?«

Wie sollte er ihr das sagen, wenn er es sich selbst kaum erklären konnte? Er hatte noch immer nicht das Gefühl, sich ihrer sicher sein zu dürfen. Er konnte nicht darauf vertrauen, daß die Ketten, die sie an ihn banden, unauflöslich waren. Sie hatten noch nicht einmal genug Zeit gehabt herauszufinden, ob gemeinsame und bleibende Ziele und Verpflichtungen überhaupt verbindlich für beide waren, um Himmels willen! Denn die Ketten, die sie aneinander banden, waren in einem Inferno der Leidenschaft geschmiedet worden. Wenn nun das Metall abgekühlt war und geschwächt durch die Alltagsluft?

Er wandte sich wieder der Tür zu. »Du mußt deinem Gefühl folgen, Annabel.«

»Ja, das muß ich wohl«, bestätigte sie. »Kann ich deinen Schal ausleihen?«

Bei diesen Worten drehte er sich mit einem Ruck um, seine Augen so kalt und durchdringend wie der Winterwind. »Nein, den bekommst du nicht! Meine Frau tritt nicht verschleiert vor irgendeinen Stammesfürsten!«

Sie biß sich auf die Unterlippe. »Kit, ich möchte einfach nur höflich sein. Wir sind hier in Akbar Khans Land, und seine Sitten geben den Ton an. Ich habe nicht das Recht, gegen diese Sitten zu verstoßen. Wenn die *Feringhees* das von Anfang an eingesehen hätten, sähe jetzt vieles anders aus.«

»Geh zu Akbar Khan, wenn du mußt, Annabel, aber geh als *Feringhee*... als meine Frau... mit erhobenen Augen und baren Hauptes. Du kannst so höflich sein, wie du möchtest, aber, Gott helfe mir, du wirst aufrecht stehen als eine von uns. Wenn du das nicht tust, dann gibt es nichts Gemeinsames zwischen dir und mir und wird es nie mehr geben.« Seine Worte verursachten ihm Übelkeit, und doch entsprachen sie der Wahrheit. Er sah, wie sie bei diesem Ultimatum blaß wurde, wie die Erschütterung ihren Blick verdunkelte. Ohne ein weiteres Wort ließ er sie stehen, und die Tür schwang verloren hinter ihm zu.

Annabel blieb eine Weile ruhig stehen. Wenn Akbar Khan ihre Seele noch immer im Griff hatte, dann wurde es langsam Zeit, das zu erkennen... und sich daraus zu lösen. Sein Griff hatte das Kind zur Frau geformt, es hatte Abhängigkeit gegeben und Angst und Zuneigung – ein mächtiges Netz. Aber Kit hatte recht. Sie mußte jetzt aufrecht stehen, den Menschen, der in diesem Netz gefangen war, befreien und Annabel gestatten, sie selbst zu werden... ihrem tiefsten Ich erlauben, frei zu sein.

Sie bürstete ihre Haare und ging zurück in den Garten, wo Akbar Khans Stellvertreter noch immer auf sie wartete. »Ich bin bereit.«

Kit stand im Schatten eines Wacholderbaums und sah, wie sie aus dem Garten ging mit dieser schwingenden Anmut, die er vom ersten Moment an geliebt hatte, ihre Haarflut glänzte im Sonnenlicht, Kopf und Rücken gereckt. Würde er gewinnen?

Mohammed Shah Khan öffnete die Tür zu dem Audienzzimmer, ein luxuriöser Raum mit Seidenteppichen, Wandbehängen und gepolsterten Ottomanen. Akbar Khan saß auf einem Diwan unter dem offenen Fenster. Den hellen, blauen Augen entging keine Einzelheit, als sie langsam mit hoch erhobenem, unverschleiertem Haupt durch den Raum auf ihn zukam.

»*Mandeh nabashi*, Akbar Khan.«

»*Salaamat bashi*, Ayesha.«

»Du siehst mitgenommen aus«, sagte sie sanft.

»Ich bin müde«, antwortete er. »Aber was ist mit dir? Gelingt es dir, auf dem Seil zu tanzen, im tiefsten Inneren zu ihnen zu gehören und doch nicht eine von ihnen zu sein?«

»Ich bin eine von ihnen«, sagte sie.

»Ah.« Er strich sich über den Bart. »Hast du das Glück gefunden mit Ralston, *Huzoor*?«

»Soweit es möglich ist, in dieser Unsicherheit Glück zu finden«, antwortete sie ehrlich, sich zu seinen Füßen vor dem Diwan niederlassend, als sei es das Natürlichste der Welt, und das war es auch.

»Die Briten wollen in voller Stärke von Kandahar und Jalalabad nach Kabul marschieren«, sagte er. »Es wird bald vorbei sein. Wir haben Shah Soojahs Sohn aus Kabul ausgewiesen, und die britischen Marionetten sind nicht mehr an der Macht. Ich nehme an, es wird zu Verhandlungen in Kabul kommen... Verhandlungen, die schließlich die Briten zum Verlassen dieses Landes bringen müssen.« Ein Lächeln machte sich auf seinem Mund breit. »Sie werden wahrscheinlich versuchen, uns irgendeine Vergeltung abzupressen, bevor sie nachgeben.«

»Was soll mit uns geschehen?«

Er zuckte die Schultern. »Ich habe nicht den Wunsch, irgendeinem von ihnen etwas zuleide zu tun. Ob sie gerettet oder ausgeliefert werden, bleibt sich gleich.«

»Du sagst ›sie‹«, begann sie zögernd. »Was wird aus mir werden?«

»Ach, Ayesha, das war ein Rückfall in alte Gewohnheiten, die nur schwer zu überwinden sind«, erklärte er. »Du gehörst nicht zu mir. Aber ich sage dir etwas.« Er faßte sie unters Kinn und hob ihr Gesicht: »Zu den *Feringhees* wirst du auch nie wirklich gehören.«

»Also muß ich meinen eigenen Platz finden.«

Er nickte. »›Mal eine Plauderei zwischen dir und mir –‹«

»›Und dann sind nimmer wir‹«, beendete sie den Vers und erhob sich mutig. »Ist das der Abschied?«

»Ja, Ayesha. Erinnere dich der Worte Omar Chajjams. Sie werden dir helfen, deinen eigenen Platz zu finden.«

Sie schied von ihm, mit einem harten, traurigen Knoten im Hals, doch endlich gewiß, daß sie jetzt frei und ungehindert war, die Vergangenheit in ihr versenkt, ein Teil ihres Ichs, aber ohne sie zu hindern.

Statt in den *Zenana* zurückzukehren ging sie hinunter zum Fluß. Er floß über große Felsen, die weiß durch das klare Wasser schimmerten. Goldgelbe Butterblumen hoben sich im Moos des riedgrasbewachsenen Ufers ab. Es war niemand in der Nähe, und wahrscheinlich hätte es ihr auch nichts bedeutet. Sie öffnete ihre Sandalen, schlüpfte aus *Chalvar* und Jacke und wand ihr Haar in einem lockeren Knoten auf dem Kopf zusammen, bevor sie in den Fluß watete.

Sie hatte sich auf die Kälte des Wassers eingestellt. Der Fluß kam aus den Bergen, und auch die Sommersonne erreichte nicht mehr, als nur das Eis an seiner Oberfläche zu schmelzen. Dennoch konnte sie einen kleinen Aufschrei nicht unterdrücken, und Kit, der ihr in diskretem Abstand gefolgt war, lachte leise trotz seiner Nöte, die ihn getrieben hatten, sich vor dem Audienzzimmer im Schatten zu verbergen und ihr heimlich hierher zu folgen; er fürchtete sich vor ihrer Wahrheit und wußte, daß es dennoch kein Entrinnen gab.

Er stand da und genoß den Anblick, als sie schenkeltief ins Wasser watete, die Hände vor sich ausstreckend, um Mut für das Untertauchen zu sammeln. Dann stieß sie sich ab, und ihre nackten weißen Arme spalteten das Wasser säuberlich – die Sonne glitzerte an der Stelle, wo sie untergetaucht war.

So hatte er sie zum erstenmal gesehen. Er ging hinüber zu ihren Kleidern, mit dem Rücken zum Fluß.

Die eiskalte Umarmung benahm ihm den Atem, wenngleich er etwas dieser Art erwartet hatte. »Bewege dich nicht, *Feringhee*«, sagte sie in grimmigem Ton.

Mit einer raschen Bewegung brachte er seine Arme nach hinten und drückte den nassen, eiskalten Körper an seinen Rücken. »Dieses Mal hast du keinen Dolch.« Er lachte, dann begann er zu zittern. »Aber ich glaube, du könntest mich vielleicht zu Tode frieren! Bist du verrückt, Annabel?« Er ließ sie los und drehte sich um, um sie anzusehen.

»Ich brauchte das jetzt«, erklärte sie. »Ich wollte Dinge von mir abwaschen.«

»Welche Dinge?«

Ihre nackten Schultern hoben sich in einem kleinen Zucken. »Trübe Kleinigkeiten, die versteckt umherlagen.«

»Sind wir jetzt frei *und* ungehindert?« Seine Augen hielten die ihren fest.

»Oh, ja, Christopher Ralston. Frei und ungehindert, der *Jorchi* hat für uns gesungen.« Sie faßte lachend nach seiner Hand. »Komm, lauf ein bißchen mit mir, damit ich in der Sonne trockne.«

Ihn hinter sich herziehend, stob sie in einem fröhlichen Galopp am Ufer davon, ihr Haar fiel aus dem Knoten und ergoß sich über ihren Rücken, während sie nackt wie eine Flußnymphe rannte und er laut lachte.

Schließlich kam sie nach Luft schnappend zum Stehen, warf sich auf das moosbewachsene Ufer und klopfte einladend auf den Boden neben sich. Kit ließ sich auf die Knie fallen, betrachtete blinzelnd die schlanke, geschmeidige, glitzernde Länge ihres Körpers.

»Ich habe nachgedacht«, verkündete sie. »Und ich hatte eine Idee.«

»Oh«, entfuhr es ihm. »Würde es dich zu sehr ablenken, wenn ich dich ein wenig liebkosen würde, während du mir davon erzählst?«

»Das könnte schon sein«, antwortete sie, und ihre Augen funkelten. »Aber es könnte auch dich ablenken.«

»Oh, ja, das wird es sicherlich«, gab er fröhlich zu. »Aber ich glaube, wir können es riskieren. Nur zu!«

»Also, wenn wir dieses Land verlassen –«

»Meinst du, daß das geschehen wird?« unterbrach er sie, mit der Fingerspitze auf der Knospe einer vollen, runden Brust innehaltend.

»Ja«, meinte sie vertrauensvoll. »Akbar Khan sagt, daß der Zeitpunkt nicht mehr weit ist. Ob wir befreit oder ausgeliefert werden, scheint das einzig Ungeklärte zu sein, wenn ich ihn richtig verstanden habe.«

»Wenn wir also dieses Land verlassen –« feuerte er sie an, unfähig, die Freude zu verbergen, die ihn füllte wie ein Gefäß, das zu lange leer war und in seine Poren jetzt das Wasser des Lebens einsaugt. Sie sprach, wie er sie bisher nie hatte sprechen hören im Vertrauen auf eine Zukunft, die sie gemeinsam außerhalb dieses Landes erwartete.

»Ich möchte all die Länder besuchen, die ich schon immer gerne sehen wollte, schon als ich noch ganz klein war«, sagte sie und schloß die Augen träumerisch. »China und Tibet und Ägypten. Und ich würde gerne noch einmal nach Persien fahren und vielleicht sogar nach Afrika –«

»Gütiger Himmel!« seufzte Kit. »Ich habe eine Nomadin geheiratet.«

»Magst du diese Vorstellung nicht?« Ihre Augen öffneten sich, sie machte eine Bewegung, als wolle sie sich aufsetzen und seine Hand glitt zu ihrem Bauch und hielt sie neben sich fest.

»Was, mit einer Nomadin verheiratet zu sein?«

»Nein, das habe ich nicht gemeint... na gut, vielleicht doch ein wenig. Es gibt soviel zu entdecken in der Welt, so viele unterschiedliche Völker kennenzulernen. Ich möchte sie alle begreifen.« Ihre Arme breiteten sich allumfassend aus. »Würde dir das gar nicht gefallen?« Besorgnis stand in ihren Augen.

»Lady Hester Stanhope hat endlich eine Nachfolgerin gefunden«, bemerkte er zweifelnd. »Haben Nomaden Babys?«

»Ich nehme an, das müssen sie wohl«, sie senkte feierlich den Blick. »Woher sollten sonst all die kleinen Nomaden kommen, aus denen dann große werden? Außerdem finde ich, wir sollten keine gewöhnlichen Kinder haben, was denkst du?«

Er grinste. »Ich glaube, das schaffen wir ohnehin nicht.«

»Spricht dich die Vorstellung also kein bißchen an?« beharrte sie.

Kit dachte einen Augenblick nach: »Doch, ein bißchen.« Neben ihr kniend blickte er ernst auf sie hinunter. »Aber hast du nicht den Wunsch, England kennenzulernen, meine Anna?«

»Noch nicht«, antwortete sie. »Ich glaube nicht, daß es mein Platz ist, Kit. Wenn du dorthin mußt, dann werde ich vielleicht –«

»Nein, das wirst du nicht«, unterbrach er sie. »Ich sagte kennenlernen, nicht dort bleiben, Liebste.«

»Oh.« Dieses Mal befreite sie sich aus seinem Griff, das Kinn auf ihren angezogenen Knien. »Wahrscheinlich möchte ich es schon kennenlernen, wo ich ja noch nie dort gewesen bin. Und deine Eltern werden dich auch von Zeit zu Zeit sehen wollen.»

»Das könnte sein«, stimmte er mit der gleichen Ernsthaftigkeit zu. »Ich vermute auch, daß sie gerne die Bekanntschaft meiner Frau machen.«

»Oje.« Sie seufzte. »Könnten wir erst nach Tibet reisen?«

»Wohin auch immer du willst, Liebste, solange wir nur zusammen sind.«

»Dann bin ich's zufrieden«, sie legte sich wieder hin. »Sollen wir jetzt versuchen auf den Gipfel jenes Berges dort drüben zu steigen, wo die goldenen Adler ihre Nester haben?«

»Mach deine Augen zu«, verlangte er, »und ich sehe zu, ob ich uns dort hinaufbringen kann.«

Ihre Arme legten sich um ihn, als er sich neben ihr niederließ. »Du hast mich in dieser Hinsicht noch nie enttäuscht, Ralston, *Huzoor.*«

»Und so lange ich atme, mein grünäugiger Luchs, wird das niemals geschehen.«

Anmerkung der Autorin

Am Mittag des 17. September 1842 wurden die britischen Geiseln der Obhut von Sir Richmond Shakespear übergeben, der die Aufgabe hatte, für ihre Befreiung zu sorgen. Der afghanische Widerstand war durch die aus Indien geschickte Verstärkung zu Fall gebracht worden, und zur Vergeltung zerstörten die Briten den Basar von Kabul, wo die Körper von Macnaghten und Burnes zur Schau gestellt worden waren. Am 12. Oktober verließen sie Afghanistan, um nach Indien zurückzugelangen, und wurden erneut von Ghazi-Stammesangehörigen in den Pässen schikaniert, die, so könnte man es ausdrücken, das letzte Wort in der Auseinandersetzung behielten. Dost Mahommed kehrte in seine vorherige Stellung zurück, und alle Spuren der britischen Invasion wurden gelöscht.

So endete das Abenteuer, das als einer der schlimmsten imperialistischen Eingriffe des neunzehnten Jahrhunderts betrachtet wird. Das gesamte Unternehmen war so denkbar schlecht organisiert, daß es ein katastrophales Ende nehmen mußte. Einige der Militärs teilten diese Erkenntnis, wurden jedoch von den Entscheidungsträgern übergangen. Ich habe die historischen Fakten aus dieser Sichtweise dargestellt.

Der Charakter Akbar Khans blieb für zeitgenössische Chronisten wie für spätere Historiker ein Rätsel. Sein fanatischer Abscheu vor den britischen Eindringlingen war sowohl verständlich wie unbestritten, aber seine Freundlichkeit und Höflichkeit den

Geiseln gegenüber ist ebenso genau dokumentiert wie seine brutale Einstellung während des verhängnisvollen britischen Rückzugs aus Kabul. Die Meinungen gehen auseinander, ob er die Stammesangehörigen während der Massaker hätte beeinflussen können oder ob er davon absichtlich Abstand genommen hatte. Es herrscht auch Uneinigkeit darüber, ob Macnaghten kaltblütig ermordet worden war oder ob er einem leidenschaftlichen Augenblick der Wut über seinen Verrat zum Opfer fiel. Ich habe selbstverständlich die historische Person Akbar Khans romanhaft ausgestaltet, habe mich jedoch auch bemüht, die historischen Widersprüche seiner Natur zu berücksichtigen.

Colin Mackenzie war einer der wenigen Helden, die dieses Fiasko überlebten. Die Ereignisse, an denen er beteiligt war, habe ich mich bemüht, so genau wie möglich nachzuzeichnen; doch auch hier war etwas Künstlerfreiheit angebracht: Er mußte einen Charakter besitzen, mit dem er Kits und Annabels Leidenschaft dulden und unterstützen konnte.

General Elphinstone, Sir William Macnaghten, Sir Alexander Burnes, Lady Sale und andere sind dargestellt, so gut ich es anhand der von der Geschichte überlieferten Fakten vermochte.

Die Personen und Handlungen von Kit und Annabel sind frei erfunden.